生死边缘

愚 清◎著

河北出版传媒集团
花山文艺出版社

图书在版编目（CIP）数据

生死边缘 / 愚清著 . 一石家庄: 花山文艺出版社, 2014.6（2023.9 重印）
ISBN 978-7-5511-1879-8
Ⅰ. 生…　Ⅱ. 愚…　Ⅲ. 长篇小说－中国－当代
Ⅳ. I247.5
中国版本图书馆CIP数据核字(2014)第059824号

书　　名: 生死边缘
著　　者: 愚　清

责任编辑: 卢水淹
责任校对: 齐　欣
装帧设计: 景　轩
美术编辑: 胡彤亮
出版发行: 花山文艺出版社（邮政编码: 050061）
（河北省石家庄市友谊北大街330号）
销售热线: 0311-88643299/96/17
印　　刷: 北京一鑫印务有限责任公司
经　　销: 新华书店
开　　本: 700×1000　1/16
印　　张: 21.75
字　　数: 380千字
版　　次: 2014年9月第1版
2023年9月第2次印刷
书　　号: ISBN 978-7-5511-1879-8
定　　价: 78.00元

人 物 表

韩士雄……………………………主人公
韩怀春………韩水河村革命委员会主任
韩思阳……………………韩士雄同学
韩大炮……………韩水河村纠察队队长
韩狗剩……………………韩士雄同学
郝信同……………………………伪队长
李书慧……………………韩士雄同学
韩进先………………韩水河村支部书记
韩士英……………………韩士雄大哥
李长贵……………………李书慧父亲
韩士豪……………………韩士雄弟弟
韩胜兰……………………韩进先女儿
韩士杰……………………韩士雄弟弟
韩延寿……………………………老贫农
韩士媛……………………韩士雄妹妹
韩顺年………………………………农民
韩士芳……………………韩士雄妹妹
韩士倩……………………韩士雄妹妹
韩元姝……………………韩元忠妹妹

杨红叶……………………………韩登科妻子

韩元珍……………………………韩元忠妹妹

韩元忠……………………………韩士雄父亲

郝振山…………………………山城县原县长

赵梅如……………………………韩士雄母亲

马新尚…………赤镇公社革委会副主任

韩老尚……………………………韩士雄爷爷

程林…………………………………………区长

蔡士贞…………………韩士雄高小班主任

江珏…………………………县教育局局长

赵贵如………赵梅如二哥林源县委书记

赵林如………赵梅如大哥赵家屯村书记

吴仁才……………………县革委会副主任

韩国民………………………………青年农民

序

看似寻常最奇崛

钱庆芳

俯瞰中华大地，太行山作为唯一一条东北、西南走向的山脉，高高隆起，绵延千里，昂首云端，被誉为中华民族的脊梁。古往今来，太行山区域人杰地灵，藏龙卧虎，英雄辈出，悲壮之士，灿若繁星。也正是由于它的独特地理位置，千百年来，广纳百川，兼收并蓄，孕育形成了以孔、孟儒家文化为主流的太行山文化和精神。

太行山的文化和精神，倡导以天下为己任，与人民共忧乐的人生境界；为了正义，勇于奋争，看重骨气，不畏强暴，不怕挫折，刚健有为，自强不息；主张做人要有气节，“富贵不能淫，贫贱不能移，威武不能屈”。

这种“刚健有为”“自强不息”的精神既是太行文化自我更新的内在思想源泉，也是太行山人民乃至中华民族几千年延续发展的精神支柱。《周易大传》中“天行健，君子以自强不息”“地势坤，君子以厚德载物”，就是太行山文化和精神的概括。正是凭着这种精神，太行山人先后谱写了“赵氏孤儿”“荆轲刺秦王”“狼牙山五壮士”等诸多英雄故事，赢得了燕赵、中山“多慷慨悲歌之士”的美名，成为中华民族的共同精神财富。

钱玉庆是从太行山坳中走出的一位农民作家，他出生在太行山万千褶皱中一个偏僻山村钱家韩村，像万千农民一样，世世代代生于兹，长于兹，普通的就像太行山崖随处可见的山树松柏，尽管生存环境贫瘠甚至险恶，但他“穷且亦坚，不坠青云之志”，始终坚忍不拔，自强不息，努力前行。

捧读钱玉庆撰写的这本厚厚的长篇小说《生死边缘》，从中既可窥见作者的精神风貌、生活轨迹，也可了解太行山农民从新中国成立初期，到“文化大革命”前后这一特殊历史阶段的生活。作品文字质朴无华，人物形象生动，情节真实感人；字里行间传承和流淌着的正是太行山人那种艰苦奋斗、坚强不屈、百折不挠的文化和精神。作者或用细节，或用故事，在平淡的叙述中，描绘了故乡的风土人情，描绘了一个个鲜活的人物形象，点亮了各色人物的内心世界。伴随主人公命运的跌宕起伏，危险惊奇，伴随着时间的斗转星移，场景的虚实变换，作品中的人物被注入了鲜活的生命气息。

在这本富有人情味的作品里，作者深入历史发生的情境，通过对新中国成立后中国社会大动荡、大变革所引发和波及的农村变革这段历史，进行真实的记述和梳理，解析了在这个历史进程中，太行山人的精神嬗变过程，从中窥见各色人等在时代变局中的生活历程与思想的变化，呈现了人性中的真、善、美，也揭示了人性阴暗、丑陋的一面。

历史是时间的味道，是探索者的矿藏，是思想者的梦呓。从这样的史观出发，作者在书中对各色人物不加粉饰，让人物赤裸裸的出场，对风土人情进行了真实细致的描写，以细致写实的笔法，描绘了一幅太行山区的乡村风俗图，既是一部文学作品，也兼具一定的史料价值；尽管一些文字不免粗糙，故事令人心酸，但要知其黑，才能守其白，至少并非空中楼阁，依然可读、可藏，难能可贵。

令人欣慰的是，昔日贫穷落后的太行山区，如今山崖雄奇壮丽，林海绿浪滔天、瀑布如银似练，绿潭碧波荡漾，满眼果园飘香，五谷丰登。温饱富裕后的农民，也开始著书立说，写诗作画，我深为故乡的变化而祝福，为故乡又多了一位文友而自豪。

（钱庆芳：中国南车石家庄公司企业文化部副部长、新闻中心主任、高级政工师，著有长篇报告文学《民心河》，多篇文学作品获奖）

目 录

引　子 /1
一、少年时代 /5
二、北上求学 /26
三、村里来了“四清”工作队 /40
四、韩士英考学 /45
五、韩怀春其人 /49
六、一份大字报 /57
七、一石激起千层浪 /62
八、“文化大革命”的开始 /71
九、卷子风波 /75
十、牛棚历险 /79
十一、增产分歧 /85
十二、校园斗争 /89
十三、最后的钟声 /94
十四、山雨欲来 /101
十五、刮起了风暴 /106
十六、初露端倪 /111
十七、罪恶的黑手 /119
十八、深山叙情 /124
十九、歪曲事实 /132
二十、逆境遇挚友 /139
二十一、村里来了救济粮 /146
二十二、韩进先含冤去世 /154
二十三、韩元忠死里逃生 /162

二十四、韩士雄结束了学校生涯 /170
二十五、镜花水月 /176
二十六、雪上加霜 /185
二十七、县医院墨守成规 /192
二十八、省医院起死回生 /198
二十九、韩士雄走出省医院 /205
三　十、韩士英惨遭厄运 /209
三十一、“尖辣椒”兴风作浪 /214
三十二、韩士英进县受审 /219
三十三、双胞胎深山遇恶狼 /224
三十四、生死边缘 /232
三十五、食药共济 /245
三十六、走出绝境 /252
三十七、理想的转折 /262
三十八、狼狈为奸 /276
三十九、省城暗访 /290
四　十、病牵前缘 /296
四十一、韩士英错案昭雪 /303
四十二、魂归故里 /309
四十三、李书慧洒泪吐真情 /315
四十四、柳暗花明 /324
四十五、新的起点 /333
后　记 /339

引 子

1986年的初秋。

一天上午8点钟，一趟从省城开往北京的首发列车正待发车。

有一个三十多岁的男子，手中拎着一个提包，满头大汗地跨进了十号车厢。对号入座后，他把上衣脱下，只穿件白色的挎带背心，他把提包举到列车的行李架上，然后，一边擦汗，一边又把上衣挂到了列车的衣钩上。他的动作自然而娴熟，等把这一切办妥，刚才紧张的情绪，似乎松弛了下来。

原来这位乘客，名叫韩士雄。今天去北京，参加一个由中国医学界组织的学术研讨会。他本不想去，但禁不住对方的再三邀请。他的家乡在农村，今天是坐客车从家乡赶来的，由于客车中途出了点故障，耽搁了时间，险些使他赶不上这趟火车。

闲下来发现，在他对面的座位上，坐着两位中年男性乘客，这两位男子似乎有些眼熟，好像在哪里见过面，又一时想不起来。

年岁大一点儿的男子，大约有四十八九岁光景，中等身材，上身穿一件浅灰色长袖衬衣，面颊清瘦，两鬓的头发都已花白，戴一副眼镜，正在闭目养神。

年岁小一点儿的，大约四十开外，个子不高，上身穿一件白色的短袖衫，圆盘脸、大眼睛，手里拿着一本医学杂志，正在专心阅读。

首先，这个圆盘脸的男子，吸引了韩士雄的目光。他观察了好一会儿，忍不住问道："你是一位医生吧？"

圆盘脸的男子，抬起了头，对着韩士雄点了一下头。

"你在赤镇卫生院里待过？"韩士雄又问。

对方又点了一下头。

"你姓刘，是刘医生吧？"

被称为刘医生的男子，用奇怪的眼神审视着韩士雄。从他那表情里透露出，好似从来不认识韩士雄。

"我是韩水河村的，我叫韩士雄，我患过肾炎，你去过我家里给我看过病，你忘记了？”韩士雄提醒说。

“噢，你是那一个肾炎后期的患者？”

“对，那就是我。”

“真的是你？！”

“那还有假！”

“当时，我认为你的病，无药可救了……”

“正是因为你让我家里准备后事，结果使我们家里虚惊了一场。你看，我现在不是活得好好的？”

刘医生听到这里，脸色微微一红：“都怨我当时误诊误断，妄下结论。”

“这不怪你，当时好多医生，都给下了不可救药的定论，实际上也就是一份‘死亡’通知书。”

两个人的一问一答，惊动戴眼镜的男子，只见他摘下眼镜，擦了一擦镜片，又重新戴上，仔细打量起这个叫韩士雄的旅客。

“你叫韩士雄，住过省医院？”

“住过，我是1969年12月住的。1970年春节，是在省医院病房里度过的。”

“你还认识我吧？”

“您是——石医生？！”

“是的，我就是省医院里，给你看过病的石医生。”

“我说怎么这么眼熟啊，老想不起来，原来变化太大了。”韩士雄有些激动，连忙站起身来，伸出双手，紧紧握住石医生的双手，久久不肯松开。

“都快二十年了，你们年轻人脸上，都起了皱纹，我能不老？”石医生说到这里，话锋一转，反问道：“你这次也是去北京？”

“我是受一个朋友之邀，到北京去参加一个学术研讨会。”

“这么巧？我们不会去北京参加同一个学术研讨会吧？！”石医生说到这里，很感兴趣地问，“说说，你的这个朋友是谁？”

“这个人你们可能认识，他也是医学界的一个教授，在中国医学科学院工作，他的名字叫马启瑞。”

“马启瑞？”石医生听到这个名字，十分惊讶。因为他们的北京之行，也是受马教授之邀啊！莫非研讨会上，那一个现身说法的患者，就是来自农村的韩士雄？

马启瑞可是一个严谨的科学家，他曾在医学界做出过贡献，是一个有影响力的医学新秀，现在调入中国医学科学院，他绝不会拿一个学术研讨会开玩笑的。

石医生想到这里，用一双医学家特有的锐利的目光在韩士雄身上又重新审视了一遍。他从韩士雄的精神状态中，终于相信了，马启瑞教授三番五次给他们推荐的这个自调药方战胜顽疾的青年患者，就是韩士雄。

“原来参加研讨会，介绍自身疗法的患者，就是你啊！”在石医生的问话语气中，无不充满了惊喜。

“说不上是自身疗法，不过是在肾炎的治疗过程中，按照您的治疗方法，总结了一点儿经验而已。”

“这就了不起，很了不起。敢于拿生命做赌注，采取激素和中草药联合治疗，就是了不起！”石医生一连说了三个了不起。接着又无限感慨地说，“强的松在治疗应用上，很难把握，一般医生都不敢大胆去使用。听马教授讲，你能把强的松和几味中草药相结合，并能把它的疗效，发挥到了尽善尽美的境界。这真是个奇迹啊！”

韩士雄在石医生的一片赞扬声中，有些不好意思。

原来，石医生 1970 年后半年，离开了省医院，调到了省医科大学任职。刘医生也是在给韩士雄输完最后一瓶葡萄糖后离开了赤镇医院，去省医科大学深造。所以对韩士雄后来的情况，就不甚了解了。

在培训班里，刘医生正好成了石医生的学生。毕业后，刘医生就留在了石医生身边。他们两个，从师生关系渐渐变成了一对科研搭档。他们现在正在研究一个项目：坏死肾细胞的复苏。

这一课题，是世界医学界的共同难题。如果能攻克这个难题，将使肾衰竭这个顽症，在今后的治疗中，能有一个新的突破。

今天，他们师徒二人是受同仁的邀请，到北京去参加一个学术研讨会。没想到在列车上碰上了韩士雄，这也真是天作之合啊！

这时候刘医生插话道：“《黄帝内经》上说，喜伤心，怒伤肝，恐伤肾，思伤脾，惊伤胆。别的几项说法都没有非议，唯独有人不赞成恐伤肾这个观点，坚持忧伤肾这个说法。我们要在这两个不同的观点中，寻出个正确答案。在这半年多的时间里，我们走访了一百多个肾炎患者，到目前为止，还没有得出结论。”

刘医生说到这里，停顿了一下又说：“我们现在不仅要研究出，肾脏患病的起因，还要研究出肾细胞的再生。这样的课题，必须要在我们这一代来完成。否则，祖国的医学发展，就要落后于世界上的其他国家。”

石医生见韩士雄还站着，忙招呼他坐下。然后接着刘医生的话题说：“刘医生说得对，今后我国的医学发展，还真是一个艰巨的任务。我们必须把祖国的中医治疗，和西医结合起来，去共同挖掘医学界，这块奥妙无穷的瑰宝。今天，我们能在列车上相见，真是有缘。你能否把你的自身疗法，先给我们介绍一下？”

石医生想先听为快。

这时候，刘医生又提出了不同的建议：“石老师，我看这个自身疗法不着急，早晚要在研讨会上演讲和讨论的。还是让士雄把他的一生详细介绍一下，好让我们对他病情的起因与结果，有一个全面的了解。”

“那样最好。”石医生赞同道，“有不平凡的一面，就有不寻常的一生。士雄把你的经历，从头到尾慢慢地给我们讲一下，刘医生又是一个文学爱好者，喜欢搜集好的素材，说不定他要把你这不平凡的一生，写成一部小说来发表呢！”

石医生的话，使他们三个人都笑了。但笑声过后，要讲韩士雄这段不堪回首的人生经历，韩士雄的神态，不由得一下变得凝重起来。

在这奔驰的列车上，他的思绪渐渐飞回了家乡，沉浸在了那个风雨飘摇，而又艰苦卓绝的蹉跎岁月……

一、少年时代

（一）

在冀南平原与太行山脉接壤之处，有一道纵横南北的绿岭山冈，这道绿岭山冈就是古今闻名的卧龙岗。卧龙岗蜿蜒延伸二十多余里，像条巨龙盘踞在太行山脉前沿。

在卧龙岗西侧有一条弯弯曲曲的河流。这道河流自西向东湍流直下，等挨近了卧龙岗脚下，拐了个九十度的急转弯，顺着岗坡的走向，从南往北流去，这就是韩水河。

韩水河发源于西部太行山主脉，除去暴雨季节洪水肆虐外，一年四季都在恩泽着这里的劳动人民。冬天，光滑如镜的冰面上人们在纵情欢乐；夏季，在那哗哗溪流和碧波荡漾的河水中，有取之不尽的鲜鱼美虾。

浅滩布满芦苇，两岸绿柳摇曳，上百种鸟儿在这里欢聚歌唱，构成一幅美丽的风景画。

韩水河村就坐落在河水的北岸，整个村落被绿岗拥抱，碧水环绕，犹如翡翠里裹着一颗璀璨的明珠。

韩水河村，村子不大，有六百多口人，大都是韩姓人家。相传，很早很早以前，从山西大槐树底下，逃荒下来两个姓韩的兄弟，老大进城去做了生意，老二在这里垦荒种地，落地生根。光阴荏苒，一晃多少个世纪过去了，老大在城里生意虽很红火，但人丁不旺，世代单根独传；老二却代代繁衍，在这里已经演变成一个村落，韩水河村名字就是根据这里的地理位置而诞生。

韩水河村也有几户李姓人家，据说是新中国成立前讨饭来这里的。

1951 年 2 月，韩士雄出生在韩水河村一个平民家庭里，他排行老二，老大韩士英，比他年长四岁，等他长到五岁，家里除了多一个妹妹韩士媛外，还多了一对双胞胎弟弟韩士豪和韩士杰。家庭的负担压得父母喘不过气来，韩士雄的父亲韩元忠是个忠厚本分的农民，韩水河村共有三个生产小队，他担任着韩水河村第二生产队小队长职务，除了整天忙于生产，剩余的时间还得在生产队里，根本没有时间照顾家里。韩士雄的母亲赵梅如，人很能干，面对一个八口之家，就是有三头六臂也忙不过来。白天她要下地干活，一切家务都要中午和夜间操办。比如说一家人的穿衣，那年代都是靠自己织纺的土布来打理。首先把棉花弹了以后，一根一根纺成线，再一梭一梭织成布；然后用土办法染上各种色彩，再一针一线缝成衣服。

吃饭用的面粉，也都是人力推碾推磨碾出来的，队里的牲口由于地里农活忙不过来，没有时间拉碾磨，只有靠人力来完成。农活忙时，都是现吃现推，尤其是秋收抢麦季节，几乎是天天起早落晚推碾捣磨。

家庭的拖累使年仅五岁的韩士雄，不得不当大孩子来使唤，他那稚嫩的身子整天背着弟弟士杰；士豪由哥哥士英看管，士英比士雄力气也大，可士雄从来不让士英帮忙，是他的责任，他要独立完成。

有时候韩士雄那颗幼小的心灵里，也十分羡慕同龄伙伴儿的幸福生活，像韩思阳和韩狗剩比自己还大两岁，除了自己自由自在玩耍外，还时不时在母亲跟前撒娇。可他整天背着弟弟看着、护着，如果不小心磕着了碰着了，或者尿湿了裤子了，回去后还得挨母亲的训斥。

韩士雄像一棵茁壮的小树，在风雨中磨炼，在困境中成长。

1959 年，韩士雄终于能上学了，他特别高兴，这一年他已经八周岁，比别的儿童晚上一年学。他上学以后学习刻苦，成绩优秀，可是不到一年，家里又添了个妹妹，母亲为了家务经常让他去学校请假。用老师的话说：韩士雄上学“三天打鱼，两天晒网”。

1960 年，韩士雄一家吃饭成了问题，像干萝卜叶和洋槐叶、榆树叶都成了充饥的食品，大人们还好说，孩子们常常饿得哇哇大哭。

这时候由于家庭负担过重，韩士英不得不自动辍学，父母没有办法，只有让士英到生产队里干活。那时，士英才十三岁，高小只读了一年。在生产队里干一天活只能挣半个工值，当时一个工值 10 分，合人民币三角钱。

这年麦子又收成不好，麦收过去十多天了，老天爷没有下过一滴雨，星期天赵梅如让韩士雄去地里拾麦穗，正好韩士雄的表弟丁瑞和伙伴思阳、狗剩在他们家里玩耍，于是他们几个一块儿拎只小篮子去地里拾麦穗。

大地里干巴巴的火热，如果扔根火柴准能把大地烧着。这么毒的日头，哪里能捡到麦穗？他们费了半天的劲儿，也没捡到多少麦穗，挨到中午，他们的收获还不到一篮底，可是回到家里，赵梅如见了十分高兴：“哎呀，捡得不少，”说着用手搓了搓，“有一捧，够给你妹妹喝两顿面糊糊了。”

韩士雄的母亲赵梅如鼓励士雄明天还去捡。士雄拗不过母亲没办法，一连又捡了几天麦穗，麦地里麦穗儿本来不多，收获也越来越少了，表弟丁瑞和伙伴们都上学去了，韩士雄形单影只得像一只孤雁在麦地里转来转去。他转遍了整个韩水河村的麦地，有的地块他不知转了多少遍？只要是太远地瞅见一个麦穗，他的心就会怦怦地跳动起来，好似发现了宝贝一样高兴。

这一天，太阳火辣辣的像个火盆，烤得大地都要发焦了。韩士雄看看天空太阳临近中午了，又看看篮底上才捡的几个麦穗儿，感到肚里饥肠辘辘的，两眼直发黑。他一屁股坐在一个土疙瘩上心里犯了愁。

忽然听到有人喊他："士雄，你饿了吧，我到处找你找不到你，原来你在这里。"韩士雄扭头一看，是表弟丁瑞正气喘吁吁地向他跑来。丁瑞和士雄年岁一般大小，就是个子比士雄矮些，人也比较单薄，他和士雄一样光着脊梁，只穿一件小短裤，只见他从短裤兜里掏出一个脏兮兮的小麦面饼子来，递到士雄手里："给，你吃吧，这是爷爷留给我的，我吃饱了，特来送给你的。"

原来丁瑞的家在丁村，和韩水河村是近邻。丁瑞的爸爸妈妈都在外地工作，丁瑞在家乡跟着爷爷奶奶住，丁瑞的爷爷是食堂里的管理员，又加上他的爸妈不在家，因此爷爷奶奶都很疼爱他，好吃东西都要留给丁瑞吃，所以在吃食上丁瑞从来不受委屈。

韩士雄从丁瑞手中接过小麦面饼子，馋得直流口水，他虽然很饿，但舍不得一人独享："我们分分吧，一人一半。"

当时农村中都成立了大食堂，人们的口粮标准很低，一个大人平均每天的口粮是0.72斤，就是配上糠、配上菜也填不饱肚皮。粮食大都吃的是红薯面。小麦面在过麦当中能吃上七八天就算不错了。今天韩士雄还能吃上小麦面饼子，真是打心眼里高兴。

丁瑞告诉了韩士雄他已吃饱了。韩士雄自己吃起来，他吃得很香甜，很开心。他已好久没有吃过一顿饱饭了，今天他吃了这个小麦面饼子，感到胃里没了刚才那般难受了，双眼也不发黑了，浑身也充满了力气。

他们兄弟两个一起来到韩水河的树荫处，找到一汪儿泉水坑，喝了一阵清凉的泉水。由于干旱，韩水河的水位下降了许多，河床里的大石头裸露了出来，他们找了一个平缓的水坑玩了一会儿水，洗了个痛快澡。然后躺在一棵大柳树下，仰望着天上蓝天白云，聆听着鸟儿鸣唱，心里有着说不尽的惬意与幸福。

多少年后，韩士雄一想起这件事还历历在目。他深切地感受到，世界上的美食佳肴都没有表弟这个小麦面饼子珍贵和回味无穷，那种甜丝丝、香喷喷的感觉永远保留在他的记忆里，足够他一生来品味和享受。在他心里再没有好吃的东西能与它抗衡。

一场大雨后，麦地里都播种上了玉米和谷子的种子，既是落下个别的麦穗，也都生根发了芽。韩士雄终于解脱了捡麦穗这种苦差事，他高高兴兴又去学校上课。老师却生气地说："你这个学生，简直不是来上学学习的，是来学校占位置的。"

老师的话像钢针一样刺疼韩士雄的心，直到多少年后，一想到这句话，心里还在隐隐作痛。

韩士雄很聪明，也很用功，他不但学习好，从小对小人儿书情有独钟。小朋友们都喜欢把父母给的零花钱买成好吃的，韩士雄从来不肯浪费一分钱，他把父母给他的压岁钱都积攒起来。每年赤镇庙会上，县城新华书店都要到庙会上来摆摊售书，书摊上有好多他喜欢的小人儿书，比如说有《岳飞传》《水浒传》《三国演义》《西游记》等，这些连环画，他几乎都买全了。

有一年五月二十八日是县城庙会，正好是个星期天。韩士雄和韩思阳、韩狗剩听说县城来了杂技班很好玩，他们和父母告了假，徒步二十里去县城赶庙会。到了县城他们先来到新华书店。韩士雄一下被书架上的小人儿书迷住了，他买了一本又一本，把母亲给他的两元钱花光了，还借了思阳和狗剩的吃饭钱，结果弄得思阳和狗剩不但没有看成杂技，还陪着士雄整整挨了一天饿。

韩士雄喜欢书中的英雄人物，特别崇拜民族英雄岳飞和课文中的黄继光、董存瑞、邱少云、雷锋……他们的英雄事迹，都在他那幼小的心灵里烙下了深深的烙印。他从小就立下了一个志愿，长大后一定要当英雄。

韩士雄升到三年级时，他被提成了班长。韩思阳和韩狗剩因为没跟上班留了级，他们三人都赶到了一个年级里。这时候新调来一位姓张的年轻老师，二十多岁，高鼻梁大眼睛，教学方式比原来的老师严厉多了。课程上增加了美术课，每天中午还要每人写张毛笔字。韩士雄的弟弟妹妹逐渐长大了，韩士雄的学习时间没有再被耽搁了，基本步入了正轨。他不但语文、算术成绩好，美术也凸显出天赋，美术课上他还能把小人儿书上的人物和花鸟画得像模像样，他的毛笔字写得也不错，为了写好毛笔字，父亲专门给他买了柳体字帖。他中午练，假期练，下雨天练，一年工夫他的毛笔字写得工整有力，不同凡响。旁人常常误认为是老师给学生写的范本，根本不相信一个十几岁的孩子，能写出这么苍劲流畅的柳体楷书来。他的毛笔字常常被老师用红笔打上双优。

由于韩士雄从小喜欢博览小人儿书，书中的故事情节，和那丰富的文字造句，使韩士雄在语文基础上收获很大。他对汉字的悟性很强，汉字不但音节繁杂，而且意境深奥，一个汉字有多种语音，多种含意，一旦错用，所反映出来的思想会截然相反。一个汉字，在一句话里的去与留，也会带来迥然不同的效果。特别是成语的应用，用得恰当，会给文章起到画龙点睛的作用。例如“一贫如洗”这句成语，在小学课本上没有学过。有一次老师出了个作文题目：“我的一家”。

韩士雄把自己家的生活状况，和新中国成立前，受地主压迫、房无一间、地无一垄、爷爷和父亲一家人出外逃荒要饭的悲惨情况，做了对比。并把“一贫如洗”这个从小人儿书中学到的成语，恰如其分地用到了旧社会的苦日子中去。一句成语使他的文章增色许多，他的作文常被老师当作范文在班里宣读。

少年时代一年一变化，韩士雄已经出落成一个翩翩少年了，张老师不仅喜欢他的外表，同时还发现了韩士雄很有才华，德才兼备。一天放学了，张老师把韩士雄留了下来，他用一种祥和的目光看着韩士雄，并给韩士雄提出了一个意想不到的问题：

“我想让你来学校，跟我做伴，你愿意吗？”

“我愿意。”韩士雄很高兴地答应了。

“那你回去给你父母商量一下，没意见今晚就搬过来睡。”张老师期待地叮嘱着。

韩士雄回去跟父母亲一说，家里人都同意。一则家里兄妹多，虽有一条大炕，但也紧张，再则跟着张老师睡闲下来还能多长知识。

就在这一天晚上，韩士雄第一次离开了父母，搬上了小行李卷儿，住进了小学校。

（二）

韩水河小学校就设在村西口，和大队办公室建在一块儿。一趟坐北朝南的大北屋。当时农村的学校，就是农村中的活动中心。大队虽有办公室也是个摆设，白天没人办公，晚上没人值班，村里邮来的报纸和信件都要送到学校。靠小学生传递到户里。农村的会议都是晚上召开，无论是干部会，还是群众大会，都要到学校召开。夏天在学校门前的操场上，冬天在学校的教室里，就是一些下乡娱乐活动，也不例外，都要在学校操场上举行。

除去以上的官场活动外，学校也没有清静过，农村中白天人们都要忙于庄稼活儿，一到晚饭后，便是人们消闲的黄金时间。例如：来学校看报纸啦、打扑克啦、下象棋啦、坐夜闲唠嗑啦，常常一熬就是半宿。

张老师很年轻，人很豁达，他对于这些都应付自如。他善解人意，他很喜欢结交形形色色的人物。他和乡亲们的关系都处得很融洽。所以上有国家大事，下有村闻趣谈，都要赶到晚上来学校交流畅谈。

20 世纪 60 年代的中国，是刚刚走出灾难的初期阶段，宣传教育方面还很落后，特别是农村中，条件更差些，连个收音机都很难看到。像电视机这个名词，听都没有听说过。茶余饭后，人们闲着没事儿，喜欢聚到一块儿扯扯新闻，学校自然而然就成了人们欢聚的场所。

在这期间，韩士雄见识了各式各样的人物，但让他接触最多的有三个人。大队党支部书记韩进先，此人有五十岁年纪，身材瘦瘦的，很精神，每当看报纸时戴副老花眼镜，平时不苟言笑，给人一种高高在上的感觉。在读报纸或者是与人交谈当中，不喜欢坐在椅子上而是蹲在椅子上。他的文化不高，能读通报纸，人很精明能干，听说是 1938 年入党的老党员，他喜欢从报上看些国家大事，和谈论些党的政策，因他白天有些空闲，所以他是学校白天的常客。

再一个是韩狗剩的父亲，大队会计韩怀春。韩怀春四十左右，白净脸，浓眉毛，大眼睛。听人说新中国成立前读过高小，后来参加过解放军，时间不长负了伤，回村当了农民。老支书看他是个人才，就让他当了大队会计，跟韩怀春初次相识的人，都认为他言语不多。等交往久了，就会发现，他是一个思维敏捷，十分健谈的人。他对事物观察入微，能把复杂的一件事，讲得头头是道。他喜欢跟上层人物打交道，有时候也跟群众玩一个小恩小惠什么的，他不喜欢去左邻右舍串门，但他却是学校晚上的常客。

第三个人物就是李长贵，李书慧的父亲，李长贵是个平民百姓，没有文化，有五十岁上下，岁数和老支书韩进先差不多。人长得慈眉善目，体胖腰圆，有副弥勒佛般的尊荣。此人脾气好，爱下象棋，只是棋艺不精，常常是输多赢少，人们都爱和他开玩笑，“臭棋篓子”就是他的绰号。李长贵是不管刮风下雨、白天黑夜，一有空闲准来。

李长贵也是韩士雄初学象棋的启蒙老师。

韩士雄升到了四年级，老师安排了，每天晚上有两个小时的夜自习。学校买来了几盏罩子煤油灯，让学生晚上温习功课用。当时还没有电灯，罩子灯是最先进的照明工具，它不怕风，灯头处有旋扭，灯头亮度可随意调整。使用起来很方便，夜自习一直坚持到第二年夏天。

自从有了夜自习后，学习课程安排满满的，星期日的晚上，才是韩士雄自由活动时间。张老师除去开会外，星期日都要回家去度过。他的家离学校有十多里，每次都是星期六下午走，星期一早晨赶到。老师一走，韩士雄就会把韩思阳和韩狗剩约来，在学校做伴。他们三个犹如脱缰的野马，肆无忌惮地玩耍，有时候在床上翻跟头、比腕力，折腾够了，也不脱衣服躺下便睡，一觉到天亮。一星期的紧张情绪，在这不亦乐乎玩闹之中，立马烟消云散了。

有时候他们三个轮着和“臭棋篓”下棋，韩士雄和韩思阳都能轻松取胜。只有韩狗剩赢得费劲，没办法了，韩狗剩就偷拿“臭棋篓”的棋子。常常把“臭棋篓”弄得晕头转向，本来算起来是场赢棋，到了关键变成了死棋。“臭棋篓”一头雾水的憨相，惹得他们三人一阵开怀大笑。

韩士雄在四年级几个同学中，除了韩思阳、韩狗剩和另外三个男同学外，还有两个女同学，一个叫李书慧，一个叫韩胜兰。李书慧学习成绩好，人长得也俊俏，弯弯的眉、大大的眼，两只乌黑的小辫子，把红扑扑的脸蛋儿衬托得十分好看。韩胜兰学习成绩不佳，爱耍小姐脾气，在班里人缘比较差。一般同学们都不愿意招惹她，只有李书慧跟她相处得很近，因为她是老支书韩进先的女儿，所以人称支书千金。

小学时期，同学们最喜欢的是上体育课，学校里没有体育设施，体育课上都是以游戏为主。小学唯一的体育设施，就是一个简单的跳高架，和一只皮球。这个跳高架，还是老师通过村里木匠制作而成的，架桩上按尺寸钉着一排铁钉，每个铁钉都标上尺码，显示桩杆位置的高低。这只能供三、四年级的大同学们用。学校里做游戏用得最多的还是那只皮球，大小同学都适宜。同学们围个大圆圈，挑几个同学进入圆圈中间当靶子，外围的同学用皮球投中心的“靶子”，只能投下半身。投中了的同学被淘汰，谁剩到最后算优胜。

不用任何设施的游戏活动，经常是“猫捉老鼠”和“丢袋”。关于“猫捉老鼠”是同学们站着手牵着手，围成一个大圆圈。从同学们中挑出两只“猫”和“老鼠”来，这都不是死数，是看学生多少而定。学生多了，圆圈大了“猫”和“老鼠”就多几个；学生少了圆圈小了，“猫”和“老鼠”就少些，“猫”和“老鼠”的人数要对应。“老鼠”在圈里拼命地往外钻，“猫”在圈外使劲逮。“猫”只能在圈外逮住“老鼠”才算赢。这个游戏有时间限制，时间到了，“老鼠”一个也没逮住，算“猫”输；反之算“猫”赢。

“丢袋”是一个比较文明和省力气的游戏，但也是一个动心眼儿的游戏。同学们都蹲在地上，面朝里围成一个圆。不准向后看，但要注意“丢袋”人的动作和表情。玩“丢袋”的人，不用多，一个班十来个同学抽出一个就行了。他们用随身携带的手绢、铅笔刀，或者其他小物件都行。绕着同学们的身后转，可以把东西随意丢给任何同学。有时做出许多假象来迷惑同学，等你失去警觉后，他真的把东西放到了你的身后，如果丢在身后的东西本人没发现，等“丢袋”的同学转了一周回来捉到了你，被捉同学就得站起来给大家伙出个节目。节目很随意，唱一首歌或者学一下鸟儿叫都行。

这一节体育课，是老师有意安排三、四年级合上的游戏课，也是四年级毕业前最后的一节体育课。“丢袋”游戏开始，李书慧和韩狗剩扮演“丢袋”人，李书慧用的手绢，韩狗剩用的是一个小皮球。两个人绕场转了一周，开始装模作样，弯腰弓背制造假象。在真正想丢的同学背后，反倒不显山露水。书慧“丢袋”成功，她把“袋”丢给了韩胜兰，胜兰没发现。等书慧捉到了胜兰时，胜兰立刻把小嘴噘得能拴住头驴，书慧却“咯咯咯”地笑个不停。

韩狗剩“丢袋”没有成功。他佯装把“袋”给韩士雄丢下，却暗中放到了韩思阳背后，可思阳早有准备，不等韩狗剩绕够半圈儿就追上了他。

狗剩和胜兰每个人出了个节目，胜兰羞涩地唱了一支歌儿，韩狗剩“汪汪汪”学了几声小狗叫，狗剩的洋相立刻引起了同学们一片欢乐。

接下来的游戏是“猫捉老鼠”。这一回韩士雄和韩狗剩扮演“猫”，李书慧和韩胜兰扮演“老鼠”。各就各位后，游戏开始了，“老鼠”开始活动起来，“猫”也伺机待扑，几个回合下来，不分胜负。眼看时间快到了，狗剩瞅准时机逮住了胜兰这只“老鼠”，并且抱住胳膊死活不肯松手，可是狗剩个子小、力气也小，没有胜兰力气大，“老鼠”一口气儿把“猫”拖进了圈里——“鼠”洞里。

韩士雄这边也见结果了，李书慧见胜兰被捉，一时疏忽，被士雄逮个正着。可士雄没有像狗剩那样死死抱着不放，而是抱住了又松开了，然后用手扯住书慧的衣角，结果被书慧挣脱，也逃进了“鼠”洞里。

游戏结束了，同学们笑得都弯下了腰，有的笑得直叫肚子疼。

游戏过后，韩狗剩心里很憋屈，他埋怨爹娘没有给他生出个好身板来，连个女生也拽不住。他又埋怨韩士雄，把逮住的“老鼠”又放了，没有坚持住，丢了男同学的脸面。韩士雄只是笑了笑没有搭腔，当时他也说不清是怎么一回事，当他抱住李书慧的一刹那，有种软绵绵的异样感觉，使他立刻又松了胳膊，他也说不清是什么感觉。

升学考试马上要开始了，考试前的紧张准备工作，冲淡了一切与学习无关的杂念。

小学时期的生活是美好的，也是最容易回忆的，韩士雄和同学们就这样一起结束了快乐的小学生活。

（三）

1963年，韩士雄以优异的成绩考入赤镇高小，同时考上的还有李书慧、韩思阳和韩狗剩。韩士雄的表弟丁瑞没有考上高小，时间不长，就随父母转到外地读书去了。

这年夏天，暴雨一连下了七天七夜，洪水泛滥，一片汪洋，庄稼冲毁，房屋倒塌，大雨过后到处是一片疮痍。这时的韩士雄已经长成半大小伙子了，他身材高大，能比同龄人高出半头。风雨的磨炼使他出落得英俊而健壮。等他帮助家里处理完一切事宜后，才去学校报到。等他到学校报到，已是学校开学第二天了。

班主任姓蔡，有五十多岁，虽然瘦骨嶙峋，但挺有精神，特别是那双眼睛，盯着你的时候能使你感到发怵，好似能洞悉到你的骨子里。听说蔡老师很有学问，是在新中国成立前省师范毕业，他的同学有的在国民党内做大官，有的在共产党内做了大官。他在青年时期是一个中立派，一心想当个好教员，同时又倾向于革命，新中国成立后一直热衷于教育事业。他的教龄在全县教师队伍中最长，他的工资在赤镇学区最高，他常常帮助一些贫困学生，帮助他们交纳学费。他给学生定的纪律，很严厉，学生都很怕他。在他脑后凸出个小肉瘤，有红枣般大小，暗地里学生们喊他“蔡疙瘩”。

升入赤镇高小，韩士雄的视野更开阔了，业余生活也更丰富多彩了，特别是体育方面，如：单杠、双杠、篮球、足球、乒乓球，他在小学根本没见过。除了完成好学业外，韩士雄还是个体育爱好者，很快他就掌握了这几项体育运动的基本要领，特别是乒乓球，课余时间大部分时光都消磨在乒乓球台上。蔡老头也好似对他情有独钟，他一眼就认准了韩士雄这棵好苗子，第一学期开课不久，便把韩士雄提升为班长。

高小没有住宿生，都是三里五乡的走读生。学校要求本村学生中午可以回家吃饭，其余学生都要带干粮。当时学校专门有一口大锅，除了免费熥干粮外，还要烧上一大锅开水供中午同学们饮水用。

同学们带的干粮各式各样，从携带的干粮中，可以判断出家庭的生活状况，家庭条件最好的是带白面馒头或烙饼，这是当时极少数。生活条件次一点儿的是带玉米面饼子。再差的是带红薯面饼子和红薯块儿。韩士雄家里因兄妹多，母亲忙不过来，经常是带上几块熟红薯块，算是一顿中午饭。韩思阳上有两个姐姐家庭负担轻，常带红薯面烙饼。李书慧下有妹妹条件和思阳差不多，不是玉米面饼子，就是红薯面饼子。唯独韩狗剩娇贵，家中独苗一个，不是白面馒头就是白面烙饼。中午这顿饭没有任何菜，有的同学从家里带一些老咸菜来，大家能分享一下就不错了。

韩狗剩在全班五十多名同学中，算是吃得最好的，但是学习成绩是全班倒数第一名。几次考试，语文、数学都不及格，历史和地理、自然更是考得一塌糊涂。蔡老师对学生的作业检查得很仔细，例如：数学作业本上每一个字母，或每一个加、减、乘、除符号，都要求非常规范。点画长了不行，横画短了也不行，一切要求标准化。错误之外都要用红笔批示。他对语文要求也很严厉，要求书写工整，一笔一画不能有任何差错。韩狗剩的作业本，经常被当作反面教材，在班里课堂上传阅。数学作业书写的不仅脏，而且乱，算式层次模糊不清。语文作业字迹潦草，作文没有主题思想。有时老师的批语比韩狗剩写的作文都长。

有次作文课上，班主任让同学们，把做好的作文互相阅读修改。正好韩狗剩的作文传到韩士雄手里，作文的题目是“记一件事”。韩狗剩写的是夜间护秋一件事。有一段话他是这样写的：“……在一个皓月当空的夜晚，亮晶晶的星星布满了夜空，一眨一眨地闪着银光……我去队里看秋。”

韩士雄看了，给他批上：“月亮明了，星星就没有这么亮了……”

韩狗剩看了韩士雄的批语心里不服气，他觉得自己这段句子造得很完美。要求老师批示。班主任蔡老师看了后，又给他批上“月朗星稀”这四个字。

韩狗剩经过夜间实际观察，终于心服口服。李书慧由于成绩优秀，不久被提升为班里的学习委员。韩狗剩在韩士雄和李书慧的帮助下，学习成绩有所提高。韩狗剩的大脑思维能力并不差，只是没有用到正道上。像猜个谜、行个令、说个谎、骗个人，他都能做到不加考虑，立马就来。在课堂上爱搞小动作，往同学背上贴个纸条啦，趁人不注意从屁股下面撤个凳子啦，他都做得顺风顺水，得心应手。同时还有个爱占小便宜的毛病，平时借同学们的一张纸啦、一块橡皮啦，从不想还，暗地里还时不时做些偷鸡摸狗的小勾当。

有一次，一位叫王友贤的同学，刚买的新式削铅笔刀，放在自己的课桌里丢失了。报告到班主任那里去，班主任让韩士雄暗中调查一下，看班里学生有没有小偷小摸行为。这个新式削铅笔刀，韩士雄见过，只要把铅笔一头伸进去，轻轻一旋转，削出的铅笔又快又好，又不伤铅。

韩士雄把这件事告诉了韩思阳，此时韩思阳成了班里的活跃分子，他成绩中等，但人缘很好，身子比较单薄，头长得又小，又活泼爱动，一副“猴头猴脑”的样子。爱闹的同学有喊“猴哥”的，有喊“猴弟”的，也有喊“猴头”的，称呼五花八门，韩思阳也应付自如，自得其乐。

韩思阳听说是这件事，挠了挠头，回忆了一下说：“狗剩最近有个新式削铅笔刀，有点儿怕人看见似的，常常暗地里用……”

韩士雄听到这里，心里明白了七八分，因为狗剩娘这一段时间常闹病，家里经济一时紧张，狗剩的小偷小摸毛病又犯了。他告诉韩思阳这件事先不要声张，等到中午吃饭时间，问问狗剩。

韩狗剩开始死活不承认，后来韩士雄让韩思阳去狗剩的书包里翻出了那个新式铅笔刀。证据面前韩狗剩不得不低头认错，他承认了东西是他偷的。韩士雄让韩狗剩把东西还给王友贤，韩狗剩红着脸不敢去。

这时候韩思阳出主意说：“东西我去还，就说扫地时从地上捡到的，一时忘了，没有及时上交。”

理由虽说很牵强，但也能讲得通，韩士雄决定让韩思阳来完成这件事。王友贤同学见自己的心爱之物失而复得，心里十分高兴。韩思阳把这一件事办得很圆满，失主和老师都没有再追究。

自从发生了这件事情后，韩狗剩的“嘎”劲收敛了许多，也蔫了好几天。上学的路上老躲着大伙儿走，大伙儿在前面走，他在后面跟，好似一个小尾巴。韩士雄怕狗剩思想“疙瘩”解不开，消沉下去对学习不利，示意大伙儿等等狗剩。

等狗剩跟了上来，韩士雄说：“今天我提个建议，咱们来个百米大赛，谁落在最后，大伙儿可以奖给他个绰号，无论叫什么，都得答应。书慧来当见证人，大家伙儿觉得如何？”

韩狗剩一听，士雄这个建议，一下来了精神。他自恃跑得比思阳快，他要在自己的强项上，压住韩思阳，出出这几天憋在胸中的闷气。韩士雄画好了起跑线，定好了前面的大杨树为目标，由书慧喊开始口令。

三人听到书慧的口令，立刻奔跑如飞，快到终点了，韩士雄已超到了前面，韩狗剩和韩思阳并排跑着，不相上下。此时的韩狗剩眼看自己占不了上风，起了歪主意，想给韩思阳使个绊儿，不想弄巧成拙，自己反倒滑了个跟头。这下韩狗剩可傻眼了，不得不在一片欢笑声中，等待大家伙儿给的奖励。

韩士雄说：“叫狗尾巴吧！”

韩思阳说：“叫狗尿泡。”

李书慧在一旁捂着嘴，咯咯咯直乐，大伙儿最后一致通过，叫“狗尿泡”。

韩狗剩瞪瞪眼儿，又咧咧嘴儿，举举手佯装生气。最后自己嘻嘻嘻地先笑了起来。

在玩耍中韩狗剩的绰号“狗尿泡”叫响了。不久传遍了全班。这件事让班主任蔡老师知道了，他要制止这种不良的风气，不能让这种事情在学校蔓延滋长。

一天自习课上，蔡老师神情严肃地说：“今后任何同学不能相互起绰号，如发现再有人喊绰号，要严加处理。”然后语气缓和下来，又说，“韩狗剩的名字确实不雅，今天我给他起个名字。”

听到这里，全班同学一下静了下来，鸦雀无声等待下文。只见蔡老师稍微斟酌说道：“叫占义，韩占义。”

“韩狗剩、韩占义。好！……”全班同学一下雀跃起来。

韩狗剩非常满意老师给他起的名字，从此韩狗剩改成了韩占义。他请士雄用笔在自己的课本上与作业本上，都写上了韩占义三个正楷大字。

到了年底，第一学期结束了。韩士雄不仅学习成绩优秀，而且担任班长以来，工作成绩显著，他被选举为全班的“三好”学生。

（四）

升入高小的第二年，也就是 1964 年的夏天。学校想组织一次游泳活动，但是缺少游泳教师。新调来的体育老师对其他体育项目都很专业，而对于游泳不很熟练，如果发生溺水问题很难救生。学校为了慎重起见，先从各班抽出会游泳的同学做一次试泳。再从这会游泳的同学当中，选出游泳水平最好的两个同学来担当游泳组长。

这时候，韩占义（狗剩）自告奋勇地站了出来，他说：仰泳、俯泳、蛙泳、潜泳等等一切他都会，他要求承担这个组长责任。

学校领导知道韩占义和韩士雄都是从小在韩水河边泡大的。对于韩占义的话，也深信不疑。决定这次游泳活动，由体育老师带队，由韩士雄和韩占义为组长，配合体育老师来完成这次的游泳任务。

游泳场地就选在了韩水河的浅水湾。这里水面比较宽阔，河底比较平坦，以细沙为主，是个游泳的好场地。体育老师叫来韩士雄和韩占义，他们商量规划出了游泳活动范围。同学们都很遵守纪律，按照规划圈内游泳，玩得都很开心。

韩占义到了水里就不同了，失去了纪律约束。又是在家乡的河里，他自恃自己游泳本领比别人强，一会儿游东，一会儿游西，一会儿潜下水去拽同学们的脚丫子，一会儿浮出水面做个鬼脸儿，往同学们脸上喷水。在游泳方面，他确实会几种游法，但并不是像他吹嘘的那样精通水性，对于游泳方式不过是略知皮毛而已。

在活动时间快要结束的当口，韩占义一人突然向深水区域游去，他告诉同学们说，他要绕上浅水湾的深水区游上一圈，让大伙儿见识见识他的水中本领。

深水区域面积不算太大，两边都可以随时上岸。但韩占义的无组织、无纪律的擅自行动，让老师和士雄很是着急，他们齐声喊出：

“韩占义，快回来！”

“狗剩，快回来 ！”

此时想制止为时已晚，韩占义早已游到了深水区。老师和同学们都十分紧张，只见韩占义在深水区域画了个半圆，又掉头往回游。就在他接近浅水域时，所担心的事发生了，细心的韩士雄发现韩占义的胳膊举了几举，是在发出求救的信号。不好，韩占义有危险！水中离韩占义距离最近的韩思阳，首先扑向韩占义，韩士雄也立马赶去救援。

因为韩士雄和韩思阳知道在那片深水域下面，有一道干旱时排水挖的暗沟。水位不仅很深，而且水温很凉。韩占义的遭遇不是腿肚子抽筋，就是已经筋疲力尽。等韩思阳赶到了韩占义身边时，突然也举起胳膊发出求救信号。这时韩士雄已游到了近前，他发现此时此刻，韩占义求生心切，已丧失了理智。没等韩思阳施展搭救措施，就死死地抱住韩思阳身子不肯松手，韩思阳的手脚被困不能动弹，眼看俩人都要一块儿沉入水底。韩士雄此时很冷静，他曾听大人讲过水中救人的道理。刻不容缓，他挥拳向占义头上打去，韩占义头一晕松开了紧抱思阳的双手，韩思阳急忙挣脱了韩占义的掌控。掉转身来，协同韩士雄一起，一人扯住韩占义一只胳膊，把韩占义拽上了岸。

体育老师和同学们都被吓坏了，围了一大圈不知怎么办才好。过了一会儿，韩占义醒了过来。由于抢救及时，韩占义只是呛了几口河水，一时昏了。现在醒了，真是一场虚惊。事后学校决定撤销了这个游泳活动计划，在全班学生会上表扬了韩士雄和韩思阳舍己救人的大无畏精神，同时，韩占义也受到了严厉的批评。

这件事情很快传到了韩狗剩父母的耳朵里，他们知道了自己的狗剩闯了大祸，要不是韩士雄和韩思阳舍身相救，韩狗剩的小命早就没了。

原来韩怀春夫妇，年轻时并没有少生过子女，不想都早早夭折了。生下狗剩时，为了讨个吉兆，特意请了一个算命先生。算命先生讨要了狗剩的生辰八字卜了一卦，然后告诉说：孩子要想长命百岁，名字须有“狗”字，于是找人起了个“狗剩”名字。按照算命先生的意思，狗为贱命，阎王爷是不会惦记的。说起这个算命先生，不过是一个走江湖的骗子，全凭一张利嘴，能说会道、坑蒙拐骗混口饭吃。真是弯刀对上了瓢切菜，算命先生的胡诌，偏偏和精明一世的韩怀春心思合到了一起。他们为了照顾好狗剩，一家人百般呵护，要星星不给月亮。等狗剩长到十五六岁了，还要婴儿般地看待。这次事又凑巧，蔡老师刚给韩狗剩改了名字，时间不长，就闹出了这件事，韩怀春一家人感觉是“韩占义”这个名字惹来了祸端。他们立刻又把狗剩这个名字更正过来。蔡老师的一番苦心也算白费了。像这种惹祸的根苗不从自身去找，一味儿的愚昧和迷信，谁能辨别出一个子丑寅卯来？真可谓，是狗剩不可能是占义，狗剩就叫狗剩。

狗剩的命不该绝，这次要感谢韩士雄和韩思阳。于是狗剩的父母带着礼物挨家登门致谢，非让狗剩认下士雄和思阳做干兄弟不可。士雄的父母和思阳的父母见狗剩父母情真意切，也只好答应下来。从此以后，韩士雄又多了个“狗哥”和“猴兄”。

这年秋假过后，开学没几天。一天下午在放学的时候，蔡老师把韩士雄叫到自己的屋里，脸上露出慈祥的笑容，告诉韩士雄骑上他的自行车，往他老家送一袋白面，这是他平时节俭下来的口粮，补给家里用。蔡老师的家住在岗丰村，在赤镇东南方向，大约六里，都是崎岖不平的岗坡小路。

韩水河村在赤镇的正东方向，离学校有三里，岗丰村在韩水河村正南方有六里，赤镇、岗丰、韩水河，这三个村子用线路图来表示，犹如一个三角形。蔡老师叮嘱韩士雄，先把面粉送到他家后，再绕道回到士雄家里，等第二天再赶到学校上课。韩士雄接受了老师的任务后，很快地上了路。韩士雄上小学时就学会了骑自行车，不过他家里的自行车很破旧，除了铃铛不响外，各处都响。就是这样的自行车，平时他上学校父亲也舍不得让他骑。

蔡老师的自行车是永久的，有七八成新，平时擦得锃光瓦亮。韩士雄第一次骑这样好的自行车，感到既威风又惬意，40 斤的面粉驮在车架上，根本感觉不到重量，在夕阳的余晖下，韩士雄一路春风地向岗丰村赶去。真是天有不测风云，人有旦夕祸福，十三岁的韩士雄，没有想到他的命中也注定有这一劫。中途拐弯处有一座石桥，桥面是个小缓坡，在桥面中间堆着一堆沙子，显然是准备维修石桥用的。此时韩士雄已到了桥头，才发现那堆沙子，只好把自行车向左边一拐。没想到沙子一滑，自行车失去平衡，向左边倒去，由于在石桥边沿，没有落脚地方，韩士雄一脚踩空，跌落到桥下，自行车也随即掉了下去。

桥有一丈多深，下面是一条干沟，只有大雨过后桥下才会有水流过。在桥的下面，有个发洪水时冲击的漩涡水坑，水坑里的水早已干涸了，里面却淤满了沙子，韩士雄的身子正好跌进了沙坑里。坑边有块大岩石，士雄的头部离岩石只隔 5 厘米。

当韩士雄醒来时，发现有个中年男子在他身边，帮忙把他扶起来，活动活动胳膊和腿脚都没有事，只是额头上擦伤一点儿皮。说来奇怪，自行车和面袋却没有损坏，倒在了离韩士雄三米多远的草丛里。来人帮韩士雄把自行车推到了桥上去，韩士雄也从桥下来到了桥上。

原来这个中年男人就走在韩士雄的前面，当时发觉身后的响声有点不对劲，扭头一看不见了士雄的身影，知道出事了。中年人叫王顺，就是前面岗丰村人，因急着有事办，见士雄没有什么问题，骑车先走了。

韩士雄稍作歇息，简单处理了一下额头的伤口，整了整衣服，正想走，发现自行车的前把有些歪，他把前把调整后，稳了稳情绪，缓缓上了路。前面不远处有片枣树林，岗丰村的房舍隐隐约约从枣树林里显现出来。

蔡老师的家好打听，就在村子最南头，院子不大，但挺深的，分前院后院，里面住着两户人家，蔡老师家住在后院。

家里有七十岁的老母亲，妻子有四十多岁，眼睛不好使，看人模糊，一副病恹恹的样子，子女们都不在家，听说都在外边上学读书。家里没有什么值钱的摆设，看样子日子过得也挺紧巴。班主任平时省吃俭用，还时常资助一些贫困学生，为此韩士雄心里深受感动。

蔡老师的妻子，热情地给韩士雄倒了一大碗热水，还要留他吃饭。韩士雄把老师的嘱托交代清楚后，水也没喝就离开了老师家。

等韩士雄赶回自己家的时候，天已黑了下来，父亲不在家，母亲发现士雄头上有伤，士雄怕说出真相母亲担心，只轻描淡写地说是在路上不小心摔了一跤。到了第二天，韩士雄赶到了学校，蔡老师也发现了士雄额头上的伤口，他告诉老师是在家里干活时不注意碰的。伤口不大，又是皮外伤，不几天就愈合了。此时，韩士雄才发现，初见班主任时，那种令人发怵的目光里面，还同时蕴含着一股祥和的父爱。

在这两年时间里，韩士雄又给班主任蔡老师送过几次面粉。后来听人说，在那座桥下面曾经摔死过人。以后韩士雄每次经过这里，来到桥上都要停下自行车，往桥下看看，看看那块大石头，心里不由得一阵感叹，自己也曾经在这里经受过一次生死考验，阎王爷没有收留他的原因，是生命离鬼门关只相差5厘米。

这一件事情，直到毕业他也没有告诉过任何人。

（五）

1965年毕业前夕，班里有几个同桌同学经常闹意见，常常把事情闹到班主任那里去，影响了班里的学习。班主任决定来个同桌大调动，把男同学和女同学各排一条队，按大小个头顺序站队，小个头排前面，大个头排后面，两排队以小为先同时进教室，一对一个桌，依次排列。鬼使神差，韩士雄和李书慧分到了一个桌上。

韩士雄心里有一股莫名其妙的兴奋，他也说不清是什么原因。自从小学四年级那一场“猫捉老鼠游戏”课上，和李书慧“亲密”接触之后，还从来没有像现在这样，整天近距离挨着上课。刚开始韩士雄有点儿不习惯，甚至有些紧张。写作业时不敢碰书慧的胳膊，他把自己的胳膊收得很紧，不敢越雷池一步。书慧却很放得开，常常超过边界。于是士雄桌面上的阵地越来越小，书慧又得寸进尺，地盘越来越大。

一天自习课上，韩士雄发现书慧目不转睛地瞅着自己。他心里发怵，不知什么地方犯了“规”。书慧见他一副紧张的样子，扑哧一声笑了：“你怎么了，我是老虎能吃了你？”

士雄一看，自己的书本都已到了课桌边沿了，不由得也笑了。心中释然，从此不再拘谨了。李书慧身上常常散发出一股淡淡的清香，那个时代的女孩儿还没有使用香水和香粉之类的化妆品。它是发自女孩身上的自然之香。同时，发现书慧的身体发育得十分匀称，什么颜色的衣服，只要穿在书慧身上都显得合体大方。书慧不仅身材美，容貌长得也很美，白皙的瓜子脸上，有两道弯弯的细眉，一对喜盈盈的大眼睛，这双眼睛不仅会说话，而且还能看透你的心思。

在他们同桌的过程中，李书慧表现得落落大方。时间一长，韩士雄和李书慧就成了无话不谈的好朋友。

有一次数学考试，韩士雄被一道应用题难住了，不知什么原因老是解答不出来，眼看着到了下课时间了，心里十分焦急。书慧用胳膊肘碰了碰士雄，故意把自己答好的试卷往前推了推。士雄明知书慧的意思，但没有去做，最后终于憋出了答案。

李书慧的数学很优秀，她常常检查韩士雄数学作业不对的地方，并一一指正。韩士雄也常常帮助书慧校正作文中的错词病句。学习上他们互相取长补短、相得益彰。李书慧的心很细，好多方面显露出她那种女性的特有的温柔。有一天，韩士雄穿上母亲为他新做的土布蓝道道衬衣上学。课堂间，李书慧用深情的目光打量着韩士雄，把韩士雄看得有些不好意思。然后李书慧挨近韩士雄，用她那柔嫩的手指，去把韩士雄新衬衣上的线疙瘩，一个一个轻轻地摘去，动作自然而体贴。韩士雄一动不动地坐着，佯装不知道，依旧看书学习。其实他的心里早被一股汹涌的暖流，卷入了幸福的海洋。他有生以来除去母爱外，还是第一次接受女性的温馨爱抚。这是他们的真情流露，但没有因此而耽误学业，反而在学业上比翼双飞，学习也更加刻苦。

有一天，韩士雄发现李书慧的双眼哭得红肿，韩士雄很惊讶，问其原因，李书慧告诉士雄说，她从此不再来上学了。

“为什么呀？”韩士雄问。

“母亲说，我是个女孩子，长大了该学针线活儿了，学文化再多也没用。”

韩士雄安慰了李书慧几句，没把这件事放在心上。到了第二天，李书慧真的没来上课。后来一连三天没有见到李书慧的影子。班主任问起书慧怎么一回事？韩士雄实情相告。班主任很是惋惜，他告诉韩士雄一定要给李书慧家长捎个口信。马上就要升学考试了，不要耽误了书慧的学业。

韩士雄也很着急，他想来想去，捎口信不如写个信，他要模仿老师的口气，给书慧家长写封信，这样才显出事情的重要性。他和思阳、狗剩商量了一下，于是他动笔写道：

李书慧父母亲钧鉴：

李书慧同学，学习刻苦，成绩优秀，乃我校之楷模，在升学当务之急，切莫因小失大，耽误孩子的学业。望见信后，切切、切切，让书慧速归学校。

X年X月X日 蔡老师亲笔

李书慧父亲李长贵是一个老实的庄稼人，从来不拿主意。李书慧的母亲虽没文化，但思想还是比较开放的，又是个爱动感情的人。见是书慧老师的亲笔信，又听士雄朗读得情真意切，心里很是过意不去，特别是把“切切”，误听成了“姐姐”，使她感动地流出了眼泪，她一边擦眼泪，一边唠叨着说：“明天就让书慧上学去，你们老师真客气，还叫我姐姐哩……”

韩士雄和韩思阳、韩狗剩当时乐的，都差点儿笑出声来。

第二天，李书慧回到了学校，老师和同学们都很高兴。李书慧知道了那封信原来是韩士雄的杰作时。娇嗔地拧了韩士雄一把："你真坏，敢骗我的爹和娘。"

不知啥时韩思阳把头伸了过来，学着书慧母亲的样子："老师真客气，还叫我姐姐哩……"

样子学得惟妙惟肖，并且带着一副滑稽样。逗得同学们一阵哄然大笑。气得李书慧从教室门后边拿起一把笤帚，追着韩思阳，一边打、一边骂："死猴头，叫你坏、叫你坏……"

学校有了新规定，毕业班的同学星期日可以来学校温习功课，是自愿，不是强迫。韩士雄因家里有事，多数星期日没时间来学校温习功课。在一个星期一上午的自习课上，李书慧写了个纸条，偷偷递给了韩士雄。

韩士雄不知啥意思，打开一看，上面写着：汪霞和李正平搞起了恋爱。

"这事你怎么知道了？"韩士雄小声问道。

李书慧不做回答，继续用笔在一张作业纸的背面写道："星期日有人看见的。"

"那叫加深友谊，有什么呀。"韩士雄故意装傻。

"你是个呆子，不理你了。"李书慧写完这几个字，真的不理韩士雄了，低头忙起了作业。往往女孩子的信息是最灵通的，这件事不是空穴来风。汪霞和李正平的年龄比别的同学大好几岁。班主任老师也干涉过，但也没起到作用，最后还是荒废了学业，听说两个人最终还是结了婚。

因为快到五一了，老师给韩士雄安排了几块黑板报的小插图。要他务必在五一前完成。这是一个星期六下午，同学们都放学了，韩士雄刚画完教室后面黑板的插图，想坐下来整理一下课本。这时候，李书慧有事来教室里取东西，随着李书慧的到来，一股清香扑鼻而来。

韩士雄打量一下李书慧，忍不住问道："哎，怎么你身上老是有股香气？"

"是吗，那你再好好闻闻。"说完书慧把一双小手并拢着伸到士雄面前。

韩士雄细心打量了一下李书慧，只见书慧一头乌黑的秀发，梳成两个齐肩的小辫子，冰清玉洁般的脸上，没有一点儿瑕疵，弯弯的眉毛下，露出一双脉脉含情的大眼睛。书慧早长与早熟，完全变成一个大姑娘了。韩士雄再看看，近在咫尺的一双白嫩而俏皮的双手。沉默片刻，把自己刚要伸出的双手又缩了回去。他此时此刻似乎读懂了书慧的心，关键时刻，他不敢往前再走一步，他要关紧自己内心的感情闸门，一丝儿也不能外露。他清楚这个情感闸门一旦打开，就会一泻千里，后果不可收拾。他要等待，等到他们一块儿升入中学，再一块儿升入大学。到那时候，他才有权利去攫取这颗芬芳的硕果。

李书慧期待了半天，不见韩士雄有动静，嗔怒地上前推了士雄一把："呆子，神经病。"

此时，李书慧和韩士雄心里一样明白，他们两个都在深深地喜欢着对方，谁也不好意思说出口。他们中间只相隔一层窗纸，只待捅破。只要上前一步，就会品尝到爱的花香，然而他们俩谁也没有再向前前进一步。

（六）

为了迎接五一国际劳动节，学校把各项体育比赛活动，组织得轰轰烈烈。除了田径比赛和乒乓球比赛外，还有文艺会演，大楷字和美术展览。特别是乒乓球，除了在本学区比赛外，还要去参加全县选拔赛。最近几年里，中国乒乓球在世界上打出了水平，打出了国威，赤镇学区也要争取在全县争夺第一名。

李书慧身材高挑，跳高跳得不错参加了毕业班女子跳高队。韩狗剩参加了毕业班男子 100 米赛跑队，韩士雄和韩思阳是毕业班乒乓球队主力队员。当时毕业班的乒乓球队有六人组成，其他四位：杨立、刘世新、江立文、侯德才，他们技术也不错，都是班里筛选出来的佼佼者。

本学区比赛结果，令蔡老师大喜过望。文艺会演毕业班得了第一，大楷字和美术毕业班得了第一，其中韩士雄得了个人两个第一。田径比赛毕业班又夺了第一名。乒乓球比赛毕业班拿了冠亚军，韩士雄得了冠军，韩思阳得了亚军。

班主任这几天乐得合不拢嘴，过去那种严老夫子的尊荣也为之一扫。因为自他担任班主任以来，今年是他教学成绩最显著的一年，不但体育方面几乎包揽了全部第一，连语文、数学也在全县统考中得了第一名，实现双赢。

学区的各项比赛刚刚落下帷幕，全县的乒乓球大赛又紧锣密鼓般地开始了。全县有 12 个学区，每个学区只要求冠亚军参赛，赤镇学区由韩士雄和韩思阳参加。

经过两天的比赛，韩思阳失利，没有争得名次，在第二轮中被淘汰。韩士雄打出了水平，他过关斩将打到了决胜局。最后冠亚争霸赛，是他和城关高小毕业班的于红新决斗。

比赛的规格是21个球，三局两胜制。听说于红新曾在省体校接受过一段培训，是省体校培养的对象。韩士雄和于红新的身高都在1.70米以上，体力相当；不过从外表来看，于红新充满了骄横和霸气，韩士雄却略显少年老成。

于红新球拍横握，一开始没有把韩士雄放在眼里。于红新把球拍挥得呼呼生风、左扣右劈，韩士雄有些招架不住。于红新连连得分，打到了6比0，韩士雄才渐渐摸清了于红新的攻球特点，立马改变了战术，以长球变短球，反手打直线；并且以近战加快攻，不给于红新留喘息机会。只见韩士雄左推右削、机动灵活，该扣亦扣，该削亦削；忽上忽下、忽左忽右，这招果然灵验，局势很快急转直下。于红新的优势，一下变成了劣势。韩士雄从0比6一下扳回到8比6，反倒胜出于红新两个球。

此时，于红新有些自乱阵脚，想扭转局势，但在韩士雄的凌厉攻势下，难以施展，最后，韩士雄以21比18取胜第一局。

第二局，于红新不敢轻敌，他不敢急于求胜，也调整了打法，采取稳扎稳打、步步为营，甚至连发球都十分谨慎，力求稳中求胜。此时韩士雄也全力以赴、锐利不减。结果双方把比分一直打到了30平，最后于红新好不容易赢了一球，夺回了第二局。

第三局，是最后一局。也是拼体力和耐力的关键一局。

双方打到16比16时，于红新打得有些拘谨，显出了心理压力。韩士雄反倒放开了手脚，打得顺风顺水。轮着韩士雄发球，韩士雄发了个低侧上旋球。这个球不仅刚过网，而且旋转得厉害。于红新一见不妙，赶紧近前去接，不想身子没有到位，把球挑得高了一点。韩士雄早有准备，以迅雷不及掩耳之势猛扣一拍。这一攻击力有千钧，于红新想挽救已是来不及了，他本能地一挡，球飞出了界外。

韩士雄接着又发一球，这次发球和上一次发球大不相同，这球来得疾如闪电、佯左实右、直奔死角。于红新又是猝不及防，再失一球。这是决胜局的关键两分，于红新有些支撑不住；他平时练的独门绝活，都被韩士雄一一化解。韩士雄的虚虚实实、真真假假，把于红新攻得一败涂地。他想猛打猛扣，却球球碰网，他想提拉弧旋，却频频出界。最后，韩士雄以21比16赢得第三局。

韩士雄取得了全县少年乒乓球冠军，校长亲自给他颁奖，奖品是一个红色的硬皮笔记本，扉页上清楚地写着：

奖给:

全县少年乒乓球冠军韩士雄同学

山城县少年体育运动会

一九六五年五月一日

韩士雄心情十分激动，他的成绩不仅给学校带来了荣誉，同时也引起了省体校的重视。省体校有个教练姓齐，这次是专门下来选拔优秀学员的，他亲眼看见了韩士雄的精彩球技，他感到韩士雄是棵体育发展的好苗子，有挖掘潜力。

赛场一结束，他把韩士雄叫到校长办公室，告诉韩士雄，省体校准备录用他到省体校深造，要他做好思想准备，等文化考试一结束，就可以去省体校报到。

这一大好消息，使韩士雄踌躇满志，升入高小的两年中，他年年被评为“三好”学生，尤其今年是他成绩收获的最辉煌一年，他不仅主课成绩优秀，两门副课也都得了全学区第一。体育方面不仅夺得了本学区乒乓球冠军，他又夺得了全县乒乓球冠军，这不但是他个人的光荣，也是赤镇学区的光荣。

省体校的选拔和提携，使得韩士雄的前途充满了光明。这是他一生中最幸福的时刻，他完全沉浸在欢乐的海洋之中。然而，使他没有想到的是，在他前进的征途上，迎接他的并不是鲜花，而是布满陷阱与荆棘。

从此苦难与他便结下了不解之缘。

二、北上求学

（一）

韩士雄踌躇满志等待着自己的好消息。

没想到，命运之神给他开了个不大不小的玩笑，他的美好憧憬都泡汤了。

首先省体校来了通知，体校暂缓招生。紧接着升学名单发了下来，李书慧考上了县城中学，韩思阳和韩狗剩考入赤镇中学，唯独名单上没有韩士雄的名字。

韩士雄落选了，这个品学兼优的学生落选了。

学校师生们，都不相信这件事。结果就是这样，韩士雄真的落选了，他连一所档次最低的社办农业中学都没考上。

赤镇高小这次升学率占百分之八十，是全县升学率最高的毕业班。班主任蔡老师也感到意外，平时韩士雄学习成绩挺稳定，这次没有考上，一定有原因。他出主意，让韩士雄去县教育局招生办公室查一查分数，看是否有错误。

韩士雄的父亲韩元忠，一连去了县城两趟，招生办主任吴仁才回答得很肯定："分数上不会出差错，这方面请放心。"

韩士雄失学了，也就是说，一个十四岁的少年，从此和学校无缘了。这个打击对韩士雄来说太大了，他所向往的美好前景将化为泡影，他那满腔的热血从沸点一下降到了冰点。韩士雄第一次尝到了人生的苦恼和失落，在这人生的一瞬间，怎能有这么天翻地覆的变化？他不相信这是现实，可是事实竟是如此。这一残酷的打击，使他的精神受到了很大的重创。过去他那活泼开朗的性格也发生了变化，变得沉默寡言起来，有时候常常一个人坐着发呆。

班主任老师让人捎来口信，叫他去复读。

复读意味着一个人的低能和耻辱，韩士雄拒绝了复读。

暑假很快结束了，同学们都陆续上学去了。韩士雄像一只离群的孤雁，心里充满了无限的惆怅和凄凉。

韩元忠和赵梅如眼看着儿子失学痛苦的样子，也是心疼不已。就在这时，在内蒙古部队工作的韩元姝寄来了一封信。因为前一段时间，韩士雄的爷爷去部队探亲，现在想回家，他们抽不出时间陪老人回来，让老人一个人回家又不放心，打算让老家去一个人把老人接回来。

让谁去接老人呢？韩元忠夫妇想到了韩士雄。让士雄去接他爷爷吧。借此机会让他出去散散心。顺便让元姝想想办法，看看在内蒙古能否给士雄找个学校或者找份工作。听人说从内地去边远地区工作的人员，在家属安排上都有照顾，这是国家的政策。

这条路究竟是否能走得通，他们心里没有底儿，只能试一试。这个念头似乎使他们在黑暗中见到了一丝曙光。

韩元忠夫妻俩把商量好的事情告诉了韩士雄："这一次让你去内蒙古有两个目的，让你二姑给你找个学校读书，或者找份工作。这两件事，无论哪一件办妥了，你就留在你姑姑那里，你爷爷回来之事，以后再想办法。如果上学和工作都办不成，你就陪爷爷一块儿回来。"

韩元忠又让士雄按他说的意思，给韩元姝写了一封信，让韩士雄带在身上，等见了面交给元姝。赵梅如到了节骨眼上，有些不放心："士雄啊，听说咱这里离你二姑那里相隔几千里地，你小小年纪，又没出过远门，一个人第一次去内蒙古能行吗？"

此时的韩士雄心情十分郁闷，他也想出去转转，见母亲有些担心，向母亲宽慰说："放心吧，我能行。"

韩士英接上话说："现在新社会了，路上很太平，甭说是国内，就是出国也敢去。"

"可士雄才十四周岁，还是个孩子，虽说身子长大了，心眼儿还是没长全。"

韩元忠见妻子还要唠叨，连忙说："人的心眼儿是经风雨见世面学来的，不出门、不见世面、不经风雨怎么能长心眼儿。再说了，一个小伙子又不是大闺女，还能让人拐跑了。"

赵梅如白了丈夫一眼道："我跟士雄说话，你老是插嘴，就是显得你能？"说完叮嘱士雄道："到了路上，一切要小心，不知道的地方，要多打听……"

韩士雄点点头表示牢记父母的教诲。

韩士雄要出远门了，家里给他准备了一袋家乡的红枣。

这是当地的特产，是给元姝带去的最好的礼物。

韩水河村到京广铁路，最近的火车站也有二十里路。韩元忠这天一大早，骑上自行车，把韩士雄送到了火车站。韩士雄背上红枣，兜里装好父亲写给二姑的那一封信，匆匆上了北上的火车。他们一家人，都期盼着这一次北行能有个好的结果。

（二）

火车上的旅客并不多。

韩士雄在靠近窗口的位置上坐了下来。这次坐火车，是他一生中的第二次坐火车。第一次坐火车时，他才七八岁，也是去二姑的部队。那个时候韩元姝的部队驻扎在冀中的一个中等城市里，离家乡只有一百里地。春节后，他跟奶奶一块儿去二姑家里玩，二姑那里有个很大的公园，公园里有许多猴子和鸟类，还有个十分引人注目的，突突冒出地面的大温泉。

到了晚上，营房里隔天要放映一场电影。韩士雄陪着奶奶、提着小板凳早早地等在操场上。他喜欢看那些惊心动魄的战斗故事片。他也喜欢看那些绚丽城市灯光，这是他第一次走出家门，看到了五彩缤纷的世界。

奶奶要离开二姑家了，士雄还有些恋恋不舍。元姝问他想要什么，他指着商店里的柜台，要了一副金牛牌扑克。这副金牛牌扑克，他回家后，在伙伴们面前炫耀了好大一阵子。

他们回家的时候，时间已到了晚上。下了火车，天已擦黑，还有二十里地的路程，由于信家里没有收到，家里没人来接。奶奶又是小脚，但她性格很豁达，她在车站附近的村里找了一家碾磨棚住了一宿，那一夜韩士雄并没有感到寒冷，他睡得很香，当他醒来时，发现自己躺在奶奶的怀抱里。

可是现在奶奶已经去世几年了……

火车在高速奔驰中。一声鸣笛，把韩士雄从童年的回忆中唤醒。

去内蒙古要途经北京，韩士雄坐的这趟火车是直快，到了北京新车站还要到永定门换车。他买的是通票，列车员告诉他，到北京新车站下了火车后要签个字，再坐公交车到永定门火车站上车，然后才能直达内蒙古。

火车到达北京新车站，已是晚上十点多钟了，这里已是万家灯火，处处是一片绚丽辉煌，韩士雄已分不清东西南北。按着列车员的指导，他先找服务台签了字，再顺着车站服务人员指引的行车线路，边坐车边打听，等他赶到永定门车站，坐上了火车后，心里才松了一口气。

第一次出远门，一切都很顺利，韩士雄感到了大家庭式的温暖。听说这趟列车是慢车，到达目的地需要两天两夜的时间。此时他的心里，只恨时间走得太慢，恨不得一下飞到二姑那座城市里。他能想象到二姑的那座草原城市，一定和北京一样美丽。不仅有鳞次栉比的高楼大厦和川流不息的公交车，还有好多规范化的学校。学校里的体育设施应有尽有，韩士雄可以重新回到学校的摇篮里，在那里自由翱翔，可以做到天高任鸟飞、海阔凭鱼跃……

韩士雄正在沉思遐想中，列车上的服务员一阵叫喊，打断了他的思路。

“开饭了，大米饭。三角钱一份！”

韩士雄定眼一看，一位身穿白色制服的女列车服务员，手推售饭车正站在他面前。这位大姐，有二十多岁，满脸的微笑，问他是否来一份。

热腾腾的大米饭上，覆盖着一层馋人的红烧肉。这样的饭菜，这样的价格，只有火车上才能享受到。听说火车上每天中午只提供一顿饭，韩士雄看看时间中午 12 点刚过，他掏了三角钱，买了一份大米饭。

韩士雄吃过大米饭后时间不久，感到吃进胃里的东西想往外反，头也有些晕。列车长叫来一位军医给他诊治。军医看了看症状，告诉他是晕车。给了他两片白色小药片，让他服下。药片服下并没有起到作用，韩士雄还是想吐得厉害，又过了一会儿，实在憋不住了，哇的一声，吐了一地。

吃进胃里的饭菜，全部吐了出来，这样一来反倒好受了些。韩士雄不想再吃东西了，他找了个三人的座位躺了下来，把从家乡带的那一袋红枣垫在头下，觉得稍微舒服些。他没想到晕车也这么折磨人，幸好这段路上的旅客少了许多，没有人再来打扰他。

一路上韩士雄没有再吃东西，他似睡非睡、晕晕乎乎。他已失去了时间这个概念，不知过了多长时间，终于等来了列车员的呼喊：“喂，小同志车站到了，请你把随身携带的东西检查一下，准备下车。”

火车缓慢地停了下来。这是秋后的一个下午，西斜的阳光从车窗中射了过来。韩士雄强打精神，准备好携带的东西，蹒跚着走出火车。在冷风的吹拂下，他感到头脑一下清醒了许多。下车的旅客不多，总共也不过十几位。车站不大，比一个县级的车站也大不了多少。韩士雄走出车站，展现在眼前的这个草原城市，令他大失所望。

原来这里没有鳞次栉比的高楼大厦，也没有川流不息的公交车。这条东西走向的宽旷大街，就是这座城市的经济中心。大街上的车辆和行人寥寥可数。街两旁的房屋除去国营商店、邮政局、新华书店是二层建筑外，其余门面都是普通房舍建筑模式。而且有的地段的房屋稀稀拉拉，连接不到一块。

公交车半天也不见一辆。韩士雄只好顺着这条大街，一直朝前走。他一边走、一边打听二姑家的地址。这条大街很长，足有七八里长，二姑住的营房，就在这条大街的尽头。

韩士雄好不容易找到了二姑家的住处，那是一处军营的家属院。大门口有军人站岗，韩士雄拿出地址，说明来意，这位军人很客气，让士雄稍等片刻往里打了个电话，不一会儿，韩元姝从里边迎了出来。

“哎哟喂，怎么是你呀士雄！”韩元姝有些惊喜，“你一个人来的？”

韩士雄点了点头。

“怎么事先也不拍个电报，好让我们去车站接你去？”韩元姝看着风尘仆仆的韩士雄心里有些难受。20世纪60年代，通讯还十分落后，从农村发封信件特别是寄到边远地区，最少也得十几天才能收到。那时候农村中又没有电话，拍电报虽然快捷，但不方便，要到邮政局去办理才行。

韩元姝有三十多岁，中等身材，样子很精干，她上过县师范，结婚前是小学老师，结婚后一直跟着丈夫生活在部队，由于子女所累，不得不放弃了教师工作，今天她正好一个人在家。

韩士雄跟着韩元姝进了营房，七拐八拐到了家里，韩士雄见二姑家的住房挺宽绰，一趟儿北屋，有客厅、有卧室、有厨房，屋内收拾得干净利落、井井有条。

韩元姝先安排士雄坐下，倒了一杯热水递过来，瞅着士雄满脸的病态:“怎么了，路上晕车了吧？先喝杯水，稍歇歇，我给你做饭去。”

韩士雄面对二姑的盛情，很过意不去，他此时晕车的症状还没有全部消除。

虽说有几顿没吃饭了，也不觉得饿，他忙阻拦道:“二姑，我现在没胃口，等一会儿，大家一块儿吃吧。”

韩元姝见士雄执意不让他去做饭，也只好住手：“那好吧，我也受过晕车的苦，大前年，随部队搬家，光汽车就坐了两天两夜，路又不好走，颠得几乎把肠胃吐了出来。”

接着韩元姝打听了老家里的近况，忽然问道：“现在开学了，你怎么没去上学，应该上初中了吧？”韩士雄不好意思地把升学的情况，详细地做了介绍，然后拿出了父亲写给二姑的信，递到元姝手里。

韩元姝看了信后，脸上没有显露出任何表情变化，只是宽慰士雄说:“这样吧，你先住下，等你姑父有空了，让你姑父想想办法。因为来到这个城市时间还短，跟地方的关系都不熟悉。”

到了吃晚饭的时间，一家人都陆续团聚了。韩士雄的爷爷韩老尚回来得最早，他白天没事做，常常出去遛弯儿。接着士雄的表弟和表妹都放学回来了，大的叫王树国，比士雄小三岁，在小学四年级读书，老二王树科，在小学二年级，最小的叫王树英是个姑娘才七岁，刚上一年级。韩元姝两儿一女，一家五口，全凭工资维持生活，虽说日子也过得去，但也不富裕。

最后回来的是王建良，他在团部后勤股，工作很忙，除了晚上回来白天很少在家里。王建良身材魁梧、浓眉秀目、话语不多、举止稳重，有股军人的风度。可王树英不吃爸爸那一套，她一见到爸爸就立刻扑到王建良怀里撒娇。

韩元姝笑着说："两个儿子都怕他爸，就这个姑娘不怕他爸，最淘气。"

"妈妈，最淘气！"王树英的嗲声嗲气的回答把大家一下逗乐了。

韩元姝人很聪明，也很能干，在教学上她班的升学率最高，常常评为模范教师。在持家上，她又是合格的贤妻良母。她能烧出好多大家爱吃的菜，花钱不多，经济实惠。今天这顿饭，韩元姝特地多炒了几个菜，她要为家乡来的侄子接风洗尘。第一个菜是土豆炖牛肉，第二个菜是土豆配红烧，第三个菜是土豆拔糖丝，第四个菜是炝拌土豆丝……一共炒了六个菜，每样菜离不开土豆，每道菜都香甜可口。原来土豆和莜麦是当地的特产，这顿饭菜也是当时家庭伙食最高的标准。

（三）

因为没有事做，韩士雄每天陪着爷爷去大街上溜达。

气候渐渐变寒了，树上的叶子开始落地，北方天气冷得快，说冷就冷。有的老人一早一晚开始穿上皮裤了，都是毛朝里、皮朝外，没有布料做衬。脏兮兮的，泛着一层油腻，他们在大街上随处可见。韩士雄的爷爷告诉韩士雄说，这些老人大多数都是从河北过来的，因为他常和他们唠嗑。在大街上真正的蒙古族人并不多，有时也见到，大都是进城来买东西。蒙古族人都穿着各种颜色的袍子，宽宽的腰带系在袍子外边。蒙古族的腰带有讲究，他们的等级差别都在腰带的颜色上。

每天上午，市场上有整卡车、整卡车的羊头拉到大街上叫卖："两毛钱一斤、两毛钱一斤啦！……"

血淋淋的羊头，从汽车上扔到地上，都带着毛，堆成了小山。周围站满了人群，你挑我拣、相互争夺，这些东西都是从肉联厂拉出来的。听说这里有一个全国最大的肉联厂，整头大活牛，从厂门口进去，出来时变成了牛肉罐头。这句话是真是假，当时也无从考证。

市场上的大白菜不多，洋白菜不少，居民们冬季储存的多为洋白菜。红薯是从内地调运来的，市场价是一毛钱一斤，也不便宜。这里的主要农产品是土豆和莜麦。

这座城市是一座新建的城市，没有什么名胜古迹。有一座烈士纪念碑，建立在老虎山上。说是老虎山，其实山也不高也不大，也没有老虎，是一座孤独土丘，这座老虎山就在营房的后面。

这一天上午，韩士雄闲着无聊，一个人来到了老虎山上，这座虎山面积不大，大约有几平方公里。山上的烈士纪念碑是用花岗岩砌成的，碑身有两米多高，碑的周围种满了松柏，给人一种肃静的感觉。看起来解放这座城市时，牺牲了不少革命战士。

纪念碑处是这座城市的制高点，在这里可以俯瞰这座城市的全貌。

就在这时，山下传来一阵广播体操的音乐声：一、二、三、四，五、六、七、八；二、二、三、四，五、六、七、八……

这广播体操声音，是从山下一座学校高音喇叭放出来的，只见操场上站满了学生，一方方、一排排，学生们伴随着喇叭的音律，做着体操的各项动作。

韩士雄知道这是学校上午部署的课间操，在第一节课和第二节课之间的体育活动。不久前，他还在学校每天做着这种课间操，他们的课间操不是高音喇叭指挥，而是他韩士雄站在全班学生面前挥手指挥。一边动作、一边喊着体操的节奏。可是，现在流落异地他乡，学业毫无着落。如果从今往后和心爱的学校无缘了的话……他想到这里，心里酸楚楚的难受。

几天过去了，韩士雄未见二姑提起自己的学业之事，知道事情并不好办，心里沉重起来。晚上韩士雄和爷爷、树国三个人睡在一起。熄灯后，这一老一小都呼呼睡着了，韩士雄心里有事，睁着双眼，没有睡意。

就在这时，从对面韩元姝的卧室里飘来轻微的对话声：

“没有户口，上学这事不好办。”这是王建良的声音。

“户口能不能想办法落到部队上？”这是韩元姝的问话。

“从农村往部队上落户口，不好办，谁敢去违反政策？”

“要不先安排一个工作也行。”

“没有户口，大厂进不去，小厂太吃苦，就是办个临时工也要等机会。”

“哎，咱们营房里不是有个维修队吗，要不让士雄先去维修队干活怎样？”

“部队里维修人员都是临时搭建的，工作不稳定。”

“边干边找呗。”

“那让士雄学啥？干瓦工，还是干木工？”

“学木工，木工有用，我们家乡的木匠最吃香……”

韩士雄听到这里，不觉潸然泪下，他也理解姑父和姑姑的难处。他从千里之外来这里求学，不承想，求了个木工而已。

部队这个维修队不是正规的维修队，由外来人员临时搭建组成的。在部队大院内修修补补，每年要用许多瓦工和木工，做木工也要等机会，不是啥时想干就能干上的，还要学徒。木工师傅前几天有事回家还没来，韩士雄想上工还得等木工师傅回来。

有一天，韩士雄从外边回来，发现二姑在向表弟树国发火，连老爷子和树国的爸都劝不住。他从来没见过二姑发这么大的火，并且狠狠打了表弟树国。树国用手抹着眼泪，不敢哭出声来。

“你说，你现在不好好学习，将来长大了你能干什么？”韩元姝有些恨铁不成钢。说者无意，听者有心。韩士雄听到这里，心里“咯噔”一下，此时此刻他感到了无地自容，韩元姝的这一句话，像一条蘸足了水的皮鞭，实实在在抽在了他的心里。他也感到了愧对父母，他没有珍惜好自己的大好时光，所以才落到今天这般田地。

王建良没有上过正规学校，他的文化都是在部队学的。韩元姝教书育人，她知道学文化的重要性。在孩子的教育方面，都是她说了算，孩子们的学习成绩她心里有数，只是这一阵事情多，忙不过来，没想到树国这次考试成绩这么不理想。

韩士雄看了树国的考试卷子，几门功课对比，语文成绩较差，有的造句得了零分。韩士雄也感到了惋惜，他抽空帮助树国补习功课，也常常劝树国努力学习，将来考个好学校。

一个星期日的晚上，韩士雄和表弟树国，一起来到灯光篮球场，看解放军战士打篮球比赛。树国暗暗告诉士雄一个秘密，说他不想上学了，准备参加人民解放军去。韩士雄听了很吃惊，看着树国很认真的样子连忙问道：“你小小年纪，怎么去参军？”

“现在去不成，长大了一定要去。”

“为什么？”

“你想想，全国都在向雷锋同志学习，雷锋不就是一个解放军战士吗！”

表弟树国的话，犹如一颗炸弹，在韩士雄的心里引起了共鸣。参加中国人民解放军，早已是他梦寐以求的事情，不过当务之急，是要先完成自己的学业。现在既然学业已无法再续，何必苦苦再去追求？人活着不能在一棵树上吊死。

真是一语惊醒梦中人，韩士雄心情豁然开朗了许多，他除了安慰表弟现在一定要好好学习外，还和表弟约好，不久，他们要在中国人民解放军，这个革命大熔炉里相见……

（四）

韩士雄不想再逗留下去了，没等那位木匠师傅传授技艺，就和爷爷准备告别这个草原城市了。

韩元姝感到很无奈，她从小跟着大哥大嫂长大，大哥和大嫂在她身上花费了不少的心血，她感到很惭愧，没有完成大哥委托的事情。离别时她告诉韩士雄说："你回去后，最好还是去复读，来年再考。因为你年岁还小，只要学到了知识，长大了无论是干什么，都有用武之地。"说完这些，韩元姝稍微停了一下，又道，"山城县教育局长江珏是我县师范的同学，我已经给他写了信，让他帮助查一下你的考试成绩，不过这件事情的希望是微乎其微。按道理讲分数不会搞错的。"

韩士雄告别了二姑一家人，和爷爷坐上了徐徐开动的火车。韩元姝还站在站台上，依依不舍地向韩士雄爷俩频频挥手。此时的韩老尚已是八十有三了，身子骨仍然很硬朗，这个古稀之年的老人，在困难面前从不掉泪的老人，面对亲人相别，也难免有些动情。

韩士雄双眼也有些湿润，想到自己第一次和奶奶出门，也是去二姑家，时间不久，奶奶便有病去世了。这一次来二姑家，爷爷虽说身板健壮，但已是风烛残年，再也经不起风雨疾苦了。今日相别，不知他日爷爷还能否和二姑再团聚？

在火车上为了打发这个漫长的旅途之苦，韩老尚给韩士雄讲起了早年的奋斗历史。

在韩老尚年轻时候，从他的父亲手里接受了一些家产，生活上虽说不上富裕，但也能过得去。没想到他们祖上留下的二亩土地，给他们一家人带来了祸端。本村有一个村霸叫韩老六，看上了他们家这块土地，这块土地地处卧龙岗下，韩水河畔，土质肥沃、旱涝保收，是块风水宝地。韩老六就冲这块"风水"，要把他们家的祖坟搬迁过来。

当时有个阴阳先生，看了这块地后，曾作过这样的解释：自然界中存在着阴阳之气，这种气富于变化，以"噫而为风，升而为云，降而为雨，行乎地中而为生气。生气行乎地中，发而生乎万物"。这种"生气"具有"乘风则散，界水则止”的特点，所以选择墓地，均需选取有山有水、自然环境有“聚气藏风”之地。韩老尚家的这块土地就孕育着聚气藏风之势，从而以利人生，荫福子孙后代的万年吉壤。

为了这块荫福后代的风水吉壤，韩老六不择手段，他贿赂官府、陷害韩老尚参加过“义和团”，有反抗大清的嫌疑。韩老尚以“莫须有”的罪名被打入了大牢。家里为救老尚出来，不得不变卖家产，把房屋和土地卖得一干二净，这样才把韩老尚从监牢里救了出来。

韩老尚住了一年的大牢，在大牢里爬了一年的“大梁”。何为趴大梁？就是地上放一根大梁，大梁上安装着几根铁箍，让犯人趴在大梁上，把脑袋和四肢用铁箍拘起来，一天一夜不让动弹，这就叫趴大梁。今天趴着箍，明天仰着箍，一天只叫吃一顿饭，说是饭，其实连猪狗都不愿吃的糠糊糊，只是饿不死人而已。

时间长了，韩老尚和牢头混熟了，牢头也知道他是被人冤枉的，每天牢头跟他商量：“韩老尚，你今天是想看天还是想看地？”

你要是想看地，那就是让你趴在大梁上箍你一天一夜。你要想看天，那就是把你仰在大梁上箍你一天一夜。就这样韩老尚在大牢里趴了一年的大梁，本来一副健壮的身板，出狱时已是皮包骨头了。

韩老尚没有守住祖上留下的产业，险些葬送了性命，辛苦了半辈子却落了个房无一间、地无一垄的悲惨下场。

一旦遇到灾荒年，生活不下去了，就要出去讨荒，那时韩老尚一家子的财产号称“一担挑”。一条扁担挑着两只筐子，一个筐子里盛着元珍和行李，一个筐子里装着韩元志，老尚的妻子手牵着韩元忠，紧跟在韩老尚的担子后面。饥寒交迫，挣扎在逃荒的路上。

当时有人编了这样一个歌谣：

韩水河啊，泪滔滔，
韩老尚财产一担挑。
一儿一女筐里卧，
妻拉儿子后面跑，
老婆子三十愁白了头，
老头子三十压弯了腰。
……

讲到这里韩老尚陷入过去的悲痛之中，过了好大一会儿，韩老尚缓了一口气，告诉了韩士雄一个秘密。他说，其实韩元姝并不是他们家的亲生骨肉……

接着韩老尚又讲起了收留元姝的艰难岁月。

1930 年家乡闹大旱，从春到秋没下过一场透雨。农民们把种子都白撒在了地里。压场的碌碡闲置了一年没翻身，所以这年号称碌碡不翻身。也就是这一年，韩老尚一家 5 口人又去逃荒要饭，他挑着担子、背井离乡来到冀中平原一个大户人家。这户人家姓马，叫马广财，听说是清朝官宦后裔。因为逃荒的人多，说好只管饭，不付工钱。

韩老尚做些地里的农活，妻子给人家洗洗补补做些家务。马广财本人并不在家，听说在北京教书很少回家，他的家业全凭一个远房堂兄打理，马广财有三个妻子，老大留在了家里，其余两个都跟马广财去了北京。那一年马广财的老大生下了一个女儿后，不幸染了风寒，在女儿未满半岁时，便撒手人寰。此时的马广财，家境已走向衰败，堂兄马广业没有给马广财的女儿请专门的保姆，他把婴儿托给老尚两口子代管。久而久之，孩子和大人之间，有了割不断的感情。半年多过去了，一直这样下去也不是个事儿，韩老尚准备春播时，带一家人赶回故乡去。分别时，马广财的女儿哭得昏天黑地，韩老尚两口子也难受得泪流满面。没办法，马广业只好把这个嗷嗷待哺的女孩儿委托给老尚两口子先代养。后来马广业派人来过韩水河村，看过这个女孩儿一次，以后就杳无音信。新中国成立之后韩老尚打听过马广业，听人讲马广业早已去世，马广财一直下落不明。

就这样，韩老尚夫妻俩省吃俭用、辛辛苦苦把这个女孩抚养长大，取名韩元姝。

1937 年 7 月 7 日，卢沟桥事变。日本侵略者的炮声震到了韩水河村。为了抗击入侵者，八路军在太行山区组织了抗日区干队。1938 年，韩老尚让大儿子韩元忠参加了抗日区干队。到了 1945 年 9 月，家乡解放了，韩元忠从区上回村当起了村长；这时韩元志也参加了八路军，后来又参加了抗美援朝；韩元珍也参加了新中国成立后第一批妇女工作队；韩元姝开始上学读书，她很聪明，小学没毕业就超年级升入了县师范……

韩老尚一家人的心血没有白费，终于把韩元姝培养成人。

韩士雄听完爷爷的话，被老一辈的无私精神所感动，他能想象出那个年代，一个衣不遮体、食不果腹的穷户人家，抚养一个外姓女娃的艰辛。

自家的孩子没有衣穿，不能让元姝没衣穿。

自家的孩子没学上，不能让元姝不上学。

不是亲生、胜于亲生，佛家有一句话：“爱出者爱返，福往者福来。”

韩士雄看着爷爷那张饱经沧桑的脸上，写满了人生的坎坷，他在心里暗暗祈祷：愿他老人家，福如东海长流水，寿比南山不老松。

（五）

北京快到了，韩士雄和爷爷商量好要在北京玩上一天。他们一定要到天安门广场和人民英雄纪念碑看看，然后再到故宫里去探索一下那神秘的皇家宫殿。

韩士雄和爷爷坐了一天两夜的火车，天刚发亮，火车正好到了北京。

北京是中国人民的首都，万众向往，她又是全国政治、文化、交通、旅游和国际交往的中心。北京是我国七大古都之一，是一座举世闻名的历史名城、文化古城。这里到处一派生机勃勃、景象万千，令人景仰。

韩士雄他们爷俩，从永定门车站走出来，为了观看北京的美景，放弃了坐班车，徒步朝天安门赶去。韩老尚不愧是学过功夫的人，八十多岁了，走起路来，腿脚还挺利索。他们爷俩边走边打听，也不知道穿过了几条大街，也不知绕过了多少座高楼大厦。

他们躲闪着川流不息的汽车，穿插在各式各样人流海洋里。在这里，他们见到了许多外国人，他们的肤色和中国人大不相同；有黑种人，其肤色黑如锅底，只是牙齿是白色的；有的白种人，头发是金黄色的，还有的是棕红色的，但他们的眼睛却是蓝色的。天下之大，无奇不有，中国六亿多人口（当时的人口计算），人人各异，更甭说外国来客了。

韩士雄和爷爷不知走了多长时间，终于来到了天安门广场。

这天安门广场位于北京城中心，南北长 880 米，东西宽 500 米，占地面积 44 万平方米，可容纳 100 万人举行的盛大集会，是当前世界上最大的城市中心广场。

广场北端，雄踞着金碧辉煌的天安门城楼，天安门前，鲜艳的五星红旗迎风招展、高高飘扬，巍峨的人民英雄纪念碑耸立于广场中央，往南是高大典雅的大前门，这些宏伟的古今建筑，自北而南坐落在一条中轴线上，十分瞩目。再加上西侧的人民大会堂，东侧的博物馆的有力衬托，整个广场构成了一幅气势磅礴、无比壮观的动人画卷。

雄伟的天安门广场，是中华民族的光辉标志，是新中国振兴腾飞的象征。

由于这里的政治地位显赫，历史文化内涵极其丰富多彩，所以举世闻名、万众向往，每天都有无数中外游客前来观光游览、摄影留念和观瞻，每日早、晚的升、降国旗仪式，整个广场呈现一派祥和、幸福的美好景象。

他们爷俩首先来到纪念碑前，人民英雄纪念碑周围围满了人。一个年轻的女讲解员正在介绍：人民英雄纪念碑是于 1949 年 9 月 30 日，根据中国人民政治协商会议第一届全体会议兴建的，1952 年 8 月 1 日动工，1958 年 5 月 1 日揭幕，从此每天都有来自全国各地广大人民群众到此瞻仰，以表达他们对革命先烈的敬仰及缅怀之情。同时，前来中国访问的外国元首也常来敬献花圈。

金水桥可能是施工的原因水已断流。鱼儿成群结队地在桥下浅水里裸露着半个身子，在跳跃着、翻滚着，他们大都是鲫鱼。要是在家乡，韩士雄早就下到河里去捉那些无处藏身的鱼儿。而在北京，游客们好似对眼前的情景熟视无睹。

韩士雄爷俩，过了金水桥，继续朝天安门里面走去，进了天安门，第二道门是端门，到了午门口，士雄的爷爷走不动了，这里再往里进就开始售票了，韩老尚花了五分钱给士雄买了一张门票，自己在一旁歇息，让士雄一人进去。

游览故宫，一般可循三条路线进行，一是中路，即“御道”前进，以观览前三殿、后三宫和御花园等，二是内西路和内东路，主要参观东西六宫等，三是外东路，则以欣赏珍宝馆为主。

韩士雄是沿中路“御道”进行的。

此时已到下午时刻，游客渐渐少了下来，没有天安门外边的那种人多喧杂的氛围，皇宫内显得神圣而肃静。

韩士雄首先来到太和殿，也就是皇上坐的金銮殿，这是封建时代最尊贵的一座五脊四坡重檐庑殿顶式宏伟建筑，全殿有 72 柱支撑，装饰绚丽，为我国最大最壮丽的木结构大殿。

中和殿和保和殿，韩士雄匆匆而过，没有细听讲解员的陈述，只有对那几口鎏金大铜缸的故事记忆犹新：那几只鎏金大铜缸每只有两吨重，外镀黄金一百两，以象征“金瓯无缺”之意，在 1900 年，八国联军入侵北京时，上面的镀金全都被侵略军用刺刀刮走……

在经过后三宫和御花园时，韩士雄感到没时间留恋了，他脚步不停地直奔神武门，他想有个完美的结束，看看皇宫究竟有多大。后来他才知道，他遗漏的地方还有很多，比如说东路和西路的东西六宫等，还有外东路的珍宝馆，也够他参观大半天的。

神武门后面就是煤山，明朝末年，李自成农民起义军攻破北京，崇祯帝在走投无路之下，就是经过此门逃往煤山上吊自缢身亡的。一位解说员告诉士雄说。

关于崇祯帝吊死煤山，历史课上老师早已讲过。不过煤山就在眼前，煤山高耸峻拔、树木苍郁，还有那一棵隐隐约约能瞧得见的弯脖老槐树，不能不令韩士雄心驰神往，好一阵沉思遐想。

“哎，小伙子，是从农村来的吧？”

韩士雄转过头去，这才发现，刚才说话的是位老者，大约八十开外，须发银白、眼神炯炯，在神武门旁一棵弯松下，摆放着一个单桌，桌上放着文房四宝，老人说话举止透出一股学者儒雅之气。

韩士雄走向前去：“老大爷，您在卖字？”

老者笑了笑没有马上回答，他先打量着士雄，看出这位少年，虽说一身农村布衣打扮，但从气质上显示出少有的勃勃英气。然后告诉士雄他在以字会友。

韩士雄感到好奇，他也是书法爱好者，他要求看看老人的字。老者哈哈一笑，让士雄先写两个字。没办法，韩士雄只好抛砖引玉，提笔运气，眨眼工夫“您好”两个楷书大字跃然在老人面前。

老者看出这位少年下笔工整、字体圆润有力，不过还缺乏功力和技巧。但他还是有些惊讶，一个少年能写出这么有劲道的字来实属罕见。他告诉韩士雄，今天是他以字会友的最后一天，能和他相见就是有缘，他今天高兴，要送给韩士雄八个字。

只见老者笔走龙蛇、一挥而就，八个苍劲有力的行书大字跃然纸上。

功崇惟志，业广惟勤。

右下角又添一行小字：马远书于乙巳年九月。

韩士雄接过老者的字幅，心情十分激动，不知怎么感谢才好，老者告诫士雄说：“以字为励，但愿今后谋个好前程。”

老者说完收拾起文房四宝，欣然离去。

韩士雄一看天色不早，忽然想到爷爷还等在午门外，掉转头，急忙按原路返回。韩士雄和爷爷会合后，韩老尚从一家商场给韩士雄买了双布鞋，这是他们来趟北京买的唯一物件。然后急急赶往永定门车站，他们不敢耽误回家的行程。

三、村里来了“四清”工作队

山城县下属十二个公社，人口大约十二万左右。全县有三座正规中学，除了县城中学，按招生规模和教学质量评比赤镇中学占第二位，所以赤镇中学被评为第二中学。

韩士雄从内蒙古回家时间不长，接到了学校的通知，叫他到赤镇中学报到，今年赤镇中学招收了160名新生，分为四个班级，韩士雄被安排到新二班，和韩思阳、韩狗剩分到了一个班里。

韩士雄终于能上学了，实现了他的夙愿，这个迟到的好消息让他们全家人都很高兴。听说错误果然出在了试卷上，分数累计错了。究其原因，没能搞清楚，总之，韩士雄算是有学上了。

这功劳要感谢班主任蔡老师。没有他的指点和支持，对于这样的事情，韩士雄一家人不会有追查的勇气和信心。同时不能小看韩元姝的那一封信，如果没有韩元姝的过问和江珏局长鼎力相助，亲自追查这件事，韩士雄的事情恐怕不会这么快有结果的。

韩士雄迈过了人生的第一道坎，他没有想到人生之路，还有这么多的沟沟坎坎。他对过去充满了美好的向往，都画上了好多问号，他不敢想象将来会是什么样的结局。省体校像一个绮丽的彩球，只在他眼前闪了一刹那就破灭了。他的大起大落，又犹如大海中一叶扁舟，先被狂风卷入黑暗的谷底，然后又从谷底被推向阳光灿烂的浪尖。他在黑暗中也曾痛不欲生，他挣扎、他跌爬、他尝到了失败与落魄的痛苦，同时也品到了人间的真情与挚爱。

学校的老师和同学们都知道了韩士雄的事情，都表示欢迎这位迟到的中学生。新班主任是一位三十多岁的女教师，名叫王志怡，是个省师院毕业的大学生。她中等身材、圆盘脸、大眼睛、一头短发，一身朴素打扮，样子挺精神。如果她摘掉眼镜，从外表上看，不像个知识分子，倒像个农家大院里走出来的大嫂。

王志怡待学生和蔼可亲，不拿老师架子。韩士雄第一次和王老师接触，便感觉到王志怡老师不仅有着渊博的知识，而且还有着母亲般的温馨。

“士雄，你坐下，咱们商量一下你今后的学习安排。”这是王老师在自己宿舍兼办公室里和韩士雄第一次谈话。

开始韩士雄很拘谨地站在屋子门口，王老师的平易近人，拉近了他们之间的距离，使他紧张的心情放松了下来。

“你落下的功课很多，你要抓紧赶上，重点要放到数学上，因为数学十分科学，没有半点儿虚假，一步赶不上，会百步赶不上。星期日你可以来学校补习，不懂的地方，随时可以来找我。”王老师把韩士雄的学习日程都做了很好的安排。为了尽快让韩士雄适应学习环境，和摸清韩士雄的思想活动，王志怡老师在一切安排妥当后，把话题扯到了韩士雄以前的学习上：“听蔡老师讲，过去你不但学习成绩优秀，你的绘画和毛笔字在班里也是出类拔萃的，还有体育方面，乒乓球全县夺了第一名？”

王老师的问话，亲切中饱含着赞许，那种气氛宛如一个母亲与儿子拉家常。

韩士雄感到脸上有些发热，他不好意思回答王老师提出的问题。他的成绩，不愿别人当着他的面赞扬。何况又是自己的老师，而且还是个女老师。他不知为什么，跟女教师接触，天生有些犯拘束。

韩士雄的学习时间耽搁了有两个多月，在这两个多月里，落下的功课太多了。当韩士雄拿到课本时，才真正感到了压力。特别是数学课，王老师对他的帮助，可以说是尽心尽力、不厌其烦。但是韩士雄没有听从老师的教诲，做到循序渐进，他犯了急于求成的毛病。他不是一口一口地吃、一步一步地来，他想一口吃个胖子，一下解决这些疑难杂题。其结果适得其反。前面的东西没有消化，后面的东西又吸收不了，这样一来起了不良反应，患下了学习不适综合征，使他的成绩一直落在后面，临近寒假也没有赶上。

真是一步赶不上，步步赶不上，韩士雄只有在寒假里加倍努力把功课补上去……

瑞雪兆丰年，1966 年正月，老天爷降下了百年罕见的大雪；融化了的雪水，使沟沟岔岔都变成了小河。这年的丰收不丰收暂且不表，大雪还没化尽，“四清”工作队进入了韩水河村。在“四清”工作队刚刚扎好营寨，又一场千年不遇的大难降临人间。

1966 年 3 月 8 日，早上 5 点 30 分，河北省邢台地区发生了强烈地震。重灾区隆尧县城，几乎所有房屋被夷为平地，所到之处，房屋倒塌、地缝开裂，满目疮痍。周恩来总理 3 月 9 日抵达石家庄，听完汇报已是晚上 8 点钟，他没有听从在石家庄休息一夜的劝阻，而乘火车转汽车，硬是在当天夜里抵达重灾区隆尧县城，余震频繁发生。

3月8日至29日，连续发生多次6、7级地震，22日于宁晋东南的7.2级地震为最大。6.8级地震波及142个县市，7.2级地震破坏范围包括136个县市，有感范围北到内蒙古多伦，东到烟台，南到南京，西到铜川。造成8182人死亡，51395人受伤，破坏房屋400余万间，损坏桥梁86座，灾区发生事故性大灾115起，烧死16人，烧伤26人，太行山发生山崩300余处，山崩飞石引起火灾22起，烧山80公顷，地裂缝，冒沙冒水现象普遍。

山城县距离地震中心不到50公里，韩水河村虽说没有人畜伤亡，但房屋不同程度受到了地震破坏，有的墙体坍塌，有的屋顶和墙体开裂，还有的房顶落地。距离韩水河村不到十里路的一道太行山脉主峰，也被地震造成了岩石松动、大面积滑坡。

“四清”工作队共来了30多人，他们也按村里的生产大队和生产小队的编制，成立了“四清”大队部和“四清”小队部。由于突发灾情，“四清”工作队先忙于抗震救灾工作，动员全村群众到房外搭建防震窝棚。于是在村子的房前屋后和一些空地上，到处都搭起了形形色色、花花绿绿的临时住所。待地震不再发生，告一段落后，“四清”工作才开始步入正轨。

“四清”大队部没有安排在大队办公室，却安排在了韩大炮家里。这里是居民中心，韩大炮是光棍一人，既清静又接近群众。“四清”小队部也都设在农户家里，工作队人员一天三顿饭都是吃农户的派饭，每天每人一斤二两粮票，三角钱。今天吃这一家的，明天去那一家吃饭，别小看和农民吃住在一起。通过吃顿饭、闲聊拉家常，可以了解到，干部在工作上和经济上，所犯错误的第一手资料。从而使“四清”工作起到了事半功倍的效果。同时，“四清”工作队对生活困难群众嘘寒问暖，解决群众一些实际问题来体现党的方针政策。所以群众也都很乐意接纳工作队，群众和工作队真正建立了“鱼水关系”。

“四清”工作队很注意做宣传工作。大街上和田间地头到处播放着歌曲：

工作队下乡来，
贫下中农笑颜开，
阶级队伍组织好，
地、富、反、坏垮了台。
……

歌声穿过小河，飘过山冈，荡涤着韩水河村的陈规旧俗，也撩拨着韩水河人民一颗火热的心。

村里的墙上也都粉刷上了醒目的大字标语：

热烈欢迎“四清”工作队到来。

坚决把“四清”运动进行到底！

坚决依靠贫下中农，贯彻党的《二十三条》。

惩前毖后，治病救人。

……

大队干部和小队干部全部靠边站，接受审查、交代问题。一切权力由“四清”工作队接管。小队一切农业生产事宜，“四清”工作队牵头，和贫下中农懂农活的积极分子负责处理。

白天忙于生产，晚上天天开群众大会，贯彻党的《二十三条》文件精神。通俗地讲，今后城乡的社会主义教育运动一律简称“四清”运动。并把“四清”的内容由原来的清账目、清仓库、清财务、清工分扩大到清政治、清经济、清组织、清思想等方面，使这次运动涉及的范围更广泛……

对于“四不清”干部，除了在群众大会上交代问题外，工作队在下边还采取了各种措施，小学生也被发动起来，每天早起，小学生分成几个小组，每组四五个人排成一队，分别站在“四不清”干部门口喊口号、喊党的政策。促使“四不清”干部过“关”，谁不交代问题，就去谁家门口天天喊，直到过“关”为止。

“四清”运动的开展，确实给那些贪污腐化分子起到了震慑作用。过去有些“四不清”干部，从不下地参加生产劳动，现在都参加生产劳动了。特别是那一些常年在家休闲的干部家属们，也都积极加入生产队的劳动安排。过去那些坐大街说闲话的没有了，惹是生非的迹象消失了。韩水河村的面貌发生了变化，各个生产场面到处呈现出一派你争我赶、热火朝天的生产新景象。

在新形势下，大队会计韩怀春心眼灵活、善于随机应变，他把账目都做得清清楚楚、无可挑剔。并且对“当权派”韩进先揭发问题有功，开了没几个检查会就被“解放”出来。

生产小队长韩元忠，为人诚实，除了勤勤恳恳带头生产外，没有什么经济问题，所以也早早过了“关”。

唯独老支书韩进先例外，被卡在“关”里出不来，从目前看虽说问题并不严重，主要是思想认识不够彻底。他现在白天参加劳动，晚上开会检查，他认为自己是一个1938年入党的老干部，辛辛苦苦革命半辈子，大错误没犯，小错误难免，他有居功自傲的思想。对于自己犯的错误认识不足，对工作队一些做法有反感，认为他们不是惩前毖后、治病救人，是吹毛求疵、鸡蛋里挑骨头。他的表现得不到大家的认可，所以一时还未能过“关”。

韩进先虽然每天看报纸，没有真正认清当前形势，没有想到“四清”运动的结果好与坏，能给他今后的命运起到至关重要的作用；他更没有想到，接下来的“文化大革命”会更加猛烈。

四、韩士英考学

韩士雄的学习成绩，经过一段努力后，终于赶了上来。“四清”运动给学校学生的学习，没有造成多大影响，这时候，韩士雄受张老师邀请又把行李搬到了小学住宿，夜间和老师做伴，星期天在学校看门。

有一天晚上，韩士雄在小学翻看报纸，他突然发现在省报的一个栏目里，刊登着一个招生信息：天津美术学院在河北省招收学员。第二天，他把这个消息告诉了韩士英，他撺掇韩士英去参加招生考试。

原来韩士英辍学后，业余时间全用在了绘画上，他把省下来的零花钱全买成了美术书和一些绘画的笔墨纸砚。他对美术情有独钟，也很有天赋。他喜欢画人物、山水、花卉虫鸟，特别擅长山水。他临摹齐白石的《群虾图》、徐悲鸿的《奔马图》，都能画得十分逼真，那气势、那神韵根本不像出自一个初学乍练的青年之手。

全家人听了这个消息，都同意韩士英去试一试，韩士英更是跃跃欲试，他抽时间去县文教局报了名，又在文化馆找了几份美术学习资料，然后又到新华书店买了几本绘画知识书。韩士英真要厉兵秣马，要用自己的才智来和自己的命运拼搏一番了。

时光到了1966年6月份，是韩士英去参加美术专业考试的日子。之前韩士英已顺利地闯过了县级和地区级的初试和体检关，接着他要去省城参加考试了。韩士英下了火车，走在大街上，发现大街两旁地震后，架设的防震设施，形形色色的还到处可见。他很快找到了考场地址——省师范学院。在这里集满了全省二百多名参加考试的学生，他们虽说穿戴不同，但不难看出他们都是来自大中城市的学生；他们都是清一色的洋派装饰，画板、画笔样样神气十足。像韩士英这样一身土布青衣，脚上穿着一双千层底土布布鞋，并且憨态可掬的农村考生；在这人才荟萃的洋派弟子面前犹如鸡立鹤群，色彩很不协调。如果说考场是一幅画卷，韩士英的出现，又如在五彩缤纷的图案上染上了一滴不合时宜的墨迹。

他们都用轻蔑的目光打量着这位农村来客。

考试开始了，先考的是语文、政治。语文和政治的试题都不难答，语文的试题都很通俗易懂，政治的试题也大都是当前的时事政治，韩士英和其他考生一样都顺利地完成了这两项考试。

接下来是专业考试，专业考试分国画、速写和素描。国画是中国画的简称，在世界美术领域内自成独特体系。它是用毛笔、墨和中国画颜料在特制的宣纸或绢上作画。在题材上有人物、山水、花卉、翎毛、草虫等之分，在技法上又可分工笔和写意两种，各有蹊径、互有特色。

在人物画方面，从晚周至汉、魏、六朝逐渐成熟。山水、花鸟等至隋唐之际，始独立形成画料。至五代、两宋流派繁多，为高度发展阶段。元代水墨画盛行。明、清和近代，大体承袭前规。在各个时期中，都出现了不少革新创造的画家。中国画具有鲜明的民族形式和风格。在描绘物象上，主要运用线条、墨色来表现形体、质感，有高度表现力，并与文学、书法、篆刻相结合，达到“形神兼备”“气韵生动”的效果。它还有独特的装裱形式。

国画是自由选题，韩士英作的是《太行山颂歌》。他把家乡的青山和美水都融入了画卷里；把工笔和写意相结合，亦实亦虚、浓淡相宜，孕育出诗情画意浓郁，时代精神明朗旺盛，艺术技巧深厚、新颖，线条粗放、欢快、流畅，充满乡土气息的一幅山水画图。他的作品一气呵成、干净利落。引来了不少主考老师和考生的观看。韩士英面对绘画大师级的主考，并不怯场。他的脸上自然而然流露出一个农民儿子特有的淳厚质朴的表情外，同时还写满了淡定。他的神情完全注入到了画卷中去，他做到了心手合一、笔随意动、形神兼备、气韵生动的效果，他的作品迎来了一片赞扬声。

速写是以简单而迅速的笔调，表现一种动态形象的图画。它要求构图概括、线条简练，即景写生可得，使用工具一般为白纸和铅笔，也有炭条、毛笔和油画笔的。速写是培养观察对象，和简要地表现对象特征能力的重要技法之一。画家运用速写可以记录生活，从而为创作积累素材。

韩士英虽说在速写上没有多下功夫，但他面对这个《人物造型》，手握铅笔只用了寥寥数笔，便把人物的线条轮廓、精神面貌惟妙惟肖地勾勒出来。他的样子不像是在作画，更不像是在参加考试，而是一种艺术的享受。

素描是最后一场考题。素描主要借助于单色线条的组合，来表现物象的造型、色调和明暗效果的绘画。用多色线条的情况很少。素描是绘画入门课，造型艺术技法的基础，是练习绘画基本功的手段。锻炼观察力和表达物象的性质、构造、空间位置、色调关系、质感力，一般是通过素描来进行的。但素描也具有独立的艺术价值，成为造型艺术的一个基本画种。优秀的素描画即是杰出的绘画作品。素描使用工具主要有纸、铅笔、木炭、钢笔和毛笔等。

韩士英照旧用的是铅笔，他没有画板，也没有木炭，更没有洋派考生那么多应手工具。面对《篮球》这个圆形体静物，他有他的一套画法。只见他笔随意行、曲折交错、明暗相兼，不到下课工夫，一个立体感明显的“篮球”跃然纸上。他的“篮球”跟那些受过专门练习的洋派子弟考生相比毫不逊色，有过之而无不及。

主考老师们，有些不敢相信眼前这个外表憨厚、土里土气的年轻考生有如此高的艺术灵气。更不能相信这些作品，出自太行山区一个农民儿子之手，他的曾祖父和祖父斗大的字都不认识一个，三代贫雇农，到了他这一代，才勉强读到了小学四年级。

在这芸芸考生中，韩士英的作品脱颖而出，他的作品和人一样在考场上引起了不小的波动。如果前面说韩士英是鸡立鹤群的话，那么现在可以更正来说是鹤立鸡群了，又比如说韩士英犹如染在五彩缤纷图案上的一滴墨迹，倒不如说是一颗沾着泥土芬芳的珍珠，落在了这卷五彩缤纷的图案上更为确切。

韩士英顺利完成了这次去省城的考试，回到家乡是晚饭时分。全家人听说主考老师对他的评价不错，乐得都合不拢嘴。平时很少在儿女面前说话的韩元忠，高兴地说：“士英能考上天津美术学院的话，真给咱祖宗三代争了光。也去除了半路让他辍学的这块心病。”

韩士英母亲赵梅如说：“士英这孩子不爱说话，能吃苦耐劳，他为了学画画，半夜半夜地熬，如果真的上了美术学院，也算熬出头了，到时候看那些说三道四、说士英不务正业的人，再还怎么说话。是他们没有眼光，还是我们士英真有能耐。”

韩士雄开玩笑地说：“娘，咱们现在不要高兴得太早了，别又像我当初考省体校那样，也来个停止招生。”

“呸，你这个乌鸦嘴，一句吉利话也不说。”赵梅如打断士雄的话说，“当初你考体校我就不赞成，整天拼拼打打能成啥气候？光吃年轻饭，又不养老。学画画可就不一样了，既文明又养老，听士英说中国有个老画家叫齐白石，九十多岁了，还能作画，连外国人都喜欢他的画。”

一家人你一言，我一语，一直拉扯到晚饭都凉了，也顾不得去吃。

这时候，大街上老槐树下面的钟声“当、当、当”地敲响了。

韩士豪和韩士杰嚷嚷开了：“别再说了，快开饭吧，吃了饭我们还要去参加批斗会哩。”

韩士豪和韩士杰是一对双胞胎，他们长得一般，十分惹人喜爱，生人见了分不出哪个是哥，哪个是弟。他们已长到了十岁，读小学三年级，他们俩又是“四清”工作队在学校“培养”的小学生积极分子。每次开会，负责带领小学生在会场上喊口号。

赵梅如一边赶紧吩咐士媛去掀锅开饭，一边问道：“今天又开谁的批斗会？”

韩元忠说：“还能不是进先的批斗会？”

“这个韩犟驴，光知道给工作队硬顶，不知道说几句好话。你看人家韩怀春占了那么多集体的便宜，开了没几个会，说过关就过关了。”赵梅如一边盛饭一边说。

韩元忠接过妻子递过来的饭，边吃饭，边说：“进先是当权派，听说咱们公社好几个村的支书过关了，又被揪了回来。这个‘四清’运动，不知道要搞到啥时候才是个头。”

“进先他以往整人惯了，也横行惯了，在他眼里没有好人，这次运动中他也该吃些苦头了。”赵梅如说到这里，忽然又想起什么事来，转了话题问，“听说‘四清’队老张找你要你去当大队贫协主席，你可千万别答应。如果你当上了村里的贫协主席，以后他韩进先再挨斗，认为是你在对他打击报复哩。”

韩元忠理解妻子的意思，他有些忧虑地告诉妻子说：“听工作队意思，如果我不去担当这个职位，要叫韩怀春去当。”

“韩怀春他又不是贫下中农。”

“工作队说韩怀春成分，中农定高了，要给他降成分。”

“这都是韩怀春搞的鬼，他过去的光景韩水河村的人谁不知道。”

“这个事我也给工作队反映过，可现在有一部分人要替韩怀春说话。”

“这些人都是顺杆子往上爬的人，哪边风硬就往哪边倒，过去韩进先掌权的时候都捧着韩进先，现在看韩进先倒台了，又要投靠新的主人。这些人都是势利眼儿，千万不能搭理，韩怀春一定给了他们不少好处。”

“现在不能这么说话，咱又没有看到证据。传到怀春耳朵里不伤了和气。”

“证据不证据甭说，单看怀春那副油头滑嘴相，我宁投进先的票，也不赞同他。”

妻子赵梅如最后这一句话，不能不使韩元忠沉思起来。

五、韩怀春其人

（一）

韩元忠的担心不无道理，回忆起往事，韩怀春身上有好多疑问。

韩元忠比韩怀春大两岁，韩进先比韩元忠大两岁，他们三人虽说年岁有差别，但从小一块儿玩耍，生活在一起，谁也离不开谁。韩元忠有时也看不惯韩怀春的娇贵习气，当韩进先欺负他时，还是要当作亲弟弟一样保护他。

那一年他们都是十几岁的孩子，挑着筐子要去卧龙岗上割草。临近中午，又渴又热，他们把割草的筐子搁在道边歇息。忽然发现不远处有一块西瓜园，瓜田里的西瓜又圆又大，并且又是无人看守。他们三个商量每人偷个西瓜，先解解渴再说。

他们去时，是从地边沿着堵子爬过去的，当摘下西瓜时，就顾不得猫腰躲避人了，每人抱着一个大西瓜，大踏步向草担子跟前跑去。韩进先把西瓜塞进了自己的草筐里，韩元忠也把西瓜塞进了自己的草筐里，可韩怀春的西瓜特别大，塞进自己的草筐里，一是草少掩盖不住，二则担子偏沉挑着不能走。于是，央求韩元忠，放到他的草筐里。由于时间紧迫，害怕有人追来，韩元忠也顾不得多加考虑，答应了韩怀春的要求。这样一来，韩元忠的草筐里就一头放进去一个西瓜。他们打算把草挑到韩水河的树荫下，再来享受西瓜的美味。

他们刚要挑着担子动身，一个彪形大汉挡住了去路。原来这块西瓜地，是邻村王庄的王蛮牛种的瓜田，拦住了去路的也正是王蛮牛。其实他们的行踪，早被站在家门口的王蛮牛发现了。王蛮牛有三十多岁，身强力壮，两只虎眼一瞪，吓得他们三人谁也不敢吭气。王蛮牛开始搜查他们三人的草筐子，先从韩进先的草筐里搜出了一个西瓜，又从韩元忠的草筐里搜出两个西瓜，在韩怀春的草筐里翻来翻去没有搜出西瓜来，韩怀春逃脱了罪责，让韩元忠替他顶了罪。韩进先和韩元忠的扁担被王蛮牛收了去，并捎信给家里，让家长来领取扁担。

草筐没有了扁担，无法挑回家里去，韩进先和韩元忠只好丢下草筐，回家想办法。韩元忠的奶奶听说了这件事，不顾年迈亲自找到王庄王蛮牛家，好话说了一大筐才要回了扁担。这件事一直刻印在韩元忠的脑海里，他感到韩怀春人虽小，但很有心计。

1938年春天，抗日县政府在太行山区组织了抗日区干队，韩水河村的韩进先和韩元忠、韩怀春三人一块参加了区干队。干了时间不长，韩怀春因身体有病离开了区干队，韩进先和韩元忠都继续留在了区干队。后来韩元忠当了副连长，韩进先被派回韩水河村当起了村长，明里是替鬼子干事，暗里做些抗日工作。因为韩进先上过一年私塾，有点儿文化，人也聪明，做这工作比较适合。不久韩进先和韩元忠都先后加入了共产党组织，成为抗战时期太行山区最早的党员之一。

1942年，是太行山区抗日工作最残酷的时期，个别在区干队工作的革命意志不坚决的人员，叛变投敌出卖组织，给抗日工作造成了很大损失。为了搞清敌人的行踪，有力地打击敌人，区委决定派人打入敌人内部做内线，搜寻敌人的情报。经区委商量准备派韩元忠去赤镇炮楼做内线，因为韩元忠有两个优点，一是考虑问题比较细、能吃苦耐劳；二是地理环境熟悉人缘好。

区委书记郑凯和区长程林，亲自来韩元忠家里做韩元忠工作。要他打入敌人内部以后，注意敌人动向和搜集敌人情报。接头地点和时间都做了细致的安排。

在韩元忠接受任务后不久，也就是在这一年的夏天。一天临近中午，正逢赤镇集日。炮楼上敌人突然集合队伍，要马上行动。说收到一份情报，抗日区干队六区区长，在韩水河村活动。这个消息很准确，不知敌人从哪里得到的消息？当时六区长刘石中正在韩水河村开展抗日组织工作。韩元忠知道这个消息后，鬼子正要集合队伍，时间紧迫，韩元忠没机会脱身把这个情报亲自送回去。他心急如焚，借上厕所之机，从后门溜了出去，想找个老乡把消息传递回去。碰巧看见韩怀春从一家饭馆走出来，韩元忠立马把怀春拉到一边，把这个紧急情况告诉了怀春，让他赶紧跑回去送信。韩怀春听了这个情况后样子很紧张，韩元忠也顾不得多想，千叮咛万嘱咐，一定要他赶在敌人之前把情报送回去。

韩元忠在打入敌人内部后，多少次给区委传送情报，报告敌情，使区干队转危为安避免了一个又一个损失，同时又狠狠打击了敌人的威风，大长了抗日斗争的志气。没想到这次让韩怀春回村报信却出了问题。

刘石中区长在敌人到来之前，没有收到韩元忠送来的情报。他们和周围几个村的党员正在韩进秋家开会，便被敌人包围了。敌人没有走大路，是从赤镇顺沟摸过来的。由于民兵的警惕性不高，等发现敌人时虽说鸣了枪，但已经太迟了。刘区长听到枪声很近，就知道情况十分严重，他立即命令韩进先带领其他人员从后门转移。他本人掏出盒子枪从前门冲出，企图把敌人吸引到自己这边来。这次行动是化装行动，如果没有人告密，敌人不会知道得这么快。刘石中区长为了行动方便，这次只带了一位警卫员小高同志。他们一连打死了七八个敌人，最后两人都壮烈牺牲。敌人没有抓到其他人员，十分恼火，把韩进秋用刺刀捅死在家里，肠子都流了一地。

事后，韩元忠追问韩怀春，韩怀春哭着告诉韩元忠说，他当时喝醉酒了耽误了这件事情，并且跪倒在韩元忠面前，乞求元忠一定要替他保密，不要让人知道他这一档子事。韩元忠看着跪在地上一把鼻涕一把泪的韩怀春，心里发了软，虽说对于他的话有些怀疑，到了这个份上，又没有人证，也只有哑巴吃黄连——有苦自己咽了。

这一次的责任不同于少年时代的偷西瓜？是三条鲜活的抗日志士的生命啊！特别是区长的牺牲给抗日工作带来多大的损失！这个责任有多大，谁来承担？韩元忠心里清楚，韩怀春心里更清楚。韩元忠没有做好这一次的情报工作，他的心里万分悲痛。区委对这件向敌人告密的事情也进行了调查。事情还没有查出个子丑寅卯来，又出了变故，区委书记郑凯投敌叛变了。郑凯的投敌一下打乱了区政府的工作计划，连区政府也要马上转移，调查这件事也就扔到了一边。后来这件事情没有去查个水落石出，其结果，也就自然而然地归咎到了叛变投敌的郑凯身上了。

韩元忠在区政府转移以后，没有联系上区长程林，跟区里失去联系。韩元忠也不得不离开赤镇炮楼。为了防止敌人追捕，他隐姓埋名到邻县各村贩卖鸽子粪为生。后来他联系上了区大队，区长程林把他调到县里独立营。

1945 年日本投降后不久，山城县解放了，组织上调韩元忠回村当上了村长。这时韩进先已调到乡里担任了公安员。韩进先因 1942 年刘区长牺牲事件，对韩元忠一直是耿耿于怀。不仅死了区长，还死了他的哥哥韩进秋，1946 年，一个小小的整风运动中，韩进先提到了这个问题，并且把矛头直接对准了韩元忠。

韩元忠也做出了正面回答，他承认当时没有把情报送出来，是他的责任，他把责任一下揽了下来。

韩进先不这么认为，他不仅要告韩元忠的渎职罪，甚至把告密人怀疑到韩元忠身上。他们争论得很激烈，把问题闹到了区里，并且惊动了在独立营当营长的程林。独立营当时离开了山城县在邑城县驻扎，程林不得不骑马赶来澄清这个问题。程林明确地表态，当时区里通过内线了解到，告密者名叫韩志淳，是韩水河村人。其结果有两种可能，第一韩水河村确实有这个告密者，韩志淳可能是他的化名，等有机会一定能查出来。第二也可能是郑凯的化名，放的烟幕弹，他在投敌之前也有告密邀功的可能性。但有一条可以肯定，韩元忠绝不是告密之人，这一点可以肯定，区委对这件事早有定论。

老区长程林的一番铿锵有力的结论，使韩进先陷入尴尬的处境。老区长程林决定，趁赤镇庙会的机会，召开个全区人民大会，把这一事件在大会上宣布，证明韩元忠的历史是清白的。韩元忠不同意那样去做。韩元忠从工作考虑又认为一个村住着，抬头不见低头见的，那样一来，会影响他们今后的工作。韩元忠首先自己做出了让步，韩进先也只好就坡下驴。

这件事情虽说结束了，明里俩人关系好像还很融洽，和过去一样。但在他们各自心里各自留下了解不开的疙瘩。后来程林把韩元忠调到独立营当一名生产副经理，负责部队一些生产方面的往来。1948 年部队准备南下，韩元忠因身体有病离开了部队。

1951 年秋后，新中国成立后第一次整党整风运动开始了。韩进先又把这个问题翻了出来，给上级做了汇报。这个时候韩元忠的老领导和知情人由于工作调动，天各一方，一时又难以联系上。区长郝振山又是一个大老粗，也不做任何调查，把手一挥宣布把韩元忠开除党籍。韩元忠有一百张嘴也无力回天，为了一个承诺，就这样稀里糊涂地丢掉了党籍。此时此刻他也感到了精疲力竭，他也不想再伤心耗神为这件事情纠缠下去了。开除党籍就开除吧，反正自己也有过错，韩元忠自己安慰自己，同时又悔恨当初不该让韩怀春送信。

韩水河村从初级合作社，转入高级农村合作社，韩进先从乡里又调到了村里，担任了村支部书记。韩元忠很知趣地要求辞去韩水河村村长这个官衔，当一名普通社员。这个时候已经成立了人民公社，公社书记看出，韩元忠是一个踏踏实实干工作的人才，开始不答应，后来见韩元忠一直坚持便答应他不再当村长，但要担任个生产队长之职，韩元忠没有办法，回到了小队当起了一名生产队长。他知道韩进先个性偏执，当村长要经常和韩进先工作在一起，他不愿在工作中再和韩进先发生不快。这些年来他们俩之间虽说相安无事，无人再去触及这块疤痕，但韩元忠心里老是压着一块沉甸甸的石头。他的宽容和退让，不仅毁了他自己的前程，而且给他的将来，带来了无穷的后患。

韩元忠更没想到的是，1942 年刘区长流血事件，他对韩怀春的宽大许诺大错特错。当时他对韩怀春的醉酒耽误了情报就心存疑虑。但总认为韩怀春是为了推脱责任才这样求他的。可他根本没有想到，这次的真正告密者不是别人，正是韩怀春。

韩元忠对韩怀春了解的只是表面现象，是童年和少年时代。对长大了的韩怀春，他并没有了解多少。韩怀春出生于一个殷实的庄户人家，从小衣来伸手、饭来张口，后来生下妹妹韩怀秀，他的父亲开始有了病，家境逐渐滑落下来。韩怀春没有兄长，从小很佩服韩元忠的哥们义气，像小弟弟依赖哥哥那样，不管是玩耍还是上冈打柴割草，都喜欢跟随着韩元忠。韩元忠有时也很讨厌他，但处处都很爱护他。

就这样，他们一起从童年相处到长大成人。1938 年韩元忠去参加区干队打日本鬼子，韩怀春也要跟着去，那个时候韩怀春才刚满 18 岁，个子小，像个孩子。结果干了不到一个月，就受不住了，他感到干革命和他想象的差距太大了、太吃苦了，就悄悄离开了区干队。这段时间韩元忠不知道韩怀春去干什么去了，整个韩水河村的人都不知道韩怀春究竟去了哪里？

原来韩怀春离开区干队后，他听说山里石家屯有个抗日青年培训班，在那里吃得好又清闲，于是他投奔到了石家屯。到了石家屯才知道，这里并不是什么抗日培训班，原来是国民党在这里开办了一所学校，明里打着“抗日培训班”的旗号，实际上专门招收清一色的富家子弟，是专门和抗日政府搞摩擦的学校。学校的校长是国民党顽固派分子贺子贵，听说他是从敌占区来的就吸收了他。

在这里他改名叫韩志淳，当初改名的主要原因，是担心他参加过区干队，害怕学校知道了不收他。这里生活确实不错，比区干队强多了，不用担惊受怕，又能上学识字。他在这里学习了半年多，其间他结交了几名富家子弟，其中最要好的一名叫郝信同，好的方面没有学到多少，反倒学会了吸烟、喝酒、玩女人。后来学校搬迁，他也离开了学校。

韩怀春离开学校后，他又在外边晃荡了半年多，才回到了韩水河村，回村后不久他的父亲病故。之后，家里的许多土地他都不愿意耕种，大都荒废着，一切开销全凭父辈的积蓄。母亲一个妇道人家又管不了他，家里的积蓄花完了，开始卖地。二十几亩上好的土地，在一年的时间里都被他卖得一干二净，剩下的几亩赖地也都找人代耕起来。

1942 年是一个灾荒年，有一天，这个生活无着落的韩怀春，去赤镇集市上闲逛。凑巧碰上在赤镇炮楼上当伪军小队长的郝信同，郝信同见韩怀春一身窘迫的样子说：“你闲着没事干，到炮楼上来吧，我给县大队说一下，保你当个副小队长没问题。”

韩怀春摇头说：“在家乡的家门口当汉奸我可不敢干，要是干上了，不被打死，也得被乡亲们的唾沫淹死。”

郝信同又道：“现在世局难料，谁能看出今后是谁的天下？什么汉奸不汉奸的，有钱捞就是爹，能吃香喝辣的就是娘。”

韩怀春沉默起来没言语。郝信同见韩怀春犹豫不决的样子，又出主意道：“要不这样吧，我给你说个办法，你看如何。你暗中给我们搜寻抗日区干队的活动情报，只要情报有价值，你可以得到不少赏金，我们也给你保密。”

郝信同的话使韩怀春心里有所触动，他觉得这个办法切实可行，不用出力气，到时候能神不知鬼不觉地捞到一笔钱花。他开始萌生罪恶的念头，第一个罪恶的行动就是告发了刘区长在韩水河村开会。因为他在区干队干过，认识六区区长刘石中，虽说那一天刘石中是化装进村的，但韩怀春还是一眼认出了刘石中，他知道区长进村一定是有要事开会。他把这个情报告诉了郝信同。郝信同得到这个情报后，非常高兴，并把韩怀春安排到一家饭馆里，让韩怀春在这里等待消息，只要能抓住刘石中区长，一千块大洋包在他郝信同身上。

韩怀春这时候心里既高兴又害怕，高兴的是一千块大洋很快就能到手，害怕的是如果这件事让人知道了他的小命也就没有了。他在饭馆坐立不安，他刚走出饭馆想看看外边动静，没想到刚走到门口，碰上了韩元忠。

韩元忠风急火燎地给他下达了送信的任务，这就是当时出现惊慌失措的原因，你想他能去完成这个任务吗？他会自己去打自己的嘴巴？如果这个时候韩怀春还有良心发现，还能悔过的话，回头还来得及。可是他没有回头，他走到了这一步，是鬼迷了心窍。

韩怀春知道事情的严重性，但他没有想到因为他的告密，死了三条人命。这可是汉奸的勾当呀，一想到汉奸这个臭名，他就心惊胆战，他能想象到成千上万愤怒的群众，手拿利刃千刀万剐他那种血淋淋的场面。他不敢再想下去，他也不敢去郝信同那里讨要赏钱了，他唯一的出路就是把韩元忠的嘴堵上，让他不要说出曾让他回村送过情报这件事。只有这样才能掩盖他的罪恶。要想让韩元忠相信自己，只能伪装自己是酒醉误事，只要自己把戏演足，韩元忠就是把他骂个狗血喷头，也会替他承担这个责任的。

韩元忠没有看透韩怀春，韩怀春却早早看透了韩元忠，他利用韩元忠心慈手软这一弱点，一把鼻涕两把泪的，果然蒙住了韩元忠的眼睛，这真是：

饿狼临危遇东郭，毒蛇僵死逢农夫。

韩怀春逃过了这一劫……

（二）

1945年山城县解放后，接着开始了轰轰烈烈的土地革命运动。穷人过去他们一无所有，现在都分了房屋和土地，韩进先和韩元忠家境贫困都划为贫农，他们也都分了房屋和土地。韩怀春有房有地划为了中农且土地和房屋维持原状。

韩怀春没有想到共产党真的打下了天下，他开始后悔自己当初没有一直在区干队干下去，他更后悔自己犯下刘区长流血事件的罪恶勾当，是他的双手沾满了革命烈士的鲜血，一想到这些他就会心惊肉跳，这使他一辈子都得不到安宁。他也知道韩元忠这堵墙可以给他遮风挡雨，但不是长久之计。他要想法自己给自己打出一片天地来。

1947年机会来了，村里招收解放军，他自告奋勇地参加了山城县解放后第一批解放军。部队在当地休整一段后，接着南下围剿国民党的溃逃部队，在部队还没打到黄河边，韩怀春又跑了回来。这次是他瘸着腿跑回来的，用韩怀春的话说，是负了伤回来的。可有人证明他是从部队开小差偷跑回来的，因为是黑夜往回跑，掉进一家农户的菜窖里，腿被摔伤了。

不管是哪一种说法吧，总之韩怀春是瘸着腿在家里养了三个多月。他没有部队的证明，也没有充足的理由说明，村里也没有按优抚对象照顾他。他的腿伤本来也无大碍，又过了不长时间便能干活了。

韩怀春虽然在部队上干的时间不长，但他却像镀上了一层金色的光环，他可以信口开河、自吹自擂在战场上如何作战勇敢、冲锋杀敌。他又善于察言观色、看人下菜，他的花言巧语确实迎合一部分人的心理。

在韩水河村刚成立农业合作社那会儿，一时间找不到大队会计这个角色，贫下中农队伍里没有文化人，韩怀春蠢蠢欲动想当这个大队会计。开始韩进先反对，觉得韩怀春为人诡异、华而不实难以驾驭。又是韩元忠替韩怀春说好话，最后韩进先才答应让韩怀春当上了大队会计。

韩怀春经过了风雨，见过了世面，吸取了教训，长了心眼。他人很精细把账目做得很精细。他从不在账目上做手脚，他知道韩水河村总共收入没有几笔账，那样做早晚会露马脚的。他每一笔收入或支出都是按财务制度去办，做到了日清月结，收入和支出都是清清楚楚、明明白白。他也从来不敢挪用村里一分钱，有时家里有了花项、手头拮据，他会让狗剩他娘去左邻右舍讨借来解决这一燃眉之急。这样一来，他给今后的计划铺垫了有利的基础。

他不赞成韩元忠的做法，认为韩元忠这个人忠厚而愚昧，有能力而性格有些软弱。他又认为从古至今，无论什么世道都是弱肉强食。没有那么多温良恭俭让，只有你死我活的去拼个头破血流才能取得胜利，才能功成名就、利德圆满。韩元忠不图名、不图利，韩怀春名利都要。

“四清”运动去年在邻县开展，对于“四清”运动的形势他早已心知肚明。他在“四清”工作队没进村前早就做好了准备，他除了把自身的账目做到了清如水、明如镜外，还别有用心地把一些干部外出多领的饭费，都一一列了个明细详单。比如说韩进先一次接待领导，买了一盒香烟招待客人，花了三角二分钱，本来说好是借他的钱。后来忘了，没有及时归还，他也给趴到账上并加了着重标点。

这样一来，“四清”工作队一进村，不用费多大的劲儿，便把干部们的经济问题掌握得一清二楚。相比之下，韩怀春的两袖清风，却如一朵从污水沟里冒出来的狗尿苔，虽然只呈一时光艳，也确实令“四清”工作队的王队长刮目相看。再加上韩怀春善于言表，家族又是一个大家族，大多数堂哥、堂弟都是贫下中农队伍，暗地里又拉拢了一些人，韩怀春在“四清”运动中，第一个过了关，不久又成了“四清”运动的积极分子。

时局变了，人心变了，谁人不是墙头草顺风倒？谁人不是有竹竿不扶井绳？此时韩怀春变成了硬竹竿，韩进先倒变成了立不起来的井绳了。韩怀春成了“四清”运动中的“红人”，他的第一步棋就是要给自己降成分，由原来的中农降到下中农。甭看这半个“台阶”之差，是由团结对象变成了依靠对象。韩怀春十分清楚这步棋，是他政治生涯中必须要走的一步棋。有了贫下中农出身，这个金字招牌才能成为根正苗红的新式接班人。

由于韩元忠的自动退缩，使得韩怀春有了夺权的机会。韩水河村的贫下中农协会主席这个招牌，在“四清”工作队的努力下，终于戴到了韩怀春头上。贫协主席这个官衔在当时“四清”运动中，是最大的权力象征。他可以代表广大贫下中农去夺取村支书和大队长的权力，去专他们的政。韩怀春夺得了权力，但还不满足。

党组织也像一个人的生命一样，也要加入新鲜血液，也要吐故纳新吸收新党员。这是历来运动开展的必然规律。韩怀春也要加入中国共产党这个无产阶级的先锋队组织，不但他要加入，而且韩大炮也要加入，这时候韩怀春的狼子野心已经初露端倪，老支书韩进先看出来了，韩元忠也看出来了，一些贫下中农也感到不对劲儿，但是，事已至此再想挽救早已晚矣！

六、一份大字报

“四清”工作队驻村才几个月时间，给韩水河村带来了不小的变化。在水利设施方面赤镇公社修造了一条几千米长的水渠，把过去因为水淹而废弃了的矿井，安装了一台高功率的潜水泵，建立了扬水站。把源源不断的地下水抽出地面，灌溉了赤镇公社的几千亩干涸的土地。韩水河村一大部分土地也得到了灌溉，天不下雨，人下雨。扬水站的建立及时地完成了赤镇公社的春播任务。

同时“四清”工作队又从上面调拨下来几台柴油机，韩水河村有着天然的水利条件优势，被无偿调拨来一台12马力的柴油抽水机。这台12马力柴油抽水机机动灵活，把村里沟沟岔岔的河水都充分地利用起来。干涸的土地得到了水分，庄家一阵风地旺长起来。土地变肥了，黄冈变绿了，从此改变了过去几千年来靠天吃饭的旧面貌。

接着又建起了变电站，高压线架到了韩水河村，家家户户都接上了电灯，过去幻想中的电灯终于盼来了。

在大街的电线杆上，安上了有线广播，高音大喇叭每天早起天还不明就播放起了“东方红，太阳升，中国出了个毛泽东……”。《东方红》歌曲刚唱完，接下来就是毛主席的最新指示和各条战线上的新闻联播。这个过去的穷乡僻壤，现在出现了崭新的变化，种种迹象都展现出了社会主义制度的优越性。韩水河村和全国一样，都被沐浴在新时代的阳光雨露之中。

……

韩水河村的“四清”工作队，带队的王队长，有三十多岁，中等身材。听说是从部队复员下来的一个营级干部。他说话办事干脆利落，从不喜欢拖泥带水，有股军人的风度，对于目前工作队所取得成绩感到还算满意。韩水河村的“四不清”干部差不多问题都搞清楚了，经济上没有重大贪污问题，基本上干部都已过关。只是韩进先这个老支书有点儿顽固不化，他不承认1960年带头开小片荒，是在走资本主义道路。他认为开小片荒是为了帮助群众救灾、脱贫致富，是办了一件好事，不承认走错了路线；更不承认违背了毛主席的教导，在走资本主义道路。他仗着自己是1938年的老党员、老革命，根正苗红，敢和他顶牛，这让这个从部队下来的王队长很恼火。

特别是在韩怀春的入党问题上，韩进先和他意见有分歧，简直到了针锋相对、水火不相容的地步。他认为韩怀春思想进步、历史清白。韩进先则认为韩怀春革命思想不坚定，历史上有接受国民党教育的嫌疑。他又认为韩怀春能够积极参加解放军，便是证明他投身革命的很好动机。韩进先则说，韩怀春半途而退，开小差回家，更是革命思想不坚定的表现。

韩进先还提出了一些韩怀春表里不一的一些例子，每个问题都说明得很尖锐，这很令王队长伤脑筋。他虽然也听韩怀春解释过多次，但相比之下感到韩怀春的解释有些牵强，理由不够充分。其他党员虽说没有人像韩进先那样直截了当地站出来反对，但都缄口不语、不予表态。王队长知道这也是一种无声的反对。

赤镇公社下属的各大队驻村的“四清”工作队，都把新党员名单上交到了“四清”团部，唯独韩水河村的新党员名单迟迟没有报来。王队长受到了“四清”团部的批评，他们准备的5名新党员名单：韩怀春、韩大炮、韩京元、韩银杏、韩长根，这5人当中韩怀春和韩大炮没有在党员会上通过。名单上一共5名新党员，其中两名主要的没有通过，王队长感到脸上发烧，他那党的建设成绩哪去了？几个月的心血白流了，他感到太没面子了。

王队长心急如焚，把火气都集中到韩进先身上，感到这一切都是韩进先在从中作梗。这个韩进先还没有批臭，他的思想还在左右着韩水河村人们的意志，他对韩进先彻底地失望了，感到韩进先是个地地道道的村霸、地头蛇，是一个不可救药的走资本主义道路的当权派。他要快刀斩乱麻，搬开韩进先这个绊脚石。

王队长明确了工作方向，他不准备采纳党员们的意见了，他准备召开全村贫下中农大会，在贫下中农大会上来个举手表决，他不甘心自己辛辛苦苦在韩水河村干了几个月树起来的典型半途而废。自己活了半辈子，光在部队受教育好多年，还辨别不出一个好与坏来？他坚信韩怀春是一个响当当的革命同志，不仅思想进步、历史清白；而且有文化、有能力。韩水河村今后交给这样一个人去领导，一定能够创出一片红彤彤的社会主义新天地来。

韩士雄每天晚上在小学住宿。晚饭过后，开会不开会常常有一些人集聚到小学去看报纸、唠唠嗑儿。他们除了谈论一些家长里短和道听途说人间趣闻外，主要还是议论当前“四清”运动中一些人和事的看法。他们对韩怀春降成分问题有赞成也有反对，对于让韩怀春来主持韩水河村工作都持反对意见，尤其是入党问题反对者更甚。其实这些人都是明哲保身的人，大会上他们都不敢发表意见，只是暗地里随便议论一下罢了。耳濡目染，韩士雄渐渐对韩怀春有了新的认识。

一个星期日的晚上，张老师又回家过星期天去了，闲聚的人群刚刚离去，韩士雄正要关门睡觉。这时从门外挤进一个五十多岁的庄稼汉来，这人一身土布打扮，头上蒙上一条不合时宜、变了色的白毛巾，身上一股浓浓的汗腥味儿，呛得韩士雄喘不上气来。由于光线黑暗，韩士雄一时无法辨出来人的真面目。等到了灯明处，来人摘下毛巾擦了一把额头的细汗，韩士雄才看清，原来是老支书韩进先。

老支书的突然光临，使韩士雄感到惊讶，韩进先看着发愣的韩士雄，苦笑了一下示意韩士雄先把门关上，然后和韩士雄坐了个面对面。他的表情很严肃，自从"四清"运动开展以来，很少光顾小学这个地方。俗话说得好：无事不登三宝殿，韩士雄心里揣摩着老支书的来意。

"我想让你给我写一份大字报。"韩进先开门见山地说道。见到韩士雄没有表示反对，就从腋下抽出一卷白纸来，放到办公桌上，又说："我不想让外人知道这件事，所以等他们都走了我才进来。这是'四清'队发放的白纸，笔和墨我知道这里有，听说你的毛笔字写得也不错，所以我思来想去觉得来这里写比较适合。"

"四清"运动中，有些群众碍于乡亲情面，不敢在大会上揭发干部们的问题。"四清"工作队利用不署名的大字报来揭发干部问题，这样一来减少了群众的思想顾虑，给工作带来了很好的效果。可是还有些群众不愿自己花钱买纸，于是"四清"工作队免费提供一些白纸，供群众来写大字报；写好以后，交到工作队、队部。然后统一张贴，逐张登记、张张落实。这样一来，运动的局面很快被打开了。

韩士雄听到这里，他知道老支书早在外边等待多时了。他第一次近距离接触这位老前辈，明显地看出，老支书那张紫红色的脸膛上比过去增添了许多皱纹，每道皱纹里勾满了时代的艰辛和沧桑。过去那种高傲和骄横的神情不见了，转而代替的是萎靡和沮丧。

韩进先接着说下去："我今天是想让你替我写一张揭发韩怀春的大字报。写好以后，明天你替我交到'四清'队部里去。这件事情，你一定要替我保密。"韩进先说到这里停顿了一下，"我不是怕承担责任，也不是怕打击报复，主要是我和'四清'工作队的王队长谈话谈顶了，我的意见他根本听不进去。我的目的是提醒广大贫下中农擦亮眼睛，识清韩怀春这个人的真面目，不能让这样一个人混进党员队伍中里来。”

老支书韩进先又列举了韩怀春，过去历史上的一些污点和嫌疑，和同他工作当中的一些两面派手法。说完这些话后，韩进先用一种期望的目光看着韩士雄。

韩士雄清楚了老支书的真实意图，他现在失去了领导位置，失去了以前的号召力。如果再以他的名誉提出这个问题，不但事情不会成功，反而会起到相反的作用。所以他要以一个旁人的身份来提出这个问题，来引起“四清”工作队的重视，同时又要唤醒大家，共同来揭发韩怀春这个阳奉阴违、两面三刀的人物。

韩士雄从老支书的言谈中，体会到了他的良苦用心，和对革命事业的赤胆忠心。“四清”工作队，批判老支书是一个走资本主义道路的当权派，是一个只拉车不看路、带头复辟资本主义的领头人，说他忘记了根本，违背了毛主席的教导，给共产党和人民群众离心离德，完全丧失了一个老共产党员的革命意志和党的原则。现在看起来“四清”工作队对老支书的定论有失公允。群众对老支书的批判也有误会之处。韩士雄曾一度对老支书也表示鄙视，认为他的所作所为完全丧失了党的原则，跟毛主席引导的革命路线背道而驰。现在他对老支书有了新的认识，从抵触转变到理解，再从感性上升到理性。

一个五十多岁的老人，过去战争年代为了党的事业，曾经抛头颅、洒热血拼战沙场。现在到了和平年月，为了纯洁党的队伍，身处逆境不顾个人安危而据理力争。这不是思想顽固不化，而是一个真真正正的共产党员的高尚情操，和对无产阶级革命事业深厚的阶级情感。

韩士雄给老支书倒了一杯热水，让老支书一边喝水，一边慢慢道来。韩士雄的举动使心情紧张的韩进先终于放松下来。开始他怕韩士雄这个孩子，不会答应他的要求，他知道自己现在的身份，已被“四清”运动批判得一无是处，成了人人喊打的过街老鼠。再说了是他亲自带头并提出开除了韩元忠的党籍问题。虽说韩元忠多少年来，仍然无怨无悔地干着党布置的工作，对于这件事情只字未提。但他这些年来也感觉到了，韩元忠那颗因受伤而颤抖的心和对他的作为抱有一股隐隐的怨恨。

“四清”运动中，他最担心的是韩元忠会跳出来对他落井下石，争夺领导权，韩元忠的宽容大度使他难以预料。更使他始料不及的是，韩怀春对他造谣中伤、暗箭伤人，使得他一败涂地。“四清”运动的残酷打击，又使他精神上感到无助，甚至于有些绝望。他没有想到自己革命了大半辈子，反被当作革命对象斗争起来，这时候他想到了过去的老搭档韩元忠。他希望韩元忠出面来主持韩水河村的工作，可是韩元忠已被他整得身心疲惫、心灰意冷了。韩进先第一次感到自己可能犯了一个错误，一个一生中不能挽回的致命错误。也想亲自找韩元忠，让他出面帮他扭转目前这个被动的局面，但他没有勇气那样去做。

他想来想去，只有唯一利用大字报这个方式来孤注一掷。要想在大字报里充分阐明自己的观点和理由来提醒大家，他知道自己的文化底蕴是难以达到目的。他又深思熟虑后，把这个希望寄托到韩士雄身上。开始，他担心韩士雄会受他父亲韩元忠思想的渗透，会拒绝于他。他只是抱着一半儿的希望来找韩士雄的，他没想到韩士雄会真的答应了他。

韩士雄认认真真地把老支书的意见归纳到了一块后，并念给他听，韩进先听了，点头称是。然后韩士雄开始写大字报，他把自己的文化积累和老支书的思想意念，完全结合在了一起。很快，几张揭发韩怀春的大字报书写完毕。韩进先看了大字报，内容充实、文字流畅、渲染力强，远远超过自己的想象力，他的心情十分高兴。临走一再叮嘱韩士雄："一定要为他保密。"

韩士雄答应替老支书保密，他说到做到。他像他的父亲韩元忠当年答应韩怀春一样，一诺千金。因为韩士雄骨子里流淌着韩元忠的生命基因。

韩士雄没想到，他的这一正义之举，从此，把他拉进了一场政治斗争漩涡，给他和他们一家带来了无穷的后患。

七、一石激起千层浪

（一）

韩士雄昨夜没有睡好。今天又起得特别早，他起床以后，收拾好昨夜写的大字报，没有回家，径直往“四清”工作队大队部走去。

“四清”工作队大队部设在光棍汉韩大炮家里。这里有三间正房，两间东厢房，平时韩大炮住在正房里，工作队来了后，韩大炮搬到了东厢房里住，把正房让给了工作队。韩大炮的家里从来都不收拾，院里、屋里到处都是杂乱不堪。自从工作队住进来后，帮他把家的里里外外、前前后后，都收拾得干干净净、利利索索，一切东西都摆放得井然有序，这样韩大炮的住房，才像个家的样子。

韩大炮独自一人，无牵无挂，这个地方倒也清净。同时又处于村子的中心，贴近群众，很适合“四清”工作队展开工作。

韩士雄来到“四清”大队部，工作人员正好都不在家。家里只有韩大炮一个人，他正从工作队的正房里出来。按道理讲工作队的办公室是不允许闲人随便进去的，房东都懂得这个道理。

韩大炮见是韩士雄来交大字报，连忙讪笑着打掩护说：“工作队都出去了，我来帮助他们把屋子收拾一下。”

韩大炮的解释，反倒成了“此地无银三百两”，更引起韩士雄的警惕。韩士雄想，韩大炮平时四肢不勤是出了名的懒虫，他一定是在偷看群众送来的大字报。韩士雄想到这里，心里一阵犹豫，手里这团大字报一时不知放到哪里合适。

一边的韩大炮像是猜透了韩士雄的心思，又赶紧说：“你看地方放吧，我还有事。”说完匆匆走出屋去。

这个正房是三间通屋，两间办公用，一间盘着一条通炕供人员休息。工作队吃饭都是吃群众的派饭，每顿饭都是到群众的家里去吃，每天一个人员的伙食标准是三角钱，一斤二两粮票。大队部负责人一共三个人，正、副队长，还有个指导员。他们的大部分时间是和群众一块在地里参加生产劳动，余下时间都在这里办公。大队部下面每个生产队都设了小队部。“四清”工作队的指导精神都在这里贯彻执行，这里是“四清”运动的指挥部，王队长就住在这里，是运动的指挥者。

这里的办公设施也很简单，一个老式方桌，两把老式圈椅，墙上除了一张毛主席画像外，四面都挂满了大张的“四清”运动的总纲领《二十三条》。

方桌上放着一摞大字报，看样子刚被翻动过。韩士雄知道一定是韩大炮刚才在偷看大字报。偷看群众的大字报，“四清”工作队是绝对不允许的。工作队人员没有一个在家，韩士雄感到既庆幸又担忧，庆幸的是“四清”工作队人员都不在，省去了许多口舌和麻烦。担忧的是自己写的大字报，很可能被韩大炮发现。他既答应了为老支书保密，也不愿让人知道他参与了这件事情。韩士雄看了看摞在桌子上的大字报，他把自己的大字报展开，塞到其他大字报中间，然后又把其他大字报重新整理了一下，往自己写的大字报上压了压，然后才放心地走开。

这时的韩大炮，对于每一份大字报都要想法过目；对于每一份大字报的内容，也早已烂记在心。当韩士雄前脚刚走，韩大炮就后脚进了屋里，他很快就找出了韩士雄送来的大字报。当时看完大字报的内容后，着实被吓了一大跳。正在这时，听到了工作队人员回来的脚步声，韩大炮慌忙把大字报放回原处，离开了办公室，他要马上把这个消息报告给韩怀春。

韩大炮有三十上下年岁，光这个“大炮”名字的来历，听说还有段故事哩。韩大炮出生的时候，村里正好有三个男孩相继降生。开始他的父母给他起了一个挺温顺的名字叫韩小牛，没想到另外两个男孩，一个叫韩老虎，一个叫韩快枪。韩大炮的父母一琢磨，感到不对劲儿，这样自己的孩子吃了亏。你想想，快枪可以打死老虎，老虎可以吃掉小牛。他们要找个比快枪还要厉害的名字，他们想来想去，一时也想不出一个结果来。

时值 1937 年，七七卢沟桥事变。北方的隆隆炮声不断隐隐传来，大炮的轰鸣声使韩大炮的父母灵机一动。这大炮不是更厉害吗？把韩小牛改名为韩大炮！于是韩大炮从此便叫了起来。

事也凑巧，韩大炮从小能吃能喝，身体健康，从不生病。韩快枪和韩老虎却没那么幸运，早早相继夭折。

解放初期，韩大炮长到十几岁时，父母不幸染病双亡。在村长韩元忠的照顾下，他在村里免费读了两年小学。文化虽说不高，但总说是有了文化基础，平时再加上多看书、多锻炼。韩大炮还是进步很快。编个顺口溜啦、组个对联啦，他能张口就来。没了父母的管教，他任水自流，渐渐养成了懒惰的习惯。

整天游手好闲，不务正业，到了结婚年龄，三里五乡的姑娘知道他的名声，都不肯嫁给他，直到现在还是光棍一条。

在生产队干活也是出工不出力，晚去早退。平时又懒得积粪，即便是家里粪坑里蓄满了粪，也不愿出粪。当时干一天活儿10分，一个壮劳力连上工带积粪，一年下来最少也能拿到5000个工分。韩大炮一年下来，最多也就挣个2000个工分。一个妇女壮劳力一年下来，也能挣到3000个工分，韩大炮还比不上一个妇女壮劳力挣得工分多。工分在生产队参加分配，不仅能分钱，还能分粮食，工分挣多了口粮也就多了。像韩大炮这样一年下来挣不来多少工分，又正在吃壮年饭，一年的口粮还不够他半年折腾。每年到了麦口时节，村里还要给他争取救济粮。还有他穿的衣服和被褥都是从民政上救济下来的。

韩大炮吃惯了救济，出勤率更少了，经常躲在家里找一些阴阳八卦和民间治病偏方之类的书看。他还胡乱编造、装神弄鬼进行坑蒙拐骗。农村中文化水平低，封建迷信思想严重，医疗条件差，经常有人上当受骗。有一回邻村有一个王寡妇的儿子生了病，县医院诊断为肝炎要他住院治疗，可这个王寡妇不相信，非要找韩大炮当“虚”病来治。有了财路韩大炮当然乐意，他还专门去王寡妇家里看了看“风水”，他故弄玄虚地告诉王寡妇说：“你的儿子是中了邪，一个王八精在作祟。”

“这病能治好吗？”王寡妇听了十分害怕。

“能治，包在我身上，你就准备个香火钱就行了。”韩大炮信誓旦旦地说。

这天夜里，韩大炮要给王寡妇的儿子拿妖除邪了。他把早已准备好的一个簸箕虫（土元）用黄纸糊住，在黑影里偷偷放到桌子上的一边，等把一切准备好后，嘴里念念有词，突然用手把桌子一拍，大喝一声：“大胆妖孽，韩大师在此还不快快现出原形！”

韩大炮话没喊完，黄纸包着的簸箕虫受到了惊吓，顶着黄纸壳，嗖嗖嗖地向桌沿爬去。韩大炮早有准备，顺手这么一绰，把簸箕虫装到了自己的口袋里。

驱邪拿妖成功，王寡妇感激涕零。除了赔进自己的身子外，还给了韩大炮二斗红高粱，可王寡妇的儿子不到半年时间，肝炎转化成了肝硬化，又过了不久便离开了人世。

这样的例子举不胜举。

韩大炮还有个毛病，自己回家做饭时，嘴不肯闲着，本来是一个人在做饭，让外人一听好似给一家人在说话。韩大炮回家的第一句话是：“孩他娘，我回来了。你做饭还是我做饭，吃烙饼还是吃拉面？”

第二句：“嗨，还是我做饭吧，咱们不吃烙饼，吃拉面。”

第三句：“你的拉面不咋地，尝尝我的好手艺。”

隔了一会儿，时间差不多了，第四句又蹦了出来：“你吃稠来我喝汤，汤里净是好营养。你要喝汤？好嘞，你喝汤来我吃稠，吃了稠面不发愁。”

外人听起来，家里吵吵闹闹得挺热闹，一定是一大家子在过日子。实际上是他一个人唱的独角戏。

韩大炮做饭的家什很简单，没有锅灶，三块砖头撑着一个缺把的小铁锅。锅下添好柴火，点上火先把水烧开，再把红薯块或者红薯面干粮切成段，放进小锅里，有时连油盐也没的放，这就是韩大炮的一顿饭。喊什么烙饼啦、拉面啦纯属子虚乌有的事。

在这次“四清”运动中，不知是哪根神经起了作用，韩大炮能把毛主席语录背得又熟又快。运动一开始，他就变成了学习毛主席著作的积极分子。根又红、苗又正，“四清”运动中不依靠这样的对象依靠谁？后来韩怀春当上了贫协主席，看出韩大炮是一个“团结”对象、“成才”的好料。于是就千方百计把韩大炮拉拢了过去，真是臭猪头自有臭鼻子闻，臭味儿相投。一回生两回熟，很快他们两个勾搭到了一起。特别是现在，他们两个正在入党的节骨眼上，你说他们能不处处提高警惕吗？

（二）

韩水河村的大街上，贴满了大字报，大多数都是鸣放韩进先带头开垦小片荒，走资本主义道路的大字报。大字报从大街西头一直贴到大街东头，墙上贴不下，大街上横拉起了几道绳子，把大字报挂在了绳子上。鸣放韩进先的大字报，真可谓是怒潮汹涌、铺天盖地。

韩士雄写的大字报被贴了出来。这几张大字报的出现，确实让工作队吃惊不小，特别是工作队的王队长见了这几张大字报后，心里充满了压力。他一时不清楚这几张大字报的来历，又不知道是谁写的，心里有气也毫无办法。大鸣大放、大字报，本来是毛主席发动的革命运动，王队长又不能压制，只好叫人把这几张大字报贴在了一个不太显眼的角落里。他的周围尽是鸣放韩进先的大字报，在这大字报的一片海洋之中，它的出现就像在绿波荡漾的水面上，漂浮着一片红叶，目标虽说不大，但他却十分惹人眼目。一传十、十传百，时间不长，引来了不少人围观。

一些人看了以后，都在窃窃私语起来：

“你猜这份大字报是谁写的？”

“那还用问？保准是老支书韩进先写的。”

“我看这不像韩进先写的，他虽有这个胆气，但没有这个才气。”

“光从字体上看，也不是老支书的笔体，韩进先写不了这么好的字。”

“除了韩进先敢碰这个碴儿，别人谁还敢碰这个碴儿。”

“我看不一定，他韩怀春也没有长着三头六臂？我不会写字，如果我会写字的话，早把大字报写出来了，干吗等到今天。”

“你别吹牛了，小心风闪了你的舌头。你说你不会写字这是真的，可你为什么不敢在大会上发言，你又不是哑巴？”

“谁说我不敢发言，在批斗韩进先时，我没发言吗？”

“我说的是韩怀春。”

“韩怀春怎么了？再等上几年看看，到时候不是‘五清’运动就是‘六清’运动，你敢保证我不敢发言！”

“得了吧，说了半天，你原来也是一个墙头草顺风倒……”

不知是谁喊了一句：“你看韩怀春和大炮过来了。”

人们立刻一片鸦雀无声。果然韩怀春和韩大炮双双来到大街上，他两个在大字报面前停留片刻，佯作没事人一样，向大伙儿打了一下招呼，便向“四清”大队部走去。

不知是谁喊了一句：“尿盆子碰夜壶。”

“怎么讲？”

“一对臊。”

“不是，是‘一碰坏’。”边说边解释，“两个都是土烧的，一个瓷一个陶，碰到一块儿还不坏？”

立刻响起一片笑声。

……

韩士雄的大字报，虽说占的位置不大，它的效应犹如一枚炸弹，一时间，在韩水河村炸得沸沸扬扬。“四清”工作队的王队长被“炸”得晕头转向，他不得不暂时停下韩怀春的入党工作。他决定要静下心来，重新考虑这个问题，难道说韩怀春的历史真有问题？既然有人郑重地提出了这个问题，就要认认真真地去落实这个问题。他只好给“四清”工作团写了个报告，要求调查韩怀春 1938 年离开区干队后和 1947 年参军后两段时间的一些情况。

这两个问题真要是搞清楚了，对于韩怀春来说真是件要命的事情。鸣放韩怀春的大字报像一把匕首直插韩怀春的心脏，韩怀春1938年在石家屯上国民党“抗日”学校的事，他从来守口如瓶，未向任何人透露过，不知为什么韩进先能够嗅出一些味道来。如果顺着这条线索查下去，还不把刘区长血案真凶查出来？韩怀春有些惶恐不安。他为了掩盖这段血腥的历史，他也曾不惜血本去参加了解放军，可他又没想到参加解放军并不是一件轻松事情。1947年，他到了部队后，先进行了一段短暂的训练，就加入了战斗。第一次战斗打得很激烈，国民党的部队仗着武器好、弹药足，退到一个关口后，死守顽抗。解放军部队被压在敌人的炮火下，一时冲不上去。周围尽是国民党兵的尸体，韩怀春又是第一次见到这种场面，腿都吓瘫了，他趴在战壕里一动也不动，只觉得子弹在他耳边嗖、嗖、嗖地呼叫。

突然，轰隆一声爆炸，韩怀春失去了知觉。等他醒过来后，他发现自己被埋在了土里，他费力地从土里挣脱出来，才知道自己的连队早已冲破敌人的防线，追剿敌人的大部队去了。

韩怀春活动了一下手脚，感到没有受伤。只是敌人的炸弹掀起来的飞土把自己掩盖了起来。他庆幸从阎王爷那里走了一遭，阎王爷没有收他，又完好无损地转了回来。他又开始后悔不该参加解放军，他再也不想去追赶自己的部队了。他趴在黑影里装死，等后续部队陆续不断地从他身边过尽后，才敢爬起身来往回家的路上跑，他从河南跑到河北，大都是白天躲藏，夜晚上路。由于慌不择路他掉进一家农民的菜窖里，天明时才被人发现。在人家养了三天伤，找了一根木棍，咬着牙赶了十天十夜才回到了家乡。那次战斗不光是韩怀春开了小差，同时邻村还有两个人开了小差。时间长了，这些事情都是他们自己慢慢把事情真相给抖搂出来。韩怀春不能承认，他认为这件事情别人没有证据，只是猜疑而已，只要他本人咬住死口，即使有人去查，也无法查明事情真相。

韩怀春对于韩进先阻拦自己入党的事情，恨得牙根都痒痒，他恨不得生吞活剥了这个老顽固。“四清”运动中他千方百计使王队长相信了自己，当上了贫协主席，眼看入党有了眉目，没想到在这个节骨眼上，有人鸣放了他的大字报。韩大炮告诉他是韩士雄写的，他开始时有些不相信，后来他看了大字报后才吃了一惊。他认识韩士雄的毛笔字，韩水河村没有第二个人能写出这样好的文字来，韩怀春真要认真考虑对付这个问题了，他感到韩士雄一个在校读书的娃娃，他怎么会知道这些问题？其中一定是韩元忠在搞鬼。莫非韩元忠想报当年的受辱之仇？

韩怀春想到这里，惊了一身冷汗。可他反过来又一想，不对呀？韩元忠这几年和他的关系一直处得不错，他忍辱负重对名利二字早已淡泊；从“四清”一开始，他就拒绝担当贫协主席这个角色，他不争强好胜，他对自己的承诺又是雷打不动的，　韩士雄的大字报出自谁的主意？韩怀春绞尽脑汁也不得其解……

这个时候，还有一个人也在琢磨这份大字报。他不是别人是韩士雄的父亲韩元忠。韩士雄并没有把这件事情告诉家里，他认为既然要为老支书保密，就没有必要告诉家里。韩元忠也认识不了几个字，所以也辨别不清士雄的笔体，他也压根不会往儿子士雄身上去想。

韩元忠觉得大字报提的问题很尖锐，也正是他多年来想弄清的问题。在党员干部会上韩进先旗帜鲜明地表示个人的观点，而他不能那样去做，原因是他和韩怀春之间有着一种撕扯不断的关系。他对韩怀春这个人有好多讨厌之处，他也感到韩怀春这个人毛病很多，但又处处袒护着他。

韩元忠也想知道这份大字报是谁写的，从大字报提出的问题上看，很像是韩进先所为，但他不相信是韩进先写的。甭从字迹上和文化上分析，就凭韩进先的性格和为人来说，他不会暗里下绊。虽说过去韩进先对他有过激的行为和不公之处，但他凭良心而讲，韩进先除了身上生就的偏执和一些霸气之外，还是比较光明正大的。

这一次韩元忠对韩进先的认识没有猜对，他不知道时局变了，人心也会变化，世界上没有万物不变的道理。可他对韩怀春的看法有了新的变化，从前他认为韩怀春是一个胆小怕事，从不招惹是非的人，现在他觉得自己把韩怀春看错了，韩怀春的深藏不露给了他错觉，原来韩怀春是一个争强好胜，并且野心勃勃的人。

自从“四清”工作队进村以后，韩怀春好似变了一个人似的，过去那种唯唯诺诺的样子不见了，尤其是对于韩进先来了一个一百八十度的大转弯。过去韩进先没有的东西，他都要想办法去给送去，来讨韩进先的喜欢。韩进先想往东，他绝不往西，韩进先想打狗，他决不赶鸡。甚至连韩进先放个屁他都闻着是香的。韩水河村的人们都知道韩怀春是韩进先的跟屁虫。

“四清”工作队的来到使韩进先这棵大树倒了，韩怀春的真面目露了出来，他把过去的黑账本经过整理后拿了出来，来了个颠倒是非、混淆黑白。使得韩进先有口说不清，韩进先被陷进了泥坑里，他的固执正迎合了韩怀春的心计。“四清”工作队的王队长简单粗暴的部队作风，和韩进先形成了针尖对麦芒互不相让。再加上韩怀春从中挑拨，韩进先本来没有什么大的错误，1961 年，开垦小片荒地，也不过是一个认识问题，硬给加上一个顽固不化的走资派。

韩进先倒了，韩怀春坐收渔利。别人看不清楚，韩元忠这个旁观者，这一次确实能看得一清二楚。

晚饭后，孩子们都吃完晚饭出门去了，妻子赵梅如也洗完锅碗去猪圈喂猪，屋里只剩下韩元忠一个人在沉思冥想……

这时候赵梅如从外边也喂猪回来了，打断了韩元忠的沉思，告诉他说，韩怀春过来串门。韩元忠有些意外，自从“四清”运动开始后，韩怀春和他单独相处的机会很少，更甭说来他家串门了。

“元忠哥，在家干啥呢？”人还没到“哥”先到了，接着随着脚步声，话音紧跟着进了院子里，“有啥好吃的，叫我也尝尝。”

“你不早些来，现在啥时辰了？晚饭早收拾了。”赵梅如接了腔，过去韩怀春在元忠家吃饭是常事，赵梅如也从不把他当外人，“现在还有啥好吃的？无非是山药面饼子、山药干汤呗。”

“哎哟，什么风把你吹来了？你这个大忙人，不光是来讨饭吃的吧？”韩元忠也站起身来表示迎接。

显然屋里的光线有些黑暗，赵梅如随手把电灯拉着。韩怀春也不客气，一屁股坐在椅子上。那年代，农村中每个家庭正房里都是摆放一个方桌、一个条几和两把圈椅，在条几上方挂上一幅中堂画，这是当时农村中典型的家庭布置。过去农村中的家具都喜欢用紫红色油漆，来表示喜庆，而韩元忠的家具却用黑漆漆成，这种色彩的反差反而显得韩元忠的家具古朴而典雅。

“我想给大侄子说个媳妇。”韩怀春坐下后，煞有介事地说，“听说大侄子考上了天津美术学院，不知道对这门亲事满意不满意。”

“上美术学院的事情，八字还没一撇儿呢。”赵梅如解释道，“提亲的人倒是不少，也见了几回面，一时还没有定下来。”赵梅如一边回答又一边问道，“你提的是哪家闺女？”

“啊……哈……”韩怀春一时语塞，他是随便这么一说，没想到赵梅如会急着追根问底。于是撒谎道：“狗儿娘想把他娘家一个侄女介绍给士英，先前光认为士英还小哩，后来细算了一下，也是二十岁的大小伙子了。改天我让狗儿娘专门跑一趟娘家，把那个闺女叫来，让他们先见个面。”

赵梅如听到这里，知道韩怀春在撒谎。狗儿他娘的娘家就在邻村，她的家里根本没有什么侄女。再说了今天下午地里干活，梅如正好和狗儿他娘分到了一个小组，狗儿他娘是个心直爽快的人，可她一句这方面的话题也没提。赵梅如心里清楚，韩怀春是夜猫子进宅无坏不来。她又敷衍了几句，跟韩元忠使了个眼色，借故离开了。

赵梅如没有猜错，韩怀春这个时候哪里还有心思给人做媒？他正是在家里坐卧不安才出来找元忠探探底细的。

赵梅如出去后，屋里只剩下了韩元忠和韩怀春了，这时候韩怀春才说出了心里话："元忠哥，你说进先这个人损不损？在党员干部会上反对我入党甭说，还写大字报来煽动群众，这算什么事儿！"说完用眼斜着韩元忠，眼神里带着钩，恨不得一下子勾出韩元忠的心里话来。

韩元忠沉思了一下，点上了手拧的一支旱烟卷儿，吸了一口烟后，才慢慢地说："听说这份大字报不是进先写的吧？"

"不是进先，还能是谁？"韩怀春进一步追问。

韩元忠听到这里，看了看韩怀春说："依我说，大字报是谁写的并不重要，关键是让工作队把你这两件事情搞清楚，事情弄清楚了，省得以后再有人提起这件事情。"

"哎，这个理儿我知道，说来说去，都是我当这个贫协主席惹下的祸。我干脆不干了，还是你来当吧。"韩怀春说完这句话，故意叹口气又道，"当个群众多自在，省得有人在背后横挑鼻子竖挑眼的。"

要是在过去，韩元忠一定会相信韩怀春这句话。可现在韩元忠知道韩怀春说的不是心里话。韩元忠笑了笑说："水往低处流，人往高处走，当干部就要有个大肚量，俗话说宰相肚里能撑船，官当得越大，心胸要更加开阔。我现在不比当年了，有些力不从心了，你还年轻几岁，干上几年没问题。"

韩怀春觉得韩元忠好似在给自己搭官腔儿，玩绕圈圈儿。你问一句，他答一句，并且回答得滴水不漏。韩怀春从韩元忠的语句和表情中，找不到任何值得他怀疑的东西来，越是不显山不露水让他捉摸不透，越是让韩怀春放心不下。韩怀春进一步试探道："当初韩进先对你的不公平处分，你没有一点儿怒言？"

"人非圣贤孰能无过？"韩元忠情真意切地说，"当初刘区长和韩进秋的牺牲，这笔责任的账，使我一生也偿还不起呀！"

韩怀春听到这里，心里咯噔一下，惊出了一身冷汗。韩元忠的话，犹如一只无形的大手紧紧地箍住了他的喉咙，使他窒息得喘不过气来。他把目光低垂下来，不敢和元忠的目光接触。过了大约一袋烟的工夫，韩怀春才缓过劲儿来，慢慢抬起头来，偷偷扫了韩元忠一眼，发现韩元忠还是一脸的朴实相，并没有奚落他的意思。韩怀春第一次感觉到韩元忠有些深不可测，他感到再问下去也问不出个所以然来，便又寒暄了几句，借故离开了韩元忠的家。

八、“文化大革命”的开始

转眼到了1966年6月下旬，韩水河村小麦得到了空前的丰收，夏播计划又都全部完成，韩水河村的“四清”工作队、干部和群众都沉浸在这丰收的欢乐气氛之中。

这天晚上，“四清”工作队要召开一个全体群众大会，把这一阶段的工作来一个总结汇报。会场就设在小学校门前的操场上。为了活跃会场气氛，“四清”工作队小张首先上场清唱了一段《朝阳沟》选段，接着工作队小刘又唱了《红梅赞》，虽没有乐器伴奏，他们却唱得声情并茂、荡气回肠。他们那优美的歌喉，引来了群众一阵热烈的掌声。

小学张老师出主意，让韩士雄也组织个节目，当时小学唯一的乐器是两支横笛，这两支横笛也是前几天从赤镇中心小学借来的。韩士雄和韩思阳都是横笛的爱好者，于是韩士雄把韩思阳、韩狗剩和李书慧叫来，狗剩刚学会吹口琴，李书慧有一副好听的甜嗓音，他们四个临时组成了一支歌唱队，他们第一首歌选的是《东方红》。

东方红，
太阳升，
中国出了一个毛泽东。
他为人民谋幸福，呼儿嗨哟！
他是人民的大救星。
……

清亮的歌声伴随着悠扬的笛声和欢快的口琴声，组成一支清澈亮丽、抑扬顿挫的美丽乐章，荡漾在会场上空。会场上一下安静下来，大伙儿都沉浸在欢乐的音乐之中。

虽说他们演唱的并不专业，但歌声唱出了广大劳苦大众，对伟大领袖毛主席的深情厚谊，唱出了韩水河村新生一代年轻人的蓬勃朝气。

歌声带来了和谐，带来了欢乐，这样的氛围在前一段会场是没有过的。

它既显示了韩水河村年轻一代的风华正茂，也显示着伟大祖国未来的繁荣昌盛。

文艺节目一结束，“四清”工作队的王队长就主持会议做了报告，他重申了《二十三条》的精神，然后把这几个月来，在韩水河村所做的工作，都做了汇报，并且把在工作中的成绩和不足之处都做了客观的分析。同时也给今后农业发展指明了方向。现在全国农业学大寨，学大寨人敢于战斗的精神，学大寨人越干越想干、越干越会干、越干越敢干的共产主义风格……

大会正在进行中。

韩士雄演罢节目后，便和韩思阳、韩狗剩和李书慧分手了。他一个人钻进小学办公室里，边看报纸边听王队长的讲话。过了一段时间，他出来去学校厕所小解，发现在学校墙角里有两个黑影在晃动，他出于好奇，蹑手蹑脚跟了过去。

“这一阵怎么不理我了？你可把我想死了。”一个男子的低嗓音传了过来。

“呸，谁信你的狗话，你不是和几个大姑娘好上了吗？”这是个女人的声音。

“咦，你听谁瞎咧咧的？就我这副尊容，姑娘们见了躲还嫌躲不及哩，谁还敢靠近我？”

过了一会儿，女的又说：“这怨谁，我那个死鬼整天在家守着我，你叫我咋脱身？干脆派他还去修海河算了。”

“修海河要等到冬季，那是县里统一安排的活，统一调拨的农民工。不是村里想去修海河就能去修海河。”男人停顿了一下，“哎，要不让他去修水渠吧，灌渠上要人哩，每个小队抽两个劳动力。”

这时候韩士雄才听出眉目来，原来这个男人就是韩大炮，女人叫杨红叶，是本村大地主韩老六的孙媳妇，绰号叫“大屁股”。她的丈夫叫韩登科，是韩光耀的小儿子。韩老六抗战时期投靠了日本鬼子，作恶多端，被抗日区干队锄奸时枪毙。韩登科从小体弱多病，结婚后整天一副病恹恹的样子。有人说韩登科把身上的“养分”都供给了杨红叶，因为杨红叶当姑娘时，杨柳细腰的，结婚后变得体肥腰圆。尤其屁股蛋子，走一步三摇摆，因此人们给他起了个绰号“大屁股”。

“大屁股”虽不是金枝玉叶，但生就得有几分姿色。韩登科满足不了她的旺盛欲求，所以她也就成了出墙红杏。起初公公韩光耀不知道儿媳有越轨行为，后来发现了，以肥水不流外人田为由，也插了一足。这样一来，“大屁股”便和公公纠缠在了一起。“大屁股”究竟和多少个男人有染，谁也说不清楚，今天 和韩大炮勾搭上了，看样子也不是一天两天的事了。

“好吧，那你明天就叫他走。”

“我今天夜里就让他走吧，我的宝贝……”

“又不正经了，你猴急什么？我身上刚来。”

女的话音刚落，两个黑影重叠在了一块儿。

韩士雄看到这里，厌恶地收回目光，悄悄地离开了，他又回到了小学宿舍去了。

“四清”工作队的王队长还在大会上贯彻《二十三条》的精神。

一天上午，邮递员给韩士英送来了一封挂号信，来信地址是天津美术学院。韩士英上学的信息终于盼来了，全家人都很高兴，等韩士英小心地打开信封，信笺上一行清晰的字迹映入眼帘：

韩士英同学：

由于文化大革命的原因，今年学校暂缓招生，请谅解。

天津美术学院招生办 1966 年 X 月 X 日

韩士英的美术学院梦破灭了，这也真应了韩士雄的那句玩笑话。不管怎么说吧，农村是个广阔的天地，在这里可以大有作为的，韩士英能不能在这个广阔的天地里做到天高任鸟飞、海阔凭鱼跃，这要看韩士英的命运了。“命运”这个字眼虽说充满了封建迷信色彩，但它本身也确实给人一种令人解不开的哲理。

时间不长，“文化大革命”的文件下到了农村这个基层，“四清”工作队也由“四清”工作进入到“文化大革命”中去。农村中开始了早请示、晚汇报。头吃饭前一家人站成一排，祝伟大领袖毛主席万寿无疆。一天三顿饭，天天如此。

同时，在韩水河村的大街小巷的墙上和各家各户的门口两旁，都刷上了毛主席的语录，红底黄字，红彤彤的一片，十分醒目。

抓革命、促生产。

以阶级斗争为纲。

阶级斗争，一抓就灵。

世界上怕就怕认真“二字”，共产党就最讲“认真”。

下定决心，不怕牺牲，排除万难，去争取胜利。

在拿枪的敌人被消灭以后，不拿枪的敌人依然存在，他们必然地要和我们作拼死的斗争，我们决不可以轻视这些敌人。

革命不是请客吃饭，不是做文章，不是绘画绣花，不能那样雅致，那样从容不迫、文质彬彬，那样温良恭俭让。革命是暴动，是一个阶级推翻一个阶级的暴烈的行动。

关于大字报鸣放韩怀春的几个问题，“四清”工作队进行了调查取证。首先对韩怀春1938年上国民党开办的“抗日”学校进行了调查，从新中国成立前国民党遗留下来的零星档案材料里和一些旧职员工中，没有能查到有韩怀春这个名字的信息，也没有人知道韩怀春这个人。

第二个问题是韩怀春参加解放军开小差的事。现在运动中，谁还敢承认自己是开小差临阵脱逃？连邻村过去承认的那两个人，现在也矢口否认了。没有了证据，又加上王队长从中袒护，韩怀春又侥幸躲过了这一关。这使他放心地嘘了一口气，他不但贫协主席这个官衔保住了，今后他的入党问题也会顺利解决。

果不其然，在这场“文化大革命”开展不久，韩怀春便加入了中国共产党。

韩怀春利用了“四清”“文化大革命”。

九、卷子风波

赤镇中学，正常的上课也停了下来，学校也进驻了工作队。

赤镇中学的红卫兵组织也都纷纷揭竿而起，停课闹起了革命。学校的大门口上新刷上了大字标语：

揪出郭敬尧赫鲁晓夫式的反革命修正主义分子！

横扫赤镇中学一切牛鬼蛇神！

赤镇中学校长郭敬尧，成了“推行资产阶级反动教育路线的当权派”。韩士雄的班主任王志怡由于出身资本家，被打成资本家的狗崽子，连高小的蔡老师，也被打成国民党的残渣余孽。

三年级大一些的学生，大部分都外出搞大串联去了，一、二年级的大部分学生因年岁小不宜外出，被家长留在了学校，学校老师无心教书，学生也无心上课，整个学校处于瘫痪状态。

一个星期天，韩士雄邀上韩思阳和韩狗剩，去县城面粉加工厂换面。这是一家大型的国营加工厂，也是全县唯一的一家面粉加工厂。全县各家各户的小麦都要到这里来换取面粉。为了防止人多难取面粉，他们天不明都赶到了面粉加工厂，抢到了队伍前头。他们换好面后，天还尚早，骑上自行车来到县城大街上闲逛，大街上到处都是张贴着打倒走资派和横扫牛鬼蛇神的大字报。

他们感到无聊，狗剩提议，到他姑父吴仁才工作的单位县教育局去打乒乓球。他们三人推着自行车，很顺利地进了教育局大院。大门口没人值班，大院里没有了过去的那种整洁与肃静。院的墙上到处贴满了大字报，一阵锣鼓响处，一伙人戴着红袖章正押着一个脖子上挂着牌子，头戴高帽子的“走资派”朝大街上走去。不是别人，这人就是局长江珏。

喧闹过后，大院里很少有人走动，办公室里即使有人也在各办各的事情。乒乓球台设在文体室里，文体室是图书室和乒乓球室共处一室。这里一共是三间大屋，乒乓球台占去两间，图书占去一间，乒乓球台上落上了一层灰尘，看样子很久无人来活动了。图书架上的图书也是东倒西歪的、上下颠倒，有的图书落到了地上也无人管理。地上的废纸、烂书到处都是，一片狼藉。

他们三人从抽屉里找到了乒乓球和球拍，就毫无顾忌地打了起来。这里的乒乓球台比起学校的乒乓球台不知要好上多少倍。又是在室内，不受阳光和风吹的干扰，他们三人定为三局两胜，每局十一个球，韩思阳和韩狗剩都不是士雄的对手，韩士雄成了擂主。

快到中午了，也没人来打搅他们，韩士雄打了半天球累了，刚坐在长椅上想休息一下。事也奇怪，一阵风刮过，一卷白纸从门外吹到了韩士雄脚下，韩士雄拾起一看，正是自己去年升学考试的答卷，另外还有韩狗剩的答卷，他的答卷语文和数学都在 80 分以上，韩狗剩的语文和数学还不到 50 分。奇怪的是他的名字和考试号有人做了涂改，把他和韩狗剩来了个张冠李戴。

韩士雄的发现，使韩思阳和韩狗剩停下打乒乓球围了上来，他们三人都清楚地看到韩士雄和韩狗剩的笔体有着很大的差别。两份卷子很明显是有人做了手脚，韩狗剩看了也有点莫名其妙，韩思阳半开玩笑地说："去年，士雄没有被录取，是不是你姑父吴仁才从中捣了鬼，把士雄的卷子和你的卷子掉了包？"

韩狗剩听了，马上急红了脸："这不可能，士雄你从哪里捡到的？"

"就从脚下呀，也不知是一阵风从什么地方刮来的？"韩士雄说。

他们三人走出门口，见一个文教人员正在档案室前焚烧废旧的档案和材料，显然卷子就是从这里丢出来的。

卷子的出现，使他们三个人再无心打乒乓球了，韩狗剩为了证明自己的清白，他要找姑父吴仁才问明白。原局长江珏被打成了走资派后，吴仁才成了局里"文化大革命"的领导人，他们找了一圈也没有打听到吴仁才的下落，连狗剩的姑姑韩怀秀都不在单位里。他们三人不得不怀着疑虑和疑惑的心情各自回到家里。

韩元忠听说这件事后，非常生气，他要找韩怀春去问个究竟。这时赵梅如阻挡了韩元忠。她说："事情已过去一年了，现在找他有啥用？他要是不承认，你又能拿他怎样？即使他们真的捣了鬼，老局长江珏已成了走资派，吴仁才掌了教育局大权，他还能把事情给说清楚？"

"没想到他韩怀春能干出这样伤天害理的事来，咱家士雄可救过他狗剩的命，他怎么能恩将仇报？"韩元忠感到一股怨气无处出。

赵梅如猜测说："我想当时韩怀春心里一定有想法。你想想那时候咱士雄上体校都说是板上钉钉的事了，文化成绩不重要了，他怕狗剩考不上初中，让吴仁才暗地里来了个卷子调包计也不是不可能。”

妻子赵梅如的一番分析，使韩元忠茅塞顿开。他的火气消了许多，但仍余气未消地说：“我看他韩怀春今后怎么给我说清这件事情。”

韩狗剩回到家里，也把这件事情告诉了父亲韩怀春，韩怀春听了吃了一惊，他没想到吴仁才怎么这么粗心？没有把事情处理干净。

原来赵梅如猜得不错，当时韩怀春就是这种想法。韩怀春过了大半辈子，膝下只有狗剩这棵独苗，他百般呵护，想让狗剩成才出人头地，偏偏狗剩不成器，在学业上不能尽如人意，每次考试成绩都是全班倒数一二名。他想到自己是一个有头有脸的人物，不能让儿子太寒碜。他又听狗剩说，韩士雄考上了省体校，为这事他专门跑了一趟县城妹夫吴仁才家里，央求负责招生的妹夫利用主任这个权力，想法在卷子上做手脚，来个狸猫换太子。把韩士雄的成绩变成韩狗剩的成绩，韩士雄上体校的事已经形成事实，文化成绩好与赖无所谓，这样一来两个人都有学上，岂不两全其美？

结果事与愿违，省体校来了个停止招生，韩士雄成了落选生，这情况使他们始料不及，他和吴仁才开始后悔了，后悔不该办这件糊涂事，这时候韩士雄的班主任蔡老师捎信要求查分数，韩元忠也去招生办找过几次，这些都被吴仁才想法挡了回去。如果真相被查了出来，吴仁才丢官罢职甭说，他韩怀春今后还有啥脸面在韩水河村生存？特别是他跟韩元忠患难相依的关系，在众乡亲的眼里，他岂不变成了恩将仇报的卑鄙小人？

虽说这件事情吴仁才一时遮挡了过去，但他预感到这件事情瞒得过初一瞒不过十五，迟早会露馅的。他整天感到心惊肉跳。一天夜里他做了个梦，梦见了吴仁才被撤职查办了，戴着高帽子在县城大街上游街示众，儿子狗剩也被学校辞退回来，在吴仁才后面陪着游街……

韩怀春呀，韩怀春，你真是聪明一世，糊涂一时，当初怎么鬼迷心窍，想出了这个馊主意……韩怀春正在自己骂着自己，却被狗剩他娘推醒了。

“半夜三更的，嘴里叨叨个啥哩，把我都吵醒了，你还不住嘴。”

原来是一场梦，韩怀春虚惊了一身汗。

时间不长，江局长果然亲自过问这件事情。吴仁才也早有了准备，他知道了江局长和韩元姝的同学关系，他利用自己主任身份和赤镇中学校长做了沟通，把韩士雄的成绩以分数加错为由，补招到了赤镇中学。这样一来便有了一个完美的结局。

真是山重水复疑无路，柳暗花明又一村。吴仁才的聪明才智派上了用场，他不仅给自己化险为夷，同时还给足了江局长的面子，江局长虽然对韩士雄的成绩心存疑虑，也不好细究。吴仁才这个恶人竟变成了好人。韩怀春对吴仁才这件事的处理心服口服。他那一颗忐忑不安的心总算有了着落。

没想到事情过去了一年了，怎么考试的卷子没有销毁，又被翻了出来？吴仁才的这个疏漏使韩怀春的心又一次提了起来。

韩怀春找到了县城，找了几处才找到吴仁才。

吴仁才告诉韩怀春说：“这件事我半年前就销毁了，莫非烧错了？”吴仁才说到这里，见韩怀春一副不安的样子，安慰道，“这件事你不用操心，事情早已过去了，他韩士雄不是也有学上了吗？再说了你们两家关系不是也挺近的吗，如果韩元忠找你，你就实话实说得了。”

“我怕这件事情传了出去，对你和我的工作都有影响。”韩怀春说。

“现在已经‘文化大革命’了，教育系统的大权已掌握在我的手里了，旁人也无权干涉。再说了，即使我不掌权，现在‘文化大革命’中，谁还有工夫管这些陈谷子烂芝麻的小事情。”吴仁才说到这里，转过话题提醒韩怀春说：“我的事你放心，我会处理好的，你回去后找找韩元忠把这件事情圆和了就行了，你现在大小也是一村之主，这点小事还办不成？”

韩怀春听到这里，放心了。他知道吴仁才在“文化大革命”中一步青云，现在局里一切事情都是他一人说了算。关于他和韩元忠怎么圆和，他想来想去忽然心里有了底。回村以后，韩怀春没有马上去找韩元忠，韩元忠也没有来找他。

没过几天，是韩元忠的生日，韩怀春让狗剩他娘去买了二十斤鸡蛋，又称了十几斤猪肉，让狗剩带上这些礼物去给韩元忠祝寿，干儿子给干爹送寿礼，这是天经地义的事，无人挑剔。

韩元忠无话可说。赵梅如知道，这份厚礼中带着韩狗剩一家人的无声歉意，在这歉意中又包含着韩怀春一片煞费苦心。

由于时局的变化，韩元忠没有再追究这件事情。因为他们知道，以现在的形势，如果再追问下去，也没有多大意思。于是这一小小的插曲伴随着时光的流失，也就渐渐地烟消云散了。

十、牛棚历险

韩水河村到赤镇中学，要经过赤镇第九生产小队未家街。这条未家街是东西走向，依沟而建，街北是一字摆开鳞次栉比的农家房舍。街南是一沟生长着茂盛的钻天杨树。到了雨季上游的洪水通过这道沟，直流到韩水河里。沟里平时孕育着一沟财富，这是上天的恩赐，也是大自然的造就。

未家街有五十多户人家，他们大约有三四百人口，是个中型的生产小队，他们的牲口棚建在了村子西口，离村子有三百多米，独处一院。

说起牲口棚，过去是用四根立柱，挑起两根横梁，再搭上几根檩木，铺上些树枝苇席之类的遮掩一下，最后抹上一层麦秸泥，这就是牲口棚的建筑结构。牲口可以在下面躲风避雨。

后来，生产队有了经济实力后，牲口棚建得比较规范化了，准确地说，样式和低矮的房舍差不多，就是屋内宽敞些。当时平常的住房都是四椽，大约有四米半宽。牲口棚的宽度最少也得七八米宽，因为两边拴牲口，中间是走道，窄了转不开。牲口棚建的长短要看生产队的饲养量大小而定。

饲养员姓未，有四十多岁，五大三粗的，见人就乐，绰号乐大叔。听说他是1938年入党，参加过抗日游击队，解放战争中负过伤，复员后喜欢牲口，对养牲口有两下子，牲口有个小灾小病的他都能调治。因此他成了全公社的模范饲养员。

韩士雄和韩思阳、韩狗剩，第一次和乐大叔打交道就尝到了苦头。那还是第一年上高小时，开学后不久发生的故事。常常说七月十五（农历）花红枣，八月十五枣上杆。意思是说七月十五就开始有了半青半红的枣儿，到了八月十五树上的枣儿都红了，要被杆子打掉。由于地理环境的差距，韩水河村的树芽在开春时节要比赤镇的树芽晚发五六天时间。枣树上的枣儿，赤镇的枣儿要比韩水河村的枣儿早熟五六天。这些自然现象的微差，旁人不清楚，他们作为一个学生，几年来，每一天的亲身经历，确能感受得清清楚楚。

那时正是七月下旬，未家街的枣树上的枣儿大部分都红了，尤其是牲口棚大院里的那几棵枣树，枣树上的枣儿又红又大，在路上就能看到，十分诱人。一天中午，他们三人一起回家吃饭，路过牲口棚，见那个乐大叔不在家，就偷偷地从一个墙角豁口爬进了大院，一人攀上了一棵大枣树。他们专拣那些又红又大的枣儿吃，熟透了的枣儿，甜中带酸、酸中透甜，真是爽心入肺。他们开心地吃啊、摘啊！有的吃不完咬半块扔到了地上。他们吃饱了，兜里也装满了，正当下树时，一下傻了眼。乐大叔像一座铁塔似的戳在他们三人面前。

“哟哈，人不大挺能钻空的，本大叔刚一挪窝，你们就偷进来了，属耗子的？”乐大叔的话音虽说不高，但有着一定的震慑力。三个人你看看我，我看看你，低下头不敢言语。乐大叔见三个人不言语，又加重了语气：“你们三个是哪个班的学生？要说实话，如有半句瞎话，我拿绳子把你们捆在这枣树上，直到说实话为止，本大叔小鬼子都杀过，还怕你们几个毛娃娃！”

此时的乐大叔活脱脱像一个煞神，过去的温柔劲儿一扫而光。特别是连“小鬼子都杀过”这一句话，使韩士雄他们三个不寒而栗。又从中悟出了这个乐大叔绝不是一个轻易能放他们走的主儿。想到这里韩士雄好似一盆凉水从头顶浇到了脚底。韩士雄和韩思阳都羞愧地低下了头，韩狗剩把身子缩到了韩士雄和韩思阳身后，韩士雄见思阳和狗剩不敢言语，他不得不说出他们三人的学生身份。

“说实话就行。”乐大叔语气缓和了许多，“这样吧，今天这个事怎么个了结，有两条道供你们选择。第一条是，把你们的事交给你们的班主任，在学校里处理。第二条是当地受罚。你们想想是报告给你们的班主任呀，还是当地受罚？”

千万不能让班主任蔡老师知道，他可是学校里有名的严厉老头。再说了韩士雄是班里的班长，又是连年的三好学生，如果这件事让老师和同学们知道了，偷吃生产队里的红枣被逮住了，叫他的脸面往哪儿搁？

韩士雄没有想到事情的严重性，他后悔不该贪吃这几个红枣儿，竟落到这般尴尬的境地。他看着思阳和狗剩，思阳和狗剩看看他并希望他来拿主意。他不得不怯怯地说：“受罚吧。”

“那好吧，你们三个人把枣树下的半块枣都收拾起来，一个也不能落。然后分成三堆儿。”乐大叔的口气如一个指挥官在下一道命令。

好家伙，不看不知道，一看吓一跳。地上的半块枣儿密密麻麻地扔了一大片。韩狗剩的树下扔得最多，光他枣树下捡起的半块枣足有半升多。

“你们的任务是每人吃一份，还要把枣核啃干净，一个不能剩。”乐大叔的决定字字千钧、落地有声。

三个人你看看我，我瞅瞅你，全傻眼了。没有办法，还是每人吃一份吧。

掉在地上的半块枣儿有的上面爬满了蚂蚁，有的上面沾满了虫屁屁。他们把每个半块枣儿用手擦擦，再用嘴吹吹，然后合着眼睛送到嘴里，嚼嚼咽到肚里去。那个难受的滋味儿真是没法比喻。刚才在枣树上那个香甜滋味，在感官里和味觉里，只闪现了一瞬间便消失。现在所代替的是无尽的苦涩和恶心，想吐又不能吐，还得使劲儿往肚里咽。经过一阵折腾后，他们三个人终于完成了任务。乐大叔言而有信，没有再说什么，放走了他们。

二十多天过去了，他们对于这件事情已经淡忘了。有一天乐大叔站在路边，大老远地给他们三个人打招呼，样子乐呵呵的，好似专门等待他们。他们忐忑不安地跟着乐大叔进了牛棚大院，乐大叔从屋里提出一个篮子来，篮子里盛满了熟透了的大红枣。乐大叔和蔼地说："孩子们，今天我把红枣打了，这篮子红枣是专门留给你们吃的，今天你们三个人吃个够，剩下的装回去，让你们班里的同学们也尝尝。上一次罚你们也是不得已才那样做的，因为你们年纪小不懂得珍惜，太糟蹋年景了。今天大叔叫你们三个人过来，一是大叔做得也有些过分向你们赔个礼，二是让你们今后知道怎样爱护集体的果实……"

乐大叔的这一堂课上得很深刻。他们对乐大叔的怨恨转化为理解，慢慢地又转化为心服和敬佩。他们上学要天天路过这里，久而久之，和乐大叔的关系如亲人一般。

一晃三年过去了。今天是个星期日，上午学校通知要召开批判大会。韩士雄、韩思阳和韩狗剩吃过早饭，很散漫地往学校走去。在路过乐大叔的牛棚时，忽然听到轰隆一声巨响，大地也跟着颤动了一下。他们随声望去，乐大叔的牲口棚里升腾起一股烟尘，紧接着看见饲养员乐大叔从烟尘里冲出来，一边跑、一边喊："快来人啊！牲口棚出事啦……"

这是怎么回事啊？韩士雄、韩思阳和韩狗剩一下愣住了。晴朗的天空，没有风，没有雨的，好端端的一个牲口棚怎么会塌了呢？他们三人跑步到了牲口棚大院，韩士雄发现烟尘从北屋里升起，这座北屋大约有四十米长，显见坍塌的位置在房屋中间。外墙的表砖完好无损，内墙的土坯从屋顶一直塌到了根基。塌下来的土坯正好把门口堵了个严严实实。两扇大门被土坯从里面封死，其他窗户都有窗棂挡着，还不时从顶部掉下土来，好似一动大有倒塌之势。

原来各生产队盖的牲口棚也都不一样，条件好的一些生产队，建的牲口棚都是表砖房，条件差一些的生产队，牲口棚都是用土坯垒砌的。表砖房是用砖和坯相结合的一种，墙外是砖，墙里是坯，使上四梁八柱，把房顶一封，就是一座不错的牲口棚，未家街九队的牲口棚就是这种牲口棚。

今年春季由于地震，房顶上大的裂缝都做了修补，但小的裂缝没有发现，雨季的雨水顺裂缝渗透到墙体里，外表上看不见，土坯长时间受到雨水浸湿，慢慢失去了支撑力，随着土坯的软化，一旦失控整个墙体顷刻坍塌。

九队的牲口棚就是这个原因，雨季没有倒塌，过了雨季反而倒塌了。

牲口棚内的牲口，闷在里面出不来，显得骚动不安，有的牛，哞哞乱叫。

九队的社员群众都到大礼堂里参加批斗大会去了。大街上静悄悄的没有一个人影。赤镇中学离这里直线不过六百米，这时候，“当当当……”上课的预备钟声已经敲响。

“快上课了，咱们快点走吧？”韩狗剩喊道。

“这次批斗会，听说还要交批判稿子哩。”韩思阳也要走。

这时牛棚内的墙体还在不断地哗啦哗啦往下掉土。乐大叔进不了牛棚，牛又出不来，急得像热锅上的蚂蚁。

韩士雄没有搭腔，他头抵着门缝往里瞅，屋内有两趟牲口槽，大约有十几头耕牛被困在里面。突然韩士雄发现在屋内的后墙中间位置，有两个不大的亮口，再仔细一看，原来是两个出粪口，既然从门口进不去，可以从后墙的出粪口进去呀！

此时的乐大叔，急得在地上直转圈儿：“这牲口可是九队的命根子啊，如果被砸在里面，我可怎么交代啊！”

韩士雄回头提醒乐大叔说：“您快去会场喊人，后墙有出粪口，我们想法钻进去，再想办法把门打开。”

乐大叔听了如梦方醒，撒丫子往大礼堂跑去。大礼堂在赤镇市场街中心，离这里至少也有二里地。

韩士雄、韩思阳和韩狗剩一起转到牲口棚后边。后墙上共留了四个出粪口，每个出粪口高约 60 厘米，宽约 70 厘米，中间有两个立柱支撑。出粪口离地面大约一米左右，出粪口外围堆满了牛粪，苍蝇成群、恶臭扑鼻，想挨近出粪口必须爬上牛粪堆。天气又热牛粪都在发酵，一脚下去，牛粪能把整个脚脖埋住。

他们三个顾不得那么多了，都憋住呼吸爬上了牛粪堆，接近了出粪口。出粪口中间的两根立柱间距太窄，韩士雄试了试身子钻不进去，拽了拽立柱纹丝不动。他们三人中数韩狗剩身材瘦小，狗剩侧着身子刚好钻进去。可当韩狗剩刚把头伸进去时，却又一个机灵退了回来。

“我操他娘的，平时那么温顺的家伙，咋一下变得那么厉害呀！”

原来墙体坍塌后，牲口受到了惊吓，猛不丁从后墙露出一个生面孔，几头牛怒目圆睁、犄角直立，好似要和狗剩决斗。

韩狗剩吓得脸色煞白，打了退堂鼓。

韩思阳见了，也有些畏缩不前。

韩士雄没有多想，拽开韩狗剩，侧着身子往口里钻，由于狭窄，膀子过不去，三个人一起用力，膀子过去了，可肩头留下了一道血红的伤痕。韩士雄过去了，他捡起墙角里一把铲粪的铁锨，把几头惊恐不安的牛赶出一条过道，挨近门口，急忙铲起坍塌下来的土坯堆。

堆在门口处的土坯足有两大车，紧挨房檐的一趟椽子已经脱落，有的落在地上，还有的悬在半空中，随时都有掉下来的可能。顶梁的木立柱完全裸露了出来，柱子本身在土墙里时间久了有些发朽。这条大梁有八九米长，一个大人抱不住的粗细，整个大梁和房顶的重量都压在了这个已发朽的柱子上，大梁也随时有落地的危险。韩士雄更在危险之中，如果大梁真要落地，他想跑也来不及。

韩士雄看到这些不禁惊出一身冷汗。事已至此，已没有退路，必须想法先把牲口救出去，此时，韩思阳和韩狗剩在外边也看出了危险。他们几乎同时在喊："士雄赶快出来吧，在里面有危险！"

韩士雄观察了一下周围情况，很镇定地招呼说："你们两个别喊了，快进来吧，帮帮忙一时半晌还塌不了。"

韩思阳和韩狗剩见韩士雄有股不达目的不罢休的样子。韩思阳先钻了进来，最后韩狗剩也畏畏缩缩地钻了进来。他们三个人一起动手，铲的铲，搬的搬，很快把门口的障碍物清理出一块空地来，然后把两扇木门打开了。

这时候乐大叔带领九队的群众赶来了，大家伙儿一起动手，先把牲口抢救出来。最后七手八脚在大梁下面又重新支起了顶子。牲口得救了，险情排除了。这时候韩士雄才感到肩膀处有股钻心般的疼痛。他停下来一看，有道深深的划痕正在往外泛着血迹。他们三人没有再多停留，急忙在水池边涮净脚上的牛屎，悄悄离开了现场。

当九队的群众知道了事情经过后，才发现没有了这三位学生。事后在乐大叔的带领下，全体九队社员联名给赤镇中学送了一面锦旗和一封感谢信。这时赤镇中学已经成立了临时的革命领导小组，学校领导知道了事情真相后，召开了全体师生大会，在大会上表彰了韩士雄、韩思阳和韩狗剩的模范事迹。并经过选举，一致通过他们三人为向雷锋同志学习的先进标兵和学习毛主席著作的积极分子。

荣誉的光环照在了他们三人头上，这对韩士雄和韩思阳来说并没有什么变化。可对于韩狗剩来说就不同了，过去韩狗剩成绩太差，在师生中老是抬不起头来，一直生活在压抑之中。现在不同了，“文化大革命”一开始，学校废除了“分数”这个陈规旧俗。韩狗剩没有了压力，再加上他的父亲又是主宰韩水河村的一把手、响当当的革命造反派。在这两道光环的照耀下，韩狗剩“如狗添翼”，他要由一个温顺的狗儿，摇身一变，变成一个会咬人的土豹子。

十一、增产分歧

1966 年下半年，“四清”工作队陆陆续续撤了回去，回到本单位搞“文化大革命”去了。

1966 年，韩水河村的粮食产量上了一个大台阶，有了历史性的突破。自从成立农业合作社以来，比过去任何一年的粮食产量都高。过去最高的年份平均亩产不到三百斤，1966 年平均亩产达到了六百斤，成为赤镇公社数一数二的典型大队。

韩水河村有着天然的水利条件，粮食的丰收，当然和那台调拨下来的柴油抽水机、电力设施分不开的，是农业机械化显示了威力。这一切大家伙儿都清楚，可是韩怀春硬说是“文化大革命”斗争的成果。

过去粮食产量都是在秋后汇报，今年汇报要超前，改在了秋收之前预报。这显然是全凭一张嘴巴了。说多说少全靠自己的想象力，胆子大了多汇报些，胆子小的少汇报些，当然为了显示个人的功劳谁也不肯少报。

韩水河村的粮食总产量，虽说超过了历史上任何年份，但还是和韩怀春汇报的产量数字不相符合，总产量上，相差三千多斤。韩怀春喊了大话有些不甘心，他要想法把这三千多斤粮食找回来。他要重新调整各小队的粮食总产量，他要夺取赤镇公社粮食高产的这面红旗。韩怀春布置各小队把场上的庄稼秸秆，重新抖落一遍，做到颗粒归仓。韩水河村三个生产小队的场地，都在村子西边，虽说互相连着，但也各占一方。这一天韩元忠带着二队的全体社员，开始了“颗粒归仓”。他们有的扒麦秸垛，有的翻豆秸秆，他们的脸上和身上都荡满了一层黄乎乎的糠尘。韩元忠干得很认真，他很心疼每一粒粮食，他把落在地上的粮食一粒一粒汇聚到一块，装进大筛。在一边过秤的现任大队会计韩大炮，见韩元忠筛得那么仔细，有些沉不住气了：“元忠叔，别筛了，你越筛粮食越少。”

韩元忠听到韩大炮的喊话，斜瞅了他一眼：“噢，叫你那个说法，把尘土掺进去产量就多了？尘土可不是粮食啊？要么干脆把场边那个大碌碡掺进去，不就一下增产了吗？”

社员们听了，哄的一下笑成一片。韩大炮被大伙儿笑得窘红了脸。这时，韩怀春骑着自行车来到了场边，把韩大炮叫了过去。

韩大炮见了韩怀春，愁苦着脸说："场上的粮食秸秆都抖搂遍了，连杂质算进去，三个小队总共也凑不了三百斤。"

三百斤太少了，三千多斤的缺口，就算去了零头还差三千斤粮食。这三千斤粮食从哪里找补？韩怀春自有韩怀春的办法："告诉各小队别再兴师动众了。不就是三千斤粮食吗？每个小队落实一千斤空数，算成牲口料不就行了嘛！"

"这个意思我给元忠说过，他根本不同意。他说牲口料一斤也不能空报，牲口垮了，农业社也就垮了。"大炮回答说。

没等韩怀春再开口，一阵咚咚的脚步声，韩元忠走了过来："怀春哪，粮食产量就这样了，别再折腾了，咱们还是实事求是吧。"

这种单刀直入老大哥式的语气，直刺韩怀春的耳鼓膜，使得他心里十分厌烦。这件事要是在过去，韩怀春还是言听计从的。可如今，韩怀春地位变了，心境也变了，对于韩元忠的告诫，如同在拆他的台，给他唱对台戏。韩元忠也看出韩怀春对于自己的忠告并不领情，就蹲在一棵老枣树跟前卷起了旱烟叶。

韩怀春本想发火，但他鼓了几鼓，还是把火气强摁在了肚子里。他心里清楚，韩元忠不是韩大炮，也不同于韩进先。对待韩大炮他可以骂他个八辈祖奶奶，韩大炮也不敢出声，还得照他的办法去做。对待韩进先他也有经验，只要事先把工作做足了，把他的牛劲儿磨下去了，再好言相劝，摆出一副生米做成熟饭的样子，韩进先也会睁一只眼闭一只眼。可这个韩元忠和他有着扯不断的恩恩怨怨不说，单说他这个人，现在有点儿让他摸不着头脑。不知为什么和过去的秉性完全不一样了。过去无论是什么事情，他都能说服了韩元忠，都能让韩元忠按照自己的计划办事，可是这一次增产之事，他好话说了一大箩筐，韩元忠也无动于衷，看起来他的牛劲儿上来比韩进先还要犟。

韩怀春生气归生气，为了他的计划，还是要耐下心来做韩元忠的工作。他见韩元忠蹲在地上抽烟，也凑上前去，和韩元忠蹲了个面对面。并要过韩元忠手里的旱烟叶，顺手也卷了一支。韩怀春平时不大抽烟，可他的口袋里经常装着好烟卷，现在他的口袋里就装着一盒带锡纸的"大前门"牌香烟。他想过，此时此刻把"大前门"拿出来，韩元忠不但不领情，还会挖苦他的奢侈，如果出现那种场面要多尴尬就会有多尴尬。韩怀春在官场上也算混了多年了，在他的心里，最懂得看人下菜，量体裁衣。现在他知道，韩元忠可能对他也有不少怨气，也可能不止一处。但他首先想到了韩士雄和韩狗剩卷子的事情，他也觉得这一件事情自己确实做得有些过分，可那也是自己不得已的事情啊！想到这些，韩怀春把自己的火气收敛了起来，拿出当年小弟弟的姿态，以商量的口气说："元忠哥，这个总产量不是我定的，也不是我一人说了算，这是公社领导定的，没有改动的余地，我也没有办法。这三千多斤粮食我一个人也拿不出来，所以咱们大伙儿要想个能解决的办法来。人的口粮不能少，咱不能让社员群众饿肚子。如果咱把它算到牲口料里，全村三个生产小队，每个生产小队才一千斤，十几头牲口，每天每头牲口少喂一把料不就解决了吗？"不愧是大队会计出身，这笔细账韩怀春早就算计好了。

韩元忠听到这里，也敞开心窝开了腔："怀春哪，咱们当干部要脚踏实地，一步一个脚印实打实地来，这样干出来的成绩大家伙儿才认可。上蒙国家，下坑百姓的事情最好不要去做。我不相信这个产量你不往上报，公社领导会替你做主，把咱村的粮食总产量定下来。三千斤空数可不是小数目，牲口垮了，人去耕地去？我知道今年你想夺个红旗，常言说：心急吃不了热豆腐。不扎扎实实把产量搞上去，光在数字上下功夫，即使夺了这个红旗，心里也不踏实。咱不说别的，就拿 1958 年说吧，那时候的浮夸风刮得多厉害，你当时是大队会计，不会忘记吧，别的农业合作社把亩产吹到一万斤，放出了卫星。韩进先当时没有吹，如实汇报了产量，虽说当时受到了批评。后来结果怎样？最大的卫星是放出了一群骗子，鼓吹亩产达到一万斤的农业社，最后还不是把社员们都坑苦？到了 1960 年，把社员群众饿得都来咱们韩水河村讨饭吃……"

韩元忠的一席话，有理有据、铿锵有力，使韩怀春听了舌头像短了半截儿，张口结舌说不出话来。他没想到自己的一片热心，贴到了韩元忠的冷屁股上。虽说这些事情都是实话实说，但对韩怀春来说，跟当前的形势是风马牛不相及的事情。他觉得韩元忠有些小题大做。第一他没有放卫星，第二他没有饿死人。干吗给牵扯那么远，还和韩进先作比较？他韩进先算个球！眼下只不过是工作需要，虚报点儿产量罢了，你韩元忠也值得大惊小怪，来给我上这堂政治课？你这个不开窍的榆木疙瘩脑袋瓜儿，我一个小脚指头儿比你的大脑都聪明，你还来教训我哩，简直是愚昧之极、朽木不可雕也！

韩怀春心里虽说十分生气，但表面上还是不能显露出来。特别是韩元忠把他的工作和韩进先做了正反对比，让他倒吸了一口凉气。他不能不想到在韩元忠眼里，韩进先成了好干部了，他韩怀春成了浮夸风了。韩怀春想到这里，满腔的怒火没有燃烧起来，反倒憋在心里化成了一坨冰块，从头顶凉到了心底。

韩怀春没有再言语，他知道再说也是多余。如果产量这件事情韩元忠带头反对，甭说是三千斤，就算是有一斤虚报，这件事情也办不成。这是韩元忠自从参加互助组，到农业合作社，所坚持的坚定不移的信条。此时的韩怀春心里清楚，他韩怀春不能左右韩元忠，韩元忠也奈何不了他韩怀春，他们都在发现对方变了，但他们谁也说服不了谁。

在韩怀春听完韩元忠最后一句话时，苦笑了一下，算是做了答复。他掐掉手中的烟蒂，站起身来，推上自行车缓慢地自顾走了。

1964 年，大寨被党中央树立成了典型。全国有三学：工业学大庆，农业学大寨，全国学习解放军。解放军是个大概念，大庆是钻井的面窄，唯有大寨既具体面又广，在这三面红旗中独领风骚。韩怀春想学大寨他首先要有资本，陈永贵不怕死、不怕苦，身先士卒，这是他的资本，韩怀春有吗？

时下流行这样几句话：

要得山河变，就得艰苦干。
群众看干部，干部看支部。
干部、干部，先干一步。
火车跑得快，全凭车头带。
说人不如人，没有资格教育人。

他的骨子里就没有真心去创业，他想夺红旗、捞取政治资本才是他的真心。他有个计划，今年夺取公社红旗，明年夺取全县的红旗，后年就是全省的，再后来也要像大寨一样，把韩怀春这面大旗在全国树立起来。他把艰苦创业，当成了做梦娶媳妇，天上掉馅儿饼。

韩水河村的人要想增产增收，只有像韩进先和韩元忠这样的人，一步一个脚印，脚踏实地地去干工作。可惜他们二人没能早早拧成一股绳，追根溯源都是被韩怀春这个社会痞子造的孽，破坏了他们二人团结的根，又苦心钻营，在这次运动中抢占了先机。

今年的红旗，是韩怀春的第一步计划，眼看着这面红旗就要到手了，被韩元忠一搅和完全泡汤了。韩怀春第一步的计划没能实现，他把满腔的怒火集中到了韩元忠身上。他又回想起鸣放他的那一份大字报，和韩元忠现在的所作所为，他感到韩元忠已经成了他前进道路上的绊脚石，这绊脚石直接威胁着他的政治生涯，他要想办法搬掉这块绊脚石。

十二、校园斗争

1967 年“文化大革命”的浪潮一浪高过一浪。“怀疑一切”“打倒一切”的极左思潮泛滥成灾，“炮打”“砸烂”“火烧”“罢官”“揪斗”“横扫”之风刮遍全国。从中央到地方大大小小的“走资派”“叛徒”“特务”“牛鬼蛇神”揪了一批又一批，工厂停止了生产，农民停止了种地，学生停止了上课。

光山城县一下涌现出了上百个红卫兵“造反”组织，他们中有工人，有农民，但绝大部分都是学生，学生们有着得天独厚的优势，他们有文化，能宣传，接受新事物快。“造反”派组织又很快渗透到工厂、农村中去。老实巴交的韩士英和韩水河村的一些青年，也参加了县城的毛泽东思想红卫兵“战斗兵团”。他们和各村的红卫兵组织搞大联合、大串联，但是只参加了几个聚会，便被韩元忠叫回村里忙于春耕生产了。

赤镇中学的红卫兵组织已经形成两大派组织。一个是毛泽东思想“云水怒”战斗队，一个是马列主义“风雷激”敢死队。韩士雄和韩思阳参加了“云水怒”，韩狗剩却参加了“风雷激”。他们三人开始站在了不同的立场上看问题，他们的观点有了分歧，此时此刻他们不同的立场和观点，在他们中间撕裂开了一道看不见的鸿沟。

毛泽东思想“云水怒”战斗队，对于学校、校长和老师们所执行的“资产阶级反动”教育路线，只是进行大鸣放、大辩论、大批判，搞文斗，不搞武斗。

马列主义“风雷激”敢死队就不同了。他们给“走资派”做了二十多斤重的高帽子，给“牛鬼蛇神”做了三十多斤重的铁牌子，游街示众；会场上跪板凳，坐“喷气式”，狠招百出。韩狗剩对待这些“阶级敌人”从不心慈手软，他的表现很快得到上司的赏识，不久升为“风雷激”组织里一个小头目。

在一次全校师生的大批斗会上，当大批判进行到高潮时，韩狗剩不知从啥地方拖来了一捆枣圪针条。看样子韩狗剩早有准备，他们“风雷激”队员见了一哄而上，每人抢到一根圪针条儿，对准学校的“走资派”“牛鬼蛇神”，一阵“乒乒乓乓”地鞭打。

圪针条儿就是酸枣树枝条儿，生长在太行山脉的一种丛生灌木。当年的新生圪针枝条，不仅有韧力，枝条上的针刺儿也尖利许多，每个长针下面还长着倒钩，平时人畜都不敢靠近，农户们都喜欢用它来做围墙，保护庄稼和菜园。可韩狗剩反其道而行之，把圪针当成了一种整人的刑具，这种刑具真叫厉害，一鞭抽下去，准叫你皮开肉绽、满身血花。虽伤不了筋骨，但能疼彻心肺。韩狗剩的发明得到了“风雷激”头目的支持。“牛鬼蛇神”们在这圪针条子的鞭打之下，不到一支烟工夫，都血肉模糊地倒在了地上……

还有一次，“风雷激”批斗韩士雄的班主任王志怡老师，她是资本家的女儿，不用说就是资产阶级的“孝子贤孙”了。由于挂在脖子上的铁牌子太重，再加上她要低头认罪。就在这低头当口，韩狗剩把事前准备好的一个蝎子，塞进了王志怡老师的领子里去。王志怡老师对蝎子毒素有过敏反应，蜇伤后她疼得几天几夜坐卧不宁。

同学们对韩狗剩的行径十分气愤，也都敢怒不敢言。韩士雄知道了这件事后，找到韩思阳商量，要给韩狗剩一个教训。

时光已经进入了 1967 年的农历四月份。又是一个星期日，这一天韩士雄和韩思阳把韩狗剩约到学校的储藏室。过去这里面放的教学仪器、人体模型和一些体育器材，早被学生们砸得稀巴烂。现在成了临时性关押“牛鬼蛇神”的禁闭室。

因为今天就是星期天，学校做了临时性的放假。离家远一些的同学上午都赶回家去了，离家近一些的同学，中午也都回家吃饭去了。四月的中午，晴空万里，太阳当空照着，虽说不上是烈日炎炎，但也感受到了初夏的威力。学校里往日的那种喧哗和打闹的氛围不见了，一下平静下来，显得静得出奇。

韩狗剩应约来到储藏室，他一身夏装打扮，上身穿件白色短袖汗衫，下身穿一条浅灰色长裤，他见韩士雄和韩思阳早已等在那里，心里很是高兴，他又认为今天韩士雄和韩思阳瞒着大伙儿，一定是有好吃的东西给他分享。

“你俩不回去，也不让我回去吃饭，中午带来什么好吃的吗？”韩狗剩开门见山地说。

韩思阳乐哈哈地说：“好吃的大大的有，早给你准备好了。”

“真的吗？快拿出来让我看看，我的肚子早饿得咕咕叫了。这帮牛鬼蛇神真他妈的反动透顶，顽固不化，把我折腾了一上午，真是累死人了。”韩狗剩边说边用手抹了一下脸上沁出的细汗。

“今天是星期天，你们‘风雷激’也不休息，在搞谁的大批判？”

“还不是那个死不悔改的走资派郭敬尧和资本家的大小姐王志怡？！今

天真他妈的有趣，把他们放到了一个屋里，扒光了衣服，看他们那一副斯文扫地的样子，真他妈的开心过瘾……嘻嘻嘻，哈哈哈……”韩狗剩话还没有说完，得意地自顾笑了起来。

韩士雄看着这个得意忘形的韩狗剩一脸的坏笑，恨不得立刻揍他一拳头，解解心头的怒气，也让他尝尝被整的滋味。他甚至有些怀疑眼前的这个人，还是不是以前的韩狗剩？自从被学校评选为学习毛主席著作的积极分子和向雷锋同志学习先进标兵后，韩狗剩脱胎换骨地变了，由一个循规蹈矩的学生变成了一个桀骜不驯的造反者。过去他的智慧没有在学海里得到发挥，甚至连最简单的加减乘除、算式都搞错，找不到答案。现在废除了分数制，他的聪明才智在整人方面反倒展现出来，并且发挥得淋漓尽致，真是让人不可思议。

韩士雄想到这里，压住了火气，冲着走近自己的韩狗剩笑了笑说：“今天让你好好吃一顿大餐，解一解馋，算是慰劳慰劳你多日的辛苦。”

韩士雄说完话，给韩思阳使了个眼色，韩狗剩还没弄清楚咋回事，被绕到他身后的思阳攥住了双手，把胳膊拧到了背后。韩狗剩刚要张嘴叫喊又被韩士雄用一块破毛巾塞进了嘴里。韩狗剩被倒剪着双手，堵住了嘴巴，急得他一个劲儿哼哧哼哧直瞪眼。

韩士雄见韩狗剩被制住了，瞅着韩狗剩问道：“为什么今天把你叫到这里来，知道吗？”

韩狗剩不能说话，摇了摇头。

韩士雄叫韩思阳把堵在韩狗剩嘴里的破毛巾拽了出来。接着又问：“你先说说今天是怎么整治郭校长和王志怡老师的？”

韩狗剩看了看韩士雄和韩思阳不像和他开玩笑，低下了头。

“除了扒光他们的衣服，还干了什么了？！”韩思阳也有些急了。

韩狗剩见此情景，知道抵赖也是徒劳的，还不如道出实情，反正他们俩也不敢把自己怎么样。于是就说：“扒光了衣服，然后就把他们两个摞倒了一块儿……”

韩狗剩的话还没说完。韩思阳的拳头眼看着就要落到韩狗剩的脸上，韩士雄连忙制止住韩思阳的鲁莽行为。然后强压住火气又问：“你往王志怡老师身上塞蝎子有这事吧？”

韩狗剩不得不承认，点了点头。

“咱们兄弟三个以前不管是谁犯了浑，应该怎么处理？”韩士雄又问。

韩狗剩停了一下，低声说：“不知道。”

"'看瓜'，你常干的营生都忘了？"韩思阳提醒了一句。

韩狗剩这时似乎明白了什么，极力想挣扎倒剪的双手。嘴里又是喊叫："快来人哪！"

韩士雄让韩思阳把韩狗剩的嘴巴重新堵上，然后冲着韩狗剩说："你别挣了，也别喊了，那都是没有用的。今天是星期天，你们'风雷激'的虾兵蟹将恐怕也早就回家吃饭去了。你不是饿了吗？咱们按老规矩办，先让你到瓜园里'看看瓜'，尝尝鲜。然后再送你一盘黄龙附风让你解解馋，吃个够。"这个黄龙附凤韩狗剩没听说过，但他知道，一定不是好东西。

韩士雄说完和韩思阳一起动手，把韩狗剩的腰带解开，长裤脱到腿弯处，然后把韩狗剩的脑袋塞进裤裆里。裤腰的尺寸正好把脑袋绷得紧紧的；不用去管，脑袋无论如何挣扎，也从裤裆里挣脱不出来。

过去农村中，大人们常和小孩子们做这样的玩耍。不知为什么把这种玩耍取名"看瓜"。韩狗剩人瘦身轻，干这营生还算适合。脑袋钻进裤裆里，除了能闻到自已的命根子带来的臊臭味，别的什么也看不到。什么"看瓜"，看个球吧！

一会儿，一条冰凉的东西贴着狗剩脸颊塞了进来，韩狗剩吓得直"呜呜"，因为堵着嘴叫不出声来。这是韩思阳事先准备好的一条死蛇，韩狗剩明显感到蛇的身子还在蠕动，狗剩的脑袋在裤裆里死命地挣扎，并发出哼哼哧哧的哀求。

韩士雄说："你如果瓜吃不饱，就尝尝这道黄龙附凤。咳，我说你最好别再张嘴喊叫，小心蛇从你嘴里钻进你的肚子里去。"

这句话果然灵验，韩狗剩很听话，立刻死狗一样不再哼哧了。韩士雄和韩思阳都知道韩狗剩从小最怕的就是蛇，小时候常常被伙伴们用蛇吓得他不敢出门。现在大了，虽然知道北方没有毒蛇，但这样和蛇亲密接触还是从来没有过的。蛇身的温度反差和那瘆人的鳞片使得韩狗剩感到毛骨悚然。

过了一会儿，韩士雄叫韩思阳把那条死蛇拿了出来，又把韩狗剩嘴里的毛巾取出来。韩士雄问道："你以后还敢整治王志怡老师了不？"

"不敢了，不敢了……"韩狗剩连忙回答。

韩士雄又问："你能不能去给王志怡老师道个歉？"

"能，能，能……"

"能做到就好，如果不能我还把它给你塞进去。"韩思阳说完又要把蛇往里塞。

"求求两位小弟了，大哥我一定能做到，别再闹了，真让蛇钻进我的肚子里，我就没命了。”韩狗剩真的害怕这条蛇再给塞进去，这时候他想和士雄、思阳扯起干兄干弟关系，来减轻对他的惩罚。他的哀求声从裤裆里发出来闷闷的，如同鼓里憋出来的声音。

韩士雄和韩思阳两个相互看了看笑了，他们感到这个“干”大哥这时候求他们为时太晚了。韩士雄故意说：“听老人讲，蛇这东西急了无孔不入，从前，有两个兄弟俩在一个炕上睡觉。有一个人往这兄弟俩被窝里各放了一条蛇，蛇在被窝里透不过气来，急得找孔隙钻。结果一条钻进了老大的嘴里去，一条蛇钻进了老二的肛门里，兄弟两个都被蛇给闹醒了，蛇也正好钻进了半截身子。这时候兄弟两个一人捉住一条蛇的半截尾巴，使劲儿往外拽。可是拽啊，拽啊，怎么也拽不出来，原来蛇的鳞片起的作用，只能前进不能后退。最后兄弟两个急了，使出了吃奶的劲儿，猛地一拽，蛇终于被拔了出来，可是这兄弟两个都残了，老大满嘴的牙齿被挂掉了，老二的肛门也拽豁了。”

“要不咱也试一试？”韩思阳说着拿起那条死蛇，故意往韩狗剩的肛门上碰一碰。

韩狗剩被吓得嗷嗷直叫。又是求饶：“二位弟弟，快饶了大哥吧，是大哥一时糊涂干了这些事。大哥今后再也不敢干那种缺德的事了。”

韩狗剩被看了半个小时左右的“瓜”。也吃饱了，也看够了，当脑袋从裤裆里被解放出来，已是满头大汗了。他发现思阳的手上原来是一条死蛇，才松了一口气。他缓了缓劲儿，不敢向韩士雄发威，想找韩思阳算账，刚要出手，又被韩思阳老鹰捉小鸡似的抓住了胳膊：“你再不老实，当心当着全班同学的面让你看‘瓜’。”

韩狗剩不再挣扎了，他知道再闹也是徒劳的。过去只要韩思阳和他过不去，都是韩士雄出面打抱不平、帮着他。这一次是他一个人面对两个人，他还能有光可沾？韩狗剩像一摊稀泥瘫在地上，他感到了空前的无助和委屈，不由得嘤嘤地哭了起来。过去他感到委屈的时候，都是向士雄和思阳倾诉，可是这一次的委屈向谁去倾诉呢！

后来，在韩士雄和韩思阳的制约下，韩狗剩那颗膨胀的心，果然收敛了许多。

十三、最后的钟声

“当、当、当……”

1967年五月的一个清晨，韩元忠照例又敲响了上工的钟声，这口吊钟是互助组时挂上去的，和他风风雨雨相伴了十几年了。他没想到他和钟的缘分很快就要结束了。钟声在韩水河村的上空震荡了很久，才稀稀拉拉走出几个上工的社员来。过去钟声一响，社员们都齐刷刷地赶来了，钟声就是号声，冲锋号一响，战士们就要冲锋陷阵。可现在时过境迁了，每天能保持住这几个劳动力干活，也就不错了。

这些人一边走，一边扯着闲篇儿，还有的在剔着牙花儿。其中一个三十岁上下的胖子嘀咕道：“外村生产队的社员都不种地闹‘文化大革命’了，咱们还干个啥球！”

这个说话的胖子叫韩顺年，五大三粗的身材，蛮有力气的，就是干活儿不出力。嘴皮子挺贫的，私心也重，常闹些笑话。人们都小看他，挖苦他，他并不觉得羞耻！他自己把自己看得挺珍贵的。“当官的身子，苦差的命。”这是他的口头禅。没有办法，娘胎里就注定了自己的命运，只有听天由命了。

韩元忠见大家伙懒洋洋的，不带一点儿精神。解释说：“马上要收割小麦了，咱们队上的棉花苗、高粱苗，要在收麦之前把苗棵儿定下来，还要锄上一遍。常言说：‘苗早一寸，等于施粪。’我们祖祖辈辈都是种地的，庄稼人都懂这个道理。现在是时间紧、任务重，不能再耽误农时，人误地一时，地误人一年哪！”

“元忠说得对，咱们现在不看外村的，也不看外队的，我们管好自己就行了。俗话说：‘人糊弄地皮，地糊弄人肚皮。’糊弄来，糊弄去，还是自己糊弄了自己。你不在地里下功夫，地里不会长出粮食来。在过去旧社会我们想要土地没有，现在土地归到了我们手里，我们要珍惜土地，在农活上千万不能耽搁了。”说这话的是一个地地道道的老农民，名叫韩延寿，人称韩大爷，他今年六十多岁，经过旧社会的凄风苦雨，练就了一个好身板，在庄稼地里耕、种、犁、耙样样精通，一把全拿，是韩水河村有名的庄稼好手。他任劳任怨、从不缺勤。韩元忠和韩延寿的一席话，把大家伙儿的劳动热情给鼓舞了起来。

大家伙儿开始各抒己见。

有的说："咱们山药炕上的秧苗该拔了，再不拔就糟蹋了。"

有的说："河东地里的春谷子该锄草了，要不一下雨就草苗一块了。"

还有的说："咱们的菜园子也该派专人管理了，栽的西红柿和茄子秧都要开花挂果了，再不加强管理，前功尽弃了。"

……

正在大家伙儿七嘴八舌议论正事时。这个韩顺年突然冒出一句话："我说队长呀，啥时给我一天假，把自留地管理一下？"

韩元忠还没作答复，一个后生插了话："就你那几分自留地还用告假？还不够一个人一早一晚加楔干哩。"

韩顺年乜斜着眼睛，眼角里挂着讥诮的奸笑："这你就不懂了，一早一晚我还有其他任务哩。"

"还有啥任务？"后生真的有些不懂。

这时候，正好有一个八九岁的小学生跑了过来，一下扑到韩顺年的怀抱里，韩顺年顺手拍了下孩子的头说："就是这任务，要不怎么会有接班人呢。"

社员们听了一阵哄然大笑。

这个小学生叫韩小宝是韩顺年的小儿子，在读小学二年级。原来昨天夜里韩顺年偷了队里的山药秧，准备今天一大早栽到自己的自留地里去，没想到昨天夜里偷秧得手后心里高兴和妻子来个鸳鸯相戏，累了一觉睡到了大天亮。钟声敲响时，他才刚起床。韩小宝是他妻子支来找他回去商量栽山药秧事情的，他不明就里，冲着小宝说："你不去上学，来这里干什么？"

韩小宝看见大家伙儿的眼光都瞅着自己，又不知大伙儿在笑什么，于是急了大喊起来："爸爸你昨天偷拔队里的山药秧，妈妈问你，今天栽不栽？"

"什么？你爸爸偷了队里的山药秧了，听谁说的？"

"我妈说的。"

"啥时偷的？"

"是昨天夜里。"

"藏在家里什么地方了？"

"藏在了一个棘筐里，上面盖着一个黑包袱。"

纯真的童言，把韩顺年的阴暗面赤裸裸地暴露在阳光下面。这一下，大家伙儿更乐了，有的笑弯了腰，连表情严肃的韩元忠，也被大伙儿的笑声感染，笑出了声音。

平时人们都爱奚落韩顺年偷鸡摸狗、爱占小便宜的坏毛病。这一回被暴露在光天化日之下，你想想有了口实，谁是省油的灯？

“我说昨天队里山药秧炕上的山药秧长得好好的，今天怎么一下变少了，原来有人偷了。队长，这按制度要双倍罚款。”

“叫我说，这山药秧钱甭算了，加上损失费，怕他顺年也赔不起。马上要过麦了，还不如队上的冰棍钱开销，让顺年包了得了。”

“要不秋后，到顺年自留地里分山药算了。”

……

韩元忠还没有说话，韩顺年脸上挂不住了，这个平时少脸皮厚的他，也感到了无地自容的滋味，他顺手扇了韩小宝一个耳光，他要把火气撒到儿子小宝身上：“叫你胡咧咧，回去老子撕烂你的嘴！”

韩小宝受了委屈，哇的一声哭了起来：“你要赖不承认，还敢打红小兵哩，我回去告诉妈妈去，还要到学校告诉老师哩。”

社员们见了又是一阵欢笑，一齐起哄：

“对呀小宝，韩顺年胆子不小，敢打红小兵，告他去。”

“红小兵是毛主席培养的队伍，敢打红小兵就是对毛主席不忠。”

“这一回顺年犯罪可不轻喽，又是经济犯罪，又是政治犯罪，双罪重罚喽！”

……

这时候，老队长韩元忠不得不出来打圆场了，他要刹住这场闹剧：“大家伙儿静一静，听我说几句，关于拔山药秧的事，我看已是落炕的秧了，本队的社员，今后谁要是想栽谁就栽吧，队上也不收费了。但要事先打个招呼，让队长知道，队上好给记个工分。像韩顺年这次偷拔秧的事就不给记工分了。关于韩顺年打红小兵的问题嘛，那要看韩小宝他妈的姿态，怎么审了。究竟怎样定性，咱们队上一时也管不了……”

老队长韩元忠的话既幽默，又风趣。使的这场风波在一片欢乐和谐的氛围中结束了。

韩大炮正好从这里经过，他没有加入这场闹剧，但他在一旁看了个清清楚楚，他趁韩元忠安排活儿的当口，偷偷溜进了“大屁股”家里。韩大炮自从当上大队会计这个角色后，几乎是一天也不下地干活了，随便找个理由一晃悠就是一天。到时候工分不少挣，享受大大的，你说划算不划算？他成了韩水河村不折不扣的脱产干部。

这个韩大炮好多天没有和“大屁股”幽会了，晚上没机会，白天想趁韩光耀和韩登科不在家的时机，会会“大屁股”这个骚娘们。大屁股杨红叶正在家里收拾猪食，见韩大炮来了，屁股蛋子扭得更欢了：“你这个没正行的，青天白日来我家干什么呀？”

韩大炮走近“大屁股”，在大屁股上摸了一把，皮笑肉也笑地说:“想你呗，还能干啥？”

“去、去、去，青天白日的，你也不怕被人撞见？你不怕丢人，我还怕丢人哩。”“大屁股”佯装一本正经地说。

“这你就不懂了，你没听说：‘越是危险的地方越安全？’你们家里人都下地干活去了，现在又是白天，谁还有空来你家串门了？”说完韩大炮又要动手。

“大屁股”又把韩大炮的手挡了回去：“你不干活儿能吃香的喝辣的，姑奶奶我不干活儿就得喝西北风。”

“那你和那个病秧子离了婚，嫁给我得了呗？”

“嫁给你，你能养我？谁不知道你懒得蛋根子疼，油瓶儿倒了都不去扶。连自己都吃了上顿找不到下顿的，还想娶女人？”

“你净说那些陈年旧账的事干什么。老子现在要啥有啥，要风有风、要雨有雨……”

韩大炮话还没说完，“大屁股”用手指点了一下韩大炮的脸颊道:“得了吧，你不过是沾了‘四清’和‘文化大革命’的光了。要是老支书韩进先还干着，你能整白天的晃晃悠悠不干活儿，像个游神？”

“这你说对了，‘文化大革命’正需要我这样的人才。我现在还参加了红卫兵造反派，韩进先这个老顽固站不起来了，过几天还要开他的批斗会。”

“这是真的吗？”

“不但走资派要斗，连地富反坏右，牛鬼蛇神统统都要批斗。”

“叫你这么一说，我公公他也得挨斗？”

“闹不好还有你丈夫哩。”

“呸，胡说八道。我丈夫从小到大又没有剥削过人，斗他为啥哩？”

“你忘了这一句话了？老子英雄儿好汉，老子反动儿混蛋。他们父子是一窝的阶级敌人。”

“我们是一家人，我也要挨斗？”

“斗你？那我可舍不得。我的宝贝儿，乖乖快过来，让我亲一下。”韩大炮说着话抱住了“大屁股”的腰。“大屁股”一扭身，摆脱了韩大炮的怀抱说：“馋了吧，要使用姑奶奶可以，但你得答应我一个条件。”

“什么条件？”

“以后批斗韩进先，要往死里整！”

“为什么？”

“甭管为什么，你答应不答应？如果你答应，你姑奶奶什么都是你的。”

“好，好，我答应。”

……

原来杨红叶的娘家在赤镇，她的父亲是个大地主，她和韩登科是姑舅成亲。在土地改革运动中，她的父亲极力反抗政府的土地新法令，因行凶打人，致死人命，藏匿到了韩水河村韩光耀的家里。被韩进先知道后，亲自带民兵缉拿羁押到县城监狱里，秋后被政府公开处决。现在杨红叶要报当年杀父之仇。

其实这句话，只是“大屁股”随便这么一说，她心里清楚，她和韩大炮的关系，不过是苟且偷安相互利用罢了，不可能引起韩大炮的重视，起到预期效果。但她也没有想到，在韩大炮的潜在意识里真的埋下了一枚酵子，只要环境与条件成熟，就会自然而然地发挥效应，起到潜移默化效果。这对韩进先以后的命运，起到了至关重要的作用。如果说韩怀春的出现是捆住韩进先的一条绳索，那么“大屁股”的出现犹如一把能置韩进先于死地的尖刀。

社员们都要下地干活去了，韩怀春还没有起床。昨天夜里，他没有睡好，辗转反侧思考了一夜，也没有理出个有效的办法来。他从妹夫吴仁才口里知道，“文化大革命”的浪潮一浪高过一浪，究竟搞到什么程度，谁也说不准。但有一条，要想在运动中站稳脚跟，就得先发制人。用一句通俗的话讲，就是先下手为强，后下手遭殃。韩怀春能有今天，也是来之不易，他必须要把持住手中的权力，才能站稳脚跟。要想把持手中权力，就得要扫清前进道路上的障碍物。韩进先是他前进中的障碍物，必须清除掉。他要把韩进先斗倒、斗臭，永世不得翻身，再踏上一只脚。

韩元忠现在也成了他前进的障碍物，对于韩元忠他有些犯了难。好似老虎吃天，无从下口。上一次产量事情本来是他理亏，他也不想再提这件事了，他也感到学大寨不是一件轻松的事情，要想树起这面红旗太难了，这不适合他，不是他斗争的强项，他也不想再在这方面下大功夫了。韩怀春目前所考虑的是，如何能把手中的权力，牢牢地把握住，在这一场轰轰烈烈的“文化大革命”运动中能驾驭一切。年轻的干部好说，都能听他的号召，只有韩元忠让他感到头疼。过去他们两家几十年风风雨雨和睦相处。自从他上台以后，打倒了韩进先，本应该关系更加亲密，没想到他们之间的关系渐渐发生了意想不到的变化。老支书反对他，他理解；一些贫下中农反对他，他也清楚；韩元忠不但不支持他，反而疏远了他，韩怀春对于这个问题感到了茫然。他愤恨韩元忠不能助自己一臂之力，他对韩元忠彻底失望了。韩怀春也要走这条路线，他要想办法马上搬掉这块绊脚石。

韩元忠敲响的上工的钟声，打断了韩怀春的思路。

突然，韩怀春“嘿、嘿、嘿”地笑了起来。接着他一个翻身从炕上坐了起来。原来这些反常动作，不是韩怀春的神经质，而是他那阴暗的一面窗口打开了，露出了一丝光亮，他有了对付韩元忠的歹毒的招数。

狗剩他娘正要叫韩怀春起来吃早饭，被他的举动吓了一跳：“你这个老东西，什么毛病？笑得怪瘆人的。”

“老娘们家懂个屁。早晨饭你一人吃吧，我还有事，去大炮家一趟。”韩怀春说完穿好衣服，走出了家门。

韩怀春离开了家门，径直朝韩大炮家走去。自从“四清”工作队撤走后，这里又成了大队的临时办公室。其中有两个原因，一是大队一时找不到合适的房屋，二是这里只有韩大炮一个人，工作比较方便。没有了“四清”工作队的清理打扫，这个院子又恢复了过去的脏乱现象。韩怀春看了看栅栏上挂着的铁锁，知道韩大炮不在家，又不知道他野到哪里去了。

韩大炮和“大屁股”在“大屁股”家的床上折腾了几个回合后，相互得到了满足，韩大炮才懒洋洋地依依不舍地离开了“大屁股”。韩大炮刚走到自家门口，就碰上了韩怀春，这时候韩怀春第三次登门找他。

“你到哪里去了，满世界找你都找不到？”韩怀春劈头问道。

“我、我、我去地里看了看……”韩大炮支支吾吾想搪塞过去。

“胡说八道，你这个样子像去过地里？我给你说，从今往后少跟‘大屁股’勾搭，否则我就撤掉你这个大队会计的职。”韩怀春似乎知道他跟“大屁股”有染，狠狠地教训他说。

“怀春叔你放心，‘大屁股’是什么货色我还不知道？况且，我们和她又不是一个阶级队伍里的人。”韩大炮一边嬉皮笑脸地解释着，一边打开了自家的门。

韩怀春并不想听韩大炮的解释，也不是真想管教韩大炮和“大屁股”的往来，他才没时间管他们之间的破事哩。只是一时找不到他，心里有些窝火罢了。

进到了屋里，关上了门后。韩怀春表情认真地给韩大炮下达了一个任务，要韩大炮书写一张鸣放韩元忠的大字报。大字报的内容，韩怀春在路上就打好了腹稿。韩怀春说一句，韩大炮写一句：

> 韩元忠是一个隐藏在无产阶级革命队伍中的叛徒、特务。1942年，背叛革命，投奔到日伪炮楼上效忠日军，和叛徒郑凯里外勾结，杀害了刘区长和韩进秋同志。
>
> 我们广大革命群众一定要讨还血债，把韩元忠揪出来！
>
> 韩水河村革命群众

韩大炮写完了这张大字报，感到十分吃惊。他虽说对韩元忠过去不太了解，但他从小在韩元忠的袒护下，才有学上、有衣穿、有饭吃。他感到韩元忠不可能是叛徒、特务。像这样颠倒黑白的大字报，他还是头一次写。

韩怀春看出韩大炮对这张大字报心存疑虑。警告大炮说："这张大字报，是上级布置的一项重大的政治任务，是这次'文化大革命'运动的大方向，是保证红色江山不变色的大问题，千万不可掉以轻心。在这几天里要揪住机会，把它张贴出去，记着要保密，不能让外人看见……"

就是这张大字报，成了今后揪斗韩元忠的依据。

也就是这张大字报，给韩元忠一家人带来了一场罕见的大灾难。

十四、山雨欲来

韩士英定亲了，对象是邻村的一个姑娘，名字叫王晓华。和韩士英一样都在村里担任团支部书记。他们两个是在公社开会认识的，后经人介绍，双方都没有意见，算是定下来了这门亲事。

韩士英今年二十周岁，说大也不大，说小也不小了，按农村的风俗习惯，到了结婚的年龄了。王晓华和韩士英同一年出生，月份小些，是同龄人。当时的婚姻法规定，男二十周岁，女十八周岁，是法定的结婚年岁。在农村中，老人们担心儿女们婚事中途有变故，喜欢儿女们的婚事宜早不宜迟。既然到了结婚年龄，双方都没意见，就抓紧操办了婚事，了却了当老人的一份心愿。但两个年轻人都不同意，他们认为年岁还小，刚刚步入社会，事业未成，现在结婚还为时太早，两年后，再谈婚论嫁也不迟。现在提倡婚姻自由，父母包办不得，没办法只好由年轻人自己做主了。

今天是农历四月十九日，赤镇庙会。按当地的风俗，庙会这一天，未结婚的男方，必须把女方请来，除了吃一顿团圆饭外，还得去庙会上，给女方买件礼物。一是加深双方的感情，二是显示男方的高姿态，利用这种方式更牢地拴住这门亲事。

头庙的前几天，赵梅如就叫韩士英给王晓华捎去了信。今天吃过早饭，赵梅如叫士英骑上自行车去邻村把王晓华叫来上庙。赵梅如知道，今天是他和儿媳妇第一次见面，她要给晓华一个好的印象。她不能让未过门的儿媳妇看出自家的寒碜。她从箱底下翻出一身平时舍不得穿的新衣服，洋蓝布衬衫和一条青卡级裤子。这都是前年当县委书记的二哥赵贵如在省城开会时买回来的布料。只有在访亲串友时才穿上一回。她平时爱干净，今天更是早早地把屋里、院里收拾得干净利落、井然有序。

今天又是农历小满节气，再过十几天，下一个节气就是芒种，芒种见麦茬。小麦现在都黄梢了，马上就要收割了，队上的农活太忙，韩元忠顾不得待在家里，天不明就去地里忙生产去了。士雄和其他兄妹几个都吃过早饭上学去了。赵梅如告诉士媛上午少上一节课，记着回家帮忙包饺子。此时，赵梅如把饺子肉馅和白面早已准备好了，单等士英和晓华的到来。

村子里，左邻右舍的大姑娘、小媳妇、老婆婆和小孩们都来韩士英家看“媳妇”。赵梅如把早已准备好的糖果分给孩子们，一时间，韩元忠家的门里门外，人来人往的显得格外热闹。

上午九点多光景，韩士英带来了新“媳妇”王晓华，人们簇拥着把晓华迎到家里。赵梅如第一眼望去，发现王晓华果然与众不同：高挑的身材，上身穿件白底红碎花长袖衬衣，下身穿件月白色长裤，一双崭新的方口条绒布鞋，裸露出雪白的丝袜。光这身穿着就显示了年轻女性的魅力。再看头上，梳着两条无拘无束的小辫儿，一副白里透红的脸儿上，两道细弯的眉毛下，有一双黑亮的会说话的大眼睛；高耸的鼻梁下又有一张不大不小的嘴儿。不说话不笑，一笑满脸儿富贵相。既美貌又大方，一开口就叫娘，把士英娘喜得嘴都合不上。

韩士英打扮得也不错，上身穿一件雪白的短袖衬衫，下身穿一条学生蓝裤子，一双新式塑料凉鞋穿在脚上，再配上他的有一米七八的个头，浓眉大眼的，浑身上下透露出一身男子汉的阳刚之美。

“真是郎才女貌，百年修来的好姻缘。”乡亲们赞声不绝。

“元忠夫妇人好，命也好，好儿子带来了好媳妇。”

“啥时候让我们喝喜酒、吃喜糖啊？”

“这咱不做主，你们问问年轻人吧。”赵梅如边说边笑边往屋里让，“进来吧，都到屋里坐坐。”

一些好事的媳妇婆婆们，围住了这对年轻人：“士英啊，媳妇长得这么俊，还不赶快娶了，让你娘早点抱孙子啊。”

“哎，人家嘴里说不，心里早就想好了。结婚证都领了，明天赶上车，拉来不就得了吗？”

“现在不兴赶大车了，新事新办，骑上自行车就行了。”

“那好啊，士英，听大婶的，咱今天就不让晓华走了，今晚就入洞房，来个新事新办，多快好省，大伙儿说，行不行啊？”

“那哪成啊，你这个火暴脾气，做长辈的，不像个做长辈的样子，再快也不能这么快呀。”

“我这不是替元忠嫂子早些抱上孙子着急嘛。”

“这真是皇上不急，太监急，要我看秋后把事情办了最合适。”

……

大伙儿正在热闹当儿，不知道是谁给带来了一个坏消息：大街上贴出了韩元忠的大字报……

在一阵小声议论纷纷过后，热闹的气氛马上静了下来，接着人们都悄悄地离去。

新媳妇还没有进屋，就闹出了这档子事。赵梅如急的正准备去看个究竟，这时候韩元忠从外边回来了，他的脸色很难看，他在地里干活时听到了这件事，他去大街上看了大字报，他把大字报的内容小声告诉了赵梅如。

“听人说大字报是五更天贴上的，贴大字报的人很鬼祟，没有人看清是谁。”韩元忠又说。

“这是谁背后捅刀子，干这伤天害理的事儿？”

“我也考虑这个问题，这不是一张简单的大字报。”

“是不是韩进先，又想纠缠当年的旧账不放？”

“不会是韩进先，他不会干这缺德的事。”

“你找过韩怀春了吗？看他是什么看法？”

“我见到韩怀春了，他有些阴阳怪气。只是说了句‘群众大字报嘛，这很正常’。”

赵梅如听了心里咯噔一下，心想：这张大字报绝不是空穴来风，是风雨袭来的前兆。于是埋怨元忠道：“当初你为护着韩怀春，不说实话，一个人死扛着，现在就是实话实说，有谁能相信你说的是真事？我看你当初过了进先那个关，现在过不了‘文化大革命’这个关。现在有多少抗日战争时期的好干部被揪斗了。听说我二哥也在挨斗做检查。这次如果韩怀春不能出头顶着这件事情，哪个老干部还能有权力、有能力给你来做证明？哎，你这问题，真是跳进黄河也洗不清啦！”

韩元忠知道妻子的话很有道理，但对眼下的处境也束手无策：“咳，身正不怕影子斜，走一步看一步吧。”

赵梅如离开丈夫强忍住悲愤，做出没事的样子，和晓华又拉了些家常，然后叫士英把晓华领到士英的东厢房里玩耍。这时候士媛从学校回来了，一起动手包饺子。这顿饺子本来是一顿团圆饭，却没有吃出欢乐来。大概王晓华已看出了什么，吃过饭后，没有再多停留，要求回家去。赵梅如从衣兜里把早已准备好的礼钱拿出来，让他们到庙会上去买些东西。王晓华执意不收，她没有去庙会，她让士英直接把她送回了家。

韩士雄从学校回到了家里。晚饭的时间到了，一家人死气沉沉的，没有一个人提出吃饭的事儿。韩士雄感到事情不对劲儿，今天是哥哥士英接嫂子赶庙会，一家人该高兴的事情，怎么是这种悲观的气氛呢？他追问士英，士英告诉了他，今天发生的一切。

韩士雄听了，吃惊不小，自己的舅舅、姑姑、姑父都是革命的老干部。说父亲是叛徒、特务，这绝不是真的。他看看父亲和母亲都不说话，一副沉重的样子，他也不好去打搅，他一个人跑到大街上去看鸣放父亲的那张大字报。

原来，他对父亲的历史并不了解，从这张大字报上才了解到，父亲 1938 年参加区干队，1942 年又参加过敌伪军。并且和刘区长的牺牲有关联。他感到事情的严重性，在这“文化大革命”运动中，重点是打倒走资本主义道路的当权派，打倒混进党内的叛徒、特务和一切“牛鬼蛇神”。没想到“叛徒、特务”这顶帽子竟然落到自家父亲头上……

韩士雄懵懵懂懂回到家里，从母亲赵梅如口中了解了事情根由。原来，韩元忠 1938 年参加区干队时，认识了梅如的二哥赵贵如。当时赵贵如是抗日县政府敌工站干部，时间长了，赵贵如见韩元忠精明能干、为人忠厚，又是穷苦人家，便有心把妹妹赵梅如许配给韩元忠。赵贵如又是赵家屯人，父亲早年去世，家里还有母亲和哥哥赵林如，妹妹赵梅如一共四口人。家庭状况在村里还算是一个殷实的庄户人家，可是日本人来了以后，家财早已被日本人折腾殆尽。赵贵如早早参加了抗日工作，赵林如担起了家里的农活和家务，赵梅如年岁大了，没个对事的婆家，赵林如的娘常常在家发愁。

赵家屯和韩水河村相隔一座牛尾山，距离也不过十几里，赵贵如自从有了这个想法后，隔三岔五地常叫韩元忠去他家里布置任务。一来二去，互相熟了，赵贵如和妹妹赵梅如提起了这档子事，赵梅如开始时不同意，她听说韩元忠家境太穷，房子是三间土坯房，屋子矮的没有扁担高，把扁担靠在墙上，扁担能超出房顶。

赵贵如苦口婆心地开导妹妹，讲解新中国成立以后的美好前景，穷苦人们都能分到房屋和土地，都能过上好日子。赵梅如在二哥的劝说下，终于答应了这门亲事，择日嫁给了韩元忠。

嫁到了韩元忠家，才真正知道了韩元忠家比想象的还要穷，一家六口人，没有土地。全靠元忠父亲，挑着担子，沿街叫卖，做些小生意；元忠母亲给人家纺花织布来维持全家生活。微薄的收入，哪够一家人的吃喝？赵梅如不仅生活上忍饥受饿，心理上又要担惊受怕。白天，韩水河村听说鬼子来了，赵梅如就往山里娘家跑。赵家屯鬼子又来扫荡了，赵梅如就往山里狼窝里钻（狼窝是一山洞的名称）。有时在狼窝里，一连住上几天几夜。一年三百六十五天，天天处于心惊胆战之中，这样一直煎熬了八年。

1942 年，是抗日工作最艰苦的年代。为了打击日寇的猖狂气焰，抗日政府秘密派出不少同志打入敌人内部，窃取敌人情报、消灭敌人。这年三月，区里动员韩元忠，打入敌人内部，去做敌伪炮楼上的内线工作。在这期间，赵梅如的娘家，成了韩元忠和区里的联络站。韩元忠送来的情报，不仅赵贵如、赵林如得马上给区里报信，连林如的娘也成了区里的义务通信员。有好几次，韩元忠带来了情报，赵贵如不在家。林如娘一双小脚跑上五里坎坷山路，到董家屯，把区长叫到家里和韩元忠接头、交代工作。一家人无怨无悔，风里来雨里去、舍生忘死地做着革命工作。

就在这一年，在一次传递情报中，由于时间紧，韩元忠脱不开身，没能亲自把情报传送出去，当时委托韩怀春往回传递情报出了差错。牺牲了刘区长和韩进秋，还有一位警卫员。

韩元忠夫妇到了现在，才说出了三十年来隐瞒的秘密。由于韩怀春吃酒误事，造成刘区长的血案。可惜，韩元忠三十年后，才道出这段真情。但它已失去了历史价值，正是这样，韩怀春才敢于反常规出牌，他要来个恩将仇报、是非颠倒。韩元忠压根儿想不到向他捅刀子的人，正是当年向他跪地哀求的韩怀春。

事到今天，这段事情的缘由，谁又能解释得清呢？何况掌权的又是韩怀春。

这真是：

假做真来真亦假，
真做假时假亦真。

韩元忠沾上了这盆污水，今后要想说清？不知要等到猴年马月……

十五、刮起了风暴

韩水河村的“文化大革命”也开始升级了。

这一天中午，韩、丁两村联合召开的批斗会在韩水河村进行，韩怀春亲自主持了大会。现在他已由一个代支书转正了，成了韩水河村的正式村支部书记。自从“四清”工作队撤离后，这是他第一次独立主持这样的大会。

会场设在韩水河小学前面的操场上，由于对批斗会的好奇，全村的男男女女、老老少少都从家里赶到了会场，这次参加大会的人数比以往开会的人数都多。几乎家家是人尽屋空，全部出动。再加上邻村的群众，整个操场上是人山人海、人声鼎沸。

村里成立了“纠察队”，韩大炮又升任了纠察队队长。队员们胳膊上戴有红色的“纠察队”袖章。维持着大会的秩序。还有几个持枪的纠察队员，站在会场外围，这虽然是在和平的年代里，但会场的氛围还是给人一种阴森森的恐惧感觉。

韩怀春中等身材，穿一身浆洗干净的夏天服装，这个平时貌不惊人、言不出众的平民百姓，这时暴露出来的气质，大热天里能透出一股逼人的寒气。在“纠察队”的狐假虎威下，韩怀春宣布了大会开始。

“大会开始第一项，把死不悔改的走资派韩进先押上台来！”

韩怀春的话音刚落，两个纠察队员一左一右，扭着韩进先的胳膊，押到会场前面。韩进先头戴一顶白纸糊的高帽子，胸前挂着一个大牌子，上面用黑笔写着“死不悔改走资派韩进先”。另外在脖子上，用细铁丝吊着一对石砘子，石砘子足有五十斤重，细铁丝都勒进了肉里去。已是五十多岁的韩进先，从1938年参加革命，到1945年家乡解放，从土地革命到互助组、初级合作社，从担任乡里公安员到副乡长，再回村当村支部书记，风风雨雨几十年，曾经是浑身充满革命豪气，却在这场“四清”和“文化大革命”中，栽了跟头。他也拼搏了，挣扎了。在这风浪中被磨去了棱角，败下阵来，败在了这个名不见经传的小人之手。

“把反动地主分子韩光耀押上台来！”

“还有，把散布反动言行的地主羔子韩登科押上台来！”

接着，韩光耀和韩登科一对父子分别挂着“反动地主”和“地主狗崽子”的牌子被押到了会场上。他们两个脖子上同样坠上了石砘子，低着头，站到了韩进先的一侧。

“大屁股”也来到了会场上，她躲在了会场的一个角落里。她本不打算参加这个批斗会，是纠察队专门通知她到会的，她恨死了韩大炮，她大骂韩大炮是一个吃人不吐骨头的豺狼。她赔了身子又折夫，韩大炮许下的诺言不算数，她净干赔本的买卖了。

此时的韩大炮大脑也没闲着，他不但要观察韩进先，还要观察韩光耀和韩登科。他要看看，这在土地革命中本来是两个阶级的冤家对头，现在反倒站到了一起，成了一类人，都成了“文化大革命”被打倒的对象。

韩大炮这个混混儿，也搞不清楚问题的根源，他也找不到问题的答案。

韩大炮的目光又开始寻找“大屁股”，他看见“大屁股”躲在会场的一个角落里，不敢抬头，他的心更乐了，不由得“嘿、嘿、嘿……”笑出了声。

实际上，他在“大屁股”家里，说揪斗韩登科只是一句玩笑话。结果他见“大屁股”急了，反倒勾起了他要揪斗韩登科的欲望，这次揪斗韩登科就是他的主意。他为了揪斗韩登科罗列了好几条莫须有的罪名。他要和“大屁股”来个猫捉老鼠，他要吊吊“大屁股”的浪劲和酸劲儿，为了更稳妥地把持住“大屁股”。

韩元忠也来到了会场，此时他已被罢免了职位，正在写检查。他坐在会场的最前排，他想看看韩怀春这场戏，怎样个唱法。

韩怀春喊完揪斗韩光耀和韩登科后，发现了韩元忠。他看看韩元忠坐在前排，沉着的样子，心里泛起一阵冷笑。他想找韩大炮，一时看不见，大声喊了起来：“大炮！大炮！”

正在高兴的韩大炮这时听到韩怀春的喊声，才慌忙回过神来，想起他的使命，于是他带头，挥舞着胳膊，呼起了口号：

“打倒死不悔改的走资本主义道路的当权派，韩进先！”

“打倒反动的反革命、地主分子韩光耀！”

“打倒反动的地主羔子韩登科！”

“一定要把无产阶级‘文化大革命’进行到底！”

“横扫一切牛鬼蛇神！”

“打倒隐藏在党的一切叛徒、特务分子！”

……

“韩进先把上衣脱了下来，把手举起来，站到太阳地里去！”韩大炮喊完口号后，冲老支书吼道。

几个纠察队员把韩进先推到太阳光最充足的地方。大热的天，太阳像个大火球。韩进先不一会儿工夫，裤子被汗水湿了个精透。

今天，这场批斗会，显然韩进先是大会的批斗目标。口号喊过以后，韩怀春宣布了韩进先的所谓的三条罪状。罪状的第一条是蓄意破坏“四清”成果，打击新干部。第二条是退赔不积极，搞反攻倒算。第三条是破坏无产阶级“文化大革命”。这三条莫须有的罪名，就能把韩进先整一个天昏地暗。

韩元忠清楚地知道，这次的批斗会主要目标是韩进先，下一次的批斗会的目标说不定就是他自己了。

这次韩怀春演的是一场打骡子惊马的戏给他看，无论今后出现什么样的局面，他都做好了准备。他此时才感到，这个韩怀春还真是一个深藏不露的角色，这个过去唯唯诺诺的小人，现在变成了吃人不吐骨头的魔鬼。

他又看看韩大炮，这个吊儿郎当的混混儿，现在也是人五人六的，站在人们面前耀武扬威起来，这样的一群人渣，掌控了韩水河村人们的命运。他替老支书担忧，也为自己的不慎捏了一把汗。

韩元忠知道：说韩进先破坏“四清”成果，打击新干部，是指韩怀春在入党问题上，韩进先不同意，投了反对票。这是在“四清”运动中所体现的民主集中制，允许党员发表不同意见，知无不言，言无不尽，言者无罪，闻者足戒。这是毛主席提倡的民主集中制！这能说是韩进先是破坏“四清”成果，打击新干部吗？

说韩进先退赔不积极，搞反攻倒算，在这个问题上就有出处。关于韩进先的贪污问题，按照韩进先的交代，所贪污的东西都合成人民币，总共不超过二百元。可按韩怀春的揭发材料计算就多得多了，在这个问题上相差悬殊，是韩进先有问题没有交代呢，还是韩怀春把事情扩大化了呢？

“四清”工作队在时争议了好长一段时间，迟迟不能定性。最后还是通过群众讨论和根据韩进先平时的生活状况作了分析，取了个折中办法，稍微倾向韩进先的意见，算是韩进先退赔的数额。虽然没有达到韩怀春的目的，但韩进先也感到有些冤枉，在物可以折价的情况下，韩进先家里所有的值钱物件都拿了出来，折合成人民币，最后一算还差二十元钱。在这种情况下“四清”工作队和社员群众没有再说什么，本来物件在作价当中，没有统一标准，全凭人的一张嘴。在价值上稍高些和稍低些很难把握，都属于正常现象。韩怀春在价值上实行一律走低的路线，所以直到“四清”工作队撤离，不再提及这件事。这件事韩怀春没有忘记，现在提了出来，这成了揪斗韩进先退赔不积极、搞反攻倒算的重要砝码。

关于韩进先破坏无产阶级“文化大革命”，这更是一个莫须有的罪名。中国有句古语：欲加之罪何患无辞？韩进先的“罪名”越网罗越多，斗争也愈演愈烈。一天晚上，在小学教室里，开韩进先的批斗会，这次批斗会只有纠察队员和少数基干民兵参加。韩怀春和韩大炮掌握这个会场。俗话说：不怕大会批，就怕小会斗，韩进先在劫难逃了。

这一天是个星期日，张老师回家去了，韩士雄一人在小校住宿。夏天的农村，人们忙于生产，也是日出而作，日落而息。晚饭都吃得很晚，批斗会从晚上九点钟才开始，一直批到十二点钟，接着开始了触目惊心的一幕。

有人开始把韩进先反剪着胳膊捆了起来。让他跪在一条板凳上，交代问题。韩大炮趁人不注意，从背后一脚把板凳蹬倒。韩进先一头栽倒在地上，幸亏是肩膀先着了地，头上擦破了一层皮，还未等韩进先挣扎起来，不知是谁“咔吧”把灯关掉了。接着就听到一阵“咕咚、扑通”的拳打脚踢声。大约过了半个多小时，电灯才被启亮。韩进先满身的尘土，躺在了地上，一动也不动了。

韩怀春凑近韩大炮耳根，不知小声说了一句什么，韩大炮立刻大声吼叫起来：“把他扯起来，在地上装什么死哩！”

有两个纠察队员，上前把韩进先拉扯起来，韩进先有些站立不稳，一个踉跄又跪在了地上。在他的嘴角里和鼻孔里，淌出了几道殷红的鲜血……一些纠察队员和基干民兵见此情况，开始往后退了起来。韩大炮见势不妙，凑到怀春跟前小声说：“咋办，还斗不斗？”

“斗？怎么斗？他还没承认这三条罪状哩！”韩怀春提醒说，“记着，以后朝他的屁股上踹，如果他现在死了，太便宜他了。”

其他纠察队和基干民兵，没有经过这种场合，一见流血就不敢再动手了。韩大炮领了“圣旨”。他一人走上前去，站在韩进先面前，望着跪在地上的“走资派”说：“你现在该承认你那三大罪状了吧？不然更猛烈的还在后头呢！”

韩进先跪在地上，如一尊泥塑木雕，一动也不动，一声也不吭。

“我来问你，你为什么破坏‘四清’成果，打击新干部？”

韩进先没有回答。

“你为什么退赔不积极、搞反攻倒算？”

韩进先没有言语。

“你为什么破坏‘文化大革命’……”

韩进先还是一言不发。

一问三不知。这时韩大炮提高了声调："这场'文化大革命'，就是专门革你们这些死不悔改走资派的命的。今天你交代不交代都一样，你的罪行是逃脱不掉的！"

韩大炮说完，号召大伙儿上前去揪斗这个走资派。这时，大伙儿见韩进先的鼻血还在不断流淌，连衣裳的前襟都被鲜血染红了，谁也不敢再往前去。

韩大炮见此，扯下一根板凳腿，上前朝准韩进先的屁股上狠劲儿地打了一下："你交代不交代？"

韩大炮又举起了板凳腿落了下来。

……

韩进先还是没有吭声。

韩大炮打红了眼，他又举起了板凳腿，这次是憋足了劲儿要往下落。但是还没有落下来，在半空中停住了。原来韩进先早已倒在地上不省人事了。

韩怀春马上宣布散会，派两个纠察队员把韩进先送回家去。

韩怀春把韩大炮叫到一边，破口大骂："你这个蠢驴，怎么能这么蛮干？你要发动群众让大伙儿一齐动手，死人也不能死在自己手里……"

韩怀春话还没有说完，发现韩士雄站在自己身后，他马上停住了说话。过去他和士雄的关系就像亲叔侄关系，自从韩士雄那次救了狗剩的命后，他一直把士雄当成自己的亲人。可不知为什么，自打"四清"运动开始后，他发现士雄看他的目光有了变化，眼睛里带上了钩儿，好似要勾出他心中的什么秘密。还有那一张大字报，他一想到这里，心里就有一股无名之火。这个时候，他不明白韩士雄怎么会在这里？

噢——他想起来了，这小子还在小学里看门。想到这里心里有种惴惴不安。无论怎样他不喜欢在这种场合，让韩士雄出现在这里，他的秘密不想让任何人知道。韩怀春刚要发更大的脾气，他要把刚才批斗会上没有发泄完的邪火，从韩大炮身上转移到韩士雄身上。可当他看到韩士雄在这一年多的时间里，已发育变化成一米七八的个头、虎背熊腰的身架时，这哪里是一个十六七岁的孩子？分明是一个能降妖捉鬼的钟馗！韩怀春再想想自己的儿子狗剩身材形象，整个儿是一个缩脖儿的南瓜。他自惭形秽，他不知韩元忠哪辈子修来的福分，人丁如此兴旺，自己又是哪辈子造的孽，只一个儿子甭说，还人瘦猥琐。他有些心虚了，立马改变了主意。和韩士雄应付几句，然后和韩大炮一起幽灵似的消失在黑色的夜幕里。

十六、初露端倪

韩怀春终于要对韩元忠摊牌了。一天中午韩大炮通知韩元忠到大队办公室去一趟。这时，大队部又搬回小学左边的旧办公室。赵梅如叮嘱韩元忠："遇事要学会克制自己，不要和他们发生冲突。"元忠点点头答应。

韩元忠来到大队办公室，办公室里椅子上坐着韩怀春，还有两个不认识的年轻工作人员。韩大炮和几个纠察人员随着韩元忠的到来也都跟进了办公室里，韩元忠感到气氛有些压抑。

韩怀春一副公事公办的样子："元忠啊，你写的检查，我们看了，与实际情况有很大的出入哇。"这次韩怀春没有带"哥"字，说话的口气比平时生硬了许多。

韩元忠很平静地说："我的历史很清白，过去韩进先也做过调查，区里早已做过定论。"

"现在有人揭发你，1942 年，是你投敌叛变，并不是做地下工作。"韩怀春又说。

"1942 年 3 月份是区委郑凯动员我打入敌人内部的，这是事实。在这期间我给区委送递过多次情报，只有一次情况特殊，情报没有送到……"

韩元忠话没有说完，韩怀春打断元忠的话道："这次情报没有及时送出，牺牲了刘区长和韩进秋同志，其原因是把情报托付给了我，是我喝醉了酒，耽误了事。是吧？"

韩怀春并不回避这个问题，他好似早有准备，一副胸有成竹的样子。他不待元忠回答又说："我说元忠啊，你就别再狡辩了，虽说我给你沾点儿干亲关系，但在这个大是大非问题上，我还是坚持原则的，绝不能姑息养奸。你说我能帮你作伪证吗？就算是我答应你帮你做了这个伪证，可是领导上和群众的眼睛是雪亮的，他们能相信吗？'文化大革命'这个关口，能混过去吗？"

韩元忠没有想到韩怀春会来这么一手，混淆是非、倒打一耙，他知道这个泼皮这个时候，什么样的损事都干得出来，他并不打算和怀春纠缠这个问题，既然当初自己承担了这个责任，那就认定自己倒霉算了，他也不想再拉上一个垫背的，韩元忠义正词严地说：“对于刘区长的牺牲，我从来没有推脱过责任，关于叫不叫你送过信，你的良心知道，昧良心的事是早晚要遭报应的。既然你先把问题挑明了，我也只好把话说到这里。虽说区委书记郑凯事后叛变了，但还有区长程林可以做证，我的问题当时在区委工作的同志都可以做证。”

韩怀春并不想听韩元忠的辩白，只见他皮笑肉不笑地说：“你先别激动，根本的问题你没有回答我，我说的不光是你一个人在叛变，也不光是郑凯一个人的叛变，而是你们一个叛变团伙。叫你去敌人内部做卧底是假，真心投敌叛变才是真，现在有人揭发出了这个问题，当时刘区长的牺牲，就是你给敌人报的信。程林恐怕也要为他给你做的定论，付出代价的。”

韩元忠更没想到，韩怀春竟然如此厚颜无耻、颠倒黑白。他仍然很平静地说：“你提到的问题纯粹是个子虚乌有的事情，我也没法回答你，我相信党，相信党的政策，真的不会变成假的，假的也不会变成真的，领导会给我做出公正鉴定的。”

这时候，韩元忠没有提出让赵贵如给他做证，赵贵如现在也成了林源县的头号走资派，再说了赵贵如和他又是亲属关系，提了也无任何作用。

韩怀春见目的已达到了，说道：“为了你的问题，公社两位新来的副书记亲自莅临会场来检查工作。希望你回去再好好想想，最好把你们的叛徒团伙都说清楚。只有彻底交代，才是唯一出路……”

韩怀春把两位公社“副书记”送出门后，回来又叫纠察队员们解散，屋里只剩下他和韩元忠了。韩怀春假惺惺地说：“批斗你不是我的本意，完全是韩进先捣的鬼，去公社里告了状，公社党委又做出了决定，我也没有办法。”

到了这般地步，还想赖上老书记韩进先，真是无耻之极。韩元忠真想啐他一脸唾沫。但他强行忍住了，他知道韩怀春这个小人，现在是铁了心要整倒他，跟他计较会玷污了他的一世清白。

韩怀春表演了一场戏。这两个年轻的“副书记”实际上是公社新调来的两个农机员。他们今天有些农机上的事情来找韩怀春，中午没走，在韩怀春家里喝了几杯酒是韩怀春来让他们装这个“副书记”的。至于韩怀春说的韩元忠那个叛徒团伙，和真投敌假卧底的话，这都是韩怀春看了元忠的检查材料，随意捏造蒙人的，并没有人来揭发这个事儿，更不是韩进先所为。他说害死刘区长是韩元忠给敌人报的信，只有这样说，才能置元忠于死地，来减轻他的罪过。

韩怀春对今天中午演的这场戏很满意。过去他很害怕有人触及，关于元忠让他捎信的这件事。今天他反主动提出了这个问题，而且给元忠叫白了这一件事，一是堵死了元忠想赖他的想法，二是今后给揪斗元忠铺垫了一条路子。

韩怀春他也知道，韩元忠根本不是什么叛徒、特务。韩元忠也不会承认自己是叛徒、特务。他又了解到了程林和赵贵如，“文化大革命”中都在接受审查。正是这样，韩元忠很难找到来证明自己清白的证人和证据。韩怀春就是要利用这个因素，他有了做文章的空间，他可以凭空臆造来整一整韩元忠。在这场运动中，假如说真能给整出个叛徒集团来，他韩怀春可就是功劳大大的有，他的罪恶也就从此烟消云散。如果到头来韩元忠的问题是一场冤枉，这也怪不得他。

逢四排九是赤镇的集日，这是老辈子留下的规定，“文革”期间改成了逢一排六。庙会没有变，照旧是一年三个。赤镇周围的村子稠，人口密，所以除了县城集市外赤镇的集市是周围各乡镇最大的集贸市场。这里的买卖公平，人缘善结，是市场越做越大的主要因素。连周边各县的商贩，也都愿意到这里来做生意上的交易。

韩元忠没有猜错，下一个批斗的目标就是他了，但他也没有料到，批斗他采取的手段和批斗韩进先的方法、方式有着截然不同。

韩进先是大会批、小会斗，接连不断。韩元忠是大会批，没有小会斗，是在集日上，叫他挂着“叛徒、特务”的牌子游街示众。集市上人多，每次游街，不但周围各村的人都看到，就连周边各县的商贩也都看到了，这样一来，韩元忠的名声不用批斗也就“臭名”远扬了。

开始揪斗韩元忠时，韩怀春为了招人耳目，让韩元忠挂着牌子在前面走，后面跟着锣鼓队使劲儿地敲。韩大炮又是擂鼓又是呼口号，这样多半天下来，吃苦耐劳的韩元忠还能挺得住，可这个韩大炮累得受不了啦，他的左右胳膊疼得都抬不起来，喉咙哑得也说不出话来了。韩怀春感到了这样斗下去有点儿失算，觉得这种斗法劳民伤财。他从经验中看到了自己安排的疏漏。他改变了主意，他要打个持久战。决定押送韩元忠的人员，不用多，但要精，两个纠察队员就行了。他叫韩元忠前面挂上个牌子，背上再挂面鼓，韩元忠在前边走，两个纠察队员跟在后边，一个打鼓，一个敲锣。这样一来，韩元忠增添了许多罪受。韩怀春见了，这样效果不错，由衷地乐了。他就是要看到这种效果。

韩怀春此时，犹如一个蹩脚的指挥员，他在欣赏自己的作战方案，他感到这样才是他的理想打法，今后的仗就要这样去打。

农历七月十九日是赤镇传统的庙会，赤镇公社决定要在这一天召开一个全公社的重点批判大会，通知各村把批判对象早些集中到公社大院。早上六点钟，韩进先和韩元忠就被带到了公社大院，韩怀春让韩大炮和几个纠察队员看着，自己到公社办公室报到去了。

各村的批判对象，卫生院的批判对象，公社、粮站的批判对象，还有学校的批判对象，陆续都到齐了。韩士雄的班主任蔡士贞也被押到了会场。韩元忠和蔡老师的目光相撞，互相点了头，算是打了招呼。他们都身陷困境，失去自由，只能用这种方式来作为相互安慰了。

大会的场址就设在公社的大门外边广场上。会场上的主席台早已布置妥当，斗大的红字标语贴满了会场的周围，高音喇叭正在播放《大海航行靠舵手》。各村的群众也都相继到会，会场上一片人山人海，万人大会真是名副其实。

大会在上午八点钟准时进行，韩怀春第一个在大会上代表韩水河村做了重点发言，他把“文化大革命”的斗争经验做了详细的介绍，怎样和走资本主义道路的当权派、叛徒、特务做无情的斗争，怎样坚决把无产阶级“文化大革命”进行到底……

会场上的口号声此起彼伏：

“打倒一切走资本主义道路的当权派！”

“打倒一切叛徒、特务！”

“打倒一切地富反坏右分子！”

……

大会进行了四个多小时才结束，大会结束后，韩元忠和蔡老师正好都去公社公厕里去小解，蔡士贞小声问韩元忠：“你们村的支书不是名叫韩志淳吗，怎么叫韩怀春？”

韩元忠有些吃惊：“你怎么知道他叫韩志淳？”

“我过去在国民党办的一所高小里，曾经教过他。”

“真的？你没有看错？”

“我准错不了，当时收他时是学校破格收的他，所以对他印象很深。他的鼻梁下方长着一个不大的黑痣，是不是？”

正在这时，等在厕所外边的纠察人员开始催促他们。韩元忠刚要走出厕所，韩怀春撞了进来，正好和蔡士贞老师打了个照面，韩怀春看着蔡士贞老师有些发怔，蔡老师也怔怔地看着他。在蔡士贞刚要和他打招呼时，韩怀春马上转过身去，装作不认识去小解，这一切韩元忠看到了眼里，他和蔡老师使了个眼色，蔡士贞老师点了点头。一切证明，韩怀春就是当年的韩志淳，韩志淳原来就是韩怀春！这真是踏破铁鞋无觅处，得来全不费工夫。

这个三十年的秘密终于揭开了，韩元忠心里一阵狂跳，杀害刘区长和韩进秋的真正凶手就是他韩怀春，他回忆起当时托付韩怀春送信的情景，韩怀春表现得十分慌乱和不安。正是因为他给敌人报了信，他怎么还能反过来去给刘区长传信呢？什么喝醉了酒，原来都是在掩盖他的罪恶。

韩元忠后悔，当时没有揭穿这个披着人皮的狼。韩怀春利用了他的善良，和哥们儿义气的弱点，让他承担了一个不该承担的责任。几十年来压在身上的屈辱，使他身心疲癃，为此他失去了一个老共产党员的光荣称号，失去组织的信任，失去了他堂堂正正做人的尊严。他用自己前程做赌注，掩盖的却是一个吃人的恶魔。过去韩元忠保护了他，现在却又反过头来咬上韩元忠一口，这叫韩元忠心里，要多后悔有多后悔。

韩元忠现在知道了这条重要的线索，可是他去向谁来控告呢？难道说就凭他们这两个被批斗的对象，来控告一个“文化大革命”中，突击发展的一个新干部？说他在抗战时期，出卖过区干部，身上有血债。领导上会不会相信？他已经领教过韩怀春狡辩的能力，万一他不承认他叫韩志淳，不承认石家屯上学那档子事，那么还有谁能再来证明？过去韩进先曾经怀疑过他这段历史，“四清”当中提了出来，没有扳倒韩怀春，反而落到了现在的下场，前车之鉴不能不引以为戒。这一次虽说已有了人证，但光凭这个人证，人微言轻不足以证明韩怀春的身份。恐怕打蛇不成，反被蛇咬，韩元忠考虑的不是没有道理，一时还不知怎么办才好。为了慎重起见，他叫韩士雄利用师生关系做掩护，再去蔡士贞老师那里，看能不能了解到韩怀春更多资料。

蔡士贞老师和韩怀春对视的一刹那，他已肯定了自己的猜测是对的。这个韩怀春，就是过去在石家屯，自己教过的学生韩志淳。他清楚地看到，韩怀春的鼻梁下有一颗不大的黑痣。他本来想和这个学生打声招呼，后来发现，这个学生并不想认他，故意回避他，蔡士贞老师他能理解，就他当下的身份，学生见了装作不认识也是正常现象。

一天中午，蔡老师去伙房打完饭，刚回到自己的住室里，见韩士雄在屋里等他。

韩士雄看着这个不足12平方米的小屋一片狼藉，心里在隐隐作痛。蔡老师的书法不错，他自勉的一个条幅“书山有路勤为径，学海无涯苦作舟”已被撕去半边，舒展流畅的半边字迹，还悬挂在半空，在风的吹动下，发出窸窣之声，好似在向人们诉说着什么。屋内的窗户和门上的玻璃早已被人砸坏，书架上的一些书籍已被掠空，床上的被褥沾满了泥土，还保留着被拖拉的痕迹。过去这个整洁的充满温馨的小屋，现在一片肮脏不堪。前一阵，韩士雄有时间常来这里坐坐，给老师请教一些书本上的知识，自从“文化大革命”展开以后，因老师曾在国民党辖区教过一段时间的书，和出身于富农的缘故，变成了批斗对象。打这以后，他们师生两个就很少见面。今天蔡士贞老师见韩士雄来到这里知道肯定有事。

果然，不等蔡老师开口，韩士雄就说明了来意：“蔡老师，我爹让我给你打听一件事，因为新中国成立前有一桩命案牵扯到我爹，你能不能把韩志淳的详细情况说一下。”

蔡老师听完韩士雄的诉说，思想停顿下来，回忆起了许多年前的事。蔡士贞是保定师范刚毕业的学生，1938 年经人介绍，他来到国民党组建的一所“抗日”高小教书，学校设在山区石家屯。开始一些富家子弟，听说上一所抗日高小，报名的人数不多。这时有一个样子十六七岁的少年来到了学校，要求报名，他说他的名字叫韩志淳。这个少年个子不高，鼻子下方长着一颗不大的黑痣，听说他是从敌占区来的，学校破格录取了他。那时候他的情况很个别，别的学生大都是山区里来的，离家近，所以蔡士贞对他格外照顾，对于他的印象比较深刻一些，后来国民党和八路军搞摩擦，为学校经费问题发生纠缠。学校要搬迁，还没等学校搬迁，他也就离开了这所学校，回到抗日政府安排的家乡教书。再后来韩志淳的消息就不知道了，关于韩志淳的消息蔡士贞老师只能提供这些。

韩士雄带回来的消息，令韩元忠有些失望。他知道，光凭蔡士贞老师的这点儿证明材料，还不能扳倒韩怀春，虽说隐藏了三十年的秘密，现在终于露出了端倪，但是要想打开秘密的全部，还得另辟蹊径，目前还不能打草惊蛇。蔡士贞老师只能提供韩怀春就是韩志淳，要是韩怀春坚决不承认他叫韩志淳，那么还能找到其他证据来证实吗？当时区里是怎么知道是韩志淳给敌人通风报信的呢？韩元忠想到这里便想到了区长程林，要想揭开这个谜团，不是他韩元忠一人能办到的事情。

程林的老家在程家庄，离韩水河村大约有十几里。他的家里还有本家的侄子，在村里当干部，韩元忠想从程林侄子的口里打听程林的地址。程林侄子告诉说，这个地址是“文化大革命”以前通信的地址，自从“文化大革命”后，一直没通过信。现在程林的情况他也不清楚，只知道是在一个军区当司令员。韩元忠抱着试一试的想法，给远在千里之外的程林，去了一封信，他又给赵梅如二哥赵贵如去了一封信，想通过他们得到帮助。

在等待回信的期间，韩元忠把这个秘密消息告诉了韩进先。在一个风雨交加的深夜，韩进先敲开了韩元忠的门，他浑身精湿地撞了进来，他见了韩元忠就放声大哭，过去这个钢铁般的汉子竟一下子瘫软在地上。韩元忠赶忙招呼妻子把韩进先扶到椅子上。

韩进先不为别的痛心，为他过去对待韩元忠的不公感到痛心，过去他不该对韩元忠有那么多猜疑，所以才导致今天的祸端。

韩元忠不愿再提过去的事情，不想再触及那块受伤的疤痕。韩进先坚持要说，过去他对刘区长和进秋的死一直认为是元忠的错，由猜忌变怀恨，从刚解放一直延续到互助组、初级合作社，他把元忠的大度和宽容，看成了是默认、负疚。元忠一步步退让，他就一步步进逼。到1951年，新中国成立以来第一次整风运动中，他采取不正当手段，终于想法开除了韩元忠的党籍。那时候他清楚地看到韩元忠失去党籍的痛苦和绝望，但他却无比的开心，他坚信在刘区长牺牲这个问题上，他对韩元忠处理是十分正确的。他又认为韩志淳是个凭空捏造的人名。没想到韩志淳真有其人，而且就是韩怀春。韩进先此时有着撕心裂肺的悔恨，正是他的自私和狭隘的心肠，才导致目前的局面。等韩进先把这些心里话诉说完了后，他感到心胸宽敞了许多，不再那么堵得慌了，他停顿了一下，缓了缓说：“元忠啊，我的问题不算什么，你的问题我一定要帮你搞清楚，再不能让你蒙冤受罪了。”

韩元忠苦笑了一下说：“你怎么能搞清楚？”

“听说老县长郝振山还在职，我去找找他，1951年开除出你的党籍就是我找他给办的，他对这件事情大概有个头绪。”

“我的问题要想搞清楚，必须落实了韩志淳这个人是谁？才能搞清楚。这个人落实不了，我的问题也说不清楚。”

“我连韩怀春一块告，‘四清’时我就提出过这个问题，韩怀春有上国民党高小的嫌疑，工作队没有认真去查，我们落了个诬陷新干部的罪名，现在有了蔡老师的人证，不怕他不承认！”

“你千万不要低估韩怀春，他要死口不承认，并且一口咬定是我们三人串供，诬陷好人怎么办？”

韩进先又说：“我不相信共产党的天下没有王法了，韩怀春这个反革命分子能翻了天！”

韩元忠觉得韩进先的话也有道理，吴仁才虽然是县里造反派头头，他的权力再大，他能一手遮天吗？韩元忠权衡再三，还是劝韩进先把这件事先压一压再定。然后说："就凭蔡老师现在个人证明，韩怀春就是当年的韩志淳。叫韩怀春认罪，证据还不太充分。我把这件事情的根梢，给程林和赵贵如去了信，争取得到他们的支持。现在不是刚解放那时候，那时候有人指证谁是韩志淳，马上会把事情搞个水落石出。快三十年过去了，老一辈的干部，生病的生病，掉头的掉头，剩下的都天各一方，即使活着的大都在'文化大革命'中受到了揪斗，失去了执政的权力，你说谁还能真心为这事操心费力？再说了吴仁才的关系，在县委班子里面，盘根错节，这个问题咱们提出来能顺利落实吗？"

韩进先听到这里，也赞同元忠的话，他感到元忠的分析很有道理："那好吧，咱们等有了老区长程林的回信后，再去县里告。"

韩进先匆匆而来，又匆匆而去，他在元忠家里一共待了大约有一个多小时，他的双腿在挨斗时已受了伤，在雨地里行走显得很吃力。韩元忠目送这位渐渐消失在夜幕里的老支书，心里泛起一阵酸楚。

韩元忠又想到韩怀春，这个奸诈的小人。过去自己所受到的屈辱，都和韩怀春有着千丝万缕的关系。他没有料到，和自己称兄道弟了半辈的韩怀春，竟然是一条心地歹毒的毒蛇，和吃人不眨眼的饿狼。他后悔自己过去，瞎心瞎肺，不识韩怀春的庐山真面目。

这又是：

看破红尘惊破胆，
视透人情伤透心。

韩元忠，在这风云难测的时代里，一时间，又感到了茫然失措。

十七、罪恶的黑手

韩怀春自从在上次批判大会上，碰到蔡士贞，事后心里一直慌乱不安。这真是不是冤家不聚头。他没有估计到，二十多年前的老师，怎么会在这个地方碰见了面？要不是他躲得快，险些当场被认了出来，如果当场喊他个“韩志淳”那可真就大祸临头了。

韩进先和韩元忠，寻找了二十多年的韩志淳，都没有找到。现在只隔一张薄纸没有捅破了，一旦被捅破，他伪装的一切将毁于一旦。到时候不是他在审判韩进先和韩元忠，而是韩进先和韩元忠在审判他了。他这个隐藏二十多年来的血淋淋的罪恶凶手，将被押上人民的审判台。就算不是千刀万剐，也会叫他魂飞魄散、遗臭万年。

韩怀春经过仔细打听才知道了，蔡士贞原来就是狗剩高小时的班主任老师。并且，给狗剩起过“韩占义”这个名字。他知道这个蔡老头，对他目前威胁太大了。“不是他死，就是我亡。”韩怀春想到这里，决心想办法要封住蔡老头的嘴，只有这样他的罪恶才不会暴露。

后来，韩怀春把这件事情告诉了妹夫吴仁才，通过吴仁才，把这个出身不好的蔡士贞老师污蔑成了反动的国民党特务分子。不久，蔡士贞被关进了一间黑暗的禁闭室，隔离审查起来。

1967 年，秋后的一个夜晚，天空中阴沉沉地下着小雨。秋风萧瑟、树叶飘零，人世间显得一片凄凉。蔡士贞老师经过接连几天几夜的连轴揪斗，使他这个五十多岁的清瘦老人已不堪重负，昏倒在了禁闭室内。到今天算起，他已是三天没有进食了。已是深秋的气候，又是风雨交加，他那一身单薄的破烂衣裤难以遮挡风寒。他那一床肮脏的棉被早已被红卫兵小将们撕得七零八碎，拼凑起来总共也不足一平方米大。蔡士贞蜷曲着身子，躺在冰凉的地上，浑身不停地簌簌发抖。

蔡士贞 1937 年保定师范毕业，平时在学校内受进步教师的影响，接受一些马列主义的教育和爱国主义教育，思想有所进步。抗战开始，他们都是二十多岁的青年，抗日战争一爆发，他们抱着挽救中华民族的危亡的信念，离开家乡，投奔到抗日救国行列。对于教育下一代青年进行抗日，起了很大作用。无论战争多么残酷，灾荒多么严重，他们没有动摇过。在党的领导下，他们和广大人民一起，坚持到抗日胜利。他们有知识，文化水平高，接受新鲜事物快，懂的革命理论多，为党的事业，为新中国的教育事业，默默无闻地做着贡献。

这个一生为教育事业呕心沥血的老园丁，现在生命垂危，死亡正向他一步步逼近。

已是午夜，雨声又大了起来。

这时候，一个黑衣人出现在学校的大门外，他从一个豁了口的墙角蹿入学校大院，他对学校的情况了解得一清二楚，他蹑手蹑脚径直朝这个禁闭室摸来。

学校的看守形同虚设，负责看守的人员，是两个年轻的教师。他们轮换值班，像今天这样的坏天气，早已回屋睡觉去了。在蔡士贞开始被禁闭时，屋门会经常被锁上。到了后来，眼看着这个五十多岁老人腿都被打断了，料想也跑不出去，所以为了图方便也就懒得锁门了。

这个黑衣人来到禁闭室门前，用手推了推屋门，门是虚掩着的，他一闪身钻了进去。屋的面积不大，里面充满了臭气，看了看躺在地上奄奄一息的蔡士贞，已被折磨的就剩一把骨头了。这个黑衣人奸笑了一声，露出了杀气。只见他从腰间抽出一条细细的绳索，套在蔡士贞脖子上，打了个结，双手狠狠地勒去……

蔡士贞没有挣扎，他也没有了力气挣扎，他睁开双眼，看了一眼这个黑衣人，在他的喉咙里，只发出了一阵轻微的呼噜声和几声咳嗽，双腿蹬弹了两下，便含冤离开了人世。他的灵魂得到了超脱，升入了自由天国。他不再忍受世间痛苦了，他永远脱离了这个充满苦难的世界。死亡对他来说并不痛苦，这好像是他早已期盼的结果。

黑衣人见蔡士贞确实断了气，慌忙把绳索解开，重新盘到腰里，他心里嘀咕：早知道杀人这么省事，何必带这绳索？用手掐就行了。

黑衣人向门外探了探头，大院里除了淅淅沥沥的下雨声和屋檐上哗哗的流水声外，各教师的宿舍里都是一片死一样的寂静。他急忙掉转身去，背上这个死尸，朝学校大门口右角处的一口水井奔去。

黑衣人杀人投井后，迅速地逃离了现场，他又顺原路返回了韩水河村。

这个黑衣人不是别人，正是韩怀春。他一回到家里，赶忙替换了湿衣服。一切换洗妥当，他看了看条几上的座钟，时针已指上了深夜两点钟了。他是夜里十一点钟动身的，从动身到回来共用了两个多小时。他坐在椅子上缓缓地嘘了一口气，此时不知道是兴奋还是害怕，他已没了睡意。

狗剩他娘从睡梦中醒来，发现丈夫深更半夜从外边回来，感到奇怪："你不睡觉干吗去了？把衣服都弄湿了。"

"工作上的事，说了你也不懂，睡你的吧！"韩怀春有些不耐烦地说。

狗剩他娘，没有再问，他知道再问也是白搭，转身自顾睡觉去了。

韩怀春望着躺在炕上和自己生活了多半辈子的女人。心想：这是一个缺心眼的女人，五官和四肢分布不匀，长有一副十足的憨相，不登大雅之堂，娶上她也算窝囊了自己一辈子。他反过来又自己安慰自己，狗剩娘心眼好，干活勤快，任劳任怨，跟着自己几十年风里来，雨里去，为了这个家也不容易。虽说只养活了狗剩一个独苗苗，那也是命里注定的，不能怪人家。他想到了有一个相面先生，曾经给他相过一面，说他这个人，人财不能两旺。虽说人丁不旺，但有财运也有官运。面相就在他的鼻子上。鼻子带钩，能勾住官运，这是他的心计特征。鼻梁下长的那一颗小黑痣，又是官运亨通的标志。但一条要记住：一定要把握住时机，官就是财，财就是官，有了官就有了财，有了财也就有了官。算命先生通俗的讲解，使他心花怒放。卦中的天机正迎合了他的心理，他一辈子都想做官，就是没有机会，这场"文化大革命"给他带来了机会，他终于把持住了这个时机。他首先要把韩进先打倒，因为韩进先阻挡了他前进的道路。

他又要把韩元忠打倒，因为韩元忠不但不能和他站到统一战线上，而且也要阻碍他的前程。他正要官运亨通、一帆风顺时，没想到又出现了一个蔡士贞，他的好梦险些被蔡老头毁掉，他不能不动杀机。开始他想让狗剩帮他办了这件事，一想狗剩年岁还太小，万一失了手被人发现，判了死刑，自己的香火也就后继无人了。他又想到大炮，可大炮是个熊包，说大话一个顶仨，要他真的去杀人，恐怕完不成任务甭说，还得把他暴露出来。如果找个外人，那样更不可靠。韩怀春思来想去，还是自己亲自动手好了。他向来做事缜密，从来没有失过手，没有露过马脚，让人看出破绽。前一阵，他摸清了赤镇小学的一切情况，并利用工作之便，亲自观察过禁闭室的所在位置和整个地理环境。今天夜里是个机会，他终于除掉了自己的心腹之患。韩怀春正在为他在斗争中一步步取得的胜利成果而扬扬得意时，忽然他想起了一件事，自己身上带的那根细绳索不见了，他心里一惊！他又翻遍了地上的湿衣服，还是没有找到，他吓出了一身冷汗。这个绳索关系重大，如果掉到半路上那倒无所谓，如果丢在了现场，那可就麻烦了。公安人员会顺着绳子的线索，追查凶手的。他抬头看了看嘀嘀嗒嗒的座钟时针已经指向了凌晨四点钟，如果他此时再返回学校去找绳子，那肯定是来不及了。这个致命的疏忽，使韩怀春的心又悬了起来，不知怎么办才好。忽然想到了狗剩，明儿叫狗剩到学校打探一下绳子的下落。

天刚扑明，他就把狗剩喊了起来，让狗剩不吃早饭，先去学校。韩狗剩被弄得一头雾水。

“我昨夜做了一个奇怪的梦，给你们高小的老师有关，你先去学校看看，有什么情况发生，回来告诉我。”韩怀春不能明说。

天亮了，雨停了。学校早饭开过以后，学生们都陆续地来到了学校。这时候，负责看守禁闭室的教师，才发现蔡士贞老师不见了。他们立刻围着学校的周围找了起来，找遍了各个角落和所有能容身的地方，也没有找到人的踪影。正在这时，伙房的炊事员去水井打水发现了水井下边有人。教师们你看我，我推你，谁也不敢下去。最后从村里雇了几个民兵才把尸体打捞上来。蔡士贞的尸体已经僵硬，腿上和胳膊上有多处骨折，究竟是什么时间落井的谁也说不清楚。

韩士雄在中学，听到了这件事后，马上赶了回来。这时候围观的人群，黑压压的一大片，其中有学生也有村里的村民，韩士雄拨开人群，走到蔡士贞老师遗体面前，他发现蔡老师肚里没有喝水，嘴里和鼻孔里也没有进去泥沙，脖子上倒有一道绳子的勒痕。

这时候来了两个公安人员，他们两个并没有近前仔细观察尸体，只用根棍子翻了一下尸体，拍了两张照片，就算完事。他们怎样填写的死亡报告，只有天知道了。

观看的人群里，都发出一阵嗫嚅声。有的嘀咕：“蔡老师不会是自杀吧！”

“对呀，我看不像，他的腿都折了怎么能走到这里来？”

“他想死，也不可能来跳井。”

“莫非是他杀？”

“别胡猜了，这可是一件大事！”

……

这时，一个学校的负责人宣布说：“大家伙儿别再议论了，都散了吧，公安局已做出了鉴定是自杀。”

韩士雄感到事出蹊跷，在蔡老师刚刚透露韩怀春就是韩志淳这件事不久，就被学校关进了禁闭室；接着被学生们没明没夜地武斗，现在又突然死亡了，觉得这件事很不正常。他随几个老师和学生，来到这个禁闭室里，收拾蔡老师的遗物。他想从老师的一些遗物中，寻出一些蛛丝马迹来。可屋里没有找到老师遗留下来的任何东西，除了那床被撕碎的棉被，墙壁上和角落里也没有留下老师的字迹。

大伙儿没发现什么，都要上课去了，韩士雄这时候发现了一样东西。原来，在一块棉被的角下遮掩着一条细细的绳子。这条绳子引起了他的怀疑，他从地上拾起这条绳索，大约有两米长短，上面的断头痕迹还是新的，看样子是从一根长的绳子上截下来的。他觉得这条绳子在这个地方出现很奇怪，他仔细观察了一下绳子，它是一条白色夹黑边的棉麻混纺的绳子，这种绳子特别有韧劲，在学校里没有见过这种绳子。韩士雄想到这里，又想到蔡老师脖子上的绳子的勒痕，感到这个绳子有重大嫌疑。他顾不得多想，偷偷地把绳子藏在了腰里。等以后有机会，再找绳子的线索。

蔡士贞的死讯，很快通知了家属，老家来了两个人，带来了一辆手推车，把尸体放到手推车上拉走了，这个人类灵魂的工程师就这样走了，他走得悄无声息，没有哭泣，没有人送行。韩士雄看着渐渐远去的小推车，心里一阵酸楚，他默默说道："亲爱的蔡老师，您安息吧，祝您一路走好。您的冤屈，总有一天会昭雪的。"

韩狗剩听了他爹的嘱咐，也来到过现场。不过他没有领会其中的意思，没有韩士雄心细，韩怀春又不能把真相完全告诉他。所以，韩狗剩只在尸体旁看了一会儿热闹，就离开了。他回到家里，把他看到的情况告诉他的父亲韩怀春，韩怀春听完后心里平静了下来。

事隔一天后的第二天早晨，韩怀春还是觉得心里不踏实，为了不留后患，他又找出剩下的那团绳子。在手里犹豫了一会儿，扔给了在灶台跟前准备生火做早饭的妻子说："做饭时把它烧掉……"

韩怀春还想嘱咐什么，这时候韩大炮，风风火火找上门来，不知和韩怀春小声说了一句什么，韩怀春跟着韩大炮匆匆出了家门。

十八、深山叙情

自从老支书韩进先被批斗以后，生产队里耕地的活儿就靠给了韩进先。这种农活年轻人都不愿意去干，因为又脏又累甭说，活儿就几个死套套，每天都和牲畜打交道，不能耍奸玩滑。比方说：这一块土地是二亩地，是一个耕牛一天的活儿，你不能耕两天吧？所以年轻人不喜欢这种农活，都把这种农活称为捅牛屁股的农活儿。他们喜欢一大群人干活，一边干一边玩，还能说说笑笑、打打闹闹，中间休息时，大伙儿还能玩把扑克牌。把队长哄高兴了，多打会儿牌，也是一样地记工分。

自从韩进先包下这个捅牛屁股的活儿后，没有脱过半天工。今天社员们都上工走了，饲养员发现韩进先使用的牛和犁，都还照样摆在牲口棚里没人动，就反映给生产队队长，队长听了找到韩进先家里，家里只有韩进先妻子一人在家，她告诉生产队长说："进先这一阵儿胃里难受，今天去县医院拿药去了。"

生产队长，赶紧把这个情况告诉了韩大炮，出了事他可承担不了责任。因为前一段，韩怀春明确交代过他，韩进先是监督劳动，今后出门歇工的假。小队一律不能批准。今天韩进先来了个不辞而别，说是到县医院看病去了，究竟是干什么去了谁也不知道。

韩怀春来到大队部里和大炮商量对策，韩怀春寻思：韩进先他去县城里边能干什么？难道去告状？他能告什么？说他去看病？也有可能。因为前几天，他曾向大队部提出过胃疼，要去医院查看，大队部讨论后，没批准。难道是他考虑到大队不会批准，才偷偷地去看病去了？韩怀春和大炮虽说都是这样认为，但还是不放心。韩怀春告诉大炮，让他带几个纠察队员，骑上自行车到县医院去找，如果找不到，到各机关找找，见到人务必押回来。

韩进先自从上次和韩元忠商量好，等候消息。消息来了，再决定怎样向县委反映韩怀春的问题。可是，时间一晃一个多月过去了，那两封信如石沉大海，一点儿消息也没有。昨天又听说蔡士贞老师跳井自杀了，这下子韩进先就沉不住气了。他决定不能再等了，他要亲自去找县委，找一找老领导郝振山副县长，把韩水河村的斗争复杂性告诉他，让他出头平反这个冤案。他不相信，共产党的天下，就找不到一个说理的地方！这件事情决定以后，感到不能再耽搁了，今天天还不明，他就起了床，悄悄告诉妻子：如果有人找他，就说去县城看病去了，别的什么也不知道。韩进先说完，骑上自行车，顺一条小路，朝县城的方向赶去。

前天，下了一场不小的秋雨。这一条沙石的小路，还算不太难走。除了个别路段有泥坑外，大部分路段都是一路顺畅。县城离韩水河村有二十里，平时好天好道骑自行车四十分钟就赶到了，今天韩进先总共用了一个小时。他是不顾自己腿上的伤痛，坚持一气赶了过来。他在大街上，看到了鸣放郝副县长的大字报，他的心一下抽紧了。他来到县政府大门前，把自行车放到门岗边的一个角落里，再向门岗人员小心翼翼地打听郝副县长的消息。得知郝副县长还在职，放了心。他说他是郝副县长的亲戚，找郝副县长有要事。

门岗人员告诉他："郝县长回老家养病去了，人早在一个月前就走了。要找郝副县长，得回老家去找。"

韩进先听了，如当头挨了一棒。他那满腔的希望一下破灭了，他感到头有些发胀，他一下蹲了下来，这时候他感到了浑身乏力，几乎浑身的骨头都散了架。

韩进先知道，郝副县长的老家在太行山深处郝家祟村，郝家祟离县城大约有八十里，除了六十里土公路，剩下的全是崎岖山路，他一个瘸腿的人，要想去郝家祟，除非身上能长翅膀。韩进先正身处绝望之际，突然听到门岗人员在喊："刚才是哪位要找郝县长？"

韩进先听了慌忙站起来，迎上去想看个究竟。是不是郝县长从老家回来了。

门岗人员告诉他说："郝县长的爱人回来了，你过去问问吧。"说着指着一位刚从汽车里走出来的中年妇女。

韩进先以前见过郝县长的爱人几次面，第一次见面是在 1951 年整风运动中，郝振山负责赤镇区的党组织整建工作，韩进先为开除韩元忠的党籍问题，来过郝振山家里。并且在郝振山家里吃过他妻子做的饭菜。开始郝振山不同意开除韩元忠党籍。因为经过解放、土地革命，韩元忠在村里都是干部和积极分子，出身和亲属关系，都没有问题。如果有问题，刚解放时，区里早把他整治了，还能等到现在？

韩进先说："韩元忠的问题之所以没有显示出来，是因为他们可能有个保护团伙，在搞攻守同盟，只要把韩元忠办了，就能打开缺口。"韩进先当时的想法和韩怀春现在的陷害如出一辙。

郝振山还是摇摇头："你反映的这个情况，我也听说过。关于六区郑凯的叛变，跟任何人没有瓜葛。这件事情，抗日政府当时就做过彻底调查，并在1945年枪毙郑凯时，有关情况都做了落实，证据也充分并结了案。"

韩进先听到这里，进一步坚持说："韩元忠不是敌我矛盾，也是渎职罪。像这样一个不负责任的党员，还要继续保留，我坚决不同意。"

郝振山感到也是，既然基层领导强烈要求，也符合党的条文精神，再坚持也不好。他也想再做个全面了解，可老同志都天各一方，到哪里去调查了解、核实取证呢？他也只好根据韩进先的意见，在韩元忠的党籍问题上，填上了同意开除的意见。这样韩元忠便莫名其妙地被脱离了党的关系，这就是当时的真实情况……

韩进先赶到郝振山爱人面前，说明有事，要求见上郝县长一面。郝振山的爱人名叫刁银风，姓刁人可挺和善的，在县服务公司上班。郝县长回家养病，她也向领导上告了假，陪同郝县长回了郝家祟老家。今天她回来取些东西，正好赶上县委的小车在石家屯公社办事，所以她坐上了县委的小车一同回来。过一会儿县委的小车还要去石家屯公社，她也正打算坐上这小车返回去。

刁银风知道这个韩进先在基层工作，人品不错，就是性格倔强点儿。来县城开会经常到她家做客，这几年见面少了。今天相见，发现这个基层干部一下苍老了很多，腿上也有残疾，走起路来一瘸一拐的。她并没有往人的坏处想，认为是人老了，有什么疾病落下的后遗症罢了。她笑了笑问道："你找郝县长的事情能告诉我，让我转告吗？"

韩进先很为难地说："这件事情一句话半句话也说不清楚，我最好能和郝县长见上一面，亲自告诉他才能说明白。"

刁银风又说："看你腿脚不方便，还亲自找来，我猜摸着，你有重要事情。但是郝县长不同以前了，郝县长也是有病，工作上的事儿都不管了，你找他只能叙叙旧情，别的也起不了作用。"

韩进先听到这里，心里一阵难过，不由得落下了泪来。

刁银风见了，心里一软："说实话，郝县长心里也挺烦的，他也想找找老同志在一块儿聊聊天什么的，去去心里的烦恼。要不你今天跟我去趟山里，去我们老家看看？正好有小车能送我们到石家屯。"

韩进先听到这里，感到了一线希望。他急忙找了一家人家把自行车寄放到那里，随着郝县长的爱人，一起坐上县委的吉普车向太行深山赶去。县城距石家屯公社说是六十里土公路，其实这条土公路只不过是路面宽了些，但路面坑洼不平，使吉普车颠簸得很厉害，光这段六十里的路程，走了将近两个小时。吉普车在石家屯公社大院停下了。往郝家崇还有二十里地的盘山小路。此时已到了吃午饭的时候，他们一起到公社食堂里吃了一顿午饭。午饭后公社书记老王给他们找了一辆小驴车，赶车的是一位三十来岁年轻人叫小高。他是石家屯供销社的送货员，今天他正好要到郝家崇代销部送点货，顺路搭上他的车。

小高很健谈，一路上他讲了许多在这一带有关流传着郝县长抗日打游击时的逸闻趣事。

1941 年郝振山任三区区长，当时区政府居无定所，大部分时间住在石家屯。土楼村有个据点，在据点里驻扎着一个日军的班和一个伪军的中队，大约不下五十人。据点离石家屯有十几里，据点里伪军中队长姓郭，一脸大麻子，人称郭大麻子。他是一个头顶长疮，脚下流脓一坏到底的家伙，每天带头到各村各户去抢粮、抢女人。见了小媳妇、大闺女就抓，把这一带村民搞得鸡犬不宁、苦不堪言。

有一天，郝区长到沙石峪村办事，见沙石峪的王宝田村长正在发愁，原来日军的班长是一个好色之徒，前几天下来抢粮，看见了本村王老贵的闺女王秀花。见王秀花长得俊俏，要今天必须把人送到，如果不按皇军的要求去办，会把全村的人杀光。郝振山听了，灵机一动，区政府正好准备打击一下敌人的嚣张气焰，县大队有个游击连正好驻在三区。他们正好相互配合，搞掉这股敌人。

郝振山马上研究了作战方案，准备以假充真、兵不血刃，来个一锅端。方案布置好以后，让村长去给敌人送信：在天黑之前，保证把人送到。郝振山装扮成了王老贵的闺女王秀花。太阳快落山时，一顶花轿吹吹打打地走出了沙石峪村，后面排出了一行送亲的队伍，一路向土楼据点走来。

敌人早就翘首以待，迎接花轿的到来，花轿一落地，小鬼子们都把花轿围上了。郝振山穿红挂绿蒙着蒙头红，不肯下轿。王村长连忙上前拦住说："现在的不行，花姑娘害羞大大的。到了掌灯的时候，才能入洞房地干活。"王村长一边学着日本人说的中国话，一边用手做着比画。

这时候送亲的人员簇拥着"花姑娘"进入了披红挂彩的据点里。"花姑娘"被送入洞房，宴席就开始了。郝区长趁敌人大吃大喝之际，和随身几个队员快速地查看了周围环境，做好了战斗准备。日本鬼子和伪军一顿饭不到的工夫，便都喝得东倒西歪起来。到了掌灯时分，猪头似的班长心里惦记"花姑娘"。他一人离开了众席，脚步踉跄地朝洞房这边走来，边走边喊："我的花姑娘，漂亮的、大大的，我的入洞房地干活。”王保长赶忙迎上前：“你的花姑娘漂亮大大的，温柔大大的有。”

鬼子班长刚走到“花姑娘”近前，脚下一滑摔倒在地上。几个队员立马上前解决了这个作恶多端的日军侵略者，接着又把喝得烂醉的，伪军中队长郭大麻子控制起来。郝区长连忙向外边发出了信号，埋伏在据点周围的游击连看到了信号，立刻冲了进来，敌人还在懵懵懂懂中，便都做了俘虏。三区这次战斗没费一枪一弹就消灭了五十多名敌人，其中日军十人，伪军四十余人。从此，土楼这个据点便被拔掉了，这次战斗狠狠打击了敌人的气焰，大大地长了区小队的抗敌威风。

这个年轻的送货员小高，讲起故事来还真是绘声绘色，把大家的注意力都吸引到了故事中去。不但韩进先听得入了迷，连刁银风也是第一次听这个故事，他和郝振山夫妻多年，还从来没有听他讲过这件事。小驴车在这个崎岖的盘山小路上，不断地左移右拐，小毛驴那有节奏的脚步声，嗒、嗒、嗒地敲击着山路上的碎石地面。

雨后的空气是清新的，山里的空气更是新鲜，韩进先发现这场秋雨没有家乡下得大，他从路边的积水可以断定出来。小毛驴车开始上坡了，那一沟沟茂盛的钻天杨树，慢慢地被甩在了小毛驴的脚下，漫山遍野的柿子树、黑枣树、栗子树都挂满了果子，枝头被压得弯弯的，还有一些叫不上名的果木和花草，五颜六色的争相斗艳。这一切景象使韩进先耳目一新、心旷神怡。他好似忘记了他的不幸，回归到大自然的温暖怀抱之中。这里没有“文化大革命”的硝烟弥漫，这里纯朴的民风和美妙的大自然景色，简直真是个世外桃源，怪不得郝县长选择这里养病！

下午太阳西斜的时候，小驴车赶到了郝家祟，在一家代销部门前停了下来。韩进先和刁银风都下了车，向送货员小高道了声谢，就向郝县长家里走去。

郝家祟村子不大，一共约有四五十户人家。房子都是依山而建，错落有致地排列在山脚之下。街道并不宽敞，随高就低蜿蜒伸延，但都是石板铺的路面。房墙也都是石头到顶，处处显示着大山深处村庄的石头特色。

郝县长的家住在村子西头，一座四合院里。说是四合院，其实院落不大，这个院落里住着两户人家，一家是郝县长，一家是郝县长的本家兄弟。四间正房是带欠檐的，东西厢房都是三间，南房中间开着一个门口供两家走路共用。门口两边是各一间厅房。郝县长住的是正房和东厢房。他的本家兄弟住的是西厢房和南厢房。这是他们土改时分的房子，平时郝县长不在家住，都是她的父母打理这处宅子。父母不在了，由他本家兄弟打理。前一阵回家养病，才重新收拾了屋子，屋里粉刷了一层白灰。屋里的摆设也很简单，一个条几、一张方桌和两把圈椅，条几上方挂着一张《毛主席去安源》的大幅油画。整个屋子都是古老的中国式摆设。这里没有电，所以也没有电器，有台半导体收音机摆放在条几上，这是屋子里唯一一件奢侈品。郝县长正在屋里听收音机里播放的新闻。

郝县长有五十多岁，年龄和韩进先差不多。但从外表上看，郝县长身材适中，面色红润，仪表整洁，要比韩进先小上好几岁。郝县长看见韩进先突然到来，感到意外，马上招呼韩进先坐下，让爱人给韩进先沏茶倒水。

韩进先见了老上级，委屈得像一个孩子，抽抽搭搭哭了起来。然后竹筒倒豆子般的，把自己目前的遭遇，全部倾诉出来。

郝县长望着韩进先那副清瘦而憔悴的面容和浑身的邋遢相。跟以往精明强干的韩进先作对比，简直是判若两人。他没想到这个一向刚直不阿的汉子，在“文化大革命”的风暴中，这么快被摧毁了。他听完韩进先的哭诉，安慰说:“你的处境现在全国普遍存在，从中央到省市、从地区到县委，许多老干部都受到不公平的冲击，连咱们省委书记都被打倒了，拘押在咱县招待所的地下室里，不让见天日。等运动过后，党中央一定会有落实政策，到时候一切真相都会大白于天下。”

韩进先又提到了韩元忠和韩怀春，说明韩怀春是一个漏网的有血债的汉奸，现在又混入了党内，并篡夺了韩水河村的支书大权，为所欲为、颠倒黑白。最后特别提到韩元忠被开除党籍的问题，是他一生中犯的一个最大的错误。他重点把韩元忠的情况做了详细介绍。

郝县长听到这里，为韩进先过去的工作失误和刚愎自用，感到悲哀。他也为自己的工作不严谨感到痛心。正是他们的工作不慎，造成了一位好同志的一生遗憾。这可是个血的教训啊！郝县长叹了一口气，对目前的形势感到无奈：“这样的例子，全国也很多，受冤屈的人大有人在，‘文化大革命’就是一个政治大舞台，这也正是敌人暴露的最佳时期。不给敌人机会表演，怎么会知道谁是敌人，谁是朋友？”郝县长说到这里又改变了口气：“你回去以后，该写检查还是要写检查，该生产劳动还是要生产劳动，不要有任何怨言。关于韩元忠和韩怀春的问题，那也只有到运动后期处理。运动的规律就是这样，我们党的政策历来是从不冤枉一个好人，也不放过一个坏人。你是一个1938年入党的老干部了，要沉得住气，抗战那么多年我们都熬过来了，还等不到‘文化大革命’的结束？”

郝县长的话如同一股暖流，渐渐融化了韩进先心中郁结下来的一块冰坨。这一趟他没有白来，虽说没有达到他预期的目的，但他从中了解了全国的形势，加深了对党的政策的理解，从黑暗中看到了希望。可是他们谁也没有想到抗战才是八年，“文化大革命”却是十年浩劫！

他们两个正在交谈，从门外走进一个人来，嗓门洪亮地喊道：“小山子在家吧，怎么下午不见出门？喝杯茶水方便吧？”小山子是郝县长的小名，村里的长辈都这么喊他。

郝县长听到喊声，连忙打招呼：“喔，是亮大叔吧。来吧，茶水早就准备好了。”

韩进先看清了来人有六十多岁，身材偏瘦、硬朗，说话底气十足，透出山里人的健康气质。一身庄稼人打扮，一头乌黑的短发，要不是脸上挂满了皱纹，谁也不信他有六十多岁。

来人姓郝，叫天亮，原任山城县城关供销合作社主任。前年退休还乡，回家后又担任了郝家祟村支部书记。他的辈数在村里最大、威信也好，全村群众都很拥护他。他来到屋门口，见屋内有客人。脚步停留在门前，进与不进有些犹豫。

“快进来，都不是外人，都是老革命同志，1938年的老党员。”郝县长说到这里，给双方做了简单的互相介绍。然后把爱人沏好的茶端过来，这是一套紫砂壶茶具，郝县长把茶水倒在杯子里，一股奇异的茶香扑鼻而来。郝县长说：“这是云南的特产普洱茶，大家品尝一下看感觉怎么样。来、来、来，都端起，先从第一口品起：茶水入口，稍停片刻，细细感受茶的醇度，滚动舌头，使茶水游过口腔中的每一个部位，不同部位感觉出不同的滋味，这样才真正体会普洱茶的润滑和甘厚，入喉时刻领悟普洱茶的顺柔和陈韵。对，就这样品，感觉不错吧？”郝县长一边品茶，一边引导怎样个品法。

“呦，这茶真是不错，我当供销社主任多年从来没喝过。小山子从哪里弄来这么好的茶，要给大叔我留点儿。”郝天亮快人快语。

“那好吧，老刁把这普洱茶准备两份，给亮大叔和进先一人一份。”刁银凤早有准备，自从亮大叔一进门就有了这个想法。郝振山的话音刚落，刁银凤就把两包普洱茶送了过来。

郝县长接着讲起了普洱茶的由来……

“小山子的茶经是从哪里学来的，怎么对普洱茶这么精通？”

“嗨，这都是在养病期间学来的茶文化，现学现卖罢了。另外我还学了好多养生之道，想听待到明天再告诉大家。”说到这里，郝县长转回话题，“光顾说了，来、来、来，咱们还是先喝茶。”

他们三人边品边谈，不觉日已西沉。刁银凤已把晚饭做好，她做的是手擀面条加腌肉卤。这是山里人招待朋友的最好饭菜。郝天亮也不客气，他像吃自家饭一样，又倒了二两白酒。韩进先好长时间没有吃到这么好的饭菜了，这顿饭吃得很开心。

第二天，韩进先又在郝家崇歇了一天。休息中他又把话题扯到了韩怀春身上，郝县长告诉他：“关于能证明韩怀春是韩志淳的唯一证人，已经去世，这就增加了问题弄清的难度。现在造反派砸烂公、检、法，把公安部门弄得一盘散沙。一些能办事的老同志都靠边站了，对于这样的事情，如果没有确凿的证据，的确是不好办。这一带村庄，上过石家屯‘国高’的人不少，大都是富家子弟，这些人现在大多数下落不明。县存的档案资料很少，要查还是要从这些人中查找。近三十年了，能找到认识韩志淳的人一定是少数中的少数了。”

韩进先提到吴仁才，郝县长说：“吴仁才这个人靠造反打人起家，头脑灵活，手段残忍，社会关系复杂，目前确是山城县一霸。所以这一件事情关系重大，先不能着急，等‘文化大革命’结束了，时机成熟了，总会有问题落实的这一天。”

第三天，韩进先要离开郝家崇了。正好郝家崇有小车要去石家屯供销社拉化肥。郝县长又给石家屯公社王书记写了个纸条，要韩进先到了石家屯后，去公社找王书记，他见条后，会想办法把韩进先送到县城里去。

韩进先恋恋不舍地，离开了老领导郝县长，郝县长离别时，千嘱咐，万叮咛，让他回去后，要耐心地等待。他不知这个“等待”要“等待”到何年何月。

郝振山看出韩进先还心存疑虑，又重申了那句话。

“抗战那么多年我们都熬过来了，还等不到‘文化大革命’结束？一定要坚持住！”

十九、歪曲事实

韩进先离开郝县长，在回县城的路上还算顺利。在他回到家里，已是晚上掌灯的时分了。两天两夜没有音信，家里人都急死了。人回来了，一家人悬挂着的心总算是落了地。韩进先家里原来有两个儿子和一个女儿，大儿子韩大胜在1940年闹灾荒送给人家，到现在音信全无：二儿子韩二胜已结婚，现在只有女儿韩胜兰和他们老两口在一起生活。韩胜兰小学一毕业，就留在家里学些针线活儿。长大了就参加了生产队里的劳动，今年已有十八九岁，正值青春年华。家庭遭受变故，精神上受到打击，神经有些失常，话语比以往少了许多，只知道在地里任劳任怨地干活。韩进先的妻子已是五十多岁的人了，常年有病，是个花钱的药罐子。家里住着三间表砖房，二胜结婚后就分门另住。一家三口生活虽不富裕，但也过得去，自从“四清”和“文化大革命”以来，韩进先时不时地被批斗劳动改造，这些劳动都算义工，不给记工分，现在的生活来源，全靠女儿胜兰一人支撑。

妻子忙着张罗做饭，韩进先摆了摆手说：“饭我在县城一个熟人家吃过了，别费事了，有壶开水就行了。”

妻子待他坐定，告诉他说：“这两天，韩怀春一天几次派人来家找人，刚才还来过，说你回来了，一定要先到大队部去一趟。”

韩进先知道，韩怀春对他这次出去不会轻易放过，他已做好了准备，他相信郝县长的话，“文化大革命”很快就要过去，等运动结束了，再和这些畜生们算账！正在这时，门外传来一阵脚步声，韩大炮和几个纠察队员闯了进来：“哦，呵！韩进先，你到哪里旅游了一圈？连招呼不打一声，就脚底抹油走人？害得我们到处找不到。走吧，到大队部去介绍介绍这次外出的经验！”

这时候，从里间屋传来胜兰的抽泣声，韩进先现在唯一放心不下的就是女儿胜兰。他感到对不起女儿，她生在新中国，长在红旗下，应该是前途光明，生活幸福。不想自己的问题，牵扯了女儿，他感到于心不安。他看看韩大炮一副小人得志的样子，从容地对女儿说：“兰儿，爹没事，去去就回来。”

韩大炮贼眉鼠眼地朝里屋里瞅了一眼，就催着韩进先朝大队部走去。这次韩进先的出走，确实让韩大炮受了不少委屈，他带着纠察队员，赶到了县医院，转遍了医院里的各个科室，都没有找到韩进先，连病房和厕所的角角落落都检查了，也没有找到人影。他们又到县政府和各局里打听了，也不见消息。中午连饭都顾不得吃，一直找到下午，韩进先踪迹皆无，好似人间蒸发了似的。傍晚的时候，韩大炮才带着纠察队空手而归，他没精打采地告诉了韩怀春事情的经过。韩怀春这次没有责怪他，要他派几个岗哨，昼夜监督韩进先家里动静，只要韩进先一回来，马上向他报告。韩进先在外边站了两天两夜终于回来了，韩怀春听到消息，立刻派韩大炮去把韩进先押到大队部里来。

韩怀春坐在大队部桌子后面的一把办公椅子上，见韩进先进来，一副居高临下的样子说："进先哪，你知道叫你来这里干啥吗？"

"知道，我去看了一场病，没有告假。"

"在哪个医院？是哪一位医生看的？得的是什么病？"

"就在县医院，冯医生看的，我胃里胀得难受，不能吃东西，冯医生说我得了胃炎，吃点药休息几天就好了。"韩进先知道县医院有个冯医生，这个冯医生原先在赤镇卫生院当过院长，是从部队下来的医生，现在调到县医院时间还不长，韩怀春并不了解这个情况。

"冯医生给你开的是什么药？"

"是中药，不信你看看。"韩进先说完把郝县长送给他的普洱茶块拿了出来，传递到韩怀春手里。韩怀春接过普洱茶，发现是一块黑褐色的半圆形的硬饼，用鼻子闻了闻，有股中草药的纯香味儿。

"嘿，这药味道还不错，"韩怀春有些疑惑地问，"怎么个吃法？"

"泡水喝，一天两克，开水冲服。"

韩怀春没有见过普洱茶，他也根本不会把这种黑乎乎的东西，往茶的方面去想。他见韩进先回答得合情合理，没有发现破绽，他也就信了韩进先的话。看样子这次进城确是看病去了。他把"药"包好又还给了韩进先，又问："为什么到现在才回来？这两天都干了些什么？"

"冯医生说这中药有一定毒性，不少人会有过敏反应，不是每一个人都适合服用，让我在医院住下，边服用边观察两天。我因为没钱住院，就住在一个熟人家里。试了两天药性，所以到今天才回来。"这种谎言韩进先回到县城就想好了，搁放自行车的人家是北关大队一个支部书记的家，正好是他一个多年的朋友。即便韩怀春过去调查，也不会出任何纰漏。

韩怀春没想到，这个韩进先出外溜达了两天，回来脾气温柔多了，问什么，答什么。要是在过去，他不会这么顺当回答这么多的问题。前几天韩怀春除掉了蔡士贞这个心腹隐患感到高兴，今天韩进先又能俯首称臣，这头倔驴被他征服了，他又感到无比舒畅。都说，人有善恶两个方面，九十九个是好的，其中一个是坏的。可又有人形象地说：韩怀春把九十九个好心眼儿压在了心底下，从不使用。把一个坏心眼儿放到了最上边，经常使用，所以韩怀春诡计多端。今天韩怀春本打算好好整治一下韩进先，可能是良心发现，好心眼儿从底下被翻了上来，起了作用。他挥了挥手："你先回去吧，以后有事记着告个假。明天你可以在家休息两天，不过不能随便出门。"

韩进先听了放心地长吸了一口气，他没想到，郝县长这个普洱茶帮了他一个大忙。

韩士雄自从那天晚上，在小学亲眼看见了揪斗韩进先的全部过程后。不久便把被子从小学搬回了家里，他不再给小学看门了，从此便和小学这段八年的缘分做了了断。因为他成了"叛徒、特务"的儿子，学校是一个公共场合，是一个圣洁的地方，是干部积极分子活动中心，容不下有任何疑点的东西去污浊。

尽管离开学校时，小学张老师的话语很婉转，没有明说是韩怀春的意思。但韩士雄知道，自从父亲被批斗后，他的家庭由一个革命的家庭变成了一个被专政对象，他也就变成了一个革命的遗弃儿。晚上，韩怀春时不时要在这里召开批斗会，这种秘密不可能再让他看到。蔡士贞老师的死，让他触动很大，他认识到了人世间，斗争的严酷性和复杂性。童年时代镶嵌在脑中，美好的社会形象，和少年时代勾勒出自己为新中国奋斗的宏伟蓝图，都变得渺渺茫茫起来，他那一颗稚嫩的心灵承受了一个不该承受的打击。但是他更没有想到，一个更加严重的打击正在等待着他。

韩狗剩自从被韩士雄和韩思阳"看瓜"之后，老实了一段时间。后来学校里的毛泽东思想"云水怒"战斗队成了"保皇派"。"风雷激"敢死队成了"正派"组织。在学校里开始嚣张起来，韩狗剩依仗姑父吴仁才是"风雷激"的总后台，又耍起威风来，他换了一身草绿色服装，处处显摆着自己。

这时候，中央有个文件精神，农村实行贫下中农管理学校，赤镇中学的贫下中农管理代表，就是第九生产队饲养员乐大叔。每星期乐大叔要来学校上两堂忆苦思甜的课，和抗战打鬼子的故事。不久，赤镇大队要成立"革命委员会"了。乐大叔代表大队要求学校搞几个文艺节目，到时候去给大会庆祝。并且提出了一个节目叫"牛棚历险记"，就是要把韩士雄和韩思阳、韩狗剩救牛的事迹编成节目表演出来，这个节目是第九队全体社员的心愿，它代表着赤镇中学和赤镇人民血肉相连的阶级感情。所以这个节目，只能演好，不许演坏。

学校领导接受了大队这个要求，并把《牛棚历险记》这个节目交给了韩士雄、韩思阳和韩狗剩他们三人亲自来表演。节目要求生动活泼，短小精悍，这要采取什么表演方式来表演呢？当时中学有个文艺宣传队，其中几个三年级的文艺骨干也参与了意见。有的说："用快板书来个表演唱。"

有的说："用数来宝表演。"

有的说："诗歌朗诵加表演相结合。"

大家伙儿磋商后决定用"诗歌朗诵加表演"的方式，来完成《牛棚历险记》这个节目。体裁确定下来，剧情要由大伙儿来撰写，朗诵由谁来做呢？这时候李书慧已从县城中学转入了赤镇中学，她自告奋勇担当起了这个角色。

经过几天的奋战，终于编写了初稿。领导看了决定在学校大院里先来个试演。在李书慧字正腔圆、声情并茂的朗诵下，韩士雄、韩思阳和韩狗剩三人紧密配合做着各种动作，节目一开始，就把《牛棚历险记》故事情节和观众的心牵在了一起。

李书慧朗诵道：

"1966年7月份的一个中午，忽然'轰隆'一声巨响，大地也跟着颤动。正在上学路上的韩士雄、韩思阳和韩狗剩三人回头一看：从九队牲口棚里腾起一股尘烟，接着饲养员乐大叔大声喊道：'快来人啊！牛棚出事了！'他们三人一听，毫不犹豫地冲进了牛棚，韩士雄经过观察，发现牛棚内墙已经塌陷，门口被倒下的土坯堵死，十几头牲口被困在屋里，哞、哞乱叫。几根发朽的柱子都裸露了出来，一人怀抱不住的房梁压得柱子发出'咯吱、咯吱'的响声，屋顶随时有落地的危险，如果屋顶落地，那十几头牲口不堪设想，这可是集体的财产，九队三百多人口的命根子呀！正在乐大叔感到束手无策时，韩士雄突然发现了后墙上有出粪口可以钻进去。

"这一发现，犹如黑暗中见到了曙光。

"他们赶到后墙，发现这个出粪口周围堆满了牛粪，不但臭气难闻，苍蝇满地，一脚下去，牛粪能把整个脚脖子淹没。出粪口又小，人想钻进去，也不是件容易事……屋顶还在掉土，牲口还在乱叫，事情不能耽搁。

“韩士雄第一个强行钻了进去，身上划出了道道伤痕，他顾不得身上的伤痛，冒着生命危险，费力扒着门口的土坯。接着思阳和狗剩也钻了进来，这时柱子的‘咯吱’声更厉害了，是前进还是后退？这个时候，他们想起了毛主席的教导：‘下定决心，不怕牺牲，排除万难，去争取胜利……’毛主席的教导在他们心里产生了无穷的力量。在他们三人共同努力下，门口的堵塞物被清除了，在这千钧一发的时刻，双门终于被打开了！十几头牲口得救了！这就是毛泽东思想哺育下的雷锋精神，他们的‘爱憎分明的阶级立场，言行一致的革命精神，公而忘私的共产主义风格，奋不顾身的无产阶级斗志。’永远是我们学习的光辉榜样……”

李书慧甜美的嗓音，和抑扬顿挫充满感情的朗诵，再加上韩士雄他们三人做着各种动作的配合，表演和朗诵做到了惟妙惟肖。这哪里是在表演？简直是一副真实生动的现场写真。

全场观众爆发出一阵雷鸣般掌声，试演成功了！乐大叔看了非常满意，他要求抽时间先到第九队去试演一回，九队的群众都在期盼着早日看到这个节目，学校领导表示，等排练好了，一定先到九队汇报演出。

可是还没等去九队试演，局里来了通知《牛棚历险记》剧情得重新改写。随后派来了专门改写小组，这个写作小组有三人组成，他们奉局里命令，把节目里的人物要重新调整一下，这是革命需要。剧情中韩士雄不适合做主要人物，叛徒、特务的子女哪能当英雄人物？要以韩狗剩为中心，三突出嘛！要以普通人物中突出英雄人物，要以英雄人物中突出主要英雄人物。韩狗剩今后就是剧中的主要英雄人物，韩士雄能充当个陪衬就算不错了。这不是混淆是非、黑白颠倒吗？这是哪家的逻辑？

乐大叔不信这个邪，坚决不答应。九队的全体群众也不吃这一套，也不答应。他们要求不能改变事实，不能去掉韩士雄这样一个真实人物。

事情闹僵了，谁也说服不了谁。局里确定先从韩士雄身上打开缺口，才能找到解决问题的办法来。

一天局里来了两个二十多岁的年轻人，一胖一瘦。瘦的戴副眼镜，他们把韩士雄叫到学校办公室里，其中戴眼镜的瘦个子先问：“你的名字叫韩士雄？听说你的父亲韩元忠有严重的历史问题？”

韩士雄回答：“我是贫下中农出身，是新中国救了我们一家子，共产党毛主席是我们的大救星，我父亲的问题那只是个疑问，我们相信问题终究会搞清楚的。”

戴眼镜的一怔，没有料到，这个韩士雄不但不怯场，还回答得这么干脆利落。他加重了语气又说：“你父亲的问题，现已确定，有人证明是背叛革命，是革命的叛徒。”

“那你们落实好了，我不相信我父亲会投敌叛变，如果父亲真是反革命，我会同他一刀两断，脱离父子关系的。”

“不但你的父亲投敌叛变，你的舅舅也有投敌嫌疑，他的县委书记早已被罢职，现在是林源县头号走资派，你知道吗？”

“我舅舅的问题我不清楚，但我相信党的政策，真的假不了，假的真不了。”

“从你家的社会关系看，你们一家子都是这次运动的革命对象，应当受到社会监督。不过党的政策是宽大为怀，你能走到今天，要感谢党。所以在言语行动上要靠近党，一切听从党的安排。”这个戴眼镜的瘦个子，不愧是个读过几本书的政治掮客，他绕来绕去，终于绕出了中心问题。

韩士雄知道了他们的目的，反倒沉住了气。他还想听听他们的下文。

戴眼镜的见韩士雄沉默了。知道自己刚才的话说到了点子上，他扬扬得意地给和自己一起同来的胖子递了一个眼色。

胖子咳嗽了一声，接过了话题：“听说你是黑老蔡的学生？”黑老蔡指的是蔡士贞。

“对，蔡老师是我高小的班主任老师。”韩士雄回答说。

“你知道他是一个国民党特务吗？听说你前一段时间，跟黑老蔡走动得很近，并有人反映你从黑老蔡那里取过什么东西？”胖子边说眼睛边一动不动地盯着韩士雄的表情。

“我和蔡老师只是师生关系，没有什么私人交往。前一段也只不过是因为一些书本上的接触，后来蔡老师挨斗，交往就少了，根本没有什么东西要交给我。”韩士雄一时还弄不清楚胖子问的是啥意思。

“你对黑老蔡的死，是什么看法？”

“我没有什么看法。不是说是自杀的吗？”韩士雄反问了一句。

胖子大概是没发现什么，停了一下，又转移了话题：“还有，你现在的班主任王志怡出身大资本家，你知道吗？”

“知道。”

“听说你为了维护这个反动黑线人物，对韩狗剩动了私刑？”

“私刑？什么私刑？”

“你把他的脑袋，塞到裤裆里……”

“那不是什么私刑，那叫‘看瓜’。在农村是一种玩耍。”

“那好吧，它既然不是什么私刑，你能给我们做个示范表演一下吗？”

“哈、哈、哈……”一胖一瘦见士雄不言语了，一同笑了起来。

韩士雄看着这个胖子一脸的坏笑，想到了电影《小兵张嘎》剧中的那个吃西瓜的胖翻译。他也真想让他看一回瓜，尝尝其中滋味。想到这里，韩士雄也不由得笑了。

胖子不知韩士雄笑什么，认为是自己的话把韩士雄逗笑了。他把口气也缓了下来：“你现在的所作所为，已触犯了国家的法律，违背了党的政策，要执行的话，你现在就能被学校开除。你如果不想被学校开除，唯一的补救办法是配合领导工作，一切听党的话。今天咱谈到这里，你回去考虑一下，明天等你答复。”

韩士雄回到家里，没有把这件事情告诉父母，他不想再给父母增添烦恼。夜里他躺在炕上辗转反侧不能入眠，白天，戴眼镜的和胖子的谈话，时时响在他的耳旁。他没有想到，他们对自己的情况，了解得如此清楚。二舅好长时间没有音信，原来被打成了走资派，深陷困境。他和蔡老师的几次来往好似被监视了一样，特别是他从禁闭室捡到的那条绳子，险些自己说了出来。他感到蔡老师的死一定是个阴谋，否则，胖子不会刨根问底，打听这么多。他们之所以这样做，是吴仁才的主意，还是韩怀春的主意？韩狗剩不会为争这个角色去求吴仁才吧？韩士雄想来想去，感到背后的黑手一定是韩怀春。这个韩怀春也真够狠的，父亲对他有救命之恩，他不但不知恩图报，反而恩将仇报。自己又救过狗剩的性命，他不但得不到感化，反而变本加厉地实行高压手段，迫害他们。韩士雄对于这个《牛棚历险记》的角色并不看重，他并没想到，在这方面去捞取什么政治资本，他只是感到事出不公、欺人太甚罢了。

胳膊拧不过大腿，韩士雄最后不得不同意局里的意见，把剧情改动。韩狗剩成了剧中主要英雄人物。他还要反过来去做乐大叔的思想工作。

为了能保住学业，韩士雄第一次违背自己的意愿，向对方妥协，可是他的学业能保持多久？这个问题他没有去想，他也不可能预知这个结果。

后来，《牛棚历险记》改编成话剧，在县城曾经轰动一时。在演出方面，他、思阳和书慧都没有再参与进去。当时山城县，除了革命样板戏外，韩狗剩成了山城县家喻户晓的英雄人物。全县人人都知道韩狗剩一人，奋不顾身、舍生忘死，救出赤镇九队十几头牲口……

二十、逆境遇挚友

1967年，年终结算，韩水河村的粮食产量比1966年下降了百分之四十，由一个红旗村变成了全公社倒数第一名。去年一个工值五角钱，今年降到了两角钱。当时一包火柴价值两角钱，一个工值能买一包火柴，即使这样，也兑不了现。这一残酷的现实，使得韩水河村的社员们叫苦不迭。

韩元忠和妻子赵梅如原打算年终兑现把韩士英的婚事给办了，没想到自己被卷入了“文化大革命”的漩涡，搞得一家人抬不起头来，本来是一个好好的革命家庭，却变成了被专政的对象。他们担心士英的对象在这种情况之下不会保住，因为自从韩元忠被批斗后，王晓华一直没有再来过他们家里，虽说士英去叫过几次，但都被对方有事给推了过去。

他们担心的事情终于发生了，这一天，媒人退回了定亲的礼钱。虽说这一件事他们早已料到，早晚都会来临，但事情真出现了，一家人的心情还是十分沉重。特别是韩士英，一个二十多岁的小伙子了，结婚证都领了，眼看着媳妇到家了，只差举行仪式了，又要分手了。他能不心痛吗？煮熟的鸭子飞走了，以后到哪里去找王晓华这么好的姑娘？

韩元忠不仅为士英的婚事感到痛心，他还为今年的收成感到痛心。一个庄稼人，最遗憾的是一年下来，地里没有收成，社员们的血汗和辛苦都白白地扔在了地里。他为韩怀春的无知和无耻感到惭愧，对于韩怀春的罪过，他有不可推卸的责任。但他今天无法左右形势，他也无法改变现实，他现在唯一的期盼，就是“文化大革命”早日结束，他的问题能够落实下来。可是他寄出的信件已有两个多月了，到现在犹如泥牛入海，杳无音信。他终于心力交瘁病倒了。韩元忠在抗战时期就患上了肺病，当时属于顽症，因种种原因未能彻底治疗，平时注意营养，一般工作不受影响。如今他身心都受到了摧残，没病也会受不了的。

儿子的婚事退了，丈夫又病倒了，赵梅如也从来没有受过这样的打击。赵梅如再能干，她一个家庭妇女，面对这一个个飞来的横祸，她也感到无力回天。她十分后悔去年没有给士英把婚事给办了，才落下今天的结果。别人家和士英一样大的小伙子都结婚了。看着人家的小夫妻成双入对、恩恩爱爱、甜甜蜜蜜的，这叫她这个当娘的看见了，心里有多心疼！如今变成了竹篮打水一场空，媳妇没有了，丈夫又倒下了。一年的收入又不能兑现，甭说花的，连口粮都成了问题。一家八九口人还得想法出去打饥荒。

正当一家人为难之时，住在张寨村元忠的姑姑，托人捎来口信：他们家养着一只小山羊，已经长大了，可以牵到集市上卖了，换些钱来好给元忠看病。

赵梅如第二天，就叫韩士雄去他老姑家把羊牵来。这是一只纯种长白山羊，膘肥体壮，一身雪白的毛色，长长的胡须和两只硕大的耳朵，人见人爱。要不是急着用钱，真舍不得卖掉。

赤镇集市上没有羊市交易，想卖还的去邑城县集市上去卖，那里是周边各县最大的羊市交易市场。韩水河村距离邑城县有三十里，平时这里的人们都喜欢到邑城县赶集，因为那里的市场大、货物齐全，当时国家为了控制劳力外出，把全国改成了统一的逢一排六为集日。这一天是腊月初一了，赵梅如知道韩士雄没有出门卖东西的经验，就叫士豪和士杰陪同士雄一块儿去。他们哥仨天刚刚亮就吃过了早饭，牵上羊，朝邑城县集市赶去。他们走的是一条乡间大道，开始边走边打听，后来离集市近了，赶集的人渐渐多了起来，有赶小驴车的、有扁担挑东西的、有牵牲口的、有拖小猪崽的，还有去卖肉的、卖菜的、卖粉条的，有去买布的、买酒的、买服装鞋帽的……离年靠近了，有卖的有买的，什么样的人也有。

在路过一个村庄，走到一个巷口时，前面围了好多人。听人议论：这家两口子打架，女的拿着一个棒槌追打男的，男的跑出了门外，女的把棒槌投了出去，男的躲过去了，正好棒槌投在了一个骑自行车的过路人头上，骑自行车人倒在了地上，头上被砸了个血窟窿，人一时昏迷了过去，是好是歹还不清楚。这时候这对夫妻也顾不上打架生气了，急忙抢救起这个过路人来。

真是天下之大，无奇不有，两口子打架，竟打到一个素昧平生的外人头上。韩士雄走上前去，发现躺在地上的过路人满面是血，有人正在做简单包扎。不一会儿，这个人醒了，坐了起来，摸了摸头，原来只是头部被打破了一层皮。看似严重，其实，只是一些皮外伤。小两口建议去县医院检查一下，这个人说：“不用了，我感到没有事，去公社卫生院包扎一下就行。”

这时，韩士雄才看清，这个过路人原来是韩水河村的韩顺年。忙上前去打招呼：“顺年哥，怎么是你？不碍事吧？”

“啊，是士雄吗，不碍事，是误伤，包扎一下就行了，咱庄稼人耐摔打。你们干啥去？”

“没钱花了，想去市场是把这个羊卖了。”

“哎，净怨韩怀春，把整个韩水河村搞了个乌烟瘴气，害得社员们连年也没法过了。”

这个韩顺年比韩士雄大十几岁，小算盘打得比谁都精，从来不做亏本买卖，处处爱占小便宜，到头来还是没能发家致了富。今年收成不好，年关临近，他也想到集市上去看看，有什么样的小本生意有利可图。没想到出门不利，还没到集市上就被误打受伤了。韩士雄心里清楚，甭看韩顺年嘴皮子说得好听，不去县医院检查，去公社卫生院包扎一下就行了。看起来是省了钱，恐怕这个养伤费，最后要狮子大开口了。他今年过年的费用，不从这里找，到哪里去找？

韩士雄告别韩顺年后，赶到集市上，时间已近中午了。这个羊市在集市的最东南角上，这是一片空地，羊市上的羊不少，但买家不多。临近年关了，都想卖个好价钱，可是今年人们囊中羞涩，掏不出钱来。韩士雄找了个背风向阳的地方，把羊拴在了一块大石头上，他们等了半天也不见有人前来问价，眼看着晌午都过了，肚里已饿得咕咕直叫，身上没带一分钱，全指望把羊卖了才能吃午饭。韩士雄虽说饿得慌，但能顶得住。士豪和士杰受不住了，他们才十岁年纪，从来没有走过这么远的路，除了感到劳累外，还又饿又渴。

韩士雄把羊交给这小哥俩看管，他想到附近看看能否找杯水喝。离羊市不远处，有个包子铺，紧挨包子铺有个卖水的水摊。卖水的是一对老年夫妇，包子铺里热腾腾的肉包子散发出诱人的香气，韩士雄干咽了几口唾沫，也没敢上前问价。他来到水摊前，两位老人立刻热情地向他打招呼：“过来吧，小伙子，大碗茶 3 分钱一碗，小碗茶 2 分，5 分钱随便喝。”

“大伯，我想讨碗白开水，不，凉水也行？”韩士雄知道白开水也得付钱，马上改了口。

“孩子，大冬天的，哪有喝凉水的，这样吧，3 分钱包你白开水随便喝。”

韩士雄这时才发现，这一双老人大约六十多岁，都有残疾。老汉的腿有毛病，行动不便，老伴眼睛不大好使。水摊紧挨包子铺是为了互惠互利，可这个大冬天的，喝水的人并不多，辛苦大半天，也挣不了几毛钱。白开水三分钱随便喝，他知道老汉没有多要。可这 3 分钱他们哪里去取呀？过去常听老人们讲过的一句话：一分钱能憋死英雄汉。韩士雄这次真真正正地尝到了，一分钱憋死英雄汉的滋味。

卖水老汉见韩士雄站着发怔不说话，认为他的水卖贵了，又说：“孩子，别处的水摊一碗白开水也要3分钱，我不会坑你的。”老汉说完，招呼士雄坐下：“我看你像个不多出门的学生，听话音又不像我们本县人，不会是来做买卖的吧？”

韩士雄不得不把他们兄弟三个来这里卖羊，到现在无人过问，身上又没有带钱的情况告诉了卖水老汉。老汉和妻子听士雄他们遇到了难处，马上准备了一大提壶开水，和两个碗，交给韩士雄：“孩子，你们先喝吧，如果不够，尽管来取，大伯别的没有，开水管够。出门在外，谁都会遇到难处的，等你啥时把羊卖了，再付水钱。”

韩士雄谢过老汉，提着水刚要离开，老汉又喊住了他：“孩子，刚才我忘问了，你们还没吃饭吧？”

韩士雄不好意思地说：“饭能坚持，有这壶水就够了。”

“那哪行呢！”老汉说完冲着包子铺喊道：“老王，先给这孩子取十个包子，账一会儿再付。”

一个叫老王的中年男人，听有人在喊，走出包子铺一看是“老水头”：“你这个老水头净充好人，上次你替人说情欠的账，主任扣了我们的工资。这次说好了，如果这一次账跑了，你得连上次一块还。”原来这家包子铺是国营饭店下设的一个点，从来不赊账的。

“十个包子，不就是一块钱吗？要不我先垫上。”被称为老水头的老汉，连忙去掏兜里的钱，“一毛，两毛，三毛，四毛……钱不够，过一会儿再给，短不了你的。”

“真拿你没办法。”老王说完取过十个热腾腾的肉包子，放到一个小提篮里，递给韩士雄。

韩士雄连忙拎着包子和开水，往拴羊的地方走去。士豪和士杰早已饿得受不住了，小哥俩看见是肉包子高兴得不得了，他们好长时间没有吃到过肉了，一只包子三啃两啃就吃到肚子里，虽说是十个包子，每个包子的分量和自家蒸的相差多了。每人吃了三个包子，又让小哥俩分了最后一个包子才刚刚打住饥荒。说实话，要是放开肚皮让他们三个随便吃，准能一顿吃下四十个包子。

哎，能有今天这个结果，也就谢天谢地了。他们吃完包子，正在喝水。一队游街的队伍从他们身边高呼着口号走了过去。被游斗对象的脖子上挂着“走资派”“叛徒”和“特务”的牌子。韩士雄见到这里，心里一阵抽搐，难受了好一阵子，才算平静下来。不知为什么，现在一看到“叛徒”“特务”二字，或者听到“叛徒”“特务”二字，他好似一下进入到噩梦中，心里有股说不出的恐怖感。本是阳光灿烂的年华，却被过早地笼罩在灰暗的阴霾之中。

冬天的白天，时间是短暂的，太阳一过中午，好似怕冷似的下溜得特别快。眼看快到下半后晌了，还不见一个真正的买主，韩士雄心里很着急，来时母亲交代过：这次来赶集务必在市场上把羊卖掉，就是少几个钱也行，否则父亲看病的钱没地方筹措。

正在这时，走来了一位四十开外的中年男子。一脸的络腮胡子，浑身沾满了油腻味，看样子是个屠户。来人走近羊身边，手摸了摸羊的膘性，估了羊的重量问："这只羊要卖多少钱？"

韩士雄忙回答："大叔你给个价，我看你是个行家，只要价格合理，就卖给你。"

"这只羊肉头可以，就是个头儿有点不大，我给你10元怎样？"

"10元太少了，这只羊最少也值15元。"

"这只羊膘性不赖，最多也超不过40斤，按每斤三角钱算才12元钱呢？"

"这样吧，大叔，有人出到14元钱，我们没有卖。现在天不早了，你再涨涨价。"

韩士雄第一次做这买卖生意，也是第一次撒谎。他早听人讲过无商不奸，在做生意方面，不能光说实话，他虽说不知羊的行情，但他到羊市上转了一圈后，心里便有了底数。一般的羊都是一市斤按三角钱估价，膘性好的羊稍高一些，膘性差一些的羊少低一点儿。他给自己的羊也做了重量评估，按毛重40多斤计算，总价值也就是15元左右，只要不低于14元就可以出手了，他说14元不卖，也就是让人家出到14元钱。

这个络腮胡子心想：没有看出来，这个小青年在生意行里还挺老到。这只羊他早就注意了，之所以没有过来，是因为想往后拖拖少掏几个钱，没想这个小青年不好糊弄。他围着羊又打量了一圈，他心里也挺着急的，因为今天买不到羊，明天羊肉就要误事："我给你出到13元钱，再多一分钱我就不买了。"

韩士雄说："您再少添添，我就卖给你。"

络腮胡子二话不说，掉头就走。士豪和士杰见人已走，都埋怨韩士雄，如果羊今天买不了怎么办？韩士雄告诉他俩买羊的过一会儿还要回来。果然过了大约有一袋烟工夫，络腮胡子又转了回来："你这小青年，真会做买卖，我再给你涨一元钱，14元钱，卖不卖？"

韩士雄等的就是这个价。他和络腮胡子成交了生意，就带着士豪和士杰来到老水头这里，还清了水钱和包子钱。结完账后，在叙谈中，老水头听说韩士雄家是山城县韩水河村人，忙向他打听一个人："韩水河村有一个叫韩元忠的人，现在可好？”

韩士雄听老水头打听的人正是自己的父亲，问道：“他是我父亲，你们怎么认识的？”

老水头高兴地问道：“你就是士英？”

韩士雄回答说：“我是老二，叫士雄，士英是我哥。”说完指着士豪和士杰又说，“他们是双胞胎，一个叫士豪，一个叫士杰，另外家里还有三个妹妹，我们一共兄妹七个。”

老水头望着这兄弟三个，个个生龙活虎似的，嘴里一个劲儿地称赞：“这个元忠，真有福气，生了这么多好儿子。在我们家住时，士英才一周岁，还是个吃奶的娃娃哩，没想到一晃二十年过去了。”

老水头忙让他们兄弟三个坐在凳子上，招呼妻子把水端过来。接着老伴又端了一筐热馒头，热情地说：“孩子们都没吃饱吧，来，一人再吃一个馒头，这馒头在锅里盖着呢，还热哩。”韩士雄兄弟三个也不客气，一人又吃了一个大馒头。

这时，老水头讲起了事情的由来：这个老水头原名叫马福生，1946 年，抗日战争虽然早已结束了，解放战争又开始了，山邑独立营在邑城县驻扎（山城和邑城两个县合编一个独立营），营部就设在邑城县商会会长家里。营长程林。韩元忠是生产部的一个副经理，主要生产和筹备一些军用物资。韩元忠和妻子赵梅如一家人住在马福生家里。马福生还有个儿子马利民，在营部当警卫员，他们朝夕相处、亲如一家。1948 年，部队不让搞生产，韩元忠因病离开了独立营，回到了家乡。后来独立营随大部队南征，一直打到全国解放。现在程林在云南省一个军分区担任司令员，马利民也升为团长。

马福生老汉讲完事情的根由，又问：“你父亲现在如何，身体健康吧？”

韩士雄讲述了父亲的处境，最后说：“父亲的身体不好，这次卖羊就是为了给父亲看病。”

马福生老汉又说：“这件事情我知道，当时怨你父亲心肠太软。1946 年，你们村有个叫韩进先的给你父亲闹事，是营长程林亲自骑马到你们村处理这件事。事后，程林要在赤镇庙会上给你父亲开个公开证明身份的大会，向全区、全乡宣布你父亲的历史是清白的。但你父亲坚持不必要这样去做，事情已经过去了，乡里乡亲的，抬头不见低头见，怕事情闹大了，反倒影响他们的关系。这下倒好，遗留下了后患，韩进先不提了，又有人旧事重提，这件事在过去好说，现在哪里能一下说得清？”

韩士雄说：“前一段，我父亲给程林伯伯去过一封信，到现在还没有回信，不知是啥原因？”

马福生老汉告诉士雄说：“听利民来信讲，程林虽说在一个军分区担任司令员，但在‘文化大革命’一开始，就养病在家，这封信即使寄到，他本人也不一定能看到。”

韩士雄又说：“要不，我们亲自跑一趟云南？”

马福生老汉说：“这样吧，你们也别往云南跑了，光路费要花好多钱。最近利民往家里捎过一封信，说他今年春节准备回家看看。等他回来后，我把你们的情况告诉他，让你父亲和他见个面，让他回去给程林说一下，叫程林给你们出个证明，这不就行了！”

韩士雄听了心里特别高兴，他不知怎样感谢马福生老汉才好，要是让父亲知道了这个消息，他的病准能去掉一大半！

这时，日已西斜。他们哥仨只好向马福生老汉依依惜别。

二十一、村里来了救济粮

俗话说：好过的年，难熬的春。新年一眨眼就过去了，光阴一晃到了1968年农历二月份。韩水河村开始接受国家的粮食救济，救济粮以玉米为主，按人口供应，但到了村里，就变成了按户供给。村干部主宰审批大权，说张三需要，就分给张三；说李四需要，就给李四；赵五家本来饿着肚子，干部不同意也是白搭。这时候就体现出干部们的思想觉悟和无私、公正。国家政策是解困救急、公开公正、合理发放，韩水河村没有做到这一点。

韩元忠家一共九口人，只剩几升粮食了，向大队申请了几次，都没有着落。后来以元忠父亲韩老尚的名字申请，大队才勉强批准。韩元忠把粮食布袋交到队上，单等领取救济粮时，粮食没有领到，却迎来了一场不大不小的风波。

原来，过去领取救济粮，都是每家每户先把自家布袋交到队上，由队上派人到公社粮站集体去领取，回来后再按各家布袋逐户发放。

这一次的救济粮，是韩大炮和韩顺年去粮站领取的。韩顺年赶着队里的一辆老牛车，韩大炮是干部代表，负责和粮站核对粮食数目。等他们把一切办理妥当，回到村里时，已是上午十点多钟了。韩大炮一广播，人们纷纷把粮食领走了。这时候韩元忠、赵梅如和韩士英都到地里上工去了，其他孩子们也都上学去了，别人家的粮食都领走了，光剩下韩元忠家的那一袋粮食孤单单戳在地上。

韩大炮看着韩元忠的粮食无人领取，心里产生了一个歹念。他知道韩顺年私心重，便挑逗地说道："顺年哪，有个好事，你干不干？"

韩顺年不懂啥意思："什么样的好事？"

"这里有袋粮食，你敢不敢要？"韩大炮说着用手指了指韩元忠那袋粮食。

"这不是我的，我能要吗？"

"你只要敢要，我就做主给你！"

"真的吗？"

"真的给你！"

韩顺年一听，这袋粮食真的能归他，就动了心。他又问："那元忠找我要粮怎么办？”

韩大炮把嘴贴近韩顺年的耳朵根上，嘀咕几句。韩顺年高兴地点了点头，末了韩大炮叮嘱道：“这件事你就按我说的去办，有啥事我担着，但有一条说清，以后你不许出卖我。”

“一定照办。”

韩顺年看了看周围没有人，把韩元忠的救济粮背到了自己家里去。韩大炮见韩顺年上了圈套，得意扬扬地离开了现场。

韩顺年的妻子王秀娥，见丈夫又背回一袋粮食，奇怪地问：“咱们的粮食不是背回来了吗？怎么又弄了一袋回来？”

韩顺年把粮食放下，笑了笑说道：“怎么啦，你还嫌粮食扎嘴吗？”

“谁嫌粮食扎嘴了？有本事你多往家里背一些。”

王秀娥长得小巧玲珑，在五大三粗的韩顺年跟前犹如一个孩子。但是在家里的权威比顺年大。别看韩顺年外表上人高马大的，其实在王秀娥面前是一个㞞包。这叫一物降一物，卤水点豆腐。韩顺年在妻子面前永远是一个听话的乖孩子。妻子指东，他不敢往西；妻子要他赶狗，他不敢撵鸡。韩顺年生性贪婪，王秀娥一毛不拔。常言说：人对脾气，狗对毛。他们是一样的自私秉性，真可谓天生的一对，地造的一双。

今天王秀娥对丈夫的行动，感到莫名其妙。他仔细打量了这袋粮食重量，和自家的差不多，发现布袋不是自家的，上面有“韩元忠”三个字：“你背的是人家元忠的粮食？”

“这事你别管了，咱们先把它吃了再说。”

“这究竟是怎么回事？”

韩顺年低声给王秀娥嘀咕了几句，王秀娥才放心地点了点头。

韩元忠一家人，左等，右等，等了一天，不见队里通知他们去领取救济粮食。这天做好晚饭，赵梅如去找韩大炮问个究竟。韩大炮装糊涂说：“救济粮上午就发放完了，别人家都领了，怎么你们家没有去取？”

“你没有通知我们哪？”赵梅如说。

“我一广播，救济户都领了。你们再想想，看你们家有谁背回去了。”

“我们的粮食布袋还在你们手里，粮食怎能背回来呢？”

“这就奇怪了，难道你们的粮食有人背错了？背错了应该留下一份哪？这样吧，等我查一查看看错在了哪里？上午取粮食时人多，乱得很。”韩大炮知道赵梅如不是一般的妇女，几句话就能糊弄过去。他装模作样地翻看了一会儿上午发放粮食的登记本儿，然后凝思了一会儿说：“你去韩顺年家看看，他家的粮食布袋和你们家的布袋差不多，重量都是 40 斤，是不是他把粮食取错了。”

赵梅如一听，立刻找到韩顺年家，正好韩顺年两口子正在吃晚饭。赵梅如说明来意，韩顺年两口子连忙去取粮食的布袋，不一会儿，写着“韩元忠”的布袋找到了。布袋找到了，但王秀娥的话，让赵梅如听了吃惊不小：“我们两家的布袋样式差不多，肯定是取粮食时，相互背错了。这个布袋是你们家的不假，可你们得把我们家的布袋拿来对换啊！”

赵梅如说：“我们没有背你家的粮食啊？”

“那俺家的救济粮食哪去了啊？”

“你家的粮食没了怎能讹俺呢？”

“你这样说话？这布袋不能给你！”

“为什么？”

“一个萝卜顶一个坑。”韩顺年两口子要起了无赖。

赵梅如没有找回粮食，布袋也被人家扣了，她看和王秀娥也说不清楚，就又返回到韩大炮家里。此时韩大炮早已做好了准备，他在门口，坐在一把椅子上，跷着二郎腿，正在看报纸。他听完赵梅如说的事情经过，压住内心的喜悦，慢慢说：“这就难办了，人家王秀娥说的也有道理，你们没背人家的粮食，人家的粮食哪去了？”

“叫你说，韩顺年家的粮食是我们家背走了？”赵梅如忍不住火气冲了出来。

韩大炮一看赵梅如的火气冲自己来了，赶忙改了话题：“元忠婶，你别着急，咱们都是乡亲。我跟顺年家也不近，跟元忠叔也不远，我的意思是说，在上午发放粮食时，是我亲自发放的，开始人多抢着取，最后就剩下一宗了，人家顺年才背了回去。顺年这次没有多背，我亲眼瞅着的，要丢可能是在开始人多时、乱时被人偷背走了。”

“韩顺年家的粮食谁背走了我们管不着，这是你们调查的事，我们家的粮食是韩顺年背回去的，他应该归还我们吧？”

“理儿是这个理儿，可现在谁家都缺粮食吃，谁背走了谁还愿意退回来？”韩大炮假装认真地说，“这一件事，叫我调查调查，再做做王秀娥的工作，即使粮食还不了，先把布袋还给你。”

赵梅如自知和这个混混儿讲不清道理，愤愤地转回了家去。

韩元忠自从去年腊月韩士雄卖羊带回马福生的好消息，果然病情好了一大半，加上一些药物治疗和春节调养，身体基本恢复了健康。可是，令他失望的是，马福生托人传来的消息：马利民所在的部队出了情况，春节未能回来。因为部队在支左当中，内部产生了两大派别，程林司令员坚持支左不支派的原则，招来了许多大字报，遭受了攻击，也在接受调查。并说他早年，在参加区干队之前，曾当过伪村长，是一个顽固的保守派。

韩元忠也看出，这场“文化大革命”，不是以前的整风运动，说过去就过去了。从中央到地方，有多少领导干部，都受到了“文化大革命”的冲击。自己的问题，跟那些领导比起来，又算得了什么？他这么一对比，心肠感到舒畅多了，他不再急于和过去的老领导联系了。他清楚那样做，不仅解决不了自己的问题，还会给老领导增添许多麻烦。他要沉下心来，慢慢地等待，坚持到“文化大革命”的结束，到时候他的问题就会水落石出。

赵梅如从韩大炮那回来，把发放救济粮食的事情，原原本本地告诉了韩元忠。她的话音刚落，门外传来一阵吵闹声：“你们背了我们的粮食，又反过来给我们要粮食，这都成你们天下了。你们过去横行霸道没人敢惹，现在不比以前了……”

赵梅如一听，是王秀娥的声音。她心里感到奇怪，这个过去从不抛头露面的女人，虽说和丈夫一样私心重，能吃别人话头儿，但从不和外人争吵。怎么今天反倒闹上门来了？赵梅如让元忠待在家里，她自己迎出了大门。这时候门外已经招来了半街筒子乡亲。王秀娥还在一个劲儿地指手画脚，诉说着她的委屈。

赵梅如一出现，喧闹的人群一下安静了下来。赵梅如冲着王秀娥大声说：“小宝他娘，论年岁我比你大，论辈数我比你高，论吵架我们两个都不是内行，都从来没给人吵过嘴、红过脸。关于今天这事，你先听我把话讲明。乡亲们都在这里，乡亲们可以为证，头里我去找韩大炮，是为了找我家的救济粮才追到你家里。现在既然你找上门来了，咱们两个就心平气和地把这件事情说道说道，我家的粮食被你们领取了，这是千真万确的事。你们不还我们的粮食，反口咬定，你们家的粮食被我们偷扛了。你把你的证据拿出来，亮给乡亲们听听？今天上午，我和元忠、士英都去地里干活去了，孩子们都上学去了，家里只有一个八九十岁的孩子他爷爷。他年老体弱也不管此事，他也不知道这件事。你说我们家里谁会去扛你家的粮食？我想今天上午取粮食的人一定不少，你可以打听打听，我们家里有谁到过粮食现场？只要有人能证明，就算我讹你，我在全村乡亲面前给你赔礼道歉，双倍还你粮食。”赵梅如一气说了这么多，顿一下又说，“常言说，有理不在声高，咱们用不着大喊大叫，你给乡亲们说说，我们家谁去背过救济粮？”

赵梅如的这一番有理有据的发问，声音虽不太高，反倒把王秀娥的喊叫声给压了下去。王秀娥一时怔在那里，不知怎么回答才好。过了好大一会儿，才轻声嘟囔说：“有人看见怎么样，没人看见又怎样？我家的粮食反正是你家背去了。”

“我们家是谁背了你家的粮食，你说清楚？”

“有人看见了，我不能说。”王秀娥又耍起了无赖。

赵梅如见王秀娥如此无耻，不由得厉声道：“如果有人看见你家顺年，上午往家扛了双份粮食，你说怎么办？”

这句话，一针见血。王秀娥听了，大吃一惊。神色立马慌张起来，声音也跟着软了下来：“这不可能，韩大炮能给做证明，顺年不是那种人。”

赵梅如试探性的一句话，把王秀娥刚才嚣张的气焰，一下给煞了回去。她畏缩到人群里再也不出声了。这时，从人群里发出一阵议论声：“上午领救济粮时，确实没看见元忠家有人去过。”

“对，我也没看见。”

“我去得晚，我取了后，看见元忠家的粮食还在那里。”

“谁干这缺德事，嗓子眼里长大疮。”

……

赵梅如见王秀娥不再闹了，又进一步说道：“做人要堂堂正正，不要搞那些歪门邪道、投机取巧，那样会害人也会害了自己。甭看我家孩子多，生活紧张，多一袋粮也撑不着人，少一袋粮也饿不死人。1960年时，我们还能挺了过来。今年虽说咱们村粮食缺少，这才是一个小面积。我们到哪里筹借一下，只要张出嘴来，都会有人借给的。我们根本用不着藏着掖着，去昧一袋粮食。开着门子过光景，全凭一个诚信。俗话说：众人心里一杆秤，斤两称分明。谁好谁赖，不用自己说，众人心里最清楚。我希望你今后，不要把话说得太难听。说我们过去横行霸道，你说我们过去欺负谁家了？虽说元忠现在被批斗了，但是，一事归一事，他的问题迟早会搞清楚的。咱搁下他的问题不说，现在我们一家人，生活上是遇到了难处，但谁也别想这时趁火打劫。我赵梅如坚决不答应！”

赵梅如的话，句句铿锵有力、落地有声。王秀娥羞愧难当，恨不得找个地缝钻进去。这时候韩大爷、韩延寿从人群里站了出来：“小宝他娘，这事别闹了，常言说得好，纸里包不住火，事情慢慢会搞清楚的。为了一袋吃的，用不着翻了脸。一个队里住着，抬头不见低头见，我看这件事情过去了，今后谁也不提了。”

看热闹的人们，见有人出来息事宁人，也都边议论着，边散去了。大伙儿心里明白了，八九不离十，王秀娥也趁机溜了回去。

赵梅如回到家里，仍余气难消：“我看这件事，一定有人在背后捣鬼，给王秀娥撑腰，要不王秀娥不会明目张胆地在大街上胡搅蛮缠。”

韩元忠说：“是不是韩大炮和韩顺年串通一气搞的鬼？”

“我看这事有可能，我找过大炮两次，他始终对于这事支支吾吾、敷衍了事，从不说出个正确方法来。我前脚离开大炮，刚刚到家，给你说了几句话的工夫王秀娥就赶来闹事。准是大炮在下面使的坏。”赵梅如说到这里，停了一下又说，“刚才我蒙了王秀娥一句说，‘有人看见你家顺年往家背了双份救济粮。’王秀娥明显地慌了神，莫非他们真的捣了鬼？”

韩元忠说：“很有这个可能，你想大白天的两个人发放救济粮，一家一户一个布袋，还能发丢了？特别是韩顺年这样的人，他能不看好自家的粮食？这一定是韩大炮要的一个花招，目的是让我们吃不到救济粮。这个韩顺年真要是扛了双份救济粮，心也够黑的，过去没有少照顾他，反过来合伙儿害我们，真是人心难测啊！”韩元忠对目前的形势感到伤心，“咳，人在屋檐下不得不低头，党的好政策都让这些歪嘴和尚把‘经’念歪了。他们手中有权，知道我们拿他们也没有办法。”

“那这事就算了？”赵梅如有些不甘心。

“不算了又怎样？大炮他能给你追回粮食来？他不再给你闹事就烧高香了。”韩元忠说。

“我们本指望这袋粮食解决一下眼下之急，维持十天八天的。这下倒好，到手的粮食被人扛走了，还落个赖人。明天咱家的粮食就要断顿了，还得想法去外边打饥荒去。”

“这样吧，明天让士雄骑自行车，去一趟邑城县马福生家借一袋粮食来。他年前就说过，要借给我们粮食，先维持一步说一步吧。”

“那也只有这样了。”赵梅如说完，忙着去炒菜，准备吃饭。士雄、士豪、士杰、士媛和士芳都陆续从学校回来了，单等士英下工回来就开饭。

再说，韩大炮他支走赵梅如后，就去了韩顺年家。他并不是去替元忠讨要粮食去的，他去怂恿王秀娥去元忠家吵闹的。他说：“要想把这事演得真实可信，就要把它闹得越大越好，这样乡亲们才会相信。”

王秀娥在韩大炮的鼓动下，第一次撒泼大闹了大街。可是王秀娥只斗了几个回合，就败下阵来，并且险些露出了马脚，这有点儿出乎韩大炮的意料。

这个赵梅如也真够厉害，他第一次尝试到赵梅如不是一个简单的女人，她的每一句话合情合理，又恰如一把尖刀，在层层剥光着他的一件件伪装。眼看着他的阴谋被暴露在光天化日之下了，多亏掌权的是韩大炮，不是赵梅如。赵梅如再能说、再有理，她也只是一个“狡辩”而已！谁有理，谁没理还不是手握大权的韩大炮说了算？

韩大炮感到有些遗憾的是，他导演的这场闹剧没有打起来，没有演出轰轰烈烈的效果，没有尽到兴处。韩大炮正在意犹未尽之时，韩顺年家里却传出了“乒乒乓乓”的摔打声和哭闹声。

原来王秀娥从大街上败下阵来，回到家里恼羞成怒，向丈夫韩顺年发起威来：“你这个王八羔子，没事儿找事，为一袋粮食，自己没本事去闹，使上自己的女人上。你自己躲在家里做缩头乌龟，害得我丢人现眼，差点儿钻到地缝里……”

王秀娥边骂，边端起一只暖水瓶向韩顺年摔去。接着茶碗儿、茶壶、茶杯都向韩顺年飞过去……

韩顺年只有躲闪的份儿，哪有还手的胆儿？他一边躲闪飞来的物件，一边央求妻子手下留情，不要大吵大闹叫外人听见。王秀娥此时哪管这些，她犹如一只发疯的母老虎，恨不得撕扯了这个窝囊的丈夫来消除她那心头的羞辱。韩顺年见妻子的火气一时半晌消不下去。干脆不躲了，直挺挺地跪在妻子面前一动不动。等王秀娥打够了、骂够了，这场戏才算结束。

王秀娥发泄完了，韩顺年挺不住了。原来有个杯子的玻璃碎片，扎破了韩顺年的面额。殷红的鲜血一个劲儿地外流。王秀娥看到这里，一下又慌了神，赶紧找来街坊四邻，把韩顺年送往赤镇卫生院，在医院里又是缝合伤口，又是注射破伤风预防疫苗，最后又开了云南白药。

这个韩顺年，年前去邑城赶集，半路被误打，虽说没有去县医院检查，他也没少讹人家。士雄猜得不错，他不去医院检查目的是想多落几个钱。光养伤费，给人家要五十元钱。当时五十元钱能顶一头大肥猪。后经人调解说和，硬是要了人家三十元钱，才算达成协议不再追究。这笔钱年前韩顺年并没有舍得花。现在出了这档子事，把药费和打碎的物件，都折算进去也差不多才能填平。韩顺年年前挨打省落下来的钱，现在又用到了挨打上，你说他这是唱的哪一出戏？有人说：这出戏就叫挨打赚挨打！

韩顺年和王秀娥恨透了这个韩大炮，都是这个王八羔子出的馊主意，要了一袋昧心粮，给他们惹来了这么大祸端。

韩怀春知道了这件事后，欣赏之余，告诉韩大炮说：“县革命委员会马上就要成立了，吴仁才要当选为县革委会副主任，今后咱们的工作更好做了。县革命委员会一成立，接着公社和大队的革命委员会也要成立，到时候，我是主任，你就是咱村革命委员会的副主任。”

韩大炮此时此刻，犹如一只乞讨残羹剩饭的哈巴狗。在主子面前摇着尾巴，表示对主人的恩赐由衷地感谢：“今后我韩大炮，就是你手中的大炮。你瞄到哪里，我就打到哪里。”

“以后遇事要多动脑筋，不要因小失大。”说到这里，韩怀春又开导说，“在这个救济粮事情上，你玩的这步棋并不高明。你不仅伤了韩顺年两口子，你还明显地留下了尾巴。明白的人，一眼就能看出，这件事是你玩的一个花招，目的是不让元忠要这袋粮食。我看元忠家里并没损失什么，人家虽说少了一袋粮食，可人家得到了人心。听说这事过后，好多人给元忠家送吃的。所以今后要注意，韩元忠不是韩进先，韩进先寡人一个，外边也没有牵扯，好比一棵枯树好对付。韩元忠的妹夫、妻哥都是老革命干部，以后是黑、是红还不可知。好比几棵大树连在一起，盘根错节、枝杈相连，不是说放倒就能放倒的，要有耐心。今天断他一条根，明天砍他一条枝，慢慢来，不要急于求成，只有这样才能达到目的。”韩怀春说到这里脸上皮肉抽动了一下，露出了奸笑，“手中的权力是一时的，要珍惜，要掌握好，不要滥用。举个简单的例子：过去蒋介石手中掌握着八百万美式装备的机械化部队，没有打败只有小米加步枪的十几万共产党的部队，其原因就是失去民心，民心不可违啊，所以今后我们要想法让群众向我们靠拢。”

韩大炮听完韩怀春这长篇大论，心里佩服得五体投地，他感到韩怀春太老谋深算了。特别是在他那一脸奸笑的皱纹里，隐藏着无数杀气，他的笑，比哭更难看，也更可怕。

二十二、韩进先含冤去世

1967年7、8、9三个月，成了全国“文化大革命”中最混乱的时期。各地相互对立的群众组织，各自组成“文攻武卫”的队伍，掌握了各式武器，武斗频繁，规模之大，伤亡之多，使国家和人民的生命财产遭到巨大损失。

在国内局势极为混乱的情况下，毛泽东在7、8、9月份视察华北、中南和华东地区，发表了一系列谈话，号召各地革命群众组织实现革命的大联合，成立三结合的革命委员会。

1968年4月，山城县革命委员会正在紧锣密鼓的筹建之中。韩水河村的高音喇叭天天早起广播着中央的文件精神：“无产阶级‘文化大革命’，必须用马克思列宁主义的对立统一的规律，来观察社会主义社会。在社会主义社会历史阶段中，存在着阶级、阶级矛盾和阶级斗争，存在着社会主义同资本主义两条道路的斗争，存在着资本主义复辟的危险性，必须把政治战线和思想战线上的社会主义革命进行到底。”

韩进先听着喇叭的广播，期盼着县里革命委员会的成立，能给他带来好的消息。后来县革命委员会成立了，并没有给他带来好消息。副县长郝振山没有结合到革命委员会班子里面。接着赤镇公社成立了革命委员会，再接着韩水河村革命委员会也相继产生了，韩怀春成了革命委员会的主任，韩大炮是副主任兼纠察队长，韩进先面对这一残酷现实，已是回天无力了。

革命委员会一建立，在革命委员会的领导下，继续开展大批判，继续进行清理阶级队伍。清理阶级队伍就是把混入革命队伍里的叛徒、特务、走资派以及地主、富农、反革命分子、右派分子清理出来，使阶级阵线分明，革命队伍更加纯洁，无产阶级的江山更加牢固。

韩进先又被当作重点对象揪斗起来，又开始了白天监督劳动改造，晚上开会批斗。在劳动中还要背诵毛主席语录。韩进先在田间耕地，要求走一步背一句毛主席语录。

韩进先调整好牲口，开始耕地了。他喊了声：“嘚儿，驾！”迈开第一步说道：“下定决心，”迈开第二步又道，“不怕牺牲，”迈第三步，“排除万难，”第四步，“去争取胜利……”

韩大炮在一旁听了，马上喊了句："停！"

"吁——"韩进先把牲口停住了。

韩大炮说："'下定决心，不怕牺牲，排除万难，去争取胜利。'怎么叫你背出来，听着有些别扭？"

"这不是毛主席说的吗？"韩进先问。

"是毛主席说的，但你不能背这一条！"

"为什么？"

"这不明摆着吗，你是想下定决心对抗无产阶级专政？不怕牺牲顽固到底？排除万难蒙混过关？去争取胜利想变天翻案？"

"那你说，我背哪一条？"

韩大炮想了想，有了个坏主意，"我教你一段毛主席语录，你先听我说一遍，'凡是反动的东西，你不打，他就不倒。这也和扫地一样，扫帚不到，灰尘照例不会自己跑掉。'"韩大炮说到这里，停了一下说，"'你不打，他就不倒'应当改一改，改成：'你不打，我就不倒。'你懂了吗？"

"听懂了。"

"好吧，你就按我讲的去说。"

韩进先又调整好牲口，开始耕地了，喊了声："嘚儿，驾！"迈开了脚步，并一步一顿地念了起来："凡是反动的东西，我不打，你就不倒。这也和扫地一样，扫帚不到，灰尘照例不会自己跑掉……"

"停！停！什么'我不打，你就不倒'，谁叫你这样说的？"韩大炮纠正道，"叫你说：'你不打，我就不倒'。"

"对呀，还是'我不打，你就不倒'啊。"韩进先装起了糊涂。

周围干活儿的群众，见了引起了一片笑声。韩大炮心里十分恼火，他知道这个韩进先是故意让他难堪。他本打算治一治这个老顽固，没想到反被他钻了空子。修改毛主席语录本是自己先犯的错误，韩大炮当着这么多人也不好发作，他做出一副大人不记小人过的样子说"抓革命，促生产，你知道吧？"

"知道。"

"好吧，你就一直背'抓革命，促生产'吧。"

韩进先又一次调整了牲口，开始了："抓革命，促生产。……"

时间久了，韩进先吆喝牲口号子也发生了变化，左转弯是"抓革命"，右转弯是"促生产"。别的社员再也无人能使唤得动他手中的牲口了。韩进先调教出来的牲口，成了他的"专利产品"。

一天上午，韩怀春接到妹夫吴仁才给他打来一个电话，说有一件事在电话里说不方便，让他抽时间去一趟县城家里。韩怀春不知出了什么事情，只知道是一件紧要事情，他放下电话，就骑上自行车往县城里赶。他赶到了县城，已快中午了。吴仁才现在搬进了县委大院，住的是一处独门院落，一进月亮门，迎面是一座人工砌成的假山，山不太高，上面安设了人工喷泉。

在假山背后有一个养鱼池，鱼池里放养着上百种千姿百态的金鱼，在鱼池两旁摆满了各种各样的花草。一溜坐北朝南的大瓦房，还有三间配房，二间是厨房，一间是洗手间。正房内有客厅，大客厅内套小客厅，光卧室就有三四处。大客厅里摆放着一套古色古香的红木家具，样式既豪华又典雅。吴仁才给韩怀春介绍说："这套房子是原先的县委书记和副书记，两家合住的一个院落。现在经过整修由两家变成了一家。这座假山和养鱼池都是新建的，这套红木家具，是从一个漏网的国民党奸商家里收抄过来的。他的祖先在明朝做过宰相，这是上好的黄花梨木。在做这套家具时，光木材从南方运来了八大车，经过材料筛选，去粗取精，细工打做，光工匠就用了上千个工作量。这套家具传到现在，不仅有欣赏价值，也有收藏价值，至少也能值十几万元。我们国家现在红木极缺，有大部分红木是从越南进口，现在这套家具已属于我的了，再过上几年，它的价值会翻上几番，说不定能升值到上百万元呢！"吴仁才光顾津津乐道他的红木家具了，把叫韩怀春过来的正事忘记了。

韩怀春听完吴仁才的介绍，使他第一次才听说世界上有红木家具这个名词，也是第一次知道了红木家具这么值钱，简直不敢相信这红木家具有这么珍贵。这么好的东西吴仁才都能捞到手，把他羡慕得直流哈喇子。他很佩服吴仁才的手段，能在这短短的两三年内，从一个文教系统的一个普通职员，一下上升到了县革命委员会副主任这个角色。他韩怀春能有今天，也算是沾了吴仁才的光了。韩怀春见吴仁才介绍完了红木家具，忙问："你打电话，说有件要紧事情，在电话里说不清楚，是什么要紧的事？"

吴仁才把韩怀春让到小客厅里，他坐在一个黑牛皮转椅上，点了一支烟，示意韩怀春坐在靠近他的一个皮沙发上。慢悠悠地吐了一口烟说道："最近听说郝振山在暗中调查你在石家屯上高小的事情。"

"真有此事？"韩怀春吃了一惊。

"这事是一个亲信告诉我的。"

"郝振山他不是没有进入到县革命委员会班子里吗？"

"他人虽然没有进入到革命委员会里面，但他在山城县还有一定的号召力。下面还有一大部分基层干部都听他的话。他的资格老，历史清白，谁也拿他没有办法。"吴仁才说到这里，吸了一口烟，又缓缓吐了出来，然后眯缝着眼睛，看着韩怀春道，“我不明白的是，他怎么会去掺和你这件事情？”

韩怀春感到奇怪，一时也难以说清。

“你再想一想，一定有人要他去查的，这个人会是谁呢？”

“噢——我想起来了，一定是韩进先。去年夏天，韩进先说来县城看病，耽误两三天时间没回去，说不定去找郝振山的。”韩怀春说到这里，眼里露出恐慌，“这个老东西，真是死不悔改。”

“你说的有道理，从时间上分析很有这个可能。”

“郝振山调查出结果了吗？”

“听说还没有。这件事你回去抓紧审审韩进先，如果真是韩进先在暗地里告的状。我可以给郝振山立个‘包庇走资派，诬告革命造反派’的罪名，这样郝振山就会彻底靠边站，最轻给他戴个保守派的大帽子。”说到这里，吴仁才叮嘱道，“韩进先这个人，你们要监督到位，不要让他乱说乱动，不然他会坏了你的大事。”

“这个人太顽固不化了。”

“现在‘文化大革命’已进入清理阶级队伍阶段，全县要刮‘十二级台风了’，像韩进先这种死不悔改的对象，还不让他在这场运动中尽快地消失。”

……

韩怀春回到了韩水河村，加强了对韩进先的审查力度，开始他想来个攻心战术，逼韩进先就范。他先把韩进先召到大队办公室内审问，他开门见山地说：“去年秋天，你说去县城看病，患了胃病，我们相信了你，给你放了休息假，叫你养病，没想到你在蒙骗我们，你是去县委告黑状，想反攻倒算。现在郝振山被揪了出来，你要老实交代，你和他说了些什么？”

“我没有去告状，我确实在看病，不相信你们可去调查。”韩进先不能承认有这档子事。这件事，韩怀春早做了调查。去年秋天这段时间，郝振山是在老家郝家祟养病，离山城相隔近百十里地，他们两个无论如何也见不了面的。韩怀春对韩进先提供的那一家住户也做了调查，房主证实韩进先在他家住过。从调查的情况来分析，和韩进先的口供相吻合。这一下使韩怀春如堕五里雾中，他明知道韩进先在撒谎，却找不到有破绽的证据来。

韩怀春见审问不出什么结果，他准备下黑手了。他开始布置，韩进先白天干些重体力劳动。比如说，栽山药秧儿、挑水这项活儿。一担水有七八十斤重，还得上坡下坡，挑一趟要走三四百米远，一天中干活不能低于十个小时。别人休息时，他不能休息，每天中午和晚上还要开他的批斗大会。再比如说仓库的粮食受潮了，要到房上晾晒，得一布袋、一布袋往房顶上扛。年轻人都发怵的活儿，要叫韩进先去干。就这样韩进先被折磨了一个多月，原本还算硬朗的身体，一下垮了下来。

三夏大忙开始了，学校都放了麦假，韩士雄也回村帮助收麦。一天中午，吃过午饭，韩士雄要去打麦场上翻场。去打麦场要从村小学门前经过，在经过小学门前时，发现教室里正在召开批斗韩进先的小会。教室窗口处，围着几个老年妇女和几个七八岁的小孩，韩士雄也凑上前去，他听韩大炮喊道:“韩进先你赶快把和郝振山搞阴谋的事情交代清楚，今天你再不交代，就叫你坐‘飞机’！”

过去头上戴高帽子，胸前挂大牌子，脖子上吊石砘子，这种斗法不时兴了。换成了跪板凳。现在又从跪板凳改成了“坐飞机”。斗争进一步深入，刑罚也进一步升级。

韩进先被五花大绑地跪在一条板凳上，低着头不说一句话。韩怀春把手一挥。韩大炮立刻招来两个纠察队员，用一条大绳把韩进先扯了起来。韩进先四蹄朝天地被悬空在大梁之下，这就是“坐飞机”。这种刑罚肯定不好受，不一会儿，汗水湿透了韩进先的衣衫。

“说不说？”韩大炮咆哮着。

韩进先没有回答。

“再顽抗，就要打你的夯！”

韩进先没有反应。

“打夯！”韩大炮一声令下，两个纠察队员把手中的大绳一松。嘭的一声响，韩进先被捆的身子，被重重地摔在教室的砖地上。还没等韩进先有任何反应，绳子又扯了起来，韩进先又被吊在半空中。

“交代不交代？！”韩大炮急红了眼。

……

“嘭！”大绳又松了下来。

……

“摔了五下了！”一个孩子在窗口喊道。

韩怀春发现门外有人，赶忙出来轰赶着喊道：“都赶快干活去。小孩子们到别处玩去！”

韩士雄离开了小学，来到了打麦场上，刚才看到的触目惊心的场面，整半天如电影一样在他的眼前晃动。他为老支书的处境担心，担心韩进先这个革命了一辈子的老革命，能不能逃过“文化大革命”这一关口。

韩进先这次倒下了，没能再起来。他昏迷了几天几夜后，才逐渐慢慢苏醒过来。村里不允许他去住医院治疗，他家里也没有钱拿药看病。大队有个半农半医的赤脚医生，每天去给他处理一下皮肤伤口，涂抹一些红药水，消除一下外伤的炎症。除了外伤伤痛难忍外，韩进先感到肚里有着火烧火燎的难受。有时大便里带血，有时小便里含血，他清楚自己的肚里出了问题，是被“打夯”摔坏了内脏。他已看出韩怀春这次是往死里整他，他也感到自己要不久于人世了。

韩进先从韩怀春审问他的过程中，知道韩怀春已经了解他和郝振山的关系，但对他和郝振山的那一次接触并不了解，更不知道他俩商量的计划。他预感到郝振山还没有被打倒，一定是韩怀春想通过他的口供来网罗郝振山的“罪证”。韩进先想到这里，心里踏实了一些。他暗想：他的问题不能再给老领导增添麻烦了，他要咬紧牙关，至死也不能承认和郝振山见过面，不能让韩怀春阴谋得逞。

韩进先的二儿子韩二胜，是一个本分的庄稼人，虽然三十多岁了，处在血气方刚的年纪，但性格懦弱，逆来顺受，面对父亲的处境一筹莫展。

韩进先的妻子和女儿韩胜兰，一个是黄土已埋半截儿的药罐子，一个是不谙世事的青春少女。他们面对这突如其来的灾难，犹如一下塌了整个天。

韩进先面对自己眼前的处境心如刀绞，他活到六十岁，把自己的经历又虑了一遍。打从他记事起，衣不遮体、食不果腹，一家人在生命线上挣扎漂泊。抗日战争爆发后，他主动参加了抗日救亡工作。1940 年，由于在区干队忙于奔波，没有照顾好家庭，再加上天灾，家里没有吃的，大儿子大胜被迫送给人家，到现在下落不明。在抗日战争中，自己也曾经掖着脑袋和敌人拼杀过。新中国成立后，为党的事业，他也曾兢兢业业、呕心沥血地工作。历次运动中，他都是轰轰烈烈，走在运动的最前边，成为家喻户晓的楷模。他的一帆风顺，造就了他的一身霸气和傲气，从而在工作上也养成了刚愎自用，以自我为中心的工作作风。在“四清”运动中，没有顺应形势发展，固执己见、一意孤行，落下了让人宰割的把柄。这个机会正好被韩怀春这个小人利用。在“文化大革命”他也拼斗了，但没有借来东风，他被韩怀春打败了，栽了跟头，跌得头破血流、体无完肤，他的精力和斗志损伤殆尽，再无还手能力。咳，韩进先真是悔恨啊！

韩进先的身体状况越来越坏，没有康复转化的迹象。他浑身疼痛难忍，他不想喝水，也不想吃东西，有时吃点儿东西，喝几口水，都是全凭自己的坚强毅力，强行咽到肚里去。他已在床上躺了十多天，在感到病情每况愈下的情况下，韩进先想到了自己的后事。他让妻子把二胜叫过来。二胜来到床前，韩进先嘱咐道：“‘文化大革命’看样子一时半晌也结束不了，我是闯不过去了。我的病情越来越严重，我感觉也支撑不了多长时间了，以后二胜要多照顾下这个家。等有了对事人家，把兰子嫁出去也了却了我的一桩心愿。咱不图人家光景好赖，图个人好就行。”说到这里，韩进先稍微停顿了一下，又说，“我死后，家里不要再破费了，就用我这床铺盖，把我一卷，找两个人挖一个坑，上面再盖上一块破门板就行了……”

一家四口，听完韩进先的嘱托，不由得一阵痛哭。

痛哭过后，韩进先突然想起一件事来，如果这一件事不说清，这是他一生中感到最遗憾的事情。他告诉二胜，去把韩士雄叫来，一家人不知啥意思，一时愣住了。韩进先说“叫你去，你快去，能不让外人看见就别让外人看见。”

韩士雄正好在家，不一会儿工夫来到了韩进先床前。他见老支书眼窝深陷，面色蜡黄，躺在床上一副痛苦不堪的样子。他搬个凳子坐在老支书的对面。韩进先见韩士雄来了，皱纹纵横的面颊上立刻充满了泪水。唏嘘一阵，才缓缓地告诉韩士雄说：“我一生中，最大的遗憾就是对不起你们一家人。当初开除你父亲的党籍是我第一件错事，到现在我无法弥补。第二件错事是我不该让你去写那一份大字报，去捅那个‘马蜂窝’，我知道谁写这份大字报，会给谁惹来祸端。韩怀春一定会打击报复的，没想到你会爽快地答应。你并履行了你的诺言，你没有告诉过第二个人，连你的父亲也没有告诉吧？”

韩士雄点了点头。

韩进先接着又说：“现在我已是行将就木的人了，说出来也不怕你责怪，当初我叫你写这张大字报是有私心的。我主要是担心你的父亲，对我心怀旧恨，和韩怀春一块儿整我。我想让他们两个先斗起来，我好渔翁取利。后来实践证明，这又是我犯下了一个大错误，是我以小人之心度君子之腹。结果使你们一家人遭了灾难，我也没有逃脱这场浩劫，这真是天理报应啊！”说到这里韩进先双眼充满了乞求的目光，看着韩士雄说，“你不会责怪大伯吧？”

“我不会责怪你的，这笔账应该记在韩怀春身上。”韩士雄尽力安慰着老支书。

韩进先接下去又说“虽然我们都付出了代价，这个隐藏了快三十年的‘韩志淳’终于露出了尾巴。这件事我告诉了老县长郝振山，他会帮助查清这件事的。这件事情查清了，韩怀春就会被揪了出来，你父亲的罪名也会被洗清的。”

“他们审你、打你，就是为了这一件事吗？”

“对，他们想通过我的口供，来整倒郝振山，我死也不能让他们得逞。”

接着韩进先的声音渐渐地弱了下来，“看起来‘文化大革命’我是闯不过去了，等运动结束后，你见到郝振山，一定替我捎个信儿，把韩志淳这个坏蛋揪出来，替我报仇……”

韩士雄听了，双眼充满了热泪，点了点头。

“这下我可以放心地走了，抗战那么多年都挺过来了。看起来，这一场‘文化大革命’我是闯不过去了……”

这个一生傲气、疾恶如仇而又光明磊落的老共产党员，于 1968 年 6 月 12 日含冤离开人世。

他的葬礼，进行得草率而简单。

二十三、韩元忠死里逃生

老支书韩进先去世后，斗争的主要矛头转移到了韩元忠头上。

韩怀春改变了以前的批斗韩元忠方式，不再让韩元忠在集市上游街了，也不再让韩元忠在本村批斗。因为在本村开斗争会，发动不起群众来。每天晚上，让韩元忠到外村去参加联合批斗会。这样一来斗争的残酷性可想而知了。

所谓的联合批斗会，就是把被批斗的对象由几个大队集中到一块儿批斗。今天在这个村批斗，明天到那个村批斗，一天也没闲着。所谓的联合纠察队，就是把各村打人的“精英”，集中到一块儿维护治安。说是维护，实际上他们都是批斗会上的主角。他们个个整人成性、心狠手辣，尤其见了外村来的“阶级敌人”，像一群饿狼闻到血腥味一样一哄而上，不讲伦理道德，不分青红皂白，一顿暴打过后，不伤筋动骨，也得皮开肉绽。韩元忠每次批斗回来，都是伤痕累累。

韩怀春这一招真叫恶毒，既整治了韩元忠，也摆脱了他的干系，让外人看来即使韩元忠被整死了，也和他无关。

韩进先的死，使他的心理压力减轻了许多。但韩元忠的存在也是他的一个隐患。韩元忠存在一天，就使他的心里一天得不到安宁，他清楚，只要韩元忠活着，总有他倒霉的一天。他完全把韩元忠对他的恩情，当成了仇恨。中国有多少个故事，就有多少个成语。恩将仇报这句成语，用到韩怀春头上再合适不过了。

每天吃完晚饭后，是韩元忠一家人最为提心吊胆的时刻。这时候，他们最怕听到的是：纠察队闯进家门的脚步声，和韩大炮的号叫声。

有一天，他们一家人正围着饭桌吃晚饭，突然听到街门被人撞开，接着传来一阵急促的脚步声。韩元忠六岁的小女儿韩士倩听了，哇的一声，扔下饭碗扑到赵梅如的怀里，赵梅如连忙放下饭碗安慰着小女儿。一家人都停止了吃饭，精神高度紧张起来。可是这次进来的不是纠察队，是在学校值日回来晚了的韩士豪。虽说是虚惊一场，但赵梅如还是把士豪骂了一顿，才让士豪吃饭。韩士豪含着泪水，伴着莫名其妙的委屈和饭菜一块儿咽到肚里去。

一家人都无声地哭了起来。

这真是：一人挨斗，株连全家。他们一家人每时每刻都在承受着身体和精神上的双重摧残。

抗战时期，鬼子经常来村里扫荡：烧、杀、抢、掠无恶不作，吓得人们胆战心惊，一听说鬼子来了，扔下手中的活儿，赶忙携儿带女往东岗上逃。一天中午，有一个七八岁的孩子闲着没事干，在大街上随便喊了一句："鬼子来了！"一村人立刻炸了窝。事后才知道是韩大炮在开玩笑，这场虚惊，险些闯下大祸，有一位妇女被吓昏了过去，家里人连掐人中，带按摩，由于抢救及时，人总算又被救了过来……

有人说韩大炮过去，一句玩笑话儿能够炸了韩水河村。现在一声号叫，能叫村子颤悠三颤。这句话听起来有些夸张，但身临其境的人都能感受到其中的滋味。不外乎谁家的孩子不听话了，当大人的没办法了，说上一句："再不听话韩大炮来了。"孩子马上会乖乖地不闹了。韩大炮当时被人们称为韩怀春手下的牛头马面，他的出现都是坏的兆头，他所到之处都会带去一股冷森森的阴风。

这天晚上，韩元忠还是被韩大炮叫了出去，这回是到南庄批斗。尽管赵梅如事前在他的双腿膝盖处缝上了小垫子。但小垫子的保护作用还是有限的，它不能把身体的每个部位都包裹起来。到了深夜还不见元忠回来，孩子们都睡着了，赵梅如心里七上八下不能安宁。又过了大约一个多小时，门外终于有了响声，梅如迎了上去，有两个纠察队员把元忠送了回来。到了灯明处，梅如发现元忠浑身是伤，左眼眶起了个大包，又青又肿，梅如把元忠扶到炕上，让元忠喝了杯水，元忠有气无力地说："你也睡吧，我没事……"话还没说完就昏厥了过去。赵梅如脱下元忠的衣服，好几处伤口浸出的血迹，和衣服都凝固到了一处。由于疼痛，韩元忠从昏迷中苏醒过来，呻吟着说："士英他娘，看样子怀春不会放过我，今后咱这个家就靠你一个人支撑了。"

赵梅如眼里，含着泪水安慰丈夫说："你无论如何要挺住，如果你垮了，你的问题真的说不清了。"

"每一次批斗会，我都是硬挺着，从眼下情况看，我是熬不过几个批斗会了。"韩元忠说到这里，喘了一口气，"说句实话，我也不想活了，想尽快离开这个世界。"

"你可别胡思乱想，我们都盼望你早些好起来。不是说'九大'快召开了吗？'九大'一召开，你的问题会马上弄清楚的。"赵梅如尽力开导着。

“有韩怀春在，就是‘九大’召开了，我的问题能弄清吗？”韩元忠有些失望。

“能，一定能的，他一个小小的芝麻官，不能一手遮天。”

“有贵如的消息吗？”韩元忠想听到赵贵如的好消息。

“还没有，赶明儿让士雄去一趟赵家屯，看我大哥那儿有二哥的消息没有。”赵梅如安慰着丈夫。

第二天，韩士雄去了一趟赵家屯。从那里没有带回好消息，不但没有二哥的音信，连赵梅如的大哥赵林如也被红卫兵夺了权，靠边站。而且连祖坟上母亲的烈士纪念碑，也被人推倒了。这消息使元忠一家人如雪上加霜。

这个时候，村里的高音喇叭正好播放出《红灯记》中第九场，“仇恨入心要发芽”。李铁梅赴刑场回来的一段唱腔：

提起敌寇心肺炸！
强忍仇恨咬碎牙。
贼鸠山千方百计逼取密电码，
将我奶奶、爹爹来枪杀！
咬住仇，
咬住恨，
嚼碎仇恨强咽下，
仇恨入心要发芽！
不低头，不后退，不许泪水腮边挂，流入心田开火花。
万丈怒火燃烧起，要把黑地昏天来烧塌！
铁梅我有准备：不怕抓、不怕放、不怕皮鞭打、不怕监牢押！
粉身碎骨不交密电码，
贼鸠山你等着吧——这就是我铁梅给你的好回答！
……

赵梅如听了，不由得放声恸哭起来。铁梅的遭遇，勾引起了她以往的亲身经历。

1943 年，也是抗日工作最艰苦的年代。这一年赵梅如刚出嫁时间不长，她正好在娘家住着，一天拂晓，突然传来消息，日本鬼子进山了，人已到了闫家屯。闫家屯离赵家屯只一河相隔，这时家里只有赵梅如和母亲。两个哥哥都不在家，去了董家屯区委工作。村里人一听说鬼子来了，一下炸了村。

梅如和母亲一起牵着家里唯一值钱的大黄牛，和乡亲们一起往后山方向跑去。因为他们是抗属，不同于一般的群众，如果被敌人抓住，那就是九死一生。他们躲身的地方就在后山的狼窝里。这里有个洞穴，地方十分隐蔽，很少有人发现。这个秘密从来不敢让外人知道。

赵梅如和娘逃到半途中，梅如娘突然想起一件事来，前天贵如走时，把一个本子丢到了家里，本子上记录了区里许多秘密，她把本子随手锁到抽屉里，来时忘了带。如果这个本子落到敌人手里，会给区里造成不可估计的损失。

赵梅如听到这里，立刻要回家去取，她说自己年轻腿脚利索。梅如娘摇摇头制止了她："来不及了，等你赶到村时，敌人也已经进村了。你年轻让敌人抓住，一定小命不保。让我回去吧，我一个老婆子了，即使被敌人抓住，他们把我也怎样不了。"说到这里，梅如的娘又叮嘱道，"你要记住，我回去后肯定逃脱不了，我会把本子埋在咱家北屋的炕洞里。如果敌人把我抓走了，你从炕洞里找到本子后，一定把它送到区里你二哥手里去。"梅如娘交代完毕，掉头往回跑去。

赵梅如还想再争，母亲早已离她而去。赵梅如望着娘的身影渐渐远去，只好一个人牵着大黄牛，往狼窝里赶去。赵梅如躲在狼窝里待了一上午，渐渐听不到枪声后，才从狼窝里爬出来，牵上大黄牛往回赶。大老远她看到自家的房子在冒烟，她三步并作两步往回赶，等到了家里，乡亲们已经把大火扑灭了，家里的几间房屋全被烧成了灰烬。她没有见到母亲，焦急地大声呼唤着母亲，有个老大娘告诉了她："你的母亲被敌人杀害了，吊在村口一棵大槐树上。"

赵梅如急忙赶到大槐树下，发现母亲早已被人解下，静静地躺在一张席子上。赵梅如扑到母亲身上，号啕大哭起来。她本来可以和女儿一块儿逃生的，可她为了保住革命的秘密，用生命做了赌注。他不惜牺牲自己，保住了机密，挽救了区里的损失。赵梅如按照母亲的嘱托，从炕洞里找到了那个本子，并交到了二哥赵贵如手里。赵贵如用双拳捶着自己的脑袋，痛心疾首地说："这个本子里记着区里所有人员的名单，如果落到敌人手里，后果不堪设想。"

一个没有文化、从封建社会走过来的母亲，为了儿子的正义事业，赴汤蹈火、不怕牺牲，她的一生是伟大的，她的牺牲是光荣的。

家乡解放后，政府给母亲立了一块"英雄母亲，永垂不朽"的墓碑，可是墓碑现在也未幸免于难。

赵梅如悲恸过后，擦干了眼泪，稳了稳情绪，思绪又回到了现实中来，她看到丈夫浑身是伤躺在炕上，气若游丝，命悬一线。又看到大儿子士英，就又想起了到手的儿媳妇也丢了，她心疼如剜。再看到士雄马上中学毕业了，因父亲的问题又要失去学业。赵梅如不甘心自己的命运就这么苦，老天爷就这么不公平！她的心里突然产生一个念头，她要去一趟县城，要去闯一闯革命委员会，向他们讨个公道。

赵梅如的决定，让一家人吃了一惊，大家劝她不要这样莽撞，到时候如果她又被扣押了，一家人真的无法生活了。梅如坚持自己的意见："光景到了这般地步，就是龙潭虎穴，我也要闯一闯。县革命委员会也是讲理的地方，我到那里也是实话实说，看他们能把我怎么样？"

赵梅如从小父亲早逝，抗战时期一家人为革命事业疲于奔命。早就练就了一身正气和坚强的意志，大家见梅如去意已决，也就不说什么了。这一天，赵梅如梳洗完毕准备出发，临走前安排道："士媛先不要上学了，在家里做饭、照顾好你爹，如果我今天回不来，千万不要着急，他们不会把我关押起来。士英和士雄要多照应些家里的事……"

赵梅如安排妥善，就踏上了去县城的路。一个中年家庭妇女不会骑自行车，只有靠步行来完成这坎坷的二十里的路。她从来没有到过县城，但很快找到了县革命委员会的住址。她正要闯进去，一个身穿绿军装的警卫拦住了她。赵梅如直言相告，要找这里的最高领导，门岗把她领到了"信访接待室"。

"信访接待室"内有一男一女，两个年轻的办事人员。他们都有二十七八岁年纪，女的样子挺斯文，男的戴一副眼镜瘦得有点出奇。赵梅如被让到一条长木椅子上坐下，戴眼镜的瘦男子，认真打量了一下这个从农村风尘仆仆赶来的妇女。大约有四十多岁，身材高挑，一身自纺自织的土布粗衣，从外表上看，是一个标准的家庭妇女，但从语言和气质上看，有股脱俗的锐气，她的双目矍铄、表情沉静，在这几秒钟的对视中，又隐隐透出一个女人特有的睿智和满腔的委屈。

戴眼镜的先问："你要找主任，也要说明原因。主任很忙，不是什么人想见就能见到的。"说到这里，他示意女的拿笔做下记录："你是哪个公社的，哪个村的？"

"我是赤镇公社，韩水河村的。"赵梅如从容答道。

"来县革委会反映什么事？"

"我们村的政权没有掌握在真正的贫下中农手里。"赵梅如说到这里打住了，没有再往下说。她知道这两个年轻人，只是阎王爷手下把门的小鬼儿，做不了主。给他们说多了也没用，先敷衍一下，等当官的来了，才敞开心肠倾诉也不迟。

“接着往下说。”戴眼镜的等待下文。

“先说到这里吧。”

“就这么简单？”做笔记的女工作人员问道。

“等见了你们的主任再详细说吧。”赵梅如说完，靠在椅背上，眯缝起了双眼，做出了长期等待的姿势。梅如从眼缝里看到，戴眼镜的和女的小声嘀咕了几句什么。不一会儿，戴眼镜的瘦个子，把手中水杯在桌子上“乒乓”蹾了两下，表示让赵梅如醒一醒：

“喂，怎么睡着了？我问你一个问题，韩水河村有一个中学生叫韩士雄，你认识不认识？”原来这个戴眼镜的瘦个子，正是去年为了改编《牛棚历险记》，去做说客的其中一个。他是吴仁才手中的一个棋子叫马新尚。

“韩士雄是我儿子，你怎么认识的？”赵梅如感到有些惊奇。

“这倒不重要，认识一个人有很多理由。”戴眼镜的男子马上收敛了刚才的客套，脸上露出了不屑的神色，“你们家的问题，我们做过调查，你的大哥赵林如在村里当过支部书记，现在靠边站了。你的二哥赵贵如原林源县委书记，现在是林源县一号走资派。你的丈夫韩元忠被打成叛徒、特务，正在接受审查，一家人都是专政对象，我说得对吧？”

赵梅如听了一怔，心想这个戴眼镜的怎么对自家的情况知道得这么详细？莫非自己头来以前，韩怀春知道了，告诉了吴仁才，是吴仁才派了两个人，专门来对付她的？不对，韩怀春根本不知道她要来县城。她忽然想起了韩士雄曾经告诉过她《牛棚历险记》改编的情由，是县里来了两个人给他施加压力。一个是胖子，一个是戴眼镜的瘦子。这一个戴眼镜的瘦个子，一定是那一个说客。想到这里赵梅如不由得怒火中烧起来：“这么看来，你就是要改编《牛棚历险记》的说客了？”

“什么改编《牛棚历险记》的说客？你这人怎么这么说话？”

“难道不是吗？你威胁我儿子韩士雄，硬把我儿子舍生忘死的功劳，安插到贪生怕死的韩狗剩身上。你的良心哪里去了？”赵梅如的话音越说越高。

这时候都不知“信访接待室”内发生了什么事情，一些人闻讯赶了过来。赵梅如被触动了伤心处，干脆当着这么多人大声呼吁起来：“大家伙儿来给我评一评理，这个戴眼镜的年轻人，凭什么逼我儿子韩士雄，让出救牛的英勇事迹，硬安插到别人身上……”

“原来她就是《牛棚历险记》里英雄的母亲。”

“嗨，戏里演的那个英雄原来是假的？”

“世界上的事儿真稀奇，这件事也有人捣鬼。”

"这个母亲也真不简单，敢来老虎嘴上拔毛。"

"兔子急了还敢咬人哩，何况人哩。"

……

戴眼镜的瘦个子，一下傻了眼了。没有料到会出现这种尴尬的局面。他原以为把这个中年妇女的家庭背景全抖搂出来，她会老老实实地回去。没有想到的是，她会反身一击，并且抓住了自己的要害，反而使自己处在了被动的局面。戴眼镜的面对大伙儿一个个射来的斥责目光，惊慌失措，不知怎么办才好。

"大妹子，不要着急，你给大伙儿把你的冤屈详细地说一说。"这时从人群中走出一位五十出头的干部模样的老人来。

"郝县长来了！"

"这是咱们的郝县长！"

"你快给郝县长说说吧！"

……

人群里不断有人欢呼着。原来郝县长还在家养病，这几天在县城开会，今天正好碰上这件事。

赵梅如过去听说过郝县长，可她从来没有见过面，这次她亲眼看见了郝县长，她像孩子受了欺负见到了家长一样悲痛万分。她一股脑儿，把自家的情况诉说了一遍，从抗战时期全家闹革命讲起，一直讲到现在全家受辱，政府为母亲立的烈士纪念碑也被人推倒……

人群越聚越多，这时候不知是谁喊了句："这还了的，破坏烈士碑就是反革命行为！"

大伙儿立刻响应，喊了起来："一定要把这些反革命分子揪出来。还有那个戴眼镜的也不是好东西……"

"对，把他们抓起来，不能便宜了这些坏蛋！"

戴眼镜的瘦个子见局面越来越糟糕，这时候才清醒过来，他让女的先稳定一下人们的情绪，他急忙溜出了人群，去找吴仁才报信。吴仁才听了，急得如热锅上的蚂蚁，他吩咐戴眼镜的赶快去找信访主任王福元来平息这件事。千万不能把事态扩大，接着给韩怀春打了个电话，在电话里把韩怀春骂了个够。

信访办主任王福元不知从什么地方满头大汗地跑了过来。他一见郝县长在这里，心里踏实了许多，连忙请郝县长和他一起来平息这件事，他们极力劝说着人们激动的情绪，保证解决好赵梅如提出的问题，给她一个合理的答复。

这件事过后，县里并没有做出明确答复。只是韩元忠暂时恢复了自由，没有再被批斗。赵梅如知道，郝县长已经尽力了，但他无法左右目前的形势，况且这不是一件朝夕能解决的问题。赵梅如的心还是悬在半空中不能安宁下来。

事也凑巧，韩怀春的妻子，这个时候得了一种怪病。一入黑，便出现惊恐万状的样子，接着目光呆滞，口中喃喃自语反复念叨着："这是进先，进先，你看黑影里的进先……"

她出现的精神幻觉，把一家人吓得坐立不安。尤其是韩怀春更是心惊肉跳，他开始瞒着全村人们，带着妻子看过几家省级医院，但都查不出结果来。白天和正常人一样，一到晚上就犯病。韩怀春百思不得其解，越想不通，心里越发怵。莫非世上真有鬼魂？难道说是韩进先的魂魄扑上了狗剩他娘？他暗地里又找了几个乡村巫婆来看，巫婆们在烧了纸钱、拜了佛后都摇了摇头，无奈地告诉他，自己的神圣儿法力太小，压不住对方的邪气。这样一来，韩怀春更加感到毛骨悚然。

狗剩娘的病也救了韩元忠的命，韩怀春整天价被折磨得焦头烂额，他哪里还有时间和精力，来想歪主意整治人了？事后有种迷信说法：韩进先死得太冤，阴魂不散，到了阴曹地府也不会放过韩怀春。有种说法比较科学：韩怀春妻子患的是一种阵发性"精神分裂症"，都是韩怀春经常打人、整人被吓的结果。还有种说法比较理性：韩怀春的妻子由于良心发现，又说服不了丈夫，故意装出来的病，是为了报答韩元忠一家人的恩情。

不管是哪一种缘故吧，韩元忠总算逃脱了这一劫。

二十四、韩士雄结束了学校生涯

1968年，秋假过后，韩士雄初中毕业。新的学期开始了，韩思阳、韩狗剩和李书慧三人都升入了赤镇高中学习。韩士雄没能再去上学了。学校废除了考试制度，一切以政治考核为主。凡是贫下中农子女都可以直接升入高中，韩士雄虽出身贫下中农，但由于父亲的历史问题，被拒之学校大门之外。

韩士雄看着和自己一起长大的伙伴儿，都兴高采烈地奔入新的学校，唯独自己不能继续入学深造，他的心难受得犹如刀绞。他的上学梦第二次破灭了，他知道这次失去学业，不像第一次还有复读的机会，这一次意味着他永远失去了梦寐以求的理想。在他看来，停止他的学业如停止他的生命一样重要。没有文化、没有知识，怎样去报效祖国，去实现自己远大抱负？他不求平凡、碌碌无为的安逸生活。他喜欢舍生取义，干出一番轰轰烈烈的事业来。可是，现在面对眼前的处境，他的心一下凉了下来，如同被丢进了冰窖里。

韩士雄此时此刻，宛如一棵茁壮成长的小树。眼看要长成栋梁之材，突然间遭到狂风暴雨的袭击。使它折伤了枝干，拔断了根系，给它以后的生长和发展，带来了不可逆转的损失。韩士雄的人生轨迹发生了改变，他做人的权利和机会，都被剥夺殆尽。他的愤懑无处宣泄，他只有在劳动中拼命地干活，来默默发泄心中的积郁。

他生就一副健康的身板，才十七周岁，个头有一米七八。他能吃苦耐劳，生产队里哪里有重活，他就到那里去干。

在三秋大忙之前，生产队里要抽出一部分壮劳力，利用这个短暂的空当，要去野外割草。晒干以后储存起来，以备来年春季牲口饲料的不足。每年到了这个季节，秋草生长到了成熟期，不仅分量足，而且营养高，牲口用了不用加料上膘也快。所以，这个时候成为各生产队外出抢收秋草的大好时机。

今年收割秋草，生产队的安屋席棚扎在了牛头山的山脚下。牛头山和牛尾山相连，这里草源丰厚，是收割秋草的最佳之处。牛头山离韩水河村大约十里，相隔不太远，道路也不太难走。这次带队的是韩延寿，他也是这支队伍的火头军，他年年带队，又称草头王。十几个人的饭由他负责，一天三顿饭一般都是小米干饭，有时也吃玉米面饼子，当时队里白面缺，除了隔几天改善一下生活吃个白面烙饼外，白面都用到汤里面，有时擀个面条汤啦，有时拌个疙瘩汤啦，这种伙食是队上最好的待遇。吃饭不记账，个人不用负担，一切生活开支由生产队承担。蔬菜满足供应，队里有菜园子，缺了给养，拉草的大车，会把粮食和蔬菜如数送到工地上。

韩士雄也加入这支割草的队伍，他从小割草积粪，对于割草并不是外行，他是割草队伍中年龄最小的一个。早起天刚扑明就出发了，各找各的草源，割草回来吃早饭。一天三担草，早晨一担，上午一担，下午一担。有时碰上草多了半天要割两担，每人割草多少按斤称计工分。采用多劳多得的原则。在这个小天地里，失去了阶级斗争的纲领，多劳多得、和平共处，占领了主导地位。韩士雄在这个时候抛弃了一切烦恼，他把一切精力都用到了割草上，他成了每天割草最多的一位。他每一担草都不下二百斤，一天中最多能割到八百多斤草。二百多斤重的担子，从下边往上担一股气担到，从山上往下担也是一股气完成。两三天工夫，光扁担就压折了两条。扁担坏了有人心疼，最心疼的是韩士雄的爷爷韩老尚，其中一条扁担，是他在清朝年间沿街叫卖做小生意用的一条扁担。这是一条上好的槐木扁担，是用一斤黄蜡精心打磨过的，不怕汗水侵蚀，不怕日晒雨淋，风风雨雨、坎坎坷坷跟随他几十年，几乎成了传家宝了，现在损坏在韩士雄手里，着实让他老人家心疼了一阵子。

有一次韩士雄挑着二百三十斤的草担子回来了，韩延寿过完秤，语重心长地说："士雄啊，你现在还年轻，身子骨嫩，不能这么不惜力啊！"

韩士雄用毛巾擦一把汗，冲着韩延寿笑一笑说："延寿大伯你放心吧，我身子骨没事，顶得住。"

"你这孩子，干活太实在了，和你父亲秉性一个样，可是天底下像你们这样诚实心肠的人越来越少了。"韩延寿说完，把大秤放到一边，指着一桶白开水说："这是刚烧开的白开水，你先喝碗水，歇一会儿，等一下有个'西洋景'让你看一下。"

韩士雄不明白韩延寿说的"西洋景"是什么意思，就坐在一块石头上，一边擦汗一边喝水，不一会儿，割草的担子都陆续回来了，韩延寿放下手中的活儿，拿起来大杆秤，依次称了起来。

"韩大生，75 斤、78 斤加一块儿 153 斤。"

"韩四眼，82 斤、83 斤加一块儿 165 斤。"

"韩小五，85 斤、87 斤加一块儿 172 斤。"

"韩顺年这捆不大，怎么这么沉呀？"韩延寿边抬草边说。

"韩顺年脚踩着草捆子的绳子哩。"一边的韩四眼说道。

"抬起草捆子转一转。"韩延寿说。

草捆子一转，转不动了。果然韩顺年一只脚，正压着草捆绳头的一端。

"干什么呀，顺年，你要把自己称了卖了啊？"韩延寿半开玩笑地说。

韩顺年脸不红、嘴不软："不是故意的，谁看见绳子了……"

"要是你买草的话，准得用脚把草捆子拱起来。"

"延寿叔，你真会开玩笑，咱韩顺年可不是那样的人。"

"一捆77斤，一捆79斤……"韩延寿过完秤，仔细打量起这两捆草来。

"你看什么呀？延寿叔。"韩顺年见韩延寿瞅着自己草捆子，好似在研究什么，心里有些发毛。

"我看你割的是什么样的草，捆子不大重量还这么沉？"

"鲜草呗，还能不沉。"

"你这草捆子里，有没有内容？"

"延寿叔说哪里了，这草捆子里能有什么内容？"

"是吗？那你喝口水，歇会儿。这草我替你晒开。"

"别，别，别，你赶快去忙饭吧，大伙儿都等着呢。这活儿还是让我自己来吧……"

不等韩顺年把话说完，韩延寿早把草捆子的绳子解开了，他用力把绳子一抽、一抖落，草捆散开了，一块长方形的石头露了出来，这块石头足有20斤重。韩延寿又抽开另一捆草，同样有一块石头藏在草捆里。韩顺年的"西洋景"被拆穿了，尴尬地蹲在地上，不说一句话。

韩延寿指着地上放着好几块大小不等的石头说："这些都是你干的吧？"

"不是，不是，我就这一回。"

"我知道捉不住死鸡腿，你不会承认的。"

"我真是这一回，不然天打五雷轰……"

"好吧，就算只有一次，你说这担草怎么个算法？"

这时候，大伙儿都围了过来，七嘴八舌地说开：

"早知道队里收石头，我也不割草了。一块石头顶好几捆草，多省事？"

"人家顺年这块石头金贵，说不定是块玉石呢？"

"顺年心眼儿就是多，什么样的机也能投，什么样的巧也会取。"

"在树凉里歇半天，快晌午了割几把草，再捆上个大石头，这活儿能干，保险累不着人。"

……

在大伙儿议论纷纷的时候，韩延寿把这两块石头称了称。这时候韩延寿息事宁人地说："今天这事是这样，这两块石头我称了，有40斤重，不能当草算。韩顺年的草一共156斤，除去40斤石头，净重116斤。以前无论是谁干的，不再追究了，今后谁也不能再干这缺德事了。如果再有此事发生，那就是双倍的处罚了……"

韩士雄这才明白这个"西洋景"是什么意思。他用实实在在的汗水来换取劳动成果，他从来没有想到，在这劳动当中还暗藏着许多奸诈的手段。这让他大开眼界，使他这个刚刚步入社会的学生，在人与人和人与物之间，又增长了不少知识。

原来，韩顺年每次草捆子不大，分量却不轻，早就引起了人们的注意。这一次让韩延寿抓了个正着，老实了一阵子，不敢耍花招了。后来不知道是谁给韩顺年编了个顺口溜：

> 韩顺年，真是精，
> 知道草比石头轻，
> 两块石头草中塞，
> 睡觉能顶半个工。
> ……

生产队里牲口棚准备要翻新了，需要打十几垛坯；过去盖房都是表砖外，土坯里，用的坯比砖还多。打坯是一件又脏又累的活，其中还有技术含量和数量约束。常言说：一天三顿饭，早晚600坯。这600坯为一垛，过去生产队里打一垛坯出45分，打坯者25分，供模子者20分。后来一垛坯降到38分，打坯者20分，供模子者18分。这活儿消耗体力大，一般人都不愿意干。

韩士雄前一段时间，因自家用坯，打过一垛坯，尝试过这活儿的艰辛。辛苦归辛苦，但一天能挣两天的工分，他有些心动。大伙儿都不愿意干这活，他和韩二胜商量揽下了这档子活。

韩二胜比韩士雄大十几岁，身子骨比较单薄，负责供模子，韩士雄负责打坯。打坯有个说法：坯打得结实不结实，全凭三础子。这话是有一定道理的，但后面的工序也是很重要的。

韩二胜把模子放好，撒上草木灰、填满土，韩士雄用后脚跟在模子四角处各踩一脚，然后用脚掌把土拢平，再踩上几脚，去除浮土。这当儿右手和左手并拢，抓起打坯的础子，这础子有十七八斤重，下面是石头做的，凿个眼，上面按个柄。韩士雄使劲儿把础子提到胸口处，狠劲儿往下杵，这样杵三下，把模子中间坯土夯实，这就是前边讲的三础子。随后借着惯力，把础子左右摇摆六下，把模子边缘坯土夯实，最后再轻提础子来个小三下，找平。一块坯十八斤重要杵十二下，这十二下，有轻有重，有大有小，并且有节奏感，甭看是一件力气活儿，让人听了也赏心悦目。

土坯夯实之后，用脚跟往后一踢，把模子管头踢开，弯下腰去把模子掀起，靠在础子把上，然后用手拍一下土坯，使坯的夹板脱落，再用双手抠住土坯使劲儿掀起，均匀用力，腿迈一步远，轻轻放到坯垛上。一块土坯完成，需要这么多工序。在韩士雄掀坯放坯的工夫，韩二胜要把模子放下，插上夹板，钩上管头，撒上草木灰，再填满土，这些工作都要一气呵成。闲下来还要刨土、攒土。他们两个就这样你来我往地互相配合，谁也没有空闲。一垛坯 600 块，他们要完成 600 个这样的工序。

打坯没有捷径，不像别的工作能投机取巧。如果你打的坯不肯用力，不结实，当天塌垛了，没有工钱，算你一天汗水白流了。这也是祖辈流传下来的不成文的规定。

韩士雄打第一垛坯，用了一天时间；第二垛坯，用了多半天时间；到第三垛坯，半天时间就结束了。接下来几垛坯都是上午打坯，下午去铲苦瓜蛋根（一种中药材）。韩士雄在繁重的体力劳动中打发着时光。

在农业社里除了割草和打坯是重体力活外，最技术的活儿数着种地和扬场了。过去种地都是用牲口拉着一架老式三根腿楼种地。干这种农活需要两个人完成。傍楼的牵着牲口在前边走，楼把式在后边摇楼，这摇楼可不是简单的活儿，楼手在摇楼的同时，要眼观六路耳听八方。首先观察子眼的下种量，和噎楼不噎楼，还得调整垄背的宽窄大小，地边的弯直。

所说的子眼就是流出种子的卡口，子眼的大与小关系到每亩地的下种量多少。子眼大了，下种量就大，到时候苗稠、定苗费事，浪费了种子，又浪费劳动力。子眼小了，出苗率低，每亩达不到预定棵数，土地得不到充分利用，既浪费了土地，粮食又要减产，所以掌握子眼是个关键。

在掌握子眼上还有好多学问。比如说，种玉米和种谷子的子眼就不一样，种高粱和种芝麻的子眼也不一样，牲口走得快与慢又不一样，这都要用心去揣摩。再比如说土地墒情大小和下种量多少也有因果关系，墒情好了种子可以少一些，墒情赖了种子可以适当多一点儿，这些工作要想做好并非一朝一夕工夫，还要靠自身的悟性和实践经验相结合。

说起扬场，看起来挺轻松，实际上是一个又脏又累又要加巧干的活儿。扬场首先要看风向，都是顶风扬场。人要根据风力大小灵活掌握，风力大了要扬低些，风力小了要扬高些，风力大小正合适，要抓紧时间猛扬。同样的扬场，扬出来的效果不一样，有的扬出来的粮食粒儿和糠尘界限分明，互不掺和；有的扬出来的粮食粒儿和糠尘互为一家，泾渭难分，还得把粮堆儿重扬一遍，这样就费工费时了。这里也有个技巧，看会不会掌握，同样的风向和风力，在甩簸箕时，胳膊送出去往回抽时的一刹那，要手腕用力抖一下，这样一个细小的动作，就能把活儿做得干净利落。

韩士雄时间不长，就把这些农活的基本要领都掌握了。

时代在发展，科学在进步，没有几个年头，以上这些农活都已成为历史。今后，在农业生产上，像这样的农活无须人力操作了。现在说起来只是当故事听罢了。

然而，这些农业生产方式，是祖祖辈辈在生产劳动中积累下来的科学成果。也可能再过几百年后，这种汗水结晶将要成为我国农业战线上的历史记载和珍贵的遗产资料。

二十五、镜花水月

1968年冬季，又是一年一度的征兵工作开始了，韩士雄想参加中国人民解放军，这也是他多年的愿望。他先找到公社武装部杨立勇部长，杨部长很热情地接待了他，这个杨部长有三十岁左右，高个子，是从部队退役回来的军人，有正义感。他问韩士雄是哪村的，叫什么名字，今年多大啦？

韩士雄都一一相告。杨部长听了，显示出为难的样子："你的事我听说过，抢救过赤镇第九队的牲口，有股不怕牺牲的精神。你的身体条件看起来也很棒，我打心眼里喜欢你这个兵。只是你的年岁还不到十八周岁，等明年再说吧。"

韩士雄还要坚持，杨部长不得不实言相告："这样吧，你先回村到大队报个名，等名单到了公社，还有体检、政审，办好多手续，也不是一个人一句话能办得到的。"

韩士雄听了杨部长的言外之意，他的心里一下凉了半截，他知道就凭政审这一关，村里一定不会通过的，但他还是报着一丝的希望，找到了韩大炮家里去，韩大炮升成了革命委员会副主任，主抓征兵工作，村里的征兵工作由他负责。

韩大炮正在家里吃晚饭，此时韩大炮的炊具已是今非昔比了，不再是三块砖头支着一口铁锅烟熏火燎了，而是桌上放着一只煤油炉子，鸟枪换大炮了。韩大炮见是韩士雄来找他，知道有事求他，故意低着头吃饭，装作没看见。韩士雄见了心里有气，也只好忍着，他只有按村里辈数来称呼大炮说："大炮哥，我想报名去参军。"

韩大炮听了抬起头来，放下吃饭的家什，脸上皮笑肉不笑地说："想参军，好啊，这是一件光荣的事，不过今年报名的好几个，不知咋了，现在年轻人都愿意报名当兵，过去年轻人不愿干的差事，现在反过来了，听说有的村子为当兵的事还互相打起架来。话又说回来，咱们村是一个小村，到时候给不给指标还说不定呢。"

"我身体条件比他们都好，你给领导说说，使使劲儿好吗？"韩士雄不敢比政治条件，也不敢提这个话题，他知道自己身体条件占优势。他说的领导也包括韩怀春，他想通过韩大炮办这件事，也希望韩怀春能够通过这一件事，去化解恩怨来支持他。使使劲儿，并不是指望他们真的来帮助，只要是给自己报上名，不去从中作梗就千恩万谢了。韩士雄的动机是可嘉的，但他的想法太幼稚了，他还能感化一只恶狼不去吃人？

过去韩士雄是瞧不起这个韩大炮的，现在为了参军，第一次低下头来给韩大炮说好话。韩大炮听了韩士雄的请求，心里很是舒服。他很高兴别人求他办事的享受。他认真打量了一下韩士雄：按才能和相貌来说，士雄是村里青年中的俊杰，真要是到了部队里，也会不同凡响。韩大炮又想到了韩怀春和韩元忠两家的关系，过去他们两家是鱼水相依，现在又是水火不相容。韩怀春对于韩元忠的恶毒进攻，虽说不上明火执仗，但韩大炮他心里最清楚他们到了你死我活的边缘。这一件事他不敢轻易许诺，他还要看看韩怀春的心思。想到这里韩大炮打了个圆场：“好，这事儿我一定给你使使劲儿，成不成咱再说。”

为这件事，韩大炮还真的来找韩怀春商量：“士雄要求去当兵，这件事怎么处理？”

“士雄想去当兵？等韩水河村年轻的死光了，也轮不上他去！”韩怀春积怨很深地愤愤说道。他不仅记起了士雄鸣放他的那一张大字报，还在为赵梅如去县城告状和吴仁才骂他的事情生气呢。韩怀春没有想到赵梅如会去闯县衙。要不是赵梅如去闯县衙，他还挨不了吴仁才的大骂。他长这么大还是第一次挨旁人的大骂，并且是自己的亲妹夫。韩怀春面子上，受了伤害。吴仁才骂他不动脑子，运动中刚死了韩进先，还不稳妥些，接着又要对韩元忠下黑手，还说什么手段高明，简直是蠢猪一头，引火烧身！事后想了想，觉得吴仁才批评得也对，他不该急于置韩元忠于死地，物极必反这个道理，他应该明白。要不是把元忠一家逼急了，赵梅如不会去闯县衙。这一闹不要紧，沸沸扬扬传遍了整个县城，给自己造成了负面影响，连公社革委会主任也受到了牵挂，这给他今后各项工作开展带来了困难；公社领导对他有了新的看法，工作上很明显不如以前支持了。

最让他心烦的是前一阵儿，妻子的疯病，夜夜不能使他安生，一连这么闹了一个多月，熬得他是精疲力竭。说也奇怪韩元忠不再被批斗了，妻子的病也突然好了起来，他暗地里怀疑，一定是赵梅如给他妻子做了什么工作，要不妻子怎么会得这样的病？韩怀春没有反省自己，反把自己的晦气都怨到韩元忠一家人身上，这时候韩士雄要去参军，韩怀春他能答应吗？

“报名单还填不填士雄的名字？”韩大炮又问。

“填什么呀填！你也不动脑子想一想，如果士雄当兵了，那不是笼子里放走一只老虎？到时候从部队回来，还不把你我都吃了！”韩怀春的两眼红红地射出两道恶狠狠的凶光。

“是，是，是……”韩大炮小心地点着头。

“今年当兵主动报名的还有几个人？”韩怀春又问。

“还有三个，是思阳、顺生和狗剩。”韩大炮回答。

“在这三个人里面，把对象放到思阳身上，他的家庭条件比较好。顺生家里人口多，劳动力少，顺生走了，他们一家子都要吃照顾，到时候增添了村里的负担。狗剩他身体条件不行，别让他掺和了。”

韩士雄没有被报上名，当兵对他来说也像上学一样，他又一次被拒之在大门之外。这种情况他也早有预料，他知道韩怀春不会轻易放他走的，经过升学打击之后，在他的心里有了承受能力和顺应形势变化的耐力。他的心里没有再起波澜，他的心境平和了许多，他学会了坦然面对现实，他坚信党的政策总有一天，会把父亲的问题落实下来，到时候有千万条成才的道路可以走，韩怀春不能压制他们一辈子。

韩思阳很顺利地通过了身体检查和政审关卡，成了一名光荣的现役军人。在他头走之前的一个晚上，和韩士雄做了一次长时间的谈心。他们是从小一块儿长大的好伙伴儿，他们从小时候一块儿玩耍、割草。他们谈到上学，从小学谈到上高小，从高小谈到上初中。说到这里，韩思阳告诉韩士雄说：“在学校里，我最佩服的就是你，你聪明睿智学什么会什么，各项成绩都不错，要不是‘文化大革命’，说不定你早上省体校真出名了。”

“省体校去不成，连普通高中也不准进，现在连当兵的权利也被剥夺了，咳，我的命运也真够倒霉的。”韩士雄无奈地说。

“你今年当不成兵，还有明年，明年走不了还有后年，我相信你会成功的。如果你到了部队，凭你的身板和才智一定会被部队首长看重，能干出一番事业来的。”韩思阳由衷地说道。

韩士雄接过话茬儿说：“说实话，自打我失学后，我把当兵看成了我的唯一出路、唯一希望，可谁知道这条道路也走不通。我的美好理想一个个化为泡影，我真的感到浑身的力气无处发挥。”

“我想‘文化大革命’很快就要结束了，听说明年要召开‘九大’，一落实政策，你爹的问题就会搞清楚，到时候你想上学、想当兵都还来得及。”

“但愿如此把，希望毛主席他老人家能够高瞻远瞩，看见我韩士雄在这里饱受着无限的委屈和煎熬，我满腔的报效祖国的热血无处发挥啊！”韩士雄用半认真、半开玩笑的语气说道。

韩思阳又把话题扯到了学校里:“现在学校里也真的没意思,不学文化课,什么知识也学不了,整天学报纸、讲斗争,要不是这样的话,我也不会去当兵。”

“现在狗剩怎样了?”

“甭提他了,自从升入高中后,政治条件比他优秀的学生有的是,谁看得起他那一堆儿。以前在学校时,你是他的保护伞,他可以沾你的光,现在你不在了,他咋呼不起来了,像小狗一样受人摆布。”

“书慧现在怎么样?”不知为什么韩士雄一提到书慧就感到脸红心跳。平时他很想知道书慧的一些情况,但他不好意思开口,现在扯上了这个话题,说到了狗剩,顺便提一下书慧也是顺理成章的事。既是这样,韩士雄也感到自己在提到书慧时,有些不自然的脸红耳热。

“你干脆提书慧得了,还说狗剩干什么!”韩思阳一语揭穿了韩士雄的真面目,又不由得哈、哈、哈地笑了起来。

“你胡说什么呀!”韩士雄捶了韩思阳一拳。

韩思阳笑完后,认真地说道:“书慧在女生中人缘很好,也很随和,又和男生也说得来,同学们都很喜欢她,尊重她。学校虽然不上文化课了,她不但知道自己学习,还常常带动一些女同学在教室里温习功课,学生们的一些聚会、打闹,她们不去参加,这也是女同学们的一些特性吧。”韩思阳说到这里,停顿了一下,“自从你离开学校后,书慧也好像换了个人似的,比以前也不爱说话了。”

“你又胡咧咧呀!”韩士雄又举起了拳头。

“真的,这是千真万确,不信你去打听打听去,我还给你开什么玩笑?”韩思阳认真地说。

“你尽说那些无影儿的事,我不信。”

“算了吧,你也别再装了,其实我早就看出来了,你们俩心里都搁着对方,越大越不好意思了。”

“过去我对书慧确实有一种朦胧的喜欢,我不知道这种喜欢是不是爱情,我也感受到书慧也十分喜欢我,当时的单纯和幼稚差点儿把这张窗户纸捅破。到了初中,经历了许多风和雨,冷静了许多。这些外表上的东西渐渐收敛了起来,把它藏在了内心深处,我们彼此知道这个时候谈情说爱还为时尚早,会毁了我们的美好前程。我们眼下的目标,就是沉下心来把学业搞好,前途未定,一切私心杂念都要甩在脑后。没有想到‘文化大革命’一来,打乱了我的人生格局。假如说没有这场‘文化大革命’,我对我的美好前程和拥有书慧这样一个美好愿望是充满信心的。可是现在出现这样的结果，我还有什么权利去攫取这种幸福和美满？即使心里有这种冲动，对我来说也是毫无意义的。”

“你先别这么悲观，说不定书慧不是这样想的。”思阳开导说。

“不管人家怎么想吧，自己要有自知之明，该退却就退却吧。”

“你真的忍心抛弃你们多年搭建起来的友谊？”

“那又怎样呢？总不能为了我的私利去毁掉人家美好的前程吧？”

“你等一等，我还有一件东西给你看。”韩思阳说完，去拉桌子的抽屉，从里面取出一个精美的小日记本子来：“这段时间光顾忙当兵的事了，差点儿忘了这件事情，这是书慧从他们女生中传抄的一个动人故事，名字就叫《最后一封信》。这里面的事迹都是真人真事，你拿回去看看吧。”

“人家给你看的东西，我怎么能看呢？”

“你装什么呀装？”韩思阳说完把小本子往士雄手里一塞，“书慧明里是让我看，目的还不是给你看的？你拿回去好好看看吧，可别辜负了书慧一片苦心啊！”

韩士雄离开了韩思阳，回到了自己家里已是夜里十点多钟了，他毫无睡意，在电灯下打开了韩思阳转交给他的那个小本子。本子上娟秀的字迹立刻映入他的眼帘，他认出这是书慧的笔体，面对这样的字迹他感到无限亲切。他先从《最后一封信》的时代背景读起：

这封信是北京师范大学二年级学生何红梅临死前四个小时写给他的未婚夫李国平的一封信。

何红梅是北京市朝阳区的人，现年二十二岁，全家五口人，有爸爸、妈妈、哥哥和妹妹。爸爸在天津市公安局工作，母亲是北京市邮政局干部，哥哥是一个军官，参加志愿军在朝鲜战场上光荣牺牲。何红梅是北京师范大学三年级六班的班主席，妹妹红丽读高中，全家生活很幸福。

李国平比何红梅高一个年级，师范毕业后，响应党的号召，回到了家乡太行山区。他们两个是在学校里建立的恋爱关系，李国平比何红梅大两岁，从小生长在山沟里，他认为自己生活在山村里，何红梅在北京上大学，生活条件又优越。他有着强烈的自卑感。怕二人今后不能生活在一起，怕女方变心，他给红梅回信比喻说：女猫男狗两心不同，女草男风两不相应，人走茶凉。他把何红梅比作

“帝王女”，把自己看成了穷苦农民。山沟里多见石头少见人，出门买东西也得跑上十几里山路才能买到。吃水条件很差，挑一担水要到三里以外的山沟里去挑。家里人口又多，共处四间房，结婚住房也成问题，他把他们两个的结合称为“帝王爷”的拐棍从天上“差”到井里去了。

他坚决回绝了和女方的结合，可女方思想非常坚决，临死也不变心。

何红梅给李国平写下了最后一封信，以表达对爱情的忠贞不渝……

韩士雄看完《最后一封信》的时代背景介绍，又开始阅读起《最后一封信》的内容。

亲爱的李国平：

我在日日夜夜地想念你，今日望你见信如见面，最后和你握手，请看完这封信不要难过，掉泪和难过是懦弱的表现，也解决不了问题。没想到去年，送你和同学们回家，是最后一面。

国平，自从送你走后，到了第二天我就病了，我感到看到什么也不高兴。我到学校看到同学们都很难过，但是他们过了几天后就没事了，说说笑笑和平时一样，可是我一天比一天难过。到了星期天，别人一对一对到公园里游玩，可是我一个人直瞪瞪地坐在宿舍里。每到一个星期天就大哭一场，在十月二日那天就病倒在床上，在学校里病了三天，后来病情严重，大口大口地吐血，老师和同学们把我送到陆军医院。住院后我给母亲提出了咱俩结婚的事，母亲同意了我的意见，就给你发电报。你来信说，三月五日来北京商量结婚一事，三月五日那天，我和妹妹到北京车站接你，等了一天一夜，你也没有来。爸爸听说我要结婚，从天津回来，问我病情如何，不同意结婚。我很是难过，我想，不结婚不成亲人，就不能到你家里去的。你来信把我当成了“帝王女”，嫁民成民妻那有啥不合理？我给你说过多少次了，我给你说的知心话都有几火车也载不完啊！可是你一句也不听，一句也记不住，我跟你说：嫁鸡随鸡飞，嫁狗随狗跑。你却说：女猫男狗两心不同，女草男风两不相应。我给你表过多少次决心：我活着是你家里的人，死了是你家里的鬼。你还是不相信。我本来身体就不好，加上这些打击，原病又犯了，吐血更厉害了，我知道这一回我的病是不会好了。真是想亲人一直想不来，有时看看咱俩的照片也是能解决一下眼前的问题，但是解决不了内心根本的问题，你现在就是从家里来也来不及了，只能看到我的尸体了，我多么想再见你一次面啊，说说心里话，死了也瞑目。

国平啊，我的知心话是永远也说不完的，这封信上只是千言万语中的几句而已，其余的只能随着我的尸体埋入坟墓里去吧。我死后你也不要掉泪，和父母商量怎么办好就怎么办。爸爸、妈妈一定会听你的要求，因为你是代表我的。我死后对你有个要求，那就是要求你把我的尸骨运回你的家乡，埋葬在你家的祖坟上。咱们活着没能生活在一块儿，这样总有一天咱俩会住在一起的。我要求你把我的东西全部带回去，有自行车、缝纫机、衣服和五百元钱。我都给爸妈说了，他们都同意，我盼望你照我说的去办。

你的思想我是明白的，你是怕我会变心，你还提到：人在人情在，人走茶就凉。在一起就会恋在一起，不在一起了爱情就会消失了。我根本没有这样的坏思想，你把我看成了“帝王女”，嫁给了贫农就是贫妻。我家也不富裕，我老家也在农村，就说现在爸、妈有工作，但我们全家还是有一颗贫农的心啊。

国平啊，我对你的心是海枯石烂永不变的，可悲的是我的一切一切，会随着青春火花的熄灭，而与世永别。所遗憾的是我没能孝敬生我养我的爸爸、妈妈和实现报效祖国的伟大理想，也未能品尝到年轻人最幸福的那一天。我告诉你我到死我的心也是纯洁的，你最好快些来吧，能赶上学校办理我的追悼会。

今后，希望你在劳动中再找一个身强力壮、情投意合的女人，过上幸福生活。有了孩子以后，等孩子记事起，把孩子领到我的坟前，让他们知道我是怎么死的，让孩子知道我是他们第一个妈妈，叫孩子喊我一声妈妈，我在地下也知足了。要教育他们做革命的接班人，叫他们一定要向雷锋、王杰学习。好好听毛主席的话，吃苦在前，享受在后，这是我的要求。你把我留给你的钱不要乱花，要厉行节约，把日子过好，我就放心了。

我现在越想越难过，每写一个字，掉一滴眼泪，这一封信是我用眼泪写成的，像我这样年轻就要死了，我心里特别难受。我想妈妈在二十年前，生我的时候不知用了多少心血，可我没有能够孝敬爸爸、妈妈过一天。我眼看着要和这个人世间永别了，我很痛苦，妈妈也很痛苦，从我得病那一天起，妈妈整天整夜地流泪，没有高兴过一天，因为我是妈妈的亲骨肉，你想她怎么不难过啊！

因为我们没有办理结婚手续，我只能称是你的未婚妻了，我现在极其后悔咱俩没有结婚。咱俩是在学校认识并建立恋爱关系的，这将很快成为历史的记忆。现在你代表我，向还没有见面的婆婆握手问好，不要让她老人家难过，古语说得好：前妻死了续后妻。

你自己再找一个爱人吧，你千万不要难过，不要伤心掉泪，你要振奋起来。我想你一定能够和第二个爱人团结好，为革命做一辈子老黄牛，我就放心了。

国平啊，咱们已没有见面的机会了，看来我只能活几个小时了。现在我的大脑很清楚，就是心里难过得很，两手没有一点儿劲，眼泪也哭干了，我死了也不会合眼的……

我整整用了四个小时写这封信，这是最后一封信，我还有许多许多心里话要说，可是不行了，我要休息了，你千万——要来——北京一趟，把我接回去……

你的红梅

1967 年 7 月 12 日

韩士雄看完这封信，眼里充满了泪水，过了好一会儿心里才平静下来，这时他发现在信的末端另附一首小诗，很显然是书慧本人写的：

梅花独秀沐寒冬，
超世脱俗呈峥嵘；
花开花谢残香尽，
九泉之下盼春风。

韩士雄看出书慧的思想和意识，也借“信”抒情赋诗一首：

梅花香消玉影存，
只恨没有护花人；
镜花水月尤可惧，

披肝沥胆显赤心。

不久他便把这个小本子想法还给了书慧。

二十六、雪上加霜

韩士雄想当兵的渴望又一次破灭了。他看着同学们一个个都成了入伍的新战士，难受得心如刀割。父亲的问题一直没有得到落实，“叛徒”“特务”的帽子像把无情的利剑高悬在他们一家人头上，时时刻刻威胁着他们一家人的大好前程。

韩士雄没有当兵的命，修渠大军不嫌弃他。从此，他将要成为一员名副其实的修渠民工了。这一年是他第一次出家门做民工，哪里艰苦他要到哪里去。

在毛主席的“一定要根治海河”和“水利是农业的命脉”号召下，山城县这年冬天掀起了兴修水利、挖渠改造工程。这个工程浩大施工任务艰巨，准备在上游水库储水，引导灌溉下游万亩良田。这可是个造福子孙后代的大好事，也是山城县农业学大寨改天换地五年计划的重要工程。赤镇公社在全县的统一指挥下，发动各大队基干民兵，以连长带队，全部参战。韩水河村也不例外，韩士雄就在这次参战人员之列。

赤镇公社的挖渠大军，驻扎在一个傍河依山的河底村。这个村子不大，一下住进了几百号人，把村子各家各户都塞得满满当当。韩水河村一共去了十几个民工，他们住在一户名叫赵石头家里。赵石头六十多岁，身板挺硬朗，给生产队管理菜园子。儿子赵小北左腿有点儿残疾，三十来岁了还是独身。一家两口人，没有负担，生活还不错。他们的院落不大，北屋三间，东屋两间。年岁稍大一些的跟赵石头在北屋里睡，年轻的小伙子和赵小北在东屋里睡。屋里都是一条通炕，没有生火，每人只带一套被褥，在一个炕上挤着睡觉，晚上反倒挺暖和的。

一个公社设一个食堂，公社指挥部和卫生队都紧挨食堂住着。食堂前边是个打麦场，吃饭、开会都在打麦场上进行，以吹号为号令。伙食以玉米面为主食，三天一改善，伙食改善时，中午吃上一顿肉包子，生活条件，在当时来说，也是最好的标准。这些介绍只是挖渠大军当时生活的一个小小的画面。山城县的修渠大军就是在这样的生活环境下，要在这片自从盘古开天地，三皇五帝到如今，历代山河依旧，旷古广袤的土地上要修造一条人造河流。

这条河流，代表着山城十几万人民的心愿。

冬天的气候显示了风的威力，几乎每天都有风刮。今天是呼啸的北风，明天又是刺骨的南风，它们拉锯式地南来北往。岗坡上的枯草，被风吹得东倒西歪，一些腐枝烂叶被风刮的，一团团，一簇簇的，畏缩在坑洼处。只有那一片片麦田里，还显示出绿色的生命力。

修渠大军干得热火朝天，他们分段施工，以村为段，逐段延长。寒风似乎对他们失去了威力。韩士雄置身在这热火朝天的战斗中，表现出由衷的冲天干劲。在这里看不到"文化大革命"那种腥风血雨，也没有了你死我活的钩心斗角，这里只有汗水的公平竞争。在这里没有了烦恼，好像换了另一个世界，再苦再累韩士雄也感到舒心和欢乐。

一天上午，韩士雄的父母，托一个自家的叔伯兄弟，捎来一个口信：说士雄的二舅赵贵如从外地回到了家乡赵家屯，让士雄抽个时间去赵家屯看望一下二舅，并代家里人向二舅问个好。

这个消息对于韩士雄来说太重要了，自从"文化大革命"以来，有三年时间没有二舅的确切消息。后来听人说二舅被打成走资派后，下放到很远的一个农场去改造。再后来音信全无。现在听说二舅回到了赵家屯，韩士雄恨不得插翅一下飞到二舅身边去。

赵家屯村就在太行山脉前沿，一座名叫牛尾山的西侧。村庄不大，大约有三十多户人家。村子南面有条季节河，村舍是沿河北岸一字排开，这个村子是抗战时期有名的堡垒村，抗日区政府常住在赵贵如家里。韩士雄的大舅赵林如也是1938年的老党员，新中国成立后一直担任赵家屯支部书记，"文化大革命"也靠边站了。

赵家屯离韩士雄的施工工地大约有二十里路，都是坑坑洼洼的山路。平时骑自行车单程要用一个小时，这天韩士雄下工回来，没有顾上吃午饭，就骑上自行车赶路了。因为下午两点钟还要赶回工地，不能耽误工地干活。他计算了时间，路上来回需要用一个半小时，还有半个小时和二舅见面说话的时间，因为他有好多话儿要和二舅去说。真是一寸光阴一寸金，寸金难买寸光阴啊。

然而，当韩士雄风尘仆仆赶到赵家屯，第一眼看到他二舅时，从心底里泛起了一丝失望和说不出的酸楚。他几乎认不出二舅来了，只见一个头戴一顶破旧的蓝色帽子，上身穿一件青色的洗得发白的中山服袷子，下身是黑色的棉裤没有外套，裤脚溅满了斑斑污点，脚上穿一双挂着补丁的布鞋。挺拔高大的身躯，有些弯曲了；面部上，条条皱纹中，充满着世态演变的沧桑，也写满了“文化大革命”中的苦难与艰辛。这就是昔日的抗日英雄、林源县的原县委书记、朝思暮想能救他出水火的二舅——赵贵如？韩士雄不禁愕然了，他的内心深处一下涌满了悲痛的泪水。

韩士雄的大舅赵林如，头蒙白毛巾，一身青布粗衣，在屋内方桌边和贵如面对面坐着，嘴里叼着一杆旱烟袋，不时地吞吐着烟雾。一个是一位地地道道的农民，一个倒像是扫大街的清洁工人。他们老哥俩好似在谈心，又好似在默坐思考。家里没有其他客人，显得很冷清。外甥大老远地来，并没有引起两位长辈的多少惊喜，大舅赵林如只是淡淡地笑了笑，示意士雄坐在炕沿上。然后，赵林如介绍说：“这是梅妮家的二小子士雄，你不认识了吧？”

“哟，梅妮的二小子也这么高了，今年多大啦？”赵贵如真的感到不认识了。

“虚岁十九岁了吧？”赵林如说。

“嗯！”韩士雄点了点头。接着赵贵如打问了韩士雄家里的一切情况，韩士雄把这几年家里的情况，都一一做了介绍。原来赵贵如在“文化大革命”开展不久，便被打成了走资派。后来被一位老上级知道后，从中周旋，名誉上把赵贵如下放到一个农场接受改造，实际上是在暂避其难。所以赵贵如并没有遭受多少皮肉之苦。这就是这两年内书信不通的真正原因。这次回家是给农场告了三天假期，后天就要赶火车回农场去。

赵贵如告诉韩士雄说：“这次回家的时间仓促，就不从你们家里过了。”过去赵贵如每次探家的时候，都要从韩士雄的家里经过，住宿。韩士雄心里明白二舅话里的意思。特殊时期，也是为了避免引起那些不必要的麻烦。

赵贵如接着说：“‘文化大革命’是一场触及人们灵魂的大运动，过去凡是参加过革命的老干部都要进行审查和考验，人人过关。你回去告诉你的父亲和母亲，面对眼前挫折不要心急火燎，特别是韩志淳的问题，时间久了，又比较复杂，牵扯面广，先不要声张，以免打草惊蛇。等过了运动这个风头，老区长程林有消息了，条件成熟了，再想法解决这个问题。现在这些现象只是短暂的，要相信党中央、相信毛主席，绝不会冤枉一个好人，也绝不会放过一个坏人……”

道理是这么讲，但赵贵如在讲这些话时，底气并不十足。他似乎也在怀疑这场“文化大革命”，究竟何年何月才是个头。

韩士雄忍不住问道：“二舅，我要上学，我要当兵。我也是贫下中农和革命后代，为什么这些都不让我去？”接着又说，“他们凭什么剥夺了我的这些权利？”

赵贵如听到这里，脸色凝重起来，停了一会儿说道：“想上学看起来不好说了，年岁大了，机会不会再来了。如果想参军，今年去不成，还有明年和后年嘛。记住一条，在村里无论干什么工作，一定要好好劳动，听从生产队里的安排。”

韩士雄明显听出二舅的话中，对当前的形势也充满了疑虑和无奈。但作为一个老一代的革命干部来说，也只有如此解释了。韩士雄还清楚地记得，就在几年前春节刚过，那时候他还在高小读书，学校还没有开课，他去林源县二舅家里探亲。二舅家里一共五口人，二舅是县委书记，妗子在县检察院工作。大儿子赵鑫和自己一般大，二小和小三两个依次挨肩儿。有一天是小三的生日，也正好是小三开学的第一天。小三不准备去上学了，要求爸爸、妈妈中午在家给他过生日。二舅因工作忙没时间，送给小三两元钱，让他和二小中午去饭店吃一顿饭。小三嫌钱少，噘着嘴吵着不要。这时二舅威严地说：“你知道这两元钱能买多少粮食？能买五斤白面，八斤小米，能顶一个普通工人十天的伙食费。你现在一个小小的学生怎么能产生这样的思想？我告诉你，今天你能痛痛快快去上学，这两元钱给你，如果再说个‘不’字，学还得去上，这两元钱取消。”

赵贵如的话没一丝儿讨价还价的余地。眼前的一幕使士雄感到震惊，他没有想到二舅对于小三的要求竟然这样严厉。这好像不是一个父亲在与儿子商讨怎样过一个欢乐的生日，而是一个法官在审判一个罪犯。

韩士雄早先听母亲讲过，二舅不苟言笑，一身正气是有了名的。在他给二舅接触的短暂几天里，他清楚地看出，二舅不仅工作起来兢兢业业、一丝不苟。对子女的学业和前途也抱有很高的期望。

目前，赵鑫和二小、小三生活，学习又怎样了，是不是还在上学？韩士雄不敢再问下去了，他害怕听到和自己是一样的结局。他清楚地看到这个昔日里的县委书记，过去身躯是那样的挺拔伟岸、一身凛然、英气勃发。可现在竟然一下变成一个身体佝偻、老态龙钟的老人。按说五十挂零年岁，还正是锐气未减、日刚过午的时光。可经过这一场“文化大革命”的风雨侵蚀，使得他过早地显示出未老先衰和累累伤痕的精神暗伤。他不敢再去触痛二舅心灵深处未曾痊愈的伤疤。

赵贵如看出韩士雄这个外甥飒爽英姿、仪表不俗，透露出年轻人少有的英气和智慧，并有着自己当年的一腔爱国热血，是一棵祖国未来的好苗子。只可惜这场“文化大革命”，堵塞了他前进的道路，使得他对自己的前途，感到一片渺茫和失望，并影响到心理，而产生过重的压力。赵贵如想到这里，心里也隐隐作痛。于是，他给韩士雄讲了一个古代的故事：“一个算命先生，给兄弟俩算了一命。说老大出生的时辰好，将来可以中状元，老二出生的时辰很差将来会当乞丐。被算能中状元的老大非常高兴，认为自己是天生的状元，不思进取、好逸恶劳，多年后却沦落为了乞丐。被算将来当乞丐的老二，心里不服气，从此刻苦学习，多年后却中了状元。具有状元命的老大成了乞丐，而具有乞丐命的老二却成了状元。这说明一个问题，人活着不要受环境和命运的干扰，只要有志气，努力去进取，将来无论干什么工作都会走向成功的。”

韩士雄听了二舅讲的故事，心领神会，默默地点了点头。表示要记住二舅的教诲。

赵贵如为了缓和压抑的气氛，故意又岔开了话题说：“听说你娘去闯了县革命委员会，告了一状，闹得影响面不小。别的问题解决不解决只是一个时间问题，因为它有好多因素存在，咱先不说。首先保住了你姥娘墓上的烈士纪念碑。又听说是县里派专人，重新把这块烈士碑给树立起来。如果没有你娘这次告状，这个问题不知啥时才有人去管。这说明一个关键问题，正气还是能压倒邪气的。”赵贵如说到这里，精神焕发了许多，佝偻的身子挺直了起来：“这场‘文化大革命’，时间不长就会结束的。我下一次探家，一定给大家带来好的消息。”

韩士雄在赵家屯没有多做停留，和二舅做了情况交流后就匆匆告别。韩士雄没有想到这次见面是一生中和二舅见的最后一面。十年浩劫后，赵贵如虽然平反昭雪了，也恢复县委书记职位，但他没有能履行回来探家的诺言。由于废寝忘食地工作，终于倒在了工作岗位上。这是后话，暂且不提。

韩士雄没有料到的是，有场灾难正向他悄悄袭来。一天早晨起来韩士雄感到浑身乏力，身上发烧，接着出现拉肚子。卫生员小高给他开了三顿治疗肠胃炎的药片，准了一天休息假，并开了病号饭。结果并不见效，第二天病更重了，眼睑出现了浮肿，韩水河村带队的新任民兵连长韩京元见此情况，知道这不是一般的病状，他去施工指挥部给士雄请了假，骑自行车带士雄到县医院做个检查。

经县医院检查，韩士雄患上了急性肾炎，需要青霉素注射治疗，一天一针，要挨着治疗七天，炎症才能下去。门诊的医生姓冯，韩士雄和韩京元都认识，冯医生是从赤镇卫生院调过来的，他原来是从部队下放到赤镇卫生院当院长的，多年来在赤镇人民心目中，医道不错，“文化大革命”期间他被调到县医院当了内科主治医生，兼县医院副院长之职。

韩士雄这个从来没有给医院打过交道的年轻小伙子，听说自己得了急性肾炎感到莫名其妙，在日常生活中常听人们提到过心、肝、肺、胃，他从来没听过肾这个名词，在读初中时由于“文化大革命”的原因也没学过人体生理课本，所以他不知肾为何物？冯医生告诉他肾脏俗称腰子，位置在腹腔的两侧，担负着人体的泌尿作用，是人体的重要器官之一。

在冯医生的解释下，韩士雄才知道了肾脏就是俗话说的腰子，是专门排泄人体的废物。如果肾脏发了炎症，身上的废物（尿液）排泄不下去，会引起全身水肿。如果患了尿毒症，就会有生命危险。冯医生又告诉他，青少年得这种病的比较多，原因尚未明确。但要注意一条，急性期要治疗彻底，避免转入慢性期，如果转入慢性肾炎就麻烦了，那得终生治疗。

“那我这病好治吗？”韩士雄担心地问。

“你这是急性期，休息几天，每天来医院打一针青霉素。过不了几天就会痊愈的。”冯医生有把握地告诉韩士雄。

韩士雄听后放了心，他还计划着七天以后，要去工地完成他那一段施工任务。第二天，天还不明，韩士雄感到浑身憋胀，尤其是面部肿胀得厉害，眼皮几乎难以睁开，他强支撑着身子穿好衣服，胃内一阵翻江倒海的难受，他强忍着也控制不住哇的一声呕吐了一地。接着他感到天旋地转，双脚站立不住，几乎要栽倒在地上。韩京元和本村几个民工把士雄扶到炕上，他们哪里知道，这是急性肾炎引起尿闭症的中毒性反应。这种症状在急性肾炎患者里面也十分罕见，也十分危险。如果得不到及时治疗，双肾的细胞会迅速衰竭造成死亡。

前几天，在施工场地有一个民工在掏瞎炮时，不小心，瞎炮炸响了，这个民工受了重伤，被送往县医院，由于失血过多，没能抢救过来。现在又出现了一个特殊的病号，施工指挥部很是重视。得到消息后，就赶紧派人把韩士雄送到县医院进行住院治疗。

韩士雄住进了医院，民工们开始议论纷纷：“韩士雄平时身体壮得像头牛，从小到大没有得过病，怎么说得病就这么厉害？”

“听说，人越年轻，越好得暴急的病。这个病也真奇怪，一夜间能把人变得像气吹起来一样胖。”

“那不叫胖，那是水肿。没见用手指一按，一个坑吗？”

“听老年人讲过，男怕穿‘靴’女怕戴‘帽’指的都是水肿病，这水肿病不好治。”

“前几天工地上伤了一个，莫非阎王爷今年要双不要单。”

“你可别这么说，韩士雄这么好的一个小伙子，他也没招你惹你，干吗咒他？”

“我不是随便一说嘛？”

“这种话不能随便说，人嘴里有毒。”

……

这真是福无双降，祸不单行。韩元忠一家人在这艰难的环境中，又要面临一场新的考验。

二十七、县医院墨守成规

韩士雄住进了县医院，做了七天治疗，病情没有一丝儿好转。身上水肿没有消退，胃里不能进食，一吃饭就呕吐。医院里从来没有见过这种病号，打针用药都没疗效，医生们也感到束手无策。病房里的主治医生姓齐，是一名医学院毕业的专科医生，也有些临床经验。他给韩士雄又做了全面检查，身体各部位都很正常，确诊急性肾炎无疑。在治疗方案上还是沿用了老一套，一天打一针油剂青霉素（西林油）和吃几片利尿药等一些常规疗法。

这时候韩士雄的父母都来到医院做陪护，他们看到士雄的病情，得不到好转而发愁。不能吃饭、不能喝水，胃里存不住一点儿东西。乡亲们知道了士雄的病情，也都纷纷来医院看望。

韩士雄躺在病床上，看到大叔和大婶们都来看望他，心里感动，不由得热泪盈眶。他拿出苹果让大家吃，大叔和大婶们哪里舍得去吃。他们说一些宽慰的话后，都匆匆告辞。

有一个叫韩周杰的来看望士雄。按辈数说是士雄的远门叔叔，但年岁比士雄也大不了多少岁，是县高中毕业的回村知识青年，为人正直本分，在村里尊老爱幼，担任民办教师。他临走时给韩士雄在一张纸上留下了一个药名：双氢克尿噻（氢氯噻嗪片）。

他说："这种药的利尿效果很好，我的母亲得肝腹水时吃过这种药。"

韩士雄的父亲韩元忠，把这个药名拿给齐医生看。齐医生告诉说："自从'文化大革命'开始后，县医院就没能进到这种药。双氢克尿噻现在全国各地都很匮乏。"

这个方子不想引起了一场小风波，医院领导知道了这件事，追问这个双氢克尿噻是谁提供的？原来老院长姓申，"文化大革命"中被打成走资派后，每天在病房中打扫卫生、擦玻璃。他们怀疑是老院长所为。在韩元忠和赵梅如夫妇俩的一再解释下，才算是解除了对申院长的怀疑。

韩士雄的病情得不到好转，医院的医生们也很着急。一天找来一名老中医，这位老中医姓耿，有四十多岁，在县城也算是有名望的好中医。他看了士雄的病后，给提供了一个中医方子：白公鸡和红小豆炖汤吃，不能加盐。

一天分三次用，连汤带肉一块吃，七天一个疗程。这个方子对补肾和利尿有很好的疗效。

连饭都不能正常进食，哪里能吃没有盐味的鸡汤呢？赵梅如和丈夫韩元忠心里犯了难。这时候赵梅如想办法，给士雄烙了几个白面小烧饼。小烧饼吃起来又香又脆，没想到韩士雄吃过烧饼后，不再呕吐了，胃口开始好了起来，渐渐能吃些东西了。

只要能吃东西，白公鸡和红小豆这两样东西农村中都好找。他们设法找来几只大白公鸡和一些红小豆，按照老中医的说法慢火炖汤，韩士雄一天分三次吃，每次韩士雄都强忍着腥气味儿，连汤带肉一块儿咽到肚里。一连吃了七天。一个疗程过去了，韩士雄全身的水肿并没有消退。

这个方子也不见效，医院里没有了办法。

二十多天过去了，韩士雄尿检中，蛋白质和白细胞的含量由过去的一个加号，上升到了三个加号。韩士雄的病情没有好转，反而加重。韩元忠夫妇和医生们都感到着急。他们都想到转院治疗，可是 1969 年冬季，正是中苏边境剑拔弩张、一触即发的紧张时刻。听人说省城到处是临战准备，时时刻刻做着防空演习，如果跟省医院没有特殊关系是根本进不去的。正是这个原因，韩士雄的治疗被耽搁下来，不得不在县医院里边治疗边观察。

韩士雄的病房里有三张病床。他住院后，另外两张病床上轮换住进了好几位病号。有做痔疮手术的，有做阑尾炎手术的，还有做肠梗阻手术的。手术后的病人都是在病房内大小便，加上一个煤泥炉子，都要在上边做饭，还有病人家属抽烟的烟草味儿，病房里的空气显得格外污浊。每天还有病人的亲属、亲友接连不断来访，他们的说话声、吵闹声使得病房里很不安宁。当时医院条件差，病床紧张，内科、外科混杂一体；对于这种现象医生也毫无办法。

冬日里，灿烂的阳光照射在病房的玻璃窗上，这可是一个难得的美好时刻，在阳光的照耀下，病房内显得暖意融融。医生们刚查完病房，陪护们又都有事出门办事去了，这个时候，是病房里最安静的时刻。韩士雄闲着无事，他半躺在床上，拿出一面小镜子，照了照自己。这面小镜子是母亲前几天，从商场里花了三分钱买来的。这玩意儿本是女孩子爱用的东西，平时韩士雄很少照镜子，这时韩士雄发现自己变了一个人似的，面色苍白、臃肿，一副病态，密密麻麻的胡须，从嘴的四周钻了出来。这根本不像是一个十八九岁的小伙子，倒像是一个三十多岁的人。过去自己的脸色白中透红，完全是劳动人民的健康肤色，胡须也没有这么密。这么大的反差，让他吃惊不已。

他一边照着镜子，一边自言自语道：“你小子壮得如一头牛，怎么得了这种倒霉的病？身上没有疼痛的感觉，只是浑身乏力，医生说十天能康复，可二十天过去了还不见好转，啥时候才能出院啊！……”

正在韩士雄自己嘟囔自己时，对面病床上好动的病号谷立柱忍耐不住寂寞了，开始下床挑衅了。这个谷立柱是前几天住的院，也是一个十八九岁的小伙子，他的家住在大山深处的石家屯村，他患的是一种风湿性疱疹，浑身上下长满了黄豆大小的疙瘩。由于在当地治疗不当，疙瘩都化成了脓包，又疼又痒。不疼时好人一样，疼起来哭爹叫娘地掉眼泪。另外谷立柱还特别怕打针，每次护士打针时，他的父亲要用双手使劲儿按住他的屁股。

谷立柱好动，性格外向，不疼不痒时，常常跑下病床做些各式各样的滑稽动作。他的个子不大，样子长得也挺丑陋。眼睛不大，总是眯缝着，鼻梁下凹，鼻头有些大，像一头大蒜悬挂在嘴的上方。嘴唇儿不厚，挺爱说话，住院两天工夫就和病房里的病友混熟了。他没事找事，喊士雄“大胖子”，韩士雄回他“蒜鼻儿”。

韩士雄不爱动，整天价躺在床上休息。谷立柱躺不住，没事时跑下床来用手指去搔韩士雄的脚心，韩士雄对谷立柱是又爱又讨厌。

谷立柱猫腰又过来了，韩士雄装作没看见，等谷立柱靠近了，手指头刚要够到脚心处。韩士雄突然从床上跃起，下得床来，双手紧紧抱住谷立柱的胳膊，把谷立柱按倒在地上，然后使出力气又把谷立柱掀将起来又蹾在地上，这样在地上蹾了几下。这下可不得了，谷立柱长满脓包的身子受韩士雄这么一拘，加上屁股上的针眼儿，本来就肿胀疼痛，这样一蹾一磕，把谷立柱疼得“哇哇”直叫。

谷立柱老实了，回到床上擦眼抹泪去了。韩士雄乐了，也回到了床上，看到谷立柱的熊样儿，自己忍不住扑哧、扑哧地发笑。谷立柱从此不再没事找事了，他知道自己不是韩士雄的对手。时间不长谷立柱也痊愈出院了，临走时他们两个还真有些恋恋不舍。

韩士雄的病情外表上看不出什么，也没有疼痛的感觉，样子也挺平静。医生知道这个病只要不好转，平静中潜伏着危机。每次尿检中的蛋白质和白细胞有增无减，这不能不引起医院里的重视，他们多次会诊，也未能拿出有效的治疗方案来。

眼看着韩士雄健壮的身体，一天天要垮了下来，一个鲜活的青春生命，难道就这样在病床上耗竭？病人家属着急，医院方面也急了起来。最后做出决定：通知县“海河指挥部”要做转院治疗。

去省医院撞一撞，能住院更好，不能入院也要让专家给查个明白。哪怕是百分之一的希望，也要去试一试。

决定做出以后，“海河指挥部”专门派了一位姓吕的同志，带上病历，和韩士雄父子一道赶往省城。省城离山城县有一百多里路，当时唯一的交通工具，就是去京广线车站上坐火车。坐火车要赶钟点，路上要走两个小时，赶到省城已是晚上掌灯时分。他们先在省医院附近找了一家旅馆住下。这家旅馆规模不大，取名叫健康旅馆。吕同志先把韩士雄父子俩安排在一个双人房间，他有事出去了。旅馆里的服务员不多，接待他们的是一位四十多岁的男服务员，戴着口罩，在屋里忙来忙去的。他的个子不高，说话声音很低，很难辨清他的地方口音，房间光线很暗，屋顶上吊着一只15瓦的灯泡，发出微弱的光。房间不大，最多有八九平方米，除了两张单人床外，还有一张小桌。门口处有个煤泥火炉，炉子整天封着火，偶尔捅开，也看不见火苗。

这位上岁数的男服务员，把火炉捅开后，又重新填上了湿煤泥，坐上烟囱后准备离去。韩元忠很有礼貌地拦住服务员问道：“服务员同志，我想给你打听件事情，方便吗？”

男服务员停下了脚步，打量了一下韩元忠问道：“说吧，你想打听什么事？”

“听人讲，最近一段时间省医院不好入院，是真的吗？”

“来省医院看病的人很多，不但现在不好入院，过去也不好入院。”

“是不是非得找熟人才能入院？”

“那不一定，得看你患的是什么样的病。一般来讲，急性的、抢救性的病人医院都会收的。像一些慢性的、一时半晌要不了命的，又看不好的，既是找个熟人，医院也不会收的。”

韩元忠听到这里，心里一下凉了起来，他担心士雄这种病，正是省医院不能接受的那一种病号。男服务员见韩元忠有些发愣、不说话。反问道：“你们给谁看病？”

韩元忠指了指坐在床上的士雄。韩士雄身穿棉大衣，头戴栽绒帽，脖子上裹着一条毛围脖，另外嘴上还戴着一个白口罩儿，坐在床沿上一动也不动。

“他是男的，还是女的？”男服务员疑惑地问。

“他是我儿子，你说是男的，还是女的。”韩元忠笑着说。

男服务员也笑了：“哦，眼花了分辨不出来了。哎，得了什么病？”

“在县医院检查，说是肾炎，治了一个月也不见好转。”

“噢——水肿病。这种病不好治，前几天就有这样一个病人住在这里。

他有四十上下年纪，水肿的倒不怎么厉害，不能吃盐，去医院看了几次门诊想住院，医院不收。后来没办法就住在旅馆里治疗，一天熬两次汤药吃，一直住了两个月，也没有见到多大的好转，眼看入腊月了，家里捎来了信，让他回去，这不最近才走。”

“你们旅馆里住的都是病人？”

“不都是，也有病人家属。大多数跟病人有关吧？有病还是早治，你们怎么不早来？”

“早先准备来着哩，听人说省城经常搞防空演习，不让外地人来省城。医院也不接受外地病人，所以才推到现在。”

“防空演习经常搞这是真的，你看旅馆的玻璃窗上，都贴满了‘米’字封条。医院里和大街上的玻璃窗上，贴得更是五花八门。说不让外地人来省城这是谣传。说省城医院不接收外地病人也没有这档子事。明天你到医院门口看看去，挂号的队伍一直排到了大街上了，这些人都是外地赶来的。”

“看病还要挂号？”

“先挂号后看病，当天挂了号，不一定当天就能看成病。”

韩元忠连忙说：“那我明天早些排队挂号去，省得晚了轮不着看病。”

韩元忠说到这里，感到房间里不暖和。他一边说着话，一边拿起捅火棍要把火炉重新捅开。

男服务员见了，忙阻挡说：“别捅了，你使用不了这个火炉，再捅火会被捅灭的。”

韩元忠笑了笑没有回答，心里说：你看我们是从农村来的，家里好像没有生过火炉子？什么火会捅灭的，是怕火着旺了，费你们的煤才是真的。

男服务员好似从韩元忠眼神里读懂了韩元忠的心思。有点儿不好意思，忙摘下口罩，打个圆场：“你们从哪里来的，听口音离省城不太远吧？”

韩元忠说：“我们从山城县来的，听说过山城县吧，就是省城南边，离这有一百多里路……”

“山城县？没……没听说过。”男服务员一听山城县的，好似受了惊吓。马上又戴上了口罩，说了句，“你们早歇着吧，赶明儿还得看病。”说完匆忙离开了。

韩元忠感到奇怪，觉得这个男服务员的声音和形态很熟悉，好似在哪里见过，又觉得他精神有些毛病，无缘无故的老戴口罩干什么？对此，他没有多想，此时此刻最担心的是明早儿怎样才能挂上号。

第二天，天刚麻麻亮，韩元忠还没有出门。吕同志从外边急急忙忙赶到了旅馆，他告诉韩元忠，他已经挂上号了，现在马上到专家门诊去排队候诊。韩元忠很感谢吕同志，他知道挂这个号，吕同志一定付出了不少精力。

健康旅馆离省医院大约有五百米。走出健康胡同一拐弯，便是省医院的大门口。韩士雄卧床休息了一个多月，现在走起路来感到双腿有些绵软无力。总的说来，正是年轻气盛阶段，他不要人搀扶，紧跟其后。随着吕同志来到省医院门诊大厅，大厅人员繁多，病人和医务人员交织在一起，你来我往，一片嘈杂。走廊，四通八达，使人晕头转向。分不清哪条通道，是直接通向所看的专科门诊？多亏吕同志熟门熟路，他在前头走，三转五拐来到了三楼肾病专科门诊。这里的病人比大厅里少了许多，也多了几分安静，有十几位病号在依次排着队。

吕同志让韩元忠和士雄，先在一个排椅上坐下休息。他把挂号本，递交到一个医务人员手中，大约过了半个小时，有个医务人员喊韩士雄的名字。诊室内是不允许其他人员进去的，吕同志和韩元忠只好等在门外，韩士雄一人走进了诊室。诊室很大，有三个医生同时在给病人看病。给韩士雄接诊的是一位头发花白的女医生，有四五十岁，戴着一副眼镜，说话挺慈祥的。她看过士雄的病历后，问了几个常规问题，测量了士雄的血压，又检查了一下士雄腿部的水肿程度，最后开了两张化验单，一个是验尿的，一个是化验血的。

待这两项化验结果出来后，韩士雄拿着两项结果一并交给医生，他望着医生，很担心地问："医生，我的病能住院治疗吗？"

"你的病必须马上住院治疗。不过眼下床位很紧张，你得先等待一下。"医生不紧不慢地说。

韩士雄悬挂的心，落了下来。他昨天听旅馆服务员讲：慢性病和治不了的病，医院里是不会收的，现在证明他的病可以治好的。他忙又问："要等多长时间？"

"这也说不定，也可能等半天，也可能等上两天。啥时病房腾出床位，就可以住进去。"女医生说到这里又解释道，"你不用担心，时间不会太长的，最多也不超过两天。如果到时候腾不出床位来，可以在走廊里，给加个临时的床位。"

韩元忠和吕同志听说士雄的病能住院治疗，都很高兴。吕同志马上办理了住院手续。真是：山重水复疑无路，柳暗花明又一村。

韩元忠和韩士雄多少天来锁在心头的乌云，终于驱散了。

二十八、省医院起死回生

事情真也凑巧，在韩士雄刚办完住院手续，病房里腾出了床位，通知韩士雄马上住院。在住院事宜一切安排妥当后，吕同志告诉韩元忠父子：“要安心治病，‘海河指挥部’对于韩士雄的住院费会全额报销，啥时候出院我再来办理出院手续。家属陪床每天按日工计分，其他生活费自理。如果家庭困难也可向‘海河指挥部’提出困难申请，也可以做一些适当补助。”

韩元忠很是感谢“海河指挥部”的帮助。离别时韩元忠拉着吕同志的双手，含着眼泪说：“回去给‘海河指挥部’的领导捎个信，我们全家人感谢了。”

省医院的规模很大，从门诊到病区要走很长一段走廊。医院各个科室的玻璃门窗上都被封上了“米”字条幅，听说这都是给备战防震用的。韩士雄住的病房在第六病区，他们费了一番工夫才找到自己的病房，当他们父子两个一前一后携带行李满面风尘迈进病房的一刹那，病房内的病友都显露出十分惊讶的神色。

后来才知道，他们惊讶的原因。省医院是个抢救性的医院，一般住院的病号都是被小推车挂着吊针推进来的，也就是说是躺着进来的。像韩士雄这样自己走进来的病人很是罕见。

病房的空间很大，共设有八张床位。医院规定每个病人只留一个陪护帮助病人处理日常事宜。韩士雄的父亲元忠留宿在医院里，有时和士雄挤在一起，有时候在病房走廊的长椅上。虽说清苦些，但跟那被批斗的日子相比已经算是烧高香了。一天三顿饭，医院里都是专门的饭车送饭。饭菜多样，病人可任意挑选。开水随时都有，生活条件比县医院好多了。

负责韩士雄病房的有两位主治医生，一位杜医生有四十岁上下，中等身材，偏胖，样子挺稳重的，是心血管方面的专家。另一位是石医生，是主治泌尿系的专科医生。石医生还年轻，有三十岁左右，高个子，比较瘦，戴副近视镜，有股医者风度。他们很快给韩士雄定出了治疗方案，除了增加了口服药物外，每天打四次水剂青霉素（水溶液结晶青霉素），六个小时打一针。这个治疗方案很奏效。三天后，韩士雄身上顽固了一个多月的水肿症状很快消失了。

韩士雄此时此刻宛如一个被吹鼓扎漏了气的皮球，原本鼓囊囊的身子，一下子瘪了下来，变得皮包骨头。他感到浑身轻松而乏力，他的饭量渐渐增加，也可以说是吃嘛嘛香。治疗了十几天后，尿常规检查，一切指标恢复了正常。

韩士雄的病情迅速好转，使大家都很高兴。石医生告诫说："注意卧床休息，不要做激烈活动，不要食盐，还要进一步做巩固治疗。"

闲下心来时，韩士雄发现同室内的八位病号，都是来自四面八方。最远的是山西阳泉的，年纪轻轻得了胃穿孔，引起大出血。来住院时不省人事，脸色蜡黄蜡黄的，很是吓人。经医院抢救慢慢好起来了。还有一个小病友才十几岁，其中一个肾脏因细胞坏死几年前被手术切除，保留下一个肾脏。现在这个肾又患上了慢性肾炎，住院已有两个多月了，没有好转，小病友白白净净的样子挺可爱，韩士雄对于小病友有股同病相怜的感觉。

其余的病友都是年岁比较大的，有两个是患脑梗死半身瘫痪的。有一个脑出血，是高血压引起的，这两种病的症状看似相同，却有着本质的区别，一旦药物用反就有生命危险。剩下两位都是老年性冠心病，因为冠状动脉粥样硬化，引起动脉管腔狭窄或闭塞，导致心肌供血不足，从而引起心脏不能正常工作。

在这里，韩士雄学到了很多疾病知识。过去像这些病，他听都没有听说过。

同室的病友们数韩士雄进来的时间短，又数他的体质恢复得快。他开始下床锻炼，有些忽略医生的叮咛。他有时闲着无聊就找些书刊之类的读物来打发病床上的乏味与孤独。

医院里每周来一次防空演习，只要防空警报一响，除去重症病号外，全部人员要躲到地下室去。地下室里的面积和地面一样大小，有专门通向地下室的通道。才开始时大家伙都有些紧张，虽然都知道是在搞演习，但那刺耳的警笛声确实够吓人的。因此常常忙中出错，闹出许多笑话来。有位患者的妻子，在听到警笛声后，本打算给丈夫多拿一件棉上衣，结果拿错了，拿成了棉裤，到了地下室后，温度比病房内低了很多，不得不把棉裤搭在了丈夫的脖子上，再加上丈夫的样子有些滑稽，引起人们哄笑不止。接连几次防空演习后，大家伙的紧张情绪消除了，觉得每一次演习像做游戏一样，感到挺有趣的。

一转眼，二十天过去了，眼看年关临近了。韩元忠见士雄的病情好转后没有反复，稳定住了，只是身体有些虚弱，他决定回家去，把士英叫来替他照顾士雄。他是家里的主事，年前家里好多事情都要他去做。

这时候韩元忠想起了一件事，这件事一直萦绕在他的脑海里。前一段时间，由于韩士雄住院要处理的事情比较多，没有时间去考虑这个问题。现在闲下来了，在他回家之前一定要把这件事情核实清楚。

健康旅馆里那一位男服务员，引起了他的怀疑。他们虽说只有一面之交，并且是在一个晚上，彼此的相貌都没有看清楚，开始时他感到这个人精神上好似有些毛病，但过后他细品起来，这个人的形象和气质似曾相识，又一时想不起来。他又觉得这个人很避讳“山城县”这个地方。难道说这个人跟山城县有什么解不开的瓜葛？韩元忠百思不得其解。终于有一天，韩元忠脑海里忽然一亮，这个人是不是抗战时期在赤镇炮楼里当过伪军队长的郝信同？想到这里，韩元忠的心几乎要跳出胸膛。

抗战时期，他受组织委派，打入敌人内部做内线。虽说和敌人打交道时间不算长，只有两三个月时间。对于郝信同的印象还是比较深的，他那音容笑貌还能浮现在面前：郝信同身材偏瘦，一张白净的脸皮。人长得俊俏，加上皮肤白皙，完全是一个女人坯子。如果穿上女人衣服，扮作女人，更显得风姿绰约，能做到以假乱真。就是这样一个表面温柔文静，骨子里却毒如蛇蝎，他欺男霸女、杀人如麻，人们送他个绰号：“蛇蝎妇人”。这个双手沾满革命先烈鲜血的铁杆汉奸，听说在解放山城县时被坐了土“飞机”炸死了，难道那是谣传吗？如果这个人真是郝信同，他还活着，那个隐藏多年又作恶多端的韩志淳，不就真相大白于天下了吗？韩元忠翻来覆去思考这个问题，他感到这个问题非同小可，必须先弄清这个人的真实身份。

第二天，韩元忠装作无事的样子，来到健康旅馆。在旅馆院里转了一圈，健康旅馆面积不大，总共只有十几个房间，他没有发现他要找的那位男服务员的踪迹，韩元忠不得不来到旅馆住宿登记处打听消息。

韩元忠问道：“你们旅馆有位四十多岁的男服务员，今天没来上班？”

“你说的是老周吧，他前几天回老家探亲去了。”回答他的是一位年轻的女服务员同志。

“噢，回老家了，他老家是哪里的？”

“听说是保定易县的吧，哪个村的就不知道了，你找老周有事？”

“没什么事，这个人挺热情的，前几天我们住旅馆时，他帮了我们不少忙。今天有时间了，想过来找他聊聊表示一下感谢。”韩元忠也学会了圆滑。

“这个老周是个热心肠，心地善良、乐于助人，在我们单位里年年被评为模范标兵。”这个年轻女服务员很健谈也很热情：“他叫周立富，要不你给他写个感谢信，你看这墙上挂的感谢信都是他的。”

韩元忠翻了一下墙上的感谢信，的确都是顾客表扬周立富的感谢信，足有十几张。韩元忠把目光往上移了移，他发现了周立富的一张相片，相片是黑白照，很模糊，脸形有些相似，不过脸上坑坑洼洼的，好似有几处疤痕。韩元忠极力回忆着郝信同的模样，来和这张脸做对比。无论怎样联想也和这张照片扯不到一块去。韩元忠感到了失望，正当他心灰意冷之际，他又感到这个周立富的眉和眼有些和郝信同相似。又仔细看来，好似又有不同之处。

韩元忠反反复复打量了多次，最终还是否定了自己的想法。自己给自己下了定论：既然人家是保定易县的，肯定是自己多疑了。韩元忠又给女服务员说了几句客气话，便离开了健康旅馆。这几天，在他心胸里燃起的一丝希望火花又一次熄灭了，他回到医院，安排好士雄的一切事宜，第二天他要踏上回家的归途。

医院里的伙食搞得很好，饭菜花样很多，价格也便宜。都是细粮，但只供病号不对外，每顿饭菜小车直接送到病房门口。一个馒头四分钱，一个花卷也是四分钱，一份肉菜二角钱，一份豆腐一角钱，一份素菜五分钱。多打多给，少打少给，二分钱的菜也卖，一切以病人利益出发，病人们感到这样的伙食既灵活又随便。一份肉卤面条三角钱（半斤），其他国营饭店卖的都是三角五分钱，比医院里一份贵出五分钱。医院里的蒸包也比外边国营饭店的便宜。医院里饭菜种类很多，还专门做了无盐饭菜，这无盐饭菜也分了好几个种类，有肉的和素的，这些都是专供那些不能食盐的病号。

韩士雄在饮食上，已经有一个多月没有闻到盐味了。这时候医生告诉他，可以低盐饮食。这个消息对于韩士雄来说，好似一个被监禁的犯人，突然得到了赦令一样高兴。韩士雄第一个想吃的就是熏兔，来住院时，在火车站的熟肉店橱窗里看到过熏兔。韩士雄央求韩士英去买一只熏兔来。当时省城和全国一样，饭店和肉店都是国营专卖。熏兔省医院附近没有卖点，只有到火车站才能买到。省医院离火车站有十多里地，吃过晚饭，办完一切事宜，韩士英徒步向火车站找去。韩士英没有坐班车去火车站，有两个原因：第一个原因为了节省些开支，他知道自从士雄住院以来，所有的消费都是家里从亲属和朋友那里借来的，虽说药费和住院费“海河指挥部”给报销，可是住院这么长时间的饭费和杂花也不是一个小数目了；第二个原因捎带可以逛逛夜市，韩士英长这么大，他还是第一次晚上一个人在大都市溜达。上次他来省城参加考试时，是匆匆而来，又匆匆而去。现在虽说有了时间和机会，但是他的心情有些压抑，“文化大革命”给他们一家人带来的灾难，作为长子他心里最清楚了。要是没有“文化大革命”这场灾难，没有士雄这场大病。此时此刻，站在繁华的大街上，他会想到第一个要找的是那迷人的电影院和永远不愿离开的新华书店。那些形形色色的图书是他乐此不疲、取之不尽的精神食粮。

大街上的车辆很多，韩士英一边躲避着车辆，一边打听着去火车站的方向。各商场的橱窗里摆放着琳琅满目的商品，在彩灯照耀下五彩缤纷的十分炫目。韩士英有心买几支画笔、国画颜料和纸张，但当时摸了摸口袋里的钱犹豫了。他来时从家里只带了二十元钱，这二十元钱可是他和士雄年前的生活费呀！韩士英没有敢走进商场，他不敢再多停留了，他照直朝火车站走去。

一个多小时后，韩士英把熏兔买了回来，兔肉是三角钱一斤，一个熏兔有三斤多重共花了一元多钱，当时能顶生产队七八个工值。

熏兔吃上了，味道真是美极了。韩士雄没有忘记医生的嘱咐，每天吃上一小块。韩士英没舍得吃，只是品尝了一下。一只熏兔韩士雄省着吃，要吃上七八天，凉了放到暖气管上热一热。说是吃熏兔，实际上是把一小块兔肉放到嘴里，细细地嚼一嚼、品一品，起个回味无穷的作用。这也是韩士雄住院以来最美的享受。

吃了熏兔，按计划伙食费有些亏空。于是打饭时只打面食不打菜了，来个这头不够那头补。一次韩士英去饭店吃饭，要了份无卤面条。酱油、醋都是免费供给的，结果酱油加多了，咸的吃不了。拿回病房后当菜吃吧，一连吃了好几顿才吃完。

年关临近，韩士雄的生活都能自理了，韩士英也准备回家去过年了。临走时给士雄留下了五元钱，韩士英除去火车票的钱也只有这么多了。说好年后再来看望士雄。

新年到了，韩士雄长到十八岁，第一次在外地过年，并且是在医院里过。医院里没有农村中那种特有的年味气息，他心里感到无限怅惘和寂寞。不过医院里还是把新年的生活气氛，搞得很充分。医院里除了伙食改善外，过年每个病号发了半斤花生。这花生虽然生长在农村，那个年代，提倡以粮为纲，花生属于油料作物，产量轻，上级只允许种一小部分，作为上交油料任务，其余都必须种高产粮食作物。当时在农村中，过年能吃上花生也算是真正不错了。何况每人半斤，真是可遇而不可求的好事。韩士雄和病友们高高兴兴地从医务人员手中接过这份礼物，这份礼物虽说只有半斤重，但在大伙儿心里，却感到有一份沉甸甸的温暖。

韩士雄把花生取出一小部分放到床头柜的抽屉里，留着自己用。把剩下的大部分装进一个袋子里封住口，等家里人来了分享。

医院里不让放鞭炮。过年的饺子、肉菜医院里都给定了食谱，到时候会把热腾腾的饭菜送到门口。糖果和水果之类，医院大门口国营水果店里，应有尽有。

今天是年三十，韩士雄和病友们都吃上了水饺。虽说比不上在家里吃得舒心，但也是传统的可口饭菜。吃过饭后，韩士雄见天色尚早，他准备出去买点儿水果。于是，他拿上士英留下的五元钱走出医院大门，往对过的水果店走去。

水果店里的水果样式齐全，都被分别搁放在橱柜里。除了韩士雄知道的苹果、香蕉、红枣、核桃、柑橘外，还有些水果他叫不上名来。例如：菠萝、哈密瓜这些远道而来又不常见的水果，他从来没有吃过。像红枣、梨农村中不缺，集市上常常能见到。苹果当时在农村中就比较少见了，平时只有城市里才能买得到。

韩士雄想买几个苹果。他走进苹果柜台，放在橱窗里的苹果又红又大，透出诱人的清香。他刚要喊售货员，却看到标签上的标价是四角一斤。马上犹豫了，他把手中紧攥的五元钱又塞进了口袋里，在水果店兜了一圈，空着手返回了病房里。

韩士雄舍不得再花钱了，一斤水果意味着两个劳动日的工值。一年下来，辛辛苦苦干上三百六十五天，到头来也兑不了现。作为一个农民花钱容易，挣钱难哪！他知道自打住院以来，虽说住院费和药费“海河指挥部”给报销，可这几个月里，在医院的日常消费也没少花费啊！一个没有经济收入的农民家庭，哪里能经得起这样折腾啊！

韩士雄又想到了父亲和父亲的“历史”问题。两个多月来，父亲一直陪伴在自己的身边，他虽说是摆脱了那没日没夜的批斗会。但在他父亲的精神上又增加了一层欠债负担。他们在医院消费，母亲却在家里想法借钱，这些钱都是求爷爷、告奶奶一元一元凑来的。这些钱是都要偿还的，光凭他们家的实力，这要还到猴年马月？作为一个一家之长，父亲肯定首先要想到这个问题。他瞻前顾后、身心交瘁，一个五十刚出头的汉子，头发一下全白了。本来身体有病，自从批斗以后，在田间劳动，别人休息时他也不能休息，一个人要干出两个人的活来。这样超负荷的劳动，使得他虚弱的身体如雪上加霜。韩士雄对此，痛心疾首。

韩士雄又想到了自己的前途，眼看着同学们上学的上学，参军的参军，当工人的当工人，一个个都去追求自己的理想去了。可自己的人生追求都一一被剥夺殆尽。而且现在还躺在医院的病床上，究竟身体能恢复到什么程度？能不能过上正常人的生活？这些还都是个未知数，想到这里，韩士雄的心情不由得沉重起来。他在床上翻了个身，决定不再去想这些倒霉的问题，他随手找了一份报纸，漫无目的地看着，看着，渐渐眼皮有些发沉……

他突然看到了李书慧，李书慧正兴高采烈地向他跑来，告诉他一个好消息，学校正式通知他马上到学校报到去。他来到了赤镇中学，高中班的老师和同学们都在操场上热烈地迎接着他，一幅“欢迎韩士雄同学”的大幅标语十分醒目地挂在学校的门口上方。他看到了韩思阳和韩狗剩一块儿朝他跑来，他们三个人互相拥抱在一起，这时候同学们都围了过来，都是他上初中时的同班同学。突然他看到了高小的蔡老师，蔡老师是那样的安详和慈善，他正要过去和蔡老师打招呼，这时候学校为他燃放起鞭炮来，为他的到来表示祝贺。“咚、咚！……”

韩士雄一下惊醒了，原来是他做了一个梦，一个温馨的梦。

他静下心来，透过玻璃看到窗外。夜幕已经降临，远方天空中，升起串串闪亮的火花，接着隐隐传来新年的爆竹声……

二十九、韩士雄走出省医院

韩士雄在省医院送走了1969年，又迎来了1970年。在新的一年里，人人都渴望能时来运转、万事亨通，韩士雄也不例外，他也希望韩士英从家乡回来，能给他带来好的消息。病房中和谐的氛围，掩盖了外边“文化大革命”的斗争火药味儿。然而，韩士雄心里清楚，病房里的平静并不能代表外界的平静，虽然没有高音喇叭的喧嚣，但从医务人员的交谈和表情中也能窥探到，“文化大革命”的浪潮并没有平息，省医院也不是什么避风港湾，医院的许多领导也被打成了反动的医学权威、死不悔改的走资派。

家乡没有书信来往，只有靠人传播信息，韩士雄很想知道家乡的情况，越是迫切想知道家乡的信息，越是感到时光过得特别慢。韩士雄估算，韩士英过了正月初五，会从家乡赶来医院。可他从正月初六盼到初七，又从初七盼到初八，一直到正月初九，韩士英才从家乡姗姗来迟。士雄的哥哥确实带来了两个好的消息：一个是父亲历史问题有了着落，年前上级来了个调查组，说要落实父亲的历史问题，不久就要平反冤案。新年前后再没有受过批斗，早上和晚上不再去扫大街了。另外一个好消息是表弟丁瑞，年前参加了中国人民解放军，是北京的一个警卫部队，直接保卫着党中央和毛主席。

这两个消息，使韩士雄高兴不已。韩士雄想到，如果父亲的冤案昭雪了，自己的一切问题都迎刃而解了，不久的将来，自己的理想都能实现。听说表弟丁瑞参了军，他的心立刻躁动不安起来。这是他前几年和表弟丁瑞约好的事，说好要参军他们一块儿去的，可如今表弟丁瑞参军了，他还躺在医院里，你说他能不着急吗？

丁瑞和韩士雄年岁一般大，他们两个从小一块儿长大，又一块儿上学，直到高小，丁瑞才被父母从家乡接到他们工作的河南去。1967年正月，“文化大革命”开展不久，农村中“文化大革命”还没掀起高潮，趁学校还没开学之际，韩士雄随着回去探亲的表弟丁瑞，去了一趟河南的大姑家。原来士雄的大姑和姑父，都是在家乡刚解放、新中国成立前，就参加了革命工作。现在双双调到了河南省B市工作，大姑父在当地市区武装部工作，大姑在市民政局工作，丁瑞是家里的长子，另外还有个妹妹和弟弟。一家五口人，日子过得其乐融融、幸福美满。由于丁瑞的父亲工作在武装部这个特殊的单位，所以“文化大革命”的风波，一时还没有触及这个温馨的家庭。

韩士雄和丁瑞在周围环境的耳濡目染下，又加上当时“全国学习解放军”的口号。他们把人生的理想和向往，都从学校转向了参加中国人民解放军身上。他们和全国人民一样，十分崇拜解放军，梦想长大以后一定要成为一名解放军战士，像黄继光、邱少云、雷锋一样用鲜血来保卫祖国的大好河山和人民的幸福生活。他们的一腔热血是多么的汹涌澎湃。在河南的那段日子里，韩士雄吃住在武装部这个地方部队的大熔炉里。和之前住内蒙古二姑家的部队一样，处处接触着人民解放军的光荣传统，承受着部队的阳光和雨露。韩士雄这个时候和丁瑞商量好，又给远在内蒙古的表弟王树国去了一封信，等年岁一到，他们三个人一块儿报名参加中国人民解放军。

一天晚上，武装部大院的操场上，放映一部电影《英雄儿女》。电影里志愿军王成，在朝鲜战场上，和妹妹王芳并肩战斗的轰轰烈烈战争场面，在韩士雄心里激起共鸣。王成视死如归的大无畏革命精神，在韩士雄心里树起了永不磨灭的英雄形象。韩士雄和表弟丁瑞看完电影回到大姑家里后，他们的心情久久不能平静。在电灯下，和大姑一家人，一起扯起了《英雄儿女》的故事内容。

因为韩士雄的大姑父丁鑫参加过志愿军，去过朝鲜战场，并在一场战斗中受过伤。退役后，回到了地方武装部工作。说起朝鲜战斗，他最有发言权。

丁鑫已年过四十，一米八的身材，较瘦，为人和蔼谦虚，他用沙哑而带磁性的嗓音给大家伙儿讲起了在朝鲜战场上的亲身经历：中国人民志愿军1950年10月19日跨过鸭绿江，开赴朝鲜后，在祖国人民和朝鲜人民的全力支持下，与朝鲜人民军并肩作战，在1950年10月25日到1951年5月27日的7个月时间里，连续打了5次大规模战役。这5次 战役粉碎了敌人建立的新防战计划，在整个战线上将敌军逐退了50到70公里，赶回到“三八线”附近。

在一次战斗中他们的部队和敌人交上火，敌军的大炮狂轰滥炸几乎把山头削低了有两米，他们依托坑道工事、坚守阵地。在一天的时间里，打退了敌人三十多次冲锋。有时几天几夜不能合眼，吃水困难，战士们用积雪化成水做饭。到后来战斗打到了白热化，炊事班的战士都上了战场，战士们吃住在天寒地冻的战壕里，最冷的时候能达到零下30摄氏度，没有水，天天啃地上的积雪和吃袋里的炒面来充饥。一直顽强地坚持到战斗结束。

我军五战五捷，奠定了战斗胜利的基础。与此同时，国内“抗美援朝、保家卫国”的运动也轰轰烈烈地开展起来。到处出现了母亲送儿子，妻子送丈夫、兄弟争相入伍的感人场面。

在战争中，中国人民志愿军表现了无比的勇敢和顽强，发扬了革命的英雄主义和自我牺牲的精神。在中国人民志愿军中涌现出许多战斗英雄、模范和功臣。黄继光、邱少云、罗盛教、杨根思等就是突出的代表。

抗美援朝战争的伟大胜利，打破了美帝国主义企图侵占朝鲜，并进而入侵中国的狂妄计划，保卫了朝鲜的独立和我国的安全，从而鼓舞了全世界爱好和平的人民，使他们增强了保卫和平、反对侵略的信心。抗美援朝战争的胜利，暴露了美帝国主义纸老虎的本质，这次战争美国不得不于 1953 年 7 月 27 日，被迫在停战协议上签字。他们不得不承认：在朝鲜战场上和中国人民志愿军作战，是在一个错误的时间、错误的地点，打了一场错误的战争。

丁鑫在武装部做秘书工作，有些文化底蕴，讲出来的故事情节有根有据、娓娓动听。

韩士雄的大姑韩元珍文化水平不高，现在的文化都是参加工作以后学的，大约只有小学水平，但她心地善良，直言快语，在家务事中喜欢当主导地位。这样一来，丁鑫往往都自觉站在了服从的位置上。他们扯了一会儿电影《英雄儿女》和朝鲜战斗，无意间把话题扯到了参军方面。

韩元珍一边张罗倒水，一边冲着士雄说：“你们家里兄弟四个，士英怎么不去参军？过去战争年代咱们家还不怕死，现在和平年代老待在家里干啥？去部队锻炼两三年比干什么都强。”

韩士雄听了大姑的问话，心里有些冤屈，他辩解道：“士英早就想去当兵了，他连去体检了两年都不合格，才没去成。”

“为什么呀？”

“血压有点儿高。”

“年纪轻轻的，血压怎么会高呢？”

“平时干什么累活儿都不碍事，就是一检查身体，血压就升高，可能跟心情紧张有关系吧？你越怕高，它就越高。”

“知道血压高了，早点儿治呗，别到了跟前来不及。”

“看你说的，农村中一个壮小伙子没病没灾的平时谁去吃药？”士雄的姑父丁鑫见状笑着也插了一言。

韩士雄说：“我跟丁瑞商量好了，明年我们一块儿去当兵。”

“为什么明年？今年就去！”韩元珍认真地说道。

“今年我们年岁不到十八周岁呀？”丁瑞提醒母亲道。

“咯咯咯……”韩元珍自己先笑了起来。作为母亲，她竟然忘了自己儿子还不够当兵的年岁。

“明年就明年，你们两个一块去参军，到部队好好干，个个给我拿个光荣榜。”

……

事到如今，丁瑞真的去参了军。可是韩士雄，还躺在医院里的病床上，你说他心里能不着急吗！韩士雄告诉哥哥士英：“他要出院，要回家，今年秋后一定要去当兵。”

韩士英安慰士雄说：“医生不让出院，千万别出院，一定要听医生的话。”

韩士雄坚持说：“我早出院，早做锻炼，把身体练得棒棒的才好当兵。”

韩士英又说：“你不要由着性子来，听说肾炎这种病治不彻底，会犯的。”

“我从小到大都没得过病，我的身体底子壮，病好了，哪里还再犯？”

……

韩士雄听不进韩士英的劝告，他做好准备，要求出院。他感到自己已经完全康复了，不需要再在医院住下去了。他是个年轻的小伙子，不应该老是躲在医院里，他应该回到他所熟悉的火热的活动中去。

第二天查房，韩士雄向石医生提出了出院要求。石医生显得有些吃惊，他用疑惑目光打量了一下韩士雄，慢慢地摇了摇头，然后轻轻地告诉韩士雄：“你的身体现在还处在治疗的关键阶段，除了卧床休息，还要在药物上做些调整；最少还要观察治疗一个月时间，才能考虑出院问题。”

石医生的话，柔中带刚，没有一点儿协调余地。

韩士雄感到石医生带有职业偏见，作为医生都有些小题大做。他并不赞成石医生的说法，他觉得病在自己身上，有病无病自己最有知情权。过了几天，他又向石医生提出出院请求。

石医生见韩士雄态度很执拗，没办法，皱了皱眉头，只好答应。韩士雄见石医生答应他出院，很是高兴，他让哥哥士英立马回去，告诉“海河指挥部”派人来办理出院手续。

很快，“海河指挥部”的吕同志从山城县赶了过来，交了住院费。一切手续办妥以后，石医生特地在出院证明书上填了一句话：回去继续治疗休息一个月。并再三叮嘱：“一个月后再来复查。”

韩士雄出院了，他一共在医院里住了三个月。在这三个月的时间里，他感到时间特别漫长，似乎有 一年光景。他像一只被关在笼子里的小鸟，突然被放归大自然，他恨不得一下飞回家乡。韩士雄没有料到厄运又来了。

三十、韩士英惨遭厄运

韩士雄在离山城县车站的前一站和“海河指挥部”的吕同志分了手，下了火车。因为这个小站离家乡较近。

韩士雄走出站台，看看周围没有发现哥哥韩士英。在车站周围兜了一圈，也没看见家乡其他熟人，他有些纳闷，给士英早就说好了，这一天一定要到火车站来接他，怎么连个人影也不见哪？要不这二十里地的土路，还有这包行李，他怎能带回家去呢？

韩士雄走出火车站，拖着这沉重的行李站在马路边正在发愁。忽然看到一个赶小驴车的人影，十分眼熟。等离近了一看，是邻村生产小队的丁福贵。他恰巧空着车往回赶从这里经过，原来他们生产队承包了耐火土运送任务，天天有几头小驴车，从家乡的耐火土矿上，把开采好的耐火土，运送到火车站，再雇用火车皮，发送到外地。运费虽说不太高，也是生产队一项长年的副业收入。

韩士雄的遭遇，三里五乡，人人都知。丁福贵有三十多岁，人很诚实，二话没说就帮助士雄把行李抬上了车。士雄坐在行李上，一切安排妥当后，挥鞭驱赶小驴车，沿着一条颠簸不平的土马路，嗒、嗒、嗒……奔向西边起伏连绵的太行群山。

韩水河村就在太行山东麓，看见了韩水河就到了韩士雄的家乡。丁村离韩水河村只有一沟之隔，丁福贵一直把韩士雄送到了韩水河村口，才掉头赶车回家。

韩士雄进了村子，发现乡亲们都用异样的目光看着他，好似失去了过去的热情。

有的见了还躲躲闪闪，韩士雄奇怪了，莫非自己离家三个月，模样变了？乡亲们都不认识了？于是他主动给乡亲们打招呼，可是乡亲们的表情依然平平淡淡、有意回避。韩士雄拖着行李，带着满脑袋问号走进了生他养他的院落。

一进大门，韩士雄感到了家里死一般的寂静，往日的喧闹声和现在的反差使他感到有些压抑。他喊了声：“爹、娘，我回来了！”

话刚出口，忽然发现家里有些异常，他和士英住的东屋门前一片狼藉。

母亲一个人，正蹲在此屋门口低头啜泣。

赵梅如听见动静，抬头一看，见士雄回来了。止住了眼泪，告诉了韩士雄眼前发生的变故。

原来，就在今天凌晨，他们一家人还都在睡梦中，被院子里的动静惊醒，听到院子里有人高喊："赶快起床穿衣服，到院子里集合。"

听到喊声，最先起来的是韩元忠和赵梅如，他们走出屋门一看，十几个纠察队员背着枪，在韩大炮的带领下，从房上顺梯子下到院子里。其中有两个是外来人员，一胖一瘦，瘦的戴副眼镜。这两个正是吴仁才手下的马前卒，改编《牛棚历险记》的哼哈二将。真是冤家路窄，不是冤家不聚头，这时候赵梅如认出了戴眼镜的，戴眼镜的也认出了赵梅如。他们曾在县委大院有过一面之交，彼此都留下了深刻的印象。赵梅如现在发现这个戴眼镜的也在其中，心里一惊，知道大祸将要临头。原来这个戴眼镜的姓马，叫马新尚，是赤镇公社新调来的革委会副主任，这都是吴仁才一手安排的。此时此刻，戴眼镜的露出一副正人君子面孔，他拿出一份"搜查令"宣称这次大搜查是全县的统一行动。

等韩士英、韩士豪和韩士杰都起床后来到院子里，韩大炮带着这些纠察队，像土匪似的一起闯进了东屋里。他们在东屋里翻箱倒柜……把屋里各个角落都翻了个底朝天，最后找出了几张印有毛主席《老三篇》的条幅，说士英在这《老三篇》背面画了画，是破坏毛主席著作，是反革命行为。同时还把士英和士雄的所有藏书抄了去，并说这些都是毒书，回去要仔细清查，临走还拿走了他们家里一块指南针。

指南针何罪之有？因为它犯了方向性的错误，指的是南方，蒋介石据守台湾在南方，是国民党反动派。应该指向北方，北方是红色北京首都，革命的圣地。真是欲加之罪何患无辞！

赵梅如述说完事情的经过，擦干了眼泪，心情沉重地说："这次大搜查，他们好像是有目标的，只搜查了你们兄弟几个住的东屋，就撤走了，北屋他们连看一眼都没看。"

"我爹和我哥呢？"士雄急忙问道。

"现在村里把你爹和你哥一起，关押到大队部的仓库里，不让和家里人接触。还得一天三顿送饭，饭菜都要接受站岗的检查。"

"我弟和我妹呢？"

"别的都去上学了，就士媛哭了一早晨，吃过早饭去生产队上工去了。"

"不是说士媛该上初中了吗？"

“事情已到了这步光景，谁还叫你继续上学？你娘这辈子没有给谁屈服过。从来没有认过命，这次看起来听天由命吧，谁也救不了咱们。”

在当时，韩元忠家的情况是这样，儿女们小学毕业后，再升初中就被大队卡住了，韩士媛去年刚小学毕业，没有学上，一个十几岁的女孩只有参加队里劳动了。

韩士雄听完母亲的叙述，心里又急又气，既然这些人敢于这么做，就预示着事情的严重性，他们要置自己家于死地而后快。想到这里，只觉得一阵头晕目眩站立不住便坐了下来。

这时候赵梅如，已从痛苦中挣脱出来。她看见儿子士雄，刚从省医院回来就倒在地上，脸色十分难看，生怕儿子精神上顶不住。就马上安慰说：“孩子，你要顶住，我们不能让困难吓倒，他们这样做就是要毁了我们一家子啊。”赵梅如的思路，和韩士雄想到一块去:“你想想他们为什么早不抄家晚不抄家，听说你今天出院了，才动手抄家？”

“那他们究竟为什么？”这几个月士雄住院不在家，想知道家里的一些情况。

赵梅如又道：“前一段你有病住院，在他们看来，我们一家子不被拖倒也要被压垮。可是‘海河指挥部’又是给你看病，又是转省医院给你治疗，他们心里下不去呀？他们抓不住你父亲的新问题，老问题又整不出名堂来，就又想法在你们兄弟身上打歪主意。没想到士英这孩子一时糊涂，中了圈套，栽了跟头。”

“中了谁的圈套？”韩士雄不解地问道。

“我想这都是韩怀春的主意，《老三篇》是韩大炮年前带来的，说是让士英给他画几张山水画。士英瞒着我和你爹把纸留了下来。士英这孩子平时不爱说话，像个闷葫芦，他没想到这样做给家里捅了一个天大的娄子。”

“应该去找韩大炮，把事情说清楚哇？”

“韩大炮承认《老三篇》是他给的，但人家变了说法，说是让士英往墙上挂的。不承认作画这档子事，这样的事情，还怎样能分辨得清？”赵梅如说到这里长叹了一口气，“上午我去了一趟公社革委会，他们都帮村干部说话。画是士英画上去的，这个责任是推脱不掉的。”

“这个韩大炮真卑鄙，早晚要和他算账的。”韩士雄愤愤地说。

“眼下我们先忍一忍，看看情况发展到什么样。”说到这里赵梅如担心士雄有别的想法，做出鲁莽的事情来。“放心吧，现在是新中国，是毛主席领导的天下，他们再折腾也翻不了天。”

韩士雄又问：“不是年前有调查组来，说好给我爹平反昭雪吗？”

赵梅如告诉儿子士雄说：“县里是派来过两个人，调查你爹的历史问题，说过年后给你父亲把问题落实清楚。正是这样，他们沉不住气了。才想着法儿，没事找事陷害咱们。”

年前，的确县里政策落实办公室派了两位同志来调查韩元忠的一些历史遗留问题。韩元忠把自己在抗战时期所做的事情都做了详细的交代。调查人员表示回去后，会很快把事情落实下来。

这个消息确实给韩元忠一家人带来了新喜悦。“文化大革命”以来，这个历史包袱压得韩元忠一家人喘不过气来。他们一家人多么想尽快卸掉这个包袱，还他们一个清白。

可是，这个消息使得韩怀春忐忑不安。前一段时间韩士雄有病住院，韩元忠去医院陪护病人，他就耿耿于怀。他有心阻拦，从医院把韩元忠叫回来，但他害怕这样做太扎眼，会引起众多乡亲们的不满。所以也就做了一个顺水人情，让韩元忠一直在医院陪护了韩士雄两个多月。

后来，这个专案小组的出现，使他有点儿措手不及。他感到了问题的严重性。如果韩元忠的问题弄清楚了，他韩怀春的问题不就暴露了？“文化大革命”以来，他对韩元忠的问题没少动过心思。自从韩进先死了以后，他是竭尽全力想压住这个韩元忠，让他永远不得翻身。可这个韩元忠犹如一个按在开水中的葫芦，又烧又烫，稍有不慎就会从水中冒了出来。所以韩怀春在韩元忠的问题上，急得焦头烂额。到了今天这份上，不得不在心里做着两套准备。有进攻，也有退路，如果进攻不成功，也要为自己留条后路。他知道韩元忠的秉性，他深信无论结果如何，他都能自圆其说。

年前腊月二十八了，韩怀春知道韩元忠从省医院回来，一直为家事忙活着。于是他吃过早饭，准备到韩元忠家里去看看，明里是嘘寒问暖，向家里人问个平安。实际上是想摸摸韩元忠的底数，看韩元忠对自己的评价还有多高？好给自己的后路找个铺垫。

结果到了元忠家里，元忠和妻子都不在家，只有韩士英一人在家。韩怀春来到士英的住屋，韩士英正准备作画。

“你爹和你娘呢，怎么过年了还不在家里？”韩怀春问。

“过年的东西都还没有置办，我爹和我娘都出去借钱去了。”从韩士英说话的语气中，显出对于他的来访，表示不欢迎。

韩怀春也不计较，没话找话，在韩士英的画桌前，故意拉近乎：“这画是给谁画的？过年了也不让你闲会儿。”

“这是给大炮画的，大炮说正月里有人来他家相亲，屋里除了毛主席画像，没有别的画，要求给他画个山水四月屏。”韩士英说道。

这也真是韩士英命里注定，要有这场劫难。韩怀春早不来晚不来，偏偏士英刚把裁好的画纸摊开，韩怀春就进来了。韩怀春刚要问：大炮哪里找来的画纸？话还没有出口一下噎在了嗓子里。他发现这不是一般的画纸，而是毛主席的《老三篇》，韩士英是在《老三篇》背面作画。

此时此刻，韩怀春犹如一只漂泊在海洋里求救无助的小舟，忽然间发现了新大陆。他忍住内心的兴奋，装作若无其事的，又敷衍了几句，很快离开了韩士英家。

韩怀春从元忠家回来，又好似捡回来一个宝贝一样高兴，这给他今后斗争目标又指明了方向。后来他虽然知道了这几张《老三篇》，是“四清”工作队走时留下的，又是韩大炮拿给韩士英作画的。但他韩怀春决不会放弃这个机会，他要充分利用这个机会，抓住士英这个小辫子，不动声色地置韩元忠于死地。

大年刚过，终于等来了一个机会，全县清理阶级队伍大搜查的命令。韩怀春感到时机已经成熟，韩水河村第一个搜查对象，就对准了韩元忠家。可怜憨厚的韩士英，就这样一下变成了破坏毛主席著作的政治犯——现行反革命分子。

韩士英成了韩大炮的替罪羔羊，韩大炮也慌了手脚。当他从韩士英家搜出《老三篇》这画时，又听说这是破坏毛主席著作，是反革命行为，脑袋就一下大了。当初他也没有考虑事情的严重性，他急忙找到韩怀春求救，韩怀春冷冷地一笑：“你怕什么，画又不是你画的？”

“可《老三篇》的确是我送去的，如果士英咬住我不放，那可怎么办哪？”

“你不会说《老三篇》是你送的，但是是让他往墙上挂的，是为了宣传毛泽东思想啊？只要你一口咬死，他韩士英有一百张嘴也说不清啊！”

韩大炮感激涕零地聆听着韩怀春的教诲。

韩怀春最后语重心长地说：“这件事情可是为了你好，我是冒着丢官的风险帮你，以后你可不能出卖我。”

到了这个份上，韩大炮还能有啥选择呢！

送走韩大炮，韩怀春阴冷地一笑，他感到了目前他又获得了胜利，韩元忠的命运又一次掌握在他的手中。

三十一、“尖辣椒”兴风作浪

过去的几年里，一到年关，韩士英就开始忙于给乡亲们画画。他的付出不求任何报酬，给这家画个老虎，给那一家画个山水，经常是一熬半夜不睡。这二年搞“文化大革命”，由于画画用的纸张奇缺，乡亲们找士英求画的人也渐渐少了。

这次用《老三篇》背面给韩大炮画画，他没有告诉过父母，也没有争得父母同意就自己做了决定。他那年轻、单纯的心理，没能想到过，他这个小小的决定，会把他牵扯进一场生死搏斗的政治旋涡中去。

韩士英失去了自由，他和父亲元忠分别被关押在大队部后面的一个仓库中，室内黑暗、潮湿，不见阳光。门外两个纠察队队员持枪轮流把守。一个好端端的办公场合，立马被阴森森的气氛笼罩起来。

韩士英是家庭的长子，幼小时，是家庭中的幸运儿。他可以尽情地承受着父母的阳光和雨露，他是全家人的宠儿，是父母掌上的一颗明珠。等弟弟、妹妹相继出生后，韩士英的生活条件起了变化，他不但失去了父母的溺爱，并承担起了照看弟弟、妹妹的责任。随着家庭人口的增多，家庭条件越来越差，韩士英十周岁才上小学，因家庭琐事所累，常常旷课。勉强上到小学五年级时，开学不到一学期，由于家庭困难不得不辍学回家，参加了生产队里的劳动。一个十四五岁的少年，从此便和学业无缘，开始了一生耕耘的命运。

从小受父母的耳濡目染，他在生产队里干活踏踏实实、任劳任怨。他的秉性温顺、吃亏让人。到了十七岁时，所有的农活他都学会，不管是耕、种、耪、耙，他都能独当一面。一年四季，除去刮风下雨不能上工外，他从不耽误一个工。他一年中所挣的工分都是用血汗实实在在换来的，没有一丝一毫的虚假。他不吸烟、不喝酒，没有不良嗜好，只有一个爱好：画画。他把业余时间和精力，全部贯注到了绘画这个美妙的世界中去。他不知饥、不知渴，一旦投入，整个身心便和绘画的艺术境界融为一体。他的绘画技巧，受到了县文化馆的青睐，县里一举办画展，他的作品便是特邀展品之一。韩士英是新中国的一个有作为的青年，他的一技之长和才能还没有来得及受到社会的重视和接纳，却因爱好的痴迷和悟性的迟钝而身陷图圄。他的生命价值，一时间从高峰一下跌进了低谷。

这道深深的心灵疤痕和政治损伤，给他的将来和整个家庭造成的伤害，是永远也无法弥补的，也无法用金钱衡量的！

大队革命委员会很快对韩士英的大批斗做了如下安排。韩水河村有三个生产小队，白天在田间地头进行批斗，三个小队轮换进行，以此类推；晚上全体社员大会批斗。总之，一天中批斗会不能间断。

韩元忠和韩士英父子两个，白天拣最脏最累的活干，中午不能休息。田间地头还得受到揪斗和非人的折磨。晚上的批斗更为残酷，纠察队专门安排有人熄灯，只要是会场上灯光一灭，一伙纠察队员一拥而上，先把板凳踹倒；元忠和士英本来是倒剪着胳膊跪在板凳上的，板凳一倒，他们还不是脑袋着地？那些早已安排好的打手，不管人是死是活，都要凑上前去拳打脚踢一番。更有甚者，拿着木棒，专朝人身上肉少的地方揍。

这样的大会开了没几次，参加大会的群众渐渐少了许多。有些纠察队员，也推托有事不参加大会。韩怀春感到不妙，他暗中做了调查，才知道群众都不赞同他们这样的斗法。自从老支书韩进先被打死后，许多群众都有了觉悟，开始抵触这种过激的行为。他也认识到如果还这样批斗下去，他会变成光杆司令，他要变个花样，变个斗法。

一天他从学校路过，看见一群小学生，在操场上扯着韩元忠和韩士英的被子，在操场上转圈儿玩耍，其中有几个大一点儿的学生，把韩元忠和韩士英的枕头互相抛向空中，像抢篮球一样投来抛去。

小学和大队仓库紧挨着，白天韩元忠和韩士英下地里干活，他们的被子和枕头常常被小学生扯出来糟蹋和玩耍。韩怀春看到这里由衷地开心，他一边观赏，一边在心里渐渐孕育了一个恶毒的计划。这天上午又是一场批斗大会，这次大会在小学进行，除了安排几位打手外。其余全部都是十几岁的小学生，批斗的对象是"现行反革命分子"韩士英。他们教给小学生斗争的方法是每人拿一根木棍，去学校厕所里沾上屎，再回来往韩士英脸上抹。单纯的小学生很好鼓动，一人带头，众人服从，他们做起事来争先恐后。不一会儿，韩士英浑身上下都抹满了屎。

浑身沾满了屎的韩士英，跪在一条板凳上，倒剪着双手，低着头，一动也不动。两个纠察队员，捂着鼻子躲在韩士英背后。小学生们像打了胜仗一样，高兴得"嗷、嗷、嗷"地乱叫。

束手待毙的韩士英，更引起了小学生们的斗争兴趣。他们越干越毫无顾忌了，有一个叫韩小立的小学生，手拿沾满人屎的棍子，要往韩士英的嘴里捅，韩士英本能地扭头躲避，韩士英越是躲避，韩小立越是不依不饶。他虽说人不大，但有股狠劲儿，猫着腰，瞪着一双小眼睛，坚持要把屎棍子捅到韩士英的嘴里去。正在这时候，不知是谁踹倒了板凳，韩士英一头栽倒在韩小立身上。韩小立被压倒在地上，身上也沾上了人屎。人虽没受伤，但吓得哇哇大哭起来。

不知是谁喊了一句："不好了，韩士英把韩小立踹倒了！"

这下可惹大祸了，韩小立的奶奶叫"尖辣椒"，是韩水河村有名的泼辣货。韩小立又是这一家人的独苗苗、心尖宝贝。一个反革命分子竟如此大胆，敢在太岁头上动土？早有专人去给"尖辣椒"送信儿。"尖辣椒"闻信风风火火赶到现场，一看韩士英满身污秽、臭气冲天，倒在地上一动不动，她见此情景，不想和韩士英理论。她急转身迈开那双半大小脚，像踏上风轱辘似的朝韩元忠家赶去，她要找赵梅如理论。

这也真应了一句话：人在家中坐，祸从天上来。赵梅如刚从地里下工回来，正要准备给士英和丈夫缝补批斗时被撕坏的衣裳和鞋子。

忽然"尖辣椒"怒气冲冲地闯了进来："看看你养的好儿子，平白无故踹了我家小立！你说怎么办？"

赵梅如愣在那里，一时弄不清怎么回事。

"原来你也是个祸害婆、丧门星，不养好羔子，专门生反革命分子，祸害人！"尖辣椒话到手到，张开双手利爪，直朝赵梅如脸上扑去。

多亏赵梅如身子灵活躲闪得快，"尖辣椒"的双手走空。接着"尖辣椒"又口舌并用，呸的一声，把一口浓痰朝赵梅如脸上啐去。

赵梅如本能地用手一挡，又随手一落，正好把那口痰抹在"尖辣椒"的脸上。"尖辣椒"见这两招失败，又恼又羞。马上转变成第三招，张开满嘴黄牙的嘴巴，直朝赵梅如伸来的双手咬去。赵梅如好似早有准备，把双手一抽，落在"尖辣椒"双肩上，再轻轻一按，把"尖辣椒"按到了一个矮凳子上。

这是一双劳动人民的双手，能力挪千斤。这个整天价四肢不勤的"尖辣椒"要想动武，她哪是赵梅如的对手？

"他大娘，你今儿个是怎么了？有话慢慢说，先把问题说清楚哇？咱妯娌两个可从来没有红过脸、动过手啊！"赵梅如对"尖辣椒"今天的行径，虽说十分恼怒。但她知道事出有因，尽量克制自己，心平气和地说道。

实际上"尖辣椒"是一个欺软怕硬的主儿，她知道赵梅如不是好欺负的，平时她对一身正气的赵梅如就惧怕三分。今天她仗着火气，想压压赵梅如的威风，长长她的志气。没想到，事到如今，赵梅如毫不气馁，还敢还手？她的计划落空了。她的三个绝招，在赵梅如身上没有起到任何作用。

“尖辣椒”占不到便宜。赵梅如个头比她高出一头，年龄上又比她年轻好几岁。赵梅如齐年参加地里劳动，“尖辣椒”一年四季，当佛似的在家里供着。论比力气，两人的悬殊相差太大了。“尖辣椒”哪是赵梅如的对手？如今，如果赵梅如不是人在矮檐下，哪里能对她还这样心平气和？

赵梅如这双手一按，不轻不重，恰到好处。“尖辣椒”的屁股蛋子最清楚，否则不摔八瓣也得摔个仰八叉。还有赵梅如的这一句问话，声音虽说不高，但正气凛然，而且软中带硬。这个时候“尖辣椒”又想起赵梅如独身闯县衙的事情来，她确实佩服，眼前这个女人比自己强悍得多。想到这里“尖辣椒”的火气不由得小了一大半儿。但她仍然倒驴不倒架地撒泼：“你们家士英踹我孙子小立，这件事咱们不能拉倒……”

这个时候，韩士雄也正好在家里休息，他听到争吵声，从东屋走出来，冲着“尖辣椒”说：“大娘，你吵着说士英踹了你家小立，是你亲眼看见的？”

“是有人看见告诉我的。”

“他怎么踹的？”

“跪在板凳上踹的。”

“你想想，士英他双手被绑，又是跪在板凳上，他怎么能踹人呢？”

“反正有这档子事，我不会编瞎话找你们胡搅蛮缠的。”

“你再想想，就算士英想踹人，他怎么会去踹小立呢，我们两家又没什么冤仇？”

韩士雄的话使“尖辣椒”心里一震，她似乎有些醒悟，不再撒泼了。

韩士雄接着诚恳地说：“大娘，这样吧，你看我家现在成了这个样子了，我身体有病，我爹和我哥都在挨斗，被关押着，家里全凭我娘一人干活。忙里忙外都是她。如果我娘倒下了，我们一家人都完了，你要是想出气，就朝我来吧，我保证不还手，我让你出气出个够。”

“尖辣椒”这时才看清了，她的身后没有跟来一个人。在韩元忠的院子里，就只有她和韩士雄、赵梅如娘俩。红花需要绿叶衬，之所以平时“尖辣椒”敢于在公众面前撒泼、动粗，是因为她手下有几个对她十分崇拜的忠实观众，现在失去了观众，没了帮衬，“尖辣椒”不免心虚起来。

“尖辣椒”看看赵梅如，赵梅如的脸上虽然写满了微笑，但掩盖不住对她的不甘受辱和极端的蔑视。她又瞅瞅韩士雄，韩士雄说话虽然客客气气，但他那气质中又透出一股丝丝发凉的寒气。“尖辣椒”怯阵了，她不得不就坡下驴，边说边退：“好吧，大侄子，看在你的分上，你大娘不再闹了，这次就算了，算了……”

一场风波过去了，赵梅如痛苦地坐在院子里。虽说她身体没有受到“尖辣椒”的伤害，但她的心在滴血，她那双明澈的大眼睛溢满了委屈的泪水：“士雄啊，你娘一辈子行得正、立得端，不做亏心事，没有一个人敢在我面前，指过我鼻子说不是。可今天这个老巫婆，竟找上门来糟蹋人，你娘还从来没有受过这等窝囊气。”

韩士雄此时此刻，十分了解娘的苦处。他安慰娘说：“您先歇会儿，今天中午的饭让我来做，一会儿送饭时，我去看看士英，打听一下实际情况。”

赵梅如制止了韩士雄，说：“还是我去吧。你想想，要是韩小立真的有事，‘尖辣椒’不会直接来咱们家里闹事。她会找韩怀春，叫韩怀春给她撑腰来给咱说事的。”

自从韩元忠和韩士英被关押后，都是赵梅如一人去送饭，从不让孩子们去。他不想叫丈夫和士英被揪斗的惨状，让孩子们看到，不想在他们那稚嫩的心灵里留下创伤和阴影。

赵梅如已有四十开外了，别的家庭妇女到了她这个岁数，都不去参加生产队里的体力劳动了，安排一个轻松的活儿。例如：看个场啦，或者在地边看鸡什么的，可是赵梅如还得挑水、挑粪，重活一样不少干，还得一天两上工，不准外出，不准告假。一天三顿饭，都是在她下工回来做。特别是中午这顿饭，时间紧、任务重，一家九口人的饭，光水也要烧上一大锅，有时没了干粮，还得临时去推碾捣磨。每每是刚吃完午饭，碗筷还没拾掇，上工的钟声响了。现在又加上给丈夫和儿子送饭，赵梅如承受了一个女人从来没有承受过的重负。她那倔强的性格，从来没有向困难低过头。她对这些突如其来的灾难，始终是不卑不亢、泰然处之。她知道丈夫身体不好，士英心里有委屈、有压力。每次去送饭，家里不吃菜也要给他们两个先炒个菜，干粮尽量拣好的去做。她坦坦然然去送饭，坦坦荡荡去面对一切，在赵梅如的感染下，丈夫和士英有了活下去的勇气。赵梅如成了一家人的顶梁柱，她的浩然正气，不仅振奋了他们一家人，也同时震慑了黑暗角落里的污秽浊气。

三十二、韩士英进县受审

在一个阴沉沉的夜晚，由于刮了一天的大风，电线出了故障，整个韩水河村断了电源。没了电灯，在韩怀春的住宅小屋里，桌上点燃着一支蜡烛。微弱的灯光下，闪现出两个人影。这两个人不是别人，一个是大队革委会主任韩怀春，一个是副主任兼纠察队长韩大炮。他们两个神神秘秘地嘀咕着什么。

很显然，韩大炮有些沉不住气了："韩士英批斗这么多天了，县里怎么没有一点儿批捕的信儿来？"

"你是不是把士英的材料，交到公社马主任手里了？"韩怀春有些不放心地问。

"交给了马主任。马主任还夸我们阶级斗争搞得不错，揪出了新型反革命分子。"

"按说县里该有回应了，破坏毛主席'老三篇'，这可是件政治大事。"

"另外我在韩士英交代的材料里，还添加了破坏毛主席画像的行为。"

"这件事情你可要想清楚，别闹出乱子，毁坏毛主席画像行为更严重，关系更大，得有人证、物证？"

"我本想治一下韩士英这小子，让他受不过，承认了不就成了？不承想士英这小子像茅坑里的石头又臭又硬，死活不承认。"

"他不承认怎么办？"

"咱就捕风捉影，制造证据呗。反正理由有的是，找个伪证也不难。上级来调查，还不是咱说了算？"

韩怀春的两只眼睛仔细地打量着韩大炮，他没想到这个韩大炮跟了他时间不长，脑袋瓜儿有了长进，也学会了粗中存细，他很欣赏韩大炮的聪明和才智，真可谓是玉不琢不成器。不过这块毛料还需要进一步雕琢才成大器。

韩大炮见韩怀春不说话，两道目光赞许地瞅着自己。心里有些高兴，只顾把心里话往外倒："反正我这个恶人在韩士英面前也当上了。对于韩士英该做的也做了，该打的也打了，该揍的也揍了，如果这一次扳不倒韩士英，不给他戴上反革命帽子，以后，我可就没法在韩水河村里待了。"

韩怀春听了这句话，默默点点头，还是没有说话。他觉得韩大炮这句话，说到了他的心坎里去。

韩大炮接着说："要不我瞅机会，在黑暗中砸士英这小子一砖头，结果了他算了，追查起来就说是民愤大引起的，然后再把韩元忠想法扔到大井里去，伪造个畏罪自杀。"

韩怀春听到这里吓了一跳，他忙制止住大炮说："你千万不要这样莽撞去做，这件事我早考虑过，没有万全之策，不能轻易动手。你想过没有，赵梅如可不是好糊弄的。这一次斗士英，我本打算让'尖辣椒'去给赵梅如大闹一场，杀杀赵梅如的锐气。可'尖辣椒'这么刁钻的泼妇，被赵梅如三言两语就给打发回来了。这个赵梅如可不能小瞧，你想圆就圆，想方就方，想长就把她放到笸箩里，那准不成。她虽说没文化，是个女流之辈，但可不是个简单人物，到了现在的份上，闹出了这么大的变故，要是别的女人早顶不住了，倒架了，可赵梅如没在人前掉过一滴泪、求过一个人。再大的困难，她都能坦荡自如、井然有序地去处理。可见这个女人的心胸是多么博大又深不可测。"说到这里，韩怀春故意停下来，把语气放慢了又道，"况且，赵梅如的大哥和二哥都是1938年入党的老革命干部。还有元忠家的两个妹妹，元姝和元珍的丈夫，都在部队。到时候，只要有一个能站起来说话，你和我谁也逃不了干系。"

韩怀春的一番话，把韩大炮吓出了一身冷汗："那我们怎么办？把他们都放了！"

"事情不能急于求成，要多动脑筋，车到山前必有路嘛。"韩怀春一副胸有成竹的样子，"韩元忠和韩士英两个人已成死老虎了，对我们构不成威胁了，戴帽是板上钉钉，早晚的事儿。对于赵梅如来说，她本事再大也是个妇道人家，咱没事尽量少惹她就是了。总的来说，她是难成气候。可是这个韩士雄可不能掉以轻心，虽说他现在有病在身，年岁不大，但他心细如发，很有城府。他的胆量比他爹元忠的胆量大，他的心可比他哥士英的心野得多，而且足智多谋。所以说我们今后要在士雄这个人身上多留些心思，最好能把他也扳倒在地，踏上一脚。这样一来，赵梅如就像折了两个翅膀的大鸟，即使再有能耐也飞不上天空。"

韩怀春的精辟分析，使韩大炮如醍醐灌顶，心服口服。韩大炮不无遗憾地说："这次大搜查，真是可惜了，竟没有找到韩士雄的一星点儿罪证。要不咱改天再去他家搜查一次，我不信找不到韩士雄的罪证来？"

"搜查一个人的家，不是你我能做主的，要经三级政府审批才行。上次的大搜查是沾了全县清理阶级队伍大搜查的光了。多亏揪出了韩士英的问题，否则这个马虎眼是打不过去的。再说了，赵梅如不会再留机会，让你去抓二次尾巴的。”

这两个幽灵似的人物，一直在这个光线黑暗的小屋里，筹划着他们下一步的恶毒计划。

没过几天，韩怀春告诉韩大炮一个好消息：公社马主任来了电话，通知把韩士英送到县里受审。

韩大炮找来三个民兵，全副武装起来。把韩士英来了个五花大绑，他要亲自带队把韩士英押送到县城。

沿途走村串镇，招摇示众，韩大炮感到了春风得意、风光无限。一路上逢人便打招呼：“啊，老哥呀，还认识我吧？”

“咳，这不是韩大炮吗，好久不见，升官了吧？”

“嘿、嘿，什么官不官的，担任个革委会副主任兼个纠察队队长呗。”

“那你们这是干什么去？”

“往县里送个政治犯、反革命。”

“哎，这个孩子不是韩士英吗？他小小年纪犯了什么法？”

“他的罪可不轻，敢往《老三篇》背面画画。这可是现行反革命、杀头的罪。”韩大炮这一咋呼，围观了不少群众。

这时候从人群里走出一位四十多岁的汉子，语气不紧不慢地说道：“不至于吧，往《老三篇》背面画画，毛主席他老人家听了说不定有多高兴哩，这叫节约用纸，美化毛主席著作吗？还要奖励这个小伙子才对，大家伙儿说是这个理儿吧？”

围观的群众一片笑声。

“咳、咳，大家伙儿可别开这样的玩笑，这可是对伟大领袖毛主席最大的不忠。”韩大炮说到这里，急忙招呼一个年轻的民兵：“大春，我口渴了，快去找碗水喝。”

一个叫大春的青年民兵，听到喊声赶紧去找水去了。韩大炮说完从衣兜里扯出一张报纸来，随手往道边一块石头上一铺，然后一屁股坐在上面：“哎哟，走累了，喝口水儿，稍歇一歇。”

这个时候，有个小学生，突然指着韩大炮的屁股说：“他屁股下面坐着毛主席的画像哩！”

韩大炮听了，好像被蝎子蜇了似的，一个激灵从石头上跳了起来。他定眼一瞅，可不是嘛，这张报纸上真有一张毛主席和一个外国首相握手的相片。韩大炮在众目睽睽之下傻了眼，额头上的汗珠儿，一下冒了出来，脸色一时由通红变得煞白。

这时候有个上岁数的老人，走上前来，看了看大炮，认认真真地问："这么看来，你这个纠察队长也是一个现行反革命了？"

"不、不、不……"韩大炮急赤白脸地争辩说，"我可是贫下中农出身，我怎么能是反革命呢！"老人又指了指被五花大绑的韩士英说："他是啥出身？"

"他、他、他是贫下中农，可他爹是叛徒、特务、阶级敌人……"

"这些罪名都是你们给他安的吧？韩元忠从小要饭，一辈子没干过坏事，一家人都在为革命做贡献，是新中国救了他们一家人，现在他们反倒变成了阶级敌人？这不是天大的笑话吗？！"

"你是……"

"我是老区的交通员，姓常名叫常大壮。你回去给元忠捎个信，叫他好好活着，改天我老常找他喝酒去。"

一说是"常交通"，韩大炮一下被镇住了。人们都知道"常交通"抗战时期救过中央一个首长的命。新中国成立后，曾被首长接见过，现在退休回乡。他韩大炮就是多长一个脑袋也不敢惹这个"常交通"。

其实常大壮和韩元忠也并不熟悉，只是相互听说过而已。常大壮是个土八路，没文化，直心肠，他最见不得过去的老干部受迫害。鬼子在的时期里，腰里掖着脑袋干革命，现在和平了反过来受欺负，他常大壮心里受不了，路见不平拔刀相助，这是他的家常便饭。

韩大炮知道此地不可久留，马上召集民兵，赶快上路。常大壮见韩大炮脚底抹油想溜，笑哈哈说："韩大炮坐毛主席像，这件事还没有说清楚哩，今天当着众人的面，我老常要和你好好说道说道呀。"

不听这话还罢，一听老常这话。韩大炮还真应了一句俗语：急急如丧家之犬，惶惶如漏网之鱼，逃得要多快有多快。

韩大炮逃进了县城，摆脱了老常的纠缠，歇了半天，还感到心有余悸。这个村霸平时作威作福惯了，现在也尝到了被人要挟的滋味儿。

他们一行人，来到了县政策落实办公室，办公室主任姓石，问明了情况，看了看韩大炮，有些不耐烦地说："你们大队来一个干部就行了。谁让你们把人捆着，还来了这么多全副武装的民兵，你们村闲着没事干了？"

韩大炮听了，支支吾吾半天也没答出个所以然来。石主任留下韩士英，让韩大炮和几个挎枪的民兵先出去。

这个石主任有三十多岁，样子挺和蔼，身边有两个年轻助手，一个男的和一个女的，男的姓周在整理一沓资料，女的姓张正准备做笔录。

石主任先让韩士英在桌对面坐下，然后告诉他说："今天叫你来，是核实一下你的问题，一会儿叫小周同志，把你的材料宣读一下，你要听仔细，同意的地方你答应是，不同意的地方你答应不是。回答问题要实事求是，不要隐瞒，也不要夸张，听明白了吗？"

俗话说得好：阎王好见，小鬼难缠，这个本是决定士英生死的阎罗殿，现在对于士英来说，却有股家庭般的温暖。韩士英连日来紧绷的神经松弛了下来，积压在内心深处的委屈化作两汪泪水，溢出眼眶，一滴一滴落在地上。自从韩士英被揪斗后，他从来没有掉过眼泪，这是他第一次在人前掉泪。

韩士英听完石主任的话，默默地点了点头。这个叫小周的男同志，大约有二十多岁样子，比士英也大不了多少岁。小周同志把材料读得很慢，犹如考堂上主考老师，宣读卷子一样，逐字逐句、详细认真。

韩士英认真地听着每一个细节，把有的和没有的都做了正面回答。审查工作很快就结束了，韩士英走出办公室，去找韩大炮。

这时韩大炮带着的那一班人马，早已踪迹皆无。

三十三、双胞胎深山遇恶狼

（一）

韩元忠和韩士英被解除了关押，放回了家里，一家人都松了一口气。韩元忠的“历史”问题和韩士英的“现行反革命”问题，一时得不到结论，都被挂了起来。他们在生产队里，除了被批斗外，照旧接受着不计工分的劳动改造。

“不给工分就不给工分吧，只要有人在就行。有人在就没有过不去的坎儿，车到山前必有路嘛，困难再大也要闯过去。”赵梅如这样安慰着大家。

韩士英经过了这场灾难，思想包袱很是沉重。虽然事情发生之后，父母亲没有过多地责备于他，但从父母亲的眼神里，品尝到了父母亲为他这次闯下的祸端，在精神上和心理上所遭受到的创伤，是无法用言语去形容。

要不是他的问题出现，父亲的历史问题很可能早就落实了下来。他的这一问题出现，不但使父亲的问题得不到落实，又给全家人带来了一场更为严重的灾难。韩士英想到这里，感到对不起自己的父母亲，对不起弟弟和妹妹们。

心头的烦闷，使他整天沉默不语，郁结难散。

韩士英的表现，瞒不过细心的赵梅如。作为一个母亲来说，她感到了儿子的过错就是自己的过错，儿子少不更事出现了问题，是做父母的没有尽到责任。当初，如果做父母的多加过问一些孩子们的事情，就不会有今天的事情发生。

赵梅如为了减轻士英的思想压力，常常安慰和开导士英。同时，又嘱咐士媛、士豪和士杰，平时多注意士英的举动，担心士英受不过眼前的打击发生意外。

一天上午，在地里干活的社员们，正要歇工的时候。韩水河村的高音喇叭响了起来，音乐响过之后接着广播了中午召开群众大会的通知，要求全体社员群众吃过午饭后都到村小校操场上集合。

睡足了、吃饱了的韩大炮，显得精力十足，从高音喇叭里传出来的声音，如狼嚎一样瘆人。

韩士英一听，今天中午又要召开群众大会，神情马上紧张了起来。在下工后，他故意落在社员们的后面，把锄地用的工具塞到韩士媛手里，看了一眼渐渐走远了的人群，暗暗告诉士媛说：

“妹子，你回去告诉咱爹咱娘，我对不起他们了，我今天要顺着这条韩水河沟逃出去。从此，远走高飞不再回来，今后是死是活，都不要找我。”

韩士媛听到这里，吃了一惊。同时又想起了娘的嘱咐，感到了事情的严重性。她要想办法阻拦住士英，不能让他走这一步。

“哥，你千万不要想不开，你这一走，要到哪里去？”

“到了哪里算哪里，反正我要离开这个韩水河村。”

“你回家给咱爹咱娘说一声，再走也不迟呀？”

“今天中午这个大会，一定是批斗我的大会，我受不了了。我现在不走，就来不及了。”

“你身上没带一分钱，路上怎么吃饭？”

“我可以去要饭吃。”

“人家问你，年纪轻轻的为什么要饭吃啊？”

“要饭不成，我可以打工挣钱，换饭吃，我干活不怕脏不怕累。”

“现在走到哪里，都要看介绍信，你没有介绍信证明，就是打工，也没有人敢收留你 ？”

“这些事情你甭管了，我总会有办法的。”

“我看不行，就你这身脏衣服和你这个样子，过不了几天，会被他们抓回来，到时候，还要加上个畏罪潜逃的罪名。”

“既然到了这种地步，反正是死路一条，还怕什么再加罪名不罪名？大不了和他们拼了 ！”

“哥呀，你千万不能干出这种傻事来，如果再从你身上闹出事来，咱们这一家人，真是跳进黄河也说不清了啊！”

韩士英听了妹妹士媛的苦苦相劝，一时没了主意。他十分痛苦地蹲在地上，用两只拳头狠劲儿地捶打着自己的头部：

“我当初真是鬼迷了心窍，让韩大炮给耍了，落下今天这个下场，还连累了一家人。现在我活着还有什么意思，还不如死了算了……”

韩士媛见士英悲愤地自己折磨着自己，生怕士英真的打出个长短来，她慌忙抱住士英的头，伤心地哭了起来：

“哥呀，你不要这样了好不好？咱们回家去吧？你现在不能走，也不要去死，要好好地活着……”

这时候，韩士豪和韩士杰他们两个放了学，也找到了这里。他们两个见了，也一起围过来哭了起来。

这哭声，在空旷的韩水河畔，显得那么的无助、那么的凄凉和悲怆。

天空中的太阳，好似不愿看到这一人间悲剧，被一片乌云遮挡住了光线，天地之间顷刻变得暗淡起来。树上的鸟儿失去了欢快的鸣叫，韩水河的哗哗流水，也变成了呜咽的旋律。

韩士英兄妹几个围在一起，沉浸在一片凄切、悲伤的世界里……

不知啥时候，赵梅如来到了他们跟前。韩士媛和韩士豪、韩士杰见了母亲的到来，哭得更伤心了。

赵梅如制止了儿女们的哭声，心情沉痛地告诫儿女们说："士英你现在哪里也不能去，更不能去死！你想想，你为什么要外逃？为什么要去死？你如果真是那样做了，正好中了他们的圈套。他们每时每刻都想让我们去死，想让我们家破人亡。我们不能那样去做，我们要好好活着，要活得有骨气，要活得光明正大。"

说到这里，赵梅如加重了语气："他们今天斗你也好，明天批你也罢，只要有你娘在，只要是社会主义的天下，这道坎儿，我们是早晚要闯过去的！"

……

赵梅如虽然说服了儿子士英，心里稍微宽慰了一些。但她那沉重的心情，并没有完全轻松下来。

前一段时间，丈夫被批斗，被折磨得九死一生，也曾有过活不下去的想法。是她百般地开导和鼓励，才使丈夫有了重新活下去的勇气。形势刚有好转，不想士英又出了这档子事，也走到了这一步。真是：穷小子赶上了闰月的年——难上加难啊！

儿子是当娘的心头肉，现在儿子有难了，这种灾难，要比当初丈夫的灾难更使她心疼百倍。她真想找个地方痛痛快快地大哭一场，把心中积郁的苦闷发泄出来。可是，眼下在儿女面前她不能那样去做，她的心里清楚，现在她是这个家里的顶梁柱，如果她这根顶梁柱倒下了，他们的整个家庭，就会被毁掉。所以她必须强打起精神来，在儿女们面前做出坚强的选择。她虽然还不知道这场"文化大革命"要搞多长时间，但她坚信："文化大革命"迟早会过去的，他们家的一系列冤案，马上会水落石出。

目前，令赵梅如感到一丝欣慰的是，女儿士媛渐渐长大成熟了，今天，如果不是士媛从中阻拦，士英再走错一步，后果真是不堪设想。

她又回头，看到士豪和士杰还在擦眼抹泪，酸楚的心里，又增添了一丝寒凉。她已计算过了，明年小哥俩就小学毕业了，要升入中学。到了明年，他们小哥俩命运如何呢？会不会走女儿士媛不让升学的老路？以现在的形势分析，这个答案已经了然。想到这里，她收回目光，不敢再想下去。

然而，赵梅如没有料到，目前他们所遇到的困难，在他们这条艰苦岁月的长河里，只是一个小小的漩涡。还有一场更大的灾难已将形成，这场灾难的降临，更是空前绝后，不仅要摧毁她的意志，还要摧毁他们整个家庭……

（二）

时光已经进入1970年农历三月，这时候韩士雄出院已有一个多月了，他出院时带回来的七天药品早已用完，以后再没有继续吃药。由于家庭出现变故，使他的心灵受到了重创，他也没时间考虑这方面的事情，现在紧张的情绪缓和了下来，韩士雄才感觉到自己身体有些不舒服。他想起出院时石医生说过的话，一个月后一定要去复查。

韩士雄给母亲赵梅如说了这件事，赵梅如出门去借来了五元钱，交给了韩士雄，要他明天去趟省医院做个复查。韩士雄接过这五元钱，心情十分沉重。他知道这五元钱当时的分量，除去两元钱的来回车费和两角钱的验尿检查，再扣除三角钱的中午一顿饭费，还能拿好几天的药。这五元钱又是他们九口之家能维持一个月的柴、油、酱、醋、盐的生活费用啊！韩士雄接过这张五元钱，不觉双眼潮湿，潸然泪下。一夜辗转难眠，他不知自己的病情究竟如何？

第二天一早，韩士雄踏上了北去的火车。到了省医院已是轻车熟路，他很快在病房找到了石医生。

石医生询问了一些身体情况，给他开了张检验尿常规的单子，韩士雄拿着验尿单子到化验室做了尿常规检查。检查结果很快出来了，在尿蛋白上出现了“++”。韩士雄一见傻了眼，这表示尿蛋白含有两个“加号”，病情已发展到相当严重的程度。韩士雄十分懊恼当初没有听从石医生的劝告，在医院多住一段时间巩固治疗，现在后悔已经晚矣！

从门诊化验室到病区的走廊一共有二百多米，韩士雄不知走了多长时间，他感到头晕腿软、浑身乏力。他的心沉得如同坠上了一块铅，他难受得犹如刀割，不由得一声长叹：自己怎么摊上了这种病啊！

当见到石医生时，他痛苦得几乎哭了出来，石医生安慰他说：“你还年轻不用害怕，我给你开个方子，回去后要按时吃药，不能间断，用药期间主要卧床休息，不能干重体力的活儿，精神上要保持乐观，这样病就会好起来的。”

“石医生，我听人说，肾炎这种病一旦复发，就会转变成慢性病。到了慢性期就很难治愈，最后转化成尿毒症、肾衰竭而死。这都是真的吗？”韩士雄想从石医生口中得到证实。

“这个问题很难说‘是’或者‘不是’。因为病情和病情不相同，人体状况也各不相同，再加上年龄不同和各种治疗方法和环境不一样，那结果就会不一样。”

“石医生，你说我这种病大概还能活多久，我不是怕死，因为我有好多事情没有去完成，我想利用这有限的时间，来尽量弥补我所完不成的事情。”

石医生听完韩士雄这番话，十分惊讶地看着这个年轻的病人，他不明白话的意思。

韩士雄解释说：“比如说我想当兵，我想上学，我想当工人，我这个病是不是对我的理想判了死刑？如果是那样的话，我就干脆不治疗了，不再浪费时间和金钱了。我要在有限的生命中，能干一天活就抓紧干一天的活儿，也好报答一下父母亲的养育之恩。”

石医生终于明白了韩士雄的思想意愿，他无限感动地说：“小弟弟，你还年轻，现在不要考虑那么多，你的病现在还属于急性期，只要按我的治疗方法去做，一定会好的，等你病好了以后，你的理想一定能实现的。”

石医生的话使心情沉重的韩士雄轻松了许多，接着石医生告诉他，有一种药物对于治疗他的病非常关键：“‘强的松’这个药你一定要坚持用，但它有一定的副作用，服用期间要谨慎，停药时逐渐减量，它的价格也比较昂贵，千万不要心疼钱去放弃这种药的治疗。”

石医生哪里会想到，眼前这个小伙子，目前不仅处于家庭的经济危机，而且还处于“文革”运动的政治压力。这两种压力，犹如两座大山压在韩士雄受伤的心灵上。一个病人在这种恶劣环境中生存，那也真是生死难料。

韩士雄没有说出自己的家庭背景，他不想让一个外人品尝自己的艰辛，自己酿的苦酒还是自己干杯吧，干吗还让人陪着？韩士雄这时心里，已经清楚石医生话里的意思，虽然给他战胜疾病树立起了勇气和信心。但要想实现自己的人生理想，已是遥不可及的事了。从此以后，在韩士雄的内心深处，不得不在自己人生征途上，改写自己的人生轨迹。

韩士雄从省医院回到家里，把病情告诉了母亲，赵梅如含着泪说：“孩子，不要怕，家里就是砸锅卖铁，也要把你的病治好。”

这时候，他们想到了“海河指挥部”，想找找“海河指挥部”问一问还能不能报销药费。经打听，“海河指挥部”从山城县搬到了西川水库办公。西川水库离韩水河村有五十多里，韩士雄有病去不了，韩元忠和韩士英正在监督改造也不让去，这让谁去呢?

赵梅如和韩元忠商量，决定让韩士豪和韩士杰兄弟俩去一趟。当时这一对双胞胎也只有十二岁，韩水河村距西川水库有两条路可走：一条是大路，一条是小路。说是大路也就是能通行大车的土路。大路要环山绕行，需要走五十多里。这条小路要穿山而过，途经一道七里沟和跨越一道山梁，这条小路能近十多里。士豪和士杰他们两个不会骑自行车，要徒步行走，所以决定走这条小路去西川。

赵梅如把士豪和士杰叫到近前叮咛道：“你们哥俩没出过门，在路上要多打听，不要贪玩，到了西川先找你们的京元叔叔，他在那里是咱们村民工队，施工的队长。让他带你们去找‘海河指挥部’的领导，见了人家要多说好话。”说完赵梅如把韩士雄从省医院给开的诊断证明书和药费报销单用一个小手绢包好，装进了士豪的衣兜里，又用针线缝了几针才放了心。最后又嘱咐说：“出门后碰上熟人，不要说你们去找‘海河指挥部’报销药费。怕村里知道了给咱们坏事。千万要记住，事情办成办不成，天黑前必须赶回来。”

“记住了。”韩士豪和韩士杰同时回答。一个大人无法去完成的任务却寄托在两个只有十二岁的孩子身上。

说起这小哥俩来，还有段调皮史哩。在小哥俩四五岁的时候，临近年关，家家户户要杀猪宰羊，孩子们都争抢杀猪退下的猪蹄硬壳。他们把猪蹄壳里填上一些猪油做猪蹄灯，一到晚上都集中到大街上玩灯，看了别有一番风味。有一天，小哥俩正在杀猪场上争抢猪蹄壳，忽见一个小脚老太太走过来，小脚老太太不是别人，正是韩怀春的母亲。她的脚是全村有名的小脚，猪蹄壳的形状和老太太脚上的鞋子十分类似。于是，小哥俩用一根树棍挑起猪蹄壳一前一后，喊开了：“老娘儿穿鞋来，老娘儿穿鞋来……”

这下可惹恼了韩怀春的母亲，她举着手杖追赶着小哥俩，小哥俩不慌不忙地在大街上转圈儿。老太太追了半天也没追上小哥俩，最后找到韩元忠家里去。韩元忠和赵梅如知道了这件事，赶忙给老人家赔不是，又狠狠训斥了小哥俩。小哥俩知道了错误，从此以后不再调皮捣蛋了，知道了尊老爱幼，惹得乡亲们人人喜欢。小哥俩在学校里成绩也是数一数二，常常受到老师的表扬。“文化大革命”的“洗礼”也触及了小哥俩的幼小灵魂，虽说在学校里没有受到别的孩子们欺负，但在他们心灵里，却烙下了深深的伤痕。他们失去了少年时代的无忧无虑和欢乐，但同时增强了毅力和意志。

今天小哥俩接受了任务，他们一大早就上了路。说起这道七里沟，实际上有八里多长。七里沟纵横蜿蜒、沟壑交错，两岸岩石突兀、怪树高耸，一条羊肠小道贯穿在沟底的灌木丛中。平时很少有人从这里来往，就是大晴白天，一个大人进入到这七里沟中也会感到心里发紧、毛骨悚然。

去时，韩士豪和韩士杰正好碰上一个打柴的老人，他告诉了这道七里沟怎么个走法，小哥俩在打柴老人的指引下，很快穿越了七里沟，又翻过了一道山梁。中午时分终于赶到了西川水库工地。在工地上小哥俩找到了韩水河村的施工地段。这时候小哥俩又渴又饿。韩京元看见韩士豪和韩士杰风尘仆仆地找来，问明事情的情由后。先安排小哥俩到伙房吃过饭，稍微休息一下，然后把他们领到“海河指挥部”。

“海河指挥部”的几位领导，正好都在。韩京元说明来意，“海河指挥部”看过省医院给士雄开出的治疗证明书后，同意报销药费并且说：“这么远的路，来一趟不容易，以后可以等药费攒多了来报销。”

韩士豪和韩士杰告诉说：“因为家里急着用钱，这次给报销的药费，还急着拿药用哩。”

“海河指挥部”的同志听说家里生活这么困难，又目睹小哥俩的一路风尘，无不动容地表示：这么远的路，为几块钱药费而来，真是难为这两个孩子了。

小哥俩拿到报销药费很是高兴，他们两个没敢在工地上多停留，就告别了京元叔叔，奔向回乡的路途。山里人有句歌谣：

上山容易下山难，
上得山来景更宽；
要想下山回家去，
还得双腿打颤颤。

小哥俩翻过了这道山梁，又来到七里沟，来时过这个七里沟顺风顺水，可回去过这道七里沟就没那么幸运了。这可不是下山双腿打颤颤的事儿，这是一场小哥俩的生死赌注。

这时，日头已经西斜，七里沟一片死一样的寂静，偶尔有乌鸦的几声鸣叫，更增添了七里沟的恐怖气氛。当小哥俩在七里沟底，走完大约一半路程时，突然发现前面路当中蹲着一只动物，毛茸茸的身子像一只大苍狗。小士豪打了一声“呼哨”，这个大狗一动也不动，小士杰用石头投了一下，想赶它走开，不想这只大狗露出狰狞的面孔。

“狼！”这声惊叫，几乎是小哥俩同时喊出。他们俩没有见过狼，但常听老人们讲狼的故事。他们两个知道狼的厉害。这个时候七里沟内空无一人，他们两个无法向外界求救。冲过去狼挡着路，退回去肯定也逃不脱。

生死抉择是一瞬间的事情，容不得他们多加考虑，狭路相逢勇者胜，只有以死相拼才能赢。此时此刻，韩士豪和韩士杰并没有感到害怕，更不能退却，他们知道天色已晚，不能和狼这样耗着，要趁天明冲过这条七里沟，才能逃生。

看着身边没有称手的武器，只有石头。他们哥俩捡起一堆不大不小应手的石头，准备向狼冲击。开始这只狼对于投过来的石头并不躲避，它像一个足球守门运动员，对于飞来的石头老是用前爪去捕捉，石头根本伤不着它。

这时候小士豪和士杰，想起了爷爷曾经给他们讲过打狼的故事。爷爷小时候给地主家放羊，狼经常去羊圈里糟害羊，爷爷说过，狼很狡猾，打狼要动脑筋，不能光用一招，要虚实并用，而且要狠打，这样狼才退却。他们商量好，一个打虚，一个打实。只见韩士豪把一块石头向狼高高扬起，狼不知是计，照旧跳起身子向石头扑去。就在这当儿，说时迟那时快，韩士杰用尽全力把一块石头向狼头部掷去，这只狡猾的苍狼没有来得及躲闪，头部重重地挨了一击。这只狼嗥叫了一声，感到了小哥俩的厉害。这一打击非常重要，狼的意识受到了影响，开始乱了方寸。接着狼身上又挨了几块石头的重击。大苍狼连嗥几声，踉跄一下，慌忙蹿入灌木丛中，逃走了。

小哥俩见狼被赶跑了，也顾不得多想，一阵猛跑也逃出了七里沟。傍晚时分他们把“海河指挥部”给报销的药费带到了家里，一家人都很高兴。这个好消息，使这个濒于崩溃的家庭，又看到了一线生机。

小哥俩商量好，为了不让父母担心，没有把七里沟遇狼的事情讲出来，后来时间长了，家里人才知道，他们在七里沟跟狼打过遭遇战的故事。

三十四、生死边缘

（一）

时间不长，全国农村实行合作医疗政策，韩水河村，也成立了农村合作医疗。广大群众都参加了合作医疗，在医疗疾病方面得到实惠。韩元忠一家人，被卡在了合作医疗大门之外。

有一天，韩士雄拿着从县医院买回来的针剂，到合作医疗来注射。正巧，碰上来合作医疗拿药的韩怀春。

韩怀春看见坐在凳子上等待打针的韩士雄，眉头立刻拧成了一个疙瘩。他把医务员韩晓燕叫到医务室的里间屋，厉声问道：

"韩士雄来这里看病打针，是谁批准的？"

韩晓燕是韩怀春的远方侄女，虽说只是小学毕业，文化不高，但心灵手巧。前一段时间，村里推荐到赤镇卫生院培训了几个月，现在回村当上了赤脚医生。一般只是做个扎针和取药工作，诊断病情还是要到正规医院去做。

韩晓燕见韩怀春一脸的盛怒，忙解释说：

"韩士雄的药，是从县医院里拿回来的。到这里来只是帮助给他打个针。"

"从县医院里拿的药？"韩怀春感到惊讶，过了一会儿，沉吟说，"难道说他家里还有买药的钱？"

韩晓燕又说："听说是县'海河指挥部'出的药费。"

"'海河指挥部'出的药费？士雄已经出院了，'海河指挥部'还管他治疗费？"韩怀春有些发怔，说到这里，沉思了一下，又说，"韩士雄来这里打针，要收手续费，不能白打。"

韩晓燕见韩怀春要她收取韩士雄的打针手续费，有些为难：

"这样收费合适吗？"

"怎么不合适？凡是没有加入合作医疗的人，来这里治疗，都要收费。"

"那要收费多少？"

"应收五分收一毛，应收五毛的收一块。"韩怀春说完，拿着药，头也不回地离开了合作医疗医务室。

就这样，从这一天起，韩士雄来这里打针，开始了收费。打一针一角钱，爱打不打。

他的一家人，被不折不扣地当成了阶级敌人来看待。

有一次，韩士雄去省城看病，因事耽搁住在一家旅馆里。碰上一位患糖尿病的患者，自己给自己打针。他把注射器里抽满药液，再把针头朝上，排去针管里的空气，然后用早已准备好的酒精棉球，把屁股的右上方注射位置擦一擦，再侧转身子，右手拿稳注射器，对准穴位，轻轻一点，针头进入了肌肉里，然后手指轻轻一按，药液缓缓进入体内。注射完毕，左手捏住棉球抵住针头，右手把注射器一提，这样一点一提，一次自行注射就完成了。

患者动作轻松自如，一气呵成。韩士雄看得有些目瞪口呆。在他心里，医疗工作是一个神秘而神圣的工作，这样一个神圣而神秘的工作，竟在一个普通患者身上，演绎得简易而轻松。

这个患者，有三十多岁，名叫江宇宏。他是外省一个业务员，出差来到省城，他性格开朗乐观。自我介绍：他患糖尿病已有十年历史了，由于病的原因和工作特殊性，几年来都是这样，走到哪里把药带到哪里，每天打针已经成了他的习惯，他并不感到疾病对他工作有什么不便，只要你对病充满信心，保持乐观，就没有走不过去的坎儿。

江宇宏的一番话，使韩士雄受益匪浅。他想到自己的处境和病情给他带来的压力和不便，使得他几乎喘不过气来，江宇宏的言行，给他解开了这个沉重的心理疙瘩。真是世上无难事只怕有心人啊！

从此以后，韩士雄从医院购买了注射器，也学会了自行注射。这时候他品尝到了“求人不如求己”这句话的真实含意。他不再往返于合作医疗，还得交纳注射费用，也不再看他们的白眼了。

水剂青霉素和庆大霉素他能自己完成，油剂青霉素就难了，西林油液体黏稠，阻力大，一只手推不动。这时候韩士雄常叫士豪和士杰来帮忙，时间长了，家里人你来一下，我来一下，竟都学会了打针注射。可是，韩士雄屁股上，已经形成了硬疙瘩，有时把针头弄弯了，也扎不进去。韩士雄只好接受多次重扎的痛苦。

经过一个多月的家庭治疗，韩士雄的病情没有明显好转。尿常规检查，出现了顽固性的“++”蛋白尿。并且身体虚胖，浑身毛发增多，这是强的松的副作用所致。省医院石医生说：“强的松这个药不能停，要坚持继续治疗。”

县医院有医生建议说：“强的松这个药不要再用了，时间长了，还会引发其他并发症。”

这两种结论使得韩士雄一家人左右为难，不知听哪个医生的好。

这个时候“海河指挥部”捎来了口信：韩士雄的药费停止报销。原因是大队给“海河指挥部”去了一封不让报销药费的信。

一家人最担心的事情终于发生了。

“海河指挥部”停止韩士雄的药费报销，不亚于发生了一场八级地震。它的震波，无不殃及韩元忠家的每一个人的神经，接着更残酷的现实又降临了，在韩元忠的大门口外的墙上，用白底黑字挂上了“反革命分子”家庭的标牌。

这是韩元忠一家人有生以来最惨痛的标志，也是他们一家人刻骨铭心的奇耻大辱。

这种结果，虽说他们早有预感，但当灾难真的降临时，还是感到茫然失措。首先从灾难中挣脱出来的是赵梅如，赵梅如坚定地说：“当务之急，是先给士雄把病治好，别的事情以后再说。”

“海河指挥部”停止了韩士雄的药费报销，这个药费开支，当时韩元忠的家庭状况哪能负担得起？继续治疗了半个多月后，家里该借的钱都借了，亲戚和朋友都借遍了，这些钱还是杯水车薪。甭说拿药，连生活也难以维持了。他们一家人有好几顿饭没吃上盐了，每顿饭里用菜缸里的咸水来当盐用。

有一次，赵梅如去咸菜缸里掏盐水，发现咸菜缸里的盐水太脏了，乌黑乌黑的，并且在盐水里爬满了白花花的蛆虫。赵梅如恶心得想吐，她本想放弃，但中午这顿饭菜还没有食盐，怎么办？当时的食用油是按人头供应，油少不够用，饭菜里可以少用，也可以不用。但是食盐这东西可不能不吃啊！这一下可难坏了这个平时爱干净，从来在吃食上很讲究卫生的赵梅如。

万般无奈，她找来一个罗底，把咸菜缸里的盐水，用罗底过滤了一遍，驱除了那些蛆虫和杂质。这样的工作，她过几天要重做一次，而且都是在秘密中进行。家里人都不知道，他们吃的饭菜用的盐都是咸菜缸里的盐水。

一天，这个秘密终于让丈夫发现了，韩元忠不由得掉下了眼泪。说：“士英他娘，真是难为你了，我说这一阵子，咱们家没有钱买盐？原来是这样……我们以前生活再苦，也没苦到这般地步啊！”

赵梅如也不由得哭出来：“士雄这个孩子看病要用钱，我们现在没有办法，只能省一分钱，算一分吧！”

……

正常的治疗已经不能坚持下去了，像强的松这种昂贵的药品，不用商量也被减了下来。没有了经济保障，开始收集民间偏方。

有一天，一个老中医信誓旦旦地告诉一个偏方：用清水煮猪腰子，一天吃一个，连吃一百天，能医治肾炎。

赵梅如托人，从肉食品站每天买个猪腰子，来给韩士雄煮了吃，用了不到十天，韩士雄感到不对劲儿，发现尿液颜色深红而浑浊，到县医院去做尿常规检查，结果蛋白质和红、白细胞由原来的“++”猛增到“++++”。这是尿常规化验中最严重的。

是由于突然停用强的松引起的病情恶化，还是肾脏本身已发生了实质性病变？这个问题韩士雄曾经问过当地医院的不少医生，但没有一个医生能做出明确的回答。去省医院找石医生？韩士雄想了想，不去也罢，即使石医生能给指出一条治疗的正确方案，没有经济保障也是枉然。

韩士雄的病情，成了韩元忠一家人的头号难题，他们不想放弃对于韩士雄的治疗，同时又为药费发愁，一个十八九岁的小伙子，就这样眼睁睁看着被疾病夺去了生命，他们不甘心哪！

在走投无路的情况下，他们想到了在河南工作的韩元珍。

韩元忠说：“要不让士雄去河南找他大姑去，想办法把病治一治？”

赵梅如接过丈夫的话说：“咱们现在没有钱，怎好意思让元珍出钱为士雄看病？”

“现在顾不了那么多了，士雄的病要紧！如果现在我们有钱的话，就不去麻烦元珍了。”

“那也要先给元珍去一封信吧，把家里的情况说明一下？”

“去信来不及了，一封信来回要用十多天时间，恐怕士雄的病情耽误不起？”

“要不，拍个电报？”

“拍电报，也说不清问题。”

……

从目前的情况来分析，韩士雄去韩元珍那里治疗比较合适。

韩元姝，在内蒙古地处偏远，去一趟光坐火车需要两天两夜，一个病人肯定受不了。赵贵如在山东林源县，现在正在被揪斗，去那里也不现实。韩元珍那里地处中原，离家乡也就几百公里，虽说不是大都市，在医疗方面肯定比家乡医院要先进得多。如果让韩士雄去元珍那里治疗，除了医疗条件优先外，更重要的是能脱离家里的恶劣环境。现在家里的环境，对于一个病人来说，确实受不了。

想到这里，韩元忠来不及和韩元珍去信商量，决定让韩士雄明天就出发，去河南韩元珍那里投亲治疗。

（二）

事也凑巧，丁村有去火车站拉脚的大车，事先联系好后，韩士雄一大早，坐上丁村拉脚的大车。等拉脚的大车赶到火车站，也正好赶上南去的上午火车。

韩士雄虽然顺利地坐上了火车，心情还是十分沉重。自从上次和丁瑞一块儿去了一趟大姑家，至今几年过去了，在这“文化大革命”的几年中，虽说有书信来往，知道大姑家没有发生不测，但究竟怎样并不清楚。现在丁瑞参军了，下面还有个表弟和表妹，他们两个年岁尚小，在这个特殊的年代，大姑家里的经济状况怎样呢？大姑和姑父，是否有时间、有能力接纳他？这些都还是一个未知数。

韩士雄不由得想起了前几年北上求学的情景，那个时候他满怀希望风尘仆仆赶到了二姑那里，城市之间的差异和他想象的情况大不相同，令他非常失望。还好，回来以后，不久学校补招了他这个落选生。那时候，命运好似给他开了一个玩笑，使他失而复得，弥补了他北上求学的遗憾。

如今，情况和上次求学完全不一样，这一次，他是身无分文去大姑那里治病，而且是别无选择。如果，大姑家里的经济条件不允许，或者是治疗方面不理想，这都可能导致他这次行动的失败；这种失败的结果，会使他的病情更为糟糕。

韩士雄想到这里，随着火车奔驰的轰隆声，心情愈加沉重。

正在这时，两个全副武装的公安人员，羁押着一个身戴镣铐的年轻囚犯，从车厢的甬道走过。这一下引起了旅客们的一片议论：

“这个年轻的小伙子，犯了什么罪呀？”

“连镣铐都戴上了，罪行一定不轻！”

“这年头只有两种可能，一种是政治犯罪，一种是强奸犯罪。”

“小小年纪走到了这一步，真是可惜了。”

……

韩士雄仰着身子，靠在椅背上，一边望着消失在车厢尽头的年轻罪犯一边聆听着人们的议论。心里不由得泛起一阵苦涩，他清楚，目前自己的处境，比这个罪犯也强不了多少。罪犯可以悔过自新、重新做人，还有生命的选择。可是，自己的病情，如果这次治疗不成功，就会把他判了死刑，用不了多少日子，他就会离开这个世界，自己的一切美好憧憬，都会化为乌有。想到这里，韩士雄心里感到了无限的悲怆和凄凉。

午饭时间到了，在这个特殊的时代里，火车上没有给旅客提供午餐和开水，有的旅客开始吃起了自备的午餐，韩士雄没有自备午餐，他也没有胃口。他计算了一下时间，再过一个小时，他就可以到达目的地了。他的心里除了沉重，又增添了一份忐忑不安。他不知道，到了大姑那里，第一句话应该怎么去说了？

B市是河南省一个地区级都市，紧挨京广铁路，下了火车要走上三四里，才能到达韩元珍的住地。平时这三四里地，半个小时可以走完，今天，韩士雄大约走了两个钟头，才到达大姑的家里。

韩元珍下班回来，正要做饭，见韩士雄一个人从老家赶来，并且，一脸的萎靡不振的样子。待她问清情由后，才知道大哥家里已经到了困难重重的地步。当夜，和丈夫丁鑫商议，准备第二天，把韩士雄送到市人民医院治疗。

河南B市，地处平原，对全国来说，是一个工农业发达的中等重要城市。这里医院的医疗设施都是全国一流的，医院里的医生，也都是全国重点医科大学毕业的研究生。他们医术水平精湛，临床经验丰富，加上丁鑫的关系，韩士雄能住上这么好的医院治疗，不久就会康复的，这是韩元珍一家人的美好愿望。

韩士雄在大家美好的期望下，住进了B市人民医院。医院里的医务人员和丁鑫都很熟悉，大概是丁鑫常来看病的缘故吧？他们都很热情地和丁鑫打招呼：

“丁部长身体好吧？”

“丁部长光临有什么指示？”

这时候丁鑫已经升为武装部的副部长了。

丁鑫也会以同样的热情，拉住医务人员的手，嘘寒问暖的。

他们之间鱼水相依的关系，使躺在病床上的韩士雄见了，很是感动。

医院里的医生，专门为韩士雄的病情，做了分析，并做出了治疗方案。他们撤去了激素治疗，采取了青、链霉素结合治疗方法。

医治了一个周期，化验了结果，尿蛋白顽固地固定在了“+++”上，并且有颗粒管型出现。尿中如果出现颗粒管型，是个不好的征兆，预示着肾脏要有实质性的病变。又调整治疗了一周多，病情仍然没有好转的迹象。

医务人员尽力了，韩元珍一家也尽力了，韩士雄顽固性肾炎，像恶魔一样，死死缠住韩士雄不肯松开。这个结果使韩元珍一家感到意外，也使韩士雄感到了彻底的失望。

就在这时，丁鑫的肝脏出了问题，急需住院医治。这是他在朝鲜战场上留下的后患，子弹曾经穿透过他的肝脏，由于积劳成疾，现在受伤的肝脏又发生了新的问题。

韩士雄从医务人员的交头接耳中，了解到了自己的病情，已经到了不可挽回的慢性期。所谓慢性期，也就是疾病已发展到了无法治愈的期限，使用再好的药物，也很难奏效的，只能终生以药相伴。

韩士雄面对大姑家突然发生的变故，觉得自己不能长期待在这里，他要求出院回家。事已至此，韩元珍也是束手无策，她先给大哥元忠回了一封信，然后让韩士雄又在家里住了几日，才送士雄上了回家去的火车。

韩士雄没有想到，他下了火车后，没有看到家里有人来车站接他。

老天也不作美，本来是晴朗的天空，却突然从西北方向刮过来一片乌云，一阵电闪雷鸣过后下起了大雨。走在半路上的韩士雄，遭到了一场暴雨的袭击。他的衣服被雨水打得精湿，他咬紧牙关，在泥泞的道路上艰难地行走了大约两个多小时，最终还是腿软无力瘫倒在了马路边。碰巧邻村有个老乡路过这里，把他扶上手推车，天黑了才赶回了家里。

原来，韩元珍的信在半路被耽搁了，家里人没有收到韩元珍的来信，不知道韩士雄今天回来，直到韩士雄回家第三天，元珍的来信才姗姗送来。

实际上，在韩士雄还未回来之前，韩元珍的来信，已经邮寄到了韩水河村的大队办公室。首先看到这封信的是韩大炮。韩大炮见从河南寄给韩元忠的来信，就偷偷地打开信封，看了信的内容。看过之后，没有发现信上需要索取的价值，把信照旧封好，准备叫人捎给韩元忠家里。

碰巧，这时候韩怀春走了进来，看到了这封信。韩怀春问明了信的内容，示意韩大炮先把这一封信，放进抽屉里压一压，等两天后，再送也不迟。

韩大炮张大了嘴巴，有些不明白主子的意思。

“你想一想？”韩怀春诡诈地一笑，“既然韩元珍来信，叫去火车站接韩士雄，说明韩士雄的身体，已经吃不消了。如果再让他走上这二十多里路……”

韩大炮合上了嘴巴，一下明白了过来。他清楚地看出来，韩怀春这种深不可测的笑容后面，明显隐藏着阴险、狡诈和扑朔迷离的祸心，甚至还潜伏着一种充满血腥味儿的动机……

“哈哈哈……”这种能置人于死地的游戏，韩大炮很爱玩、很乐意去做，韩大炮笑得有些得意忘形。

“嘿、嘿、嘿……”韩怀春的笑声中，充满了阴暗与恐怖。

韩大炮笑过之后，幸灾乐祸地表起功来：“上一次，你出主意，叫我给‘海河指挥部’写信，这一封信还真他娘的管用。后来听说韩士豪和韩士杰大热的天来回白跑了一百多里地，也没有给报销药费。回家后，你猜怎么着？”

“怎么了？”

“把赵梅如的鼻子都气歪了！”

“真有这事？”

“那还有假！”

“嘿嘿嘿……”

“哈哈哈……”

韩怀春明知道韩大炮说的话水分不少，但听了还是由衷地高兴。

韩大炮意犹未尽地继续说：“这一次，韩士英被扣上了‘反革命分子’帽子，韩士雄再病倒下去。赵梅如真的如你分析的那样，变成了失去了两只翅膀的大鸟了。赵梅如经过了这场灾难的折腾，她就是一只蛟龙再生，也兴不起大浪来喽！”

韩怀春想看到的，正是这样的结果。

二人的惨无人道，已经到了令人发指的地步……

（三）

等士雄回到家里，浑身上下变成了个泥人，没等换好衣服就晕了过去。接着出现严重呕吐反应，水、饭不能进，一下病倒在了炕上。去找县医院，县医院不敢接受这个病人。赵梅如和元忠没了办法，请来了赤镇公社卫生院医生。医生姓刘，有二十多岁，是个医学院刚分配下来的学生，一连给韩士雄输了几天葡萄糖，病情还是没有好转的迹象。

这个时候，传来了一个坏消息，说邻村的一个肾炎患者去世了。这个患者是一个回乡知青，年龄和士雄差不多，父亲是解放战争中南下的干部，在福建工作。“文化大革命”中受到了冲击，一双子女回到了故乡。哥哥得了急性肾炎，得不到很好的治疗，妹妹白天参加生产队里劳动，又不能很好地照料哥哥。哥哥在吃饭上又不肯忌盐，从患病到去世，只有半年时间，肾炎就夺走了这个年轻人的鲜活的生命。

这一个不祥的消息，使得韩元忠一家人心情十分压抑，它也预兆着韩士雄的生命将要走到尽头。

果然没几天时间，赤镇卫生院的小刘医生，在输完一次葡萄糖后，把韩元忠和赵梅如叫到门口外小声说:“我看葡萄糖也别输了，这起不了什么作用，这孩子的病情，已到了后期，可能转化成了尿毒症。你们该准备什么就准备什么吧。”

医生的话，虽然声音不大，但韩士雄还是听得清清楚楚。一个十九岁的生命就要很快离开这个世界了，这个世界对他来说，是多么的重要？可是现在也没有什么感到留恋的了，他的存在，确实给这个家庭带来诸多困难，如果早走一步，就能使这个家庭早一天摆脱困境的话，他还不如早走一步。他所感到遗憾的是，他的人生理想没有得到实现。自从他懂事以来，他也奋斗过、拼搏过，虽说受尽了一些苦难，但他也品尝到了一些胜利和欢乐。还有父母的爱和兄弟的情，同学们的友谊和韩思阳、韩狗剩、李书慧在学校里的乐趣。特别是书慧那美好的形象常出现在他的梦里，一想到这些，心里有股暖暖的温馨。他也感到了自己的满足，没有白来这个世界上转了一遭。

唯一让他牵挂的是父亲和士英的问题，还有老支书临终时的嘱托。他知道父亲和士英秉性都比较软弱，喜欢逆来顺受，士豪和士杰年岁还小，光凭母亲一人承担这个家庭重担，有些身单力薄、力不从心。还有蔡老师的死，这些似乎都和韩怀春脱不了干系。一想到这些自己无法完成的心愿，不免又有些伤心落泪。

韩士雄卧病在床，已有十多天不能吃东西了，眼看着一日不如一日。赵梅如不得不想法，把自己出嫁时陪嫁的大衣柜卖掉，换回八十元钱，这是家里当时唯一值钱的东西。他们一家人，要用卖大衣柜的钱来给韩士雄买口薄皮棺材，不能让士雄这个孩子赤条条地来，又赤条条地走。

韩士雄静静地躺在炕上，不吃不喝，他的胃里已水米不能进了。除此之外，也没有感到体内有多大变化和不舒服。这时候他已从东屋搬到了北屋里，和父母亲住在了一起。这都是赵梅如的安排，说是为了照顾士雄方便些，实际上是为了让孩子死在自己身边，好最后给儿子送行。

一天，赵梅如给丈夫说：“我看士雄已到了最后的日子了，我要给队里告个假，守候在孩子身边。”

韩元忠说：“你先不要找别人，你去队长韩老大那里试一试，看韩老大能不能同意。”

赵梅如找到韩老大家里，说明了韩士雄的病情状况，韩老大听了赵梅如想要告几天假，感到为难。因为他身为队长，只有准假一天的权力，如果连续歇着，要通过大队干部同意才行，特别是韩元忠这样的家庭，他更不敢擅自做主。但他也十分同情赵梅如的处境，沉吟了一阵子，最后下了决心：

“你先歇两天吧，如果大炮问起，你就说你身体不舒服，患下了重感冒。咱们要说法一致，否则我担不起这个责任。”

赵梅如见队长韩老大同意了，放心地嘘了一口气。回到家里高兴地告诉了丈夫，韩元忠见妻子高兴的样子，心里也感受到了一份安慰。

临上工前，叮咛妻子说：“你在家里看着，士雄想吃什么，就费点儿事儿，给他做些什么吧。我们上工去了。”说完，双眼不由得掉下了几滴泪来。

赵梅如见丈夫双眼淌出了泪水，也不由得转过身去哭泣起来。

韩元忠连忙提醒妻子道：“别再难过了，让士雄听见，心里会更不好受的。”

赵梅如在家里，想着法儿给士雄做着他过去想吃的饭菜。她知道，士雄最爱吃的是她擀的面条。这一次她为士雄做了一碗面条，还炒了肉卤，为了做得有滋有味，她特意往卤里加了点盐水。她知道士雄不能吃盐，但为了能让士雄在离开这个世界之前，能吃上一口饭菜，她也顾不了那么多了。

可是，韩士雄面对这么诱人的饭菜，没有一点儿食欲。他强吃了一口，咽下去，结果还是又吐了出来，而且吐的比吃的还要多。

赵梅如见状，心痛如刀割，没有办法，只有背着士雄暗自伤心啜泣。

韩士雄见母亲为自己日渐沉重的病情十分伤心的样子，自己的心里也感到不是滋味儿。

他知道母亲这几天不去上工是为了照顾他，才给生产队里请了假。他已感觉得到自己可能没有多少时间留在这个世界上了。他要在这有限的生命里，和母亲共同度过自己人生这最后的一刻。他不能浪费这一丝一毫的珍贵时光，他要让母子之情尽力释放出尽善尽美的效果来，并以达到母子相别之后给母亲诠释出一种不留遗憾的美好的回忆。

今天，天空很是晴朗。韩士雄强挣扎着身子，从炕上起来，他感到了浑身乏力，双腿犹如踩在棉花堆里，不听使唤。他费力地来到院子里，灿烂的阳光，洒满了院落。他搬了个小板凳，和母亲一起坐在院内一棵老梨树下。梨树的枝叶覆盖了大半个院子，阳光从枝叶的空隙里，花花点点洒落到地上。

韩士雄像个孩子一样，依靠在母亲的怀抱里，撒娇似的还要母亲为他扎一次嘴唇来治疗呕吐。用针扎嘴唇医治呕吐，这种疗法是民间流传下来的一种土疗法，对于治疗呕吐很有效，所以从古至今一直沿袭下来。

赵梅如有这手医道，也是从她婆婆手里继承下来的。村里人有个小灾小病的，常来登门求医。

为了治疗韩士雄的呕吐，赵梅如不知给韩士雄扎了多少次了，一直未能见效。今天，士雄又提出来，赵梅如也希望这次有奇迹出现。

赵梅如看着士雄由于针扎而受伤的嘴唇，面露难色，心里发疼。

韩士雄看出母亲不肯出手的样子，鼓励母亲说："娘，您扎吧，儿子不怕疼。"

"来，让你娘先给你放一放火。"赵梅如故意装出豁达的样子。

赵梅如先拽了拽士雄的两只耳朵，这叫放火气。平时，着急上火了，这种疗法很是灵验的，只要把两只耳朵薅一薅，和拽上一拽，人身上的郁火，就会释放出来，比吃药都来得快。

赵梅如做完放火这道工序后，接着用一根缝衣服用的钢针，扎了扎韩士雄的上下嘴唇。这嘴唇上的神经十分丰富，每当扎完嘴唇这两个穴位后，韩士雄都会疼得两眼含泪。这一次，韩士雄没有流泪，反而两眼含笑，望着母亲。

赵梅如看出，儿子强忍疼痛的样子，心都碎了，忍受不住的眼泪还是从她眼窝里淌了出来。

他们母子两个心里都清楚，这种疗法对于治疗伤风感冒引起的呕吐有效。对于韩士雄的病情来讲，已失去了治疗意义。他们之所以这样做，还是因为想求得万一的希望。

"娘，你不用难过。我的病我知道，我不会有事的，过了这一阵子，会好起来的。"韩士雄反倒安慰起母亲来，"您不是老讲，人的一生有三道坎儿吗？这一道坎儿，过去了就没事了。"

赵梅如擦了一下眼泪，点了点头："孩子，人生是有三道坎儿。第一道坎儿，是生命的降生。你能活到今天就很珍贵，所以对生命要珍惜。第二道坎儿，就是人活在这个人世间，所遇到的灾难，这是天王老子定的规矩，人人逃脱不掉的。实际上，人一来到这个世上，就是灾难的开始，可是，老天爷给我们的灾难太大了。"赵梅如说到这里，双眼里又泛出了泪花。

那么人生第三道坎儿是什么呢？韩士雄也知道，第三道坎儿，就是人的生命的结束。人在死亡的关口，也是有一道难以逾越的坎儿。只是现在赵梅如和韩士雄，都不愿直接触及这个话题。

没想到，沉吟片刻。赵梅如另辟蹊径，道出了第三道坎儿的，另一层含意。

赵梅如说："人的第三道坎儿，是生命的圆满。只有功德圆满了，才能去见上帝。你的爷爷现今八十多岁了，还没有功德圆满，不能去见上帝。我和你爹也没完成任务，也不算功德圆满。你就更甭说了，你年纪轻轻，只是在人生的长途中，才走完第一步。"

显而易见，赵梅如的话，是祝愿韩士雄今后的路，还很长。

然而，他们都明白，这些祝福，都是他们唯一的渴求，和一丝相互慰藉与幻想罢了。

此时此刻，韩士雄有二十多天卧床不起了，韩士雄头脑十分清楚，他身上的水分和葡萄糖的养分，将很快消耗殆尽，他的生命也将很快结束。他并不感到死亡的可怕和痛苦，既然生命没有了生存的希望和价值，还不如尽早地去结束。此时他感到说话有些费力了，他想到临死前要写份遗书来表达他对双亲的养育之恩和对没有完成的遗愿，表示歉意。可他拿了几次笔，都感到心力交瘁，没能完成。

他这个时候，想到了《最后一封信》里的主人公何红梅。他没有预料到，自己的命运和何红梅相同，同是青春年华，却走向了一条不归路。

但是，他的命运，要比何红梅悲惨得多。何红梅在临死之前，可以洋洋洒洒写下一篇向世人吐诉衷肠的公开信，可以向世人炫耀她的家庭，炫耀她的学业，炫耀她那忠贞不渝的爱情。

可是，他韩士雄能向世人倾诉什么呢？倾诉老天爷对他的不公？倾诉不能实现自己理想而死不瞑目？他不能，起码那个时代不能那样去做。那样会招来更大的祸端。他只能随着生命的丧失，把这一切意念，和一生中不能完成的遗憾，带到天国里去。

面对死亡，他无怨无悔。

他在静静地等待死亡的召唤。

他小时候，常听大人们讲，一些人临死的时候，阎王爷会派小鬼拿着勾魂牌去勾魂，小鬼在头里走，魂魄在后头跟，忽忽悠悠随风飘荡。听说做了鬼魂能把人间的烦恼尽都割舍掉，一个人如果没了烦恼，说不定做个鬼魂还是一件惬意的事呢！韩士雄躺在炕上，似梦非梦，恍恍惚惚一连躺了两天。又是两天过去了，奇怪的是，就是不见勾魂的小鬼来找他。

阎王不请，小鬼不叫，韩士雄没有办法去阎王爷那里报到。

就在韩士雄生命即将结束时，他做了一个梦，这次他梦见自己参军了，他是在学校参的军。他和思阳、狗剩还有书慧一块儿都参了军。这个招兵的部队，就是丁瑞参军的部队，一想到能和丁瑞一块儿当兵，心里十分激动。他们胸前都戴上了大红花，他的父母和士英还有弟弟、妹妹都来欢送他。正在这时，韩大炮带着一队纠察队员赶来了。临近了，突然变成了一群张牙舞爪的猛兽，张着血盆大嘴，直向他们扑了过来。韩士雄啊的一声惊叫，醒来后，发现他浑身上下充满了冷汗。被子都被汗水打湿了。

大汗过后，韩士雄感到浑身轻松多了，也有了食欲。他告诉母亲想吃玉米面饼子，这时候家里吃的全是红薯面饼子。听说儿子想吃东西了，赵梅如心里很高兴，她赶忙从对门邻居家借了一个玉米面饼子，这个玉米面饼子黄澄澄的透着一股玉米的清香，这是韩士雄十几天第一次感到了食欲。他尝了一口，咽到肚里，没有恶心的感觉。又试了几口，胃里没有呕吐的反应。他一连吃了一个大饼子，又喝了一大杯水。感到胃里有股暖暖的液体在滑动，空瘪了多少天的胃囊得到了食物的补充，制造营养的机器开始了启动，韩士雄的五脏六腑又得到了营养，生命渐渐从死亡边缘又爬了回来。

韩士雄能吃饭了！

韩士雄又能站起来了！

这个消息像是触动了全村的每一个人的神经，好多好心人都纷纷赶来看望韩士雄，他们衷心地祝愿韩士雄能够早日康复，祝愿元忠一家人平平安安。

原来韩士雄的肾细胞并没有真的坏死，只是在一场风雨中，由于寒冷与疲劳使肾细胞处于急性休眠和假死状态。不想在这次睡梦中，大脑神经受到刺激，使得肾细胞又从休眠和假死中激活了过来。

韩士雄没有倒下去，从死亡边缘又挣扎了回来，这不仅是他身体素质底子好，更重要的是坚强的意志和顽强的毅力起着决定性的作用。他不能就这样倒下去，因为他还有好多的事情没有完成。

韩士雄像一棵被践踏的小草，几经周折又从石头缝隙里露出一片新的生机。

三十五、食药共济

（一）

经过一周的生活调理，韩士雄能够下炕活动了，但身子还是十分虚弱，前一段的不能进食，使他原来虚胖的体形，变得清瘦起来。医生告诉他，虽说闯过了生死关口，但要想治愈肾炎这个病，除去药物治疗外，必须在饮食上一定要低盐饮食，最好还是不要钠盐。韩士雄有时实在感到清淡寡味了，就从腌菜缸里捞一根咸菜，咬上一口，在嘴里嚼嚼品味一下，然后吐掉。他的这一行动，往往是在无人场合下偷偷进行的，他怕家里人看见了为他担心。

大病过后，食补胜于药补，这是明智的选择。可韩士雄这病不能食盐，这让全家人很是为难，一天三顿饭不知怎么去做。一天韩士雄想吃韭菜馅饺子，因为韭菜带有天然的香辣味道，不用食盐也可调理人的胃口。这时已到了秋季，韭菜早已进入衰老期，有的韭菜都抽茎开出了韭菜花。赵梅如给队长韩老大说了很多好话，韩老大才答应让赵梅如去菜园子里割了半筐老韭菜。一家人费了半天的劲，才择出能食用的部分韭菜来，韩士雄吃了韭菜饺子，感到很有胃口，一家人很是高兴。

这件事传到了韩怀春耳朵里，韩怀春很是恼火，他把韩大炮找到跟前训斥说："谁让赵梅如去菜园子割韭菜？"

韩大炮辩解说："这件事我根本不知道，是队长韩老大答应的。"

"你赶快去通知韩老大，今后不许元忠家任何人去菜园子割韭菜。"韩怀春说到这里，又加了一句，"任何菜都不行。"

韩怀春不仅给"海河指挥部"去了一封信件，封锁住了韩士雄的药费报销，还给生产小队长下了命令封锁住了韩元忠家里劳力外出。同时又在韩士雄的生活用品上，加以限制。他对元忠家要实行蚕食计划，要步步把赵梅如逼上绝路。他不信他韩怀春整不倒这个女强人。此时，韩元忠和韩士英已按计划打成了阶级敌人，变成了死老虎，韩士雄眼看着命赴黄泉，可阎王爷不收留。这是一只受伤的老虎，受伤的老虎容易铲除，也更容易伤人，他绝不能掉以轻心，更不能对韩士雄手下留情。要等待时机，才能除掉这个心头隐患。

七月十五花红枣，八月十五枣上杆，现在正是红枣收获的季节，有个老中医给韩士雄推荐了一个偏方：用鲜红枣涮上酒密封起来（也称酒枣），过一段时间配上枸杞子当茶饮，可以补肾。

这一天打枣工作进行到了韩士雄的家门口，韩士雄从家里出来，拿着一只喝水用的茶缸，他想捡些新鲜红枣，按老中医的方法泡一下，来滋补一下自己的身子。

可是他刚刚把红枣填满茶缸，被韩大炮发现了，韩大炮立刻狼嚎一样吼叫起来："谁也不许往家里拿红枣，谁拿红枣就是破坏村里制度的反革命！"

韩士雄听到这里，知道韩大炮是针对自己说的。他把捡到茶缸里的十几个红枣，又倒了出来，心里一阵酸楚，这个时候，他不想和这个无赖去理论。

谁都知道在打枣的季节里，红枣可以随便吃，随便衣兜里装，这已成了家乡里的习惯规矩。今天韩大炮发号施令的目的，显而易见是要限制韩士雄的，他们不能给韩士雄这份自由。

像这样的例子多了去了，真是举不胜举。俗话说得好：人在屋檐下，不得不低头。韩元忠一家人为了求安宁，求一方净土，尽量少惹事端，忍气吞声、委曲求全地过日子。

有一天，有个朋友介绍说，县食品加工厂能打到无盐食醋，韩士雄不能食盐，可以用无盐醋做生活上的调理，这真是个天大的好消息。他们通过这个朋友，从食品加工厂食醋车间，打来了几斤无盐食醋。这种无盐食醋是醋在酿造好后，未加盐前灌装的，市场上没有销售。醋的纯度很高，一斤的价格能顶三斤普通醋的价格；有了这个作料，解决了韩士雄无盐饮食上的许多烦恼。

韩士雄在家闲着没事，他亲自做了无盐醋腌蒜、无盐醋腌辣椒，这虽然是生活当中极平常的小菜，却解决了韩士雄一日三餐的苦恼。在韩士雄的日常生活中，收获了不同凡响的效果，也在他以后体质恢复中，起到了十分关键的作用。

韩士雄的身体，一天比一天好了起来。

星期天，士豪和士杰去韩水河里捉了几只青蛙回来。把青蛙的内脏和皮去掉，只留下肥嫩的蛙腿，用一个小锅倒上食油，用火把食油烧热，再加上花椒、大料、大蒜、尖椒和生姜。看炸得已变黄，马上加入无盐食醋和少许水来炝个汤，然后把青蛙炖在锅里，一个小时后，看锅里汤水熬得差不多了，蛙肉也就熟了。吃起来虽说清淡一些，但没了腥味，那鲜嫩可口的肉质，在口里泛着一股十分诱人的香气。

假期里，士豪和士杰去卧龙岗上捉蝎子，他们用弹弓打来了一只野鸡。一家人舍不得吃，留给了士雄。不过炖山鸡的时间需要长一些，等山鸡肉出锅后，韩士雄把无盐食醋倒进一个茶碗里，再调上些姜末和蒜末，用山鸡肉去蘸着吃，也别有一番风味。

韩士雄在全家的呵护下，身体慢慢恢复起来。

在一个天高云淡、风清气爽的日子里，韩士雄第一次有了出门走一走的欲望。一个多月来，他被困在病床上，未能走出家门，心里很是憋闷。现在体质得到了一些恢复，很想观赏一下家乡的田园风光。

他一个人，漫步来到了韩水河畔。时光已经进入秋尽冬初的季节了。他找到了一个僻静之处，依靠在一棵大柳树下，用手拨弄着低垂下来的柳条儿。柳条儿又细又长，他如孩童般地拽了一绺柳条儿，打了一个溜溜儿（秋千）。柳条儿在力度的作用下，被拉直的柳条儿很有韧劲，没有被折断。韩士雄手一松，绷直了的柳条儿弹了回去，悠扬地撒向空中，然后随风飘摆。

散落到水中的柳叶，使水中的鱼儿受到了惊吓，一个个钻入到水草下面，潜伏下来，有的还露出了半截儿尾巴。这种顾头不顾尾的逃生方式，使得韩士雄有了玩耍的兴趣，他用力折断一条柳枝，想去捉弄这些鱼儿。

这时候，不远处的水面上，游来了一群野鸭。平静的水面，在野鸭的嬉戏下，被划出一道道醒目的涟漪。这一切，无不显示出大自然的无限风光和魅力莫测。

韩士雄的目光，随着涟漪的漫延，他想起了几年前，学校组织的那一场游泳活动。韩狗剩就是在这不远的水鸭戏水处，被他和韩思阳奋力相救的。没想到时过境迁，现如今，他倒成了一个面临溺水的遇难者。

韩士雄想到这里，心里不免有些伤感。

沉思一阵后，韩士雄收回目光，放眼望去，他又看到河水对岸青岗脚下，有一队男女社员正在田间劳动的情景。这种热火朝天的劳动画面，又勾起了韩士雄内心深处的痛苦。

过去身强力壮的他，现在却病魔缠身，几乎被夺去了生命。过去常以劳动为乐趣，以劳动能解忧愁的他，现在却失去了劳动这个权利。正处青春年华，本应投入到这火热的生产劳动之中，病魔却剥夺了他这个权利。哎！韩士雄不由得一声叹息，感到了撕心裂肺般的伤痛。

他面对苍天，一阵沉思后，默默地吟出一首催人泪下的小诗：

我爱劳动，

劳动归我所有！
天啊，为什么要把它夺走？
生命，虽说只有一次，
只有劳动，生命才可延续；
生命，虽然十分短暂，
只有劳动，生命之火才可燃到烬至。
……

韩士雄默默地呼唤到这里，闭上了眼睛。随即两行热泪，从眼眶里淌了下来。

此时此刻，只有韩士雄才能真切地体会到一个人失去劳动这个权利时那种凄切的痛苦滋味儿。

以后的几天里，韩士雄常常一个人来这里发呆。有一天韩士雄照旧一个人来到这里。他正面对社员们劳动场面苦苦发呆时，忽然一行大雁从北方一字排开飞来，其中有一只大雁落在队伍后面，不断地发出凄凉的哀鸣。

韩士雄被大雁的哀鸣声从痛苦中唤醒，他很快发现了这只落伍的大雁。可能是这只大雁受到了伤害？也可能是年老体弱的缘故？只见它迟迟落在队伍的后面。韩士雄忘记了自己的痛苦，他的心紧紧系在了这只大雁身上。他有些惺惺相惜，心里暗暗为这只大雁祈祷：希望这只大雁，能够尽快地赶上前面的队伍。

雁队飞过头顶，韩士雄十分清楚地看到这只落伍的大雁，果然重振雄风，奋起直追。他目不转睛地一直瞅着这只落后的大雁，期待奇迹出现。雁队飞到了南边天际，落伍的大雁终于赶到了前面，融入了大雁的队伍里。

韩士雄释然了，他的心情一下轻松下来。

大雁的落伍到归队，给他上了一堂生动的必修课。大雁那种后来居上，锲而不舍的精神，深深地震动了韩士雄，启迪他从沉沦中觉醒，领悟人生战胜灾难，延续生命的真谛。

他也要归队。

（二）

韩士雄知道，肾炎这个病魔，还在时时刻刻威胁着他的生命，这个病魔不铲除，早晚是他生命的祸根。

于是，他一有时间就找一些有关肾脏和肾病相关的书籍来阅读，从中寻找一种能适合自己病情的药物和治疗方法来。他从一本医学资料中，查到了肾脏的原理。

肾是人体器官中最为重要的脏器之一，自古以来，无论是中医，还是西医，无不把肾脏摆在器官重要地位，它与人体的心、肝、肺等脏器一样，是无可替代的。

肾脏是成对的实质性器官，他不仅能排泄废物，而且通过尿的代谢可调节水、电解质代谢和酸碱的相对平衡，以保证人体内理化因素，保持相对稳定状态。一旦肾脏功能发生障碍，不但使代谢产生潴留，还可引起水、电解质代谢紊乱和酸、碱中毒，严重时可危及生命。

韩士雄看了肾脏的介绍，对于肾脏功能，有了个彻底的了解。他又查找了有关肾小球肾炎的起因和种类。他知道自己患的是原发性急性肾小球肾炎。他又根据自己这半年来的治疗和经验分析，他清楚自己的病已由急性期转入了慢性期。

对于这种慢性疾病不能急躁，要有恒心和信心。这时候一句名言，使他受益匪浅："既来之则安之，自己完全不着急，让自己体内慢慢生长抵抗力，最后战而胜之。"这句话使他产生了战胜疾病的动力。他感到好似针对他说的，韩士雄把它当作自己对待疾病的座右铭。

韩士雄心里十分清楚，今后治疗他的疾病需要有长期的打算，不仅要有毅力和信心，更重要的还是经济上的消耗。从他家庭条件说，长期的经济消耗是负担不起的，即使家庭能负担得起，他的身子也输不起。既然是这样，今后在治疗方面，不能再走弯路，否则他的身体和家庭状况都是不允许的。这可是个看不见战线的战场，要把握好这场战争的输赢，他还要认真琢磨一番，首先要选择好用什么样的武器作为来攻打这块阵地的突破口。

韩士雄找来药品资料，他把以前自己住院治疗用的药品做了了解和调查，抗生素、青霉素：普鲁卡因青霉素、油剂每毫升含青霉素 30 万个单位，用作肌内注射，因为普鲁卡因青霉素溶解度很小，注射以后缓慢而连续地被吸收，在体内维持有效浓度时间较长，所以每天只需注射一次，每次 30 万—60 万单位。但由于血中浓度较低，故不适于急性严重疾病。

严重的感染需用结晶青霉素的水溶液将急性症状控制以后，再用油剂继续治疗，这种制剂适用于轻症或慢性疾病。

显而易见，韩士雄在肾炎发病的初期，县医院本应当使用结晶水溶液青霉素，先把急性症状控制住，再考虑油剂青霉素，而县医院却使用了油剂青霉素的错误的治疗方案。在肾炎治疗不见好转的情况下，还一直使用油剂青霉素，造成了肾炎没有及时得到医治，失去了最佳治疗时机而延误了病情。

韩士雄又查阅了激素强的松的药效介绍：强的松具有调节糖和蛋白质代谢作用，它可使血糖升高并促使蛋白质转变为糖。用于某些炎症和过敏性疾病时能迅速改善病状，但它并不直接影响致病的原因，而是作用于机体改变和机体对致病因素的反应，一般只能控制症状，不能治愈疾病。所以在病情严重而其他药物又失效时才应用。如用于严重感染时，应同时并用足量的抗生素，应注意在较长时间的用药后，不能突然停止用药，而应逐渐减少剂量以至停药，在用药期间，还应用低盐饮食。

韩士雄的肾炎在严重而其他药物治疗又无效的情况下，省医院采取了强的松和水剂青霉素的治疗方案，是十分正确的，而又非常及时的。在病情虽得到了控制，还没有进一步巩固的情况下，韩士雄没有听从医生的劝告，脱离了治疗，致使肾炎复发。在回家的治疗中，他虽说用了强的松，但没有坚持下来，没有认认真真地去对待强的松的治疗，又来了突然停止用药，这是造成病情急剧恶化的主要原因。

韩士雄从自己发病初期，及县医院治疗，又到省医院治疗，再到回家后肾炎复发和在河南的用药治疗，都做了全面回忆和分析。他深深地感到造成今天的后果有两种原因：第一个原因，是县医院实行了错误的治疗方案；第二个原因，是自己对于肾炎这个疾病的认识不足。如果当时，县医院采取正确的治疗方案，和自己对于肾炎有个高度的重视，都不会出现现在这个结果的。

实践证明强的松对于治疗他的肾炎是有效果的，他相信石医生的话是对的，最起码自身的病情符合强的松的配合。韩士雄本想重新拾起石医生这个治疗方案，可是反过来又想，此时此刻再用激素治疗，是不是已时过境迁？过去急性期石医生侧重激素治疗，现在转入慢性期，还能不能实施强的松的治疗？

如果可能，中草药擅长治疗慢性疾病，把强的松配合中药治疗，能不能起到事半功倍的效果？这个答案当时没有任何医生和资料能解答这个问题。

韩士雄咨询过多次当地几家医院的医生，都没能得到明确的答复，后来他给省医院石医生去了一封信，想征求一下石医生的意见。没想到这一封信，犹如石沉大海。没有办法，这件事情只有他自己来试验，他自己来找答案。

这条河没有道路，他必须过去，他要摸着石头过河。

韩士雄又查阅了许多有关中草药治疗肾病的书籍和资料，他发现有些介绍太复杂了，他没必要在这方面下功夫，因为他们家庭也没有那样的环境和条件。他只能选择一些单方和验方部分来看。他发现玉米须、白茅根和竹叶这三味药的疗效很适合他的病情，他的尿常规检查主要是尿蛋白为主，其次是红细胞和白细胞。玉米须就是消除尿蛋白的方子，同时还有利尿降压的功效，这个玉米须也很好找，他家乡的主要粮食作物就是玉米种植。关于白茅根和竹叶都是清热、凉血，消除红白细胞的中药，白茅根田间地头都可以找到，竹叶更甭说了，自家院里就有竹子，随时可以摘取。

韩士雄觉得油剂青霉素不用再注射了，这类抗生素药品，对于他目前的病情，没有多大利用价值了。他决定要用强的松和玉米须、白茅根、竹叶来配合治疗。强的松、玉米须为主，白茅根、竹叶为辅，他知道强的松不能治愈疾病，但只要它能控制住病状，改变机体对致病因素的反应，他就有信心打好这一仗。

韩士雄考虑成熟后，把这个想法告诉了父亲和母亲。元忠和梅如对士雄的想法有些顾虑，这几味中草药当地都有，不用花钱就可以找到。只是这个强的松，实在让人放心不下，担心那种虚胖和带来的并发症。元忠和梅如有点儿一朝被蛇咬，十年怕井绳的感觉。经过士雄的反复解释，后来想通了。既然士雄把一切都考虑好了，他们也同意试试。

就这样，一个没有一点儿医疗基础的韩士雄，根据自家的经济条件和自身的病情，在这个特殊的环境下，凭着自我感觉，开始了实施自己的治疗方案。

然而，这个廉价的治疗方案能否行得通呢？

这时候，韩士雄才真正发现了整个家庭的真正危机。

三十六、走出绝境

（一）

正当韩士雄准备实施自己的治疗方案时，突然又决定了停止治疗。这个停止治疗的决定，使韩元忠一家很是着急。原来，这个时候，韩士雄发现，他的整个家庭的日常生活，已经到了举步维艰、难以生存的地步。

首先，他发现了“食盐”的秘密。接着每年一度的秋后食用油的供应，母亲没有按时去粮站领取。因为这需要用钱，即便是廉价的生活用品，家里也无能力承担。再接着，生活用煤又发下来了，这是生产队集体从煤矿，按人口供应指标拉回来的。别人家的生活用煤，都领取走了，但韩元忠的生活用煤，依旧堆在生产队的大院里，没人领取。

没有食盐、没有食油，生活暂时还可以往前维持。如果没有生活用煤，怎么生火做饭？除去用煤以外，还可以用柴火来烧水做饭。可是当时的家家户户，所有的家柴烂草，都已做成了农家粪，即便是找到了一些柴火，也不是一件轻而易举的事情。往往是，到了做饭时间，还没有找到生火的柴火，这真是巧妇难为无米之炊啊！为这事，常常把赵梅如忙得焦头烂额。

困难的事情，还远不止这些。

吃饭的问题，还没有着落，穿衣的问题又迫在眉睫。男孩子穿衣服还好凑合，女孩子总不能袒胸露背吧？韩士媛已经是一个十八岁的大姑娘了，但她身上的一件土布红方格上衣外套，已经穿了两年多了，赵梅如原本答应，今年一定要为士媛扯一块花布，换件新的外套。可是家庭走到了这般光景，赵梅如不得不含着眼泪，告诉士媛说：“孩子，你再委屈一年吧，不是当娘的不给你买，是家里确实没有能力开销。”

韩士媛知道眼下的困境，含着泪点头答应。

“让娘再给你缝改一下，到明年情况好转了，娘一定给你换一身新的。”

今年，韩元忠和韩士英的劳动，都是义务付出，劳动改造，不能记工分。韩士雄有病，不但没有挣到工分，还得花钱，家里唯一能挣到工分的是赵梅如和韩士媛。可是，辛辛苦苦干了一年的韩士媛，眼看到了一年的尽头，连一件普通的新衣服也穿不到身上。赵梅如这颗做母亲的心，难受得都要碎了。

可是到了明年，真能实现吗？明年家庭的状况能有好转吗？这只有天知道！

韩士媛也只好把已变小了、变瘦了的衣服，再翻改一下，重新穿在身上。

更为糟糕的是，韩元忠的身体也出现了问题，咳嗽、低烧，痰中还出现血丝儿。这些征兆，预示着肺病复发。

韩元忠的旧病复发，有两个原因：一是营养跟不上，二是劳累过度。韩士雄知道，造成今天这种原因，主要是他的病情给带来的。他的疾病，已经把这个伤痕累累的家庭，拖得奄奄一息了。他不忍心再拖累下去，于是他决定打消了治病这个念头。

韩元忠和赵梅如知道了韩士雄这种想法后，心里十分着急。他们无论如何，也不能让士雄心里想不开，走这一步。如果士雄放弃治疗，他们一家的心血就会白费，他们不能眼睁睁地看着，刚已恢复了的士雄，再重新倒下去。

在韩元忠和赵梅如的劝说下，韩士雄还是坚持自己的意见。

韩元忠有些生气："我们生活再苦再累，也能走下去，只要有吃的，就不会饿死人。我的病是老病号了，一时半晌没事儿，休息一下会好起来的。你的病耽误不了的，身子嫩，变化快，好得也快，绝不能让病击倒。"

赵梅如连忙插话说："你爹说得对，只要能看好病，困难再大也不怕，我们走到了这一步也不容易，绝不能半途而废。"

韩士雄在父母亲的劝说下，态度有了缓和："我不是不想治病，我的病大医院都医治不了，怕我的医疗方法不能成功，到时候既治不好病，又白浪费了钱。"

"孩子，咱不医治怎能知道？钱你不用担心，这钱由我来想办法。"赵梅如说。

韩士雄不由得掉下了眼泪："家里的情况我知道，咱家哪里还有钱？"

"这……"话到嘴边，赵梅如又咽了回去。士雄说得对，现在家里哪还有钱？亲戚们的钱都借遍了，有的不止借了一次。乡亲们该借的也都借了，他们还到哪里去借钱？他们现在让士豪和士杰，放下学业去刨药材卖钱。这不是杯水车薪，也是远水解不了近渴呀？

正在赵梅如面临困境一时找不到答案时，突然听到大门口有人进来的脚步声，这脚步声走到院内，接着一声低唤：

"元忠在家吗？"

这声音很熟悉，赵梅如和元忠听出是韩延寿。很长一段时间了，韩延寿没有来过，这一次来不知啥事情。韩元忠和赵梅如，赶忙出门把韩延寿请到屋里。

韩延寿坐在椅子上，不等韩元忠两口子发问，就开门见山地说出了他的来意："乡亲们听说你们家遭到了难处，凑了点份子钱，也不多，委托我来交给你们。这是大伙儿的心意，希望你们不要嫌少。"

说完这话，韩延寿打开一个手帕，放到桌子上一沓儿大小不等的人民币。"这是一百二十元钱，请你们务必收下。"

韩元忠见了，一时感动得不知说什么好。赵梅如含着眼泪说道：

"延寿大哥，我们真是太感谢了，你这真是雪中送炭啊！"

"话不能这样说，谁家也有遭难的时候，这只是大伙儿应该做的一件事情。"

"你一定要告诉我们，这些钱都是哪位乡亲们凑的？我们也好日后重还。"

"大伙儿商量好了，不让告诉你们，就是怕你们记挂这件事。"

"那我们今后怎么报答乡亲们这份情意？"

"不用报答，等啥时候你们富有了，我再告诉你们也不迟。"韩延寿说到这里，把目光转到韩士雄身上，"士雄是我看着长大的，是个好孩子。你要记住大伯的话：人来世上一遭不容易，要好好活着。因为你活着，不只是为自己活着，而是为大家活着。有了病一定要治，这样阴阳路上不后悔。"

后来，才知道这一笔份子钱，是韩延寿一个人的捐款。

在韩延寿的带动上，乡亲们纷纷送来了捐款。有韩思阳的父亲，有韩胜兰的母亲，有李书慧的父亲，还有爱占小便宜的韩顺年，连韩怀春的妻子也伸出了援助之手。他们有拿十块二十块的，也有十块八块的。总之，他们都尽到最大的援助之力。他们都是悄悄而来，又悄悄而去，他们都不想让韩怀春知道，如果让韩怀春知道了，就有了私通"阶级敌人"之嫌。

韩延寿一生耿直勤劳，乐于助人，他的言语朴实真诚，充满了人生的哲理。在韩元忠一家陷入困境之时，毫不吝啬地拿出了自己几年来的全部积蓄，助了一臂之力。

这一臂之力，拯救了一个人的生命，使韩士雄从沉沦中觉醒，又一次勇敢地站了起来，坚定不移地实施了他那战胜疾病的方案。这个方案如果能取得成功，可以使他们这个家庭在经济上和精神上得到不可估量的逆转。从而又使他们的整个家庭，无论是在人生的征途上，还是在外界人们的意识形态方面，都会有一个更大更新的转折。

（二）

韩士雄有了乡亲们的支持，放下了思想包袱，开始采集玉米须、白茅根、竹叶这几味中草药。按照等份分好，把它们洗净晾干，然后装入砂锅内煎熬，一天分两次服用。

强的松一天三顿，每次两片，按照省医院医生指导的最大剂量。

治疗十几天后，韩士雄准备找人去县医院做一次尿常规检验。当时元忠和士英都被监督改造不准外出，赵梅如和士豪、士杰不会骑自行车，韩士雄本人身体还很虚弱又不能亲自去，只好找自家近门的叔叔代劳。他用一个小药瓶接了尿液，密封好，交给了叔叔，叔叔小心地接过尿液，按照士雄的嘱托，很快地找到了县医院化验室并做了化验。

韩水河离县城有二十里，骑自行车来回要用上两个多钟头，在这两个多钟头里，韩士雄觉得时间过得特别漫长，他希望叔叔能够快些回来，但又怕带回来的是坏消息。他的心里，十分矛盾，又七上八下、忐忑不安，一直处在焦虑之中。

叔叔终于回来了，给他带回了化验结果。韩士雄急忙接过化验单子，真的尿检有了好的变化，尿蛋白由原来的“++++”降到了“+++”，红细胞和白细胞由原来的“+”降到了“±”。化验结果使韩士雄喜出望外。他感到自己的治疗方法是对的，犹如黑暗中看到了光明。他的心血和坚持没有白费，对战胜疾病充满了信心。

治疗方案明确了，可这个尿常规检查成了问题。因为只有掌握了尿常规，才能全面了解肾脏的病情变化。今后频繁的尿常规检查，不能光求他人代劳吧？况且尿常规检查需要新鲜的尿液，时间搁久了，其结果的准确性也会受到影响。为了准确起见，韩士雄又有了新的想法，自己来做化验，这样随时随地就能了解病况，也免除了奔波县城的颠劳之苦。

韩士雄开始搜集一些检验尿蛋白的资料，功夫不负有心人，他终于在一本《农村医生手册》中找到了关于尿常规实验的有关资料，资料中这样记载：蛋白质定性实验，煮沸醋酸法。将尿液装至相当于试管 2/3 的高度。斜持试管下端，将试管上端加热，使其上层尿液沸腾，然后加 6% 醋酸数滴，再加热至沸。如开始加热后即产生浑浊，而加入醋酸后又变澄清，这是由于磷酸盐所致；如加入醋酸不但未能澄清，反而浑浊更加明显时，即为蛋白质所致。用下法记录蛋白含量结果：

稍微浑浊……………………………微量“±”

浑浊而无沉淀……………………… “+”

颗粒状浑浊…………………………“++”

不透明絮状浑浊……………………“+++”

浓厚的沉淀（凝固或块状）………“++++”

既然醋酸能做实验，应该马上想法找点醋酸，可是到哪里去找醋酸呢？正当他为难之际，忽然灵机一动使他想到了卤水点豆腐的道理，蛋白质在水中烧开后，一遇酸性液体就会凝固，那么尿中含有蛋白质烧开后，点上几滴食醋会不会凝固？食醋能不能代替醋酸？如果食醋能够代替醋酸，这个问题不就解决了？家里有的是食醋，而且是优质的高度无盐食醋。

韩士雄说干就干，他找来一只青霉素空药瓶，冲洗干净后，接上自己的尿液，在瓶口处拴上一根细铁丝，用手捉住细铁丝的一端，把盛尿液的小药瓶放到火上烧烤，等尿液开始在瓶中上下翻腾时，点上几滴食醋，果然清亮的尿液一下浑浊起来。

实验成功了！韩士雄心情万分激动。

他怕不准确，又把弟弟士雄和士杰的尿液作对比，结果两次实验都属正常范围。在尿液被烧开后一片清澈，滴上食醋后还是澄澈透明。事实证明韩士雄土法检验尿蛋白的实验成功了。这项实验的成功，在韩士雄治疗肾炎这个重要环节上，起到了至关重要的作用。

因为韩士雄肾炎的特点就是蛋白尿，现在水肿消失了，红细胞和白细胞是跟随着尿中的蛋白的含量而增加或减少的。多半年的经验告诉了他，尿中蛋白含量高了，红细胞和白细胞也就高了，尿中蛋白含量低了，红细胞和白细胞也就少了。现在掌握了尿蛋白的检验，就是掌握了肾脏的病变和发展。通过自身治疗，又可以知道肾炎的好转和逆转。

韩士雄自从掌握化验尿蛋白的办法后，他每天最少做三次化验，分早、午、晚。发现尿中蛋白含量高了（浑浊了），他采取卧床休息。发现尿中蛋白含量少了，就少量活动，在饮食上绝对做到以清淡为主，从不吃钠盐。这样又治疗了二十多天，他又有了新发现，尿中蛋白含量又在下降，由过去的絮状浑浊变成了雾状，令他惊喜不已。

韩士雄又找人到县医院做化验，经过县医院的化验对比，他的检验与县医院的检验结果完全相符合，他的尿蛋白含量下降到了“+”，红细胞和白细胞镜检消失。

这一个多月来的封闭性治疗，肾炎病情得到了很好的控制，除了自身治疗正确外，其中还有好多因素在起着作用，比方说卧床休息这一方面，如果没有家里人的支持，肯定是做不到的。自从韩士雄肾炎复发后，经济上虽说没有了足够的实力，但在“卧床休息”上可以做到绰绰有余，在生活上几乎做到了饭来张口、衣来伸手的地步。一家人从不让他干活，即使很轻的活儿，也不让他干，大活儿有父亲和士英，小活儿有士豪、士杰，家务事有他的母亲和妹妹。在这方面，韩士雄成了不幸中的万幸。

就是韩怀春想使坏，他干着急也没办法。一个修渠民工得了重病在家休养，他找不到充足的理由，总不能强迫一个只剩下半条人命的病人下地劳动吧？韩怀春又不是糊涂人，也不敢因小失大，去冒天下之大不韪。所以这样一来，韩士雄一时成了韩怀春管辖的盲区。韩士雄就是利用这块管辖盲区争得了一片净土。他要在这一片暂时安静的小天地里，来专心致志地静心治病，这一刻韩士雄真正做到了两耳不闻窗外事，一心专攻肾炎“输”的最高境界。

韩士雄通过自己的治疗办法，终于使肾炎这个病魔由重到轻。尿蛋白从“++++”降到了“+”。全家人都为之鼓舞，韩士雄要一鼓作气，再坚持治疗二十天，决心拿下肾炎这块顽固性的堡垒。在他的持续的辛勤努力中，奇迹终于出现了，在烧开了尿液的玻璃小瓶里，不管你滴入了多少食醋，它不再出现浑浊和乳白色，始终保持着澄澈的透明度。

这是尿常规检验阴性的反应，他不放心一连做了几次，都是这个结果。

韩士雄高兴得几乎要跳了起来，纠缠了他快一年的肾炎病魔终于被征服了！

韩士雄终于胜利了！

这个时候，不知用什么语言来表达韩士雄此时此刻的激动的心情。这是他自从出院以后，尿检中第一次出现的正常反应。他接连又实验了两天，都显示正常。

这时候他的体质也恢复得差不多了，他要亲自去一趟医院去做个正规的尿常规检查，来证明一下自己的结果。

县医院化验室检验的结果显示，尿常规一切正常，和自己检验的结果完全吻合，韩士雄长吁了一口气，半年多来，压在他心口的一块石头终于落了地。他总算攻克了肾炎这个顽固性的堡垒。但今后，这个巩固治疗还是一个长期的十分艰巨的任务。

巩固治疗中，强的松减量和撤药这两个环节，又给韩士雄带来新的考验。

以往都是在这个环节上出的差错。如果这次再出现失误，前功不仅尽弃不说，后果也不堪设想。这可是一个沉痛的教训。前车之鉴应引以为戒，韩士雄务必要认真、慎重地考虑这个新的课题。

韩士雄在巩固治疗上，首先对这几味中药做了调整，他去掉了竹叶和白茅根，增添了枸杞子，因为枸杞子有补肾的功效。

强的松开始有原来的 6 片为一天量，降到了现在 4 片为一天量。每天至少做三次尿蛋白化验，随时做着为情况变化而调整药量的准备。二十天过去了，蛋白尿没有再次出现，韩士雄又开始做着第二阶段的降药准备。

强的松又由每天 4 片降到每天 2 片。二十天后，见情况正常没有变化，又由每天 2 片降到每天 1 片。他以二十天为一个台阶，最后降到两天用 1 片，再最后到两天用半片。这样他一直维持了一个月后，终于彻底抛弃了强的松这个“毒品”般的控制。

停药后，韩士雄又继续休养了一段时间，在这段休养的时间里，他一直坚持着每天做两次尿蛋白的实验，接下来又开始做劳动实验。从轻微活动到一般性干活，再到剧烈的运动，他都做了实验。实践证明他的肾炎疾病得到了彻底的治疗，尿蛋白这个不祥之物，已经被彻底征服。

这是医学界的一个奇迹，一个严重的肾炎患者，在医务人员毫无办法的情况下，并且被判了“死刑”的尿毒症，通过自己的治疗和坚韧不拔的顽强毅力战胜了疾病，从死亡线上重新站了起来。

之后，一有身体不适，韩士雄首先想到的是先做尿蛋白检验，这个自创的尿蛋白检查法，既简单又省力，起到了观察身体变化晴雨表的作用。这项检查为他的体质恢复和以后的体质观察，做出了不可磨灭的功绩。

同时他也要感谢乡亲们的援助。

（三）

韩士雄的身体恢复了健康，全家人都很高兴。

虽然，韩元忠和韩士英的问题悬而未决，但这时候批斗的热潮和频率降低了许多；外在的国家形势使这个家庭暂时保持在一片平静的环境之中。韩士雄的死里逃生，又使这个濒临崩溃的家庭在精神上得到了好的逆转，他们跳过了死亡边缘，看到了希望的曙光。

1970 年的大年三十，渐渐临近。全村人都忙碌着过年的准备工作。

韩元忠一家人，面对这个古老而传统的节日，心里没着没落。

今年，韩元忠和韩士英的劳动付出，大部分都算无记酬付出，实际上就是他们二人白白劳动了一年。韩士雄看病，没有出工，韩士媛和赵梅如一年下来，虽说都是满勤，但妇女劳动工分低，再加上工值低。年终结算，入不敷出，还要往生产队里交纳口粮钱。

韩元忠和赵梅如核计了一下，今年欠下的外债最多，又无力偿还。决定，新年谁也不添置衣服，不置买年货，过一个简单化的春节。大年三十晚上，全家人能吃上一顿团圆的饺子，也就心满意足了。

年轻人有年轻人的打算，韩士雄弟兄几个，不打算放弃新年这个传统的欢乐气氛。

过年的新衣服可以不置。炮仗、灯笼方和新年对联不能没有！没有钱买炮仗，自己做；没有钱买红纸，自己刷红纸写对联；没有钱买灯笼方（贴灯笼的画）自己画。这几样东西，过新年必须预备。

他们做了分工，各自忙活起来。韩士雄从伙伴韩国民那里，借来了火药，因为韩国民爱打猎，有杆火枪，家里常年备有火药。韩士雄又准备了一套卷炮的工具，先把一些书纸和牛皮纸卷成炮筒子；然后，按比例把炒干的黏土，填进炮筒中间砸实，再把炮筒上下，各填满火药，封住口，穿上火药捻子，这样一个炮仗就完成了。

要想叫炮仗升得高、炸得响，这里面含有好多的技术含量，这些技术只有实践多了，自然而然就能掌握了。

韩士雄经过几次试验成功后，就掌握了这套装炮技术。

对联用的红纸，是用红墨水自己刷的。这件工作单纯省事，用一把刷子沾上红墨水，在白纸上一刷就成。

过年的灯笼，是老式木框架的方形灯笼，周围要用四张画来张贴。这件事由韩士英出主意，士豪和士杰动手合做。他们从报纸上，找到一张毛主席的人头画像，用套印的手法复制到白纸上，然后想法放大。他们把制作好的四张毛主席画像，装裱在灯笼上。夜里在灯光的照耀下，毛主席的画像清晰可见，栩栩如生，犹如伟大领袖毛主席，亲自向他们一家人招手致意。

这个创意，独特新颖。大年三十晚上，众乡亲都过来参观。在参观灯笼的同时，韩士雄开始了燃放炮仗。那个年代，由于经济上的困难，家家户户都不买多少炮仗，每家每户，燃放上两三个炮仗算是过年了。

韩士雄自己做的炮仗，准备得充足。这时候韩国民也过来帮忙燃放炮仗。他们一起把一颗颗炮仗送上了天空，炸响在天空的炮仗，释放出一朵朵炫目的火花。这火花和爆炸声，凝聚出一种特有的震慑力。

这火花和爆炸声使得韩怀春心情烦躁而又惴惴不安，韩怀春叫来韩大炮，要韩大炮去看个究竟。

韩大炮不敢怠慢，急忙来到韩元忠家的大门口，见一大群观众，在看燃放炮仗。在观看燃放炮仗的同时，还在热情评论着灯笼上的毛主席画像。开始，韩大炮心里嘀咕：韩元忠家胆子不小，韩士英刚刚挨了批斗，还敢画毛主席画像？这可是一件细工活儿，要是有半点儿纰漏，毁坏毛主席的形象？绝不能给你善罢甘休！

可是，这个韩大炮，在灯笼四周转了几圈后，把双眼都看得发酸了，没有找到一丝儿破绽来。

俗话说得好：没有这金刚钻，不敢揽这瓷器活儿。

韩大炮在毛主席画像上，没有找到罪证的把柄，心有不甘，也没有办法。只好随着大伙儿，说起了赞扬的话来："画得不错、不错，真不错。"

韩大炮一连说了三个不错，想转身走开。不想门楹上的对联，又吸引了他的目光。他看出对联上的字，是韩士雄写的，有股龙飞凤舞的气势。只是这副对联的内容，在他心里犯起了思考：

为有牺牲多壮志，
敢教日月换新天。

韩大炮感到，这副对联似曾相识，又一时想不起来。他觉得这样的对联，贴到韩元忠家的门口上，有点儿不是滋味儿。他正在品味对联中的含义，韩国民走了过来，见韩大炮有些发呆，就上前说道：

"怎么样？这对联写得不错吧！"

"这毛笔字写得不错。"韩大炮嘟囔着说，"这、这对联的词句，也是韩士雄自编的吧？"

韩大炮还在一心想着挑剔，这副对联的毛病。

韩国民听了乐了，讥嘲地说："这是毛主席的诗词，你不知道？亏你还是一个纠察队长、学习毛主席著作积极分子哩？！"

"哈哈哈……"

周围的群众，也一齐大笑了起来。

韩大炮在讥笑中，闹了个大红脸。

按说，凭韩大炮的文化水平，和在"文化大革命"中的宣传力度，还有他在运动中"洗礼"过的头脑，对于毛主席的这句诗词，不能烂记于心，也要做到耳熟能详。可是，不知是什么原因，此时此刻的韩大炮，脑袋瓜里发生了故障，出现了迟钝和愚昧。这种现象，可能是精力过于集中在一心要捕捉到韩元忠一家人罪证的缘故吧？或者是，一时间心不在焉，对于毛主席这句诗词失去了印象。不管是什么原因吧，总的来说，这么简单的问题，不该在众人面前闹出笑话来。

韩大炮并没有感到有多大耻辱，只是嘻嘻地一笑，算是自己给自己解了围。在他确定没有新的发现的情况下，灰溜溜地离开了人群。他又在大街上溜达了一圈后，想到了韩怀春家的宴席已经开始了，才匆匆向韩怀春家走去。

今年的春节过得虽说紧巴，韩元忠一家人精神上还是很开心的。他们都怀着一颗希望的心，在新的一年里，能有一个好的开端。

特别是韩士雄，这个从死亡边缘滚爬起来的他，在今后的日子里，要做些什么呢？这个新的课题，不能不引起他慎重的思考……

三十七、理想的转折

（一）

韩士雄从死亡边缘挣扎回来，虽说他征服了肾炎这个病魔，但他心里清楚，这只是他人生旅途中才走完了第一步。

经过了这场磨难，他的志向和前途都要发生变化，今后的理想轨迹不得不重新改写。上学和参军对他来说，是一生中最为渴望的理想目标。但是这两个目标，在他面前已失去了现实意义，变成了一场遥不可及的梦。到了这般地步，不只是因为他的父亲的历史问题还没有落实，而且还有时间问题，因为时间不等人。即便韩元忠的问题得到了落实，还他个历史清白，此时韩士雄想去上高中，同班的同学们都高中毕业了，那还不是：正月十五贴门神——为时已晚？

再说参军吧，现在能参加中国人民解放军的，都是“文化大革命”中涌现出的新生干部子弟，他们不但政治条件好，身体条件各方面也都合格。韩士雄要是过去，身体百分之百的没问题，现在是大病初愈，部队还能接受他？所以说，这两个志向对韩士雄来讲，已成为过眼云烟。

如今，面对眼前的路，怎么去选择，韩士雄不能不重新来考虑。

韩士雄曾为自己不能参加中国人民解放军而伤心，也不知流过多少次眼泪。他一想到和表弟丁瑞、王树国相约在部队里相见，他们要比翼齐飞，干出一番轰轰烈烈事业来的誓言，心里就难过。

如今丁瑞和王树国，都先后参加了中国人民解放军，实现了他们的理想。而自己还原地踏步，并且深陷逆境之中，你说韩士雄落到了这般田地，他能不感到痛心？前几天，韩士雄刚收到了丁瑞的一封来信，信中说到了丁瑞和王树国在部队都加入了中国共产党，成了一名合格的共产党员。中国共产党是中国革命的先锋队组织，韩士雄从小对中国共产党充满了敬仰，他期望长大以后，一定要加入中国共产党这个光荣而神圣的伟大组织。

现在，丁瑞和王树国都成了共产党员，完成了人生夙愿。韩士雄得到了这一消息，他一方面为两个表弟感到高兴，写信表示祝贺；一方面为自己感到悲怆，他伤心自己命运坎坷，空有一腔报国之志，也无处施展。

农村是一个广阔的天地，在那里可以大有作为的。

韩士雄身在这个广阔的天地里，确实有着切身的体会。他大病初愈，适合干些轻微体力劳动的工作。当时农村中适合他的工作很多，比如说，当个民办老师啦、农村中赤脚医务人员啦，或者农村中代销点代销员啦、林业队里的护林员啦等等，这些工作他都能胜任，但这些工作都轮不着他干，他即使去想一想，也是空想，是癞蛤蟆想吃天鹅肉——凭空妄想。

上大学和进工厂当工人，全凭村干部推荐，这种好事韩士雄连想都不敢去想。韩狗剩命好，两年的高中，无论是否学到了东西，也算是高中毕业了。毕业后，不到半年时间又被推荐上了工农兵大学。这个从小学习成绩最差的学生，现在成了韩水河村唯一的大学生。这真是鸡窝里飞出了金凤凰，令人刮目相看了。

李书慧的学习成绩虽好，但没有韩狗剩幸运，高中毕业后，不知托了多少人，才谋了一名民办教师的职位。

韩士雄一共四个同学，韩思阳参加了中国人民解放军，韩狗剩上了大学，李书慧当上了人民教师。唯独韩士雄，这个过去曾经显赫一时的高才生，现在反倒被压在了最底层。韩元忠的“历史”问题，和韩士英的“现行反革命”问题，两个政治问题，就像两座大山压在韩士雄头上。要想重见天日，过上平常家庭日子，也不知要等上猴年马月？

有一天，韩士雄和韩顺年一块儿给棉花田里喷药，两个人扯起了家常。

韩顺年对于韩士雄一家的处境表示同情，并由衷地说：“老弟呀，看起来，你们一家人要想翻身得解放，没有什么指望了。”

韩士雄听了，当时肺都要气炸了，恨不得扇韩顺年一个大耳光。但是他忍住了，他清楚韩顺年人虽愚昧，说的都是他的心里话。这能怪他吗？从一个思想觉悟不高的农民身上，可以折射出他对当前形势的认识，从他的思想认识水平中，又可以反映出“文化大革命”斗争的残酷性以及造成的恶果，这种现象已经到了不可挽救的边缘。

敌我混淆，真正的革命者，当作了阶级敌人。这不是天大的笑话吗！这是哪家逻辑？！

悲哀，真是时代的悲哀！

“尖辣椒”也不闲着，在大街上大力渲染：“韩元忠家里四个小子都长大了，还是四个光棍。这四个光棍早晚要变成四个和尚，到时候韩元忠家里都成了和尚寺了。”

……

有惺惺相惜的。

有幸灾乐祸的。

有冷嘲热讽的。

有落井下石的。

各式各样的唇枪舌剑，一起朝韩元忠一家袭来。

经过了这场政治风雨和疾病磨难，韩士雄的心境淡泊了许多。他学会了宽容和忍耐，对于这些无端的攻击，感到不屑一顾，随它去吧。他开始厌烦喧嚣的尘世，他喜欢清静和寂寞。有了空闲，他就找一些读物来消磨时光，当时，那些古典和现代的名著，都被当作禁书给封闭起来。他只能从其他渠道，找来偷偷阅读。在这期间，他读完了《三国演义》《水浒传》《西游记》《红楼梦》和一些新中国成立以后出版的著名小说。同时还读完了《毛泽东选集》一至四卷。

读书成了他的唯一嗜好。书中自有黄金屋，书中自有颜如玉，这些传世经典使他从中吸取了不少营养，丰富了知识、积蓄了力量。他不再感到寂寞和空虚，他对自己的未来，重新充满了希望。

（二）

日复一日、月复一月，随着时光的流失，转眼到了 1971 年的夏天。

一个炎热的傍晚，韩士雄一家人吃过晚饭，都有事出门去了，家里只剩下韩士雄一个人在家。这时候，韩士雄正在屋里翻看书籍，李书慧手拿一本厚书来找韩士雄。韩士雄一看是李书慧到来，真是又意外又高兴。

自从他失学以后，虽说在一个村里住着，但他俩单独见面的机会很少。上一次还书慧笔记本时，只是短暂接触了一下，也没有时间多谈。从那以后，再也没有机会能和书慧单独相处。他虽说时时刻刻想念着书慧，但后来的处境变化，使他不得不放弃这个不切实际的幻想。他下决心要忘记李书慧，忘掉他们之间的友谊，把书慧的美好形象，彻底从脑海里抹去。他做了，也努力了，但他失败了。在他肾病最严重的弥留之际，他的脑海里还不断浮现出书慧的美丽倩影。他曾经想过，要给书慧写一封遗书，来表明他的心迹。像《最后一封信》的何红梅一样，在临终前，给心爱的人留下一封书信，使他的爱不留遗憾。

但他最后，没有那样去做，他怕自己的鲁莽，会给书慧今后的生活，造成无端的伤害。他只能把爱深深藏在心底，永不外露，即使苦酒也只能自己干杯，干吗让人陪着！

他常常思念，上高小时的美好时光。他没有想到，那个时期和书慧的亲切交往，已经成为他们的友谊发展的终结号。他那美好的创业蓝图，和对未来的向往已经成为历史。现在李书慧的身份和他的身份，已是相差悬殊，犹如《最后一封信》里的一句话：帝王爷的拐棍从天上“差”到井里去了。

他们所不同的是，何红梅和李国平恋爱关系明确，李国平不敢去接受对方的爱情，是李国平性情懦弱才伤害了何红梅。而他和书慧的关系，却是各自相互恋着对方，但从来没有去撕破这张薄薄的窗纸，去把关系挑明。也就是说，还未等把关系挑明，就发生了变故，没有机会使他们的关系，能够明朗化地结合在一起。

韩士雄知道，如今他已失去了爱李书慧的权利，即使把爱珍藏在心底，也是自私的，不道德的，应当受到惩罚的。

正是因为以上的种种原因，韩士雄和李书慧见面的机会少之又少，即使有相见的机会，韩士雄也会躲避。今天李书慧主动找上门来，韩士雄心里既尴尬又高兴，有股儿说不出的滋味儿。

李书慧看出韩士雄一副窘迫的样子，开玩笑地说：“怎么了，我来得不是时候，还是不受你的欢迎？”

“不是的，你来得太意外了，我高兴都来不及呢。”韩士雄赶忙给李书慧让座。

李书慧没有坐下，依然站着说：“听说你在找书看，今天我给你借来一本外国小说，这是从学校一位老师手中借来的，这本小说的内容很鼓舞人心，我想你一定喜欢这样的书。”

李书慧说完，把这本厚厚的小说递到韩士雄手里。韩士雄接过这本小说，同时看到了小说的名字《钢铁是怎样炼成的》。感到有些诧异：“顾名思义这是一本大炼钢铁的科技书吧？是不是描写大炼钢铁时代的作品？”

李书慧抿嘴笑了笑，故弄玄虚：“算你聪明，一猜就对，是一本描写大炼钢铁的书。”

“有没有故事情节，不是标语口号式的作品吧？”因为那个年代的作品，都是清一色的标语口号式的读物。连报纸也一样，从中央到地方，内容千篇一律，所以人们给编了个顺口溜：大报套小报，内容一个调，不是标语式，就是喊口号。要是作为文学艺术方面的作品，“标语口号”式的韩士雄有些不喜欢。

李书慧见韩士雄有些挑剔，故作不高兴的样子说：“你这个人真怪，人家好心给你找本书看，你还挑三拣四的，你不看内容咋知道有没有故事情节呢？你说吧，看还是不看？不看拉倒，我还拿回去。”李书慧说完，要夺回这本小说。

韩士雄见李书慧生气了，连忙解释说：“谁说我不喜欢看了，我不过是随便问一下罢了。既然是你选择的作品，就一定是一个好的作品。”

李书慧脸上露出了灿烂的笑容：“这还差不多，否则你冤枉死我了，我想你看完后，一定会有很大收获的。”

韩士雄从李书慧的表情中看得出，这一本书一定有它的可读之处，否则李书慧不会为一本书亲自送过来。电灯光下，他发现李书慧比上初中时更漂亮了，真是女大十八变，越变越好看。以前梳的两只短辫剪掉了，换成了一头齐耳短发，显得格外精神。她那永远也晒不黑的脸上，一双喜人的弯眉秀目，在那黑亮的眸子里，又透出一汪深深的柔情。柔情中蕴藏着俏皮，俏皮中又潜藏着睿智，这一切完全表现出一种成熟女性之美。

与此同时，李书慧也在打量着韩士雄，她发现，韩士雄比过去更成熟、更帅气了。自从高小毕业后，她也曾想和韩士雄一块儿升入中学，然后再一块儿升入大学。没有想到的是，她考上了县城中学，韩士雄却意外落选。直到韩士雄后来被补招到赤镇中学，她为了能和韩士雄一起学习，也要求从县城中学转到了赤镇中学，她本想和韩士雄一块儿比翼齐飞，而“文化大革命”的风暴，冲毁了他们的美好愿望。虽说在中学里，他们不在一个教室里上课，没有机会像在高小时每天近距离地接触，但她感觉得到他们俩的心还是息息相通的。

在高中的两年里，她始终惦念着韩士雄。她时刻盼望着韩士雄，能像上初中时那样，突然被补招到高中班里来。在高中里学习了两年，她也没有学到什么东西，也没能盼来韩士雄。却有一伙纨绔子弟，如众星捧月般地追她，可笑的是，韩狗剩也加入其中。确切地说，她对这些不学无术的纨绔子弟，不感一点儿兴趣，对于韩狗剩这个“文化大革命”中起家的暴发户来说，更没有一丝儿的喜欢。

《牛棚历险记》充分暴露了韩狗剩是一个贪婪的小人。虽说韩士雄为了顾全大局，最后主动退出了，但韩狗剩不该踩着他人的肩膀，往上爬，去捞取政治资本，来往自己脸上贴金。况且，韩士雄曾经救过他的命，是他的救命恩人。李书慧是一个有情有义的姑娘，她所分析的问题，还是比较透彻、切合实际的。

李书慧是赤镇中学的校花，她的身边充满了不少的崇拜者，对此，她并不感到幸福，反而使她感到了无尽的烦恼。百无聊赖中，她从同学们手中转抄了《最后一封信》。这个从校外飞来的读物，内容里面饱含着爱情的甜蜜和辛酸。她首先想到的是，让韩思阳把《最后一封信》转交到韩士雄手里，让韩士雄也知道这个动人的爱情故事。

韩思阳不愧号称“猴头”，他是绝顶的聪明，一点就通。他完成了李书慧的心愿，把《最后一封信》移交到了韩士雄手里。

韩士雄看完《最后一封信》后，并在她的小诗下面又赋诗一首，这让她感到无限的高兴。她从韩士雄的诗意中，品尝到了韩士雄的高尚情操和对爱情的执着。

在韩士雄生病期间，她时常挂念着韩士雄的病情，在韩士雄的病危时刻，她不知暗地里，为韩士雄流过多少次眼泪。她也曾想去探望一下韩士雄，但农村中那些封建思想的残余势力，还是让她一个姑娘家最终望而却步。

后来，听说韩士雄自己战胜了病魔，她的心无比高兴。当时，又是她刚争取到一位民办教师的工作，由于刚开始工作比较繁忙，她始终和韩士雄未能有见面的机会。最近她听说韩士雄在找书看，所以今天他想借这个机会，见见韩士雄，因为她还有好多话儿，要跟韩士雄说。

韩士雄这时也猜想到，李书慧今天来可能还有其他事情，不会光为送一本书来的。

由于李书慧的到来，使韩士雄的小屋，充满了特有的香气。于是韩士雄开玩笑地说：“你的到来，不仅满屋生辉，而且满屋飘香啊。”

“什么飘香呀，我身上也没有洒香水？你老是挖苦人，上高小时你欺负我，现在还在欺负人。”要是在学校里，李书慧将会举着拳头，追打韩士雄的。现在，在韩士雄家里，李书慧反倒拘束了起来，在说话的同时，她那白皙的脸上，也泛起了一层红晕。

韩士雄知道，李书慧说的是实话。在她身上，从来不喜欢涂抹香水之类的化妆品。但她的身上，确实有着一种自然的芳香，这是高小时代同桌时，韩士雄深深体验到的。那时候李书慧伸出一双小手，让他去闻，他没敢。害得书慧白白等待了半天，浪费了感情甭说，还使她的心理受到了伤害。这也是他多年后感到的遗憾，这份遗憾，随着时间的流逝，愈演愈浓……

如今，这个芳香的气息，又重现在他的面前，这不能不使他又幸福地去重温过去。

韩士雄把远去的思绪收了回来。马上转入正题，他想知道李书慧的现今工作情况："听说你当上了人民教师，工作顺利吧？我想凭你的真才实学，教个五年级是不成问题的。"

李书慧现在在赤镇小学担任五年级的班主任老师。她见韩士雄把话扯上了正题，也认真地说："现在教学上没有什么困难，学生们几乎是不上什么文化课，教师们每天不是开会讨论，就是学习中央文件，还是以大批判为主。"

"那你今后，一直要教下去？"

"不教下去，又能干什么呢？为了这份工作，我娘不知找了狗剩他爹多少趟，才被批了下来。其实我的理想是能上个大学，等大学毕业后，再去找个理想的工作，比如做一个医生或一个科研工作者。没想到高中毕业算是到顶了，更没想到的是做了孩子王。"

"教师也不错，挺伟大的，人类灵魂的工程师嘛！"

李书慧苦笑了一下，没有接韩士雄的话茬儿，她转过话题反问道："你今后有什么打算？"

"我的理想更远大，如今能实现吗？上学不能上学，当兵不能当兵，当工人也不能当工人。只有一种工作适合我，那就是修理地球，改造大自然呗。每天日出而作，日落而息，一年 365 天，周而复始，一辈子踏踏实实做个农民了。"

李书慧听完韩士雄的回答，看出韩士雄说完这些话时，显示出了悲伤和无奈。她后悔不该问士雄这样的话题，转而安慰道："你的处境以后会有好转的，人不能永远这样走背路。今天是山重水复疑无路，明天会是柳暗花明又一村的。"

"我何尝不是这样去想，可是盼来盼去，两年多都过去了，还盼不来好的结果？"

"你不要这么颓废，要振作起来。我今天给你的这本书，可不是描写大炼钢铁的，它是苏联在卫国战争中，保尔写的一部奋斗史。最后，在他双目失明的情况下，完成了这部著作。这部著作很鼓舞人心，它不仅影响着苏联，还影响着全世界，现在全世界人们都在纷纷阅读它。"

"真的有那么神奇？"

"书中有句名言我可以背诵给你听：'人最宝贵的是生命。生命属于人只有一次。一个人的生命，是应当这样度过的：当他回首往事的时候，他不因虚度年华而悔恨，也不因碌碌无为而羞耻，这样在临死的时候，他就能够说：我整个的生命和全部的精力，都已献给世界上最壮丽的事业——为人类的解放而斗争。"

韩士雄听完书慧那富有感染力的背诵，心中有股炽热的浪潮在翻腾。自从他初中毕业后，他虽接触过不少文学作品，《钢铁是怎样炼成的》这部小说，他还从来没有听说过。他感到自己也太孤陋寡闻了，今天听书慧一介绍，他感到保尔太伟大了，他的一生才是真正的奋斗的一生。自己的困难和保尔对比起来，太渺小了。想到这里，韩士雄只顾一个人翻看起书来，他想急于知道，这个双目失明的保尔，究竟是靠什么力量，来完成这么伟大的作品。

李书慧见韩士雄听了自己的介绍后，一心扑在了书本上，把自己晾到了一边儿，心里有一股儿失落的感受，她不由得想喊士雄“呆子、神经病”。这句话是她在上高小时，对于士雄的昵称。可是话到嘴边，她又咽了下去。她不想去破坏士雄那刚被唤醒的兴奋情绪。

说实话，李书慧今天除了给士雄送书外，还真有件重要的事情，来和韩士雄商量——那就是她的婚姻大事。这几天，韩狗剩又托媒人到她家里来提亲，上几次韩狗剩亲自向她求婚，被她婉言回绝了，看样子这一次如果再回绝，不仅要得罪狗剩，可能连韩怀春一家子都要不高兴了。吴仁才现在又是主管文教系统的县革委会副主任，她的这一份工作，是否能保住，全凭吴仁才一句话。

李书慧正在沉思，韩士雄猛地抬起了头，他的样子，好似突然想到了，书慧还站在他的身边。向书慧笑了笑，表示歉意。

这时候，李书慧心里改变了主意，她不想把这件事情告诉韩士雄了。她看了看一脸阳光的韩士雄，又勾起了她内心深处的眷恋。因为她知道，他们一块儿长大，虽说高中那段时光没有在一块儿，但他们的各自秉性，都相互了解。要想从士雄嘴里得到对狗剩的真正评价，让士雄站在自己的观点和立场上来分析狗剩，士雄不会那样去做的。抛开《牛棚历险记》这件事不说，单凭韩士雄有病以来，韩狗剩上大学走之前，应该去看望一下这个落难的老同学吧？远在部队里的韩思阳，还知道写一封问候的书信来。狗剩连这样，最起码的礼节性行动都没有做到，况且，他们还牵扯着干兄干弟的关系。就是这样，韩士雄每当谈起韩狗剩的为人时，绝不会把这些枝节问题扯进来，去诋毁韩狗剩的形象。

宁人负我，我不负人。这是韩士雄做人的原则。

如果现在和韩士雄商量这件事情，韩士雄心里一定不会好受的。李书慧想到这里，心里有了主意。自己的事情还是自己拿主意吧，她要认认真真地给狗剩去一封信，阐明自己的态度。

她和韩士雄又扯了一会儿其他事情就告辞了。

（三）

韩士雄一口气读完了《钢铁是怎样炼成的》，他被保尔的精神所震撼。他把保尔的人生奋斗格言记在了自己日记本的扉页上，来作为他奋斗的座右铭。

保尔精神像一盏明灯，给韩士雄指明了前进的方向，他决定选择保尔所选择的道路，人生中不能虚度年华，也不能碌碌无为，拿起笔来去和命运再来一场拼搏。

韩士雄有了这个想法后，开始了做读书笔记，他把书中好的词句和好的段子，都记在了本子上，默化在心里。同时，他又购买了一部《现代汉语词典》和一些关于写作知识的书籍，来细心研读。

韩士雄知道，要想在文学上做出成绩来，不但要有深厚的文化素质和丰富的人生体验，还要有顺应时代潮流和对于社会敏锐的洞察能力和分析能力。这些知识，对于韩士雄来说，无论从哪个角度来衡量，都是相差悬殊、力不能及。

韩士雄的文化水平，科学地说：也就是一个高小毕业的水平。虽说上了两年初中，也只是一个花架子，“文化大革命”中，根本没有学到什么文化知识。面对新的挑战，韩士雄还是感到心有余悸。但他一想到目前的处境，他又别无选择。因为只有这一条路，他可以去自我奋斗，虽说目标渺茫、遥不可及，但他也要竭尽全力，去勇敢攀登这一奋斗目标。

他的刻苦努力和蚂蚁啃骨头的精神，给他以后的写作，打下了有力的基础。韩士雄开始给县文化馆写一些小诗和小故事。文化馆负责搞文艺创作的有两位老师，一位姓董，一位姓王。姓董的是本地人，瘦瘦的，总是眯缝着眼睛看人，样子有些高傲，听人说在省刊物上曾发表过作品，有些喜欢倚老卖老。在听说韩士雄的家庭背景后，显示出爱答不理的样子。

姓王的老师，是从外地调来的大学生，分配到县文化馆时间不长，为人谦虚大度、平易近人，对于业余作者的身份，没有高低之分。他对韩士雄创作的稿子很重视，他发现韩士雄的创作思想，和语言表达能力，根底比较扎实，不像一般初学写作的作品，语句华而不实，言之无物，没有中心思想。韩士雄在王老师的帮助下，他创作的诗歌和小说，分别在《山城文艺》的刊物上，刊登过几次。

韩士雄的作品，在县城这个小刊物上发表以后，引起了《地区文艺》编辑部的重视。时间不长，《地区文艺》编辑部，给韩士雄发来了稿约信函，并附带一份作者政审表，要韩士雄填写。填写后，再盖上大队公章，和作品一块儿寄到《地区文艺》编辑部。

这个作者政审表，当时来说，对一个作者非常重要。它要作为作者的政治审查合格，存入档案。一个作者的作品再好，如果没有政审合格，作品也不能发表的。

韩士雄拿着作者政审表，找到了韩怀春。

在大队办公室看报纸的韩怀春，看了看韩士雄递过来的作者政审表，又瞅了瞅韩士雄。嘴角的肌肉抽动了一下，不由得冷笑一声，说："这个政审表，不能给你盖章。"

韩士雄问："为什么？"

"因为你是叛徒、特务的儿子，你哥又是反革命分子。就这两条，大队不能给你盖这个章。"韩怀春说到这里，停顿了一下，又加重口气，"你还想发表文章？等全村的社员群众都发表过了，也轮不着你！"

韩士雄听了韩怀春的话，感到了吃惊。来之前，他就有心理准备，知道韩怀春不会顺利地给他盖章的。但没有想到，韩怀春是这样霸道，而且是咄咄逼人。同时他还发现，韩怀春在说这些话时，浑身在不停地颤动，恨不得一口吞掉他似的。

过去，那一个温柔可亲的怀春叔叔，已经在他的面前彻底消失了。今天的韩怀春每一句话，犹如寒冬腊月从一个僵尸里发出来的声音，冷得令人毛骨悚然。

韩士雄没有和韩怀春多做理论，就离开了大队办公室。他知道，韩怀春现在是王八吃秤砣——铁了心地要整置他，即使好话求他，也无济于事。韩怀春之所以这么恨他，肯定是因为记着他替韩进先写的那份大字报，真是老狗记着千年屎。

韩士雄感到不甘心，他又找到赤镇公社革命委员会陈主任的办公室。陈主任有五十多岁，教师出身，文质彬彬的，说话很慢但很有分寸。他听了韩士雄的情况后，只淡淡地笑了笑：

"这个政审表，等公社党委会研究后再说吧。"

韩士雄心里明白，这只是公社领导的一句推辞话。他从公社出来，心里又一次陷入了痛苦之中。韩怀春压制他，公社领导又不支持他，在他的面前，堵道的不是一座大山、一条河，而是千山万水啊！他所奋斗的目标，又一次要面临半途而废。

韩士雄面对目前这种情况心情沉痛起来，他没有想到，自己每前进一步，都是充满了艰难与挫折。他对于自己选择的这条路，不免有些心灰意冷。

韩元忠知道了这件事情后，深有感触地说：

“士雄啊，我看，你也别在这条道上折腾了。看起来咱们家祖坟上，没有出文化人这个命脉。士英为了画画，被打成了反革命；你的身体，现在刚刚恢复健康，如果再闹出个三长两短来，我们这个家可就真的毁了呀！”

赵梅如对于丈夫的话有些不赞成：

“你说，我们祖坟上没有出文化人的命脉。他韩怀春的祖坟上，就有出文化人的命脉吗？他狗剩能去上大学，还不是韩怀春滥用职权的作用？再说了，咱家士英被打成反革命，也是他们给士英设下的一个圈套呀？依我看，士英的反革命分子，是不是真的还两说着哩，有时间了，我一定要再去一趟县城，打探个究竟。”

“我看，光为士英这件事情，你先别急着往县里找。不管起因怨谁，本来士英有错误，叫咱看着事小，人家一上纲上线性质就严重了。我也觉得士英的反革命帽子，戴得有些重。如果，说这件事情是假的吧？宣布这件事情，可不是小事情。韩怀春就是有贼心，也没有这个权力啊！”

韩元忠还在按以往的经验和自身的逻辑去推测韩怀春，他没有想到，在韩士英的问题处理上还真有猫腻。

赵梅如的猜想力和韩元忠有所不同。赵梅如说：

“我看，韩怀春跟你揣摩的不一样。他在县里有吴仁才撑腰，他可是什么样的事情也会干得出来。”

“你说的也有道理。去查问这件事，也要过了这一阵子，挨到运动后期。现在，正在风口浪尖上，弄不好，还要招惹事端的。”

此时的韩元忠，变得有点儿谨小慎微。

赵梅如见自己的意见，得不到丈夫的支持，萌生的念头，只好作罢。但对于士雄的事情，还是表示支持。赵梅如说：

“士雄，不要灰心，该写就写，韩怀春不能把你的手捆起来。他越是压制、阻挠，我们越是要争口气。如果真能写出像《艳阳天》《金光大道》那样的电影来，我看他韩怀春还能一手遮天？”

赵梅如不识字，没有看过书，但她看过电影，看过《艳阳天》和《金光大道》。《红灯记》里，铁梅的悲惨遭遇能叫她哭，《沙家浜》里阿庆嫂的机智制胜，能使她笑。她从小到大，喜欢看戏、听书、讲故事。她是个爱憎分明而富有正义感的女人。可惜的是，她生不逢时。旧时代的黑暗，淹没了她作为一个女人，本应该呈现出的人生才智。她把自己的人生遗憾，都寄托到了儿女身上，大儿子士英的磨难，并没有打消她对士雄一如既往的支持。

有一天，县文化馆通知他，参加一个创作座谈会。起初韩士雄把不能填政审表的事情，告诉了董老师，这个董老师仰坐在椅子上，嘴里叼着一支香烟，边吸边眯缝着双眼，居高临下地说："这件事怨不得别人，怨你自己和村干部搞不好关系，这能怪谁呢？一个作者如果连个政审表都没有，就如一个人，失去了生命。一个没有政治生命的人，文章再好也白搭。"

董老师说完这些话，把韩士雄一人晾在了一边，自顾忙自己的事情去了。

韩士雄满肚子的委屈，想找董老师倾诉一番，见此情景，只好把想说的话儿，又咽到肚里去。他离开董老师，去找王老师。这个年轻的王老师，反倒善解人意，他见韩士雄一脸的苦恼，忙安慰韩士雄说："其实政审表填不填不是什么大事，没有这个政审表，照样可以发表作品。今后，该创作还是要抓紧搞创作，只有拿出好的作品来，才是硬道理。有句话说得好：'鸡叫天明，鸡不叫天也明'！"

韩士雄听了王老师的话，凉了的心又热了起来。

今后创作这条路，是否能走得通，还是个未知数；既然选择了这一条路，那就毫不动摇地走下去。因为当时，那种特殊的环境之下，这是韩士雄可以自我去奋斗的一条路，也是他的唯一选择。

在科学的道路上，没有平坦的大道，只有不畏劳苦，敢于攀登的人，才有希望到达光辉的顶点。

韩士雄是否能攀登上光辉的顶点只有时间来检验了。

韩士雄不能填政审表这一件事，还触动了一个人。

这个人就是韩国民，和韩士雄同岁，很讲"哥们"义气，有股为朋友两肋插刀的"江湖"侠客之风。他对韩士雄的处境，十分同情，他准备瞒着韩士雄，想法治一治这个作恶多端的韩怀春。

原来，韩国民独子一个，从小娇养，到了上学年龄，不愿上学。一直到了十几岁才上学读书。后来，知道学习的重要了，不幸家里出了变故。在他升入高小那一年，父亲患病去世。突然的灾难，使他不得不辍学回家。这时候韩士雄也失学回到了生产队里，他们两个，虽然同岁不同学。但在生产队里劳动中却都是天天泡在一起。韩士雄的思想意识和他的所作所为，使韩国民打心眼里佩服。他们又都彼此同情各自的不幸，于是，渐渐变成了一对患难与共的好朋友。

在一个晴朗的早晨。

忽然人们奔走相告，传递着一个消息：

“韩怀春的大门口上，挂着一束白纸吊。”

这白纸吊，是死了人的象征。这个消息一传开，立刻引起人们一片哗然：

“昨天，韩怀春和他妻子还好好的，怎么一下出事了？！”

“不是狗剩出事了吧？”

“狗剩在外地上大学，又没见回来？”

“那么这事就蹊跷了？”

“走，咱们去看看去！”

……

大伙儿，都怀着一颗好奇的心，来到韩怀春家大门口，想看个究竟。果然，大门口除了挂着白纸吊外，还有一副白纸对联：

革命老干部永垂不朽，
整天干坏事遗臭万年。

对联的笔法不怎样见好，没有大书法家的力道。一看内容，很显然是讽刺韩怀春的。

韩怀春妻子，起床后没有立刻去开大门，现在听到自家门外有动静，开门一看，门前的情景使她大吃一惊。她连忙回去把这个情况，告诉还在睡懒觉的韩怀春。韩怀春一年四季，都喜欢睡懒觉。冬天早晨冷，也不愿意起床；夏天早晨凉快，适合他睡懒觉。所以，自从他当上村革命委员会主任以后，早晨睡懒觉已经成了他的习惯。这也是他的养生哲学：有钱难买黎明觉。

韩怀春听到妻子的念叨，自家的大门口，无缘无故的有人给挂上了白纸吊。立刻从炕上跳了下来，顾不得穿好鞋，一边披衣服，一边走到大门口。

果然，在自家的大门口上，挂着一大束白纸吊。白纸吊上，长长的条条儿，在风力的吹拂下，呼呼啦啦地摆动着、跳跃着，见了韩怀春，似乎是向主人张扬和展示它们的飒爽英姿。

韩怀春气得浑身发抖，声嘶力竭地咆哮着：“韩大炮！大炮在哪里？！”

这时候，韩大炮正气喘吁吁地奔过来。

“快，把它给我撕下来！”

韩大炮不敢怠慢，上前猛撕白纸吊，和那副白纸对联。

韩怀春这时候，突然冷静下来：

“慢，不要毁坏掉，要保留证据。”

韩怀春报了案。公社革委会很重视这件事情，立马派马新尚副主任挂帅，带领一班人马，来韩水河村，侦破此案。

他们首先把目标对准了韩元忠一家人。把韩士英、韩士雄、韩士媛和韩士豪、韩士杰的笔体都检查了个遍，然后又检查了韩胜兰和韩二胜的笔体。检查结果，没有找到怀疑的线索。写白纸对联的人找不到，挂白纸吊的线索更是无处查找。

韩水河村，虽说村子不大，人口不多。但是，在这上千口的人海中，总不能一个一个去筛查吧？马新尚坐镇，把所有可疑对象审查完了，还是毫无结果。没办法，只好打道回府。

韩怀春没有找到他的复仇对象，失去了进攻的目标，积郁的怒火无处发泄。心里整天像挂着十五只吊桶——七上八下的不安生。他夜里不敢入睡，要睁一只眼，闭一只眼，一有风吹草动，他会立马起来。他总觉得大门口处有动静，有人在给他摆坏道道。

半夜里，他必须要起床一次，去大门口瞧瞧。到了黎明时分，他又要起床，再去大门口探个究竟。这件事情的发生，根除了韩怀春喜欢睡懒觉的习惯。同时又使他威风扫地，狼狈不堪。韩怀春和韩水河村的群众都没有想到，这个杰作出自一个和韩怀春没有星点儿恩怨的韩国民之手。

韩国民为了替韩士雄出口恶气，给韩怀春一个颜色瞧瞧，才出此下策。这一手段，虽说有些卑劣，不太高雅，但对于韩怀春来说，确实起到了震慑作用，起码让韩怀春在精神上高度紧张了一阵子。这也算是：以其人之道，还治其人之身吧！

事后，韩士雄才知道了事情的根由。

他那颗屡遭伤害的心，在朋友的无言支持中，第一次收获了一丝暖暖的慰藉。

三十八、狼狈为奸

（一）

1971年的秋季到了，农田里的活儿开始忙碌起来，社员们都下地干活去了。韩大炮又把“大屁股”堵在了家里。

“大屁股”不屑地冲着韩大炮说：“你又来干什么？从今往后，咱们井水不犯河水。”

韩大炮听了“大屁股”突然冒出这样无情的话来，着实吃了一惊：“怎么了，你要过河拆桥？”

“什么过河拆桥？姑奶奶伺候了你这些日子，你说说我得到了什么好处了？”

“又想赖账是不是？韩进先不是我帮你整死的？你当初是怎么许愿的？”韩大炮嬉皮笑脸地说。

“你要的东西姑奶奶全部给了你，难道你要霸占姑奶奶一辈子？”

“大屁股”杨红叶的反复无常，使韩大炮有些尴尬，韩大炮停了片刻，提醒“大屁股”说：“如果这次运动中没有我的袒护，你公公和你的丈夫，恐怕早就斗垮、斗烂了，你还有今天的安生？”

“大屁股”冷笑一声：“现在无论谁干，我家反正都是臭狗屎一堆。你不嫌弃，不过是想占姑奶奶的便宜。你也别把话说得那么好听，我家的安生，是不是你的袒护，你心里最清楚？你姑奶奶我并不傻，没有当重点斗我们，还不是你们为了争夺韩进先手中的权力，把心思放到了韩进先身上？”说到这里，“大屁股”把话锋一转，“其实韩进先这个人也太傻了，干了一辈子的革命，到头来反倒成了走资派，被专政的对象。连我这个仇恨他的女人从心里感到为他抱屈，也为他感到悲哀。真是山不转水转，人这一生，生和死谁也难以预料。”

韩大炮一时琢磨不透这个女人的心思，疑惑地问：“难道你为韩进先的死感到惋惜？”

“我不是为韩进先的死感到惋惜，我是不知道你们造反派们的心，在斗起人来就那么没有人性？”

“这你就不懂了，打人这事，也真叫他妈的怪。”韩大炮讲起了打人经，“当打第一次时，心存忧虑，打到第二次时，就心地坦荡了，到第三次就毫无顾忌了，到了第四次嗜打成性了。越打越想打，像得了抽大烟的瘾一样。这也可能是人性的规律吧。”说到这里韩大炮奸笑了一下，“特别是想到你的叮嘱，我就不由得加大了狠劲儿。现在没有了打人的对象，这双手老觉得痒得慌。”韩大炮说完露出一副癞皮狗相。

“呸，又在姑奶奶面前唱高调了，”“大屁股”鄙夷地说，“其实韩进先不用你去整，也逃不过韩怀春的手掌。因为韩进先能多活一天，他对韩怀春就多一天威胁，只要韩怀春掌权，韩进先必须得死。”说到这里，“大屁股”又掉转话头，“现在为什么把矛头又对准韩元忠了，你能说出为什么吗？”

“不知道。”韩大炮装傻充愣。

“因为韩怀春和韩元忠走的不是一条路，所以韩怀春要对韩元忠一家人下黑手。”

“你这个骚娘们，还有些眼光，这话出去可不要乱说。”

“这事韩水河村连三岁小孩都能看得出来，你还觉得挺保密的。实话给你说吧，在大伙儿眼里，你只不过是韩怀春的一条狗，韩怀春指到哪里你就咬到哪里，韩怀春给你一口剩饭残汤，就能把你哄得团团转。”

韩大炮听到这里，心里虽不是滋味，但没有恼怒，反而嘿嘿地笑了。他一下扑到“大屁股”身上：“我韩大炮就是一条狗，你算说对了。我这条狗不干别的，今天是专吃你这堆臭狗屎的。”

“大屁股”只好扭动着身子，任凭韩大炮的摆布。他们在床上折腾了一阵子，临近中午了，“大屁股”才开始懒洋洋地穿衣起床，起床后，对着镜子简单地梳理了一下头发。她发现韩大炮还没有走的意思，就用手指戳着韩大炮鼻子：“你就这么没出息，不想去找个年轻的姑娘做媳妇，真想守姑奶奶一辈子？”

“想啊，可我到哪里去找哇？”

“我倒是有个主意，不知你敢不敢去做？”

“什么主意你说吧，没有我韩大炮不敢做的事情。”

“远在天边，近在眼前，就有个黄花大姑娘等你去采摘，看你有没有这个勇气？”

“是谁？”

“韩进先的闺女怎么样？”

“你说的韩胜兰？”

“对，就是她。自从韩进先死后，胜兰有些精神失常，你想想，就她现在的家庭环境，母亲又是药罐子，谁还敢娶她。你还不趁早下手把她娶回来？”

“我比她大十多岁，她爹又是被我打死的，那能成吗？”

“我给你想个办法，只要你能把她给办了，她就是武则天也会死心塌地地跟着你。”

（二）

高粱熟了，火红火红的。韩水河村的满岗遍野都是一片火红的海洋。因为高粱在当时是一种高产粮食作物，在“农业学大寨”的号召下，要想产量过黄河跨长江，就必须种高粱。韩水河村和全国一样，为了响应上级的号召，把大片的土地都种成了高粱。掐高粱本是大姑娘、小媳妇干的活儿。这一天韩水河村决定要收高粱，收高粱要先从韩水河东的岗坡地收起，因为岗坡地的高粱熟得早，韩大炮主动担当起了带队工头。八月仲秋，太阳光还是火辣辣地刺人。在高粱地里干活，温度高，不透风，许多妇女们上衣的胸背部都被汗水打湿了。

这时候，韩大炮宣布休息一会儿。一说田间休息，那些大姑娘、小媳妇都利用这个机会，四处散开，各找各的事干，有的去摘酸枣儿，有的去薅韭菜花儿。酸枣树地埝边到处都是，树枝上都挂满了鲜红的果实，有甜的，有酸的，这要看你怎么去选择了。野韭菜花儿，喜欢生长在岗坡上。哪里石头多、土质薄，哪里就有野韭菜花儿，它们都喜欢在石头缝隙里簇生。

在这里可以发现一个秘密，大部分的大姑娘和小媳妇们都去采摘甜酸枣儿。而做饭的当家妇女们，都去薅野韭菜花儿。这叫不当家不知柴米贵，她们每天操持锅灶，烧制几口人的饭菜，知道野韭菜花儿在生活上的可贵之处。当把一家人的汤饭烧好以后，再用舀饭的勺子，滴上几滴棉籽油在火上烧热，把风干了的野韭菜花儿放进油里，一股十分诱人的清香立刻扑鼻而来，一碗汤里如果能舀上一朵炝炸的野韭菜花儿，吃进嘴里叫你满口喷香，等你吃完饭以后，还感到余香未尽、回味无穷。这种野韭菜花儿的妙用，胜过许多美味佳肴。这是大自然恩赐给山里人的福分，只有山冈人家才能近水楼台先得月。多少年后，城市里的大饭店也开始收购起野韭菜花儿来，而且它的身价，要比其他的菜价贵多了。

韩胜兰和韩士媛挨着干活，韩士媛相邀韩胜兰一块儿去摘酸枣儿。韩士媛专拣脆甜的枣儿摘，韩胜兰却拣熟过了的酸枣儿摘。熟过了的酸枣儿已失去了香甜的口感，韩士媛感到奇怪，韩胜兰告诉士媛说，她娘的身体有病，常常整夜整夜不能入睡，医生告诉她一个偏方，用酸枣仁 20 克，微炒发黄，碾碎煮 15 分钟，睡前半个小时服下，可治疗失眠症，同时还有降压、养肝作用，且不用花钱。她摘酸枣儿就是为了给她娘治病。韩士媛听了，也帮胜兰摘起熟过了的酸枣儿来。

在一边休息的韩大炮，目光一直盯着韩胜兰的身影。在他那副丑陋的脸上，流露出垂涎欲滴的贪婪。“大屁股”见了，戏谑地挖苦道：“别看了，小心眼珠子掉了出来，收不回去。”

“这小妮子的身段够丰满的，是个好皮褥子。”韩大炮无不淫邪地说道。

“我告诉你，心急吃不了热豆腐，下了工，你要看我的眼色行事。”

田间休息结束了，韩大炮开始招呼上工干活。这一次“大屁股”主动要求挨着韩胜兰掐高粱。韩大炮则像个苍蝇似的，围着“大屁股”和韩胜兰身边转。一会儿帮“大屁股”掐一把，一会儿又帮韩胜兰掐一把，还时不时地夸胜兰手巧，活干得干净利索。

到了收工时间，谁掐的高粱还得打成捆，挑到场上去，要按斤称计工分。由于韩大炮的帮忙，韩胜兰掐的高粱显得捆子大，分量重。韩胜兰挑不起来，感到力不能及，犯了难。这时候，韩士媛已把高粱挑子捆绑停当，过来招呼韩胜兰：“胜兰姐，时候不早了，咱们走吧！”

“我的高粱捆子挑不动，咋办？”韩胜兰想求韩士媛给她帮忙。

“大屁股”杨红叶连忙过来说：“士媛的高粱捆子也不小，你不用管了，今天大炮闲着，让大炮帮胜兰挑回去。”说完，“大屁股”真的“大炮、大炮”地喊了起来。

其实韩大炮就躲在身边的高粱地里，装作要走的样子，他听到“大屁股”叫他，故意磨磨蹭蹭地从高粱地里出来：“你喊我干啥，都下工了，你们还不走？”

“大屁股”指着韩胜兰的高粱捆子说：“你看胜兰挑不动，你闲着没事帮人家把高粱挑回去吧。”

韩大炮看看韩胜兰，又看看高粱捆子，故意挑逗地说：“挑回去行，中午胜兰得管饭。”

韩士媛见韩大炮答应帮韩胜兰挑高粱，就挑着自己的高粱先走了。这时候地里干活的人们陆续走远了，高粱地头上，只剩下了韩大炮、“大屁股”和韩胜兰三个人。韩胜兰知道父亲的死韩大炮是主要帮凶，她对韩大炮早就怀恨于心。可一个女孩子家，又不知道怎样才能报仇雪恨。今天韩大炮的热情帮忙，使她感到有些措手不及，一时不知怎么去应对。

“大屁股”见胜兰没有拒绝，连忙给韩大炮使眼色。韩大炮会意，环视了一下周围，见四周静悄悄的无有人踪。于是，胆子壮了起来，他一步一步朝韩胜兰逼近，韩胜兰低着头，坐在高粱捆子上不说一句话。韩大炮挨近高粱捆子，冲着韩胜兰嬉皮笑脸地说：“咱说定了，今天中午你要管我的饭了。”

韩胜兰还没有反应过来，韩大炮突然一个饿虎扑食，扑到韩胜兰身上，又一把揽到怀里：“乖乖，先让我尝尝你这两个馒头……”边说边腾出一只手，伸到韩胜兰的怀里，去抓韩胜兰的乳房。接着又把那张臭嘴拱到了韩胜兰的脸上。韩胜兰又急又气，她使出平身力气，在韩大炮怀里挣扎。她刚喊了一句：“快来人啊！”便被韩大炮的一只手捂住了嘴巴。不想韩胜兰趁机咬住了韩大炮一个手指头，疼得韩大炮只好松开了韩胜兰。韩胜兰挣脱了韩大炮的怀抱，快速向高粱地里钻去。韩大炮见煮熟的鸭子飞了，急忙喊“大屁股”帮忙追赶韩胜兰。

再说韩士媛把高粱挑子挑到场上，不到片刻工夫社员们陆续回来了，就是不见韩胜兰的影子。韩士媛感到今天的事情有点蹊跷，她似乎察觉出韩大炮对韩胜兰有些热情过分，不太对劲儿。她为韩胜兰感到担心，便连忙告诉了在场上干活的二哥韩士雄，韩士雄听了妹妹韩士媛的诉说，赶忙和士媛一块儿顺原路返回去接韩胜兰。

韩胜兰并没有逃脱韩大炮的魔掌，在“大屁股”的帮助下，韩大炮又拦住了韩胜兰，韩大炮刚要准备在高粱地里施暴。在这节骨眼上，韩士雄和韩士媛，一边走，一边喊着胜兰的名字赶了过来。韩大炮见士雄和士媛来了，停止了行动，急忙恶狠狠地警告韩胜兰说：“这件事情，你最好不要说出去，如果传出去，我倒没什么，你今后就没脸活在世上了。”说完给“大屁股”使了个眼色，顺着高粱地边溜之大吉。

“大屁股”见韩大炮溜了，一边假装骂大炮不是人，一边安慰韩胜兰这件事情千万不要声张出去，守住一个姑娘家的名声要紧。他们刚走出高粱地，来到高粱挑子跟前，韩士雄和韩士媛就赶到了。

“大屁股”见了韩士雄，慌忙打圆场说：“大炮想帮胜兰把高粱挑回去，不小心闪了腰，他只好顺小道先回去了。我们正上愁呢，你们俩来了，这下胜兰不用上愁了。”“大屁股”说到这里，又安慰韩胜兰道，“大妹子，别愁了，把心放宽些，这都是些芝麻、绿豆的小事情，别老挂在心上。听大嫂的，没错。”

“大屁股”说完这几句话儿，担起高粱挑子想走。韩士雄见“大屁股”的神色有些不正常，又见韩胜兰两眼充满泪痕，连忙拦住“大屁股”说：“你先慢走，到底发生了什么事情，说清楚了再走。”

“大屁股”见韩士雄拦路，也不示弱。过去她对韩士雄的一身正气，有点惧怕三分。自从韩元忠和韩士英被揪斗以后，韩士雄又大病一场，现在又有韩大炮撑腰，“大屁股”并没有把韩士雄放在眼里，语气中露出了明显的挑衅：“不走就不走，胜兰你告诉士雄，我到底犯了什么法了，他凭什么不让我走！”

韩胜兰见韩士雄和韩士媛到来，终于忍耐不住，呜呜地哭了起来。韩士媛赶忙上前一边帮韩胜兰擦着眼泪，一边催促说：“胜兰姐，到底发生了什么事，快告诉我们。”

韩士雄也走上前去问道：“是不是有人欺负你了？”

韩胜兰擦干了眼泪，止住了哭泣，她本想说出事情的经过，韩大炮如何要强暴她。但看到韩士雄一脸的怒气，又把到了嘴边的话头咽到了肚子里。她害怕韩士雄为了她又去闯祸，她心里明白韩士雄现在的处境是斗不过韩大炮的。过去韩士雄为了她父亲的事，已闹得引火烧身，祸延全家。韩大炮现在正是熟透了的辣椒，红极一时。无论如何她都不想让韩士雄为了她再去栽跟头。想到这里，韩胜兰装作没事的样子，缓缓地说：“我没什么事，只是心里一时感到憋闷，有些不舒服，让她走吧。”

“大屁股”听了，哼了一声，又斜着眼珠子剜了韩士雄一眼，担起高粱挑子走了。韩士雄看着渐渐远去的“大屁股”，他又回想起那一次夜晚开大会，在小学后面见到“大屁股”和韩大炮的丑恶的一幕，心里不觉升起一团疑云。“这对狗男女，一定没干好事。”

（三）

韩胜兰回到家里就病倒了，她不吃不喝老是哭泣。韩胜兰的母亲见自己的闺女突然间变成了这个模样，不知女儿得了什么病，急得手忙脚乱。韩士媛抽时间来看望胜兰，韩胜兰擦干眼泪从炕上坐起身来，背靠在被子上发愣，不说一句话。她们两个虽然年岁有些差距，可都是患难与共、无话不谈的好姐妹，现在看到胜兰这个样子，韩士媛也感到束手无策。只好陪着胜兰干坐一会儿，临走安慰胜兰母亲几句宽心话儿，无奈地告辞。

韩胜兰的母亲，见女儿老是这样不吃不喝的，来找二胜想办法。他们娘俩虽说住前后院，这两年，由于婆媳不和，很少相互来往。自从韩进先去世后，二胜的媳妇更是不让二胜超越她的警戒线，过年过节做下好吃的饭菜，也从不给母亲送上一点儿尝尝。老太太好赖有胜兰照顾，生活上也算过得去。二胜怕老婆，当娘的心里软，心疼儿子，怕儿子两头受气，没办法，也只好委曲求全。

二胜平时不在家，这天正在吃晚饭，见母亲来找他，告诉了他胜兰的情况。二胜听了刚要动身看望胜兰，二胜媳妇发话了："你的老婆孩子有了病都没钱拿药看，你去有什么用？我嫁到你们家算是倒霉透了，吃没得吃，穿没得穿的，大人孩子还要背着走资派家属的骂名。你现在哪里也不能去，如果你再管闲事，这个家就没法过了，咱们就离婚去！"

韩二胜听到妻子的哭闹，把刚刚迈开的双腿又收了回去，重新坐在板凳上，低下头卷起旱烟来。胜兰娘见二胜一副窝囊相，半天也放不出一个屁来。不由得长叹一口气，离开二胜家，回到自己的院子里。

韩胜兰不吃不喝在炕上躺了两天两夜，头脑里也整整思考了两天两夜，在这段时间里，她把眼泪流干了，哭干了眼泪的同时，她那一颗脆弱的心，渐渐变硬朗起来。闲下心思来，她又把自己的一生重新梳理了一遍。

从自己记事起，父亲韩进先整天为工作疲于奔命，很少回家陪他们母女俩共享天伦之乐。常常是在她睡梦中父亲才回来，等她第二天醒来时，父亲又早已出门去忙公务了。她十分羡慕别人的家庭，一家人亲亲热热、快快乐乐地生活在一起，那有多么的幸福！等她长大后，才慢慢明白了父亲的艰辛。由于母亲有病，父亲又没有时间照顾母亲，她不得不辍学在家，一边参加生产队里的劳动，一边帮助母亲料理家务。她十六岁开始下地劳动，在父亲的眼里，她在田间干活就是普通的一个劳动者。她在劳动中没有享受到特殊的待遇，生产队里什么样的脏活和累活她都干过，她从来也不叫一声苦。只有到了家里，她才是父亲的女儿，她可以向父亲抱怨，也可以向父亲撒娇，父亲随着她的意，听之任之。在生活上，她是父亲的掌上明珠，父亲有一口好吃的也舍不得吃，总会给她留下。

"文化大革命"打乱了他们家的这一生活格局，父亲从此变成了被批斗的对象。过去那些常到他们家里亲近的常客，早已五官挪位，变成了青面獠牙的猛兽。他们不仅残害了父亲，还要加害于她。这两天来她不能合眼，她一合眼，就会看到韩大炮那副丑恶的形象。一想到这些，她就会浑身战栗。

韩胜兰心里清楚，韩大炮既然敢于对她动手，第一次没能得逞，一定还会有第二次，甚至第三次，今后自己的安危就难以预料。她本想把自己的遭遇告诉给二胜，让二胜给自己撑腰，可二胜的懦弱本性令她失望。她不敢告诉韩士媛，她不想再去连累韩士雄一家人。韩胜兰一个人思来想去，还是感到自己的事情自己来解决。如果韩大炮再敢对她图谋不轨，她要对他誓死相拼，大不了不就是一死吗？拼上一命，也不能让这个畜生得逞。韩胜兰想到这里，心里反倒坦然了许多，她不再躺在床上了，她从炕上重新站了起来，梳洗打扮一番。该吃就吃，该喝就喝，一下子又变得好了起来。

韩胜兰的母亲见女儿一下子恢复了健康，心里有说不出的高兴。自从老伴去世后，兰儿便成为她唯一的依托，如果兰儿有个三长两短，就像在剜她的心头肉。现在兰儿没事了，她那颗揪紧的心也放松了下来。

韩胜兰吃过饭，告诉母亲，去院子里把“大黄”放进来。“大黄”是韩胜兰家里养的一只大黄狗，平时老拴在院子里，因为怕伤着人，从来没有解开过。今天胜兰主动提出放开“大黄”，胜兰的母亲也不知道女儿啥意思。心里有些踌躇，后来见女儿一个劲儿地催促她，她只好去院子里把“大黄”放开。“大黄”跟着她来到屋里，韩胜兰把自己吃剩下的大半碗饭一下倒给了“大黄”，“大黄”吃完剩饭，摇着尾巴在胜兰面前转来转去，然后蹲在胜兰面前摆动尾巴，眼睛直瞅着胜兰，巴望着主人，企盼再能得到些赏赐。

韩胜兰用手亲切地抚摸着“大黄”的头，目光中透露出一丝依赖和兴奋。在韩进先去世后，韩胜兰母女感到十分的孤寂，特别是到了夜晚，一听到大街上有人跑步声和叫喊声，心里就会怦怦乱跳，有一种说不上来的惊慌和恐惧。为了心理上有个安全感，他们从亲戚家要来了“大黄”。“大黄”才到他们家时，才几个月大，黄绒绒的毛皮，胖乎乎的一副憨态，十分讨人喜欢。“大黄”的到来给家里增添了一份喜悦，“大黄”成长很快，很乖巧、聪明。白天有人来了，只要是喊它一声，它会立即停止叫声，乖乖地趴在窝里一动不动。到了晚上它的警觉性特强，门外一有动静，便会从窝里站立起来，“呜呜”地小声示警，提醒家里人外面有情况，一旦嗅到有危险存在，它会汪汪汪地叫个不停。即使有坏人想进来，听到“大黄”的叫声，也会躲避。“大黄”像个忠实的卫士一样，不管刮风下雨，还是暑热酷寒，一年三百六十五天，天天维护着主人家的安全。

今天胜兰的母亲见胜兰和“大黄”如此的亲近，心里泛起一团疑虑，她担心自己的女儿精神上是不是真的出了问题？韩胜兰好像一下读懂了母亲的意思，她坐下告诉母亲说：

“娘，你别老这样看着我呀！我的神经没有毛病。从今往后，我要带‘大黄’到地里干活去，让它开开眼，看看外边的世界。”

“你这个疯妮子，一会儿风，一会儿雨，吓死我了。只要你高兴随你的便，你愿把‘大黄’带到哪里就带到哪里。”

（四）

韩大炮自从高粱地强暴韩胜兰未遂后，心里一直忐忑不安，他害怕韩胜兰告发他，判他个强奸罪。他不仅要丢官罢职，还要被开除党籍。这样一来，他这两年的苦心奋斗算白费了，他的威风八面将化为乌有，即使不被判刑，也会回到他那三块砖头支着一口铁锅的原始生活状态上去。

他也没有想到韩胜兰的性格会这么刚烈，平时看来柔弱得像只绵羊，怎么碰到他手里却变成了一只猛虎。当初他征服“大屁股”时，是那么的顺风顺水、水到渠成。出乎他的意料，同样都是女人，会有这么大的差别。韩大炮开始后悔，不该听从“大屁股”这个骚娘们的怂恿，去干这种偷鸡不成反而蚀把米的勾当。

韩大炮正在家里愁肠百结，“大屁股”竟然找上门来。韩大炮刚要发火，“大屁股”向韩大炮报告了一个好消息：“韩胜兰今天出工了。”

韩大炮似信非信：“你听谁说的？”

“这还有假？今天我亲自看见的。”

“看起来她还算识时务，不会把事情闹大的。”韩大炮想到这里，悬着的心，才算是落了下来。

“不会的，一个闺女家谁会去宣扬那种身败名裂的丑事呢？”

“她的样子有没有变化？”

“样子挺高兴的，没事人似的。见了我主动喊我嫂子，比以前豁达多了。”

“你说的都是真的？”

“真的、真的，如果有一句假话，天打五雷轰。”“大屁股”说到这里，神秘兮兮地告诉大炮，“你猜这是为什么？”

“为什么？”

“这是女人的感情关。只要女人过了这个关，说明在她的心里已经有了你。你只要再加把劲儿，添把火，把生米煮成熟饭，她就真成你的美妻娇娘了。”

韩大炮听了“大屁股”的话，刚刚被熄灭的欲火又重新燃烧了起来。然而他没有想到，“大屁股”之所以三番五次地挑拨他，是因为有她的不可告人的目的，在“大屁股”心里早就有了一个一箭双雕的计划。虽说韩进先死了，但她余气未消，她还要把韩胜兰当作报复对象。其实韩大炮在她心里只不过是一个玩物，利用的一个棋子而已。“大屁股”从来没有把韩大炮放在眼里。现在虽说大仇已报，同时她也仇恨韩大炮这个无赖，玷污了她的身子。使她丧失了一个女人的贞操，受到了人们的唾弃。她明知道韩胜兰性格内向、刚烈，不会屈服于韩大炮的淫威。她却要千方百计去挑拨，让这对冤家来个生死相搏，无论哪个受伤，或者两败俱伤，这都是她希望的结果。

可叹韩大炮一时被欲望冲昏了头脑，他没有悟出这其中的奥妙。他也不可能悟出：一个和他勾搭成奸的姘妇，会主动给他去网罗猎物，而在这超乎常理的背后，却隐藏着一个罪恶的阴谋。

今年秋季气候干旱，这段时间里，老天爷没有下过一场透雨，土地缺乏墒情，种小麦成了问题。韩水河村有着天然的水利资源，村里大片土地都被赤镇公社规划成了“农业学大寨”的丰产方田。为了种足、种好小麦，所有能种小麦的土地，都要灌溉一遍。只有这样，才能保证小麦苗齐根壮，顺利过冬，来年丰收。

因为时间紧任务重，灌溉土地成了首要任务。韩水河村有三个生产小队，每个小队要求种足200亩小麦，为了这200亩小麦土地的灌溉，每个生产小队都在韩水河里安装上了柴油抽水机，抽水机昼夜不停地工作着。这一天晚上，韩大炮听“大屁股”说，韩胜兰和她分配到一个浇地小组，值的是夜班。韩大炮听了心里暗暗高兴，他感到今天夜里是一个机会，这一次他一定不会丧失这个良机。

在农业社那个时代，收秋种麦期间，几乎是天天夜战。不是从地里往回担庄稼，就是从家里往地里挑粪。那个时代农家粪积得多，交通工具落后，全凭人力干。每天夜战，一干就是三四个小时。等夜战结束后，时间已到了夜里十一点钟左右。韩大炮虽然不参加夜战，但也要装装样子，在地里走走看看。他见夜战的社员们都要回家了，他避开大伙儿的视线，销声匿迹地来到了韩水河沿岸。

这是一个月色朦胧的夜晚，大地披上了一层神秘的灰纱，不远处有几束灯光在闪烁。韩大炮顺着流水的垄沟，向灯光处走去。他知道这就是“大屁股”他们浇地的地方，韩大炮来到地头停了下来，举起手电筒，冲着摇曳的灯光晃了几晃。

“大屁股”看见了手电筒的光束，知道了韩大炮已来到了地头上。过了一会儿，她装作吃惊的样子说：“胜兰呀，我看水头儿小了，是不是垄沟有跑水的地方？你去检查一下吧。”

韩胜兰知道“大屁股”比她年长十几岁，跑腿的事应当她去干。但她没有料到这顺其自然中还隐藏着一个陷阱。她没有对“大屁股”的言行产生怀疑，就拎着保险灯，扛上铁锨顺着垄沟向上游走去。这道垄沟很长，大约有300多米长。

韩大炮早已选好了地形，在地头一个坞落处，等待着韩胜兰的到来。韩胜兰顺着垄沟转到了坞落口，正好想要小解，刚刚放下保险灯和铁锨，猛不丁从黑暗处蹿出一个人来，一下子从后面抱住了她。韩胜兰慌乱中忙喊“大黄”，可是，她忽然想到今天夜里她并没有带“大黄”来。因为“大黄”这几天一直跟着她在地里跑，可能是吃坏了肚子，今天一天也没吃东西。所以今天夜里浇地，没有带上“大黄”。她的心后悔不已，虽说在她怀中还揣着一把剪刀，时时刻刻做着最坏的打算。但是没有“大黄”在身边，她感到没有决胜的把握。她从来人的气息中，已经嗅出是韩大炮，她还是沉下心来，怒喝一声：“快松手！再不松手，我可喊人了！”

“你喊哪，恐怕你喊破嗓子也没人能听见。”来人果然又是韩大炮。

韩大炮说得没错，此时此刻，即使韩胜兰喊破喉咙真的也无人能听得见。深更半夜的，又在荒郊野外，哪里还有人影？不远处虽有几处浇地的，光凭柴油机的轰鸣和哗啦的流水也足以掩盖住他们的嘶叫声。况且他们又是在一个坞落里，声音的传播又受到了限制。

韩胜兰一时停止了反抗和叫喊，她审时度势要先采取个缓兵之计，再想脱身的办法。她告诉韩大炮说：“你先把手松开，咱有话好好说。”

韩大炮见韩胜兰不反抗了，对于“大屁股”的话信以为真。他认为韩胜兰真的过了感情关，打算要委身于他。韩大炮放松了警惕，松开了双手。想等韩胜兰掉转身来，再和他亲热一番。可韩胜兰不会再给他留任何机会。就在韩大炮松开双手的一刹那，韩胜兰瞅准空当，从怀里拔出一把剪刀，说时迟那时快，对准韩大炮的腹部猛然一刺。可惜这一刺，虽说韩胜兰拼尽力气，由于在黑暗中，被韩大炮的皮带给挡了一下，剪刀只划伤了韩大炮的肚皮，并没有刺中韩大炮的要害。

韩大炮见自己受了伤，奋力要夺下韩胜兰手中的剪刀。又一个饿虎扑食，把韩胜兰压倒在身下。韩胜兰虽说没有了“武器”，但倒在地上仍和韩大炮做着拼死的抗争。

正在紧要当口，韩士英却赶到了这里。原来，今天下午机手给队长捎信，如果夜间继续浇地，柴油机内要添加机油和柴油。由于生产忙，下午队长忘了这件事，直到夜战结束后，才想起这件事来。找人送油已经晚了，社员们都回家睡觉去了。这时想到了在场上看场的韩士英，忙叫韩士英赶紧挑着柴油和机油去给河里抽水的柴油机送油。韩大炮正要强暴韩胜兰，韩士英挑着两个油桶，正好从这里路过。他听到不远处有叫喊声，于是停下脚步想看个明白，没想到正好碰上了眼前这一幕。韩士英把挑着两桶油的担子放在地上，来到坞落处，大喊一声："韩大炮，你给我住手！"

韩大炮眼看要把韩胜兰制伏，突然听到身边有人大喊，大吃一惊。松开胜兰回头一看，月光下站着的是韩士英。他慌忙站起来，望着韩士英说："你来干什么？"

"我是给柴油机送油来的。"

"就你一个人？"

"就我一个人。"

韩大炮看了看确实只有韩士英一个人，又掂量了一下韩士英后，松了一口气。他知道韩士英性子蔫，好欺负，对他构不成威胁。

"我告诉你士英，少管闲事，这是我和胜兰的私事，我早晚要娶她做老婆。"

"士英哥，你甭听他胡说，快来帮助我收拾这个畜生！"这时韩胜兰已从地上爬了起来。

她此时已经失去理智，疯子似的扑向韩大炮，韩大炮见韩胜兰要和他拼命，抓住韩胜兰的头发，又要把韩胜兰摁倒在地。韩士英见韩大炮如此欺侮韩胜兰，从地上抽出扁担，照准韩大炮的屁股用力一扁担。

韩大炮见韩士英竟敢动手打他，扔下韩胜兰冲着韩士英吼道："你这个反革命分子，还敢打人？你再打一下，我明天就逮你坐牢！"

韩士英不听则罢，一听韩大炮喊他"反革命分子"，一腔怒火涌上心头，想当初如果不是遭你韩大炮陷害，我能落下这个下场？现如今你这个王八蛋，又要糟蹋韩胜兰，还来辱骂于我，新仇旧恨一起凝聚到了扁担上。只见韩士英抡圆了扁担，运足了力气，劈头盖脸地冲韩大炮打来。韩大炮见势不妙，扔下韩胜兰，急忙跳到了一边。

真是天有不测风云，人有旦夕祸福。世上的事情，总是瞬息万变的。适才这个坞落地方正是韩胜兰叫天天不应、叫地地无门的囚笼地儿，可是一转眼，又要变成韩大炮的鬼门关了。韩大炮一看韩士英和韩胜兰双双都打红了眼，立刻吓得魂出七窍，他心里明白，还是好汉不吃眼前亏，如果再不求饶，他的小命难逃今夜。想到这里，韩大炮双膝一软扑通跪在韩士英和韩胜兰面前，哀声告饶。

“胜兰妹子、士英兄弟，请你俩高抬贵手，饶了我这一回吧，怨我一时糊涂犯下了罪孽，从今往后，我韩大炮一定要洗心革面，绝不再干这罪恶的勾当……”

韩胜兰不听他这一套，不知啥时摸到了铁锨，举起铁锨正要向韩大炮头上劈来，韩士英赶忙拉住了韩胜兰。

“刚才他没有伤害到你吧？”

“没有。”

“那就算了，暂且饶了他这一回。”

韩大炮趁着韩士英和韩胜兰说话当口，瞅了空当，捡起地上的手电筒，撒丫子就跑。

韩士英也没追赶，问明了根由，安慰了胜兰一番。等他把机油和柴油交给扬水点机手手里，然后把韩胜兰送回家里。

第二天，韩大炮住进了公社卫生院。一纸诉状告到了公社革命委员会，诬告韩士英和韩胜兰联手设圈套陷害革命干部。革命委员会派人员去卫生院看望韩大炮，见韩大炮浑身上下伤痕累累，不分青红皂白，派人把韩士英和韩胜兰抓进了公社“学习班”，进行审问。当时的“学习班”就是专门关押一些犯罪分子，进行学习改造的。谁住进了公社“学习班”，就意味着谁犯了错误。韩士雄目睹韩士英和韩胜兰被冤枉，住进了“学习班”。韩大炮反倒逍遥法外，心里感到义愤填膺。他奋笔疾书一份《告全村贫下中农同胞书》，以大字报的形式张贴到韩水河村的大街上。字里行间清楚地阐明了韩大炮的罪恶行径，把韩大炮多次对韩胜兰的人身侵犯，充分地暴露在光天化日之下。

这又是一石激起千层浪，韩水河村又引起了一场轩然大波。群众知道了事情真相，议论纷纷，奔走相告，要求公社领导重新审理此案。一天工夫，全公社的各大队都知道了这一事件。人们还都知道，赤镇公社有个马新尚副主任给韩大炮撑腰。人们还都纷纷给县革命委员会写信，揭发韩大炮的罪恶行径。几天时间，县革委会收到了上百封群众来信。

正在收秋种麦期间，面对韩水河村的突发事件，县革委会决定派调查小组，去调查这一案件。吴仁才赶紧跟韩怀春打电话询问事情根由，韩怀春知道纸里包不住火，只好以实相告。吴仁才听完韩怀春的汇报，这次没有在电话里发火，没有像上次那样把韩怀春骂了个狗血喷头。沉默了片刻，只冷冷地说出了一句话：“你自已拉的屎，自己去擦吧。”

韩怀春听到这里，心里一下凉了半截儿，连忙央求妹夫吴仁才说：“这件事你一定要想办法保住韩大炮，如果韩大炮出了问题，我也会受到牵连，面上无光。”

“那就看韩大炮的造化了。”说完挂断了电话。

韩怀春见吴仁才真的生气了，动起真格的了，急忙连夜赶到赤镇公社，去找马新尚副主任，要马副主任想办法，扭转这种被动局面。

三十九、省城暗访

山城县革命委员会，刚要派人下去调查韩水河村韩大炮事件。不想县里又出现了几起更重大的事件，这件事只好扔了下来。接着，“九·一三”林彪叛国事件的文件从上层逐级下达到了县里。这一重大突发事件，一下打乱了县革委的工作安排。县领导班子马上召开紧急会议，组织所有在职人员，把“九· 一三”林彪叛国事件，传达到基层。接着开始了“批林整风”运动，揭发和批判林彪反革命集团的罪行。

“九·一三”林彪叛国事件的发生，掩盖了韩大炮的罪行。县革委没有时间派人调查这件事，指示赤镇公社自行调查，自行处理，尽快解决。赤镇公社领导接到县领导的指示，委派马新尚副主任督办这件事。马副主任经过一番“调查”后，把这一刑事犯罪的案件，当作了民事纠纷来处理，给韩大炮定了“恋爱行为过激”的“罪名”。也就是说韩大炮在谈恋爱的过程中，实施的措施不当，给对方造成了一些伤害。当然证明人是“大屁股”了。这种大事化小、小事化了的做法，使韩大炮只写了一份检查，就算了事，过关了。韩士英和韩胜兰也作了无罪释放，双方都有“过激”行为，但双方的“过激”和给彼此造成的伤害，以过失相当不再追究。

公社的这一调解决定，表面上使一些不知底细的群众看来，还算公平。但实际上是真正维护了韩大炮这个恶棍。当时的情况下，韩士英和韩胜兰都处于劣势的环境里，他们虽然知道公社有意偏袒韩大炮，但肚里有冤屈，还能向谁说得清？到了这一步，只要能过得去，也就听之任之，顺其自然了。

在 1971 年粉碎林彪反革命集团策动的反革命武装政变后，党中央及时调整部署，使党的各项政策的落实有了新的转机。

1972 年 4 月 24 日《人民日报》发表了《惩前毖后治病救人》的社论，指出要严格区分两类不同性质的矛盾，对一切犯错误的同志，都要坚持团结——批评——团结的正确方针。并强调指出：“经过长期革命斗争锻炼的老干部，是党的宝贵财富。”

党中央的英明决策，指明了运动发展的方向，在落实政策方面，一直徘徊不前的各级领导，开始了政策落实的实施。一些地方的老干部开始恢复干部职位，山城县的老县长郝振山同志也回到了县委工作岗位上去。这时候韩元忠一家人，他们从料峭的寒风中，感受到了春天的气息，他们翘首期盼赵贵如也有好的消息传来。

但是，事情没有他们一家人所想象的那样，命运会突然间改变。又是半年多过去了，没有听到赵贵如的消息，韩元忠的问题还是被高高挂起，迟迟得不到解决。这块“叛徒、特务”的巨石压在韩元忠一家人的心上已经有五个多年头了，他们时时刻刻盼望着“文化大革命”尽快地结束，还他们一个清白。

一天吃晚饭时，韩士雄向大家报告了一个在报纸上刊登的消息。新中国成立前有一个杀人放火、无恶不作的土匪头子，在解放时逃到了内蒙古，躲进了草原深处。为了长期隐藏下来，用香火把自己脸上烫成了麻子毁了容貌，过起了牧民生活。二十多年过去了，现在被清查出来，押回了原籍。

这一消息使韩元忠心里一震，他不由得想起了在健康旅馆里碰到周立富的一幕。这个郝信同会不会毁容？这个周立富是不是那个“蛇蝎妇人”？为了长期潜藏，这个心狠手辣的“蛇蝎妇人”什么事情都会干得出。想到这里，韩元忠把自己对省城健康旅馆里的周立富就是郝信同的怀疑，告诉了韩士雄。他要韩士雄借着看病之名，去一趟省城。暗访一下，这个周立富是否还在健康旅馆里？如果在，不要打草惊蛇，回来后再去报告郝振山老县长，让县领导帮忙把这个“蛇蝎妇人”缉拿归案。

韩士雄接受了父亲的任务，第二天坐火车到了省城，下了火车，坐2路班车直达省医院。但是到了省医院，面前的情景令韩士雄大失所望。由于省医院扩建，原来的健康旅馆早已踪迹皆无，不知去向。地面上还堆积着一片没有清理完毕的建筑垃圾。一拨建筑工人在忙忙碌碌地筹措着建筑工程。韩士雄怀着侥幸心理上前打听了有关人员和附近居民，他们不知道旅馆的去向。韩士雄见此情景，知道一时难以找到确切消息，只好作罢，以后再另想办法打听这个周立富的下落。

韩士雄看看天色尚早，他想道：既然来到了省医院门口，为何不进去做个尿常规复查？这一阵子，他已恢复了往日的劳动强度，虽说自己过几天做一次试验，但还是省医院的检查结果更精确。自己的土办法，只能化验出尿蛋白这一项，省医院一次尿常规检查，起码能检验出八项。在这八个项目中，尿蛋白虽说是至关重要的一项，但其他几项也不能忽视，每一项的出现，都能体现出肾脏的健康状况。于是，韩士雄轻车熟路地从挂号到门诊，再到交费取尿递交化验，总共用了半个小时的时间。又大约等待了半个小时，结果出来了，他拿到化验单子，结果显示：一切正常。虽说这是他预料中的结果，但还是有些忐忑的心在这结果出现后才落到了实处。

韩士雄走出省医院，感到肚里有些饥饿。他为了赶火车，今天一大早就赶到了火车站，虽说早起吃了母亲给他做的一碗疙瘩汤，但他奔波了大半天，他的胃囊里早已空空如也，于是他准备找家饭馆先吃点东西。他信步来到省医院附近，在一家饸饹面馆坐下，想吃一碗饸饹。这家饭馆门面不大，除了饸饹还有牛肉蒸包。已到午饭时间，来吃饭的顾客络绎不绝，来这里吃饭的大多数都是平民百姓，他们又大都是冲着饸饹来的，做饸饹要一碗一碗地现压，韩士雄只好耐心地等待。他已经计算过了，他出门时母亲把家里的全部现金拿给了他，一共是2元6角钱。除了来回火车票费2元钱，还剩下6角钱，这足够他在市内坐车和一顿饭费了。可是他的挂号费和化验费，都没在这计划之内。今天他的挂号费是5分钱，尿常规化验是2角钱，从火车站到省医院坐班车又是5分钱，光这几项开支就是3角钱，他剩下的余钱也只有3角钱了。牛肉蒸包他看了，个头比自己家里做的水饺也大不了多少，并且5分钱一个，吃5个牛肉蒸包，还吃不到半饱。一大碗饸饹也是2角5分钱，另外还能免费再增添一碗饸饹汤。就算是吃不饱，汤水最起码能填饱肚子。这样算起来，吃饸饹要比吃牛肉蒸包实惠得多，剩下的5分钱还可以坐一段班车到火车站。

韩士雄正在精心打算着自己开销，一位女服务员把一碗热气腾腾的饸饹面端到了韩士雄面前。

“对不起，让你久等了。”这位女服务员大约有三十多岁，态度挺和蔼，穿一件洁白的白布罩衫，胸前印有“饮食服务公司”几个红字。女服务员的热情服务，一下拉近了韩士雄与女服务员之间的距离。韩士雄就势和女服务员攀谈起来，他知道旅馆和饭店都属服务行业，这位大嫂是否知道健康旅馆搬迁的情况？于是韩士雄开门见山地问道：“大嫂，我想给你打听一件事情，健康旅馆现在搬迁到了什么地方？”

女服务员听了，打量了一下韩士雄，摇了摇头：“这件事情我不清楚，我最近从桥东区刚调过来，这里的情况我都不熟悉。”说完女服务员赶紧忙活去了。

韩士雄最后一点儿希望也破灭了，他端起了饸饹，狼吞虎咽地吃起来。家乡的饸饹是用红薯面掺上榆皮面做成的，吃起来比较甜爽、没韧劲。这里的饸饹是荞麦面掺着白面压成的，吃起来口感光滑，而且有劲道。卤汁里有几片香菜和几块碎牛肉，韩士雄还没有真正品尝出饭菜的滋味，一碗饸饹早就吃进了肚里。他又跟服务员要了一碗饸饹汤摆放在桌子上，慢慢地喝了起来。

一是饸饹汤有些烫，二是他奔波了大半天感到有些累了，想借吃饭的机会坐在凳子上休息一会儿。他坐的位置正好冲着大街，他的目光自然而然地扫描上了大街上的人来人往。

韩士雄来过省城几回，过去每次来省城，都是匆匆而来，又匆匆而去，没有一次能像今天这样有一段悠闲的空间。记得第一次从县医院转院来到省城，下了火车已到了晚上，大街上华灯齐放、五彩缤纷，身患疾病的他，哪里还有心思观察这个繁华的大都市。以后复查又来过两次，随着疾痛缠身而心头郁闷，更无心思去欣赏省城的风貌。今天，他虽说有任务在身，没有找到健康旅馆，没能打听出周立富这个人来，但他坚信这只是一个时间问题，事情早晚会水落石出的。

已经恢复健康的韩士雄，也随之复苏了他那被淹没已久的青春之火和与事业追求的赤子之心。他开始对这个大都市什么都感兴趣。大街两旁鳞次栉比的高楼大厦，和那枝干茂盛的法国梧桐交相辉映。被风吹动的树叶，沙沙作响，它似乎在向韩士雄祝福，欢迎他来省会做客，同时又似乎在向人们诉说着这座城市的坎坷与艰辛，将来的发展宏图与美好前景。

这条大街的不远处，就是高教区，省体校和省医学院就设在附近。不时大街上有成双结对的体校运动员出现，他们都身穿蓝色腈纶运动服，飒爽英姿地走在大街上。还有那医学院的学生，他们可能是刚从实验室内出来，个个身穿白大褂，胸前别着红色校徽，神态优雅、衣着整洁、步伐从容，更能彰显出白衣天使的神圣。

学生们说说笑笑、打打闹闹，满脸写满了幸福与欢乐。韩士雄看着这些朝气蓬勃的学生，不由得感叹自己错过了大好时光，羡慕他们的同时，心里的热血也不由得起伏激荡……

一阵激情过后，韩士雄的思绪又回到了现实，他有些伤感自己青春的流失和时光的金贵。他渴望“文化大革命”能够早日结束，他好早日从这场灾难中挣扎出来。

天已正午了，正是上下班的高峰，大街上的行人骤然多了起来，人来车往的一片熙熙攘攘。韩士雄喝完最后一口饸饹汤，也随着人流缓步朝着火车站方向的 2 路站牌走去。忽然，从斜对面一个挂着“新华浴池”招牌的大门口走出一个人来。这个人的出现，把韩士雄的目光一下吸引了过去。只见这个人有五十岁左右，身材清瘦，头戴一顶蓝色单帽，穿一身半旧的劳动布工作服。他把帽檐压得很低，走出“新华浴池”门口，转向右侧的自行车存车棚里，推出一辆破旧的自行车，离开“新华浴池”汇入到了大街上的人流之中。

这个人就是周立富！韩士雄心里闪过一丝惊喜。他又怕自己看花了眼，紧赶了几步想近距离看清这个人的真面目。就在这时候，有一个行人和这个周立富撞了个面对面，这个行人有三十多岁，身材不高，胖乎乎的，留着个分头，穿一身深蓝色制服，样子像一个部门的小领导。

“邢主任，哪里去呀？”周立富抢先给这个人打起招呼。

“哦，这不是杨文革吗？你这个名字好记，听起来顺耳，上一次劳模会上给我印象最深的就是你。”被称为邢主任的矮胖子，说完话，哈哈地乐了起来。

“今天我还有事。邢主任，再见。”

“好嘞，老杨，我还要到前边办点事情。改天见。”

他们两个，相互打完招呼就各自骑车走了。韩士雄把他们的对话听得真真的，也把周立富看得清清楚楚。在他和周立富第一次见面时，虽说屋里光线很暗，但他在暗处，周立富在明处，周立富的音容笑貌他都记得十分真切，再加上周立富脸上的凸凹不平的疤痕特征，明明是周立富，怎么又变成了一个杨文革了？韩士雄一下如堕五里雾中。等他回过神来，那个杨文革和胖主任早已消失在这茫茫的人海之中了。

韩士雄见周立富从新华浴池里走出来，想去打听个究竟。他来到新华浴池，来到服务台前，见一位年轻的女服务员正在接听电话。于是，他在门口的一个长椅上坐了下来，女服务员接完电话，发现了韩士雄，忙问：“洗澡的吧，两角钱一张票。”

韩士雄赶紧站起来，解释说：“不洗澡，我想打听一个人？”

“打听谁？”

“有一个人，叫周立富在这里上班吗？”

“没有。”

“有个名叫杨文革的在你们这里上班吗？”

“也没有。”

“这就奇怪了，刚才有个五十上下年岁的男人，从你们这里走了出去，他不是在你们这里上班吗？”

“你这位同志真是奇怪了，今天洗澡的人很多，出出进进的谁知道你问的是哪一位？谁又知道他们都在哪里上班？”

韩士雄还想问，这个年轻的女服务员不耐烦了：“好了，我没时间了，有个电话会议马上要召开了，传达中央的最高指示。我还要赶紧去通知人，这件事情不能耽搁，耽误了谁也负不起这个责任。如果你没事的话，你先在这里等一下，等邢主任有时间了，你问他好了，我是刚分配来的，有些情况还不了解。”说完，年轻女服务员离开了值班室，到各屋通知参加会的人员去了。

韩士雄呆立了一会儿，一时不知怎么办才好。经过认真思虑，他感到这个杨文革究竟是不是周立富实在令人费解。但有一点可以肯定，这个邢主任就在这里上班。从他们俩的谈话中，邢主任还是了解这个杨文革的，即使不在一个单位里，也可能属于一个行业。如果想从邢主任嘴里去了解杨文革的真实身份，不想别的办法，光凭他现在一个普通群众的身份，恐怕难以做到。如果杨文革真是周立富，他又为什么更姓改名？他既然更改了姓名，这里面必有隐情？如果打听不出结果来，反而会打草惊蛇，这样一来会给以后的调查带来更大的困难。想到这里韩士雄决定暂且不去惊动这个邢主任。回去以后，等时机成熟了，再来调查这个杨文革。

韩士雄抬头看了看值班室墙上的挂钟，发现时针已经指向了下午 1 点多钟。回家的火车是下午 2 点钟正点发车。现在从这里坐班车到火车站需要半个小时，加上买票、进站，已经没有时间再逗留了。想到这里，韩士雄不由自主地把手伸进口兜里，用手捏住唯一的 5 分钱硬币，赶忙离开“新华浴池”向 2 路站牌奔去。

四十、病牵前缘

韩士雄去了一趟省城，没能带回来预期的好消息，很使韩元忠感到失望。关于韩士雄提供的一些蛛丝马迹，没有引起韩元忠的重视。韩元忠认为，一定是韩士雄看走了眼，认错了人。这也不能全怪韩士雄，毕竟和周立富只接触过一次。如果是自己在场的话，就不会犯这样的错误。

这个周立富是不是郝信同还是个疑团，怎么又冒出个杨文革来？这个杨文革的出现，使问题变得更为扑朔迷离。对于这一件事情，本来没有几成把握，这样一来，韩元忠一下失去了追查周立富的信心。他知道，在这件事情上要想弄个水落石出，光凭他们单枪匹马地去调查，那真如瞎子摸象，白白浪费工夫。韩元忠决定暂且把这一件事情放一放，等时机成熟了，再去想办法调查。

秋去冬来，气候渐渐冷了起来。韩老尚已经到了 90 岁高龄了，他的体质本来很结实，说垮就垮了下来。他患下了脑中风，躺在炕上有十多天了，语言不清，半边身子不听使唤，大小便都要有人伺候，去了几次医院，医院不肯收留。医生告诉说，年岁大了，住医院也没有好的办法，还不如在家里做一些常规治疗，这样更方便些。

韩元忠给韩元志、韩元珍和韩元姝都去了电报，韩元志在海南岛一时回不来，元珍和元姝也都回了信：单位正在开展“批林整风”运动，实在请不下假来，并都寄来了医疗费，嘱咐韩元忠多费心费力。这样一来，韩元忠一家又多了一份压力，特别是赵梅如洗啊、涮哪地一番忙活，增加了不少工作量，使她整天忙得脚不着地。

这个时候，传来了一个好的消息：有一支国家医疗队，巡回革命老区，已经到了山城县，最近几天就会来到赤镇公社卫生院。他们是党和毛主席派来的医疗队，专门为广大贫下中农服务的，专治一些疑难病症，为长期得不到治疗的山区人，解决病痛之苦。

韩元忠听了这个消息，心里并没有高兴起来，他有些犹豫，不知道这个医疗队，会不会给他父亲医治。赵梅如见丈夫拿不定主意，着急地说：“咱们也是贫下中农啊，新中国成立前全家人都早早参加了革命，老人还是革命家属呢！老人有了病为什么不去请？这是毛主席派来的医疗队，专门为咱贫下中农服务的，他们谁敢阻拦？你不去我去，我就不信请不来！”

“你打算怎么去给人家说？”韩元忠心里还是没底。

“我不但要实话实说，还要大队给开个证明信。证明我们是贫下中农，老人家是革命家属！”赵梅如理直气壮地说。

说也奇怪，赵梅如找大队开介绍信时，韩怀春没有从中作梗，一切事情办得顺风顺水。没过几天，医疗队就来到了韩元忠的家，共来了三个人，是医疗队的一个医疗小组。其中一个姓马的医生，是医疗队的副队长，也是北京医科大学的一位年轻的教授，两个一男一女的年轻医生，都是他的学生。马教授名叫马启瑞，有三十上下的年纪，五官端正有一副学者风度。他们三个都是专门研究心脑血管疾病的，中西医结合领导小组成员。他们边检查，边询问了韩老尚发病前后的一些情况。很快就做出了结论：患者的身体状况还算不错，心跳和血压都属正常，由于长期心情郁闷、压抑，气血不畅，脑血液循环发生障碍，引起神经系统疾患，表现为语言障碍，半侧肢体瘫痪。必须尽快使脑部血管扩张，以加快血液循环，将患者头部放平，并用温水洗头。

药物先用扩张血管的菸酸注射液肌内注射，再静脉注射生理盐水，以保持身体足够的水分。针灸治疗，可取穴风池、曲池、肩井、外关、合谷、环跳、足三里、太冲……中药治疗，除了吃小活络丹（成药）每服一丸，每日早晚各服一次，温开水送下。还配了汤药：石菖蒲1钱、丹参2钱、桔梗1钱半、甘草1钱。每日一剂，水煎二次服。

饮食上，应吃些营养丰富和易于消化食品，必须满足蛋白质、 无机盐和总热能的供给。多饮水及常吃半流质食物，可预防便秘及泌尿系感染性疾病发生。如多吃些小米粥、发面饼，菜类可吃些芹菜、豆腐类，果类可吃些香蕉、苹果类。

按照马教授的医治方法，治疗了一周，韩老尚的病情有了好的转机，语言障碍有了改善，偏瘫的肢体已有了知觉。全家人见了渐渐能恢复健康的老人，心里也松了一口气。

这一天，医疗小组的两位年轻医务人员，到邻村出诊去了，只有马教授一人来给韩老尚做针灸治疗。天空不知啥时飘起了雪花，而且越下越大，眨眼之间地上覆盖了白茫茫的一层。马教授做完针灸，又查看了韩老尚的身体状况，惊喜地告诉赵梅如，老人身体素质好，不久就有康复的希望。以后有时间了，要常帮老人做些肢体活动，好天气时晒晒太阳，这些活动都能促进老人的病情康复。

这个时候，韩元忠父子都冒着雪，从外边休工回来了。冬天，生产队里没有别的活计，也不让人随便歇工，除去场上切牲口草的人员外，都要到地里整修土地搞水利建设。赵梅如把马教授的话转告给了韩元忠，他们心里很高兴，一家人都很感激马教授的精心治疗。等马教授又忙完一阵子后，把马教授请到韩士雄兄弟几个住的东厢房里休息，这里比较干净。先给马教授沏上茶水，又把家乡的红枣拿出来摆在桌上，让马教授品尝。忙完这些，赵梅如让韩士雄骑自行车去一趟赤镇买一斤猪肉来包饺子。这是当时农户人家最盛情的款待。开始马教授说啥也不肯留下吃中午饭，挡不住韩元忠一家人的热情挽留，盛情难却，只好答应留下来。

茶余饭后，马教授发现墙上挂着一个条幅。条幅上的字迹有些眼熟，待他近前一看，心里十分惊奇？原来“功崇惟志，业广惟勤”八个大字的落款竟然是他的祖父马远的名字。这八个大字语出《尚书》，写在故宫的联匾之上，曾被视为皇帝和王公大臣的座右铭。其意：建立高功要立志，成就大的事业要勤奋。他对祖父的手笔十分清楚，不但下笔流畅，力道雄厚，并且字迹上下错落、协调，恰到好处。他百思不得其解，祖父写的条幅，怎么会千里迢迢来到韩元忠家的墙上？

韩士雄见马教授对这一条幅产生了兴趣，便把当年北上求学，回来路过北京，在故宫后门（神武门）碰见一位白发老人，并把老人赠字的经过说了一遍。马启瑞教授听了韩士雄的叙述，沉思凝神片刻，道出了赠送给韩士雄字幅的老人不是别人，正是他的祖父。因为老人家有个愿望，这个愿望，很可能是他老人家终生难以实现的心愿。

原来马远原名马广财，马远只是马广财的笔名，他的家乡在冀中平原，清州县城附近的马家桥村。马广财的祖上曾在明清两朝为官，虽然做官的品位不高，但也是清州城里的名门望族。在辛亥革命后，家道开始中落，在军阀和地方官僚的互相压榨下，家财很快耗尽。马广财父母亲见祖业都被毁在了自己手里，悲悔交加，不久便双双离开人世。马广财这个时候在北京师范大学历史系教书，他从小上学读书，本是一介书生，面对家庭的突然变故，也感到束手无策。虽然家业由盛变衰，但是，瘦死的骆驼比马大。家里还有几十亩土地和几十间房屋需要有人去打理。这时妻子已有孕在身，他本打算带上妻子和十几岁的儿子马守志，一块儿去北京。但妻子舍不得丢弃家里这份产业，让人代管也不放心，她坚持留下来继续打理。马广财当时薪水也很低，如果一家人都去北京，他的薪水根本维持不了一家人的生活。他也感到妻子的坚持有道理，便让近门堂兄马广业来帮助妻子打理这份家业。他害怕儿子马守志留下来会荒废学业，走时把儿子也一块儿带去了北京。

时间不长，两个小老婆嫌弃他的生活艰辛，前后都弃他而去。家乡的妻子到了预产期，他本打算把妻子接到北京生产，可偏偏这个时候儿子马守志得了肺病，住进了北京一家医院。真是屋漏偏逢连阴雨，船迟又遇打头风。他只能先顾儿子，等儿子病愈能出院了。家里传来了妻子去世的噩耗，原来妻子生下女儿后，家里缺少人手，没有能很好地照料妻子，使妻子产后受了风寒，医治无效，撒手人寰。

妻子的去世，剩下一个嗷嗷待哺的女儿，马广财感到无能为力，只好让马广业先找人寄养下来，等以后条件转好了，再去接女儿过来。没想到的是，马广业后来嗜赌成性，不到一年光景，输光了马广财的家业，还欠下了一屁股的债。还没等马广财和他见面，第二年冬天冻死在了家里的柴房里。就这样马广财从此失去了女儿的消息。

光阴荏苒，马守志长大成人，已经大学毕业了，以优异的成绩考入了美国哈佛大学，马广财送走儿子后，经常接触一些马列主义的刊物，他认识了只有共产党才能救中国的道理，他痛恨国民党的腐败无能，经常参加一些学生爱国运动，逐渐靠近了革命，就在北京解放前夕，他加入了北京地下共产党的组织。为保护故宫的文物，他带领学生做出了很大的贡献。北京解放后，他被聘为故宫博物院名誉副院长。新中国成立后，他又把在美国工作的儿子马守志叫了回来。这时候，留学美国的马守志已经小有名气，他的专业研究是工程动力学。为了新中国的建设，在父亲的感召之下，甘愿放弃国外的优厚条件，回到祖国。后来为原子弹、氢弹等核武器及卫星试制成功，做出了贡献。

晚年的马广财，虽然在生活上无忧无虑，但他常常思念死去的妻子和从未见面的女儿。有时一连几天，睡梦中梦见妻子。妻子泪水涟涟地央求他，一定要想法找回自己的女儿，否则死不瞑目。梦中妻子的嘱托，成了他的一块心病。唯一知道女儿下落的马广业早已死去，在死后也没有留下任何信息。冀中平原在中国地图上虽然不大，但以一个村落去查，也是浩如烟海。更甭说去查一个失散几十年、素未谋面的婴儿，那真是大海捞针。

后来，马广财思女心切时，经常到故宫门口给游客们题诗写字，这有两个好处：一是消磨时光，排泄心中的烦闷，还能以字会友；二是想从接触的游客中打探出女儿的蛛丝马迹来。他也知道，这第二个愿望是不可能实现的。但他还是年复一年、日复一日，风雨无阻，每天去故宫里迎接着南来北往的游客。十几年过去了，始终没有打听出女儿的下落。马广财有些心灰意冷，在家人劝说下，准备就此罢手，给韩士雄书写的这一条幅，大概就是马广财的封笔之作。

马启瑞讲述完祖父的故事，心情有些沉重，看样子他跟祖父的感情很深，韩元忠一家人听了这个故事，吃了一惊。莫非马广财失散多年的女儿就是他们家韩元姝？

为了核实事情的真相，韩元忠和赵梅如连忙去把已经能够说话的韩老尚扶了起来，细问根底。韩老尚把收养韩元姝的情况重复了一遍，结果，地点和时间都跟马广财家的情况很吻合。这真是踏破铁鞋无觅处，得来全不费工夫。马启瑞惊喜万分，连夜给祖父回了信，这时马广财也已是八十多岁的高龄了，因思女心切，不久前患下了老年痴呆症。马启瑞想以这个天大的好消息来挽回祖父的健康。

韩元忠也连忙叫士雄给韩元姝写信，详细阐明事情的经过，并安排他们父女能够尽快地见面，了却双方老人的一桩共同的心愿。

有诗赞道：

慈父思女情意真，
转眼已过四十春；
妻不瞑目托周公，
四海难寻一根针。
悬壶济世洒甘雨，
感动鬼神把手伸；
条幅牵动恩公现，
暮年两圆老人心。

马启瑞教授又给韩老尚治疗了一周，韩老尚的病情又有了明显的好转。在给韩老尚的治疗过程中，马教授知道了韩元忠一家人在“文化大革命”中的不幸遭遇，心里深表同情。特别是知道了韩士雄在极其困难的环境下没花多少钱，能够自治肾炎这个难缠的顽症，并且创出了一条成功的道路，他由衷地感到高兴。作为一个医务人员，他能够深深地体会到，在那样一个艰苦的环境下，能够做到这一切，并且能够取得成功，其中的艰辛是可想而知的，也是无法想象。说句心里话，这件事情要是搁在他自己身上，胜败也难以定论。他为有这样一个有才有志的年轻人感到骄傲，等有机会一定介绍给同仁们。在韩士雄的自治疗法上研讨一下，进行挖掘。虽说不是自己的专业研究项目，也要想法使它发扬光大造福人类。

医疗队的巡回医疗，很快要结束了，在医疗队撤离之际，马启瑞教授最后一次看望了韩老尚。同时还给韩元忠做了检查，韩元忠除了患有气喘，肺部有瘀血外，腿部还有轻度浮肿，这些都是瘀血症的表现，由于被批斗中长时期站立和被罚跪，造成下肢静脉堵塞、气滞血瘀，产生深静脉功能失调。这种病症虽说一时无大碍，但要想治愈还得慢慢调治，没有特效药物。在自我调治中要保证三个要点：一是要精神好，二是要休息好，三是要营养好。可是，这三个要点，在当时的环境下，对于韩元忠来说，没有一条能够做得到。

马启瑞教授最后还给赵梅如做了检查，发现赵梅如患有原发性高血压症，血压超过150/100毫米汞柱。虽然不严重，但在思想上也要引起重视。心脑血管病，目前是世界上第一杀手。马教授知道韩元忠家的经济条件困难，过早地使用药物治疗也不现实，他告诉赵梅如一个能就地取材的土方子：食醋泡姜片。具体做法是，用鲜姜50克，切成片，放进碗里，倒上食醋淹住姜片为准，泡上一周后即可食用，早晚各一次，一次3—5片，最好饭前半小时食用，用上一星期血压就可以降下来。

除了用这个方子外，还教给赵梅如一个简单易学的按摩法。这个按摩法是有人在一家健康报上发表的，可以试一试。

第一项用双手大拇指交替推颈部两侧，大筋上的桥弓穴，可降压。

第二项两脚和双手做伸屈运动，两臂上提，然后两腿慢慢下蹲，反复做几次。这可使存留四肢过多的血液急速回流心脏，供给心脑系统足够的氧与血，可预防急慢性心脑血管疾病，并增强四肢大小关节的灵活性。

第三项双手十指微屈，从前额发际开始，经过头顶，梳至后发际，连续多次。

第四项每天睡前用温水泡脚，然后压脚心涌泉穴多次。这些都能起到降压作用。

此外，马启瑞教授还告诉了一个“十字诀”，这个“十字诀”对预防高血压很有道理，普通老百姓都很适用：一碗米粥配薯蛋（红薯），二便畅通是关键，三餐饮食宜清淡，四体适度多锻炼，五色果蔬不间断，每天不超六克盐，七情调节莫失控，八方交友心喜欢，酒（九）少喝来烟不抽，十分淡定心地宽。

这“十字诀”包含着两层意思，不但是赵梅如预防高血压的金玉良言，同时又是韩元忠一家人生活的真实写照。“十字诀”主题，不仅突出了饮食上的清淡，身体上的锻炼；还在心情上提醒：遇事淡定、心地放宽。只要做到了这些，这个一路从风雨和坎坷中走过来的家庭，才能逢凶化吉、遇难成祥。

时间不长，韩元姝接受了父亲和大哥的嘱托，离开内蒙古去了北京一趟，和马广财一家见了面。马广财第一次看到了自己梦寐以求的女儿，女儿如今已经事业有成，并与她的妈妈长得一般无二，高兴地哭了起来，并且是哭得老泪纵横、泣不成声。失散四十多年的女儿，终于和家人团圆了，他们无限感恩韩老尚一家人的无私帮助。从此，两家人像亲戚一样相互来往起来。

马广财的老年痴呆症好了，韩老尚的脑中风也恢复了健康。这两位老人都活到了百岁才谢世。这些，当然是后话，暂且不表。

四十一、韩士英错案昭雪

1973年，各方面的工作有了转机，社会秩序和生产状况逐渐好转，“批林整风”运动和清查林彪反革命集团阴谋活动的人和事，也即将告一段落。在这种情况下，党中央召开了党的第十次全国代表大会。

大会愤怒地声讨林彪反革命集团的罪行，全体代表一致拥护中共中央的决议，永远开除资产阶级野心家、阴谋家、反革命两面派、叛徒、卖国贼林彪的党籍；永远开除了林彪反党集团的主要成员陈伯达的党籍，撤销其党内外一切职务。一致拥护党中央对林彪反党集团其他主要成员的处理和采取的全部措施。

此时的中国如同一个奔跑中的巨人，在跑过一段弯路之后，不得不缓下脚步来重新思考前进的目标；在身心疲惫的同时，醒悟地感到，要想到达目的地，必须调整前进的方向。

不久，一批久经考验的“文化大革命”中受到排斥、打击的老同志陆陆续续得到了“解放”，并重新走上工作岗位。

东方露出了曙光，这个曾被“文化大革命”风暴袭击过的中华大地，从摧残中开始了复苏。

1974年秋收过后。连天的牛毛细雨，时断时续地下了三天三夜。第四天头上，终于迎来了一个晴空万里、阳光灿烂的大好天气。这一天不仅是个金色收获的日子，也是韩元忠一家值得纪念的节日。吃过早饭后，韩元忠和韩士英都要到场上去脱粒秋收的玉米，这是韩水河村劳动人民一年劳动的最后一道工序。把脱粒的玉米留足口粮、种子和储存外，还要如数完成国库的征购。他们的脸上都荡漾着秋后收获的欢乐，在这个时候韩士英接到了大队通知：要他即刻到大队办公室去一趟。

这个突然来到的通知，使韩士英心里犯起了嘀咕，并感到有些忐忑不安。他思忖一定是韩大炮为韩胜兰的事情又节外生枝。他不知道这个韩大炮又要耍什么鬼把戏？在他的脑海里，到大队办公室去，没有好事这个概念。所以他压根没有想到，他所面临的正是他梦寐以求的大好喜讯。

大队办公室内只有三个人，韩大炮果然也在此。另外两个人都是新面孔，穿戴都是一副公事人员的打扮。有位中年人样子像个领导，身着一套蓝色朴素的中山装。年轻人坐在中年人一边，手里拎着一个公文包。韩大炮坐在一旁，低着头好似在思考着什么，样子失去了往日的张狂，这倒出乎韩士英预料。

他们见韩士英到来，很客气地让韩士英坐下，核实韩士英身份后，他们告诉韩士英：他们是县政策落实办公室的工作人员，这次下来是专门宣布对他的处理决定。解释完后，年轻的工作人员从公文包里取出一个书样文件，说："过去对于你所犯的错误处分，是留团察看。根据中央政策精神，决定撤销这个处分。今天我们来到这里，是专门通知大队和你本人，从今天起，你可以恢复团的生活。"

这个决定只有几十个字，虽说不长，但这对于韩士英来说有些陌生，似乎是天外飞来的音符。这几年来，他接触的都是"现行反革命"之类的，但从来没有接触过今天这样和谐的音律。这个词的出现，令韩士英猝不及防。他有些怀疑自己的耳朵和眼睛，关于眼前发生的情况是不是真的？

当韩士英看到待在一边萎靡不振的韩大炮时，才意识到眼前的情况确实真的。他那封冻多时的感情闸门一下垮塌了，泪水犹如决堤的源泉，涌了出来，从脸颊淌到了嘴角。这是无声的控诉，他把几年来，所遭受到的冤屈，一起汇聚到泪水里，源源不断地向外倾洒着……

韩士英没有去擦拭这苦涩的泪水，一时也不知说什么为好，只是用感激的目光默默地望着这两位给他带来喜讯的领导。两位领导深解韩士英这几年所遭受的苦难，临走时紧紧握着韩士英的双手，叮咛道："以后要加强学习，用毛主席思想武装头脑，做好建设祖国的接班人。"

直到最后，韩士英才呜咽地说了一句话："请领导放心，我一定听毛主席的话，好好学习，做一个好青年。"

韩士英眼含激动的泪水，把这个天大的好消息带回了家里，全家人都很高兴。他们欢畅之余，对于韩怀春私自给他们"扣帽"这样的罪恶行径，感到非常气愤。韩士雄拉上韩士英，一块儿要去找韩怀春讨个说法，问他们为什么这几年把韩士英当作阶级敌人对待？这个"反革命"分子帽子从何而来？

韩元忠见了忙阻挡道："这件事情已经过去了，也就算了，咱不去找他，他们心里现在也不好受。"

"难道说就这样算拉倒了？"韩士媛也有些不服气，韩士媛比韩士雄小两岁，现在已经长成大姑娘了，"你们知道我这几年是怎么熬过来的？同岁的伙伴都去上学，我不能去上学，我在生产队里劳动，还要受欺负，脏活儿累活儿都留给我去干；特别是那个地主家的‘大屁股’臭婆娘，还时不时地给我小鞋穿，就是因为咱家有个‘反革命’分子的哥哥呀？”

韩士豪和韩士杰小哥俩，此时也已长成大小伙子了。他们虽然没有说话，但在三年多的时间里，也是饱受磨难。他们从十三岁到十六岁这个成长阶段，本来是备受呵护的年龄阶段，可他们没有能享受到这样的权利。从小学升入初中，别的贫下中农子女都是直接录取的，他们两个必须要考出好的成绩才能录取。在这三年的学习生涯中，他们两个也尝尽了同学们的欺负和老师的白眼。

赵梅如看见儿女们都在火头上，忙开导说：“过去的苦和难，我们甭再提了，现在士英清白了，老天爷算是睁开眼了，使我们跳出了火坑。士英有这么一场劫难，不能说士英一点儿责任也没有，有错必改吗？谁想到他们把这一小事，给折腾成这么大的事件？现在清楚了这一切都是他们给造的孽。他们知道光凭你爹的历史问题，对你们的前途一时还构不成威胁，于是想利用士英的问题大做文章，好使你爹的问题雪上加霜。他们估计士英的‘反革命’分子，是早晚的事，还没等上级定案就提前给扣上了帽子。没想到他们错误估计了形势，害人不成反暴露了自己的罪恶勾当。常言说：‘害人之心不可有，防人之心不可无。’以后我们做事要多长一个心眼儿，士英的事情算是给我们一家人敲了一次警钟，上了一堂政治课，这件事情咱们先不着急找他们，让全村群众评论评论，看看他们的脸面往哪里搁。”

韩元忠夫妻俩阻挡儿女们去找韩怀春算账，是有原因的。“文化大革命”时代，是一个法制颠倒、造反起家的年代；只要你敢于造反、敢于反潮流，头上能挂起“造反派”的“桂冠”，你就可以横行天下、为所欲为。即使在运动中犯了不可饶恕的错误，只要不是方向性的错误，就是革命的需要。韩士英这一事件，在那个时代，从表面上分析，韩怀春也就是一个宁左勿右的问题，大不了换回一个口头上的检讨，这也起不了什么作用。况且，韩怀春暗中有吴仁才撑腰，也奈何不了他丝毫。

韩元忠夫妇不想因为士英这件事，去给韩怀春斗气，还有个原因。韩士英的昭雪，证明了“文化大革命”已经到了结束阶段，党的各项政策都要落到实处，逐步走向正规化。韩元忠的历史问题不用担心，时间不长也会水落石出的。只是韩怀春是不是韩志淳？这个问题一直在韩元忠的脑海里翻腾不息，到了现在还没有找到铁的证据，韩元忠心里不免有些着急。所以现在，还不能向韩怀春暴露出自己的锋芒。

赤镇高小的蔡士贞老师，是唯一能证明韩怀春就是韩志淳的证人，在“文化大革命”的初期，就遇到了暗害。老支书韩进先向县领导反映过这个问题，也在“文化大革命”中遭到了毒手。又想到了区长刘石中的不幸牺牲，这一切都和这个韩志淳有关。如果这一次不能把这个吃人不吐骨头的韩志淳揪出来，还让他继续兴风作浪、祸害作恶，韩元忠就无脸活在这个世上了。

夜已经很深了，儿女们都早已进入梦乡，韩元忠夫妇躺在炕上，还没有睡意。赵梅如坚持说：“省城的那条线索不要丢，想办法查个究竟，说不定那个人就是郝信同。如果这个郝信同真的活着，这个韩志淳还不暴露出来？”

“查，怎么去查？我早考虑多遍了，光凭我们个人去调查这件事，等你查清了这件事，黄花菜恐怕早凉了。”韩元忠有些无奈地说。

“我看是时候了，我们把这件事情该反映到郝县长那里去，让郝县长想办法去查清这件事，他的能力大、办法多，一定能很快查清的。”赵梅如提醒说。

“这个办法也行，要不抽时间你去一趟县城？”韩元忠说。

“我在县革委大院大闹过一次，他们都认识我。让士雄去吧，他去妥当些，他的目标小，没人认识。再说他也接触过省城的那个人，好跟郝县长把事情根由说个明白。”赵梅如说。

“那就让士雄抽时间去一趟县城。”韩元忠同意妻子的做法。

已经是凌晨三点钟了，韩元忠还是没有一点儿睡意，干脆起床披起一件破棉衣来到院子里，他抬头仰望苍穹，只见一轮皓月当空，清凉的夜空显得无限高远，他的心胸也感到了无比的开阔。不知什么时候妻子梅如也来到了院子里，她指着那一轮明月说：“士英他爹，你看今夜的月亮为什么这么明呀？从今往后，我们可以过上太平的日子了是吧？”

韩元忠听着妻子孩童般的发问，一股热浪涌向心头，多少年来，妻子跟着他吃苦受罪，现在总算熬到头了。他回转身体，把棉衣披到妻子身上：“对，往后我们就要过上平安的日子了。”

……

赵梅如说得没错，韩怀春和韩大炮为韩士英这一件事丢失了脸面，这几天很少在公共场合露面。

前几天，县里政策落实办公室为韩士英的问题亲自来人宣布县里的决定。韩怀春事前没有接到妹夫吴仁才的电话，感到事情不妙。当他知道了，撤销韩士英处分是留团察看时，顿时傻了眼。这个留团察看处分，给他当初想象的“反革命分子”处分相差着十万八千里之远。韩怀春感到了自己的彻底失败。

于是把韩大炮支出来，去应付这一尴尬的局面。韩大炮虽说皮糙肉厚，但也晓得羞耻之心。在现场，韩士英当面没有给韩大炮发难，韩大炮也深深地感觉到了良心的谴责。

县里的工作人员一走，韩大炮就来找韩怀春商量对策。此时的韩怀春犹如一只泄了气的皮球，再也鼓不起来了。他也知道这种局面的出现，就预示着他和韩元忠的命运，从此要发生变化，从现在开始就是相对转折的新起点。他有些不甘心，多少年来他对韩元忠付出的阴毒心计，将要付诸东流。这种发展趋势，他又无法左右，但在韩大炮面前仍要装出一副倒驴不倒架的尊容："时局发展到今天这个样子，难以预料哇。士英这件事先保持沉默，不要着急，等我摸清了上级的准信儿再说吧。"

韩怀春打发走韩大炮后，一直待在家里准备着韩元忠的家人找他算账。

一连几天过去了，没见韩元忠家有人过来闹事，韩怀春紧张的心，暂且松了下来。他知道韩士英这一事件，韩元忠不会轻易拉倒，早晚会有找他算账的这一天，但到目前，他还一直想不出好的办法来圆这件事。他也想道：要不给韩元忠再去演一出假"负荆请罪"？可一想今非昔比，那也太丢面子了，韩元忠也未必肯信。要不就装傻充愣，装作无事人一样，这件事已经办了，随你的便吧。觉得这样也不妥，这样有损于他现在的外在形象。

韩怀春思来想去拿不定主意，最后决定，还是去一趟县城。找一找妹夫吴仁才，听听他对当前形势的分析，叫他给指点迷津。

吴仁才的身体有些发福，除了腰粗外，脖子也粗了不少，样子活脱《沙家浜》里的胡传魁，可他的心计比刁德一还要毒辣。这个在"文化大革命"中，飞黄腾达的县太爷级人物，面对远道而来的大舅哥，也时不时地表现出一副居高临下的姿态。他坐在黑色的牛皮转椅上，仰着一张白净而臃肿的脸，显露出一副刀枪入库、马放南山的悠然神色。韩怀春坐在沙发上，面对着吴仁才，一边嗑着茶几上盘中的炒瓜子儿，一边诉说着县里派人如何去宣告对韩士英的处分结果。

吴仁才看见韩怀春一脸沮丧的样子，给他打气说："中央的十大召开，选拔毛主席的接班人。这说明什么？说明了毛主席非常重视这场'文化大革命'。体现了'文化大革命'的胜利和毛主席将'文化大革命'进行到底的决心。前一段林彪的倒台，我也曾担心过，这场'文化大革命'可能要结束了。现在从十大精神来看，'文化大革命'不仅要继续搞，今后还要进行多次。有了这样的精神，我们还怕什么？"说到这里，吴仁才停顿了一下，缓了缓口气又说，"这次十大，中央有几位'文化大革命'中被打倒的老干部又当选了中央委员，这当然不是个好兆头喽。但是，只要走资派不会复辟变天，我们所耗费的心血就不会白出……”

“关于韩士英的问题，这也怪你们当初没把第一手材料整好，如果不出现牵强附会和栽赃陷害的迹象，郝振山就是有三头六臂，他也不能这么快把问题给落实下来，这说明你们政治斗争还缺乏斗争经验。这件事也不必放在心上，运动中难免会出现一些这样或那样的错误吗？以后工作上有什么困难，公社马新尚副主任，会给你们帮助的。”

韩怀春听完吴仁才一席话，心里平静了下来。但他还是很担心地问：“那么，韩元忠的问题会是什么结果呢？”

“这个也很好说，如果韩元忠找不到充分的证据来证明他的清白，这个历史问题，可能要拖他一辈子。”吴仁才很有把握地说。

韩怀春听到这里，悬起的心才算回到了原位。他没在吴仁才那里久留，又叙了一些家常话儿就回到了韩水河村。

四十二、魂归故里

形势开始向好的方面迅速转化。

韩士英的冤案昭雪后不久，又传来了一个好的消息，赵贵如官复原职。赵贵如的平反，使韩元忠的历史问题有了亟待解决的希望，在茫茫无际的大海里似乎看到了大陆的一角。

然而事情没有那么简单，命运好似在故意捉弄韩元忠一家人一样。好的消息传来时间不长，又传来一个坏的消息，赵贵如的身体出现了状况，积劳成疾，累倒在了工作岗位上。

经医院检查其原因，是在工作当中由于长期的废寝忘食，使萎缩性胃炎、胃溃疡演变成了胃癌，必须马上手术治疗。这个消息很快地被韩元忠一家人知道了，他们决定派韩士雄去一趟林源县看望一下赵贵如。

韩士雄千里迢迢赶到林源县时，赵贵如已经去了北京。家里只有最小的表弟二小和小三在家里看门。他们过去见面不多，没有多少交往，家里现在没有了赵贵如这根长辈纽带，感情上还是感觉到相互之间有些拘谨和陌生。

原来赵贵如一家人，租住在一个农家小院里，房舍和家具都很简陋，小哥俩的吃饭事宜，还是他们自己下厨。他们不会生煤球火炉，用一个煤油炉子做饭，一天三顿饭，不是小米饭就是疙瘩汤。连这样最简单的饭，也是生一顿、糊一顿的。这也难怪他们，本来才十几岁，还是个孩子，从小上学，有大人管着，谁也没有学过做饭。现在突然要靠他们自己张罗这个差事，难免忙中出错。

韩士雄帮助这小哥俩做了两顿饭，虽说厨艺不精，但比起小哥俩来还是强多了，算是吃上了两顿可口的饭菜。韩士雄从情况上分析，知道二舅一时半晌还回不来，心里非常失望。自从上次在二舅老家见过面后，已有四个年头了没有见面了。他本想利用这次机会，给二舅述述衷肠，倾吐一下他们这几年来的艰辛经历，可是，老天爷没有能给他留下这个机会。这个见面机会的丧失，使韩士雄感到非常遗憾。

韩士雄没有办法，吃过晚饭，跟小三要了信纸和钢笔准备给二舅留下一封信。在信中，他这样写道：

敬爱的二舅：

听说您有了病，我们全家都很惦念，我受家人之托前来看您，事不凑巧，您已去了北京。我们希望您在北京能够得到很好的治疗，身体是革命的本钱，以后万望您要以身体健康为重。

我们家里的情况开始有了好转，士英的错案已经昭雪；父亲的历史问题还是没有着落，这件事情很是让人揪心，因为牵扯着我们一家人的政治生命。等你出院以后，看能否与云南军区的程林伯伯联系上？帮助把我父亲的问题尽快地落实下来，还他个历史清白，这是我们全家的共同心愿和希望。

此致

敬礼

外甥韩士雄

1975 年 X 月 X 日

韩士雄写好信后，放进了一个信封里，交到了小三手里。叮咛小三，二舅回来了，一定交给二舅。第二天一大早，韩士雄就离开了二舅家，坐早点的客车返回了家乡。

赵贵如这个 1938 年入党的老干部，经过了抗日战争、解放战争，又经过了“文化大革命”的“洗礼”，情况刚刚有了好转，又要接受疾病的考验。这一次与疾病的斗争，又是生死未卜，能否活着从手术台上走下来，还要看他的造化。

赵贵如住的是北京一家著名的肿瘤医院，全国各地的肿瘤患者，都慕名而来到这里做手术治疗。虽说手术成功率很高，但也潜藏着几分危险。

赵贵如的手术做得很成功，使医生和家人感到很高兴。胃切除五分之三，病灶排除，身体要想尽快恢复健康，营养必须跟得上。

在回家养病当中，赵贵如一家人犯下了一个致命的错误，他们只顾补充营养，忘记了赵贵如还患有原发性高血压这个疾病。结果，造成血压升高，引起脑出血，抢救无效，猝死于 1975 年 4 月 16 日 9 点 48 分，享年 54 岁。

一个党的好干部，人民的好公仆，就这样悄悄地走了。在赵贵如的一生中，他做到了一个共产党员应该坚守的信条：为了党的事业，为了人民大众，他做到了鞠躬尽瘁、死而后已。在林源县工作十几年来，他带头下乡奔赴生产第一线，亲自带领群众一起治理荒沙几千亩，并把过去不产粮食的盐碱地，改变成了丰产田，使过去这个贫穷落后的林源县，从此走向了富裕之路。

赵贵如在个人生活上，克己奉公、克勤克俭，从来不花公家一分钱，他还常常把个人的工资拿出来，接济一些困难群众。他的一件军大衣伴随了他十几年，光补丁缝了十几处，妻子要求给他换件新的，他摇摇头不肯丢弃，还要坚持再穿上几年。

他对妻子和孩子们要求非常严格，在他担任县委书记的日子里，给县委配备的吉普车，从来没让孩子们享用过一次。即使家里有病人住院，也要骑自行车去医院看病。反过来，如果在路上遇到病危病人，他宁愿自己下车走上十几里路，也要司机先把病人送到医院。

赵贵如去世的消息传出以后，林源县的广大群众自愿组织起了吊唁队伍，光个人送的花圈足足装了两大卡车。在送殡那天，天还蒙蒙亮，灵车刚要启动，林源县的大街两旁，早已排成了两列长长的队伍，他们都早早地等待着为林源县的好书记送行。他们都眼含热泪，默默地低头哀悼：林源县的好书记赵贵如同志一路走好！

赵贵如没能兑现他的诺言，等平反了，他一定回家看看，看看亲人和乡邻。他也没有想到，那一次，从五七农场告假回家，是他人生中最后一次和家人见面。赵贵如更没有想到，他没能完成韩元忠一家的嘱托，是他一生中的重大失误。在他平反恢复原职后，给老区长程林去一封信，讨一个证明材料，这本来是件举手之劳，但他一直没有那样去做。他不想在个人问题上，去走一条不合条文的捷径。他要光明正大地等待党的合法政策的落实，等待黑白自有公论，天理自有昭昭这个真理。他的这一拖延使韩元忠的问题，在他去世后又变得困难重重起来。赵贵如丧失了他能为韩元忠平反的大好机会，这是他一生中最大的失误，也是韩元忠一家人的最大遗憾和悲哀。

当赵贵如去世的噩耗传到家乡时，韩元忠一家人悲痛欲绝。

赵梅如伤心了好大一阵子，才停住了啜泣。

韩士英、韩士雄及其弟弟和妹妹们，见母亲悲痛伤心，也跟着一起伤心抹泪。

最后还是韩元忠提醒说："人已不在了，再伤心也起不了作用，明天二哥就要送回老家安葬，咱们家看看明天都是谁去？现在生产队里活儿忙，好早些给队长告假。"

赵梅如说："让士英和士雄也一块儿去，他们俩都长大了，送送他二舅去。"

韩水河村和赵家屯相隔十几里地的山路，翻过一座牛尾山就看到了赵家屯。韩元忠一家人，徒步赶到赵家屯时，已到了上午10点钟。大约又过了一个小时光景，灵车才缓缓驶来，灵棚设在了村子东头一个打麦场上。

一切刚安置妥当，天空突然刮起了大风，接着从西北方向卷来了一片乌云，乌云越聚越多，时间不长覆盖了整个天空。大风也越刮越烈，呼啸的大风，卷起地上的腐枝烂叶和飞扬的沙尘搅和在一起，刹那间，天地之间一片浑浊、黑暗。接着天空中响起几声炸雷，雨点儿噼里啪啦落在了地上。老天爷也似乎在为赵贵如同志，鸣炮哀悼。

雨点儿还没湿严地皮儿，雷收、雨住、风停、云卷、云舒。太阳从云缝里露出脸儿来，刚才的天地间的一片浑浊，立马变成了风清气爽。

追悼会在灵棚前举行，山城县领导班子也派来了郝振山同志为代表，和林源县的领导班子一起为赵贵如同志的逝世表示哀悼，为党失去了一位好同志感到惋惜。他们高度赞扬了赵贵如同志为中国人民的解放事业、社会主义革命和社会主义建设事业奋斗终生的功绩。

赵贵如同志葬在了牛尾山下，这个为了共产主义事业奋斗终生的共产主义战士，最终又回到了母亲身旁，从此便母子相伴，魂归故里。

赵贵如同志虽死犹生，英魂长存，他的功绩永垂不朽！

赵梅如面对赵贵如新立的坟头，不由得悲从中来，她又想起了他们过去的一家人，小时候孤儿寡母的凄凉生活。过去母亲为了抗日大业，不幸献出了自己的宝贵生命。现在，解放了，在新中国的今天，还没有过上多少好日子，二哥又英年早逝、阴阳两隔；兄妹三个，只剩下她和大哥林如，孤独相伴，她感到了空前的无助和凄怆，于是，不由得号啕大哭起来。

赵梅如的恸哭，使前来吊唁送行的郝振山心里也感到十分的无奈和难过。他清楚赵梅如的伤心，不仅是为去世的二哥，还有他们一家人的不白之冤。

山城县政策落实办公室这一块儿，名誉上虽说由他负责，但每落实一项工作，都要受到来自各方面的干扰，尤其是在“文化大革命”中揭出的问题，更像一块烫手的山芋，无人敢碰。处理轻了不是，处理重了也不行。韩士英的问题，是在一件事上犯了错误。也只是一个认识错误，没有其他犯罪目的，并且，有因果关系和明显的栽赃陷害。落实起来，虽说有争议、有周折，但还算顺利。

韩元忠的问题就不同了，他的问题比较复杂，关键是1951年整风运动中，他被开除了党籍。这个不该出现的处分，使他在“文化大革命”中有了被揪斗的依据，即使没有错误，也变成了错误。由于韩进先的固执已见和郝振山在工作上的刚愎自用、偏听偏信，才造成韩元忠蒙冤受屈。当初，如果听听韩元忠的陈述和做一些细致的调查和了解，就不会有今天这样的后果。这个带血的教训使郝振山痛定思痛，往后在工作当中更要努力做到细针密缕。

“文化大革命”中，韩怀春又借题发挥，捉住了韩元忠这个把柄不放；对于这样的事情，却又让郝振山感到百口莫辩。如果说，在小整风运动中，对于韩元忠的处分，是个错误的决定？那么在这场“文化大革命”运动中，揪斗韩元忠也一定是一个错误的决定了！这个牵一发而动全身的问题，必须要有充分的证据来说明。那么这个证据呢？证据在哪里？

当时，赵贵如和老区长程林是有力的证明人，可他们两个在“文化大革命”中也成了“文化大革命”的专政对象？他们是“蛇鼠一窝”，他们的证据不可信呀？还有个知情人是韩进先，可他也是一个走“资本主义道路的当权派”？他的证言更不可信。当初诋毁韩元忠的是他，现在要保护的又是他，他丧失了一个共产党员的原则，这样的人能相信吗？

后来，赵贵如平反了，官复原职，又变成了一个党的好干部，他可以为韩元忠做证。可单凭他一个人的证词，也起不了扭转局面的作用，因为他们是亲属关系。但是现在这个起不了多大作用的证言，也无机会了，现在赵贵如去世了，并且，没有留下只言片语，这给韩元忠的问题落实又增添了难度。赵贵如知情，赵贵如又去世了。韩进先也在“文化大革命”中遭到了毒手。现在关键是老区长程林的证词了，这个老区长程林现在又在哪里呢？都说在云南边陲，可是，无论用什么联系方式，也联系不上，这让郝振山感到十分为难。

前一阵，韩士雄向他提供了一些有关郝信同还活着的信息。这个信息很重要，如果郝信同真还活着，关于韩志淳的问题就可以迎刃而解了。郝振山派人去省城做了秘密调查，但调查的结果令郝振山有些失望。

周立富这个人确实是保定易县人，从小父母双亡，十几岁就开始四处乞讨流浪，新中国成立前夕，落脚在省城一家私人旅馆里做帮工，新中国成立后，这家旅馆并入国营，周立富也成了一名企业职工，二十多年来，一直兢兢业业在服务行业工作。本人思想进步、历史清白，关于改名换姓一事，是因为周立富这个名字叫起来有点儿封建落后，在“文化大革命”这个红色浪潮中，为了表示对“文化大革命”忠心耿耿，于是，就改成了杨文革这个名字。反正他也是后继无人，关于姓什么，叫什么都一样。这些理由，听起来是有些牵强，但也在情理之中。

郝振山知道，这样的证明材料，只是说明了周立富这个人的大致轮廓。

但要想弄清楚现在周立富这个人还是不是原来的周立富？这其中的奥秘何在？还要做进一步的深入调查。

赵贵如的葬礼结束后，天空又布满了乌云，空气也逐渐地阴冷了起来。临近傍晚，纷纷扬扬飘起了雪花，渐渐雪花越下越大。一顿饭工夫，地上白茫茫的一片，连碧波荡漾的麦田也变成了银色世界。

梧桐树上盛开的白紫相间的喇叭花儿和榆树枝上的榆钱儿，都和雪花儿沾成了一团，变成了一个个白色的大绣球，把树枝儿压成了弯弯的弓形。杨树上和柳树上，嫩绿的叶子也被裹上了素妆，大街上积雪融化了的流水汇成了小溪，涓涓东去。草地上和麦田里的积雪，来不及融化，已变成了厚厚的雪被。

天空阴云密布，雪花肆无忌惮。

这场大雪下得有些反常，历年历代到了谷雨这个时节，哪里会出现大雪？

老天爷也会反其道而行之，不按常理出牌。

温暖的春天，又遭到了寒冷的袭击。

这是一场最后的寒流……

四十三、李书慧洒泪吐真情

韩狗剩大学毕业以后，分配到赤镇中学，当上了一名英语老师。

韩狗剩追求李书慧遭到拒绝后，并没有灰心。他心里清楚，李长贵只有两个女儿，大女儿李书慧，二女儿李书敏，两个女儿不但生就的漂亮，而且很有才气，李长贵夫妇把这两个女儿视为宝贝疙瘩。按照当时农村的规矩，这样的农户人家，不招上门女婿，也要在本村嫁个才貌相当的小伙子。不求荣华富贵，但求门当户对，人老了好有个依靠，能养老送终。

像韩水河村，和韩狗剩大小差不多的小伙子，没有几个。韩士雄有才气，人也长得英俊，但韩士雄已经失去了竞争李书慧的能力。韩士雄的前程一片灰暗不说，单凭他患下的这一场大病，对于心细的李长贵来说，也不会同意让女儿嫁给这样的对象。

人往高处走，水往低处流，这是李长贵做人的准则。这时候，韩狗剩和韩士雄论条件，韩士雄明显处于劣势。另一个对手，就是韩思阳，韩思阳最近在部队升成了排长。韩思阳虽说能和狗剩在竞争书慧的问题上势均力敌、不相上下，但是韩思阳从来没有对李书慧动过心思。听说韩思阳已经有了对象，是邻村一名女青年，人长得也很标致。这让韩狗剩放下了心，在韩水河村，再没有人能和他来竞争李书慧了。

韩狗剩的小算盘打得不错，虽说李书慧已对他婉言拒绝，但以他绝对优越的条件和一副百分之百的热心肠，岂能捂不热李书慧那一颗冰冷的芳心？

韩狗剩在赤镇中学教英语课，本来学生们都不愿意学，他也懒得去教，一天天没有什么事情可干，闲下来常常往李书慧任课的小学里跑。中学和小学只有一墙之隔，走大门口最多也不过200米远，吸根烟工夫就可以到达。

李书慧虽然十分厌烦韩狗剩，但由于乡亲之情，明面上还是要客气相待。

韩狗剩上了两年大学，也算见过了世面，镀上了一道金色光环。为了能讨书慧的欢心，在衣着打扮上下起了功夫。韩狗剩的分头梳理得又黑又整齐，就是那一张五官不协调的脸，无论怎么样努力，也无法改变。特别是那两颗黑了根的大门牙，一开口就裸露在外边，离近了还有一股儿腥臭味儿，实在令人心里作呕。一身的灰色中山装，裤子有些长也舍不得剪，走起路来裤脚拖拉着地；褂子有些肥，穿在身上四面兜风，本来瘦骨嶙峋的身材，在衣服的衬托下更显得人瘦身小。左手腕儿，总是喜欢高高地挽起，一块“上海”牌手表银光闪闪地炫耀在外面，这是当时最有身份的显示，也是最时髦的象征。唯有这一点儿，使韩狗剩春风得意了不少。

李书慧不施粉黛，不佩装饰，一身普通装束。匀称的身材，白皙的瓜子脸儿，水灵灵的一双秀目，透露出女子青春期特有的神韵和才智。李书慧的自然美和韩狗剩的刻意打扮，形成了鲜明的对比，韩狗剩相形见绌，在书慧面前犹如乌鸦碰到了金凤凰。

李书慧的同事们，也都很讨厌韩狗剩这个半土半洋的做派，他们戏谑地称呼韩狗剩为“上海牌”公子。每当韩狗剩来到学校，同事们都故意问：“现在几点钟了？”久而久之韩狗剩感到了被人戏弄的滋味儿，也感受到了自己炽热的情感并没有能焐热李书慧那冰冷的芳心。他不灰心，他正面攻克不了李书慧这个堡垒，他要采取迂回战术，他让母亲请来名嘴媒婆儿“尖辣椒”出头，给书慧的父亲李长贵疏通关系，想先从李长贵夫妇那里争取到支持，来撮合这个姻缘。

李长贵是韩水河村出了名的憨厚诚实的庄稼汉，他的妻子也是一个心直口快的本分人。对于“尖辣椒”的提亲，表现出一脸的无奈。书慧按虚岁算，也是二十五岁的大姑娘了，在农村中像这样的岁数，已是寥寥无几。同龄的姑娘只剩下她和韩胜兰了，别的伙伴儿早已结婚生子，当上了妈妈了。李长贵夫妇也早想让书慧找个门当户对的对象，成家立业，早些抱外孙，结束他们老俩的这块心病，老了有个依靠。可是给书慧提亲的媒人，踢破了门槛儿，也没有一桩亲事让书慧满意。

前二年，韩狗剩就托媒人来提过这桩婚事，可书慧死活不答应。后来，从书慧的言语行动中，知道了书慧对韩士雄情有独钟。可是，目前韩士雄家庭状况，确实令李长贵担忧。韩元忠一家人的品德没挑的，元忠的历史问题他们也不嫌弃。唯独韩士雄这一场大病，虽已痊愈，但以后究竟如何？李长贵放心不下，他害怕女儿跟了韩士雄会吃亏一辈子。为这事儿，李长贵夫妇也是左右为难。

现在，韩狗剩家里又托“尖辣椒”来提这桩婚事。李长贵夫妇感到书慧的婚事不能再拖了，农村人结婚早，如果一拖再拖，到时候好的青年都结婚了，剩下的更难挑选了。

韩狗剩人长得虽说丑陋些，但好赖也是一个大学毕业生，又有一个吃商品粮的金字招牌，家里又是一个独生子，生活上又是村里数一数二的富裕户，书慧到了这样的家庭里受不了屈。以后他们老两口，有个小病小灾的，近门近户的和自己家里一样方便。

理儿是这个理儿，可他们能和李书慧商量得通吗？

“尖辣椒”撺掇李长贵两口子，再好好做做女儿的工作。李长贵两口子权衡利弊跟女儿做了不少的思想工作，李书慧照旧摇头不答应。事已至此，李长贵两口子毫无办法，只好转告“尖辣椒”：女大不由娘，女儿的婚事由女儿做主，从此老两口不再参与女儿的婚事。

让“尖辣椒”出头又被碰了一个软钉子，没有攻克李书慧这个堡垒。韩狗剩这时候又想到了韩思阳，深思熟虑后，他觉得如果让思阳来帮他办这一件事情，一定会起到事半功倍的效果。第一他们几个都是从小一块儿长大的好伙伴儿，又是一块儿上学的老同学，相互了解，心里有什么话儿从来不藏着、掖着。第二韩思阳在部队锻炼了几年，思想觉悟高，阶级斗争观念强，说话也有水平，只要给思阳讲明了当前的利害关系，思阳一定能帮他说话的。到时候让思阳先做韩士雄的工作。为了书慧的终身幸福，让士雄打消眷恋书慧的念头，士雄就是有一万个不乐意，在思阳面前，他也无法再坚持。然后，再去说服书慧。书慧不听别人的，面对这个从人民解放军“大学”里走出来的老同学，一定言听计从。这样一来，不就水到渠成，梦美成真了吗？

事不宜迟，想到就做。韩狗剩立马给在部队上的韩思阳写了一封信。信里只简单地说了有件紧要事情，要思阳务必回家一趟，帮忙解决。

事有凑巧，韩思阳刚好给部队首长告了探亲假，正要启程回家。回家后，韩思阳才清楚了韩狗剩让他帮忙的真实意图，这让韩思阳心里不由得一沉。

几年后的家乡变化，让韩思阳感到有些触目惊心，他没想到“文化大革命”给韩士雄一家带来如此大的灾难。在部队上，他曾听说过，韩士雄有病住进了医院，但他没想到这个疾病，竟把韩士雄折磨得九死一生。同时韩士英又被牵扯到一个现行反革命的案件里去，加上韩元忠的历史问题，三件灾难一起压在这一个家庭上，使这个家庭几乎到了彻底崩溃的边缘。后来经过韩士雄的奋力拼搏，终于捡回了一条生命。这场生死大拼斗的胜利，跟韩士雄那从不服输的性格以及他的聪明才智是分不开的。

这两年内，随着政策的落实，韩士英的问题有了着落。韩元忠的问题，也会在不久的将来得到解决。韩士雄一家人，眼看着将要苦尽甘来走出苦海。这是韩士雄的心愿，也是韩思阳的心愿，同时也是李书慧的心愿。在这个节骨眼上，他能去说服韩士雄去放弃李书慧？这不是往士雄心里捅刀子吗？况且，书慧能答应吗？别人不清楚，他韩思阳还不清楚？在韩士雄被学校拒之门外以后，李书慧为韩士雄不能上学，暗地里不知流过多少眼泪。在《牛棚历险记》问题上，书慧又是那样为士雄愤愤不平，又是那样对狗剩的冒领成果感到鄙夷。还有，书慧在得到《最后一封信》这个手抄稿的时候，第一个想到的就是韩士雄。并且是由他转交到韩士雄手里去的，当时书慧的那种深切期盼的眼神，令韩思阳终生难忘。他深深懂得，韩士雄和李书慧他们之间的深情厚谊。之所以他不敢对李书慧有非分之想，是因为他清楚，李书慧有一颗情有独钟的执着之心。

现如今，韩狗剩时来运转，就忘乎所以。他想利用自己的一时得势，想夺人所爱。并且，让他帮忙，来完成这一件事情。韩思阳对于韩狗剩的这一卑劣行径，感到很痛心。

事已至此，韩思阳斟酌再三，还是决定找韩士雄和李书慧，把这一件事情摆明为好，即使没有韩狗剩的嘱托，也该让他们两个在这件事情上有个明智的选择。

韩思阳先找到韩士雄，这是他参军以后第一次回乡探亲，两位老同学见了面免不了说一些相互问候和相互勉励的话题。完了之后，韩思阳很快把话题转移到了士雄和书慧现在的感情发展上来。

“你和书慧的关系，现在处得怎样？”韩思阳问。

这个话题，现在对于士雄来讲似乎有些沉重，他沉默了一会儿才说：“自从我走出学校大门，几乎和书慧断了来往。这你都知道，还是你参军前，转交给我一个小本子《最后一封信》，我看了以后，还给书慧时，和书慧有过一次短暂的接触。最近一次，书慧送来一本小说《钢铁是怎样炼成的》的，我们做过一次较长的交谈，也只是谈一些书上的内容而已。要说感情方面，还是上高小时，那段时间的感情积累。到了如今，随着时间的流逝，这段储存的感情，恐怕早就释放得干干净净了吧。”

“你没有说实话，据我所知，事情不是这样。”韩思阳说。

“你不相信，我也没有办法。你不想想就我现在的处境，还能对书慧有所奢求？”韩士雄答道。

“这样说吧，你现在对于书慧还有多少眷恋之情？”

“说没有，不是本心。即使有，那有用吗？我们两个现在又没处在一条起跑线上。”

“你和书慧，现在划开了等级？”

“难道不是吗？我现在第一不能上学，第二不能参军，第三不能当工人。人生中所有的好事都要靠边站。书慧好赖还能当个人民教师，前途一片光明。

我和书慧相比，我是癞蛤蟆，书慧是白天鹅，你说这是一个等级吗？”

“如果书慧心里始终惦记着你，你又怎样去想？”

“那是书慧不切实际的想法，我不能毁了她一辈子。”

“你真的能下此狠心？”

“这不是狠心不狠心的问题。我不想为了我的幸福去损人利己。”

“这你就诋毁了书慧的纯真情感，会令她十分失望的。”

“你这是危言耸听吧？”

“我不是危言耸听，因为我是局外人，不是‘当局者迷’，所以看问题比较透彻。”

韩士雄听到这里，沉默了。

韩思阳接着又说：“听人说，狗剩正在追求书慧，你知道吗？”

“知道。”

“你认为他们俩能结合在一起吗？”

“这要看书慧了，书慧认为可以，能幸福。他们两个结合在一起，也未必不可。”

“你能为他们俩的结合祝福，做到心无芥蒂？”

“只要是书慧感到幸福，我都能衷心地为她祝福。”

“为什么呢？”

“这没有为什么，这是我应当做到的。”

韩思阳望着这个几年没见的老同学，表面上虽然还遗留着青春焕发的朝气，但在他的灵魂深处已经写满了饱经沧桑的风霜。他的最后一句话，使韩思阳感到无比感动，为了朋友，为了恋人，宁可牺牲自己的一切。狗剩和他那博大的情怀相比，真可谓是天壤之别。

韩士雄为了书慧的幸福，他可以放弃自己的真爱。而李书慧为了幸福生活能丢弃自己的真爱吗？怀着这个问题，韩思阳作为一个老同学，想亲自再去试探一下李书慧。

韩思阳来到李书慧家里，书慧一家人正在吃晚饭。

李书慧见韩思阳来找他，吃完晚饭让妹妹书敏和母亲收拾锅碗。她便把思阳领到她和书敏住的东厢房里。屋内摆设很简单，冲着门口摆放着一张书桌，书桌上摆满了书籍，有毛泽东四卷和一些教科书之类的小册子。墙上挂着一张毛主席在天安门城楼上接见红卫兵的大张画像，在毛主席的画像旁边又贴了不少革命样板戏的剧照。屋内摆放着两个凳子，书慧让思阳坐在凳子上，忙张罗给思阳倒水喝。思阳阻止了书慧，书慧知道韩思阳一定有事情跟她谈，于是就坐在炕沿上，和思阳面对面地交谈起来。他们先谈了一些各自的工作情况，然后才转入了正题。

“听说狗剩正在追求你，你对狗剩有何评价？”韩思阳开门见山地问。

李书慧见思阳把话题突然扯到韩狗剩身上，心里对韩思阳的到来，已经明白了七八分。她面对思阳也不顾忌，照直说出了自己的看法：“狗剩这个人的品质不行，从小受父母宠着，长大了又受环境的熏染，他的一些做派，确实让人反感。”

“你是指他哪一方面？”

“你们从小一块儿长大，你心里比我不清楚？”李书慧反问道。

韩思阳笑了笑说道：“他这个人，小时候有些小偷小摸的坏毛病。学习上不上进，长大了爱虚荣，有些言过其实。其实，这些都是现在年轻人的通病，这不算啥。”

“你这话，说得太笼统了吧？”

“你能具体说一下吗？”

“我看你是揣着明白装糊涂吧？”李书慧也笑着说，“当初韩士雄的卷子被调包，是谁干的？”

“那个责任应当是吴仁才来负。”

“你能说狗剩没有一点儿责任？咱不说这个，那一次游泳狗剩差一点儿被淹死，是谁救了他？”

“是我和士雄救了他。”

“《牛棚历险记》又是谁冒名顶替？”

“这是狗剩的不对。”

“揪斗王志怡老师时，又是谁惨无人道？”

……

“韩士雄对他有恩没恩？”

“有恩。”

“韩士雄有病以来，他去看过一次没有？”

“这我就不知道了。”

“你们是不是干兄干弟？”

“是啊！”

“他这样做，对得起他的良心吗？”

……

“韩士雄为他付出了那么多牺牲，到头来，他不但不知恩图报，还幸灾乐祸、落井下石，像这样忘恩负义的小人，还会有好的将来？！”

李书慧的一番话，像把尖刀一样，挑开了韩狗剩的皮囊，把韩狗剩的五脏六腑和他的丑恶灵魂，赤裸裸地暴露在阳光之下。韩思阳虽说有备而来，但面对书慧的发问，还是感到了理屈词穷、无话可答。

最后，韩思阳不得不把韩狗剩求他的真实意图，一五一十地说了出来，并且把韩士雄现在的想法也一块儿告诉了李书慧。

李书慧知道了韩士雄现在对她的感情有退让想法时，伤心地哭了起来。她对韩士雄的懦弱表现感到失望。她一边哭，一边说：“我不是一件物件，可以随便让人。我苦苦等待了他多年，到头来，他竟是这样的想法，真是辜负了我一片真情……”

韩思阳等书慧哭了一阵子，心情也平静下来，才解释说：“其实，士雄心里还是很在乎你的，要不他也不会那样去做？他所做出的努力，都是为了你的幸福；而你的这些幸福又都建立在他的痛苦之上，你想想他心里能好受？”

这时候，李书慧不再哭了，恢复了平静。她说：“要不是今天你来挑明这件事情，我会把这件事情烂在肚子里，一辈子也不会说出口。士雄这个人太讲哥们义气了，义气二字比爱情都重要。事到如今，他还不能理解我的苦心，所以我的心里特别难受。当初，我叫你给他传递《最后一封信》的小本子时，难道他看不出来，这是我的真情流露？《最后一封信》里的何红梅为了真爱，被李国平伤透了心，直到临死也没能如愿。士雄他也要让我走何红梅的老路？！”

“这你太冤枉士雄了，他是真的爱你，才这样做的。”

“如果她真的喜欢我，他为什么不敢堂堂正正地站出来？”

“士雄有他的考虑，他主要担心他的鲁莽，会给你带来伤害。”

“士雄这个人，总是为别人考虑得多，为自己考虑得少，这些我知道，我到现在都不结婚，还不是为了他？‘女猫男狗两心不同，女草男风两不相应。’我看这两句话在他心里倒是扎下了根儿。”李书慧说到这里，两眼又泛出泪水，“士雄他曾在诗里说：‘梅花香消玉影存，只恨没有护花人；镜花水月尤可惧，披肝沥胆显赤心。’他这个护花人，面对镜花水月不可惧，披肝沥胆显赤心，他那一颗赤胆忠心呢？一腔披肝沥胆的热血又到哪里去了呢？”

韩思阳没有想到，平时这个温柔婉转的李书慧，会有如此的激情迸发。

李书慧的真情告白，使韩思阳明白了一切。他为韩狗剩的卑劣行径感到耻辱，同时，又为他这一次行动感到高兴。如果没有这次和当事人面对面、心贴心的深入了解，士雄和书慧的真情都会憋在肚里，说不定一辈子也不会说出来。他这样一来，使他们的真情有了倾诉的机会，并且又把两颗相互爱慕的心，牢牢地拴在了一起。

韩思阳想到这里，为了进一步证实李书慧对韩士雄爱的决心。又说："士雄的这一场大病，在你心里有没有影响？"

"有影响。"李书慧答道。

"你是怎样看待这个问题？"

"士雄他如果没有这一场大病，我对他的了解才是只知皮毛；正是通过他患下的这场大病，又从死里逃生，我才知道了他的全部。"

"为什么？"

"因为士雄这个人，不仅有智有勇，而且毅力可嘉。通过这一点，我感到他的将来不会平淡无为的。"

"如果，万一……"

"没有万一，只要我们是真心相爱，就是一生中最大的幸福。"

韩思阳为现今世上还有李书慧这样的痴情女子感到欣慰，他又为老同学韩士雄大难中能得到这样的红颜知己感到骄傲。这样一来，韩狗剩的美梦就要破灭，这也是天理昭昭、冥冥相助的结果。思阳又想道：韩狗剩是一个小肚鸡肠的人，他一定不会善罢甘休，放弃对于书慧的追求。甚至会利用他姑父吴仁才手中的权力，来对李书慧进行打击报复。那么用一个什么样的方法、方式，来诠释这场纠纷，才是万全之策呢？

"猴头"，不愧是"猴头"。韩思阳思维敏捷，灵机一动，想出了一个绝妙的办法。他把这个办法告诉了李书慧。

这也是一个没有办法的办法。书慧听了，迟疑了一下，点点头答应了。

自从韩思阳这次从中撮合后，韩狗剩发现，李书慧对自己比以前明显热情多了，心里很是高兴。但是，过了不久，他好似发现了问题。书慧的热情有时似乎有失火候，见了他，笑起来目光呆呆的，有些吓人。韩狗剩把书慧这个反常情况，背地里找医生咨询了一下。医生告诉他说，这种现象的出现，可能是患下了癔病（歇斯底里）。

癔病是第二种常见的神经症。祖国医学中所说的脏躁症和癔病类似。本病多发生于青年人，其次是中年人，学龄前儿童和老年人发生癔病极少，在一般情况下，女性比男性为多。

癔病多在明显的心理因素影响下发生，发病较急，但往往反复发作。因此在一次治愈之后，必须同时进行心理治疗，并设法消除引起发作的各种因素。这种病很难彻底治愈，有遗传，并对后代有智力影响，概率在百分之六十以上。

韩狗剩听到了医生的分析，吃了一惊。他不想把自己的青春毁在李书慧身上，他立马对李书慧转变了态度。

从此，便放弃了对于李书慧的纠缠。

四十四、柳暗花明

（一）

1975年冬，韩元忠的历史问题，迟迟得不到落实，有些沉不住气了。他决定让韩士雄去一趟云南，亲自找一找老区长程林，让老区长帮忙把他的问题尽快落实清楚。

韩士雄一切准备妥当，正要出发时，突然传来了一个大好消息，郝信同被缉拿归案了。这个案件的侦破，确实给韩元忠提供的信息有关。

原来，在解放山城县那一天，郝信同知道国民党反动势力大势已去，趁着城门刚被炸开的混乱之际，乔装改扮，混出了城门。他出城后，犹如一只丧家之犬，慌慌逃亡到还未解放的省城。在省城他又参加了一个“还乡团”。这个“还乡团”是由当地的地主武装和一些国民党的残渣余孽临时组成的组织。他跟随“还乡团”去解放区做过几次暗杀活动后，就被打散。接着省城也被解放了，他不得不销声匿迹隐藏起来，窥伺时局变化。起初，他为了隐藏身份，在省城街头一边流浪，一边给一些小业主做些临时帮工。在这当口儿，他认识了一个从保定易县流浪过来的周立富。周立富见他这个人不会乞讨，给人家帮工又没有力气，可怜他，常常把讨来的一些东西分给他。周立富比他大一岁，他称周立富为哥，这样一来，他们两个成了患难之交，周立富的身世他摸得一清二楚，他的身份周立富并不知晓。

时间不长，全国解放了。郝信同眼看着现在的天下，已经变成了共产党的天下。他这个杀人不眨眼的刽子手，也感到了生命的危殆。如果，不想个万全之策，他早晚会被人发现的，会清算他的罪恶。他为了保全自己，想到了杀害周立富，他要冒用周立富这个名字，苟活在世上。

于是，他在一个风雨交加、大雨滂沱的夜里，残忍地杀害了这个一直照顾他的难兄周立富。然后，把周立富的尸体分解，扔进了锅炉房里熊熊燃烧的火炉中去。这时候，他和周立富同在一家洗澡堂里做锅炉工。他把这事做得天衣无缝，事后告诉澡堂老板说，周立富回老家去了。不几天，他也悄悄离开了这家洗澡堂，为了不暴露身份，他用炭火毁了面容，到了另一家旅馆里，以周立富的名字做起了锅炉工。从此以后，这个双手沾满人民鲜血的郝信同，摇身一变，变成了从小流浪在外以乞讨为生的周立富。

新中国成立以后，随着社会主义的体制改革，一些小业主，都合并成了公私合营的大企业，“周立富”也成了一名正式的企业职工。在以后的日子里，“周立富”处心积虑地伪装进步，多做好事，他的行动，确实蒙蔽了一些干部和群众。

百密一疏，没想到，在韩元忠面前还是露出了马脚。虽然当时韩元忠没有看出他来，但以他的特有警觉，却认出了韩元忠。为了躲避韩元忠，他向领导告了一个月的探亲假。在休假的时间里，他并没有离开过省城，他以养病为名，躲在了另一家旅馆里。在另一家旅馆里待了一段时间，感到韩元忠对他没有产生威胁，才放心地又回到了健康旅馆里。之后不久，健康旅馆拆迁。为了安全起见和顺应形势，他又更名换姓为“杨文革”。实际上这都是他为了逃避韩元忠的追踪，施放的烟幕弹而已。他本以为，这样一来可以瞒天过海，将他的罪恶历史，永远画上一个完美的终结号。没想到事与愿违，到头来还是被韩元忠嗅出了破绽，栽在了韩元忠手里。

郝振山根据韩元忠提供的线索，经过深入细致的明察暗访，终于查明了“杨文革”的真实身份，剥开了郝信同的层层伪装，将这个隐藏了几十年的杀人不眨眼的恶魔挖了出来。郝信同被押送到山城县监狱的消息传出以后，不亚于在山城县爆炸了一颗原子弹。

首先，被这一消息震慑的是韩怀春。韩怀春做梦也不会想到，这个郝信同还存在人世间。并且，是被韩元忠发现了踪迹，又是在韩士雄住院时被发现的。韩士雄患病住院，本来是韩元忠家里的一场灾难，没想到韩元忠却因祸得福，坏事变成了好事。这真是冥冥之中，连鬼神都要帮助这个韩元忠！

事已至此，韩怀春感到了末日的到来。郝信同掌握着他的致命七寸，只要郝信同一开口说话，他那杀害刘区长的罪恶勾当，就会大白于天下。到时候，不用韩元忠动口和动手，他韩怀春还不羞愧难当、自行毁灭？并且遭世人唾骂、遗臭万年！

想到这里，韩怀春感到了心惊肉跳、浑身发凉。他赶忙找妹夫吴仁才商量。这时候的吴仁才，也有点儿张皇失措。吴仁才压根儿也没想到，这个土干部出身的郝振山会搞出这么大的名堂来？他太小瞧这个土老帽了（没文化的干部）。他低估了郝振山的能量，这是他最大的失算，现在想补救，已经晚了，他真是后悔莫及。

现在，在这个节骨眼上，郝信同的出现，对韩怀春来说，无疑是一个致命的威胁。如果韩怀春倒了，就凭他们之间千丝万缕的牵扯，他吴仁才也脱不了干系。吴仁才也感到了目前的处境对他也是十分不利的，他决不能坐以待毙。

吴仁才也如百爪挠心，坐卧不安。

郝振山加强了对郝信同的审问。这个过去浑身沾满了革命烈士鲜血的“蛇蝎妇人”，在强大的攻势之下，不得不低头认罪。事到如今，郝信同也感到自己以前的所作所为，也没有什么好隐瞒的了。他像竹筒子倒豆子似的，一股脑儿地把以前所犯的罪恶，都彻底地坦白了出来。

郝信同的交代，印证了蔡士贞老师提供的信息，韩志淳就是韩怀春。就是韩怀春报的信，使敌人杀害了刘区长。这个吃人不吐骨头的韩怀春，终于暴露在了光天化日之下。

然而，就在准备批捕韩怀春的时候，郝信同突然猝死在了监狱里。经医生检查，是心脏病发作，引起了心肌梗死。郝信同的死，使明朗了的事情又变得复杂化了。

吴仁才一下跳了出来。吴仁才一口咬定，郝振山所录取的口供，都是在郝信同受到逼供的情况下取得的，这样的口供不能作为证据。这都是郝振山搞的鬼，是郝振山借题发挥，想利用郝信同来捏造事实，混淆是非，破坏“文化大革命”，是一场真正的右倾翻案风。

这样一来，孰是孰非、孰真孰假，在山城县的领导班子里，形成了两大派系。一时间闹得云山雾罩、众说纷纭，使已经澄清了的韩志淳事件，又一次被搅入了五里雾中。

（二）

吴仁才故意把郝信同这一案件，搅成了一锅粥。韩元忠一家人，心急如焚，又感到无能为力。

这时候韩士雄心有不甘地说：“我明天去一趟石家屯。我不相信，他韩怀春在石家屯上国民党高小时，就没有留下蛛丝马迹？难道认识他的人，真的就不在人世了？我非找到韩怀春就是韩志淳的证据不可，如果找不到证据，我就不回来！”

第二天，韩士雄骑上自行车，真的赶往石家屯。石家屯村离韩水河村，大约有七十里，都是坎坷的土公路。上午十点钟左右，韩士雄就赶到了石家屯村。石家屯村是个公社所在地，公社、粮站、卫生院和学校，都设在村子的东口。那一处处新式的瓦房建筑群和那些陈旧的石头房子相比较，给石家屯增添了不少新时代的光彩。

石家屯三面都是大山，村子南边是一条大沙河。太行群山的涓涓细流，经过了千沟万壑，汇聚到了这条大沙河里，使大沙河里的流水，一年四季潺湲不断。

石家屯村，依山傍河，是一个美丽的山庄。

韩士雄来到石家屯，先打听谷立柱的家，谷立柱是他在县医院里的病友，也是他在这里的唯一的熟人。谷立柱的家他很快找到了，谷立柱现在已经结婚生子，并在生产队担任小队会计。几年不见，各自都发生了很大变化。住院时，韩士雄面颊肿胖，现在清瘦多了，要不是韩士雄自我介绍，谷立柱还真不敢相认。

谷立柱倒是没有多大变化，那颗“蒜鼻儿”的外在形象，永远也改变不了。说有变化，只是失去了过去的捣蛋调皮劲儿，增添了许多的成熟感。谷立柱的媳妇长得还不错，皮肤白白的，身材也很匀称，称得上是高山上的“俊鸟”。儿子也有两周岁了，什么话儿都学会说了，只是见了韩士雄有些认生。谷立柱的母亲前几年有病去世，双亲只剩下了父亲一人。谷立柱是一个独生子，现在一家四口人，过着无忧无虑的生活。

韩士雄向谷立柱说明了来意。并要求他从中帮忙，寻找抗战时期在这里上过“国高”的一些人的信息。谷立柱很热情地答应，一定要帮忙。他先把韩士雄安排到北屋里，和他的父亲睡在一起。这样一来，可以让韩士雄先从他父亲口里了解到抗战时期的一些信息。

夜里，韩士雄通过和谷立柱父亲的交谈。果然，从老人嘴里，打听到了抗战时在这里上“国高”一些人的信息。第二天，谷立柱带领韩士雄按着老人指出的名和姓，去各村寻找这些线索。可是，跑遍了九岭十八川，也没有打听到这些人的一星儿信息来。谷立柱又把石家屯的一些老人们召聚到一块儿，追根问底儿。结果还是音信皆无，抗战时期那一批上“国高”的学员，好像从人间蒸发了一样悄无声息。

韩士雄这时候才知道了这个韩志淳，久久不能落实的真正原因。没有人证和物证，光凭空口说空话，根本奈何不了韩怀春。

韩士雄感到了彻底的失望。这个尘封了三十多年的事情，现在要去查清楚，真比登天还要难！即使有人知道一些蛛丝马迹，谁敢去捅这个历史的污点？到时候好事招不来，还不招上一身臊？

韩士雄在谷立柱家一连住了五天，没有一点儿收获。这天上午，他一个人想去石家屯东面的山坡上转一转，看看山景，缓解一下心中的郁闷。然后，准备下午启程回家。

他信步来到东山坡上，看见一位放羊的老汉，正在给一只受了伤的羊疗伤，由于羊的挣扎，老人很难实施治疗。韩士雄见状，连忙过去帮忙，老人才顺利把羊的那只受伤的腿骨接上。

放羊老汉见韩士雄有些面生，就问韩士雄，是哪个村的，到这里干什么来的？

韩士雄便把他家的遭遇，一五一十地告诉了老人，然后把来这里的目的，也一块告诉了老人。

这个放羊老汉有五十多岁，名叫谷守义。他说起话来底气十足，看样子身子骨还挺硬朗的。他听完韩士雄的诉说，沉思了一下问道："你来这里五天了，就没有打听出一点儿消息来？"

"没有。"

"这个韩志淳对于你家，真的有那么重要？"

"如果韩志淳这个人弄清楚了，我父亲的问题也就清白了。"

"你的父亲叫韩元忠？"

"对，我父亲叫韩元忠。"

"噢！"老汉陷入了深思。

"大叔，你认识我的父亲？"

放羊老汉，没有直接回答韩士雄的话。他稳了稳情绪，然后，给韩士雄讲起了 1942 年他亲身经历过的那一桩故事。

1942 年抗战时期，他在赤镇从亲戚手中接管了一家饭馆。当时，郝信同在赤镇炮楼上当伪军小队长。他们两个虽说是同乡，但郝信同照样带领"弟兄们"到他的饭馆里白吃、白喝、还白拿，饭馆里辛苦赚来的蝇头小利还不够郝信同他们一顿饭的折腾。这种局面的出现，使当时的谷守义苦不堪言。

这年夏天，有一天郝信同把一个人领进他的饭馆里，并嘱托他好生招待。这个人就是韩志淳，当时他并不认识。后来发生了血案，他才知道了就是在他饭馆里吃饭的这个人给郝信同报的信儿，才使刘区长遭到了敌人的枪杀。

由于这是一件流血事件，因此引起了他的注意。后来他了解到了，韩志淳就是韩水河村里的韩怀春。原来，韩志淳这个名字，是韩怀春和郝信同上"国高"时的曾用名。

为刘区长的流血牺牲，六区区长程林曾亲自带人夜里到他饭馆做过摸底调查。他当时考虑到自己是个外乡人，对于周围环境还是不太熟悉，又怕韩怀春和敌人联手报复，所以没有敢说出韩志淳就是韩怀春的真实情况。后来，区里又从敌人内部，了解到了给敌人通风报信的人名叫韩志淳。他知道这个韩志淳，很快要被区里锄奸队铲除掉的。可是，后来不知道什么原因，区里没有再追究这件事。

韩士雄知道，后来区里没有去彻查这个韩志淳，是因为郑凯的叛变。郑凯的突然叛变投敌，一下打乱了区里的锄奸计划，使韩志淳成了漏网之鱼。

谷守义老人还告诉韩士雄说，关于韩元忠叫韩怀春送信的事他也知道。因为当时就在饭馆门口，韩元忠比较着急，所以说话的声音比较大。谷守义无意中把这一切都看到了眼里。

到了 1943 年，他的饭馆无法再维持下去了，便把家什转让给了别人，回到了老家。从此以后，他就在这个闭塞的山沟里，过起了依山为生的生活，从不下山，对山外的消息知之甚少，现在老了给生产队里放羊，每天日出而作、日落而息，倒也清闲自在。

韩士雄听完放羊老汉的讲述，激动得心脏几乎要跳出胸膛，他没有想到，他们一家人苦苦寻找了多年的证人，现在就站在眼前。

韩士雄连忙问老汉道：“你敢不敢做证？”

老汉正气凛然道：“为什么不敢？我一辈子最恨的是汉奸！”

韩士雄说：“大叔，今天晚上，我把你知道的情况写一下，等明天，咱们一块儿到县政策落实办公室，找郝县长把事情说清楚。您看如何？”

谷守义点头答应。

韩元忠的问题，虽然有了谷守义的人证，但由于吴仁才从中作梗，还是被挂了起来，这一挂又是一年有余。

（三）

1976 年，是一个多灾多难的岁月。周恩来、朱德先后逝世。接着，9 月 9 日毛泽东也不幸逝世。接着，以华国锋为首的党中央，一举粉碎了王洪文、张春桥、江青、姚文元“四人帮”。祸国殃民的“四人帮”终于倒台了，这一场十年的浩劫最终落下了帷幕。

东方露出了曙光，一场拨乱反正的春风撩开了新的一页。

在一个阳光明媚的日子里。

一辆挂满征尘的军用吉普车，缓缓停靠在了山城县革命委员会的办公大院里。车门打开，走出一位年近六旬的老军人来。这位老军人，身材高大，目光炯炯有神，使人一见，便知是一位饱经沙场、身经百战的老英雄。

原来，这个老军人不是别人，正是韩元忠一家人盼望已久的老区长程林。程林现在在云南边陲一个军分区担任司令员一职。由于“文化大革命”，他受帮派排挤，现在才恢复原职。这次回来，是去北京开会路过家乡，所以要来家乡看看。

程林是通过马利民，知道了韩元忠在“文化大革命”中又遭到了迫害。这次回家，他要亲自找到县革命委员会，来澄清韩元忠的历史是清白的。然后，再去看望一下这个在抗战时期患难与共的老战友。

程林向县领导提供了韩元忠的证明材料后，没有在县革命委员会多加停留，直接驱车来到了韩水河村韩元忠家里。

两位老战友相隔三十多年，终于相见了。他们两个都眼含热泪、感慨万千，赵梅如把赵贵如去世的消息，告诉了老区长程林。老区长程林十分沉痛地说：“这一场‘文化大革命’，使多少革命的好干部失去了生命。‘文化大革命’给国家造成的损失，无论是用什么样的方法和方式，也是无法衡量的。现在‘四人帮’被打倒了，这场灾难总算过去了。关于韩志淳的事情，我已经听郝振山给介绍了。这也应了一句古语：善有善报，恶有恶报，不是不报，时候未到。韩怀春再狡猾也逃不出人民的惩罚。”

夜里，两个老战士都无法入睡，整整交谈了一夜。

第二天，程林由于公务在身，不能久留，便告别了韩元忠一家，赶往北京开会。

这场“文化大革命”的十年浩劫，终于结束了。

从此，韩元忠一家人，走出了这风雨如晦的艰苦岁月……

（四）

这一次，老区长程林回乡，并来韩水河村拜访韩元忠的消息。使韩怀春真正感觉到了，自己的末日已经降临。上一次郝信同的出现，是吴仁才暗中派人，给郝信同下毒，才蒙混过关，救了他一命。后来又出现了一个谷守义，谷守义的一番证词，虽说有理有据，但还是被吴仁才用手中的权力和手段，暂且给遮挡了过去。

现在不同了，在这一年多的时间里，国家的形势发生了变化不说，就凭老区长程林亲自来给韩元忠做证，韩怀春已嗅到了死亡的滋味。

韩怀春把自己关在家里，一整天没有出门。他这个平时不大抽烟、不酗酒的人，这一天，整整一个人在家里喝了一天的酒，抽了一天烟。别人找他，他不开门，甚至连韩大炮来找他也拒之门外。

韩怀春从上午喝到下午，又从下午喝到晚上。韩狗剩不在家，狗剩娘知道韩怀春心里有事，也不敢去打扰他。反正她的话，在丈夫的耳朵里也是耳旁风，由他去吧。

狗剩娘吃过晚饭，见丈夫还在一个劲儿地喝酒，放到桌子上的饭都凉了，也不去吃。不由得摇了摇头，叹了一口气，同时也感到了一身的疲劳，就自顾躺下睡了。

其实韩怀春一直是慢酌慢饮，好似是在死亡之前，要好好品尝酒香的甘醇。他的头脑很清醒，他喝到夜深人静时分，开始哭泣了。他痛恨自己又走错了一步，后悔自己当初不该为了争夺权力，去残害韩进先。如果没有和韩进先的争斗，也不会碰上蔡士贞，杀害蔡士贞是他丧失人性迈开的第一步。接着，他又丧失理智地残害了韩进先。他更不应当的是和韩元忠搞起了对立，并把第三个残害对象对准了韩元忠一家人。凭良心讲，他最对不住的是韩元忠，韩元忠一家人对于他家的恩情众人皆知，可他不但没有知恩图报，反而恩将仇报。事到如今，他所办的一切，都是泼出去的水，要想收回那是不可能的事情。

韩怀春哭一阵、喝一阵，喝一阵、又哭一阵。蒙眬中他似乎看到了蔡士贞和韩进先，都是满面血污地站在了他的面前，睁圆双眼在向他索命。接着，又好似看到了韩元忠一家人，手拿利刃也从后面赶了上来，还有那一望无际的人群也拥了过来……

韩怀春的精神彻底地崩溃了，他感到自己无法再留恋这个世界了。他本想找儿子狗剩说几句心里话，可狗剩从来不着家。他看了看炕上已经熟睡了的妻子，见妻子睡得挺安详，痛心地摇了摇头。开始去墙上中堂画背后的神龛里，寻找他早已藏好的一件东西。这件东西，不是别的东西，正是他曾经嘱咐狗剩娘，烧掉的一截绳索。当初，他让狗剩娘烧毁这个东西，是怕自己的行踪败露，想毁掉这个证据。后来见狗剩娘没有舍得烧掉这半截绳索，又见事情过去了，没有引起人的怀疑。回想起这半截绳索，曾在风雨中伴随他走过不少时光，起了恻隐之心，后来，把它藏匿在了墙上的神龛里。

现在，他要解脱，要到极乐世界去了，感到了这条半截儿绳索可以帮他解脱目前的痛苦。

韩怀春用哆哆嗦嗦的双手，从神龛里摸索出那条半截儿绳索，踉踉跄跄来到院内的梯子下面。在一个一人高的梯子凳上，拴上了一个死结，然后，把自己的头颅伸了进去……

狗剩娘发现时，天已大亮。韩怀春半蹲半跪在地上，身体早已僵硬。

韩士雄听到狗剩娘呼喊救命，来到韩怀春面前，在解开绳索时发现，这条绳索和他在学校囚禁蔡士贞老师现场捡到的半截儿绳索，正好是一条绳索，都是白色夹黑边。这时候，韩士雄才印证了杀害蔡士贞老师的真凶就是韩怀春。

这条白色夹黑边的绳索，一截儿是韩怀春勒死了蔡士贞，另一截儿又是韩怀春自己吊死了自己。这个作恶多端的韩怀春，最终还是自己结束了自己罪恶的一生。

赵梅如闻讯赶到。赵梅如的到来，使狗剩娘的感情闸门，一下子打开了。她立刻扑到赵梅如的怀抱里，犹如一个受了伤害的孩子见到了母亲一般，号啕大哭。

韩狗剩从学校闻信赶了回来，他望着眼前的情景，心里明白了一切。一边拉着韩士雄的手流泪，一边来到韩元忠面前，扑通跪下，久久不肯起来。

韩元忠急忙拉起韩狗剩：

“孩子，快起来，听大伯给你说：这一切都应记到‘四人帮’头上，要不是这场‘文化大革命’，你爹也走不到这一步。现在什么也不要说了，先把你爹的后事办了，才是正事。”

韩元忠的无私与大度，使韩狗剩感激涕零的同时，又有些愧悔交加。

韩怀春死了，他的灵魂没有升入天堂，而是下到了地狱。在阴间的阎罗王那里，还有那冒着青烟滚烫的油锅和那血淋淋的刀山，在等待着他……

四十五、新的起点

（一）

韩大炮见韩怀春自己到阎王爷那里报到去了，感到了自己的末日即将到来。果然，时间不长，专案组了解韩进先死亡事件，把他的问题当作了致死韩进先的主要帮凶。韩大炮从革命委员会副主任之职，一撸到底，同时被开除党籍。

韩大炮的生活状态，又回到了三块砖头支着一口锅的原始生活时代。过去这个曾经讥笑过韩进先早革命不如晚革命、晚革命不如不革命的他，现在也品尝到了这个不革命和假革命的真正滋味儿。

在韩水河村，他从人人之下，上升到了人人之上。现在又从人人之上，下降到了人人之下。在这上上下下的过程中，他也收获过权力和幸福，现在他又收获到了灾难和苦果。如果说压根儿没有这一场“文化大革命”的开展，他韩大炮，也许能做一个好好的平民百姓，肚子里不会生出这么多的花花肠子，去为非作歹，至最终落下了凄惨下场。

当初，他把韩怀春视为知遇知己，崇拜的智囊和保护神。现在他发现了韩怀春的这些“高大”和“完美”，竟如此的不堪一击。韩元忠的光明再现，韩怀春一下变成了卑鄙和龌龊的小人，而他韩大炮则成了卑鄙和龌龊小人的跟屁虫儿。

韩大炮这个混混儿，在“文化大革命”中“奋斗”了十年光景，斗了一圈儿，从终点又回到了起点。他对洗心革面和重新做人，失去了耐心和信心；他相信了人的命天注定这个歪理邪说。为了不劳而获，混口饭吃，他现在又充当起了装神弄鬼替人祈祷为职业的巫师来。

关于杨红叶——“大屁股”，在“文化大革命”中由于和韩大炮的暗中勾搭，在韩大炮的庇护下，她的公公和丈夫都没有受到大的伤害。“文化大革命”成全了她的复仇之心，又是在“文化大革命”中，毁了她的一生名节。

她是一个贪心不足蛇吞象的女人。她本来还想利用韩大炮，兴风作浪残害韩胜兰，可是老天有眼，不再给她这个机会了，没能使她的阴谋得逞。现在“文化大革命”结束了，平静的日子，反倒使她失去了做人的激情和欢乐。不知是她不达目的心有不甘的缘故，还是害怕韩胜兰将来会对她进行报复，或者是受良心的谴责？不久，心情忧悒患下了精神分裂症。一去，永远失去了踪迹。

吴仁才这个借造反爬上县太爷位置的人物，由于牵扯多条人命，被判刑蹲了监狱。

蔡士贞老师得到了平反昭雪，今后，在他的历史记载里，可以称为一个光荣的人民教师。

韩进先的冤案，得到了纠正，县里领导郝振山，亲自来村里召开了平反大会。这时候韩思阳已经复员，回村担任了支部书记。韩思阳主持了大会并在大会上宣读了悼词。

（二）

在卧龙岗下，韩水河畔，有一座不大的坟墓。

这座坟墓，它处在一个洼凹地，在空旷的荒野里，显得孤独而偏僻。坟墓周围，长满了荆棘和灌木丛，坟头几乎被荒草掩埋。

原来，这座坟墓，就是老支书韩进先的坟墓。看样子，每年除了清明节和十月一，亲人来坟头烧烧纸祭祀一下，平时很少有人光顾这里。它的存在，几乎被人们早已遗忘。

这一天的大清早，有一个年纪轻轻的小伙子，来到坟地。临近了，才看清是韩士雄。韩士雄伫立在老支书坟前，望着荒芜的坟头，心里泛出了一阵酸楚。屈指一算，老支书去世，已有十个年头了。当年为老支书写大字报时，他还是个懵懂少年，现在自己也是一个二十七八岁该成家立业的大小伙子了。如果没有这场“文化大革命”，老支书一定还会健在。这场十年浩劫，夺去了多少个无辜的生命，夺走了多少个青春年华啊！

韩士雄想到这里，难过得低下了头。这次来到老支书坟墓前，韩士雄要亲自报告给老支书一个大好消息：他老人家的冤案彻底平反了，他的遗愿也实现了。隐藏多年的韩志淳，已经挖出来了，并且得到了应有的惩罚。

韩士雄正在沉痛哀思，韩思阳也赶了过来。昨天，在老支书的追悼会后，他们两个相约今天一早，一块儿来给老支书扫墓，敬献花圈。没想到思阳有事耽搁了，晚来了一步。

现在，他们一起把坟头的荒草铲净，又在坟头重新添了新土，再把花圈摆放在墓前。然后，面对老支书的坟头，恭恭敬敬鞠了三个躬。他们默默祈祷：老支书在九泉之下，能够瞑目安息……

韩士雄和韩思阳离开老支书的坟地准备往回赶，他们踏过韩水河大坝，缓步来到水库的浅水湾，不想在这里碰上了韩狗剩。

韩狗剩此时，坐在一块突兀的岩石上，正面对着河水发呆。

韩思阳冲着韩狗剩喊道：“狗剩，你不去学校，怎么待在这里？”

韩狗剩抬头看了看士雄和思阳，又把头低下，没有言语。

韩士雄和韩思阳，感到蹊跷。他们俩一块儿来到韩狗剩跟前，发现狗剩的脸色有些难看，两只眼睛有些发红。知道狗剩一定是有了难事，否则，不会大清早一个人跑到河边发呆。

“出什么事了？”韩士雄连忙问道。

韩思阳半开玩笑地说：“你不是一大清早来跳河的吧？当年我和士雄可费了九牛二虎之力才把你从这河里救出来的！你可别犯傻啊？”

狗剩刚要张口，犹豫了一下又把话儿咽了回去。

“到底出了什么事？！”韩士雄又问了一句。

韩狗剩终于开口了，说话有些哽咽：“当初，你们两个不该救我，让我淹死在河里多好啊！省得我现在活在世上受罪。我现在真是一个废物！”

原来，学校也要整顿，教师队伍都要资质考核。在教师业务考核中，韩狗剩的几门功课都不及格，连他的专业英语也没有过关。现在，滥竽充数的时代过去了。韩狗剩面临着被淘汰，一时心里憋闷，想来韩水河岸边散散心，没想到在这里又碰上了韩士雄和韩思阳。

韩思阳说：“现在赤镇中学的校长，不是王志怡老师吗？你可以去找她解决啊！”

韩狗剩听了思阳的话，又低下了头，不说话。

韩思阳知道，韩狗剩是为当年“文革”中种下的蒺藜，现在扎着了脚，不好意思向王志怡开口。又用戏谑的语气说：“当年，你和王志怡老师有过特殊的交情，现在她升为校长了，还能不照顾你？！”

韩狗剩红着脸，还是不说话。

韩士雄见狗剩真的遭到了难处。忙开导说：“县里不是办了个教师培训班吗？你可以去参加培训啊？”

“参加培训要申请，我不好意思向王志怡老师张这个口。”韩狗剩终于说出了心里话。

“这么点儿小事情，何必愁成这样子？抽时间，让士雄去给王志怡老师说一下，保证这件事情能办到。”韩思阳有意把事情推到士雄身上。

韩狗剩听了韩思阳的话，还未等士雄开口，霍地从石头上站起身来，抢先开口道：

“士雄兄弟，你狗哥过去有对不住你的地方，请多包涵。从今往后，你狗哥一定洗心革面，重新做人，咱们今后还要做好兄弟！”

韩士雄见韩狗剩有些激动，连忙握住韩狗剩伸过来的双手，情真意切地说：

“以前的事情已经过去了，不要再提了。这件事情你放心，我抽时间去王老师那里一趟，只要你能把业务赶上去，王老师不会记怪你过去的。人非圣贤，谁能无过？这还要看你今后的努力。”

韩狗剩见韩士雄已答应了出手帮忙，心里的一块石头落了地。刚才满脸的乌云，立马变成了灿烂的笑容。

一边儿站着的韩思阳见了心里有些好笑，故意用轻蔑的眼光瞟了狗剩一眼，挖苦道：“这下子可以放心了吧？一个大学生，连初中的课程都教不了，还好意思求人？也真够窝囊的！你这不叫大学生，应该叫作大粪生！”

“当初谁知道，学文化还有用？”韩狗剩见韩思阳，一边冷嘲热讽地挑衅，一边说着话，冷不丁从思阳背后一下扑到思阳的背上，用双手紧紧搂住思阳的脖子，一边用力下坠打滴溜儿，一边喊道，“我就是一个大粪生，你狗哥就是笨，就是尿，今后有事就赖上你了，怎么样？想躲？没门儿！”

韩思阳想把韩狗剩从背上甩下来，又使不上劲儿。忙求士雄来帮忙：“士雄，别信他的甜言蜜语，快过来帮我把这个狗尿泡扔到河里去！”

韩士雄站在原地发笑，没有帮任何一方的意思。

思阳虽说身材比狗剩高了许多，但力气单薄，想把狗剩一下子摔倒，也并非易事。两个人闹了一阵子，都气喘吁吁地倒在了河滩的草地上。

韩水河畔，一下子又恢复了平静。

韩士雄、韩思阳和韩狗剩，望着这个小时候常来玩耍的地方。三个人一下子都回到那个无忧无虑的少年时代。想想当年，那种无牵无挂的美好时光，是多么令人心驰神往！如今，时过境迁，一晃十年多过去了，在这十年多的光景里，他们三人犹如做了一场不同寻常的梦。

韩狗剩从小到大，都是班里的最差生，为此常常受到老师和同学们的讽刺和嘲笑。“文化大革命”使他摆脱了学习差这个沉重的包袱，享受到了出人头地的乐趣，这种乐趣使他那颗虚荣心膨胀了，从而一发不可收拾。

由于“造反”有功，他从一个红卫兵的小头目上升到学校管理委员会的学生代表，进而又顺理成章地成了一名工农兵式的大学生。他真没有想到，他这一辈子还能上大学！而且是那样的顺风顺水，中途没有一星点儿阻力。

韩狗剩的功成名就，使他开始妄自尊大，并且得意忘形。他渐渐忘掉了和韩士雄从小的友谊，甚至有些瞧不起韩士雄，同时还想占有李书慧。他感到了这个世界上，没有他韩狗剩办不成的事情。

正在他想摘星星，而又想得月亮的当口，“文化大革命”突然结束了。“文化大革命”的突然停止，使他好似突然间，从高空摔了下来，这个跟头摔得不轻，震得他晕头转向，几乎从地上爬不起来。

对韩思阳来说，运气搁在他的身上来比较，是比上不足比下有余。他在这“文化大革命”的十年里，幸运比不上韩狗剩，但与韩士雄来比较，却是绰绰有余。他在这十年当中，基本上没有什么挫折，征途上也算是一帆风顺。他的投笔从戎这一步棋，走得很是关键，这一步，走出了他人生中的辉煌。

他也是一个从小在吃苦受罪中滚爬过来的，加上他有文化，心眼儿又比较灵活，所以，到了部队很快由战士到班长，再由班长提成了排长。他在部队奋斗了几年，他清楚地感到，他今后的发展目标，应该不是在部队，而是农村的生活环境更适合他，所以他主动要求转业。

韩思阳在这风雨变幻的十年中，没有遭受到坎坷，是他的机遇和幸运，给他这段人生铺平了道路。他响应部队号召，复员回乡。又听从组织安排，回村担任了村支部书记。他在这十年当中，也算是小有收获。他从一个普普通通的农户人家孩子，转变上升到了一个“九品”芝麻官儿（人们戏称县为七品、公社为八品、村为九品）。他不仅在政治生涯中，有了用武之地，并且，娶了一个贤惠的妻子和生了一个儿子。

这种天伦之乐和幸福，够他享受一辈子的。

对于韩士雄来讲，在这段风雨侵袭的日子里，没有运气这一说。他的遭遇正好和狗剩相反，他在这十年里，幸运之神没有光顾到他的头上，亲近他的，都是灾难和厄运。

他从失学到有病，再到与疾病抗争，还有家庭的经济上和政治上的双重压力，几乎把他折磨到了死亡的边缘。他凭着一股顽强的毅力和生命力，捡回了自己的一条命。他的大痛大悲，在他的灵魂深处，打下了永不磨灭的烙印。这种伤痛，可能给他今后的人生征途上，更要增添一种无尽的力量，这种力量的源泉，将要演化成一笔精神财富。

大难不死必有后福，这也是人世间一条颠扑不破的哲理。

前一段，他参加了县文化馆招收文化站工作人员的公开考试。成绩公布出来了，他的总成绩，得了全县第二名，不久，就要到公社文化站上班就职。

李书慧现在已经考上了省师范学院。她是全国恢复高考后，第一批考上的大学生。他们俩的将来，都充满了美好的阳光。他们商定等书慧大学毕业后再结婚。

韩士英和韩胜兰，按辈数已出五服。经人撮合，结成了一对恩爱鸳鸯。

韩水河的水变成了清清的水。

韩水河的天，变成了蓝蓝的天。

韩士雄、韩思阳和韩狗剩，他们三个一起，将在党的十一届三中全会的春风里，迎着朝阳，奔向美好的明天。